El tejido
de los días

El tejido
de los días

CARLOS AURENSANZ

Papel certificado por el Forest Stewardship Council®

Penguin
Random House
Grupo Editorial

Primera edición: marzo de 2021
Segunda reimpresión: mayo de 2021

© 2021, Carlos Aurensanz
Autor representado por Antonia Kerrigan Agencia Literaria (Donegal Magnalia, S. L.)
© 2021, Penguin Random House Grupo Editorial, S. A. U.,
Travessera de Gràcia, 47-49. 08021 Barcelona

Printed in Spain – Impreso en España

ISBN: 978-84-666-6895-8
Depósito legal: B-621-2021

Compuesto en Fotocomposición gama, sl
Impreso en Liberdúplex
Sant Llorenç d'Hortons (Barcelona)

BS 68958

A todos los hombres y mujeres que protagonizaron una época, que nacieron con una guerra civil, que crecieron en una España gris y sin libertad. Levantaron un país con su esfuerzo, lucharon para traer de regreso la democracia y dieron vida a la generación que mejor ha vivido en nuestra Historia.

Hoy apuran sus días en medio de una nueva tribulación, tristes otra vez, separados de los suyos por una maldita pandemia. A nuestros padres y a nuestros abuelos.

PRIMERA PARTE

1950

1

Miércoles, 18 de enero

Apenas había dado unos pasos sobre los adoquines, los necesarios para alcanzar el bordillo de la acera, y Julia ya echaba de menos el calor del tranvía que la había llevado hasta allí, un calor que le había parecido excesivo, pero al que ansiaba regresar. Subir de nuevo a aquel traqueteante carromato eléctrico para emprender el camino de vuelta significaría que, mejor o peor, había superado el trance al que se enfrentaba. Solo tres mujeres habían llegado con ella al final del trayecto, y las tres se apresuraban a buscar el amparo de los muros del camposanto, arrebujadas con sus ropas de invierno, de muy distinta factura, cuyo único rasgo común era el color del luto. Al disponerse a seguirlas, reparó en que el conductor, que se había apurado a cerrar las puertas, las observaba alejarse, de pie junto a su asiento. Para él, pensó Julia, serían cuatro las viudas que aquella mañana heladora habían llegado al cementerio de Torrero para visitar a sus deudos. Se subió las solapas del grueso abrigo de paño negro, se ajustó el pañuelo del mismo color que le cubría el cabello y apretó el paso para no perder de vista a las otras mujeres mientras el cierzo desbocado le arrojaba contra las piernas las últimas hojas del otoño. Se maldijo por haber olvidado los guantes en la maleta al salir del hotel, pues la mano izquierda que sostenía el bolso no iba a encontrar el relativo alivio del que disfrutaba la diestra dentro del bolsillo.

Utilizó la puerta más cercana para acceder al camposanto y comprobó que las tres viudas se dirigían con decisión, cada una por su lado, al mar de nichos y sepulturas. Comprendió que en su caso lo más sensato sería buscar a alguien que pudiera darle cuenta de lo que buscaba, de forma que avanzó por el vial central. El Andador de Costa, cuyo nombre se anunciaba en llamativos carteles, la condujo hacia el sur entre manzanas de nichos que se sucedían de manera interminable. A lo lejos divisó algunos visitantes que parecían afanados limpiando lápidas. Llegó al límite opuesto del cementerio sin encontrar a nadie con quien cruzar palabra, pero su mirada quedó atrapada en una montaña artificial de escarpadas rocas sobre la que destacaba una reproducción en mármol de un templo que recordaba al Partenón de Atenas. Se trataba sin duda de un magnífico mausoleo, y el epitafio situado a un lado le sirvió para satisfacer su curiosidad y para explicarse el nombre del andador por el que había llegado: «Aragón a Joaquín Costa, nuevo Moisés de una España en éxodo. Con la vara de su verbo inflamado alumbró la fuente de las aguas vivas en el desierto estéril. Concibió leyes para conducir a su pueblo a la Tierra Prometida. No legisló».

Pensativa, se disponía a rodear el monumento cuando un hombre en ropa de faena atravesó el espacio entre dos manzanas de nichos cercanas. Se apresuró en su busca. A medida que reducía la distancia, comprobó que iba provisto de una gruesa zamarra de cuero encima del mono azul y de una boina que no evitaban la sensación de frío, a juzgar por su aspecto aterido. El hombre se descubrió la cabeza al entrar en una pequeña capilla y Julia se acercó dejando que las pisadas sobre la gravilla advirtieran de su presencia. El interior estaba en penumbra y el contraste con la mañana luminosa le impidió apreciar nada que no fueran sombras.

—Buenos días. ¿Hay alguien? —se anunció—. ¿Se puede entrar?

—¡Pase! —respondió una voz grave que denotaba cierto disgusto.

Al poco Julia consiguió percibir un diminuto altar en lo alto de un escalón y tres bancos corridos a sus pies. Dos cirios ardían en los extremos y el hombre se había acercado a uno de ellos.

—Es la única forma de calentarse un poco las manos —explicó a modo de disculpa—. Los dedos se agarrotan con este jodido cierzo y no hay manera de trabajar ahí afuera. ¿A quién busca?

Los ojos de Julia empezaban a adaptarse a la penumbra y pudo distinguir los rasgos rudos y demasiado ajados de un hombre que apenas rondaría los cincuenta. Su mirada, sin embargo, parecía noble y su actitud, servicial tras la incomodidad del primer momento.

—Busco una sepultura —respondió y abrió el bolso y removió en su interior. Extrajo una hoja de periódico doblada—. Es posible que si le muestro esto lo recuerde.

El hombre se frotó las manos con energía para terminar de calentarlas, cogió la boina que había dejado sobre el altar y se dirigió a la puerta por el pasillo lateral opuesto.

—Venga aquí, a la luz del sol podremos ver algo —le pidió al tiempo que se llevaba el índice a un ojo y negaba con la cabeza—. La vista, que empieza a fallar.

El viento arremolinaba las hojas en el pequeño atrio de la capilla y hacía que algunas se colaran en el interior. Julia se acercó a él, interrumpiendo su empeño de sacarlas afuera con el pie, y desplegó ante ambos una portada del *Heraldo de Aragón*. Percibió un olor acre a sudor cuando el enterrador se inclinó hacia la foto que le señalaba, en el centro del pliego, inmediatamente por debajo de la noticia principal.

—¿Lo recuerda? Fue enterrado aquí al día siguiente, el 23 de diciembre.

—¡Como si fuera ayer! Era un viernes. Ha tenido usted suerte: yo mismo preparé la sepultura —respondió satisfecho sin pararse a pensar. Un instante después, sin embargo, frunció el ceño y su semblante se nubló—. ¿Qué la une a ese hombre? Lo capturaron los de la Policía Armada, era un fugitivo, según dijeron. Aquí mismo lo pone.

—Digamos que era un buen amigo de mi familia —respondió evasiva tras una pausa—. No crea usted todo lo que escriben en el periódico.

—¿Y en qué habremos de creer, si no? —Alzó las cejas e irguió el cuello, al parecer extrañado por la osada observación.

—Olvídelo. Solo quiero averiguar dónde reposa. Es un encargo de sus allegados al saber que yo viajaba a Zaragoza.

—En ese caso, acompáñeme, señorita —resolvió, tras echar un fugaz vistazo a las manos que aún sostenían el periódico en busca de un anillo de casada que no existía—. Ya puede usted embozarse bien, porque con este cierzo van a echar a volar hasta los angelotes de alabastro. —Y él mismo se levantó el cuello de la zamarra y se reía con su comentario.

Caminaron entre hermosas sepulturas que parecían competir en la calidad de los ornatos y en el tamaño de los conjuntos escultóricos. El enterrador hizo ademán de detenerse junto a alguno de ellos, pero desistió pronto al ver que Julia se adelantaba, por lo visto más interesada en llegar cuanto antes a la tumba que buscaba. Atravesaron una vaguada con enterramientos más modestos antes de llegar al borde de una senda donde se alineaban una decena de túmulos a todas luces cavados en la tierra. Algunos estaban coronados por viejas cruces de hierro o de piedra, con esmaltes ovalados que recordaban al finado con imágenes descoloridas. Otros, sin embargo, se contentaban con una humilde cruz de madera, y las menos, las más alejadas, aquellas que apenas destacaban sobre el suelo cubierto por el verdín, carecían de cualquier señal. Sobre estas últimas, las ramas nudosas de un par de acacias semejaban dedos de viejo que señalaran al cielo.

El enterrador titubeó entre dos sepulturas contiguas, pero enseguida se decidió por una de ellas. No tuvo que indicar nada porque Julia se había detenido a sus pies tras leer el nombre escrito de forma tosca en la madera.

—Es provisional, por supuesto, a la espera de que algún familiar se acercara —se justificó el hombre—. Utilicé el hoyo que había quedado libre por un traslado. El cementerio anda muy escaso de espacio y hay que aprovechar el que se tiene. Como no empiecen pronto la ampliación vamos a tener que enterrar de dos en dos.

Se trataba de una de las sepulturas con una cruz claveteada, sobre la que alguien había inscrito el nombre y la fecha del óbito con un simple lápiz de carpintero. A pesar de que no había transcurrido ni un mes, el negro del carboncillo se veía ya desvaído por el sol y por la humedad invernal, y solo la mella en la madera permitía leer los caracteres con claridad.

—Yo me haré cargo —anunció Julia—. Me ocuparé de que se coloque una lápida, si es usted tan amable de indicarme una dirección donde hacer el pedido. —De nuevo echó mano al bolso, esta vez para sacar un monedero. Accionó el resorte, tomó dos pesetas y se las tendió—. Ha sido una gran suerte dar con usted a la primera.

—No es necesario, señorita, pero se agradece —respondió mirando satisfecho las monedas en la mano abierta—. Tiene usted el taller de un buen marmolista algo más abajo de la parada del tranvía.

Julia asintió con el gesto.

—Me acercaré al salir —aseguró—. Ahora, si no le importa, me gustaría estar un rato a solas.

—Desde luego, yo ya no pinto nada aquí. —Se dio la vuelta al tiempo que se metía las dos pesetas en el bolsillo de la zamarra y se calaba la boina hasta las orejas—. Volveré para arrancar esas malditas acacias, nacen por todas partes. Y abríguese bien, señorita, a ver si con este frío lo que acaba haciendo usted es una visita a la morgue.

Julia no respondió a la última gracia del sepulturero. El nudo que empezaba a sentir en la garganta le impedía sonreír siquiera. Observó al operario alejarse, oponiendo su cuerpo inclinado frente a las rachas de viento, con la mano izquierda apoyada en la boina. Parecía haber esperado aquel momento con las emociones contenidas, pero, una vez sola, la catarata retenida de sentimientos se precipitó desbocada. Se dejó caer sobre el verdín sin pensar en que podría arruinar el abrigo y las tupidas medias, y lloró con desconsuelo, la barbilla hundida en el pecho y las manos apoyadas en el vientre, hasta quedar aterida, casi yerta, por el cierzo y la prolongada inmovilidad.

Reaccionó con sobresalto al sentir una suave presión en el hombro.

—Disculpa, muchacha —oyó a su espalda al mismo tiempo.

Se volvió con los ojos aún empañados y el sol intenso terminó de deslumbrarla. Entumecida, a punto estuvo de perder el equilibrio al tratar de levantarse, pero sintió que una mano la sujetaba por el brazo con delicadeza.

Julia consultó de manera fugaz la diminuta esfera de su reloj de muñeca y comprobó con pasmo que había transcurrido más de media hora.

—¿Desea algo? —balbució extrañada cuando distinguió los rasgos de la mujer que le hablaba. Se trataba de una anciana de aspecto candoroso que se sumaba al luto de las mujeres que había visto desde su llegada al cementerio. Solo algunas hebras de cabello muy blanco escapaban por ambos lados de la cara a la presión del pañuelo con que se cubría. No mostraba signos de haber llorado recientemente y, sin embargo, las abultadas bolsas debajo de los ojos enrojecidos le proporcionaban una expresión de profunda tristeza, desmentida por la sonrisa amable que dibujaban sus labios. De inmediato sintió un calambre de afecto y ternura por aquella mujer desconocida.

—Llevas demasiado tiempo ahí, cariño. Vas a coger una pulmonía —le advirtió con dulzura—. En tu estado deberías cuidarte.

Julia la miró desconcertada. Tal vez el consejo la había hecho ser de nuevo consciente del frío intenso y sintió que se agitaba con un agudo temblor.

—¿Cómo sabe...? —acertó a balbucir.

—¡Ay, hija mía! Muchos años de comadrona me han enseñado a distinguir de lejos a una mujer embarazada. La manera de caminar, los rasgos cambiados, la forma en que os lleváis la mano al vientre... Cada vez que veo una, vuelve a despertar mi instinto. —La anciana, sonriente, le acercó la mano y la apoyó sobre su abrigo—. Cuatro meses escasos, ¿me equivoco?

Julia asintió despacio, aún confundida.

—Miguel... ¿es el padre, pequeña? —inquirió con un atisbo de emoción, señalando a la sepultura—. Por la edad...

De nuevo las lágrimas acudieron a los ojos de Julia, pero esta vez los brazos de la anciana se apresuraron a acogerla. Sintió su calor tibio y un perfume dulzón mientras le apretaba la cabeza contra su hombro izquierdo y algo la indujo a dejarse ir y a derramar las lágrimas sobre el paño ajado de su abrigo. Después de todo, aquella desconocida era la segunda persona en el mundo que conocía su futura maternidad. Si algún consuelo le quedaba era recordar que el hombre que había amado y que reposaba bajo aquella tosca cruz de madera había vivido sus últimos días con la certeza de que iba a ser padre.

2

Viernes, 20 de enero

Si algo la torturaba era la soledad forzada que arrastraba, y el cielo plomizo que aquella mañana divisaba desde la ventana de su habitación en el Hotel Continental no la ayudaba a mejorar su estado de ánimo. Dejó recogida la cortina de terciopelo marrón para permitir la entrada de la luz de la calle, pero resultaba tan escasa que desistió de su intención inicial de apagar la lámpara eléctrica. Se estremeció dentro de su bata, y se calzó las zapatillas antes de salir del rectángulo alfombrado hacia el suelo de baldosas de motivos geométricos que se resistía a captar el calor de la estancia. Alcanzó el primer cajón de una pequeña cómoda y apartó la hoja doblada del *Heraldo*. Tomó el pliego que había debajo y se sentó con él en uno de los dos viejos sillones, tapizados ambos con el mismo terciopelo de las cortinas. Apretó el papel contra su vientre y suspiró hondo con los ojos entrecerrados tratando, una vez más, de contener las lágrimas que pugnaban por brotar cada vez que regresaba a su memoria el momento en que Miguel garabateó aquellas letras. Cien veces desde aquel día había bendecido su decisión de hacerlo, consciente de la amenaza que se cernía sobre él. Aquella apresurada declaración de paternidad, firmada poco antes de emprender su último viaje, era el único nexo entre la criatura que crecía en su vientre y el padre que jamás llegaría a conocer.

Las voces que le llegaban de la calle, los sonidos procedentes del corredor donde se afanaba el servicio de habitaciones y el lejano traqueteo de los tranvías le recordaban que estaba inmersa en la vida de una gran ciudad, una urbe llena de amenazas para una mujer sola, pero también de posibilidades que debería salir a buscar. El tiempo de duelo que se había concedido llegaba a su fin y la decisión de buscar un futuro para su hijo era tan firme como la evidencia de que las semanas pasaban inexorables y ya no podría disimular más la hinchazón de su vientre.

Cuando la desesperación pugnaba por apoderarse de su ánimo, se obligaba a recordar que su situación mejoraba mucho por el hecho de no carecer de recursos. Sentía escalofríos cada vez que se imaginaba sola en Zaragoza, embarazada y sin medios para subsistir. Afortunadamente, no era así. «Es usted una mujer rica, señorita Casaus», le había dicho el notario de Tarazona tras examinar la cartera de documentos que Miguel le había entregado antes de marchar. Esto le abrió al menos la puerta de la tranquilidad económica cuando todas las demás se habían cerrado de golpe al leer el *Heraldo de Aragón* la mañana del 22 de diciembre.

El alivio que experimentaba al recordar la pequeña fortuna que Miguel le había dejado se tornaba en zozobra al comprender que el dinero no lo compra todo, y mucho menos los apellidos de un hijo recién nacido. Las miradas suspicaces que empezaba a percibir la habían llevado la víspera a adquirir la sortija que lucía en el anular; pero aquel no era el anillo de una mujer casada. Su relación con Miguel había sido necesariamente clandestina por la imposibilidad de legalizarla ante el altar.

Le resultaba difícil asimilar que solo hubieran transcurrido unas pocas semanas desde que, tras la primera falta, las noches de ambos se prolongaran hasta el amanecer, imaginando un nuevo proyecto de vida en común en el que tuviera cabida el hijo que suponían en camino. Y lo habían hallado, y aquellas conversaciones después de hacer el amor, arrebujados desnudos bajo las mantas, se habían convertido en una sucesión interminable de ocurrencias, intenciones y sueños que a ratos les despertaban la risa y a ratos, la duda, el temor y el desasosiego. Se trataba en cualquier caso de un proyecto que tendría un escenario muy alejado de Tarazona y, por ello, Miguel, entre bromas y risas, se había empeñado en empezar a hablarle en francés, la lengua que ella iba a tener que aprender por necesidad. Pero mientras Julia trataba de repetir aquellas primeras frases que él silabeaba despacio, no contaban con la realidad que el destino les deparaba, y que tomó forma muy poco después, aquel desventurado día de diciembre.

Temía dejarse llevar por las ensoñaciones y evocar aquellos breves días de ilusión, porque a continuación, de manera inevitable, llegaba el brutal choque con la realidad de aquella habitación desolada y solitaria. Con un esfuerzo de voluntad, se obligó a desechar los recuerdos que la asaltaban. Tragó saliva para tratar de aliviar el regusto amargo en la boca, pero de poco le sirvió. Con lentitud se incorporó, dobló con cuidado la hoja manuscrita por Miguel y la metió de nuevo en el cajón donde guardaba el resto de los documentos. Después volvió a acercarse a la ventana, empañada más por el frío intenso del exterior que por el calor de la estancia. A través del vaho observó el discurrir de la vida cotidiana de los zaragozanos. Las cestas casi vacías y los pómulos hundidos de muchas de las mujeres daban cuenta de la dificultad para llenar los platos con algo que no fuera lo que proporcionaban las cartillas de racionamiento. Observó a un joven agacharse a recoger con disimulo la colilla de un cigarro que acababa de arrojar al suelo un cliente del hotel. Tal vez más tarde en el Hogar del Productor desmenuzaría varias como aquella para liarse el único cigarro del día. Volvió a pensar que ella misma podría haberse visto en aquella situación, y eso le proporcionó el impulso necesario para ponerse en marcha.

Lo primero que se había propuesto era buscar una modista que le cosiera ropa más amplia, que ya empezaba a necesitar. Le costó más de lo normal inclinarse para ponerse las medias que le abrigarían las piernas aquella mañana, después guardó un pañuelo limpio en el bolso y comprobó que la cartera estaba dentro antes de asegurar el cierre. Se sentó ante el pequeño espejo para darse una pizca apenas perceptible de color en la cara, se ajustó el pañuelo a la cabeza y calzó sus zapatos de tacón más bajo en previsión de una posible caminata. Cuando estuvo lista, se echó un último vistazo, tomó el abrigo y los guantes y pulsó el interruptor de la luz antes de cerrar la puerta tras de sí.

Se levantó las solapas al asomar al paseo de la Independencia, pero desechó la idea de tomar el tranvía a pesar de la brisa helada. Pensó que apretar el paso la haría entrar en calor y avanzó por los soportales de la avenida, para evitar el arbolado del paseo central, más expuesto a la intemperie. Las bocinas, los motores de los vehículos y el sonido de los neumáticos sobre el adoquinado, los timbres de las bicicletas, las voces de quienes compartían la protección de aquellos porches y el chirriar del tranvía de la línea 5 que en aquel momento pasaba a su lado conformaban un bullicio que, lejos de incomodarla, le hizo sentirse arropada y protegida. Observó a numerosos fieles que se dirigían con pasos apresurados a la cercana iglesia de Santa Engracia, y superó el acceso al edificio del *Heraldo de Aragón* y los llamativos carteles del Teatro Argensola. En la esquina con la calle de Zurita una mujer menuda y enlutada la abordó de forma subrepticia, levantó el chal bajo el que ocultaba una cesta de mimbre y trató de venderle los huevos que le mostraba.

—A once pesetas la docena, señorita —le espetó—. Por ser usted.

—No tengo dónde hacerlos —respondió sin detenerse.

—¡Azúcar! Un kilo, diez pesetas —insistió ya sin esperanza.

Julia siguió su camino en busca de la plaza de España, donde el bullicio parecía concentrarse bajo los carteles luminosos que remataban las azoteas. Allí confluían las líneas más frecuentadas del tranvía y los bancos alzaban sus soberbios edificios en abierta rivalidad con el palacio de la Diputación y con los inmuebles que albergaban despachos de abogados, sedes de empresas, comercios y restaurantes. Se cruzó con hombres trajeados de cabello engominado, algunos acompañados por mujeres vestidas con elegancia, tocadas con delicados sombreros y con el cuello embutido entre pieles. Reparó en el contraste entre aquella gente y el chico de las colillas o la mujer de los huevos y el azúcar de estraperlo. En la entrada a las callejas abarrotadas de bares del Tubo aquel contraste se convertía en amalgama: profesionales y hombres de negocios se abrían paso en busca de un café de verdad entre operarios con mono, aldeanas recién llegadas con pesadas cestas, vendedoras de cupones y zagales en alpargatas. No se detuvo allí, sino que enfiló el Coso Alto hasta la calle de Alfonso I, donde recordaba haber visto un par de negocios de costura en alguna de sus anteriores visitas a la capital. Los aromas de una vieja confitería la asaltaron, pero decidió que lo primero era encontrar lo que buscaba, así que siguió avanzando por la concurrida acera.

Las dos torres de la basílica del Pilar se recortaban al frente por encima de los tejados y, al alzar la mirada hacia ellas, se tropezó con el cartel en el balcón de un primer piso: un escueto MODISTA, tal vez perfilado a mano en letras mayúsculas y la indicación del piso en letra más menuda. El portal, descuidado y lóbrego, estaba revestido de azulejos hasta media altura. Al fondo, iluminado por una bombilla eléctrica en el hueco de la escalera, esperaba inmóvil el anticuado ascensor, con la estructura, el cableado y los contrapesos a la vista. Siempre le habían atraído aquellos artefactos, pero solo tenía que salvar tres cortos tramos de escaleras para llegar al principal derecha anunciado en el cartel. Un avisador de timbre grave sonó en el interior al oprimir el pulsador. Al instante se oyó una voz, y poco después unos pasos pausados sobre tarima. La enorme mirilla enrejada giró para permitir la visión del rellano desde el interior y Julia se alejó un poco para dejarse ver bien. Se abrió la puerta y ante ella apareció un rostro poco agraciado, de formas redondeadas y ojos demasiado saltones. En cambio, la sonrisa con que la muchacha la obsequió mientras se secaba las manos le resultó agradable.

—¿Sí? ¿Qué desea la señora? —preguntó con tono afable.

—Es aquí la modista, ¿no? —Miró de nuevo al letrero para estar segura.

—Sí, aquí mismo. Pase, pase. Sígame usted.

Julia dejó que cerrara tras de sí y aprovechó para desabrocharse el abrigo y guardar los guantes en uno de sus amplios bolsillos. Después siguió a la joven por un largo corredor en busca de las habitaciones más iluminadas del fondo. Desembocaron en una estancia con dos ventanas que daban a una bocacalle, a pocos pasos de la esquina con la calle de Alfonso I. El olor inconfundible de un brasero de carbón, con toda seguridad colocado bajo la mesa camilla, le sirvió para explicar el ambiente, acogedor aunque algo cargado. Sentada junto a una de las ventanas en una silla baja, una mujer de mediana edad, cabello entrecano e indumentaria sencilla del omnipresente color del luto cosía a mano. El lugar aparecía atiborrado, con varias mesas cubiertas de retales, telas, patrones y figurines, cajas de botones, de cremalleras, de costureros, bastidores, bobinas de hilo, además de un maniquí de cartón piedra y una vieja máquina de coser Singer encajada en su mesa en el hueco entre las dos ventanas.

—¡Tú a lo tuyo, Rosita! Haz el favor de terminar —ordenó a la muchacha sin contemplaciones antes de saludar a la recién llegada, a quien escrutaba con mirada penetrante. La aludida se retiró al rincón donde, bajo la luz de una lámpara, reanudó la tarea que había dejado a un lado—. ¿Qué desea usted... señora?

—Me pregunto si podrían coserme algunas prendas para esta

primavera. Como ve, espero un bebé. —Se había llevado la mano al vientre asegurándose de que el anillo en su diestra fuera bien visible.

—Sea enhorabuena...

—Julia. —Se presentó sin esperar a la pregunta.

—Yo soy María Pilar. —Le tendió la mano—. Pero usted llámeme Pilar si lo prefiere. ¿Qué idea tiene? No le oculto que voy algo sobrecargada de trabajo, pero prisa no le corre por lo que veo...

—Había pensado en un vestido para llevar con una chaqueta de punto, ¿y tal vez un tres piezas con blusa y falda holgadas?

—Veo que tiene las cosas claras, Julia. Eso está muy bien, evitará que las dos nos volvamos locas. ¿Y el tejido? ¿Y los colores? ¿También lo ha pensado?

—Algo de entretiempo, salgo de cuentas para San Antonio. Y el color, me temo, solo puede ser uno.

—Oh, ¿ha perdido hace poco a un familiar? ¿Su padre, quizá? —aventuró con la intención evidente de sacarle la información.

—Mi esposo —mintió—. El padre del bebé.

—¡Ay, Virgen del Pilar! *¡Pobrecica!* —se lamentó de forma aparatosa, llevándose las manos a la cabeza, al tiempo que apartaba el trabajo de costura y se ponía de pie—. Deme un abrazo, Julia. Lo debe de estar pasando usted muy mal.

Julia se dejó abrazar. Sin embargo, había algo en aquella mujer que no le resultaba agradable, quizá la mirada torva, tal vez el tono afectado y poco sincero de su voz. Se apartó con delicadeza, pero la modista continuó hablando.

—¿Y ya tiene usted manera de mantenerse siendo viuda tan joven? ¿Su familia la ayuda, quizá? Claro, tiene usted pinta de ser de buena casa. Todo es mucho más difícil cuando falta el hombre que trae los garbanzos a la mesa, ¡a mí me lo va a decir...!

—María Pilar, hace cinco minutos que nos conocemos, tiempo habrá de...

—¡Ay, mujer, no me interprete mal! —Se revolvió con tono ofendido—. No quería sonsacarla. Es solo que yo también soy viuda, y me apena el trance por el que pasa. Y si digo que es de buena cuna es por su forma de hablar, no usa usted el lenguaje de la calle.

—Por fortuna, trabajé durante años en una clínica, y al doctor le gustaba que fuera esmerada en el trato con los pacientes. Se empeñaba en que dedicara al menos un par de horas al día a la lectura.

—¿Lo ve usted? Bien pronto se lo he notado.

—¿Dispone de muestrarios de telas? —preguntó Julia para reconducir la conversación.

—Claro, hija. Pero estoy a punto de recibir los nuevos, uno de estos días. Y revistas con los últimos modelos y sus patrones. ¿Por qué no hacemos una cosa? Le tomamos ahora las medidas y vuelve usted dentro de una semana. Así, elige los tejidos y miramos unas revistas para ver por dónde van sus gustos. ¡Rosita! ¡Deja todo y ven aquí!

—Mande, doña Pilar. —La joven dejó su rincón y se acercó. Aprovechó que la dueña del negocio le daba la espalda para esbozar ante Julia un fugaz gesto cómplice de hartazgo.

—Coge el metro y la libreta y tómale medidas. ¡Y vuela, que no tenemos toda la mañana!

Rosita ayudó a Julia a quitarse el abrigo, lo colgó de una percha y tomó los dos útiles de un aparador.

—Un *momentico*, que no encuentro el lapicero —se disculpó.

—¡Si lo dejaras en su sitio cada vez que lo usas!

—Jolín, doña Pilar, me lo ha pedido usted hace un rato. ¡Mírelo, en la silla está!

—Pero ¿la ve usted? ¡Encima respondona! ¡Virgen del Pilar, qué juventud! Si no fuera por las manos que tiene para coser, para rato la aguantaba en mi casa.

—¿Qué nombre pongo? —preguntó la joven al llegar a la primera hoja en blanco de la manoseada libreta.

—Julia. Julia Casaus —respondió, asomada sobre el papel, observando la escritura lenta con letra torneada de Rosita, tan propia de la caligrafía practicada en la escuela.

Después la joven, con la lección bien aprendida, trazó diecisiete guiones que fue completando: contorno cintura, pecho y cadera, largo talle delantero y trasero, ancho espalda y hombros, largo brazo, contorno brazo, puño y cuello, largo tiro, cadera y rodilla, altura y separación de busto... Y se detuvo con la punta del lapicero en el último espacio vacío, mientras se mordisqueaba el labio en un esfuerzo por hacer memoria. Julia observó cómo enrojecía al lanzar una mirada de soslayo a doña Pilar, entretenida en aquel momento buscando botones iguales en una caja con cientos de ellos.

—¿El largo de la falda? —apuntó Julia a la chica en un susurro.

Rosita se volvió con una mirada de agradecimiento y resopló de alivio mientras completaba el último guion. A continuación se puso de pie, cogió la cinta, y empezó a anotar las medidas de la nueva clienta. Lo hizo con diligencia y seguridad, y al terminar se volvió hacia la modista.

—Ya está, doña Pilar —anunció.

La mujer dejó en un platillo una decena de botones blancos y cogió la libreta. Por el gesto adusto y la actitud temerosa de Rosita, Julia comprendió que aquello, más que la supervisión del trabajo por seguridad, era la búsqueda de un error que sirviera para zaherir a la muchacha. Sus palabras confirmaron aquella impresión.

—¿Esto qué es? ¿Un cinco o un seis? ¿Cuántas veces habré de decirte que un centímetro puede arruinar todo el trabajo?

—Es un cinco, doña Pilar, no hay confusión posible, jolín —le aclaró.

—¡Que no me contestes y escribe mejor! —Ella misma cogió la cinta y midió el contorno del brazo. Julia sintió una presión excesiva—. ¡Ni un cinco ni un seis, debería ser un cuatro! ¡Virgen del Pilar!

Julia miró a la muchacha y con un gesto de negación le indicó que no debía hacerle caso.

—¿Y la cintura? ¿No hay medida?

—Está embarazada, la cintura aumentará y la ropa ha de ser amplia.

—Pero habrá que saber cuánto mide ahora, ¿no? —De nuevo ella misma tomó la medida, le arrebató el lápiz y apuntó la cifra en la libreta.

—Jolín, he hecho lo que le he visto hacer a usted con otras embarazadas —se excusó Rosita—. He pensado que...

—¡No te pago por pensar! Te pago para que hagas tu trabajo como se te manda. ¿Y el largo del tiro? ¿Acaso no sabes que hay que tomar la medida con la clienta sentada? ¡Quita, quita de ahí, criatura inútil!

Esta vez la modista propinó un empujón a la muchacha antes de acercar una banqueta a Julia. Rosita, avergonzada, salió de la estancia entre sollozos.

—Perdone este bochorno, pero si no las metes en vereda no haces carrera —trató de justificarse.

—¿No es usted demasiado dura con ella? —Julia no parecía

dispuesta a que su juicio pasara por alto. Se sentó en la banqueta con la espalda recta.

—Mire, Julia, llevo muchos años en esto y Rosita no es la primera costurera que trabaja en esta casa —la oyó decir desde atrás—. He aprendido que, si no las atas corto, se te suben a la chepa y en cuatro días se creen las dueñas y las tienes organizándote el negocio.

—Pero usted misma ha dicho que tiene unas manos excelentes para coser.

—Y las tiene. Y, de hecho, sin su ayuda no podría aceptar ni la mitad de los encargos. Pero por ello cobra todas las semanas. Tiene que saber quién está arriba y quién está abajo.

—No debe de resultar muy agradable para ninguna de las dos trabajar en estas condiciones —insistió Julia.

—Puede darse con un canto en los dientes por tener un trabajo como este en los tiempos que corren. Esto ya está —atajó, y Julia se incorporó—. La acompaño yo misma a la puerta.

—Volveré el próximo viernes a esta hora, si le parece —anunció en el rellano—. Y ya le digo desde ahora que el encargo es suyo. Pero me gustaría comprobar si las manos de Rosita son tan hábiles como dice. ¿Es posible que sea ella quien se encargue de todo? Con su supervisión, por supuesto.

3

Viernes, 17 de febrero

Julia comprobó su diminuto reloj de pulsera y, aunque quedaban varios minutos para las doce, pulsó el timbre del principal derecha. Esperó un instante y, extrañada, volvió a llamar. Esta vez la mirilla no tardó en girar y de inmediato se oyó descorrer el cerrojo, como si Rosita hubiera esperado el momento adecuado para abrir la puerta. Su sonrisa, al menos, le indicaba que era muy bienvenida, y se la devolvió con el saludo, aunque creyó percibir algo en su semblante que la inquietó. Se adelantó sola por el pasillo en penumbra mientras la muchacha se entretenía cerrando tras ellas. Era la tercera vez que acudía allí en poco menos de un mes, y sabía que doña Pilar estaría esperando en la sala de costura. Aquel, al contrario que en las ocasiones anteriores, era un día luminoso, y el sol de la mañana entraba a raudales por las dos ventanas, tanto que era imposible disimular las sombras que resaltaban en los cristales de manera caprichosa. También eran visibles al trasluz las partículas de polvo que flotaban en el ambiente, agitadas en curiosos remolinos cuando la modista se levantó para recibirla.

—Ha llegado el momento, su encargo está listo —la saludó con la mano tendida—. Ni un solo día de retraso, ya ve usted.

—Algo que valoro, doña Pilar. —Le estrechó los dedos—. La formalidad no es la norma en estos tiempos.

—¡A mí me lo va a decir! —respondió con sarcasmo—. Pero de todo tiene que haber en este mundo. ¡Rosita, trae las perchas! Deje que termine de coser este último botón que, si no, se perderá, y enseguida vamos con la prueba.

Julia se acercó a una de las ventanas y mientras esperaba contempló el trasiego de viandantes en la cercana calle de Alfonso I.

—Tienen una vista muy entretenida —comentó.

—¡Demasiado! Una peligrosa tentación si no tienes muy claro que lo primero es el trabajo.

Rosita entró en la estancia al poco, con los brazos en alto, sosteniendo el vestido y el traje de chaqueta para evitar los roces con el suelo. Cuando los dejó en el perchero cercano y se dio la vuelta, sus rostros quedaron frente a frente por un instante. Los ojos enrojecidos e hinchados parecían desmentir la sonrisa que se esforzaba en esbozar, pero la mirada de Julia se vio atrapada por las marcas alternas, encarnadas y blanquecinas, que le cruzaban el carrillo izquierdo. Eran sin duda las señales de una reciente bofetada propinada con fuerza, pues los dedos se marcaban con claridad a pesar del tiempo transcurrido. Fue solo un instante, porque Rosita se cubrió la cara con un gesto en apariencia casual y se dio la vuelta.

—¡Esto ya está! —anunció doña Pilar, y dejó la blusa terminada sobre la mesita cercana—. Vamos con usted. Tenga, primero el vestido, ya sabe dónde está el probador.

Julia regresó a la estancia al cabo de unos minutos planchándose con las manos la tela de la prenda aún llena de hilvanes para adaptarla a su contorno. Rosita había desaparecido.

—Veo que ha colocado un elástico en la cintura —comentó con sorpresa.

—Sí, ¿qué le parece? No demasiado apretado, así los frunces se irán adaptando al talle a medida que avance el embarazo. Si lo desea puede colocarle un cinturón que lo embellezca, pero ni siquiera será necesario si se pone encima una chaqueta ligera de perlé.

Julia ajustó el espejo oscilante de cuerpo entero y se miró en él. Levantó los brazos para comprobar si le tiraba de la sisa. Esbozó un gesto de satisfacción.

—¿Cómo lo ve? ¿Qué tal el largo?

—Muy bien. Creo que no habrá que tocar nada.

—Si es que es usted un figurín a pesar del embarazo —la elogió mientras se acercaba por detrás para terminar de planchar las escasas lorzas—. Con su altura y su porte le queda que ni pintado.

Julia, reflejada de cuerpo entero, reparó en su aspecto y lo que vio, ciertamente, no la desagradó. Tras la muerte de Miguel se había dejado llevar, había descuidado su apariencia, pero la realidad del embarazo la empujó a salir del pozo de desesperanza en que se había sumido. Al tiempo que decidía afrontar el futuro de su hijo con decisión, volvió a prestarse atención a sí misma. El cabello, más moreno que castaño, contrastaba con el cutis claro y terso propio de su edad. Había visitado su peluquería habitual en Tarazona antes de partir, pero solo unos días atrás se había permitido aceptar la sugerencia de la peluquera que atendía en el Hotel Continental. La imagen que le devolvía el espejo con su nuevo corte le recordaba a alguna de aquellas jóvenes que ocupaban las portadas de las revistas de moda. Solo en las comisuras de los ojos persistían pequeñas arrugas, tal vez causadas por las largas horas de llanto de los meses anteriores, que acompañaban a unos párpados cuyos bordes algo abultados mostraban a su vez sus consecuencias. Tal vez su delgadez resultaba excesiva, pero en los últimos tiempos el hecho de alimentarse se había visto reducido a la obligación de cubrir una necesidad vital, pues había olvidado lo que era comer con apetito.

—Puede estar usted satisfecha con Rosita, ha hecho un gran trabajo —dejó caer.

—Bueno, yo corté el vestido y he estado encima. Si no, ¿de qué? —respondió displicente—. Tenga, pruébese ahora la blusa y la falda. También hemos usado un elástico en la cintura.

La prueba del traje de chaqueta fue tan satisfactoria como la anterior. Julia solo pidió acortar un dedo el largo de la falda, algo que no sería complicado porque las prendas estaban solo hilvanadas.

—En ese caso, el miércoles puede pasar a recogerlo todo —anunció, satisfecha.

Julia cogió el abrigo dispuesta a marcharse. Su reloj indicaba que había pasado la una del mediodía, y el penetrante olor de la berza cocida invadía la estancia. Comprendió que la muchacha se ocupaba también de las tareas domésticas.

—Me gustaría felicitar a Rosita por su gran trabajo —pidió.

—Estará a punto de irse, no se crea que regala un minuto de su tiempo con facilidad.

En efecto, Rosita entró un instante después en la habitación. Apenas quedaba ningún rastro en su mejilla, y las señales de haber llorado habían desaparecido.

—Si no manda nada más, doña Pilar...

—Puedes irte. Y no te retrases, que las campanadas de las tres suenen contigo aquí...

Bajaron las escaleras juntas. Antes de salir del portal, Julia se detuvo.

—Rosita, me gustaría hablar contigo. ¿Vas a casa ahora?

—Sí, pero estoy sola. Mis padres están en el pueblo, con el azafrán, ya sabe. Hay que desbriznar.

—¿Te puedo invitar a un refresco?

—¿En un bar? ¿Dos mujeres solas?

—¿Por qué no? —sonrió Julia—. ¿Qué tiene de malo? Hasta las tres no queda mucho tiempo. Incluso si picamos algo podemos usar las dos horas.

Rosita la miró desconcertada con la puerta ya abierta.

—¿De qué vamos a hablar tanto rato? —preguntó, intrigada.

—¡Vamos! —respondió Julia con decisión, tomándola del brazo—. Buscamos un rincón tranquilo y te lo cuento.

Pensó en dirigirse a la cercana zona del Tubo, repleta de cantinas y restaurantes, pero consideró que Rosita podría sentirse violenta si alguien las importunaba, así que caminaron por la calle de Alfonso I en dirección a la basílica del Pilar. Se detuvo ante la cafetería que hacía esquina con la enorme plaza y escrutó el interior. Comprobó que una mesa con dos sillas permanecía libre cerca del ventanal.

—Aquí estaremos bien —decidió.

—Jolín, ¿en El Real? —Rosita parecía sorprendida.

—¿Ocurre algo?

—No, nada. Solo que... yo vivo muy cerca y nunca he entrado. Es... es muy caro —señaló.

Julia sonrió.

—No te preocupes por eso. Yo invito. —Asió el tirador y mantuvo la puerta abierta. De inmediato, los aromas del restaurante las asaltaron.

—Tendrás hambre, pediré que nos sirvan algo aquí mismo —propuso una vez acomodadas—. ¿No comes en casa de doña Pilar?

—Podría hacerlo, de hecho, lo hice al principio. Pero prefiero pasar este *ratico* con mis padres cuando están en casa. Así les ayudo. Además, doña Pilar siempre echa una cabezada y yo tengo que recoger la cocina y hacer todas las tareas que se le ocurren. Solo me sentaba el tiempo justo para comer.

—Entiendo que prefieras pasar estas dos horas fuera de allí. ¿Qué tomamos? ¿Te apetecen unas raciones de ensaladilla?

—Si no le importa, me gustaría comer uno de esos bollos y un café con leche —repuso azorada, con media sonrisa, y señaló una bandeja de repostería sobre la barra—. No es algo que suela hacer a menudo. Toda la vida se me han ido los ojos al pasar por delante de los ventanales.

—Dos bollos suizos y dos cafés con leche —pidió Julia cuando el atildado camarero se acercó a la mesa.

El empleado no ocultó un gesto de extrañeza.

—¿No prefieren una de nuestras raciones? Calamares, callos, ensaladilla...

—Dos bollos suizos y dos cafés con leche, por favor —repitió Julia al tiempo que componía una forzada sonrisa de circunstancias.

—Como deseen las señoras —aceptó con tono ampuloso antes de dejarlas de nuevo a solas.

—Rosita, he visto cómo te trata doña Pilar. —Tenía mucho de qué hablar y no iba a entretenerse en circunloquios—. Hace un rato, antes de llegar yo, te ha abofeteado. Lo hace a menudo, ¿no es cierto?

Rosita agachó la cabeza y dejó la mirada fija en el mármol de la mesa. Un instante después, una lágrima se deslizaba por su mejilla. Su silencio y su llanto confirmaron las sospechas de Julia.

—¿No has pensado en dejar el taller?

—Casi a diario —respondió mientras intentaba secarse los ojos con el dorso de la mano—. Pero necesito ese trabajo. Tengo amigas que me aconsejan dejarlo, pero ellas son agraciadas y saben que pueden encontrar un novio y casarse. Yo, en cambio... míreme. Los chicos ni se fijan en mí, me ignoran.

—Tal vez es meterme donde no me llaman, pero creo que no deberías pensar así. Aunque encontraras un chico, aunque te casaras con él, no deberías dejar de trabajar. Pero no en cualquier trabajo y no a cualquier precio.

—Me encanta lo que hago, adoro coser, doña Julia. Son ya muchos años. Solo que doña Pilar es insufrible. Y en estos tiempos es muy difícil encontrar algo mejor.

—Para empezar, vas a llamarme Julia, a secas. —Le puso la mano encima de los dedos—. Sé que te encanta coser, y acabo de comprobar el resultado de tu trabajo. Y tengo que darle la razón a doña Pilar, tienes muy buenas manos.

—No sabe lo que me he esmerado con su encargo —reconoció sonriendo—. Casi no dormía por las noches antes de cortar las telas. Un solo error y doña Pilar... No quiero ni pensarlo.

—Me ha dicho que fue ella quien cortó las piezas.

—Jo, ¿eso le ha dicho? —De nuevo sonrió con despecho—. No fue así, yo tracé los patrones según sus medidas, yo los recorté y los usé para cortar las piezas aprovechando al máximo las telas. Ya me dirá cuántos metros le cobra, porque le aseguro que apenas han quedado retales ni para un arreglo.

Julia rio con ganas, justo en el momento en que el camarero llegaba con la bandeja en equilibrio sobre la mano izquierda. Con delicadeza, depositó ante ellas los platillos con los bollos y los cafés humeantes.

—Tenga, cóbrese —le pidió, al tiempo que hurgaba en el bolso para sacar la cartera. De ella tomó un billete de cien pesetas que dejó sobre la mesa. El rostro huraño de Goya en el anverso parecía recriminarle su acción—. Me temo que tendrá que darme cambio.

Rosita dejó caer en la taza los dos terrones de azúcar y usó la cucharilla para remover con cierto estrépito. Después cogió el bollo y le dio un buen mordisco. Cerró los ojos y masticó con deleite.

—Huelo su aroma cada mañana cuando voy al taller —comentó—. Pero no crea que los he probado muchas veces. Gracias, gracias, señora.

—¡Rosita, haz el favor de tutearme! —le reprendió con una sonrisa. Decidió que imitaría a la muchacha y prescindió de los cubiertos que reposaban junto al plato.

Esperó a que ambas hubieran terminado el último sorbo del café con leche. Comprobó en el enorme reloj de pared que tenía enfrente que solo faltaban diez minutos para las dos.

—Bien, creo que es hora de que te cuente algo sobre mí. Como sabes, soy viuda desde hace solo dos meses y he decidido instalarme en Zaragoza para que mi hijo nazca aquí. De momento me alojo en el Continental, pero eso no puede prolongarse mucho más. Habría alquilado un piso ya, pero estaba a la espera de decidir cuál iba a ser mi futuro. A algo me tengo que dedicar, ¿no crees?

Rosita la miraba sorprendida.

—¿A qué se dedicaba antes?

Julia, divertida, decidió que no iba a insistir en el asunto del tuteo. Tiempo habría.

—Durante años trabajé en casa de un médico, don Herminio, y de su esposa doña Mercedes —respondió—. Al principio lo hacía como doncella, aunque también le ayudaba a diario en la consulta, pero con el tiempo terminé por asumir tareas de enfermería. Siempre me trataron bien, me procuraron la educación que hasta entonces no había tenido y a ellos les debo gran parte de lo que soy. Pero he decidido que ya no quiero trabajar para otros, a partir de ahora deseo ser dueña de mi tiempo y de mis decisiones. Si te soy sincera, empecé a vislumbrar la posibilidad tras la primera visita a casa de doña Pilar. Y desde entonces, hace casi un mes, le he estado dando vueltas. He seguido buscando un lugar donde vivir, pero no solo eso. Necesito un local donde iniciar el negocio que tengo en mente, y creo que lo he encontrado cerca de aquí, en la calle de San Miguel.

—¿Qué clase de negocio? —preguntó Rosita.

—¿No lo adivinas? Estoy segura de que lo intuyes —sonrió—. Quiero abrir un taller de costura, Rosita.

—¡Jolín, pero para eso hace falta mucho dinero, Julia!

—Digamos que el dinero no es el problema. Por suerte, a la muerte de Miguel, mi esposo —mintió, como cada vez que se refería a él—, he quedado en una situación bastante desahogada en lo económico.

Como para confirmar sus palabras, el camarero dejó en un platillo varios billetes de cinco pesetas encima de uno de cincuenta, junto con algunas monedas que completaban la vuelta.

—Me puedo permitir alquilar y remodelar un buen local, y decorarlo a mi gusto hasta hacer realidad lo que he pensado. No quiero que sea un taller como el de doña Pilar, sino un lugar decorado con esmero, donde puedan sentirse a gusto las esposas de todos esos hombres trajeados que me cruzo a diario en la plaza de España y en el paseo de la Independencia.

—Un salón de costura. En alguna ocasión ha comentado doña Pilar que tenía suerte porque en Zaragoza apenas existen.

—Hasta hace un rato no sabía si en realidad podría llevar adelante algo así, pero ahora estoy segura. Tuve la suerte de que doña Mercedes fuera una gran aficionada a las labores y con ella aprendí mucho. ¡Hasta tenía una Singer de último modelo en casa! Pero, claro, es evidente que tal cosa no es suficiente. Por eso necesito una buena costurera que se convierta en mi... —dudó antes de dar con el término adecuado— socia en el negocio.

—¿Y entiendo que la ha encontrado? —preguntó la muchacha con ingenuidad.

—La tengo delante de mí. —Su expresión era grave, sin asomo de sonrisa—. Rosita, quiero que dejes tu trabajo y vengas conmigo.

Si doña Pilar le hubiera estampado una docena de bofetones, su rostro no se habría puesto tan encarnado. Los ojos, ya prominentes de por sí, amenazaban con salirse de sus órbitas. La miró de hito en hito, incapaz de articular palabra. Julia no pudo menos que sonreír.

—Julia —acertó a decir por fin—, si se está usted burlando de mí, sería muy cruel.

—Nada más lejos de mi intención.

—Pero... —Las objeciones parecían acumularse en su cabeza y no se decidía a empezar la retahíla—. Yo nunca podría llevar el peso de un salón de costura. ¡Menuda responsabilidad! Además...

—Has hecho un trabajo perfecto con mis encargos —le cortó—. Y me acabas de confirmar que todo el proceso ha estado en tus manos. Has tenido iniciativa para buscar soluciones a mi embarazo, usando esos elásticos. Es todo lo que necesito para empezar. Tiempo habrá de entrar en mayores complejidades, pero me consta que en casa de doña Pilar habéis cosido modelos para mujeres de cierta alcurnia.

—No es lo mismo. Estaría yo sola, no sabría a quién acudir en caso de...

—Confío plenamente en ti, Rosita —atajó de nuevo—. Te propongo que seas mi socia en el negocio. Piénsalo: dejarás atrás los malos modos, los ultrajes, las bofetadas, fregar suelos y hervir coles. Por supuesto, no te oculto que los inicios pueden ser duros, nada nos asegura que el taller funcione desde el principio, pero no repararé en gastos para que así sea, desde la decoración del local, un gran letrero en la fachada, hasta anuncios en el *Heraldo*... —explicó con entusiasmo.

—Jolín, Julia, ¿lo dice en serio? —preguntó Rosita con la emoción reflejada en el semblante.

—¡Y tanto! Si me dices que sí, pronto te olvidarás del principal derecha. He echado el ojo al lugar ideal. Es un local en planta baja donde puede estar el taller, y arriba tiene un piso amplísimo. Podemos dedicar una parte a vivienda, y tirar los tabiques de las estancias de delante, las más nobles, y conseguir un amplio salón donde recibir a las clientas, tomar medidas y hacer las pruebas: sofás, mesitas para ofrecer un té a quien lo desee, lámparas, maniquíes y grandes espejos. Y mientras esperamos que todo esté listo me gustaría llevarte conmigo a Madrid. Visitaremos los mejores salones, y traeremos nuevas ideas y maletas llenas de las revistas y los figurines que de otro modo no llegan a Zaragoza. ¿Qué me dices? —terminó tras relatar todos sus sueños sin apenas tomar aire.

Rosita la miraba sin ocultar su asombro, admirada. Era como si no supiera dónde poner las manos, emocionada y nerviosa.

—¡Pero qué bien habla, Julia! Si yo leyera cada día como usted hacía... ¿cree que podría acabar hablando así? A mí me faltan las palabras la mitad de las veces.

—¡Rosita! ¡Que me tienes en ascuas! ¿Vas a responder o no? —la reprendió con gesto más divertido que de enfado—. ¿O crees que cambiando de tema no vas a tener que darme una respuesta?

—He de pensarlo, Julia. ¡Madre mía! —Se llevó la mano a la frente—. Es la decisión más importante a la que me he enfrentado en la vida. El lunes regresan mis padres del pueblo. Si le digo la verdad, antes de responderle me gustaría hablarlo con ellos.

—Me parece muy sensato —afirmó. Sin embargo, había un asomo de desencanto en su voz.

Rosita dejó reposar las manos sobre la mesa y miró a Julia. Tras unos segundos, habló sin titubeos.

—La semana que viene, cuando acudas a por tu ropa terminada, tendrás mi respuesta.

Julia esbozó una amplia sonrisa: aquel primer tuteo, que Rosita por fin se había decidido a utilizar, era un anticipo de su decisión. Dos socias en un negocio de costura nunca se tratarían de usted.

4

Miércoles, 22 de febrero

Aquellos días transcurrieron despacio para Julia, y cuando el miércoles por la mañana pulsó el timbre de la modista, se reconoció expectante y llena de impaciencia. Esperaba encontrar el rostro sonriente de Rosita, pero quien abrió la puerta fue doña Pilar.

—¡Ah, es usted! Casi había olvidado la cita. Pase, pase, que lo suyo ya está. Ha sido un milagro que haya podido terminarlo, porque estoy sola.

—¿Sola? ¿Y Rosita?

—¿Rosita? Ni me hable de esa desgraciada. Tuve que reprenderla y ¿sabe lo que hizo? ¡Cogió la puerta y se fue! Desde el viernes no le he visto el pelo. —Hablaba mientras avanzaba por el corredor hacia la estancia del fondo—. No se dan cuenta de que cuanto les dices es por su bien, Julia.

—¿Le pegó usted otra vez? —Julia estaba bajo el dintel de la puerta, y doña Pilar, que se disponía a sentarse en su sillón, se detuvo en seco y se incorporó de nuevo.

—¿Cuándo he pegado yo a nadie? —Se alteró—. A lo sumo un cachete para que le entren las ideas en la mollera, pero pegar... ¡Dios me libre!

—Cuando vine el viernes a la última prueba, Rosita tenía todos sus dedos estampados en la mejilla —le porfió—. Eso no había sido un simple cachete.

La modista se limitó a hacer un gesto de negación y de hastío.

—¿No te digo? —respondió al fin, molesta—. Una trata de

meter a estas crías en vereda y encima se la cuestiona. Pero bien que cogió el sobre de la semana antes de dar el portazo.

—Envuélvame la ropa y prepáreme la nota. Le pagaré ahora mismo.

—La ropa está ahí ya envuelta, pero ¿no se la probará usted antes? —objetó sorprendida y, por la actitud, alarmada.

—No será necesario. Si hiciera falta algún arreglo, cosa que dudo, le diré a Rosita que se encargue.

—¿A Rosita? No sé si la veremos más por aquí. No es la primera vez que se va, pero siempre regresó al día siguiente.

Julia sonrió. Esperó ante el ventanal en silencio mientras la modista rellenaba la primera hoja en blanco de un talonario de albaranes.

—¡Vaya por Dios! He puesto al revés el papel de calco —la oyó decir, nerviosa.

Escuchó el garabateo del lápiz con el pensamiento puesto en la muchacha. Cayó en la cuenta de que ignoraba su domicilio y comprendió que tendría que preguntar.

—¿Conoce usted la dirección de Rosita? Me gustaría darle las gracias en persona por su trabajo.

—La ignoro. Si le digo la verdad, no soy de intimar con las oficialas. Cada cual, en su casa, es lo mejor —respondió con sequedad—. Aquí tiene la factura. Le he descontado unas pesetas por los retales. Son... quinientas cuarenta y dos.

Julia se volvió y tomó la nota. Sacó el bolso, la cartera, y contó cinco billetes de cien y otros más de veinticinco, diez y cinco pesetas. Después hurgó en el monedero hasta completar el importe, que dejó sobre la mesa.

—Ahí se lo dejo —le advirtió al tiempo que recogía el envoltorio—. Está justo, pero puede usted contarlo.

—¿No mira usted la nota? ¿No quiere que le explique...?

—No, no hace falta —le cortó, y caminó hacia el pasillo.

—¿No la veré más por aquí, no es cierto? —se lamentó—. Creo que me juzga usted mal. Al menos, espero que hable bien de mi trabajo si le preguntan.

—Contaré maravillas del trabajo de Rosita, descuide —dijo ya con la puerta abierta, a punto de salir al descansillo.

Bajó las escaleras con cuidado, con el envoltorio en la mano y los ojos aún habituados a la luz de los ventanales. Se sentía inquieta, sin saber lo que haría para localizar a la muchacha. Había dado por sentado que la encontraría allí, y...

—¿Así que va a contar maravillas de mi trabajo? —La voz a su espalda la sobresaltó y a punto estuvo de gritar. Oyó cómo la puerta del viejo ascensor se cerraba sin ruido.

—¡Rosita!

—Le dije que hoy tendría respuesta.

—¿Vuelves a tratarme de usted? —rio.

—Jolín, me costará acostumbrarme.

—No necesito tu respuesta, la conozco desde el viernes.

—Es usted muy lista. Eres muy lista, Julia —se corrigió de inmediato.

Las dos rieron.

—Déjame que te acompañe. En tu estado es muy incómodo llevar ese paquete en brazos.

Salieron juntas del portal. La calle de Alfonso I era un hervidero bullicioso a aquella hora. Los toldos de los negocios a ambos lados apenas permitían caminar a los peatones por las aceras, y los vehículos se veían obligados a hacer sonar sus bocinas a cada momento. Solo habían dado unos pasos cuando Rosita alzó la mano derecha y la movió en señal de saludo. Julia comprendió que no era tal, sino una despedida, cuando volvió la cabeza y vio caer la cortina en la primera planta del edificio que acababan de abandonar. Un instante después, las dos mujeres se perdieron entre el bullicio, en dirección al Coso Alto y la plaza de España.

Caminaron hasta el Hotel Continental para dejar el envoltorio en la habitación que ocupaba Julia y, sin entretenerse, acortaron por la plaza de José Antonio hasta la calle de San Miguel. Se había empeñado en que aquella misma mañana Rosita viera el piso que pretendía reformar para acoger su salón de costura. El edificio tenía cuatro alturas y formaba un amplio chaflán con la calle adyacente. En las tres primeras plantas del chaflán se proyectaban hacia el exterior hermosas celosías de madera oscura completamente acristaladas que, aunque envejecidas y descuidadas, daban un aspecto noble al inmueble. En el resto, en las fachadas a ambas calles, se alineaban balcones de forja con bellas molduras en cuyo centro destacaban ostentosas cabezas de deidades femeninas. El portal, de madera con dos hojas, daba a la calle de San Miguel.

—Es todo el primer piso y la parte central de la planta baja

—indicó Julia con entusiasmo—. Los locales de los extremos no están en alquiler.

No había tenido ocasión de hablar de ello, pero estaba ansiosa por encontrar a alguien con quien compartir sus anhelos y sus planes. Desde la muerte de Miguel y su llegada a Zaragoza, había descubierto que en medio de una gran ciudad era posible sufrir la más angustiosa soledad. Había mantenido conversaciones con algunos clientes del hotel, aunque, salvo excepciones, todos estaban de paso; se dirigía ya por su nombre a parte del personal, pero en sus respuestas se referían a ella con un profesional *doña Julia*, que daba poco pie al inicio de algo que pudiera llamarse amistad. Estaba decidida a brindársela a aquella joven costurera poco agraciada en el físico, de la que solo conocía el nombre, la habilidad de sus manos y un carácter afable, sencillo y sin doblez. Calculaba que le sacaría tres o cuatro años, así que el drama de la guerra le habría cercenado la infancia con solo diez, como a ella le había arrebatado la primera adolescencia y la juventud. Debía reconocer que, desde el mismo momento de conocerla, Rosita había despertado en ella un sentimiento que podría pasar por conmiseración. Además del problema de sus ojos, su parca estatura y lo generoso del resto de sus medidas hacían de ella una muchacha que, sin duda, atraería pocas miradas entre los varones de su edad. Su indumentaria humilde, su pelo sin duda cortado en casa y la ausencia de afeites, terminaban de dibujar una imagen anodina y poco atractiva. Solo cuando sonreía su rostro se iluminaba y en sus mejillas se marcaban dos hoyuelos que le proporcionaban una expresión entrañable.

—¡Pero es enorme! ¡Y qué edificio tan bonito por fuera! —exclamó Rosita.

—A ver si está el dueño. —Las palabras de la joven la habían sacado de sus pensamientos. Se acercó a la puerta, pulsó el timbre del tercer piso y se apartó, con la mirada puesta en el balcón más alto. Al poco rato, un hombre de cabello cano apareció sobre ellas y miró a la calle con ojos miopes. Julia le hizo un gesto con la mano.

—¡Ah, es usted, Julia! Le abro, le abro.

Sonó un zumbido y un golpe seco en el interior y Julia empujó la puerta. Rosita se mostró extrañada.

—Se abre desde arriba. Don José está impedido y tiene instalado este sistema eléctrico —explicó—. Subiré a por las llaves, espérame aquí en el portal.

Julia no tardó en bajar. Con un gesto de complicidad, le mostró una llave que introdujo en la puerta más cercana. Al tiempo, tiró con fuerza hasta que cedió.

—Se puede entrar por el portal y directamente desde la calle, pero ahora las persianas están bajadas. —Tanteó en busca del interruptor y la luz de dos bombillas les mostró un local espacioso, pero con señales de abandono. Un viejo mostrador, alacenas y estantes de madera mostraban el polvo acumulado durante años de desuso. Sacos rotos de arpillera y periódicos viejos pisoteados, densas telarañas en los ángulos de los techos y de los muebles, y hasta una vieja báscula romana daban al lugar un aire de incuria y decrepitud.

—Era una tienda de ultramarinos —adivinó Rosita, mientras se agachaba para recoger del suelo una hoja de periódico. Le sacudió el polvo con el brazo extendido y la colocó bajo una de las bombillas para leer la fecha—. Es del cuarenta y cuatro.

—Encaja, don José me dijo que lleva cinco años cerrada. La muerte de su esposa y su artrosis le obligaron a echar la persiana. Pero mira, ven, esto es lo mejor.

Sus zapatos se tornaron pardos al atravesar la vieja tarima empolvada. Al doblar el pilar central de la estancia apareció a su derecha una escalera de caracol que desde la puerta permanecía oculta a la vista.

—¡Anda! ¿Comunica con la primera planta?

—¡Exacto! Tenían el almacén en el piso de arriba y para no dar la vuelta por la escalera principal los comunicaron por aquí. ¿Te das cuenta? ¡Nos irá de maravilla! —exclamó riendo.

—Así que el taller estará aquí y arriba, el salón para las clientas —adivinó Rosita.

—Y podrán acceder a él por aquí o por la escalera principal —aclaró Julia con entusiasmo—. Y esto será todo luz. Imagínatelo con las persianas levantadas: tres ventanales acristalados además de la puerta en el chaflán. Ya veo los vidrios vestidos con visillos de vainica.

Subieron juntas hasta el descansillo de la primera planta. La luz natural penetraba por el hueco de la escalera a través de una claraboya instalada en la cubierta.

—Falta el ascensor, pero no se puede pedir todo —bromeó Julia mientras probaba una segunda llave del manojo. Entraron en el recibidor del primer piso.

El semblante de Rosita debió de reflejar cierto desencanto que obligó a Julia a darle una explicación.

—Sí, sé que parece un piso corriente, un poco lúgubre incluso. Pero cuento con el permiso de don José para tirar los tabiques que sea necesario. Agrandaremos lo que era almacén con las dos habitaciones contiguas y tendremos un salón diáfano más amplio incluso que el taller.

Recorrieron las estancias cerradas. Se trataba de un piso espacioso, con varios dormitorios abiertos a la calle lateral y provistos de los mismos balcones que daban uniformidad a la fachada. La cocina y el baño, en cambio, se abrían a un patio interior compartido con los edificios próximos. Julia dejó para el final la estancia dedicada a almacén. Cuando pulsó el interruptor, Rosita no pudo reprimir una exclamación.

—¡Jolín, son hermosas! —Las alacenas de madera vacías y cubiertas de polvo cubrían las paredes tratando de aprovechar el espacio disponible. También ocupaban los huecos entre balcones y entre estos y el mirador del chaflán—. ¡Son perfectamente utilizables!

—¿Tú crees? No lo había pensado, pero me acabas de dar una idea —aseguró Julia. Recorría la estancia con la mirada y asentía a la vez—. ¡Sí, sí, lo veo!

Las dos mujeres rieron juntas.

—¡Jolín, Julia! —Rosita estaba emocionada. Agachó la cabeza.

—¿Qué te parece? —preguntó Julia, segura de la respuesta.

De manera inopinada, la muchacha se acercó a ella, la abrazó y rompió a llorar.

—¡Eh, eh! ¡Nada de pucheros! —bromeó tratando de ocultar su propia emoción. La sujetó por los hombros y Rosita se apartó secándose las lágrimas con el dorso de la mano.

—¡Qué tonta! Perdóname. Pero es que apenas puedo creer que todo esto esté pasando. Hace cinco días me veía sin trabajo, dispuesta a no volver a casa de doña Pilar, y ahora... ¡Si hubieras visto a mis padres, si los hubieras visto, cuando se lo conté todo anoche, al llegar del pueblo! Estaban más emocionados que yo. Me dicen que quieren conocerte para darte las gracias.

—Hasta que no pongamos todo esto en marcha sigues sin trabajo —advirtió riendo—. Al menos sin trabajo remunerado. Porque tarea por delante no nos falta, Rosita. Y quiero que me ayudes en todo.

—Aunque tenga que dormir tres horas al día —aseguró, medio en serio medio en broma.

—Dejaremos que sean seis, pero no más —siguió con la chanza, pero después su semblante se endureció—. Somos dos mujeres solas y no resultará fácil.

Julia regresó al piso de arriba para devolver las llaves. Confirmó al casero su intención de formalizar el arrendamiento y le informó de sus intenciones. El hombre parecía encantado de que la vieja tienda de ultramarinos, que tantos recuerdos albergaba, tuviera una segunda vida en manos de aquella muchacha que había respondido al anuncio pegado en la puerta. Tal vez tampoco andaba sobrado de dinero, a juzgar por su aspecto un tanto descuidado. Don José le aseguró que, con su ayuda, sería capaz de bajar a la calle y salvar la distancia que les separaba de la gestoría situada en el cercano paseo de la Independencia que había de encargarse de los papeles. Satisfecha, encontró a Rosita ya en la calle, embutida en el abrigo a pesar del sol de mediodía, contemplando el edificio desde el exterior.

—Pondremos un rótulo elegante —aseguró, recorriendo con la mano abierta el lugar que habría de ocupar.

—¿Ya ha pensado usted en un nombre?

—Lo podemos pensar juntas. A no ser que vuelvas a tratarme de usted, porque entonces tendría que buscarme otra socia —repuso con malicia—. ¿Y por qué no ahora mismo mientras comemos? ¡Estoy hambrienta! Te invito, pero hoy no será un bollo suizo.

—No, no, Julia, que no puedo aceptar. Además, mis padres me esperan en casa.

—Pasamos por allí, me los presentas y después buscamos un lugar cercano —resolvió mirando el reloj de pulsera—. ¡Tenemos tantas cosas de qué hablar!

Julia estuvo a punto de confesarle que aquella sería la primera ocasión desde su llegada a Zaragoza en que iba a comer acompañada, pero la estridente bocina de un automóvil las obligó a apartarse con prisa del centro de la calzada.

5

Martes, 21 de marzo

Las semanas siguientes fueron frenéticas y las dos mujeres hicieron la vida en la calle de San Miguel. De manera literal en el caso de Julia, pues, cansada de los paseos continuos, había optado por abandonar el Continental para acomodarse de manera provisional en uno de los dormitorios del fondo. Mal que bien, había soportado la incomodidad de las obras que ella en persona había concertado en cuanto hubo firmado el contrato de arrendamiento. La misma gestoría elegida por don José se había hecho cargo de las gestiones ante el Ayuntamiento, de la constitución de la sociedad que sería titular del salón de costura y del resto de los trámites administrativos.

Era lo único en lo que Julia había delegado, porque durante aquellas semanas se había mantenido a pie de obra, cubierta de polvo, indicando a los albañiles qué tabiques tirar; a los electricistas dónde situar un interruptor o una lámpara; al fontanero dónde ubicar los nuevos sanitarios que, por necesidad, habría de compartir con las clientas del establecimiento; a los carpinteros qué alacenas mantener y restaurar, cuáles habrían de cambiar de ubicación y qué elementos de madera recuperar. La escalinata interior cobró nueva vida, al igual que la galería acristalada del chaflán; los marcos de puertas y ventanas se renovaron, y hermosas molduras embellecieron el amplio salón. Julia tomaba decisiones aun en contra del criterio de los oficiales que habían tomado al asalto el edificio. Hubo de ignorar las miradas que intercambiaban, incluso los gestos y los comentarios obscenos de alguno, pero su criterio acababa imponiéndose y las cosas se hacían a su manera.

A medida que el taller y el salón de la planta superior tomaban forma, la preocupación de Julia se trasladó a la decoración y el equipamiento de ambas estancias. Pero antes de embarcarse de lleno en la nueva tarea, decidió que había llegado el momento de hacer realidad la promesa que le había hecho a Rosita. La irrupción de la primavera en la mañana del veintiuno de marzo las sorprendió en la estación de Campo Sepulcro, dispuestas a tomar el expreso que las había de llevar a Madrid. Rosita se mostraba muy nerviosa, y terminó por confesar, algo avergonzada, que nunca había tomado un tren ni había salido de Zaragoza. Viajar a la capital se le antojaba la mayor y más osada aventura que hubiera emprendido nunca, y por ello no dejaba de pedir consejo y de hacer preguntas a Julia, que disfrutaba con la situación. La muchacha se había vestido con su mejor atuendo y a punto estuvo de arruinarlo, mareada e indispuesta, en cuanto el tren empezó a ganar velocidad por los arrabales de la ciudad. Viajaban solas en el compartimento y Julia le propuso cambiar el asiento para evitar que fuera sentada a contramarcha. Aquello pareció ser suficiente y les permitió disfrutar del largo viaje sin aquella incomodidad. Atardecía ya cuando el humo y el vapor de la locomotora colmaron el interior de la estación de Atocha antes del estridente frenazo. Rosita, arrastrando su maleta, tropezó varias veces, absorta como estaba ante el hermoso edificio de hierro que se alzaba sobre sus cabezas hasta una altura inverosímil. Una vez en el exterior, Julia decidió tomar un taxi que en pocos minutos recorrió las arterias más céntricas de la capital para dejarlas a las puertas del Hotel Florida en la plaza de Callao.

—¡Virgen del Pilar! —exclamó Rosita al apearse del vehículo, contemplando el ajetreo de la Gran Vía en medio de los soberbios edificios que la enmarcaban.

Antes de entrar en el vestíbulo del hotel, Julia dejó la maleta al cuidado de su acompañante, sacó cincuenta céntimos de la cartera y pagó un ejemplar del *ABC* en el quiosco situado a pocos pasos. Con él bajo el brazo, se acercaron al mostrador y concertó una habitación doble para las cuatro noches que habrían de pasar en la ciudad. Tuvo que pellizcar a Rosita para que esta dejara su maleta en manos del mozo que las acompañó al ascensor para subir a la habitación, situada en la octava planta de aquel noble edificio. Realmente cansada, Julia se despojó del abrigo y, reclinada sobre una de las camas, se descalzó sin utilizar las manos y dejó que los zapatos cayeran sobre la moqueta.

—¡Pues ya estamos en Madrid!

Rosita se había acercado al balcón. Corrió la cortina y lanzó una exclamación al tiempo que se apartaba, como sacudida por un calambre.

—¡Qué alto! ¡Qué vértigo!

Julia no pudo evitar una carcajada. Rosita, sin embargo, insistió en asomarse con cautela, atraída por el espectáculo de las calles y los tejados del centro desde aquella atalaya que daba a la calle del Carmen.

—Descansa unos minutos, Rosita, el viaje ha sido agotador —le aconsejó.

—La vista es muy hermosa. —Apartó la cortina por completo y dejó que Julia vislumbrara desde la cama los enormes carteles luminosos, el fluir de automóviles, tranvías y peatones, y los cientos de ventanas tras las cuales se desarrollaba la existencia de miles de desconocidos.

El calor agradable que surgía de los radiadores recordó a Rosita que aún llevaba puesto el abrigo. Lo dejó doblado con cuidado sobre un sillón y procedió a explorar la habitación. Hizo algún comentario asombrado acerca del cuarto de baño individual, el teléfono que reposaba sobre la mesilla central y el enorme armario ropero empotrado en la pared. Tiró del cordoncillo de la lámpara sobre un pequeño escritorio y la estancia quedó inmersa en una atmósfera cálida y acogedora.

—Jolín, ¿cuánto debe de costar todo esto? —Dio la impresión de que la pregunta le quemaba en la boca y que por fin se había atrevido a formularla.

De nuevo Julia sonrió.

—No te preocupes por ello. Considera estos días en Madrid como una inversión para el negocio y como una gratificación por la ayuda que me estás prestando. De alguna manera ya trabajas para mí, aunque hasta ahora solo te haya pagado en especie.

—Si te soy sincera, Julia... había imaginado una pensión, un hostal como mucho. Nunca había estado en un lugar así. ¡Si hay teléfono en todas las habitaciones!

—Precisamente, Rosita; es que lo vamos a necesitar.

Julia se incorporó y se sentó en el borde de la cama. Cogió el ejemplar del *ABC* y se entretuvo un momento en la portada, ocupada por completo por las imágenes de tres de las fallas premiadas en las fiestas de Valencia. Lanzó una carcajada.

—Escucha esto. —Y empezó a leer en voz alta—. «Las fallas plantadas ascendieron a ciento cincuenta, muchas de ellas de gran mérito artístico, y todas ideadas con gracia e ingenio. El primer premio lo obtuvo la de la plaza del Mercado, que representaba lo difícil que es encontrar marido hoy día.»

—¡Para unas más que para otras! —replicó Rosita con cierto deje de amargura. Las dos rieron.

Julia abrió el periódico y pasó las hojas despacio. No eran las noticias de la primera plana lo que buscaba. No se detuvo hasta la página ocho: en la columna central aparecía un anuncio que también leyó en voz alta.

—Fíjate, Rosita: «Modernas prendas de punto. Tanto para señora como para señorita y niña, ofrecemos verdaderas creaciones en este tejido tan indicado para la primavera. Conjuntos, *sweaters,* sacones, chaquetas, blusas, boleros, rebeca inglesa. En suaves lanas angorinas y angoras, en cuyas calidades se hace notar el más sugestivo y original colorido en que están realizados todos los modelos. Vengan o escriban. EL CORTE INGLÉS. C/ Preciados, 3.»

—Jo, me gustaría verlo. ¿Estará lejos? —preguntó Rosita.

—Qué va, aquí al lado —respondió Julia mientras pasaba las hojas—. Ven, acércate, esto nos interesa más.

Esta vez fue Rosita la que leyó un breve recuadro:

—«ADELA ALTA COSTURA. De regreso de París, exhibe sus elegantes modelos de primavera-verano (solo por invitación). C/ Génova, 19. Teléfono 241370.»

—¿Ves para qué necesitamos el teléfono?

—¿Vamos a ir?

—¿Para qué hemos venido a Madrid si no?

—¡Pero hace falta invitación!

—La conseguiremos.

En la página veintitrés encontraron un anuncio de Sederías Carretas y Galerías Preciados. Julia marcaba las hojas con un doblez y rodeaba los recuadros con un pequeño lapicero que había sacado del bolso. Solo tuvo que pasar una más para encontrar la siguiente.

—«CONTRERAS ALTA COSTURA. Presenta su colección de primavera-verano a partir del viernes 24. C/ José Antonio, 65. Teléfono 221244.»

—En esta no habla de invitación.

—Llamaremos de todas formas, será mejor concertar la cita para el viernes. —Sacó una pequeña libreta y empezó a anotar nombres, direcciones, fechas y teléfonos.

—Mira, apunta esta también —señaló Rosita—. «PERTEGAZ presenta diariamente su colección de primavera-verano hasta el día 24 del actual, a las 5.30 de la tarde. Rigurosa invitación personal. C/ Ayala, 10. Teléfono 252995.»

Encontraron otras casas de costura en la sección de anuncios clasificados y Julia anotó todas y cada una de las señas, así como varios comercios de tejidos y sederías, que se explayaban en una amplia relación de sus existencias: alpacas, *gross-grain*, piqué nido de abeja, *shantungs*, *surachs*, batistas, *tricots*, *musettes*, angorinas, vichís, opales, percal, *kashas*...

—Jolín, no conozco ni la mitad —se lamentó Rosita.

—Tampoco yo, pero aprenderemos a manejarnos. De momento, saldremos a cenar algo por los alrededores y nos acostaremos pronto —organizó—. Van a ser días muy intensos y tendremos que lucir nuestra mejor imagen para ser bien recibidas en todos estos salones. Dedicaremos la mañana a ello.

Rosita habría de recordar aquellos días en Madrid entre los más dichosos de su vida, inmersa en una forma de vida ficticia y ajena, para la que apenas disponía de recursos. Seguía las indicaciones de Julia con una aplicación casi infantil y trataba de imitarla en todo. Se dejó peinar junto a ella en un salón de belleza cercano, se calzó los zapatos de tacón que esta eligió en una zapatería de la calle Fuencarral y se probó unos bonitos pendientes prestados por su amiga. Pero la mayor sorpresa se había producido al regresar al hotel por la calle Preciados. Llamó su atención un establecimiento con un rótulo que rezaba PELETERÍA ALASKA. PIELES DE TODAS CLASES. FACILIDADES DE PAGO y aflojó el paso para contemplar dos hermosas piezas que se exhibían en el escaparate. En ese momento sintió un tirón de la manga, y al cabo de un instante las dos estaban plantadas en el interior de la tienda. Más de una hora duraron las pruebas, la elección y los regateos ante el asombrado dueño del negocio y de su dependienta, y de una Rosita no menos aturdida, incapaz de asimilar lo que acababa de suceder. Sin darle opción a oponerse —un pellizco en el costado la obligó a callar—, Julia adquirió para ella un elegante abrigo negro de astracán, que pagó en efectivo con la condición de que los pequeños arreglos que requería estuvieran listos aquella misma tarde. Dictó la dirección del hotel donde debía ser entregado y salieron a la calle.

—¡Julia! Pero ¿estás loca? ¡Jamás podré pagarte este abrigo!

—Te repito que es una inversión, puede resultarnos muy útil, Rosita. Yo misma me hubiera probado el del escaparate de no tener esta barriga —replicó risueña palpándose el vientre.

De vuelta en la habitación del hotel, Julia le sugirió a Rosita que se probara las nuevas adquisiciones.

—Mientras, yo me voy a dar un baño —anunció.

Salió media hora después envuelta en dos toallas, una para el cuerpo y otra enrollada en la cabeza a modo de turbante. Perdida en sus pensamientos, se había olvidado del encargo que acababa de hacer a su amiga. Al verla plantada bajo la luz de la lámpara, se detuvo en seco.

—¡Pero, Rosita! —Se llevó las manos a las sienes—. ¡Si pareces otra! ¡¿Pero tú te has visto?! ¡Mírate!

La tomó de la muñeca y la llevó hasta la puerta del ropero, que ocultaba un espejo en el interior. La muchacha se miró y sonrió. El cabello no demasiado oscuro, cortado de manera que estilizaba la forma redondeada de su rostro; el carmín y el discreto maquillaje que le habían aplicado en el mismo salón de belleza y que, de manera casi milagrosa, había conseguido dar una improbable profundidad a sus ojos; los pendientes prestados por Julia; las medias oscuras y los elegantes zapatos de tacón alto que menguaban la distancia que la separaba de una estatura mediana; todo ello había convertido a Rosita en una muchacha distinta.

—Jolín, lo que puede hacer el dinero... —comentó sin ocultar su satisfacción.

—Pues espera a que llegue el abrigo de astracán. Vas a estar soberbia en los pases de modelos. Serás doña Rosa María Artigas, única heredera de Manufacturas Artigas, de Zaragoza.

—¡Empresa puntera en el comercio internacional de azafrán! —exclamó Rosita con voz impostada, y rieron las dos.

No en vano Julia había elegido el Hotel Florida para alojarse.

Aquella tarde se las arregló para dejarlo caer en cada llamada telefónica, y la señora Julia Casaus y su socia, propietarias a la sazón de un nuevo y exclusivo salón de costura en Zaragoza, obtuvieron sus invitaciones. Solo en una de ellas exigieron que las entradas fueran recogidas en persona, y allí acudieron en un taxi del que Rosita, con actitud displicente y con la puerta abierta para asegurar que el abrigo recién estrenado fuera bien visible, no se apeó mientras Julia se entrevistaba con el propietario.

Aquel sábado arrastraron por Atocha una maleta más, repleta de revistas, muestrarios, catálogos, patrones y figurines. De no haber sido por la ayuda de un atento viajero, habrían tenido dificultades para subirla al vagón del expreso que debía devolverlas a Zaragoza. Apenas dejaron de hablar durante el largo y penoso trayecto con paradas continuas, propicio para el repaso de las anécdotas de aquellos cuatro días intensos. El cielo se oscureció a medida que avanzaban hacia el norte y las gotas de lluvia empezaron a mojar los cristales cuando el revisor anunciaba la cercanía de Medinaceli, algo que tal vez influyó en el ánimo de Rosita. Había fantaseado con Julia entre risas con la posibilidad de imitar alguna vez los viajes a París de sus anfitriones en la capital cuando la muchacha, sin motivo aparente, estalló en sollozos.

—¿Qué pasa, Rosita? —Julia se inclinó hacia ella desde el asiento opuesto y le cogió la mano. Con la otra trataba de secarse las lágrimas.

—¡Oh, soy tonta, perdona! No es nada —se excusó—. Solo pensaba que hace un mes estaba en casa de doña Pilar trabajando sin parar, fregando suelos...

—Y aguantando sus bofetadas —la ayudó a terminar.

—Jolín, y ahora... fíjate. —De nuevo su semblante se deformó por el llanto y Julia, sin hablar, le apretó la mano con fuerza y sonrió con ternura—. Estos días me despertaba en la habitación y tenía que hacer un esfuerzo para recordar dónde estaba, para convencerme de que no soñaba. Y cada mañana he dado gracias a Dios y a la divina providencia cuando te veía en la cama de al lado.

—Pensemos que el destino ha hecho que se cruzaran nuestros pasos. Si te soy sincera, creo más en el trabajo, el esfuerzo y la audacia que en providencias divinas. —La sorpresa de Rosita pareció detener sus lágrimas. Hasta aquel momento no habían intimado tanto como para hablarle de su falta de fe, y Julia le dedicó un gesto cómplice antes de continuar—. Todo eso nos hará falta en grandes cantidades en las próximas semanas.

—Me da miedo, Julia. Puede que no esté a la altura de la confianza que me tienes —confesó.

—Fíjate, esa es una de las pocas cosas sobre las que no albergo ninguna duda. Por eso te hablo de audacia. Pero tu trabajo es la única baza segura en esta partida. —Rio con ganas, tratando de romper la tensión—. Y ahora lo que vamos a hacer es comer un poco, estoy hambrienta de verdad.

El tren entraba bufando en la estación y Julia se puso de pie para colocarse el abrigo, dispuesta a apearse para entrar en la cantina. Unos minutos después estaba de regreso, con dos botellas de agua ya desprovistas de la chapa. Las depositó en la pequeña repisa plegable bajo la ventanilla. Después de dejar de nuevo el abrigo en la redecilla sobre sus cabezas, echó mano de la bolsa de rafia que reposaba sobre la tapicería del asiento y sacó un envoltorio hecho con papel de periódico. Previsora, antes de tomar el taxi en dirección a la estación había comprado dos bocadillos de calamares en un bar próximo a Callao. El agradable olor se extendió por el compartimento en cuanto los depositó en la improvisada mesita.

—Si nos vieran ahora no nos dejarían entrar. —Rosita se refería al anuncio del salón de alta costura Contreras que apareció al desplegar el envoltorio. Julia había usado un par de hojas del *ABC*, que ahora estaban salpicadas de manchas de aceite.

—Se las daban de refinados, pero nos sobra tanta etiqueta para dar cuenta de esto. —Julia sonrió al tenderle el bocadillo.

Comieron con apetito y aquello pareció elevarles el ánimo. Tuvieron tiempo de sestear antes de que un matrimonio joven entrara en el compartimento al llegar a Calatayud y el resto del viaje transcurrió en su compañía, hasta que, al anochecer, se detuvieron en Zaragoza.

—Nunca olvidaré estos días —se despidió Rosita emocionada al pie del taxi, al tiempo que le plantaba un beso en la mejilla. Después la portezuela se cerró y Julia se dispuso a completar el breve trayecto que la separaba de su nuevo hogar.

Al atravesar la plaza de España con sus letreros iluminados, en su mente se perfiló con nitidez el anuncio que luciría en la fachada de la calle de San Miguel. MODAS PARÍS. ALTA COSTURA.

6

Viernes, 14 de abril

El ejemplar del *Heraldo* reposaba en la mesita del salón, abierto por la página en la que un generoso recuadro a dos columnas anunciaba la inauguración de aquella tarde. Todo olía aún a pintura, a trementina y a barniz y a la cera que había resucitado el brillo olvidado del suelo. Las notas florales del ambientador que habían ocultado tras los muebles, a imitación de los salones que visitaron en Madrid, pugnaban por hacerse presentes entre tal competición de olores.

Julia, ocupada en los mil detalles de última hora, había conseguido soslayar los nervios, pero Rosita se mostraba intranquila, algo que no contribuía a mejorar la expresión de continuo estupor causada por lo protuberante de sus ojos. Su aspecto ese día era, sin embargo, impecable. De nuevo, como en Madrid, la visita a la peluquería por la mañana, el esmalte en las uñas, el carmín de labios y un atrevido toque de color en el rostro hacían lucir el juvenil vestido con vuelo que había escogido junto a las medias finas de nailon y sus zapatos madrileños de tacón. Todo ello le proporcionaba un aire distinto, que ella misma admiraba a hurtadillas frente a los dos enormes espejos de la estancia.

También Julia se mostraba deslumbrante a pesar de su evidente embarazo. Su rostro de piel clara y la frente despejada contrastaban entre el negro de un amplio vestido de entretiempo de corte sencillo, y el cabello oscuro y ondulado, recogido de tal forma que hacía visibles unos pequeños pendientes de perla, a juego con el anillo que lucía en el anular.

Los invitados eran pocos, solo los propietarios de algunos almacenes de telas y mercerías con los que había entablado relación aquellos meses, destinados a convertirse tal vez en sus proveedores. Confiaba en que los anuncios del periódico atrajeran a potenciales clientas ante la novedad de un establecimiento como aquel. El centro del salón estaba ocupado por una mesa sobre caballetes vestida con una tela de color grana a modo de mantel. Sobre ella, un pequeño ágape que en el Hotel Continental habían accedido a preparar. Incluso le habían prestado las copas y la vajilla que en aquel momento lucían bajo la luz de las dos arañas de anticuario que colgaban del techo.

Miró el reloj de pulsera y sonrió a Rosita, que había apartado la cortina para asomarse hacia la transitada calle de San Miguel.

—Es la hora, ¿no te parece? Está todo listo. ¿Preparada?

Rosita suspiró y Julia empezó a bajar las escaleras de caracol. Ya en el taller, accionó dos interruptores. Juntas salieron a la calle y cruzaron la calzada hasta la esquina opuesta, antes de darse la vuelta. Los hermosos balcones de la primera planta que correspondían al salón se habían iluminado con pequeños focos eléctricos, y contrastaban con la relativa penumbra del resto de la fachada. Julia había dispuesto para la ocasión sencillas guirnaldas de hiedra entrelazadas en los pasamanos, y el efecto era hermoso, como habían tenido ocasión de comprobar unos días antes durante las pruebas. Pero lo que más llamaba la atención era el anuncio que lucía sobre la entrada: de tamaño discreto y concebido con buen gusto, una lámpara anclada en la galería del primer piso proporcionaba una luz cálida a las letras doradas que destacaban sobre un fondo lacado en verde carruaje. Al nombre del negocio habían añadido a última hora el de su propietaria, en tipo más reducido.

—Suena bien. MODAS PARÍS. ALTA COSTURA. JULIA CASAUS —leyó Rosita por enésima vez.

—Ha llegado el día. —Julia le pasó el brazo sobre el hombro y la atrajo hacia sí en un gesto de complicidad y afecto—. Ahora ya no hay vuelta atrás, me temo que esto nos hace inseparables.

—No tanto. Conozco muy buenas modistas en Zaragoza que estarían encantadas de trabajar aquí.

Julia le propinó un pescozón cariñoso. Satisfechas, sortearon a los viandantes que aflojaban el paso con curiosidad para observar la iluminación del nuevo negocio, y regresaron al interior del taller.

Los primeros en llegar fueron los padres de Rosita, que no la habían visto en toda la jornada. Ambos quedaron deslumbrados por su aspecto, y abrazaron a Julia sin dejar de darle las gracias por lo que estaba haciendo con su hija. Sabía que se habían puesto sus mejores galas, tal vez la ropa que cada domingo llevaban a misa, y que para ellos aquello era motivo de orgullo. No tardó en llegar el propietario de La Campana de Oro, el conocido almacén de telas de la calle Alfonso I, al que acompañaba su esposa. Casi de inmediato entró la dueña de una mercería cercana del brazo de su marido y con su hija mayor, que había de continuar con el negocio. Las luces de la fachada y las puertas abiertas invitaban a detenerse a quienes caminaban por aquella céntrica calle comercial, y pronto las dos mujeres se encontraron enfrascadas en animadas conversaciones con desconocidos. Una señora de mediana edad y porte distinguido que se presentó como Dorita Barberán entró acompañada por dos amigas y saludó de manera afable antes de empezar una interminable serie de preguntas. Algo en su actitud le indicó a Julia que aquella mujer esperaba que la reconocieran. El don de gentes que exhibía y el hecho de llevar la voz cantante le sugirieron que se trataba de alguien acostumbrado a moverse en círculos selectos y Julia decidió que era bueno prestarle atención.

Se repartieron el trabajo: Rosita mostraba el taller a los recién llegados a la par que vigilaba la entrada, y enviaba arriba a quienes consideraba clientas potenciales. Julia, por su parte, departía en el salón con los invitados, respondía a cuantas preguntas le hacían y entregaba las flamantes tarjetas del establecimiento. La tal Dorita parecía concitar la misma atención que ella misma, dueña del negocio, y a su alrededor se había formado un pequeño corrillo. Una de sus amigas cruzó la mirada con Julia, se apartó del grupo con una copa en la mano y se le acercó.

—Veo que no la conoce, Julia. Es la esposa del señor alcalde —musitó en tono confidencial. Su tono denotaba extrañeza, tal vez por el hecho de que no se estuviera mostrando obsequiosa con ella.

El corazón le dio un vuelco. Se recompuso y salvó la distancia que las separaba.

—Creo que le debo una disculpa. Hace poco que llegué a la ciudad y no...

—No tiene por qué conocerme, Julia —le cortó afable, al tiempo que se desentendía del resto y le dedicaba su atención—. El importante es mi marido... ¡aunque yo venga de mejor familia!

Quienes aún la rodeaban rieron con estrépito la broma.

—Celebro que hayan decidido acompañarnos hoy —continuó Julia, eligiendo las palabras con cuidado—. Es un día muy importante para nosotras.

—¿A quién se refiere? Dábamos por supuesto que era su esposo quien le había montado el negocio. Esperábamos conocerlo hoy.

—Por desgracia soy viuda —mintió—. Mi esposo murió en fecha reciente.

—¡Oh, pobrecilla! ¡Y en estado de buena esperanza! —Se detuvo sorprendida antes de barrer el salón con la mirada y el gesto—. No comprendo cómo ha sido capaz de sobreponerse y montar usted sola un negocio como este. Debe de ser usted una mujer excepcional. Dígame, ¿de dónde procede su familia? ¿Y la de su esposo?

La mente de Julia trabajaba a velocidad de vértigo para elaborar respuestas a un cuestionario que no esperaba. Tomó un platillo y lo ofreció para darse tiempo.

—Mi familia ha vivido siempre en Tarazona —explicó al fin—. Mi difunto esposo, sin embargo, pasó gran parte de su juventud en Francia.

—¡Oh! ¿Y no tuvo oportunidad de participar en nuestra gloriosa cruzada? —siguió preguntando a pesar de haber dado un delicado mordisco a un canapé.

—Lo hizo, por supuesto. Y también en la guerra mundial. Es una larga historia —respondió evasiva y con intención evidente de terminar con aquel interrogatorio.

—¿En la Segunda Guerra Mundial? ¿Estuvo su esposo en la División Azul acaso? ¡No me diga que tenemos aquí a la viuda de un héroe de guerra!

—Bueno, no exactamente, como le digo es una larga historia. Pero estoy segura de que tendremos ocasión de hablar de ello en alguna de sus visitas, si es que nos considera usted dignas de su confianza. —Trató de escabullirse, azorada.

—Tiene usted un gusto excelente, Julia. —La apreciación de la acompañante de Dorita Barberán llegó en su ayuda en el momento preciso—. Resulta elegante y refinado. Le auguro un gran éxito. Conozco locales similares en Madrid y Barcelona, pero hasta hoy no había nada igual en Zaragoza. La felicito.

El timbre del teléfono sonó estridente por encima de las conversaciones y Julia acudió a atender la llamada.

—No le falta de nada —intervino la tercera mujer—. Una gran idea instalar teléfono, eso nos evitará paseos innecesarios.

—Sí señora, en la tarjeta que les han entregado pueden encontrar el número.

—¿Y usted es...?

—Soy la madre de la costurera —respondió orgullosa—. No es porque sea mi hija, pero tiene un don para esto. Además, estuvo en Madrid completando su formación antes de establecerse, ¿sabe usted?

Rosita estaba disfrutando de veras. Algunos viandantes se asomaban solo para curiosear, pero varias mujeres entraron y entablaron conversación. A todas les mostraba el taller nuevo con la flamante máquina de coser Singer que apenas había tenido tiempo de probar, respondía preguntas y resolvía dudas, y todas salían con la tarjeta en la mano. Invitaba a subir las escaleras con sus esposos a aquellas que mostraban un interés patente y concreto, pues no eran pocas las que decían que las habían invitado a una boda en los meses siguientes. Su madre, que acababa de bajar del salón, se había sentado en una butaca del fondo, frente a la entrada, flanqueada por su padre. Provocó su sonrisa al verla tirar de la manga de una potencial clienta para alabar sus virtudes como costurera. Fue, sin embargo, su rostro demudado, entre sorprendido y desencajado, lo que la indujo a volverse hacia la puerta. Doña Pilar se encontraba de pie apoyada sobre un bastón, escrutando el taller con detenimiento, y no dejó de hacerlo cuando Rosita se acercó.

—¡Vaya! De modo que era cierto... —espetó con tono agrio. Cuando la tuvo frente a sí, la recorrió con la mirada de pies a cabeza—. ¡Pues sí que hemos prosperado!

—Ya ve usted, doña Pilar —respondió sin saber a qué atenerse, aunque su sarcasmo no dejaba lugar a muchas dudas. Aun así, optó por la prudencia—. ¿Qué le ha pasado? Lleva el tobillo vendado.

—Un mal tropiezo. No es el primero en este año aciago —respondió con doble intención.

—Lo lamento, doña Pilar.

—Así que esto es un salón de alta costura... Un poco pretencioso, ¿no? Sobre todo si tú vas a ser la modista.

—Si ha venido usted a agraviarme, la invitaré a marcharse.

—En cuanto termine lo que he venido a hacer. ¿Dónde está esa arpía? —Su mirada ya se había fijado en las escaleras de madera y hacia ellas se dirigió cojeando.

—No puede subir, Julia está ocupada. No suba...

La modista dio un brusco tirón para soltarse de la mano que la sujetaba por la manga y empezó a ascender apoyando ambos pies en cada escalón. Rosita, para evitar un espectáculo, optó por atravesar el taller, salir al descansillo y dirigirse al primer piso por las escaleras del portal. Cuando entró en el salón, se topó de frente con un corrillo en el que Julia conversaba. Su expresión alarmada debió de advertirle de que algo sucedía, porque se excusó y se acercó a ella en dos zancadas. Tuvo el tiempo justo para explicárselo antes de que su antigua patrona alcanzara la planta superior. Julia cruzó el salón como una exhalación y llegó hasta ella justo a tiempo de impedir que la modista se mezclara con los invitados. La tomó del brazo y, con disimulo, pero sin contemplaciones, la llevó al rincón más próximo a la escalera por la que acababa de subir.

—¿Qué busca aquí? Nadie la ha invitado —le espetó con voz queda.

—Tampoco yo la invité a venir a mi casa a robarme a mi empleada. ¡No tiene usted vergüenza! —Su tono estridente y destemplado se alzó por encima del rumor de las conversaciones, que cesaron por completo. Cuando Julia se volvió, todas las miradas se dirigían hacia aquel rincón.

—Le ruego que salga de mi casa de inmediato. No tengo nada que discutir aquí con usted. —Su voz temblaba, pero apresaba su brazo con firmeza. Solo quería sacarla de allí. La arrastró hasta la escalera.

—No se fíen de ella. ¡No tiene escrúpulos! —vociferó hacia el salón, antes de seguir a Julia escaleras abajo.

—¿Quién es esa mujer? ¡Qué espectáculo tan lamentable! —se oyó decir a la esposa del alcalde.

El corazón de Julia parecía a punto de estallar. Comprobó que doña Pilar la seguía por la estrecha escalera, pero tardaba una eternidad, colocando el bastón en cada escalón antes de dejar caer el peso. Temía que siguiera voceando, pero ya había logrado lo que pretendía. Julia se volvía a cada instante y la observaba con el rabillo del ojo mientras bajaba. De repente, sintió que algo se trababa en sus pies. Intentó mantener el equilibrio, pero su peso venció hacia delante. De manera refleja trató de asirse al pasamanos, pero los dedos perdieron el contacto y se sintió caer.

Despertó en una habitación desconocida, deslumbrada por la luz intensa que penetraba por un ventanal. Parpadeó varias veces hasta que se perfiló ante sus ojos el rostro inconfundible de Rosita. Se llevó la mano a la cabeza, hasta el lugar donde sentía un dolor sordo, y no percibió el tacto del cabello, sino de lo que supuso una venda. Empezó a tomar consciencia, y sintió un nudo en la boca del estómago que le provocó una intensa náusea.

—¡Mi hijo! —acertó a exclamar con mirada implorante.

—Todo está bien, Julia. No debes preocuparte —se apresuró a responder Rosita mientras rozaba su mejilla con cariño—. El médico ha dicho que no ha sufrido daño.

—¿Lo dices de verdad? —Julia imploraba con la mirada—. ¿No es para tranquilizarme?

—Te lo prometo, Julia —sonrió—. En cambio, tú no saliste tan bien parada, jolín. Tienes una brecha en la cabeza y el cuerpo completamente magullado. Por lo que han dicho, es un milagro que no te hayas roto nada, solo tienes contusiones.

Julia se palpó el vientre y pareció suspirar con alivio. Trató de cambiar de postura y el dolor le mudó el semblante.

—Vas a estar unos días dolorida —le advirtió con cara de circunstancias.

—¿Qué pasó, Rosita? No sé cómo pude caer por esas escaleras. Las he bajado mil veces. Supongo que se arruinó la inauguración, ¿no es cierto?

—Lo importante es que estáis bien, Julia. —Le rozó la barriga con la mano, sin negarlo.

—¿Se fue esa arpía?

—Desapareció en medio del revuelo. Todo el mundo se lanzó en tu ayuda.

—¿Y la esposa del alcalde? ¿Qué dijo?

—Oh, se mostró muy correcta. Esperó hasta que te tumbaron en el coche que te trajo hasta el hospital, y se despidió deseando que no fuera nada. Prometió que preguntaría por ti.

Entonces los ojos de Julia se llenaron de lágrimas.

—¡Había puesto tantas esperanzas! Confiaba en que la fecha me trajera suerte y... —Su voz se cortó.

—No llores, Julia, solo fue un accidente inoportuno —trató de consolarla—. Lo importante es que vuelvas a casa cuanto antes para poder abrir las puertas.

—¿Quién va a venir, después de las palabras de esa mujer? Seremos la comidilla de toda Zaragoza.

—Mi madre se quedó en el taller cuando yo vine aquí contigo. Ella y mi padre se encargaron de recoger y cerrarlo todo bien cerrado. Después vinieron a verte y a traer las llaves —le explicó—. Me dijo que ella misma se encargó de contar a quien quiso oírla quién es esa mujer, y que sepas que no le tiene ninguna simpatía. Si alguien se puede quedar sin clientas por lo que ha hecho, será ella.

—No pensaba en un comienzo así.

—Jolín, Julia, vamos a verlo por el lado bueno: muchas personas ya conocen el salón, y esta historia circulará de boca en boca entre las amistades de la señora alcaldesa, lo más fino de la alta sociedad de Zaragoza. Creo que la curiosidad hará el resto, ya lo verás.

—Eso... y que a partir de hoy las cosas no pueden sino mejorar —concluyó Julia a medio camino entre la sonrisa y el desconsuelo.

7

Jueves, 1 de junio

Julia se hallaba sentada a la pequeña mesa que servía de escritorio, ante el ventanal que daba a la calle de San Miguel. Unos elaborados visillos tamizaban la luz exterior en aquella tarde que anunciaba el tórrido verano de Zaragoza. Eran fruto de una minuciosa labor de artesanía en la que Rosita había invertido horas incontables, pero tiempo era lo que les sobraba a ambas desde que el salón de costura echara a andar. En contra de sus previsiones, apenas unas pocas clientas habían hecho sonar la campanilla de la puerta de entrada. Un par de faldas para una señora de edad avanzada, un vestido de verano para una joven heredera y un traje negro para la institutriz de la familia de un conocido abogado que tenía su mansión en la cercana calle Gargallo.

Garabateaba números en una libreta repleta de anotaciones y Rosita, que seguía sin entenderse demasiado con la nueva Singer, le lanzaba miradas de soslayo a la vez que accionaba el pedal de manera intermitente, tratando de conseguir entre soplidos una costura recta. Vio que Julia se pasaba la mano por la frente para secarse el sudor que la perlaba y, aunque estaba de espaldas a ella, supo que no era por el calor.

—¿No salen las cuentas? —se atrevió a preguntar, preocupada.

Julia levantó la cabeza, apartó la silla y resopló también.

—Las facturas llegan una tras otra —se sinceró mientras ponía la mano plana sobre un abultado montón de papeles—, pero la caja no es ni con mucho la que esperábamos. Sigo atendiendo los gastos con mis propios fondos y no contaba con ello a estas alturas.

Rosita dejó de accionar los pedales. Abrió los labios para hablar, pero titubeó. Al fin alzó las cejas con un gesto de determinación.

—Julia, mi paga te la podrías ahorrar, al menos hasta que entre más trabajo —ofreció.

—¡De ninguna manera, Rosita! —Julia reaccionó sin dudar—. El negocio funcionará tarde o temprano, tiene que hacerlo, y tú no has dejado de trabajar en estos meses. Mañana mismo insertaré nuevos anuncios en el *Heraldo*. Y si tengo que vender alguna de mis propiedades lo haré. Pero en tu casa cuentan con tu sueldo y no me perdonaría haberte arrancado de tu anterior trabajo para dejarte ahora en la estacada.

—Al menos las cortinas y los visillos han quedado fetén, ¿no?

—¡Pero si me has vestido el taller, el salón y la casa entera! —rio.

—Oye, Julia... En el hospital dijiste que confiabas en que la fecha de la inauguración te trajera suerte —recordó—. ¿Qué tenía de especial? Es por lo de la República, ¿no?

—Digamos que era una fecha importante para Miguel y para mí —respondió con tono evocador.

—¡Maldita arpía la dichosa doña Pilar! Cada vez que lo pienso... —exclamó Rosita de repente con el semblante demudado—. Es como si nos hubiera echado mal de ojo. Me recuerda a la bruja de «La Bella Durmiente», cuando irrumpe en esa fiesta a la que no había sido invitada y anuncia la desgracia para la princesa.

Julia rio de buena gana.

—Ni a ti ni a mí nos asustan ya las malvadas brujas de los cuentos infantiles, ¿verdad? Y te aseguro que no voy a esperar sentada cien años hasta que aparezca un príncipe que rompa el hechizo.

El chirrido de la puerta las sobresaltó un instante antes de que sonara la campanilla. Al contraluz se recortó la figura de dos mujeres que saludaron al entrar. Julia reconoció a la primera y se levantó para acudir a su encuentro.

—Buenas tardes, Julia y compañía —saludó afable Dorita Barberán—. Les presento a mi mejor amiga, Josefina Beltrán, señora de Monforte.

Era una mujer que frisaba los cincuenta, de aspecto distinguido pero vestida con sencillez. Dos detalles llamaron de inmediato la atención de Julia: el cabello moreno y corto, un estilo rompedor muy alejado de los ondulados que solían lucir las mujeres de su edad, y un precioso collar de perlas de tres vueltas que se bastaba por si solo para complementar un discreto vestido de verano. Tendió la mano para saludar a Julia con delicadeza y después dio unos pasos para hacer lo mismo con Rosita.

—¿La señora de Monforte? ¿De los Monforte de la calle Gargallo, cerca del Hotel Aragón?

—Veo que ha atado cabos de inmediato —confirmó con una sonrisa amistosa—. Sí, confeccionaron ustedes un traje para Concepción, nuestra institutriz. De hecho, su excelente factura es lo que me ha convencido para venir a conocer su salón.

—Eso, y mi insistencia. —La esposa del alcalde se atribuyó el mérito riendo con desparpajo—. Lamenté mucho lo sucedido el día de la inauguración. Habría acudido al hospital para verla, pero un viaje con mi marido lo impidió. Hice averiguaciones, sin embargo, y me enteré de que todo se había quedado en un susto. Por eso la recomendé a la institutriz de Pepa.

—Se lo agradezco. —Julia tardó un instante en comprender que se refería a Josefa Beltrán. Pepa debía de ser el apelativo con el que la conocían sus amigas—. ¿Y en qué podemos ayudarlas? —preguntó obsequiosa.

—¡Oh! Cada año, mi esposo y yo organizamos una cena de gala en casa, la víspera del Pilar, y me gustaría disponer de algo adecuado para la ocasión. Me dice Dorita que frecuentó usted los mejores salones de Madrid para conocer las novedades de París.

—Así fue. Ya hemos tenido ocasión de coser un par de vestidos de ceremonia con las últimas tendencias —mintió—. Pero le garantizo que su modelo será exclusivo y con su porte y su estilo llamará la atención.

—No obstante... hay algo que querría pedirle. Estoy acostumbrada a recibir a la modista en casa, me gustaría que fuera así también esta vez.

—En el salón de la planta de arriba podemos atenderla de maravilla —intervino Rosita—. No trabajamos en casas particulares...

—En esta ocasión no creo que haya ningún inconveniente —cortó Julia sin apenas dejarla terminar—. Yo misma acudiré a la dirección que me indique con revistas, figurines y muestrarios para ayudarla a tomar la mejor decisión. Por suerte ha venido usted con mucho tiempo.

—Mañana mismo dispongo de la tarde libre —respondió la señora de Monforte con evidente satisfacción, mientras le tendía una tarjeta de visita—. Puede venir a las cinco. En la portería pregunte usted por Antonia, una de nuestras doncellas, y ella la acompañará.

—Allí estaré, doña Josefa —confirmó solícita—. No obstante, le mostraré el salón, si no tienen inconveniente. Puedo ofrecerles un refresco.

—Sí, sube, Pepa. Verás con qué gusto lo han puesto —la animó Dorita Barberán—. Y nos vendrá bien algo fresquito, con este verano adelantado.

Faltaban tres minutos para las cinco en el reloj de Julia cuando pulsó el timbre del portal. Para hacer tiempo había paseado por la acera del Hotel Aragón bajo la sombra de los árboles, que apenas le permitían distinguir las formas del extraordinario edificio de cinco plantas que albergaba la residencia de los Monforte. Un amplio chaflán ocupaba la confluencia de la calle Gargallo con Isaac Peral y en él, a la altura de la cuarta planta, se divisaba la balaustrada semicircular de una terraza, a la que se asomaba otra balconada retranqueada unos metros más atrás en el piso superior. Por encima de ambas se alzaba un magnífico torreón de planta hexagonal que remataba la cumbrera. La fachada era una sucesión de balcones corridos con ricos balaustres de mármol e hileras de ventanas en forma de arco, de facturas muy diferentes, combinadas en un conjunto armónico que hacían de aquel un edificio singular. Ya había llamado su atención semanas atrás al pasar por aquella calle. Por eso su sorpresa fue grande al comprobar que era precisamente allí donde se reclamaban sus servicios.

Esperó unos segundos a que el portero acudiera a abrir la puerta. Era un hombre joven, tal vez de su misma edad, ataviado con un uniforme azul que recordaba al de los infantes de marina que acostumbraba ver en los desfiles triunfales tras el fin de la guerra. También la gorra de plato era similar, aunque el joven la sujetaba en la mano, quizá dispuesto a colocársela solo si era necesario.

—Buenas tardes. ¿Qué se le ofrece? —preguntó cordial.

—Soy Julia Casaus, de Modas París. Vengo a...

—Pase, la están esperando. —Se hizo a un lado para permitirle el acceso sin dejarla terminar—. Haga el favor de esperar aquí mientras doy el aviso.

Julia tomó asiento en el cómodo sofá de cuero que le indicaba, y dejó con alivio a un lado el grueso cartapacio que llevaba bajo el brazo y el bolso, en el que había logrado embutir un muestrario de telas. Oyó ponerse en marcha la maquinaria del ascensor y se entretuvo observando el lujoso vestíbulo; no pudo evitar sentirse intimidada por aquella ostentación, a la que estaba poco acostumbrada. De la portería surgía el inconfundible murmullo de un serial radiofónico, que quedó interrumpido en aquel mismo instante por las señales horarias y la sintonía del parte de las cinco. Casi no prestó atención a las insulsas noticias acerca de la visita de los ministros de obras públicas español y portugués a las obras de los embalses de Buendía y Entrepeñas, a la celebración de la Feria Nacional del Campo en Madrid y al nombramiento del Caudillo como alcalde honorario de Almería. No había terminado el repaso de las noticias principales cuando el ascensor inició el descenso. Calculó, por el tiempo que empleó en el recorrido, que había subido hasta el cuarto o el quinto piso, aquel que contaba con la terraza frente al Hotel Aragón. Cuando se abrieron las puertas, apareció una muchacha ataviada como una doncella, incluidos el delantal blanco y la cofia. Le calculó poco más de veinte años, pero su rostro aún lleno de pecas tenues le daba un aire adolescente y simpático. Se acercó a ella y la saludó de forma tímida con la mano, tanto que apenas las puntas de sus dedos entraron en contacto, mientras dirigía la mirada al suelo.

—Ha sido usted muy puntual —dijo con la intención evidente de romper el hielo, al tiempo que con el gesto le indicaba que recogiera sus cosas para dirigirse al elevador.

—Me gusta serlo siempre —respondió Julia con el cartapacio bajo el brazo—. Tú debes de ser Antonia.

—¡Gracias, Vicente! —Había vuelto la cabeza para despedirse del portero en tanto se apartaba para permitir el paso a la recién llegada—. Sí, sí, Antonia. Perdone que no me haya presentado.

—¡De nada, preciosa! —respondió el joven antes de regresar junto a la radio. El piropo se coló en el ascensor y la muchacha enrojeció.

—Es un zalamero —se justificó cuando la puerta se cerró y empezaron a ascender—. Pero se lo perdono, el pobre está deseando hablar con alguien, todo el día *solico* en la portería.

—Al menos tiene la radio —comentó Julia, tratando de corresponder al deseo evidente de la doncella de evitar el silencio.

—¡Gracias a Dios! No hace ni dos meses que la trajo, la está pagando a plazos el mozo. —Sonrió—. Pero todos le animamos a comprarla, es su única compañía.

El ascensor se detuvo en la cuarta planta y la puerta se abrió a un espacioso distribuidor cubierto de mármol veteado.

—¡Ay, disculpe! Debía ayudarla con sus cosas. —Cayó en la cuenta, un instante antes de liberarla del peso del carpetón.

Se dirigió a una de las dos puertas que se abrían en aquella planta, que había dejado entornada, y le cedió el paso a Julia. Se encontró en un amplio recibidor amueblado con gusto exquisito y tal vez un punto de ostentación. El color verde de las paredes contrastaba con las molduras blancas, con el dorado de los soberbios marcos de óleos, acuarelas, fotografías y espejos, y con los tonos caoba y nogal de los muebles auxiliares. Antonia se dirigió a una de las puertas y Julia la siguió sin dejar de observar aquel magnífico hall con asombro.

—Siéntese, siéntese —la invitó al entrar en lo que parecía una sala de espera y dejó la carpeta apoyada en un sillón—. Igual no le han dicho que el señor Monforte es abogado. Tiene su bufete en la plaza de España, ¿sabe usted?, pero a veces recibe visitas aquí, en su gabinete.

La atención de Julia se vio atraída de inmediato por un gran óleo que ocupaba la pared frontal. Dejó el bolso junto al cartapacio y se acercó al cuadro para leer la placa del marco: «Alegoría de la Justicia y la Paz. 1753-1754. Corrado Giaquinto. Óleo sobre lienzo. Copia del original». En la pared lateral, junto a la ventana, colgaba el título de licenciado en Derecho de Emilio Monforte, fechado en 1920 con la firma del rey Alfonso XIII. Un rápido cálculo mental le sirvió para suponerle una edad cercana a los cincuenta y cinco. En la mesita del centro descansaban varias revistas perfectamente ordenadas junto a un platillo de alpaca con tarjetas de visita. «Emilio Monforte, abogado. Laboral. Civil. Familia.» El texto se completaba con la dirección del bufete y su teléfono. Julia tomó una y regresó al sillón para guardarla en el bolso junto a la tarjeta que le había entregado su esposa la víspera. Apenas había tomado asiento cuando la puerta se abrió de nuevo y asomó la cara sonriente de Antonia.

—Venga conmigo, Julia. La señora la espera en el salón. —De nuevo la ayudó con sus pertenencias, y recorrieron juntas el espacioso pasillo que las condujo a una puerta acristalada de doble hoja encajada entre columnas de mármol.

Julia quedó boquiabierta al acceder a la estancia. Comprendió de inmediato que su salón de costura resultaba insignificante ante aquel lugar amplio, luminoso, magnífico, que se abría a la gran terraza semicircular que había tenido ocasión de divisar desde la calle. Cada detalle encajaba en el lugar pensado para él, todo formaba parte de una combinación armónica por sus dimensiones equilibradas, por los colores mezclados con gusto exquisito, y el resultado era un espacio acogedor que sin duda invitaba a pasar en él horas interminables. Apenas tuvo tiempo de reparar en elementos concretos, porque doña Josefa se acercó a ella y le tendió la mano en cuanto Antonia dejó sus pertenencias sobre una mesita auxiliar.

—Es una suerte que haya podido venir tan pronto, y veo que preparada. —Sonrió señalando la abultada carpeta—. Fui un tanto desconsiderada al citarla a esta hora, habrá pasado un calor tremendo, Julia. Venga, siéntese y descanse un rato, así podremos conocernos un poco más, si es que va a ser usted mi modista.

—En realidad, la que tiene unas manos prodigiosas es Rosita. Yo he cosido desde siempre, pero no me he dedicado nunca a ello de manera...

—¿Profesional? —apuntó la señora de Monforte—. Sin embargo, ayer en su salón comprobé que domina el oficio a la perfección, sabe usted de lo que habla.

—He asistido a numerosos cursillos de corte y confección, y la afición y el interés han hecho el resto...

—Antonia —interrumpió a Julia con un gesto de la mano, mientras se dirigía a la doncella que se disponía a salir del salón—, ve a la cocina y dile a Rosario que prepare una de esas limonadas suyas.

—Como mande, señora —respondió Antonia, disciplinada.

—Vive usted en una mansión muy hermosa —observó Julia—. ¿La ha decorado usted misma?

—En lo fundamental sí, bien asesorada por un amigo de la familia, aunque algunos muebles estaban en la casa cuando yo llegué. —Julia compuso un gesto de extrañeza que tal vez incitó a su clienta a dar una explicación—. Mi marido enviudó, yo soy su segunda esposa.

—El ambiente resulta muy acogedor —alabó Julia con sinceridad.

—Me gusta recibir visitas y hacer que se sientan a gusto. En algo ha de emplear una el tiempo libre, ¿no le parece? Siempre estoy haciendo cambios en la casa, no me produce ninguna pereza. De vez en cuando organizamos cenas como la de octubre, por eso está usted aquí hoy. Además del vestido, tal vez les encargue una nueva mantelería. ¿Sabe? No me gusta repetir si los invitados son los mismos. Pero dejemos de hablar de mí, cuénteme cómo está usted —se interesó señalando al abultado vientre que la obligaba a sentarse de lado.

—Todo va bien, salvo las molestas náuseas ocasionales. Desde muy joven trabajé como interna en la consulta de un conocido médico en Tarazona, el doctor Blasco, y por suerte tengo alguna experiencia en los asuntos femeninos —explicó.

—¿Blasco? ¿Herminio Blasco? —exclamó doña Josefa.

—¿Lo conoce?

—¡Válgame Dios! ¿Cómo no lo voy a conocer? Es amigo íntimo de Ramón, el médico de nuestra familia. Estudiaron juntos aquí en Zaragoza. ¡Pero si habrá estado en esta casa al menos media docena de veces!

—Entonces debe de ser don Ramón Mainar. —Julia ató cabos—. Más de una vez ha estado comiendo con el doctor Blasco en Tarazona.

—¡Y usted debe de ser la muchachita de la que hablaban, muy bien por cierto! ¡Qué pequeño es el mundo! No creo que tarde mucho en venir por aquí, suele hacerlo con cierta frecuencia.

El rostro de Julia se ensombreció. Decidió que era el momento de dejar de hablar de un pasado que de ninguna manera deseaba arrastrar a su nueva vida.

—Y bien, doña Josefa, ¿qué idea tiene acerca de esa cena? Supongo que desea un vestido largo de noche y...

—Ahora hablaremos de eso. —Cortó el intento evidente—. Sería estupendo que la visitara Ramón, ahora que su embarazo llega al final. Es uno de los mejores médicos de Zaragoza y con él estará usted en las mejores manos. Quieras que no, un parto es un momento delicado y nunca se sabe cuándo puede surgir un problema.

—No será necesario, de verdad —trató de zafarse Julia—. Estoy satisfecha con la atención que recibo en el Hospital Provincial. Ya he concertado los servicios de una matrona para cuando llegue el momento.

—Insisto, Julia. Por lo que me contó Dorita, está usted sola y no vamos a dejarla en la estacada en un momento como este. ¡Virgen del Pilar!, no me quiero ni imaginar a mí en una situación así, viuda y sin nadie que la ayude en una ciudad que no conoce. Y no tendrá usted que desembolsar una sola peseta, de eso me encargo yo.

Julia estaba azorada, incapaz de oponer otros argumentos. Había creído posible huir de su pasado, pero el azar parecía empeñado en traerlo de regreso. Se maldijo por haber mencionado el nombre del doctor. Por un momento pensó en salir de aquella casa para no regresar más, pero tal vez el futuro de su negocio dependía de aquella mujer que tenía enfrente.

—Con permiso —se anunció Antonia, que entró con una bandeja en la mano. Se acercó a la mesita, colocó un paño de hilo y depositó encima dos vasos de limonada fresca. Junto a ellos dejó un platito con pequeños dados esponjosos de bizcocho.

—Pruébelo, Julia. No está bien que lo diga yo, pero está exquisito. Nuestra Rosario es una cocinera excelente, ¿no es cierto, Antonia?

—Tan cierto como que hoy es viernes —repuso la doncella con una sonrisa, ya dispuesta a salir.

—Espera, Antonia. —Doña Josefa mostraba el semblante pensativo, como si una idea acabara de cruzarse por su mente—. Yo he de salir en cuanto terminemos con esto, pero se me ocurre que puedes llevar a Julia a la cocina para que conozca a la buena de Rosario y que os prepare una merienda en condiciones.

—No se moleste, doña Josefa, no es necesario...

—No es molestia, mujer. Aunque tal vez piense que soy una entrometida, pienso que Antonia y usted podrían llevarse bien. Ella tampoco tiene muchas amigas en Zaragoza, y creo que por sus caracteres congeniarían de maravilla. —El rostro claro y pecoso de Antonia se cubrió de rubor—. Lo que usted decida... De momento vamos a hablar de mi vestido.

Julia se quedó sorprendida por la amplitud de la cocina, una estancia formada por dos piezas en ángulo recto con tres grandes ventanas que sin duda se abrían a la fachada posterior del edificio. Las paredes estaban alicatadas de arriba abajo con azulejos blancos que reflejaban la luz de la calle, y por eso la mirada resultaba atraída por la gran cocina de carbón, de negro hierro colado con los cromados brillantes hasta el extremo. Un gran fregadero con grifería antigua de latón ocupaba el único espacio libre en medio de una sucesión de alacenas de madera blanca adosadas a las paredes. El espacio central lo presidía una gran mesa rectangular cubierta por un hule impecable, y rodeada por ocho sillas de factura sencilla.

—Aquí hacemos la vida nosotras —le explicó Rosario abriendo los brazos para abarcar lo que era su dominio—. Y aquí nos sentamos los seis a comer a diario. Los señores y los chicos almuerzan en el comedor, como está mandado.

—Rosario, que es la primera vez que Julia pone los pies en esta casa, no conoce a nadie.

—Entonces, ¿a qué esperas para hablarle de la familia? —la reprendió con afecto.

La cocinera era una anciana de cabello blanco y un rostro repleto de pliegues, con ojos enrojecidos y llorosos a causa de las abultadas rijas que orlaban sus párpados inferiores. Esto le daba un aspecto desvalido que, junto a una sonrisa amable y una actitud apocada, despertó en Julia un sentimiento de ternura. Vestía un uniforme de manga corta con delantal que dejaba ver las carnes caídas de los brazos, terminados en unas manos de dedos regordetes y deformados por la artrosis.

—No te fíes de esa mirada, que cuando quiere sabe sacar el carácter —bromeó Antonia.

—¡Niña! ¿Qué estás diciendo? —La sonrisa en los labios desmentía cualquier apariencia de enfado. Se volvió para seguir manipulando lo que preparaba sobre la poyata de baldosines.

—Aparte de nosotras dos, aquí hace la vida otra doncella más, Francisca, mi compañera de tareas. Concepción, la institutriz de los chicos, no está interna. Luego está Sebastián, el chófer de don Emilio. Y Vicente, que come con nosotros a diario, aunque él duerme en la portería.

—Conozco a Concepción, le cosimos un uniforme hace unas semanas.

—Y bien bonito le quedó —apuntó la cocinera. Luego dio tres golpes en la mesa con la palma de la mano—. Anda, sentaos, que os pongo algo de merendar.

—He oído a doña Pepa cuando he entrado con la limonada —confesó Antonia mientras le apartaba la silla para que se acomodara con su prominente barriga—. ¿Así que te has quedado viuda hace poco? No sabes cuánto lo siento.

Julia se limitó a asentir y a musitar un agradecimiento.

—Por Concepción supimos que te has venido a Zaragoza tú sola para poner en marcha ese salón —siguió la doncella—. Eres muy valiente.

—Demasiado, quizá —sopló—. Está por ver que esto pueda salir adelante.

—Nada, yo creo que pronto empezarás a tener clientas. La mujer del alcalde habla de ti a todas sus amigas y, que no salga de aquí —añadió en tono de confidencia—, muchas la imitan en todo. La señora ha sido la primera, pero verás como vienen más. La misma Dorita Barberán comentó que podría hacerte un encargo, que dicen que pronto vendrá el Generalísimo a Zaragoza y tendrá que ponerse guapa porque seguro que la sacan en el NODO.

—¡No sabes cuánto me alegro! —sonrió Julia con sinceridad ante la candidez y el lenguaje llano de Antonia.

Rosario dispuso entre ambas unas rebanadas de pan, un bol con tomates secos en aceite y un platillo con olivas negras arrugadas, al estilo de Aragón.

—Los tomates y las olivas son de mi pueblo, así que ya podéis hacer aprecio.

—Tienen un aspecto increíble —reconoció Julia—. Pero siéntese usted también, Rosario.

—¡Ay, hija mía! Prefiero estar de pie y a lo mío, que con estos huesos —se echó la mano a la espalda—, si me siento, igual luego no me levanto.

Las dos rieron.

—Y tú, Antonia, ¿de dónde eres? Por lo que ha dicho doña Josefa tampoco tienes a tu familia aquí. ¿Cómo viniste a parar a esta casa? ¡Qué buenas están las olivas, Rosario!

—¡Oh, es una larga historia! —repuso la joven mientras daba un mordisco a un trozo de tomate—. Pero tiempo tenemos, aunque habrá que empezar por el principio.

—Eso es, cuéntale, háblale del pueblo y de don Emilio —terció Rosario, que se afanaba sacando con una pala metálica las cenizas de la cocina de carbón.

—Pues verás, don Emilio viene de buena familia, de abogados y eso, que además tienen minas de carbón en Utrillas y en otros pueblos cerca de donde soy yo, en Teruel. En cambio, la mía es muy humilde. Después de la guerra no teníamos nada, pero nada, solo el mísero jornal de mi padre, que no nos daba ni para comer. Ni la casa donde vivíamos era nuestra, porque la de mis abuelos se vino abajo por los bombardeos. Yo tenía once años cuando terminó, y doce mi hermano mayor. —Tragó saliva, y Julia observó que luchaba por no dejarse llevar por la emoción—. Fueron años de mucha hambre, pura miseria en aquellos pueblos arrasados.

—Te entiendo muy bien, Antonia. —Trató de ayudarla poniéndose en su lugar—. A mí no me tocó pasar hambre, gracias a Dios, pero las penurias a nuestro alrededor eran las mismas.

—En casa no se podían mantener más bocas de las necesarias, así que tuve que dejar la escuela y entrar a servir en un pueblo cercano al cumplir los doce. Mi hermano Manuel, aunque ayudaba en casa, pudo seguir en la escuela un tiempo más, pero solo porque el maestro y el cura se empeñaron y acabaron por convencer a mi padre. Le decían que era un chico sobresaliente y que era una pena que lo mandara al campo o a la mina. Así que se pasó años yendo a la escuela cuando podía, si no había que coger olivas o segar la mies, ayudar en la huerta o retejar el tejado, que siempre estaba medio hundido. Muchas tardes, al terminar las tareas, se iba a la casa parroquial o a la del maestro y no volvía hasta la hora de cenar lo poco que había, por mucho que mi padre refunfuñara cuando lo veía con libros debajo del brazo.

—¿Cómo se llama tu pueblo?

—Villar de la Cañada. Es un lugar precioso, encaramado en la ladera de un monte, con el río que discurre por el fondo del valle en medio de las huertas de la vega. Era muy rico antes de la guerra, según cuentan, por las minas, los olivares y el ganado. Además, construyeron un embalse aguas arriba, y desde entonces no falta agua abundante ni en invierno ni en verano.

—Sigue, sigue, que te he interrumpido —la animó Julia.

—Pues nada, así fueron las cosas hasta el año cuarenta y tres, cuando un buen día llegó don Emilio al pueblo en su lujoso haiga para visitar una de las minas. En el bar del pueblo, el cura se las arregló para abordarlo y le habló de Manuel. Poco debió de durar la conversación, porque al rato hicieron llamar a mi padre y a mi hermano a aquel bar. Yo no estaba, que ya andaba sirviendo fuera del pueblo, pero sé que también se habló de mí. Y aquella misma tarde Monforte y mi padre se dieron la mano para cerrar el trato. Don Emilio iba a apadrinar a Manuel y a correr con los gastos de su estancia en el seminario de Zaragoza hasta ser ordenado sacerdote.

—Y tú entrarías a servir en esta casa —supuso Julia.

—Solo hasta que mi hermano cante misa, y solo quedan dos años. —Los ojos le brillaban—. Después, cuando el obispo le adjudique sus parroquias, yo me iré con él para atenderlo y para cuidar de mis padres, que se van haciendo mayores.

Julia permaneció pensativa, sujetando una oliva entre los dientes sin llegar a morderla. Al final la retiró de la boca para hablar.

—¿Te irás con él a un pueblo, sea cual sea, para cuidar de por vida a tus padres y a tu hermano?

—Claro que sí, como debe ser, ¿no? —respondió con absoluta convicción.

—Supongo que sí. —El gesto de Julia desmentía sus palabras—. Y eso implica que permanecerás soltera y no formarás tu propia familia.

—Claro que no, ya tengo una familia. Las hermanas de los sacerdotes siempre se han quedado solteras para cuidar a los padres y al hermano. —Su rostro cubierto de pecas se iluminó—. Siempre ha sido así. Por eso Rosario me está enseñando a cocinar como Dios manda, y quiero aprender aquí muchas cosas... labores y todo eso, para cuando me vaya al pueblo.

Julia cabeceó despacio. Había un rastro de amargura en su semblante.

—Mujer, si quieres aprender a coser, te puedes acercar al taller algún rato que tengas libre. —Por algún motivo, se había visto impelida a decir aquello—. Rosita estará encantada de enseñarte lo que esté haciendo.

—¡Te lo agradezco mucho! Pero apenas tengo tiempo. Solo libro los sábados por la tarde. ¡Esta casa es tan grande! La de tareas que se amontonan cada día, es un no parar.

—¡No se lo va a creer viéndote perder media hora para merendar! —De nuevo la cocinera medió en la conversación, esta vez para ponerle fin—. Venga, jóvenes, esas olivas, no quiero que quede ni una en el plato, pero aún hay mucho que hacer antes de ponernos con la cena.

8

Sábado, 1 de julio

Se dejó caer en uno de los bancos sombreados de la plaza de José Antonio sin soltar el cochecito de capota, donde el pequeño Miguel dormía plácido y satisfecho después de vaciar su pecho con avidez antes de salir. Apenas doscientos metros los separaban de casa, pero se trataba del primer paseo tras el alumbramiento y se apoyó en el respaldo con alivio.

—Descansa un *ratico* y si quieres nos volvemos. Jolín, igual es demasiado pronto. —Rosita se había empeñado en acompañarla, no sin colgar antes en la puerta del chaflán un cartelito que advertía de su corta ausencia.

—¿Me ves mala cara? —Julia sonrió.

El pequeño había venido al mundo el sábado anterior, día de San Juan. Aunque don Ramón la había animado a dar a luz en casa con ayuda de una comadrona de su confianza, prefirió acudir a la Maternidad cuando las contracciones empezaron a hacerse frecuentes e intensas. Allí los dolores del parto se habían prolongado solo tres horas y al anochecer, con los últimos rayos de sol de uno de los días más largos del año, la matrona le colocó a su hijo sobre el regazo.

Nunca habría creído que una mujer pudiera experimentar sentimientos de tal intensidad. Desde la temprana muerte de sus padres, se había considerado una muchacha fuerte y capaz de afrontar con determinación las adversidades que se interponían en el camino. Había logrado desarrollar mecanismos que la protegían del desánimo, de la angustia y de la postración, y trataba de afrontarlas con ánimo decidido, tal como se presentaban, buscando en cada momento la solución más acertada. Pero aquella noche de San Juan, sola en la fría habitación de la Maternidad con su hijo sobre el vientre, la ausencia de Miguel se había abatido sobre su ánimo con una crueldad inaudita. Sintió la carga de la soledad como nunca, hasta el punto de hacer insignificante el peso real del cuerpecillo caliente que gorjeaba entre sus brazos. El llanto que acudió a sus ojos se hizo incontrolable y se prolongó durante horas, sin que la irreal presencia de las hermanas que la atendían consiguiera sacarla del trance. Despertó agotada en medio de la penumbra, recordó y, de nuevo, la evidencia de la ausencia la sumergió en la zozobra. Dos cosas habían cambiado: el pequeño Miguel ya no reposaba sobre su vientre y una mano cálida entrelazaba los dedos con los suyos.

—¿Dónde está mi hijo? —preguntó, sobresaltada.

—Chis —chistó Rosita—. Duerme ahí, a tu lado, en su *cunica*.

—¿Está bien?

—Las hermanas dicen que todo ha ido sobre ruedas. Es un niño precioso —añadió con una sonrisa, al tiempo que le apretaba la mano—. Jolín, su padre debió de ser muy guapo.

—Me tienes que acompañar en cuanto pueda salir de aquí —le espetó con tono apremiante, tratando de incorporarse.

—¿Acompañarte? ¿Adónde?

—Tengo que ir allí, a decirle que tiene un hijo que lleva su nombre.

—Claro que iremos, Julia, en cuanto te recuperes. —Rosita hubo de hacer un esfuerzo para dominar la emoción—. Ahora debes descansar.

El miércoles le dieron el alta y esa misma mañana Rosita se presentó en la Maternidad empujando un precioso coche de capota.

—Vengo de la prueba de doña Josefa en su casa —explicó—. Al enterarse de que has dado a luz se ha empeñado en buscar el cochecito que utilizó con sus hijos. Dice que lo puedes usar mientras lo necesites. Y que le lleves al pequeño cuando quieras, para conocerlo.

—Es un cochecito muy hermoso, casi demasiado. —Julia se puso de pie con dificultad, todavía resentida y débil, y pasó las yemas por la superficie azul brillante—. Supongo que he de aceptarlo, aunque haya que guardar el otro.

En aquel momento, el cochecito reflejaba los rayos de sol tamizados por el follaje en la plaza de José Antonio. Los paseantes desviaban la mirada hacia su interior y un par de mujeres ralentizaron el paso para asomarse a contemplar el bebé. Julia se apoyó en el respaldo del banco y se levantó.

—Ven conmigo, Rosita.

—Jolín, ¿pero no volvemos a casa? —preguntó con sorpresa al comprobar que empujaba el cochecito en sentido contrario.

—Antes quiero pasar por otro sitio, no está lejos. Si hace falta, me sentaré por el camino.

Bordearon la plaza hasta su extremo, y doblaron a la derecha en la calle Gargallo. Caminaron junto a la fachada lateral del Hotel Aragón y llegaron al cruce con la calle Isaac Peral, cerca de donde se alzaba el edificio de los Monforte.

—¡Vas a ver a doña Josefa! —exclamó—. Me parece buena idea.

—No, hoy no hay tiempo —respondió cuando ya sobrepasaban el portal—. Tengo algo más urgente que hacer.

Alcanzaron la plaza donde se alzaba la soberbia portada de la parroquia de Santa Engracia y Julia se dirigió a la entrada.

—Espérame aquí —le rogó al tiempo que ponía el cochecito en sus manos—. Supongo que no tardaré.

Rosita vio cómo su amiga se perdía en el interior del templo y se alegró de que el pequeño siguiera durmiendo con placidez. En aquella semana había comprobado que lo hacía durante tres o cuatro horas después de tomar el pecho, ahíto. En realidad, todo estaba yendo bien, y el único motivo de inquietud era la honda preocupación que percibía en Julia tras el parto. Había tratado de hablar de ello en las largas horas dedicadas a la costura que habían compartido los últimos días, pero Julia no la había dejado traspasar el muro en que se encerraba, tras el cual, sin duda, escondía algo que no estaba dispuesta a compartir ni siquiera con su única amiga. Paseó con lentitud en torno a la plaza entre el ajetreo de aquella mañana de sábado, disfrutando de la ligera brisa que aún impedía que el calor empezara a apretar. Faltaba poco para el mediodía cuando Julia asomó en el atrio de la iglesia y los buscó con la mirada. Rosita intuyó que algo había ido mal al verla acercarse con paso cansado.

—Vamos, Rosita, regresemos antes de que se despierte.

El tono de su voz y su semblante la delataban y la muchacha no se dejó arrebatar el cochecito de entre las manos. Por el contrario, tomó a Julia de la muñeca.

—Julia, ¿hay algo que no te atreves a decirme? Compartir las preocupaciones es lo mejor para aliviar la angustia. Recuerda que aquí en Zaragoza soy tu única amiga. —Fijó la mirada en ella con ojos sinceros y comprensivos, y Julia bajó la cabeza. Las lágrimas parecían a punto de brotar. Asintió despacio, con los ojos ya anegados y echó a andar.

—Volvamos al banco de la plaza, necesito sentarme.

—Dímelo por el camino, me tienes preocupada. ¿Qué ha pasado ahí dentro?

—Que tengo un problema, Rosita. Quería habértelo contado antes, pero no ha surgido la ocasión.

—¡Suéltalo ya, jolín! —exclamó impaciente.

—Miguel y yo no estábamos casados, Rosita. —Calló un instante, a la espera de que la revelación calara—. Mi hijo, oficialmente, no tiene padre. Solo dispongo de una declaración de paternidad firmada de su puño y letra, pero se ve que no es suficiente. De hecho, he tenido que inscribirlo en el registro civil así, como hijo de padre desconocido. He querido informarme de lo que tengo que hacer para bautizarlo, y el párroco se acaba de negar en redondo.

—¡Pero no puede hacer eso! —exclamó, y sus ojos saltones parecieron querer salirse de las órbitas—. ¿Qué culpa tiene la criatura de...?

Rosita no terminó la frase, consciente de que estaba a punto de meter la pata.

—De todas formas, si me lo hubieras dicho antes, te habría recomendado que no vinieras a Santa Engracia, este hombre tiene fama de intransigente y malencarado. Puedes probar en otras parroquias, Julia.

—No puedo recorrer iglesias dando cuartos al pregonero, Rosita. Sin partida de matrimonio y con el padre fallecido, es difícil que un párroco acepte inscribir al pequeño en el registro de bautismo.

—¡Pero no se puede quedar sin bautizar, jolín! Si algo le ocurriera...

Julia sonrió ante la candidez de Rosita. Hacía mucho que ella había ido perdiendo la fe, y los relatos de Miguel acerca de su experiencia en las dos guerras la habían llevado a un total escepticismo que, sin embargo, se guardaba para sí en una sociedad cerrada, beata y excluyente como aquella. Asistía a misa los domingos, y soportaba las miradas de soslayo cuando llegaba la hora de la comunión y era la única que permanecía sentada en el banco sin participar del sacramento. Hacía también muchos meses que no se confesaba y el hecho de desear el bautizo del pequeño se debía solo al interés de evitarle problemas futuros.

—Me tienes que contar cómo es eso de que no estabais casados —siguió Rosita deteniendo el paso—, pero ahora me vas a aguardar aquí un momento.

Sin más explicaciones, volvió sobre sus pasos y se perdió bajo la arcada de Santa Engracia hurgando en su bolso. Al poco salió y, con paso decidido, regresó junto a su amiga. Abrió el bolso lo justo para dejar asomar una botella de un palmo con cierre de gaseosa. Julia sabía que solía llevar una encima para humedecerse los ojos, siempre resecos, con un delicado pañuelo.

—Ahora es agua bendita, de la pila —anunció—. Este niño tiene que ser bautizado hoy mismo. En la catequesis nos explicaron que cualquier cristiano puede hacerlo en caso de necesidad, sin la presencia de un sacerdote.

El sol de mediodía entraba a raudales por los balcones del primer piso. Julia cerró los postigos y corrió las cortinas para sombrear el salón, dispuesta a mantener el ambiente fresco durante las horas más calurosas de la tarde. Las rendijas rayaban de luz muebles, paredes y objetos y hacían brillar las partículas de polvo que flotaban al azar en el aire. Después tomó al pequeño Miguel de la cuna, se lo apoyó en el hombro derecho y comenzó a darle golpecitos en la espalda para ayudarle a expulsar los gases tras la reciente toma.

—¡Qué acogedor resulta así! —comentó Rosita al tiempo que disponía un paño blanco sobre una palangana de porcelana y colocaba a su lado una delicada toalla de lino. Después buscó la botella de agua bendita en su bolso, abrió el cierre hermético y la vertió en un cuenco de barro de buen tamaño—. Ya está todo listo.

Julia se acercó con el bebé que gorjeaba ahíto y satisfecho, y lo sujetó sin esfuerzo entre los brazos sobre la palangana. Rosita se colocó a su lado. Julia asintió cuando estuvo preparada y la muchacha hizo con su pulgar la señal de la cruz sobre la frente del pequeño. A continuación empezó a verter agua bendita sobre su frente.

—Yo te bautizo, en el nombre del Padre y del Hijo y del Espíritu Santo.

—Amén —repuso Julia.

El bebé rompió a llorar con súbito desconsuelo y las lágrimas, en su caso de emoción, acudieron también a los ojos de las dos mujeres mientras usaban la toalla para secar la diminuta cabecita.

Julia había tenido ocasión de descabezar un sueño tras el almuerzo, hasta que el llanto en la cuna la sobresaltó. La nariz le advirtió que tendría que cambiar el pañal y dedicó los siguientes minutos a lavar al bebé antes de ofrecerle una nueva toma. Acababa de acostarlo y se disponía a bajar al taller cuando sonó la campanilla de la calle. Descendió la mitad de la escalera de caracol y vio la sombra recortada frente al cristal traslúcido.

—¡Entra, está abierto!

El rostro risueño y pecoso de Antonia se perfiló a contraluz al tiempo que las bisagras poco engrasadas anunciaban su entrada.

—¡Hola! ¿Se puede? Espero no molestar a estas horas —saludó con voz dulce—. Puedo venir otro rato.

—¡Pasa, Antonia! ¿Cómo vas a molestar? —respondió Julia desde lo alto—. Acabo de acostar a Miguel, sube. —Observó que la muchacha, además del bolso que llevaba en bandolera, arrastraba una voluminosa bolsa de lona azul, y tiró de ella escaleras arriba con la facilidad que da la costumbre.

—Mira, vengo a traerte *ropica* para tu bebé —explicó—. Era de los hijos de los Monforte y estaba por los cajones desde que eran pequeños. Doña Josefa se ha empeñado en que la revisara y te la acercara.

—¡Oh, no sabes cómo os lo agradezco! Seguro que me vendrá bien —supuso, aun antes de haberla visto—. Pero pasa, pasa, siéntate. Ahí, en el sofá.

Durante largo rato hablaron del pequeño, hasta que terminaron de vaciar la bolsa de la que sacaron chaquetas, patucos, botitas, petos y pantalones, camisas y ropa de abrigo para el invierno, que quedaron extendidos sobre el sillón.

—Ya tengo ganas de tropezarme un día con los chicos. Con todo esto, va a ser como si los conociera desde pequeños —bromeó Julia—. ¿Cuántos años tienen ahora?

—Alfonso tiene doce y Rafael, diez. ¡Menudos perillanes están hechos los dos! Más vale que tu Miguelín salga más tranquilo, porque con estos es un sinvivir. Si quieres saber mi opinión —bajó la voz de forma innecesaria, en tono de confidencia—, están muy mal criados. Demasiado capricho y mucha manga ancha.

Antonia aceptó la limonada que le ofreció Julia, mientras la conversación se iba desplazando hacia ellas dos.

—Tuvo que ser muy duro para ti venir a Zaragoza, lejos de tus padres...

—¡*Ná*, para entonces ya estaba acostumbrada! Llevaba tres años sirviendo en casa de la maestra del pueblo de al lado.

—¡Es cierto! Recuerdo que lo contaste en la cocina de los Monforte.

—Pero sí, venir a la capital fue un cambio grande. ¡Si yo no había salido nunca de El Villar! ¿Sabes lo que más echaba en falta al principio? —Antonia reía—. Los corrillos al sol con las vecinas. Una remendaba la ropa, otra hacía ovillos con las madejas de lana, la otra desgranaba el maíz para las gallinas, y así pasábamos las tardes. Y por la noche, en verano, lo mismo: a tomar la fresca, cada uno con su silla a la luz de los candiles.

—Y ahora que has conocido cómo es la vida en Zaragoza, ¿de verdad deseas regresar a aquello?

El semblante de Antonia se ensombreció por un momento.

—¿Por qué no? A pesar de que nos faltaba de todo, allí éramos felices. Aquí se puede estar muy solo en medio de tanta gente, Julia.

—Eso es cierto, pero no sé... está el cine de los sábados, o los paseos después de misa el domingo, con los chicos rondando —sonrió—, ¿serás capaz de renunciar a todo esto ahora que lo has conocido?

—Así son las cosas, y una debe conformarse con lo que le ha tocado en suerte —respondió sin atisbo de duda, como recitando una letanía bien aprendida.

—Te has ruborizado, sin embargo —advirtió Julia con una sonrisa. Después se quedó pensativa, pero decidió continuar—. Apenas nos conocemos y no hay confianza suficiente, pero algún día me gustaría hablar contigo de aquello a lo que renuncias.

—Algún día... —respondió Antonia, evasiva. Entonces echó mano del bolso que había dejado en el sofá y hurgó en su interior.

Sacó un bote de barro con la boca sellada por una tela sujeta con bramante.

—Toma, te he traído esto. Ya sé que es poca cosa, pero... Lo recogí yo misma la última vez que estuve en el pueblo. Es té de roca.

—Antonia, ¡cuánto te lo agradezco! Me encanta el té. No tenías que haberte molestado. ¡Aun bien tapado huele de maravilla!

—En mi pueblo hay mucho, por los riscos. Me gusta trepar para buscarlo, aunque hay que tener mucho cuidado o puedes romperte la crisma. Subir a por él es fácil, ¡pero bajar...!

—¿Y qué sueles hacer en tus días libres? —insistió Julia, al tiempo que dejaba el tarro en la mesa.

—Ah, pues dar algún paseo con Francisca, la otra doncella. O ir a misa a Santa Engracia, que está al lado. Y visitar a mi hermano en el seminario, claro. A veces también viene él a verme a mí. Doña Josefa le tiene mucho aprecio, ¿sabes?, y siempre le insiste para que vaya a merendar cuando está mosén Gil.

—¿Mosén Gil?

—Ah, un sacerdote muy amigo de la familia. Es el confesor de doña Josefa. Está en el arzobispado, creo que tiene un cargo importante. El caso es que muchas tardes se pasa por la casa y toma café con la señora y alguna de sus amigas. Y con don Emilio, aunque rara es la vez que él está a esas horas.

—¿Y te gusta ir al cine? Algún sábado podríamos ir las tres juntas. A Rosita le encanta.

El rostro de Antonia se iluminó, aunque el gesto de alegría se desvaneció pronto.

—No he ido mucho al cine, si te digo la verdad. Mosén Gil dice que es un invento del demonio, que solo incita al pecado.

—¡Mujer! —exclamó Julia, riendo—. No creo que lo diga por *Mujercitas* o por *Alicia en el País de las Maravillas*.

—Me gustaría un montón ir con vosotras —sonrió a su vez—. De todas formas, el lunes salimos todos para San Sebastián.

—¿A San Sebastián? —repitió Julia sinceramente extrañada.

—El señor tiene una casa preciosa allí muy cerca de la playa, Villa Margarita, y todos los años van a veranear mientras duran las vacaciones de los chicos. Don Emilio va y viene, pero doña Josefa se queda allí todo el verano, hasta principios de septiembre. Por cierto, me encarga que te diga que hasta entonces no habrá más pruebas de su vestido.

—Queda mucho tiempo hasta el Pilar —observó sin darle importancia—. Y tú ¿vas con ellos?

—Claro, Sebastián nos llevará en el coche del señor, aunque no cabemos todos y siempre ha de hacer dos viajes. Primero iré yo con la señora y con Rosario. Abriremos la casa y la dejaremos lista para cuando llegue el señor un par de días después, con los chicos y con Concepción, la institutriz.

—¿Y Francisca no va? —preguntó Julia de nuevo, haciendo recuento del servicio que ya empezaba a conocer.

—Ah, nos solemos turnar, cada año le toca a una. La otra se queda al cargo de la casa, con Vicente. Y con Sebastián y el señor cuando vuelven a Zaragoza.

—Debe de resultar muy duro pasar sola en Zaragoza el verano que te toque.

—Lo que tiene de bueno es que aprovecho y voy más a menudo al pueblo para estar con mis padres. Para las fiestas de la Virgen de agosto incluso paso una semana entera con ellos.

—¿Y qué prefieres? —Julia sonrió.

—Pues la playa y el palacete de San Sebastián son una maravilla, pero no lo cambio por la cara de felicidad de mis padres cuando bajo del coche de línea para pasar con ellos las fiestas. Este año no se la veré. —La nostalgia le empañó los ojos y Julia le apretó la muñeca.

—Qué nombre más bonito, Villa Margarita.

—Don Emilio se lo puso por su primera esposa. Debía de quererla mucho, pero se murió muy joven, a los veinticuatro años. Ni siquiera habían tenido tiempo de tener hijos.

—¡Qué pena! Así que Alfonso y Rafael son hijos de doña Pepa.

—Sí, sí. Doña Margarita iba con el siglo, así que mira si hace años de aquello. Eran muy jóvenes los dos cuando se casaron. Por eso digo que don Emilio debió de quererla mucho y tuvo que ser muy duro. Tardó lo menos una docena de años en volver a casarse.

—Bueno, pues a ti te toca disfrutar de esa Villa Margarita.

—¿Disfrutar? Bueno, sí, aquello es precioso. Pero casi trabajo más que aquí, hasta cuando me llevan a la playa me toca estar pendiente de los chicos entre todo aquel gentío.

—Pues sí, vaya responsabilidad si se pierden o les pasa algo.

—Me alegro de haber tenido que venir, Julia. Así puedo despedirme, que hasta septiembre ya no nos veremos —se sinceró Antonia al tiempo que se levantaba.

—Yo también me alegro. Estaré atenta a la cartelera para entonces, creo que anuncian *Agustina de Aragón* —rio.

—¡Ah, esa le gustará a mosén Gil! —bromeó Antonia mientras empezaba a bajar la escalera de caracol.

—¿Y dices que don Emilio se queda en Zaragoza algún día más?

La pregunta extrañó a Antonia, quien hizo un fugaz amago de detenerse. Sin embargo, descendió hasta alcanzar el piso del taller.

—Sí, le oí decir que ha de ultimar algunos asuntos en el despacho. Supongo que el chófer volverá aquí el martes y el miércoles llevará a los demás. Es un viaje largo y cansado para hacer la ida y la vuelta el mismo día.

Julia asintió sin añadir nada más. Se desearon un buen verano y se despidieron con dos besos. Cuando la puerta volvió a cerrarse con el tintineo de las campanillas, su mente maquinaba sin parar, y se sorprendió afirmando con la cabeza ante la decisión que acababa de tomar. Si albergaba algún asomo de duda, esta se disipó al recordar la visita de aquella misma mañana a la iglesia de Santa Engracia.

9

Lunes, 3 de julio

Los lugares como aquel la intimidaban sin poder remediarlo. En realidad no se trataba de la sala de espera al uso que cabría encontrar en un despacho de abogados, sino de un espacio amplio que se abría a través de dos enormes ventanales al paseo de la Independencia y a la plaza de España. Julia permanecía de pie ante uno de ellos, contemplando el paso de los tranvías atestados, de los numerosos automóviles y de cientos de viandantes que transitaban aquel lunes por el centro de la ciudad. Apenas prestaba atención a aquel interminable desfile, porque su mente trataba de ultimar los argumentos que en un instante habría de desgranar frente a Emilio Monforte, el titular del bufete. Era algo que llevaba haciendo dos días enteros, sin saber todavía si, en el último momento, sería capaz de atravesar el portal de Independencia 2-4. El temor de que, al tanto de su situación, el abogado terminara por prohibir a su esposa el contacto con ella, se interponía ante la posibilidad de que un hombre con su experiencia y sus contactos pudiera proporcionar una salida a su complicada circunstancia. A cada momento, la balanza se inclinaba hacia uno u otro lado, pero lo cierto era que la llamada a la misa de nueve en alguna iglesia cercana la había sorprendido en las cercanías del despacho. Había estado a punto de renunciar después de pasar varias veces ante la entrada sin atreverse a empujar la puerta, y solo el recuerdo de su hijo, que acababa de dejar al cuidado de Rosita, la había impelido a hacerlo en un último arranque, sin darse la oportunidad de echarse atrás.

Una empleada de aspecto estirado le había indicado, tras presentarse y consultar con el abogado, que don Emilio, muy ocupado aquella mañana, podía dedicarle solo unos minutos si tenía la amabilidad de esperar. Consultó su reloj por enésima vez cuando señalaba las diez y cuarto y, cansada, se sentó en uno de los modernos sillones de diseño extrañamente sobrio que salpicaban aquel espacio. El nudo que sentía en el estómago dio paso a la alerta cuando una puerta se abrió en un pasillo cercano y oyó dos voces masculinas que, sin duda, se despedían. Nerviosa, se puso de pie, justo cuando regresó la secretaria.

—Don Emilio la recibirá ahora —anunció con solemnidad.

La siguió por un pasillo hasta alcanzar la única puerta abierta, que atravesó cuando la mujer le franqueó el paso. Monforte se encontraba sentado a la mesa, en un despacho cuya decoración poco tenía que ver con los muebles modernos y funcionales que había en la zona de espera. Allí los dorados metálicos resaltaban entre el cuero y el nogal y ni siquiera el terno marrón de verano que lucía el abogado desentonaba del entorno. Se encontraba al parecer enfrascado en la lectura de un documento que rubricó con una estilográfica. Después se quitó las gruesas gafas de pasta, plegó las patillas con cuidado y las dejó perfectamente alineadas junto a un pisapapeles de bronce antes de alzar la mirada hacia la recién llegada.

—Pase, siéntese... señora.

—Julia Casaus —respondió tras un leve carraspeo. Comprendió que el fugaz vistazo le había resultado suficiente para vislumbrar el anillo que lucía.

Julia tuvo un instante para examinar sus facciones. Su rostro ovalado, de frente más que despejada, cabello muy corto y ya entrecano en torno a las sienes, en nada se diferenciaba al de un labrador de su pueblo o al de un conductor del tranvía entrado en años. Pasado el umbral de los cincuenta, las arrugas empezaban a orlar su rostro, las comisuras de ojos y labios, al tiempo que un incipiente pliegue se descolgaba de su mentón perfectamente afeitado. El atisbo de sonrisa cortés que mostraba no conseguía desmentir la dureza de una mirada de ojos pequeños y párpados algo caídos, con cierto atractivo.

—¿Julia Casaus? —Su nombre en boca del abogado la sobresaltó—. ¿Es usted la misma Julia de la que he oído hablar a Dorita Barberán y a mi esposa? ¿Su nueva modista?

—Sí, soy yo —acertó a responder, sorprendida. Si había albergado dudas acerca de la conveniencia de desvelar su relación con doña Josefa en aquella entrevista, se acababan de disipar.

—Bien, usted dirá. Le habrá advertido Elvira que me dispongo a viajar fuera por unos días y antes tengo que dejar resueltos multitud de asuntos. —Se detuvo un instante—. Quizá incluso lo sabía ya por mi mujer.

—Lo ignoraba —mintió—, pero no se preocupe, no le robaré mucho tiempo. Se trata solo de una consulta.

—Usted dirá —repitió, al tiempo que se inclinaba hacia delante y apoyaba los antebrazos sobre la mesa con los dedos entrelazados.

—Verá. —Julia clavó los ojos en los gemelos de oro que sujetaban los puños de la camisa, perfectamente almidonados—. Es un asunto un tanto delicado y no me resulta fácil sincerarme. De hecho, no lo haría si no supiera que cuento con el sigilo al que está obligado como abogado.

—Al grano, Julia, eso se da por supuesto —la cortó impaciente—. Pocos son los asuntos tratados en este despacho que no son... delicados, como usted dice.

—Tal vez doña Josefa le haya dicho que soy viuda desde hace unos meses —tanteó.

—Creo recordar que lo comentó la esposa del alcalde, sí. Y sé también que ha dado usted a luz hace unos días. Mis condolencias y mi enhorabuena —abrevió.

—Gracias —musitó Julia—. En realidad, no soy viuda, porque mi marido y yo no llegamos a casarnos.

—A ver, aclárese. Si no se casaron, no era su marido.

—Para mí lo era, pero no hubo matrimonio.

—¿Me está diciendo que decidieron tener un hijo sin estar casados?

—En realidad no. Me quedé embarazada.

—¿Y no lo solucionaron de inmediato? De haberse casado en los primeros meses nadie habría sospechado. Los partos prematuros están a la orden del día.

Julia sentía el sudor en las palmas de las manos, resguardadas en el halda. No podía desvelar el verdadero motivo que les había impedido contraer matrimonio, pero debía dar una respuesta.

—Mi marido no era católico —improvisó.

—El padre de su hijo —la corrigió—. Podía haberse hecho bautizar al saber que la criatura estaba en camino.

—Habíamos tomado otra decisión —se vio obligada a revelar—. Cuando murió estábamos a punto de trasladarnos a vivir a Francia.

Monforte la escrutó con mirada penetrante y durante un instante permaneció en silencio.

—¿Murió de repente?

Julia se limitó a asentir con la cabeza. Después, impelida a decir algo más, hurgó en el bolso y extrajo un documento que tendió al abogado.

—Tengo esto. Es un documento firmado de su puño y letra en el que mi esposo reconoce la paternidad de mi hijo.

El abogado lo tomó al tiempo que se colocaba las gafas de nuevo.

—¿Por qué un hombre habría de firmar un documento como este? ¿Acaso preveía su muerte?

Su tono, tal vez de manera involuntaria, se había vuelto imperativo y áspero. Julia tragó saliva antes de improvisar la respuesta.

—Tal vez, pero a mí no me lo contó, seguramente para no inquietarme. —En aquel momento algo la impulsó a levantarse—. Discúlpeme, señor Monforte, seguramente ha sido un error venir. Después de todo, mi hijo ya está inscrito en el registro civil como hijo de padre desconocido, no hay mayor problema. No sé por qué me preocupo.

Tendió la mano en busca del documento, pero Monforte la sujetó por la muñeca, tal vez con más fuerza de la necesaria. Durante un instante sus miradas se enfrentaron en silencio. Después el abogado apoyó la palma de la mano sobre el papel y se lo tendió deslizándolo sobre la superficie impoluta.

—Siéntese, Julia, y escúcheme. —Se acodó sobre la mesa y acomodó la barbilla en las manos entrelazadas. Antes de seguir hablando hizo una pausa prolongada, que Julia aprovechó para volver a sentarse en el borde mismo de la silla—. Empiezo a intuir el motivo de su visita, y tal vez pueda ayudarla, pero si quiere que lo haga necesito que me lo cuente todo. ¿Está usted dispuesta?

Julia se mordió los labios con fuerza y el carmín manchó sus dientes. Después asintió de manera apenas perceptible.

—¿Cómo se llamaba él? Miguel Latorre, según veo en el documento —se respondió.

—Miguel Latorre Martínez, sí.

El abogado abrió un cajón, extrajo un medio folio con el membrete del despacho y usó la estilográfica para garabatear el nombre. Encima escribió el de Julia.

—¿Cuándo y cómo murió?

Las manos le temblaban cuando volvió a abrir el bolso. Esta vez sacó el ajado recorte del *Heraldo* del 22 de diciembre que tendió a Monforte.

—Entiendo —asintió después de leer. Fruncía el ceño tras los cristales, pero terminó por quitarse las gafas con un movimiento ágil, con seguridad mil veces repetido—. Lo que no dice la noticia es por qué era buscado por la Policía Armada. ¿Estraperlo?

Julia se limitó a asentir.

—Bien. Comprendo su situación. Ahora necesito que me explique por qué ha acudido a este despacho. ¿Qué espera de mí?

La pregunta sorprendió a Julia.

—Quiero que mi hijo tenga padre y madre —repuso, sin embargo, con determinación—. Quiero que sea bautizado e inscrito en el registro de cualquier parroquia. Le será necesario cuando tome la primera comunión y cuando decida casarse.

—¿Es usted consciente de la dificultad de lo que me pide?

—Como sabe regento un salón de costura. De momento no da para muchos lujos, pero me permitirá pagar sin duda sus honorarios.

—No son únicamente mis honorarios, Julia. No se trata de un simple trámite administrativo. Habrá que convencer a algunas personas, no solo en el registro civil, sino también en el arzobispado. Y eso puede resultar muy costoso. Nadie arriesga su puesto y su buen nombre a cambio de una nadería.

—No le he contado todo acerca de mi situación económica, señor Monforte. Mi esposo firmó un testamento a mi favor por el que me legó algunos inmuebles y cierta cantidad de dinero —le confió—. Puede contar con ello a la hora de convencerles.

Monforte la miró. Tenía los ojos entornados y los labios apretados dibujando una media sonrisa.

—Ya veo que el estraperlo es un negocio rentable —le espetó con sorna—. Pero también yo arriesgo mi buen nombre, Julia. Lo que usted me pide es un delito.

—Le repito, señor Monforte, que sabré ser generosa —insistió—. Estoy dispuesta a gastar lo que sea necesario para dar un apellido a mi hijo.

—A estas alturas de mi vida y en mi situación, ya no es el dinero lo que me mueve, aunque deba garantizar el futuro de mis dos hijos —añadió. Hizo una pausa prolongada, durante la que clavó sus ojos pequeños en los de Julia. La media sonrisa seguía dibujada en su semblante—. Veré lo que puedo hacer, déjeme tiempo. La haré llamar cuando tenga noticias.

Cuando la puerta del despacho se cerró tras ella se detuvo un momento, forzada a apoyar las manos en la pared impoluta. Había comprendido el mensaje que aquel hombre le había transmitido solo con la mirada y con la inequívoca expresión en el semblante. El temblor que sentía en las rodillas amenazaba con dar con ella en el suelo y, a duras penas, avanzó hasta dejarse caer en uno de los sillones de novedoso diseño de la zona de espera.

—¿Le ocurre algo, señorita?

—No es nada, Elvira —respondió, tratando de recomponerse—. Un pequeño mareo. Ya se pasa, ya se pasa.

10

Miércoles, 11 de octubre

El aceite empezaba a humear cuando Rosario echó en la sartén la primera rodaja de patata rebozada en harina y huevo. Asintió para sí cuando de inmediato empezó a burbujear, señal de que la temperatura era la ideal, y se apresuró a añadir una decena de rodajas más hasta cubrir todo el fondo de la enorme sartén. Esperó a que se doraran por un lado y, con la ayuda de dos tenedores, les dio la vuelta una a una, con cuidado de no estropear el rebozado.

Aquella noche todo debía salir perfecto. Se celebraba la cena más importante de cuantas tenían lugar en la casa a lo largo del año, una reunión que ya se había hecho tradicional en la víspera del día del Pilar. Asistiría lo más granado de la sociedad zaragozana, desde el alcalde, el gobernador civil y el gobernador militar hasta el secretario de la Comisaría de Abastecimientos y Transportes y el responsable local de la Fiscalía de Tasas, todos ellos acompañados por sus esposas. También habían sido invitados como cada año los comandantes de la Guardia Civil y de la Policía Armada y completaba la lista el arzobispo, quien, desparejado, solía presentarse acompañado por mosén Gil.

La cocinera se había sentado días atrás con doña Pepa para confeccionar el menú. Las patatas a la importancia de Rosario no podían faltar, pues se habían hecho poco menos que legendarias entre los comensales y, a pesar de la sencillez del plato, nadie hubiera perdonado su ausencia en la mesa. Como segundo, habían decidido servir otra de sus especialidades, una merluza rellena que la cocinera había aprendido a preparar durante sus estancias en San

Sebastián. La cena se completaba con un buen jamón curado en la sierra de Teruel y otros delicados aperitivos. El racionamiento se notaba poco en la casa durante el año, pero aquella víspera del Pilar doña Pepa siempre echaba el resto. Por suerte, en el mercado del pescado les habían asegurado, aunque a precio desorbitado, dos hermosas merluzas de pincho que habían llegado la víspera con puntualidad, así como cuatro enormes centollos, pero el chófer estaba preparado para salir hacia San Sebastián si no hubiera sido así. No sería la primera vez, pues dos años atrás el marisco no había llegado el día convenido y Sebastián se puso en camino a toda prisa. En aquella ocasión no había tenido que llegar hasta su destino porque había tenido la ocurrencia de entrar en el mercado de Pamplona donde, afortunadamente, pudo adquirir el encargo.

Todos los responsables de abastos y de la lucha contra el fraude y el estraperlo iban a sentarse a la mesa aquella noche, pero ninguno haría referencia alguna a la presencia de productos vetados al común de los mortales. Si acaso, las bromas empezarían tras los postres, cuando hombres y mujeres se separaran. Después de apurar varias copas de buen vino de Rioja, de brindar con champán francés y con un vaso de whisky escocés en la mano, las lenguas empezaban a desatarse, pero lo que se hablara en el salón de los Monforte, entre aquellas paredes quedaría.

—Ve haciendo el majado en el mortero, Antonia. Ya sabes, primero los ajos bien picados, luego las hojas de perejil sin ningún tallo y la sal. Del azafrán me encargo yo, que con una docena de hebras será suficiente.

Antonia, siempre que tenía ocasión, se pegaba a Rosario cuando trabajaba en la cocina, y más en ocasiones como aquella en la que los guisos no eran los habituales. Francisca, por su parte, se encargaba del comedor, una tarea que consideraba más grata. La rivalidad entre ambas se había declarado el primer día en que Antonia llegó a la casa, y había ido a más hasta llegar a manifestarse a cada momento. Aquello, sin embargo, no impedía una convivencia civilizada, salvo algunos encontronazos poco frecuentes. Francisca era también una chica de pueblo procedente de una familia muy humilde. Casi no recordaba a su padre, que había muerto en el frente de Teruel, y la madre lo hizo pocos meses después del final de la guerra. Contaba tres años más que Antonia, los mismos que llevaba en la casa cuando esta llegó. Los celos se habían manifestado de inmediato cuando comprobó que la recién llegada, a pesar de su juventud, sabía leer y escribir sin dificultad, dominaba las cuatro reglas y conocía de memoria parte de la historia sagrada. Ella, en cambio, apenas había tenido oportunidad de asistir unos días a la escuela, y se avergonzaba de ser la única en la casa incapaz de leer los titulares del *Heraldo* que Vicente subía cada mañana. Su única familia era un hermano cuatro años mayor, Ricardo, que había luchado en el bando republicano y del que nada sabía desde el final de la guerra, cuando se vio obligado a huir para salvar el pellejo.

A pesar de todo, la forzada convivencia, la relativa soledad de ambas y un soterrado aprecio mutuo las había llevado a aparcar las diferencias hasta el punto de compartir muchos de sus ratos libres tanto en la casa como durante los prolongados paseos vespertinos del sábado y del domingo por la mañana, misas y sesiones de cine incluidas.

Antonia, con el tiempo, había aprendido a llevar a su compañera por donde deseaba, como en aquella ocasión; le resultaba tan sencillo como dejar caer que le gustaría hacerse cargo del comedor. De inmediato, Francisca, aduciendo su antigüedad, se adjudicaba la tarea para sí, y enviaba a Antonia a la cocina para ayudar a Rosario con los pucheros. En realidad, la muchacha le provocaba cierta lástima. Su complejo de inferioridad la llevaba a tratar de imitar a quienes de forma secreta admiraba y así, al igual que la institutriz se hacía llamar Concepción y no permitía que nadie se dirigiera a ella por el nombre de Concha, Francisca montaba en cólera cuando alguien poco avisado la llamaba Paca o Paquita.

—¿Está bien pochada esa cebolla?

Lo estaba, pero Rosario prefería dar las indicaciones de aquella manera. Antonia supo que era el momento de añadir al sofrito el majado del mortero. Lo hizo, enjuagó el recipiente con un poco de agua del grifo y lo vertió en la gran cazuela de porcelana, antes de removerlo todo con el cucharón de madera.

—Venga, sigue tú, sabes hacerlo —la animó la cocinera, al tiempo que abría la portezuela del frontal para atizar el carbón y darle brío a la llama.

Antonia tomó una jarra de cristal y vertió en la cazuela el vino blanco que contenía. De inmediato cesó el hervor, pero la mezcla adquirió el hermoso color dorado del azafrán.

Rosario acercó la bandeja donde reposaban las patatas rebozadas y Antonia se hizo a un lado. Con los dedos regordetes y deformes, empezó a colocarlas en la cazuela hasta cubrir el fondo por completo. Después siguió con la segunda capa y, para finalizar, una tercera.

—¡Apártalas un momento del fuego, está muy fuerte! —le pidió a Antonia, mientras se lavaba las manos bajo el grifo y se las secaba con un trapo—. Corre, añade tú el caldo.

—¿Cuánto caldo? —preguntó la muchacha, al tiempo que se acercaba a la olla abombada que lo contenía.

—Hasta que las cubra. —De nuevo se colocó a su lado. Resultaba evidente que aquello era una muestra de confianza que Antonia agradeció para sí—. Pero con mucho cuidado, no se vaya a estropear el rebozado, hoy tienen que quedar perfectas. Ahora tendrían que hacerse a fuego lento durante veinticinco o treinta minutos, pero hoy las tendremos solo veinte —explicó—. Cuando los invitados se sienten, las pondremos cinco minutos más para que den el último hervor y salgan a la mesa recién hechas.

—¿Y el pescado? —Señaló la gran bandeja negra con las dos merluzas ya rellenas y atadas con bramante—. ¿Cómo sabes cuándo meterlas en el horno?

—A ojo, cariño, a ojo. Las meteremos justo antes de terminar las patatas, cuando empiecen a sentarse a la mesa. El pescado ha de estar jugoso y con veinte minutos de horno con fuego alegre será suficiente.

—No entiendo cómo estás tan tranquila, Rosario. Si fuera yo la cocinera no daría pie con bola.

—Cuando tengas mis años y las horas en pie delante de la cocina te pesen en las piernas tanto como a mí, lo entenderás. —La anciana rio.

—¿Va todo bien por aquí?

La voz de doña Pepa a su espalda las sobresaltó y ambas se volvieron a un tiempo. Antonia no pudo reprimir una exclamación de asombro.

—¡Doña Pepa! ¡Está usted guapísima!

—Gracias, Antonia —sonrió—. ¿De verdad lo crees?

—Pocas veces la vemos de largo, señora. ¡Este vestido es una maravilla!

Se trataba de un vestido de tul de color champán, fruncido en la cintura y con un corpiño de media manga cubierto de lentejuelas.

Los zapatos de tacón alto contribuían a estilizar una figura ya de por sí esbelta, y el cabello corto que la caracterizaba dejaba al descubierto un cuello delicado, adornado solo por el collar de granates, una de sus joyas más preciadas.

—¡Vaya si lo es! —terció Rosario, sonriente—. Qué buen trabajo el de esas dos chicas, las modistas.

—Me fío de vuestra opinión, ya me quedo más tranquila —bromeó—. ¿Todo en orden?

—Creo que sí, señora —respondió la cocinera—. Las patatas y la merluza están en marcha, he montado la nata para el hojaldre y lo tengo todo en la fresquera.

—Y veo que los entrantes están listos. —La mesa central estaba repleta con los cuatro centollos dispuestos en sus fuentes sobre una cama de lechuga y escarola, platos de jamón recién cortado, longaniza en adobo y otros manjares—. Lo dejo en tus manos, en estas ocasiones nunca fallas.

—Enseguida me pondré con los fritos y ya estará todo —respondió Rosario.

La anfitriona se acercó a la poyata, cogió con los dedos un huevo relleno que no había cabido en las fuentes adornadas y se lo llevó a la boca con delicadeza.

—¡Mmm! Esto está riquísimo, y yo hambrienta —aseguró con la boca llena. Esperó a terminar para dar una última instrucción—. Antonia, es hora de que vayas a vestirte para servir. Francisca acaba de subir también.

La puerta se abrió de manera brusca y todas se volvieron cuando Vicente irrumpió en la cocina con semblante atribulado.

—¿Habéis visto a la se...? —Dejó la pregunta a medio formular cuando vio a doña Pepa junto a la mesa—. Buenas noches, señora. Siento tener que decirlo, pero hay un problema.

—No me asustes, Vicente —respondió doña Pepa al tiempo que consultaba su reloj de pulsera—. ¿Qué pasa?

—Es la calefacción. Se ha parado la caldera y no hay forma de que se ponga en marcha.

—¡Vaya por Dios! —exclamó, alarmada. De manera inconsciente se pasó las manos por los brazos, cubiertos solo por la delicada tela del vestido—. ¡Ya decía yo que hacía algo de fresco! ¿Has avisado a Sebastián? Él la entiende, otras veces la ha puesto en marcha.

—Está conmigo abajo, señora, pero esta vez no hay manera.

—¿Y qué hacemos? —Tenía el semblante demudado y había perdido el color—. Sin calefacción se va a arruinar la cena. ¡Para eso no sopla hoy el cierzo! Se mete el frío por todas las rendijas. ¿Había braseros en el sótano?

—Tendría que mirar, pero en todo caso hace años que no se han usado. No sé cómo estarán.

—Tratad de arreglarla, llamad al calderero, ¡que venga de inmediato!

—Vengo de su casa, señora, es lo primero que he hecho. Pero no hay nadie. Si es que es víspera del Pilar —explicó contrariado—. Sebastián tiene un amigo que es fontanero y en la casa donde trabaja montan calefacciones. Como no probemos con él...

—¡Dile que corra en su busca! —rogó, descompuesta—. Que lo localice donde sea, que coja el coche si hace falta, pero esa caldera tiene que funcionar hoy. Tú, mientras, trata de preparar algún brasero.

Del enorme mueble del tocadiscos surgían las notas quedas de una música ambiental que no alteraba las animadas conversaciones. La veintena de asistentes se distribuían en corrillos por el salón, despojado de algunos muebles para aumentar el espacio ya de por sí generoso. Los vestidos de fiesta y los jarrones de flores proporcionaban el toque de color entre los trajes de los varones, que habían escogido toda una gama de tonos de gris, omnipresente en los últimos tiempos. El negro de las dos sotanas se sumaba al de un par de elegantes vestidos, pero el resto de las mujeres habían escogido telas más animadas, aunque en tonos siempre suaves. La única nota discordante eran los chales y las toquillas que cubrían algunos hombros, sobre todo los de aquellas que habían escogido modelos de manga corta. Antonia había tenido que rebuscar los mejores entre los armarios de doña Josefa ante la evidencia de que la caldera no iba a estar reparada a tiempo. La cortesía había hecho que el anuncio del percance fuera asumido por los invitados con algún comentario jocoso, y pocos renunciaban a los cócteles como la manera más rápida de entrar en calor. Dorita Barberán, con el desparpajo y buen humor habituales, fue de gran ayuda, e incluso se había permitido alguna alusión un tanto subida de tono que había provocado una mirada de desaprobación del arzobispo.

—El frío es sano, así que arrimarse, lo justo. —Fue mosén Gil quien la corrigió en voz alta—. Más frío pasaron los héroes de nuestra cruzada en el frente de Teruel.

La cena se desarrolló según lo previsto, y el menú fue objeto de alabanzas unánimes. Algunas de las invitadas pidieron las recetas e incluso hubo quien aseguró que enviaría a su doncella o a la cocinera para aprenderla de boca de la propia Rosario.

Terminaban el postre cuando Dorita Barberán tomó del brazo a Francisca, que ya retiraba su servicio. Acababa de vaciar su copa de vino por enésima vez, y el chal con que se había cubierto se había deslizado hasta el asiento.

—Dile a Rosario que salga un momento —le pidió de manera que todos la oyeran—. Su cena se merece una felicitación.

Doña Josefa asintió con una sonrisa amplia y la doncella abandonó el comedor. Al cabo de un instante, la anciana asomó en la estancia. Era evidente que se había quitado el delantal a toda prisa y, nerviosa, trataba de alisar las arrugas del uniforme.

—Pasa, Rosario —la tranquilizó la dueña de la casa.

—¡Un aplauso para la cocinera! —pidió Dorita Barberán, y todos la secundaron.

—¡Pero si solo eran unas patatas! —exclamó con modestia—. Más sencillo no podía ser el plato.

—La mayor virtud es hacer de lo simple algo sublime —aseveró el arzobispo, solemne.

Antonia regresó de la cocina con las manos vacías por primera vez desde el inicio de la cena. Rodeó la mesa y tocó el hombro de doña Josefa.

—Dice Sebastián que su amigo ha conseguido arreglar la caldera —susurró.

—¡Buenas noticias! Parece que ya tenemos calefacción —exclamó al instante la anfitriona, y el anuncio despertó el regocijo de todos.

—Aun así, el café caliente nos sentará bien. No me pregunten cómo —Emilio Monforte no apeaba el tratamiento formal ni en una ocasión como aquella—, pero hemos conseguido un excelente café americano.

—¿Y ese champán francés que sabemos que guardas en algún sitio? —El que había hablado era el jefe de abastos de la ciudad y todos rieron la intención de su comentario.

—Tened paciencia, la velada no ha terminado todavía —terció doña Josefa—. Puedes volver a la cocina, Rosario. Enhorabuena. Diles a las chicas que vayan sirviendo el café.

Francisca se adjudicó el servicio en el salón, adonde los hombres se habían trasladado para hablar de negocios y de política mientras saboreaban los licores y los puros habanos con los que Monforte los agasajaba. El abogado, al contrario que el resto de los comensales, no desempeñaba cargo público alguno, pero contaba con una palanca que le permitía formar parte de aquel grupo selecto. Como asesor legal, como amigo y como confidente, tenía acceso a información que, bien utilizada, podía terminar con la carrera de todos y cada uno de sus invitados, incluso con la de los eclesiásticos. Nadie de los presentes lo ignoraba, y el pacto de silencio tácito que hasta entonces les había servido de salvaguarda hacía de ellos un grupo unido por los intereses comunes y por la garantía de protección recíproca.

Antonia, en el comedor donde seguían las mujeres, permanecía atenta a sus conversaciones mientras servía moscatel en pequeños vasitos de cristal grabado. El vestido de la señora fue alabado de forma unánime, y no le pasó desapercibido el modo en que ella alardeaba de la atención recibida por la dueña del salón de costura, quien —les aseguraba— se trasladaba a la casa en contra de lo acostumbrado para tomar medidas y hacer las pruebas, cargada con los muestrarios y los utensilios necesarios. Escuchó con agrado cómo algunas de ellas, alentadas asimismo por los elogios de Dorita Barberán, preguntaban por el nombre y la dirección del establecimiento y declaraban su intención de acudir a él. Al regresar a la cocina, disfrutó al pensar en el momento en que tuviera la ocasión de contárselo a Julia y a Rosita.

Entró en la caldeada estancia y apenas pudo reprimir un grito. Sebastián se encontraba junto a la mesa con la cara tiznada por completo de carbón y a su lado permanecía en pie otro joven que no le iba a la zaga. Ambos tenían los brazos y las manos tan negros como el rostro, y Rosario se apresuraba a llenar una jofaina con agua templada del calderín.

—Este es mi amigo Andrés —le presentó—, el fontanero que nos ha sacado del apuro. Y ella es Antonia, una de las doncellas.

—Mucho gusto. —Hizo amago de tenderle la mano, pero la retiró al instante con gesto de circunstancias.

—Madre mía, ¡cómo os habéis puesto! —rio Antonia—. ¿Habéis estado revolcándoos en la carbonera, o qué? Anda, pasad al lavadero y quitaos esa porquería de encima. Ahora os acerco unas toallas.

—Peleándonos con esa maldita caldera, más bien —repuso Sebastián—. Tenía hollín y carbonilla para parar un tranvía.

—Era una válvula cegada —explicó el fontanero una vez en la antecocina, en voz alta, mientras se frotaba los brazos con un trozo de jabón—. He podido desmontarla y la he *limpiao*, pero habrá que cambiarla si no quieren que se repita, ahora que entra el invierno.

—Pues menos mal que Sebastián ha dado contigo —se felicitó Rosario—. Si no, arreglados estábamos.

Antonia les acercó dos toallas limpias. El hollín de la chimenea había cubierto de tal manera el cabello rubio de Sebastián que apenas había diferencia con el de Andrés, moreno por completo. Azorada, apartó la mirada del torso desnudo de los dos hombres, que usaban con generosidad el jabón de trozo.

—Sentaos aquí, estaréis hambrientos —ofreció Rosario cuando estuvieron de vuelta—. Espero que no os importe acabaros las sobras de la cena.

En aquel momento Andrés, que se estaba secando el pelo, reparó en las bandejas que reposaban en la mesa central y en las poyatas próximas a la cocina de carbón.

—¿Pero esto qué es? —exclamó con incredulidad—. ¿La cocina del Hotel Aragón?

Antonia rio con ganas, lo que le valió una mirada de reprobación de Rosario. Andrés tendría la misma edad que Sebastián, tal vez veintiséis, pero se parecían poco. El chófer le sacaba ocho dedos, pero a cambio mostraba una complexión menos robusta que su amigo, algo evidente a pesar de los monos de faena que vestían ambos. El cabello moreno del fontanero, corto pero ensortijado, empezaba a ralear en la coronilla a pesar de su juventud, lo que contrastaba con el flequillo abundante de Sebastián y le añadía algún año a su aspecto. Antonia pensó para sí que era guapo, pero era la mirada vivaz y chispeante la que lo hacía más atractivo a sus ojos. También Sebastián le parecía un joven apuesto, pero no conseguía mirarlo con otros ojos que los de la niña desprotegida que era cuando llegó a aquella mansión.

Puso un plato delante de cada uno, cortó pedazos generosos de pan y les acercó el jamón cortado que había quedado en las fuentes. En una pequeña bandeja había aún media docena de huevos rellenos. Sacó dos vasos de la alacena y les acercó una botella de vino apenas empezada.

—¡Mi madre! —exclamó Andrés mirando la etiqueta—. Vino de la Rioja, reserva del cuarenta y cinco.

Rosario sacó del horno templado una cazuela y sirvió dos generosas raciones de patatas.

—Toma, pruébalas, que nosotros las comemos más a menudo —ofreció con tono maternal—. Hoy bien que te lo has ganado. Eso sí, merluza no ha quedado.

Francisca asomó la cabeza por la puerta entornada.

—¡Antonia! ¿Qué haces ahí embelesada? La señora pregunta por ti, no sé lo que quiere.

La muchacha voló hacia la puerta musitando alguna disculpa, seguida por las risas de Sebastián.

—Es muy maja la Antonia —explicó en voz queda con una sonrisa cuando la puerta se cerró tras ella—. Un *poquico* beata aún, pero ya aprenderá.

—¡Sebastián, que te he oído! —le reprendió Rosario a su espalda—. ¿Te piensas que estoy sorda del todo? ¿Qué manera es esa de hablar de una compañera?

—Perdón, Rosario, perdón. —El chófer bajó la cabeza. Desde atrás podía parecer un gesto de acatamiento, pero la expresión de su cara y la mirada cómplice a punto estuvieron de arrancar una carcajada a Andrés, sentado frente a él.

—¡Ay, ay, ay, estos jóvenes! —refunfuñó la anciana—. A ver si os voy a dejar sin postre.

—Joder, ¡vaya vino! —soltó Andrés tras servirse un segundo vaso, deleitándose con el caldo—. Cómo vive esta gente, ¿no?

—Tienen lo que quieren —se limitó a comentar Sebastián.

Si Andrés iba a hacer algún comentario, calló por prudencia después de mirar a la cocinera, que se acercaba con dos platitos de hojaldre relleno en las manos.

—No sé si os lo merecéis, pillastres. —El tono de su voz y el asomo de sonrisa desmentían el reproche.

La puerta se abrió de nuevo. Sebastián volvió la mirada y de inmediato, como impulsado por un resorte, se levantó arrastrando la silla.

—Don Emilio —saludó, con la boca aún llena de nata, mientras el dueño de la casa se acercaba en dos zancadas a la mesa.

—Tú debes de ser el fontanero. Me ha dicho Francisca que estabas aquí —saludó al tiempo que le tendía la mano y le daba un firme apretón.

El puro que llevaba en la boca a medio fumar bailaba en la comisura, y el humo hacía que entornara los ojos. El chaleco perfectamente abotonado quedó a la vista cuando se soltó la chaqueta para sacar una billetera. La abrió y extrajo de ella dos billetes de cien pesetas, que entregó al joven.

—Espero que sea suficiente —afirmó sin esperar respuesta—. No sé qué le pasaba a esa maldita caldera, pero es la víspera del Pilar y aquí estás, casi a medianoche.

—Sí, señor Monforte. He tenido que desmontar una válvula que estaba cegada y...

—¡Es igual! Ya está en marcha y eso es lo que importa. Solo quería pagarte por tu trabajo. —Se dirigía a la puerta cuando se detuvo y se volvió—. ¿Fumas?

—Sí, sí señor.

—Toma. —Le tendió un puro habano que acababa de sacar del bolsillo interior.

Andrés se quedó de pie mirando el cigarro cuando Monforte salió de la cocina. Sebastián miraba con sorpresa el rostro de Francisco de Goya en los dos billetes que sostenía su amigo en la mano.

—Tienes un amo generoso —comentó Andrés con una sonrisa, alzando las cejas.

—¡Será contigo! —exclamó riendo—. Joder, Andrés, ¡cuarenta duros! Mañana me invitas a un vermú.

—¡Eso está hecho! Y que se vengan esas dos —añadió bajando la voz mientras señalaba la puerta por la que habían salido Francisca y Antonia.

—¡Pero bueno, joven! Esas dos, como las llamas, tienen mañana mucho trabajo para dejar la casa como los chorros del oro, y solo van a salir para acompañarme a misa en el Pilar. Ya está hablado —les reprendió Rosario—. Así que estos dos donjuanes van a ir despejando la cocina, que aún tengo quehaceres antes de meterme en la cama.

11

Viernes, 3 de noviembre

Hacía tres días que los jirones de niebla surgían del río y cubrían la ciudad, sumiéndola en un estado de letargo y melancolía. Al menos aquel era el sentimiento que embargaba a Julia mientras cruzaba el paseo de la Independencia desde la calle de San Miguel, en dirección al bufete de Monforte. Arrastraba un profundo abatimiento desde el miércoles, día de Todos los Santos, cuando de nuevo había visitado el cementerio de Torrero, un paseo habitual desde el nacimiento del pequeño Miguel, cuatro meses atrás.

Aún no se sentía con fuerzas tras el parto cuando un taxi los dejó por primera vez a las puertas del camposanto. Como resultaba imposible introducir en el vehículo el cochecito del bebé, había usado el capazo, y con él recorrió las veredas desiertas en un trayecto que ya conocía a la perfección. Jamás olvidaría aquel primer encuentro entre Miguel y su hijo. Depositó la cesta sobre la hierba, a los pies de la flamante lápida de mármol gris, y tomó al pequeño en brazos. La sepultura nueva destacaba entre los túmulos de tierra señalados con viejas cruces oxidadas. Reparó en un árbol seco y ennegrecido al que antes apenas había prestado atención: sus ramas se alzaban curvándose en lo alto, para caer en derredor como brazos terminados en garras amenazantes que se recortaban a contraluz. Llevada por un impulso aprensivo, rodeó la tumba y le dio la espalda mientras arrullaba al bebé.

No le habló al cadáver que yacía bajo la tierra, sino al hombre que había amado con todas sus fuerzas, a aquel cuyas caricias aún quería sentir cada noche a la hora de deslizarse entre las sábanas, a aquel que, desde aquella aciaga noche de diciembre, la condenaba a dormirse con la cabeza apoyada en una almohada siempre empapada. Por vez primera le habló al pequeño de su padre, del joven apuesto y entregado que la había cautivado por su forma de ser, del soldado curtido que había luchado en dos guerras y que se había hecho querer por todos aquellos que lucharon a sus órdenes. Les habló a ambos con palabras entrecortadas porque el llanto ahogaba su voz, consciente de que jamás volvería a escuchar su conversación serena, a contemplar la sonrisa que la había encandilado desde el primer día, cuando los labios entreabiertos le permitieron ver sus paletas algo separadas, de las que habría de enamorarse. Solo fue consciente del paso del tiempo cuando el pequeño empezó a reclamar su alimento, y Julia se limitó a sentarse sobre el mármol, justo donde se proyectaba la sombra de un ciprés, para ofrecerle el pecho, ajena a las improbables miradas.

Durante todo el verano había repetido aquel trayecto a pie, empujando el carrito del pequeño. Remontaba el paseo del General Mola hasta alcanzar el parque de Pignatelli para cruzar el Canal Imperial de Aragón. Desde allí bordeaba el campo de fútbol para evitar la cárcel de Torrero, donde, estaba segura, seguían purgando sus supuestas culpas algunos de los viejos camaradas de Miguel, de entre aquellos que quedaban con vida. La niebla había hecho del día de difuntos una jornada especialmente triste, y la ausencia de un solo rayo de sol en aquellos tres días había prolongado su profunda nostalgia hasta aquel mismo instante en que se disponía a cruzar el umbral del edificio que albergaba el despacho del abogado.

Una luz de esperanza se había abierto ante ella cuando un mozo de los recados le había entregado la nota que la citaba a aquella hora en el bufete. Había esperado aquella llamada durante meses; incluso en dos ocasiones había acudido al despacho del abogado en busca de noticias. En ambas se había topado con el muro de Elvira, que le informaba de la ausencia de Monforte o de la imposibilidad de atenderla, al tiempo que le aseguraba que las gestiones seguían su curso y que sin tardar habría noticias.

Al mirar los balcones del bufete desde el lado opuesto del paseo de la Independencia, recordó la despedida de su primera visita y una sensación de ahogo le atenazó la garganta. Trató de despojarse de ella, cruzó la amplia avenida con determinación y entró en el portal sin darse tiempo a dudar.

Apenas tuvo tiempo de contemplar el devenir del centro de la ciudad desde los ventanales de la sala de espera, en aquella ocasión velado por la bruma, que impedía incluso la visión de los grandes carteles publicitarios instalados en las azoteas de la plaza de España. Contemplaba las ventanillas iluminadas de un tranvía que se perdía entre los jirones de niebla cuando la sorprendió la voz de la secretaria a su espalda.

—Señorita Casaus, puede usted pasar, don Emilio la recibirá ahora —anunció.

El abogado se encontraba de pie frente a su ventanal con las manos a la espalda. Se volvió en cuanto oyó la puerta y acudió solícito a saludar a su clienta. Elvira, mientras tanto, tomó el abrigo de Julia y lo colgó de un perchero antes de salir y cerrar la puerta tras de sí. Monforte retiró la silla y esperó a que se sentara antes de dar la vuelta a la mesa y tomar asiento en su sillón. Vestía un traje gris marengo con camisa blanca y corbata lisa carmesí, pero aquel día había prescindido del chaleco y su aspecto era un punto menos formal. Tomó una carpeta de la mesa, la puso en pie con las manos y golpeó varias veces el borde inferior contra la madera para ordenar su contenido.

—Bien, Julia, en primer lugar, debe usted perdonar la tardanza, pero las gestiones no han sido sencillas —empezó—. Me consta que ha estado usted pendiente, pero no he querido llamarla hasta tener cosas concretas que contarle.

—No se preocupe. Dígame —musitó con impaciencia.

—No le oculto que he tenido que remover Roma con Santiago, en esta ocasión de forma casi literal, y tirar de toda mi capacidad de influencia, no solo con los responsables del registro civil sino también en el arzobispado.

—Y bien...

—Creo que en ambos casos será posible reparar el grave *error* —pronunció la palabra con intención— cometido con el registro de su matrimonio y con el asiento del nacimiento de su hijo. Pero vayamos por partes.

Monforte abrió la carpeta y le tendió un documento escrito a máquina.

—Tendrá que cumplimentar todos estos datos, y necesitaremos una fotografía de su esposo para poder expedir el libro de familia, además de los documentos suyos que se relacionan abajo.

Julia, con dedos temblorosos, abrió el bolso, sacó su cartera y extrajo una fotografía en tonos sepia que depositó encima de la mesa. Monforte la tomó entre los dedos y la examinó con interés.

—Supongo que servirá —afirmó—. Un joven apuesto, sin duda. Yo lamento su triste final, Julia, créame.

—Gracias —se limitó a asentir—. Tendré que volver otro día para traer los documentos que me pide.

Monforte se inclinó para abrir el cajón a su derecha.

—Tengo esto para usted.

Julia, incrédula, tendió la mano y alcanzó la cartera ajada que el abogado había dejado sobre la mesa.

—¿Cómo...? ¿De dónde la ha sacado? —acertó a preguntar, atónita.

—Tengo amigos en la Policía Armada. Ya le digo que he removido Roma con Santiago. —Se la quitó de las manos un instante, sacó uno de los documentos, y se la entregó de nuevo—. La cédula de identidad me hará falta. El resto puede quedárselo.

—Gracias, no sabe lo importante que es para mí. —Julia sostenía la cartera apretada contra el pecho y cerró los ojos.

—Sale usted poco favorecida en esa foto, por cierto. Es mucho más agraciada al natural.

Julia ignoró el comentario. Abrió la cartera sobre la mesa y sintió que las lágrimas acudían a sus ojos sin poder remediarlo.

—No llore, Julia. Todo lo contrario, hoy debe estar muy contenta. —Monforte extendió el brazo y colocó la mano sobre la muñeca de Julia en un gesto amistoso—. Eso que tanto la angustiaba y que la hizo venir aquí quedará resuelto.

—¿Podré bautizar a nuestro hijo? —Sollozó.

—Mosén Gil tendrá que reparar primero su lamentable equivocación. Al parecer olvidó asentar el enlace matrimonial entre Miguel y usted en el registro de su parroquia, pero según me dice es algo que tiene solución. Después podrá bautizar al pequeño en la misma iglesia donde se casó. —El tono irónico del abogado no pasó desapercibido para Julia, que había retirado la mano para guardar la cartera en el bolso—. Ni que decir tiene, habrá que pensar en algún tipo de gratificación para el mosén.

—Dígame cuánto necesita. —El semblante de Julia se había tornado circunspecto y habló con tono resuelto.

—Vamos a ver, Julia. Como le digo, me he visto obligado a tirar de hilos que no me gusta tensar. Si hubiera tenido que pagar con dinero los favores que le acabo de enumerar, tendría usted que vender más de una de sus posesiones, créame. Sin embargo, entre las personas que han intervenido en esto existen ciertos compromisos que nos llevan a prestarnos ayuda cuando es necesario.

—Entiendo —respondió. El ceño algo fruncido mostraba sus recelos.

—Quiero decir que lo he hecho por ti, Julia, por la buena relación que tienes con mi esposa. No sé por qué, pero desde que entraste por esa puerta se despertó en mí un sentimiento... ¿cómo diría? ¿De simpatía, tal vez? Te encuentras en una situación ciertamente peliaguda, viuda y con un pequeño recién nacido, y eso es lo que me inclina a ayudarte. Te veo tan desvalida, tan sola...

Julia sintió un súbito calor que le ascendía desde el cuello por su rostro, hasta erizar sus cabellos en el nacimiento. No le había pasado desapercibido ni el tono de Monforte ni el súbito cambio al tuteo.

—No me considero una mujer desvalida, señor Monforte.

—¡Oh, no! Entiéndeme, Julia, me refiero a tu situación, no te lo tomes a mal. Solo quiero que sepas que puedes contar conmigo, es bueno tener a mano a alguien en quien confiar, alguien que está al tanto de todos tus secretos, a quien no tengas que ocultarle nada.

—Lo tendré en cuenta —respondió de manera tajante al tiempo que se levantaba de la silla—. Dígame si necesita alguna cosa más, ahora tengo que marcharme.

—¡Vamos, vamos, señorita Casaus! —Monforte se levantó también y rodeó con rapidez el escritorio. Mientras ella se ponía el abrigo, se colocó junto a la puerta y asió la manilla—. Me dispongo a hacer algo que no haría por un cliente cualquiera, he de pedir favores que pronto o tarde tendré que devolver. Solo quiero que comprenda eso, que hay gestiones impagables, que solo se hacen por alguien... especial.

Con el abrigo por los hombros, Julia regresó en busca del bolso que descansaba en la silla. Le temblaban las rodillas cuando se acercó a la puerta, con la mirada de Monforte clavada en ella. Se dio cuenta de que había vuelto a llamarla *señorita*, lo que significaba que su situación había vuelto al inicio. Se detuvo un instante ante él.

—¿Me permite?

—Mañana es sábado y estaré toda la mañana solo en el despacho, pero puede usted venir a traerme lo que necesito —dijo con intención—. Es necesario que el engranaje se ponga ya en marcha. Cuanto antes se convierta legalmente en una mujer viuda, mejor que mejor.

El abogado accionó la manivela, miró un instante al pasillo y se hizo a un lado, aunque no lo suficiente para evitar el contacto al salir.

—Que pase buen día... señora Casaus —se despidió en voz alta, con la clara intención de ser oído por su empleada.

El taller se encontraba vacío cuando abrió la puerta y sonó la campanilla. Sin embargo, un llanto quedo llegaba del piso de arriba, acompañado del arrullo de Rosita. Subió la escalera de caracol antes de quitarse el abrigo y se encontró a la muchacha sin dejar de caminar adelante y atrás con el bebé entre los brazos, tratando de calmarlo.

—Ya estoy aquí —anunció con expresión de apuro mientras arrojaba la prenda al primer sillón. Se acercó a ella y, con delicadeza, le cogió la criatura.

—Se ha despertado hace un rato llorando, pero no creo que sea por hambre. ¡A ver si van a ser los dientes!

—No creo, no tiene cinco meses aún. Me parece que con el pecho no tiene suficiente —supuso—. Habrá que empezar a darle papillas.

Se sentó en una silla frente al balcón, se desabrochó la camisa y acomodó al pequeño, que al instante dejó de llorar.

—¿Qué tal te ha ido con el abogado? —preguntó Rosita a su espalda.

—Bien.

—Jolín, ¡cómo ha sonado ese bien! ¿Algún problema?

Julia tardó en responder. Miraba embelesada el rostro del pequeño.

—Miguel Latorre Casaus —musitó entre dientes—. Hijo legítimo de Miguel Latorre Martínez y Julia Casaus Vera.

—¿Ah, ya está todo solucionado? —insistió la modista con sorpresa.

—Queda algún pequeño fleco. Pero nada que no se pueda resolver —contestó con determinación.

Sabía que estaba abusando de Rosita, pero no tenía otro remedio. A pesar de que era sábado y que la joven había trabajado duro toda la mañana no puso ninguna objeción cuando, a su regreso del bufete de Monforte, le preguntó si aquella tarde podría hacerse cargo del pequeño. Por el contrario, el rostro de la muchacha se iluminó.

—¿Cómo no voy a poder? ¡Jolín, qué cosas tienes! —respondió con tono ofendido—. ¿Te importa que me lo lleve hasta la plaza del Pilar? Se lo diría a mis padres para que se arreglen y bajen a dar un paseo con nosotros.

—Claro que no, Rosita. No sabes cuánto te lo agradezco. Pero ahora déjalo todo como está y vete a casa a comer con ellos. Con que estés aquí a las cuatro será suficiente.

Estaban a punto de dar las cinco cuando entró en una pequeña tienda de ultramarinos a medio camino entre la calle de San Miguel y su destino de aquella tarde. Compró una docena de caramelitos de menta y se metió uno de ellos en la boca antes incluso de abandonar el local. Lo chupó con fruición, ávida por hacer desaparecer el sabor amargo que la había martirizado durante el trayecto desde casa. Tuvo la sensación de flotar sobre el pavimento mojado cuando echó a andar de nuevo. La niebla, por fin, había levantado aquel mediodía y la ciudad parecía distinta, extrañamente luminosa, en brutal contraste con su estado de ánimo. Si alguien le hubiera preguntado, no habría podido afirmar si atravesó la plaza de José Antonio; si lo hizo, ninguna impronta del trayecto quedó grabada en su mente, inmersa en la vorágine de sus pensamientos. Volvió a la realidad ante uno de los accesos laterales del Hotel Aragón en la calle Pablo Gargallo. Se obligó a llamar a la puerta antes de arrepentirse, y lo habría hecho si el botones que le abrió hubiera tardado medio minuto más.

—Dígame, señorita, ¿qué se le ofrece?

—Soy la señora Blanco. Magdalena Blanco. Me están esperando.

El empleado sacó una pequeña libreta del bolsillo de su uniforme y se lamió la yema del dedo corazón para pasar las hojas.

—Sí, aquí está. Sígame, si hace usted el favor.

Julia se dejó llevar a través de pasillos y estancias hasta una escalera de servicio. Siguió el par de zapatos lustrados que la precedían hasta la segunda planta donde, a través de una puerta que el botones abrió con una llave maestra, desembocaron en el corredor alfombrado que daba acceso a las habitaciones. Fue consciente de que habían evitado el vestíbulo principal donde estaba situado el ascensor, y supo que aquel era el modo habitual de acceso para aquellos que estaban obligados a mantener una escrupulosa discreción. El muchacho se detuvo ante la habitación 207 y alzó la mano para golpear con los nudillos.

—¡Espera! —lo detuvo. Julia cerró los ojos un instante y se llevó las manos al rostro. Inspiró como si le faltara el aire. Después extendió los brazos y se estiró la falda en un acto reflejo. Alzó la mirada frente a la puerta cerrada.

—¿Ya puedo?

Julia asintió con la cabeza.

Emilio Monforte abrió la puerta con un portafolio en la mano. Su aspecto era el de un abogado en su despacho, impecable y en actitud profesional.

—Ah, es usted, señora Blanco. Pase, pase usted, llega justo a tiempo. Precisamente estaba trabajando en su asunto. —El abogado introdujo la mano en el bolsillo y sacó un billete doblado de cinco pesetas que deslizó en la del botones—. Gracias, chaval.

Julia pensó que la desvergüenza de Monforte no alcanzaba el grado de no tener que intentar guardar las apariencias de manera tan absurda.

Un pequeño recibidor llevaba a una sala de estar que daba al exterior a través de un amplio ventanal. Se hallaba amueblada con un sofá, una mesita rinconera con una lámpara y un pequeño jarrón, y un escritorio que en aquel momento estaba cubierto de documentos en los que Monforte parecía haber ocupado la espera. A la derecha se abría la puerta que comunicaba con el dormitorio, a través de la cual se podía observar una parte del cuarto de baño forrado de mármol.

—No sabes cuánto me alegro de que por fin hayas venido, Julia. —Trató de tomarla de la mano, pero su intento resultó infructuoso—. Desde el momento en que entraste por primera vez en mi despacho supe que necesitabas a alguien a tu lado, alguien que te prestara su ayuda y que te proporcionara el afecto del que has carecido en estos meses tan duros. Ven, siéntate, hablemos. ¿Quieres tomar algo?

—Déjese de palabrería, Monforte. Los dos sabemos por qué estoy aquí. No, no me voy a sentar, no tengo nada de que hablar con usted. —Julia se quitó el abrigo y lo arrojó sobre la silla frente al escritorio. Después entró en el dormitorio y siguió hablando desde allí—. Cuanto antes terminemos este trámite, mejor.

—¡Vamos, vamos, Julia! No hagas algo sórdido de lo que puede ser una historia preciosa. —Alzó la voz para que lo oyera. Cogió el abrigo y salió al recibidor para colgarlo en el perchero.

Cuando regresó y se asomó al dormitorio se detuvo en seco y compuso un gesto de sorpresa. Julia se había quitado la blusa y la falda y, sentada en el borde de la cama, se bajaba las medias con cuidado después de descalzarse.

—No me mire así. Puede desnudarse si quiere hacer lo que ha venido a hacer. Sepa que para mí lo que va a pasar a continuación tiene el mismo significado y la misma importancia que pegar el timbre en un impreso y remitirlo al negociado de turno. Una mera formalidad con la que hay que cumplir. —Sin terminar, se había soltado el corchete del sujetador y tiró la prenda al taburete entelado a los pies de la cama. Después hizo lo mismo con la braga y, completamente desnuda, quedó tendida en el lecho.

Monforte tragó saliva varias veces. La miraba de hito en hito, absolutamente incrédulo. Empezó a respirar de manera entrecortada, plantado bajo el dintel, incapaz de apartar los ojos de la visión que tenía ante él. De repente, como empujado por un resorte, se agachó para soltar con manos temblorosas los cordones de los zapatos, arrojó al asiento la americana, los tirantes, la camisa y, por último, los pantalones. A punto estuvo de perder el equilibrio cuando intentó quitarse los calcetines apoyado en una sola pierna. Quedó frente a Julia en calzoncillos, con los ojos brillantes por el deseo, exhibiendo la evidencia de una repentina erección que quedó patente cuando se quitó la prenda y, desnudo por completo, se dejó caer de rodillas junto a su presa.

12

Jueves, 23 de noviembre

Las primeras horas del día habían resultado heladoras, hasta el punto de que una fina capa de escarcha cubría aún la calle y las ramas de los árboles cuando apartó la pesada cortina y se asomó a la ventana del dormitorio. Un sol luminoso, sin embargo, se abría paso y Julia sabía que, en ausencia del cierzo, tendría por delante una mañana perfecta para caminar de nuevo hasta el cementerio de Torrero empujando el carrito de Miguel. En la penumbra de la habitación solo destacaba el tenue resplandor anaranjado que surgía de una estufa de resistencias. La había adquirido antes de los primeros fríos para caldear la estancia donde dormía con el bebé y, aunque había pagado un precio que le pareció excesivo, en mañanas como aquella lo daba por bien empleado.

Serían las once cuando se despidió de Rosita, que se afanaba delante de la Singer, envuelta en la tela azul de un vestido en el que estaba enfrascada.

—Apenas se te ve —bromeó—. Pareces una náufraga luchando por sacar la cabeza en medio de las olas.

—¡Así mismo me siento! Ahogada entre tanta faena —respondió braceando de manera aparatosa para apartar las telas—. Pero no vamos a quejarnos, ¿verdad? Es lo que deseábamos.

—Me sabe mal dejarte sola.

—¡Anda, anda! Vete tranquila. Yo atenderé la tienda si se acerca alguna clienta.

Julia salió a la calle acompañada por el sonido familiar de la campanilla. Ajustó el cobertor del pequeño, que no tardaría en dormirse, satisfecho tras su toma, y ella misma se anudó el pañuelo que le cubría la cabeza. Enfiló la acera en dirección a la plaza de José Antonio, y media hora después atravesaba la puerta del camposanto, con un pequeño ramo de claveles rojos que había adquirido a la florista habitual en el parque de Pignatelli.

Por un momento se sintió desorientada al acercarse a la zona del cementerio donde descansaba Miguel. El esqueleto amenazante del árbol que en las últimas visitas le había servido de referencia había desaparecido, así que se ubicó orientándose por las cercanas construcciones repletas de nichos que tan bien conocía. Fue mayor su sorpresa cuando comprobó que la lápida lucía reluciente y sin el último ramo de flores que, aun marchito, debería permanecer allí. También se veían recién cortadas las matas y los hierbajos que crecían en torno a las demás sepulturas. Alzó las cejas sin comprender, pero decidió que tendría tiempo para pensar en ello.

—Hola, mi amor —dijo, con una sonrisa amplia y franca. Calló un momento, como si esperara respuesta.

Del bolso que colgaba del cochecito asomaba una carpeta de guardas color marrón que apartó para sacar la botella de agua que había llenado en la fuente de la entrada, la vertió en el pequeño jarrón vacío y, con cuidado, cortó los tallos de los claveles y los dispuso en él. El pequeño seguía dormido y decidió que no iba a despertarlo. Además, lo que tenía que decirle a Miguel era cosa de los dos. Sacó la carpeta marrón y la abrió.

—Mira lo que te traigo, esposo mío.

Le causaba una sensación extraña hablar así. Sabía que la tomarían por loca si alguien la oyera, pero una poderosa fuerza interior le impelía a hacerlo. En cualquier caso, nada malo había en ello.

—Sí, no te extrañes, hoy ya puedo llamarte así. —Sonrió con emoción, al tiempo que sacaba uno de los documentos de la carpeta—. ¡Es nuestra partida de matrimonio! Somos marido y mujer.

Se sentó sobre la sepultura y dejó la carpeta a su lado. Pasó el índice y el corazón por las letras que componían el nombre grabado en la lápida.

—Nuestro hijo ya tiene nombre, mi amor. Miguel Latorre, como tú. El nombre que tú elegiste para regresar. Miguel Latorre Casaus.

La primera lágrima se deslizó por su mejilla y brilló al estrellarse en el mármol blanco.

—No me juzgues, Miguel. Lo he hecho por él. —Miró hacia el cochecito inmóvil—. ¡Tenía que hacerlo! Lo entiendes, ¿no?

Sintió que el llanto la ahogaba. ¿Acaso esperaba una respuesta? No estaba tan loca, pero sintió que la angustia la invadía.

—¿Por qué? ¿Por qué tuviste que irte cuando estábamos a punto de empezar una nueva vida? Ahora estaríamos juntos disfrutando de nuestro hijo. Y de nuestro amor. —Entre sollozos, se dejó caer encima del epitafio con la cabeza apoyada en el antebrazo.

Se sobresaltó cuando oyó una voz a su espalda. Se incorporó con rapidez, tratando de secarse los ojos con el dorso de la mano. No fue suficiente y usó la manga del abrigo.

—Señora, ¿está usted bien?

El sepulturero se encontraba plantado al otro lado de la tumba con gesto de preocupación. Julia musitó una respuesta apenas audible mientras afirmaba con la cabeza.

—No le he oído llegar.

—No debería llevarse usted estos sofocos. Mi mujer siempre decía que los disgustos pueden cortar la leche —afirmó señalando al cochecito con la barbilla.

—¿Es usted viudo también?

El hombre levantó el brazo y señaló a la ladera que descendía hacia el sur.

—A doscientos metros no llegará. Yo mismo cavé la fosa, y allí iré a parar, junto a ella.

—Lo siento —musitó Julia.

—El tiempo lo cura todo, créame. Y tiene a su hijo.

—¿Ha limpiado usted la tumba? —Julia había sacado un pañuelo del abrigo y terminaba de secarse las lágrimas.

—Sí, ayer. Y quité las flores marchitas. Espero que no le haya molestado.

—Al contrario, solo me extraña. No creo que pueda hacerlo con todas las sepulturas.

—¡Desde luego que no! Solo con algunas. Hay deudos que me dan una propina a cambio de que mantenga sus sepulturas en buen estado, ¿sabe usted?

Julia hizo ademán de buscar la cartera en su bolso.

—¡No, no! ¡No me entienda mal! He hecho la de su marido porque me cae usted bien, no busco la propina. —El sepulturero parecía avergonzado.

—Está bien, pero cuente con ella en adelante si quiere seguir haciéndolo. Me temo que estaré muy ocupada y tendré que espaciar las visitas.

—Además, el invierno es muy duro para subir hasta aquí con la criatura si no tiene con quien dejarla —apostilló el enterrador—. No se preocupe usted que la tendrá bien cuidada.

—¿Conocía usted a mi marido? —espetó Julia entonces. El hombre se sobresaltó y tardó en contestar. Cuando lo hizo, manoseaba la boina, nervioso.

—Mi *cuñao*, el marido de mi hermana, está en la Policía Armada. Hice algunas preguntas después de su primera visita —confesó—. No, no lo conocía, pero había oído hablar de él.

—No le preguntaré dónde.

—Mejor, señora, mejor —repuso con mirada desconfiada—. Le bastará con saber que me siento obligado con ambos. Qué menos que mantener limpia su tumba.

Llegó a la casa de la calle Gargallo pasadas las cinco. Vicente se apresuró a acercarse al portal en cuanto vio que empujaba el carrito del bebé y le franqueó la entrada al tiempo que la saludaba con amabilidad. La acompañó hasta el ascensor, no sin antes entrar en la garita para subir el volumen de receptor de radio. Julia sonrió cuando las voces familiares de los locutores que narraban el serial inundaron el patio de entrada.

—Igual tiene que esperar un poco, he visto subir a la peluquera pasadas las cuatro, no creo que hayan terminado —advirtió mientras cerraba las puertas y accionaba el pulsador.

—No importa, Vicente. Esperaré. Tú ayúdame a salir de este endiablado aparato y baja a seguir con el serial.

Cuando la puerta se cerró a su espalda y el ascensor se descolgó por el hueco de las escaleras, empujó el carrito por el trayecto alfombrado y pulsó el llamador. En el umbral apareció el rostro risueño y pecoso de Antonia, que terminaba de atusarse el delantal del uniforme.

—¡Hola, Julia! —saludó en voz alta, antes de reparar en el carrito—. ¡Ay, perdona, que va dormido!

Entró en el recibidor que ya conocía bien y avanzó despacio para dejar que Antonia la alcanzara.

—Están peinando a doña Pepa, pero no tardará mucho —anunció.

—Sí, me lo ha dicho Vicente. Esperaré.

—No, te voy a pasar a la cocina, que estamos todas. Nos da tiempo a tomar un café con leche mientras termina. —Entonces bajó la voz, compuso una sonrisa de picardía y usó el tono de las confidencias—. Cuando don Emilio toma su café después de comer, siempre llenamos un poco de más el puchero y así podemos manchar la leche de la merienda, antes de que los chicos vuelvan del colegio.

Concepción y Francisca interrumpieron su animada conversación y se levantaron al entrar Julia en la amplia estancia. Rosario las imitó, ayudándose con los brazos para incorporarse de la silla, y las tres terminaron reunidas en torno al cochecito del bebé, murmurando sus elogios en voz baja. A pesar del tamaño de la pieza, el ambiente era caldeado y agradable gracias a la cocina de carbón que se mantenía encendida, con un perol de leche humeando sobre la chapa. Los aromas de la comida aún persistían en el aire. Julia reparó en el uniforme de la institutriz, el mismo que Rosita había cosido meses atrás. La doncella y la cocinera vestían un atuendo idéntico al de Antonia.

—Siéntate, muchacha —la invitó Rosario, que regresaba a su silla con los movimientos torpes de la artrosis y el reuma—. A tiempo llegas para calentarte, si estas perezosas nos sirven ese tazón de leche.

—No le hagas caso —intervino Concepción con una sonrisa—, que te estábamos esperando.

—¡Oh, no era necesario! Los chicos estarán a punto de volver y tendrás que atenderlos.

—Aún tardarán un rato, hay tiempo de sobra —intervino Francisca desde la alacena, donde buscaba los tazones.

—No, no hay prisa, primero merendarán y harán alguna tarea. Hasta las siete no comenzaremos la clase de francés.

—Habla francés a la perfección, ¿sabes? —explicó Antonia sin ocultar su admiración—. Me encanta pararme a escucharla cuando paso por el estudio, ¡aunque no entienda nada!

—¡Ya me gustaría que esos dos perillanes tuvieran la mitad de tu interés! No hay forma de mantenerlos quietos en la silla.

—Aún no saben la suerte que tienen. —El semblante de Antonia se había ensombrecido—. Ojalá hubiera podido yo seguir yendo a la escuela en vez de... Está mal que lo diga, pero doña Amparo, la maestra, decía que era muy buena alumna, y le dio mucha pena cuando tuve que ponerme a servir.

—Así son las cosas, chiquilla —intervino Rosario—. No vale lamentarse.

—No, si en realidad no me arrepiento. Gracias a eso mi hermano puede estudiar en el seminario y pronto se ordenará sacerdote —explicó, de nuevo radiante.

—Pero te hubiera gustado mucho seguir aprendiendo, ¿no es cierto? —insistió Julia con cierta tristeza.

—Sí, me gustaban mucho la aritmética y la historia sagrada. Y era muy buena en los dictados. Aún me gusta hacer los cuadernillos de cuentas y de caligrafía que me trae Concepción. —Cogió la perola de la leche, la vertió en una jarra de loza y puso el puchero del café a calentar.

—Pues más te valdría dedicarte de lleno a tus tareas, que mientras una hace cuentas a la otra le toca limpiar la plata —espetó Francisca, que acababa de apoyar en la mesa la bandeja con las tazas.

—¡Eso no es cierto, Francisca! Nunca cojo un lápiz si queda algo por hacer —exclamó perpleja y avergonzada, con la jarra en la mano—. ¿Cómo puedes decir eso? ¡Y delante de Julia!

Las miradas de reprobación de Rosario y Concepción se centraron en la doncella. Lejos de amilanarse, respondió airada.

—¡Vamos, hombre! ¡A ver si ahora no se va a poder decir una verdad! Pues mira, no te lo había dicho antes, pero ya lo has oído, ¡hala!

El rostro de Antonia era una tea. En su semblante se mezclaban asombro, vergüenza e indignación. Por un momento pareció que iba a responder, sin embargo, no fue capaz. Trató de dejar la jarra en la mesa, pero las manos le temblaban con violencia y, aunque Concepción levantó la mano para evitar que la leche se vertiera, solo consiguió que el recipiente se volcara con estrépito. La institutriz lanzó una exclamación y del carrito surgió el llanto sobresaltado del bebé. Antonia se quedó un instante paralizada mirando a Francisca, al carrito y a la leche derramada. Entonces estalló en llanto, cruzó la estancia en dirección a la puerta y se perdió en el pasillo, camino a su habitación.

En la cocina, excepto por el llanto del bebé al que ya atendía su madre, se había hecho el silencio, de forma que la voz de doña Pepa sobresaltó a quienes le daban la espalda.

—¿Qué le pasa a Antonia? —preguntó—. ¿Iba llorando o solo me lo ha parecido?

—¡Nada de importancia, señora! Estas *mocetas*, que se comportan como colegialas —repuso Rosario al instante con tono jocoso, tratando de quitar hierro—. En diez minutos se le pasa. Más que nada porque habrá que ir pensando en la cena.

—Siento haberte hecho esperar. —Se dirigió a Julia con voz amable—. Cuando atiendas al pequeño, pasa al salón, estaré allí ojeando unas revistas. Termínate el café con leche, no tengas prisa.

Por segunda vez, Concepción golpeó con los nudillos la puerta de la habitación después de aplicar la oreja y comprobar que no se oía nada. Presionó la manilla y abrió dos dedos.

—Antonia, entro —anunció con voz queda.

La muchacha se encontraba sentada sobre la cama, descalza, con la espalda apoyada en la pared de la angosta estancia, abrazándose las piernas recogidas. Miraba a la ventana, pero había dejado de llorar y su expresión era solo de contrariedad. La institutriz cerró la puerta a su espalda, se acercó a ella y le apoyó la mano en la rodilla.

—¿Puedo sentarme?

Antonia movió la cabeza de manera apenas perceptible sin dejar de mirar a través del visillo, y Concepción se acomodó sobre el colchón de lana.

—Me tiene una envidia terrible —se lamentó—. No sirve de nada que trate de ser amable con ella. ¡Yo no le he hecho nada para que me hable así, y menos delante de Julia!

—Claro que no, todos sabemos cuánto te esfuerzas. Solo te ha acusado de no hacer tu trabajo porque no tiene otra cosa mejor contra ti. Pero no es ese el verdadero motivo de su resentimiento.

—¿Y cuál es? —Volvió la cabeza y sus miradas se encontraron—. ¿Se puede saber qué le he hecho?

—Nada de manera consciente, pero ella cree que tu actitud la deja más en evidencia. Tal vez no te has fijado, pero cuando te ve con esos cuadernillos parece que se la llevan los demonios. Francisca sería incapaz de hacer algo así, la pobre no sabe ni leer ni escribir, y se avergüenza de ello.

—¡Pero no tiene por qué avergonzarse! ¡Ella no tiene la culpa!

—Créeme, se siente acomplejada. Ve que tú, más joven y la última en llegar, lees y escribes a la perfección, te desenvuelves con la aritmética y, además, tienes interés por seguir aprendiendo. Tal vez teme que acabes desplazándola en las preferencias de la señora.

—¿Y por eso me ataca de esta manera? —se lamentó—. ¡Estoy harta!

—Tiene un carácter orgulloso, y da importancia a detalles que quizá para otros pasan inadvertidos. Fíjate —cambió de postura y de tono y sonrió, dispuesta al parecer a hacer una confidencia—, cuando yo entré aquí me la presentaron como Paquita. A mí, no sé por qué, nunca me ha gustado que me llamen Concha ni Conchita. Pues cuando se enteró, empezó a exigir a todos que la llamaran Francisca.

El chisme arrancó una sonrisa a Antonia.

—No, si al final me va a dar lástima.

—Sabes cómo podrías ganártela, ¿no?

—¿Ofreciéndome para enseñarle a leer y escribir?

La institutriz asintió con la cabeza.

—Pero con tacto, que no se sienta ofendida por ello. Piensa en la manera de hacerlo —le aconsejó.

—De acuerdo, lo haré. —El semblante de Antonia se había iluminado, a pesar de que el incipiente atardecer otoñal llenaba la habitación de sombras. Se ayudó con los brazos para bajar de la cama y ponerse de pie, y Concepción la imitó—. Bajo a la cocina, no vaya a ser que ahora me gane la reprimenda de Rosario.

—Y yo me voy al estudio, que esos dos mocosos estarán al caer.

Se disponía a entrar en la cocina cuando sonó la campanilla en el salón. Asomó la cabeza por la puerta entornada.

—Ya voy yo —advirtió con tono vivaz, y Rosario, sentada a la mesa meciendo el carrito a su lado, la miró con más alivio que reproche.

—No, si en realidad me encanta la idea —oyó decir a doña

Pepa al entrar—, pero tengo miedo de que pueda resultar... demasiado atrevido.

—Siempre podremos utilizar un echarpe si al final no se ve cómoda, o hacer algún pequeño retoque —respondió Julia con seguridad—. Pero no se preocupe, que será usted la más elegante de la reunión, llamará la atención.

—Ah, Antonia, ya estás aquí. —La señora la escrutó en busca de señales de su llanto reciente, pero solo encontró el habitual semblante inocente y risueño—. Acompaña a Julia a la cocina, por favor, hemos terminado.

—¿Estás bien, Antonia? —susurró poco después Julia bajo el dintel, antes de salir al rellano tras el carrito donde el pequeño gorjeaba.

—Sí, sí, gracias. Ha sido un pronto, pero ya se ha pasado, de verdad.

—Me alegro, estaba preocupada —aseguró. Se detuvo un instante y se volvió hacia la muchacha antes de pulsar el llamador del ascensor—. Escucha, se me ha ocurrido que podrías venir el sábado a merendar con nosotras, si no tienes otra cosa que hacer.

El mecanismo del elevador se puso en marcha e inundó el hueco de la escalera con el sonido grave del motor bien engrasado.

—Claro que sí, te lo agradezco —respondió elevando un poco la voz—. No creo que después de lo de antes Francisca quiera salir conmigo de paseo.

13

Sábado, 2 de diciembre

—Déjalo ya, Rosita. —Julia apagó el receptor de radio que habían adquirido para hacer más llevaderas las largas horas de trabajo solitario de la costurera.

—Ay, no, jolín. Voy a terminar al menos con estos hilvanes y así lo tienes para la prueba del lunes —respondió sin levantar la cabeza de la labor—. A doña Pepa hay que mimarla, que gracias a ella tenemos el trabajo que tenemos.

—A ella y a Dorita Barberán. ¡Qué torbellino de mujer! —rio Julia mientras, con la mano derecha en su espalda, mecía en el hombro al pequeño Miguel.

—¡Debe de llevar bien recto al alcalde en su casa! —siguió Rosita, pero cambió la expresión por completo y se llevó con disgusto a la boca el dedo índice, que acababa de pincharse.

—¡Anda! ¿Ves? Te ha castigado Dios por chismosa —se mofó Julia.

—Es que me imagino a don José María recorriendo la casa en pantuflas para llevarle a su mujer lo que ordene y mande.

—¿A que sí? ¡José Mari, corre al baño y tráeme el espejo y las pinzas del entrecejo!

Las dos mujeres rieron con ganas. Estaban de buen humor. En las últimas semanas la campanilla de la puerta no había parado de sonar y los encargos se habían multiplicado. El reparto de tareas funcionaba a la perfección: Julia recibía a las clientas en el salón y se esmeraba con las atenciones, tratando por todos los medios de hacerlas sentir importantes. El trabajo en la selecta consulta de don

Herminio le había proporcionado un don de gentes que en aquel momento le resultaba de gran utilidad. No se limitaba a preguntar por el tipo de prenda que necesitaban, sino que iniciaba una larga conversación acerca del motivo de la ceremonia, del lugar donde se celebraría, de la calidad de los invitados, como si de un encuentro entre amigas se tratara. Después llegaba el momento de mostrar las numerosas revistas de moda que se amontonaban en las mesitas, sobre el trinchante o en los anaqueles, si es que la clienta no llegaba con un ejemplar de *Hogar y Moda* bajo el brazo para mostrarle el modelo que había llamado su atención. Julia atendía a los comentarios, observaba gestos y reacciones y trataba de hacerse una idea de los gustos e incluso de la personalidad de cada una de aquellas mujeres para, a continuación, pasar a exponer sus propuestas. Pronto, los muestrarios de telas cubrían mesas y sillones; los grandes espejos servían para mostrar el efecto que una simple pieza de tejido plegada con gracia hacía sobre el talle y, entre dudas, consejos para optar por una opción tradicional y elegante o ánimos para lanzarse con algo más atrevido, Julia conducía a una decisión final del agrado de la clienta, que salía con la sensación de que la habían llevado en volandas a lo largo del difícil proceso de decidir qué modelo lucir. Ella misma se encargaba entonces de tomar las medidas y hacer las anotaciones oportunas que ayudarían a Rosita a realizar su trabajo. En no pocas ocasiones, igual que en el caso de la señora de Monforte, este proceso se llevaba a cabo en el domicilio de las clientas, lo que no dejaba de complicarle la tarea de encajar a lo largo del día las exigencias siempre inaplazables de su pequeño.

—Tendrías que ver su casa —comentó—. No creo que don José María tenga que levantarse mucho del sillón o salir de su gabinete, porque está plagada de timbres para avisar al servicio.

—Mujer, pero no creo que llamen a la doncella cuando están a solas en su dormitorio por la noche.

Julia compuso una expresión que de nuevo las hizo reír.

—Estoy pensando, Rosita, que necesitaré a alguien que se haga cargo de Miguel mientras yo estoy fuera, o arriba con las clientas. —Su gesto se tornó serio—. No puedo ir de casa en casa con el cochecito. Hasta ahora, mal que bien, lo has podido cuidar tú y nos hemos ido arreglando, ¡pero espera a que empiece a gatear!

La costurera, sin quitar la vista de los hilvanes, alzó las cejas y asintió.

—Pero te criticarán. ¿Dónde se ha visto que una madre abandone a su hijo para ponerse a trabajar? —remedó con tono de burla.

—Lo sé, Rosita. Y lo harán aquellas que contratan niñeras para poder jugar a las cartas con las amigas o para salir a cenar a casa de sus amistades.

—En cambio está mal visto que una mujer pueda hacer su vida sin depender de un hombre —sentenció.

Julia se volvió arrullando al bebé y sonrió.

—Y tú ¿de dónde sacas estas ideas?

—¡No conoces a mi madre!

—Si parece tan...

—¿Tradicional? —completó Rosita—. De puertas para fuera. Tendrías que oírla muchos días sentada a la mesa. ¡Si parece La Pasio...!

No terminó de pronunciar el nombre. Enrojeció por completo y se quedó muda.

—¡La Pasionaria! ¡Escucháis Radio Pirenaica en casa!

—¡Ay, Julia! Se me ha escapado. —Había dejado la aguja clavada en la tela y la miraba con aprensión—. No se lo dirás a nadie, ¿verdad?

Julia soltó una carcajada que sobresaltó al pequeño.

—No imaginaba yo que tus padres... —siguió, mientras se acercaba al receptor de radio. Hizo girar el botón del encendido y esperó a que se calentara el aparato.

—Jolín, ¡qué tonta soy! —se lamentó—. Si mi padre se entera, me mata.

—¡Rosita, por favor! —se burló Julia—. Creo que tenemos que hablar más de ciertos asuntos. Hay cosas de mi pasado que no te he contado, y creo que ya va siendo hora de hacerlo.

La radio de lámparas emitió sonidos entrecortados y la conocida voz engolada de un locutor de Radio Nacional inundó el taller. Julia bajó el volumen antes de empezar a recorrer el dial. El familiar chisporroteo salpicado de emisiones dejó paso a un bisbiseo continuo cuando el indicador de frecuencia alcanzó un punto concreto.

—No están emitiendo ahora —observó—. O es que hay demasiadas interferencias, como siempre.

—¡También tú! —se asombró Rosita, y dejó caer los hombros, relajada—. Me había asustado.

—¿Qué creías, que iría con el cuento a los guardias? —rio—. ¡En el calabozo no me sirves de nada!

—¿Pones Radio Pirenaica por las noches, cuando yo me marcho?

—Las horas se hacen muy largas cuando vives sola, y este —señaló al pequeño en brazos— me desvela a menudo. Creo que el chisporroteo lo adormece.

—¡Será hasta que habla Dolores Ibárruri! ¡Madre mía, qué tono gasta! —De la sonrisa, Rosita pasó a un semblante más grave y continuó—: Háblame de ese pasado que me ocultas.

—¿Tu padre era republicano? —preguntó aún antes de empezar. Rosita asintió.

—Lo era de corazón, pero estaba en Zaragoza al empezar la guerra y fue reclutado con los nacionales. Su hermano mayor, en cambio, estaba por entonces en la parte de Fraga y se alistó en las tropas republicanas. Lucharon en bandos opuestos en la ofensiva de Zaragoza del año treinta y siete.

—¿Y qué fue de él? —preguntó con curiosidad.

—¿De mi tío? Lo cogieron aquí cerca, en Zuera. Estuvo mucho tiempo en la cárcel de Torrero, hasta que lo fusilaron en el cementerio al poco de acabar la guerra. Me entristece recordar todo aquello, yo era una niña y aún me acuerdo de cuánto sufrieron mis padres.

—Miguel también era republicano. —El pequeño se había dormido y lo acostó con cuidado en el carrito antes de arroparlo. Parecía dispuesta a contarle su historia—. Yo lo conocí en Tarazona...

La campanilla de la entrada la interrumpió. Se abrió la puerta y asomó el rostro pecoso de Antonia enrojecido por el frío.

—¿Puedo pasar? —preguntó a modo de saludo. La habitual sonrisa estaba ausente de su rostro.

—¡Claro, entra!

La muchacha cerró la puerta, pero se quedó de pie junto a ella.

—¡Antonia! ¿Qué pasa?

—Me he ido de la casa. No sabía adónde ir y he pensado...

Rosita se levantó, dejó el vestido a medio hilvanar sobre la mesa y se acercó a la muchacha. Comprendió que estaba a punto de echarse a llorar.

—Tranquila, Antonia, pasa y siéntate —le dijo mientras la ayudaba a quitarse el abrigo. Reparó en que debajo aún llevaba puesto el uniforme—. ¿Quieres un poco de agua?

La joven asintió y Rosita se apresuró a servir un vaso de la jarra que reposaba en la repisa. Se lo tendió cuando estuvo sentada en la silla que solía ocupar Julia.

—¿Qué ha pasado para que te hayas ido así, sin cambiarte siquiera de ropa? —inquirió, preocupada.

—Han desaparecido dos saquetes de café de la despensa. Rosario los ha echado en falta al ir a preparar el café del señor tras la comida, así que nos ha reunido a todos en la cocina... antes de ir a hablar con la señora.

—Jolín, ¿y te culpan a ti? —se extrañó Rosita.

—Es que yo he estado ordenando la despensa esta mañana. ¡Y a la hora del desayuno estaban allí! ¡Madre mía, qué bochorno! —se lamentó tapándose el rostro con la mano abierta.

—¿Y seguían allí cuando tú has entrado?

—No estoy segura, no me he fijado. Creo que si los hubiera movido para limpiar lo recordaría, pero no lo sé.

—¿Y nadie más ha entrado en la despensa por la mañana?

—¡Claro que sí! Si allí se guarda de todo. Cualquiera de la casa puede entrar, nunca se cierra con llave. Nosotras entramos más, pero también lo hace Sebastián, incluso los chicos en busca de algún dulce o galleta.

—Entonces no te preocupes, mujer, no pueden culparte de nada —la tranquilizó Julia.

—¡He sentido tanta vergüenza! Todas las miradas estaban puestas en mí. No he podido soportarlo —explicó, apenas capaz de contener el llanto.

—¿Y había dos saquetes de café en la despensa? —preguntó Rosita incrédula—. ¡Pero si es artículo de lujo! Dicen que ni siquiera de estraperlo se puede conseguir más que un poco.

—Y a precios desorbitados —añadió Julia—. Esos mangantes del mercado negro están pidiendo fortunas por todo, no sé adónde vamos a llegar. Menos mal que ya nos hemos acostumbrado al sabor de esa achicoria aguada.

—En la casa de los Monforte no falta de nada —aseguró Antonia—. Cada semana Sebastián llega con el coche del señor atestado de viandas y lo que no son viandas, y llena la despensa y las alacenas. Harina, aceite, conservas, embutidos, jamones... hasta chocolate, además del café. No me preguntéis de dónde sale todo eso, que Sebastián nunca suelta prenda.

—Eso tiene que ser todo de estraperlo —soltó Rosita—. Pero aun así debe de costar muchos duros.

—Pero alguien ha tenido que llevarse ese café —insistió Julia—. Seguro que tú tienes alguna sospecha.

La muchacha sorbió un trago y se dejó el vaso en el halda, entre las manos. Miraba fijamente al resto del líquido que temblaba dentro.

—Descarto a Rosario, pobre mujer, ¿para qué habría de querer ella dos saquetes de café? Ni siquiera sale de casa. Sebastián, lo mismo; si quisiera cogerlos podría hacerlo antes de que llegaran a la despensa. Y Concepción esta mañana no ha entrado a la cocina para nada.

—Jolín, pues solo queda Francisca —se adelantó Rosita.

—Y los chicos. ¿Tal vez una de sus travesuras? —sugirió Julia.

—¡Pues no lo sé! —respondió Antonia con desespero—. Solo sé que me da mucha vergüenza volver allí, sabiendo que sospechan de mí. ¡Ay, como se haya enterado la señora...!

14

Lunes, 4 de diciembre

—¡De acuerdo, de acuerdo, no se enfade que ya me voy!

La puerta de la cocina se cerró a espaldas de Sebastián, y la voz airada de Rosario quedó de repente amortiguada. Pareció sobresaltado al darse de bruces con Julia, que recorría el largo pasillo tras el carrito de Miguel, tratando de conseguir que se durmiera. Ambos sonrieron.

—¡Ah, es usted, Julia! —dijo a modo de saludo—. ¡Dios, qué mal genio tiene esta mujer! Me echa de la cocina para que las deje trabajar, como si un poco de conversación le hiciera daño a alguien.

—Si le oye mosén Gil —señaló sonriendo en dirección al salón—, le dirá que toma usted el nombre de Dios en vano.

—Creo que ya me deja por imposible —sonrió con tono socarrón—. ¿Espera usted a doña Pepa?

—Sí, a ver si termina. He venido para las pruebas —respondió mirando el reloj de pulsera con gesto de impaciencia.

—Pues la reunión semanal con mosén Gil y la alcaldesa es... sagrada. —Esta vez rio de manera abierta—. Yo espero al patrón.

—Tiene que llevarlo en el auto a algún sitio, claro...

—Sí, pero hay para rato, tiene que cambiarse de ropa y se estará dando un baño. Por eso he entrado en la cocina, para pegar la hebra con las chicas.

—Hasta que Rosario lo ha echado —adivinó Julia—. Si tiene que esperar, yo vuelvo a la salita de visitas, ahora que se ha dormido. Y así me cuenta, siempre he sentido curiosidad por los automóviles. ¿Es muy difícil aprender a conducirlos?

—No, en realidad, aunque cada vez son más completos y con más teclas que tocar —respondió dándose cierta importancia—. Pero es más cuestión de práctica.

—¿Y cree que yo podría...?

—¿Una mujer al volante? ¡Calle, calle!

—Una vez mi esposo me dejó manejar el coche por un camino. La verdad es que no lo vi demasiado complicado. —Había dejado el carrito junto al radiador de la calefacción, y se sentó en el sillón cercano. Sebastián cogió una silla y se acomodó en ella a horcajadas, con los brazos apoyados en el respaldo.

—Es usted una mujer sorprendente, Julia —espetó.

—¿Porque me gustaría aprender a conducir?

—Por eso y por su decisión. Sola, con un hijo de meses, y se embarca en un negocio como el suyo...

—Las circunstancias obligan, Sebastián —respondió—. Por cierto, ¿te parece que nos tuteemos?

—No me atrevía a pedírselo.

—El coche del señor Monforte es una preciosidad. Y lo mantienes impecable.

—No es para menos, ¡si cuesta una fortuna! Un Citroën 15 Six de importación, con seis cilindros, motor de tres litros, hasta ciento treinta kilómetros a la hora, ¿lo puedes creer? Y un interior de lujo, con todas las comodidades —enumeró sin ocultar su entusiasmo—. Pero mejor no sigo, que si empiezo a hablar de él... Fíjate que estoy deseando que el patrón tenga que ir a Madrid para conducirlo durante horas. Y de los viajes a San Sebastián en el verano, ¿qué te voy a contar?

—Entonces, eres afortunado, pocos disfrutan así de su trabajo.

—Mucho, aunque también tiene sus riesgos.

—La carretera, claro...

—Y lo que no es la carretera. —Sebastián adoptó un aire sugerente—. Ya sabes, hay ciertos negocios que te llevan a tratar con gente... poco recomendable.

—No acabo de ver qué riesgo puede haber en el bufete de Monforte. —Julia trataba de hacerse la desentendida.

—No puedo hablar, pero es que no todos los tratos del patrón se cierran en la mesa de su despacho.

—Ah, me parece que te entiendo, pero...

—Estraperlo, Julia —susurró después de girar la cabeza para

asegurarse de que estaban solos en la salita—. A gran escala. Negocios suculentos. Del primero al último están metidos.

A todas luces, Sebastián estaba encantado compartiendo confidencias. Sus ojos brillaban al hablar y no perdía de vista la expresión de interés y sorpresa de la joven.

—¿Pero a qué riesgo te refieres? —siguió tanteando ella.

—La noche lo esconde todo, Julia. A veces me hace preparar el coche para salir de madrugada. El patrón tiene que asegurarse de que llega el género, de que los camiones están a la hora convenida para cargar y de que no haya un guardia poco avisado que dé al traste con la entrega.

Sebastián se detuvo de pronto. Enrojeció, sin duda consciente de que había hablado demasiado.

—Pero me preguntabas por el coche del patrón —continuó con una risa nerviosa—. Un día que él no esté puedo sacarlo con la excusa de llevarlo al engrase y nos damos una vuelta. Igual hasta te dejo que te pongas al volante un poco.

—¿Es así como seduces a las chicas, con paseos en el automóvil de Monforte? —Julia rio con ganas, pero el rostro de Sebastián reflejaba cierta confusión.

—No me interpretes mal, mujer —respondió por fin, no sin cierto aire chulesco—. Que el sábado se lo había propuesto a Antonia y a Francisca, pero pasó lo del robo del café y todo quedó en agua de borrajas.

—¡Sebastián! —La voz grave de Monforte, amortiguada por la distancia, sonaba irritada—. ¡Sebastián!

A punto estuvo de volcar la silla al levantarse. Con un gesto elocuente se excusó y salió de la salita en tres zancadas. Julia oyó voces en la zona más privada de la casa, seguidas del chasquido de la puerta de la casa al cerrarse. Al poco se oyó de nuevo girar la llave en la cerradura y reconoció la voz de Vicente, que se perdió en los pasillos.

—El agua caliente, que no sube con fuerza. Dice Vicente que es aire que se acumula arriba en las tuberías —explicó el chófer al volver—. Cada vez que se bañan, tiene que subir a purgarlas. Entre esto y las averías de la calefacción, al pobre no le dejan un minuto de respiro.

—Bueno, mejor eso que llenar la bañera a pozales —apuntó Julia.

—La casa luce impecable, pero las tripas le empiezan a gruñir como las de un viejo.

—Ya lo puedes decir, ya. Y eso que me paso el día dándole atenciones. —El portero acababa de asomarse a la estancia.

Con el mono azul y sin la gorra de plato, Vicente era otro. No era un muchacho agraciado de por sí, pero la carbonilla que le tiznaba la cara y la ropa de trabajo le hacía parecer un menesteroso.

—Cuida dónde pones esas manos —advirtió Sebastián con sorna. A pesar de la amistad que los unía, cada vez que tenía ocasión lo chinchaba por su trabajo, y no desaprovechó la oportunidad de hacerlo delante de Julia—. Como te vea aquí la señora vestido para trasegar carbón, te atiza con la escoba.

—Será la primera vez que la vea con una en la... —contestó sin pensar y dejó la frase sin terminar al toparse con el rostro risueño de la modista—. Pero ya que estoy aquí voy a purgar los radiadores y así me evito un viaje.

—Eso es que empieza pronto otro serial —se burló Sebastián—. ¿O el consultorio ese de la señora Francis?

—¿Eso, yo? ¡Eso es para mujeres!

—Anda, anda, que cien veces te he oído bajar la musiquilla del principio para que no se oiga fuera de la portería.

—Bueno, alguna vez. Con algo hay que entretenerse, ¿no? —El bisbiseo del aire que salía del radiador dio paso al murmullo del agua, que contuvo con un trapo ennegrecido.

—¿Conoces la sintonía del consultorio? —preguntó Julia—. Entonces es que también tú lo has escuchado alguna vez.

Vicente soltó una carcajada amortiguada.

—Se agradece el capotazo, señora Casaus —dijo mirando a Sebastián con expresión de triunfo—. Me bajo ya. Voy a aprovechar para subir carbón a la cocina ahora que estoy en faena.

—¡Pues cuidado con Rosario, que hoy está para pocas!

No tardaron en oírse en el recibidor las voces de mosén Gil y de Dorita Barberán al despedirse de su anfitriona. Ella misma los acompañó a la puerta y acudió a la salita en busca de Julia.

—Excusa el retraso, cariño —la saludó con afecto antes de deshacerse en elogios hacia el pequeño dormido—. Pasa al salón, que hay mejor luz. Además, podrás probar unas deliciosas galletas de nata que ha traído Dorita. Espérame allí mientras voy al cuarto de baño, será solo un momento.

La dueña de la casa salió de la estancia y Julia se encaminó al recibidor para recoger la funda con el vestido que al llegar había colgado en el fabuloso perchero. En momentos como aquel comprendía que era imperiosa la necesidad de contar con alguien que se ocupara del pequeño Miguel. Regresó a la salita, dejó la prenda sobre el carrito y lo empujó en dirección al salón. Se disponía a traspasar el umbral cuando al final del pasillo divisó la figura inmóvil de Emilio Monforte. Vestía un albornoz blanco abrochado con descuido, con unas pantuflas que protegían sus pies descalzos. En su mirada había algo que provocó en Julia un inevitable escalofrío y siguió adelante sin detenerse, consciente de que no era un saludo lo que buscaba el abogado con aquella aparición durante la breve ausencia de su esposa.

Las dos mujeres dedicaron poco más de media hora a conversar sobre la idoneidad del modelo que habían escogido para aquella ocasión. Una vez puesto y ajustado, comprobaron que solo serían necesarios pequeños retoques en la cintura y en el busto. Aun sin pasar por la peluquería, sin medias y con zapatos bajos, el vestido de fiesta conseguía resaltar la figura de doña Pepa, sorprendente para su edad y envidia de sus amigas. La campanilla sirvió para llamar a Antonia, que acompañó a Julia hasta el ascensor. Se despidieron una vez acomodado el carrito en la cabina y se disponía a cerrar la puerta cuando Monforte apareció en el umbral.

—Espere, yo también bajo —pidió mientras terminaba de ajustarse el nudo de la corbata—. Sebastián debe de estar cansado de esperar con el coche en marcha.

Antonia se apresuró a abrir de nuevo y el señor de la casa se abrió paso hasta el único rincón libre en el estrecho cubículo. Él mismo oprimió el pulsador y el aparato inició su lento descenso por el hueco.

—Hacía mucho que no tenía noticias tuyas, Julia —murmuró sin mirarla—. Si fuera mal pensado podría creer que me evitas.

—Nada más lejos de mi intención, señor Monforte —respondió con sorna y con frialdad—. Como ve, soy una mujer muy ocupada.

El murmullo del motor se amortiguó a medida que descendieron y, pasado el entresuelo, las voces que surgían de la radio de

Vicente empezaron a oírse con claridad. Monforte salió primero y mantuvo abierta la puerta metálica. Julia se colocó detrás del carrito y empujó. Al pasar junto a él, sintió que deslizaba algo en el bolsillo de su abrigo de manera subrepticia.

—Discúlpeme, Julia —se despidió mirando su reloj de pulsera—. Vicente podrá ayudarla con la puerta, yo llego tarde a mi cita.

Cuando el portero cerró tras ella, sintió en el rostro el frío intenso de diciembre. Sin poder evitarlo, se vio agitada por un intenso temblor. Cerró la cubierta del cochecito y echó a andar en dirección a la calle de San Miguel. No se atrevía a meter la mano en el bolsillo izquierdo de su abrigo, pero la incertidumbre era mucho peor. Solo avanzó unos pasos y se detuvo bajo un farol. Sus dedos temblorosos se toparon con un papel doblado, que sacó y desplegó a la luz.

Hotel Aragón. Habitación 207.
Mañana, 6 de la tarde.

Arrugó la nota manuscrita y la dejó caer mientras clavaba los ojos en el edificio que se alzaba frente a ella al otro lado de la calle. De manera inconsciente buscó las ventanas del segundo piso. Solo una de ellas se encontraba iluminada, y divisó una sombra tras las cortinas. De nuevo la acometió una aguda sensación de desasosiego que se hizo apenas soportable cuando el pequeño Miguel, despierto y tal vez mojado y hambriento, estalló en llanto.

15

Domingo, 17 de diciembre

—¡Alfonso, Rafael! ¡Basta ya, me estáis poniendo muy nerviosa! —Doña Pepa se volvió para reprender a los muchachos, que no
dejaban de importunarse entre quejas y amenazas.

—¡Haced caso a vuestra madre, por Dios bendito! —intervino
Rosario, hastiada—. Cada una de esas figuras vale un potosí.

—¡Haced caso a vuestra madre, haced caso...! —remedó el mayor de los hijos Monforte imitando con tono agudo la voz de la
anciana.

Alfonso no vio llegar el bofetón de su madre y se llevó la mano
a la cara con gesto de estupor.

—Ahora os vais cada uno a vuestro dormitorio hasta la hora de
cenar. Al menos podremos trabajar tranquilos.

—¡Pero...! —trató de objetar Rafael.

—¡No hay pero que valga! Bastante paciencia he tenido. ¡A
vuestra habitación ahora mismo!

Antonia sonrió para sí. Creía que los chicos necesitaban con
urgencia que alguien les parara los pies, y aquel sonoro bofetón
venía a reparar de alguna manera la dejadez de los Monforte a la
hora de imponer disciplina a sus vástagos. Sabía que el colegio reli-
gioso al que acudían era conocido por lo estricto de las normas de
conducta, pero todos en la casa pensaban que de nada servían si al
regresar se les consentía el comportamiento impropio habitual en
ellos. Temían a su padre, pero don Emilio pasaba la mayor parte
del día en el bufete o en alguno de sus frecuentes viajes; sorteaban a
su madre, que prefería las reuniones con sus amigas o con mosén

Gil, y dejaba su atención en manos de Concepción. La institutriz a duras penas conseguía mantenerlos a raya durante sus lecciones, pero los chicos no se excedían con ella porque había adquirido la costumbre de dar cada viernes detallada cuenta a Monforte de sus faltas de comportamiento. Ello suponía castigos o trabajos extra para el fin de semana, incluso la posibilidad de quedarse sin la asignación semanal que les permitía acudir al cine y pagar a medias la peseta que costaba su ejemplar de *El Guerrero del Antifaz*. El eslabón débil en la casa estaba compuesto por los miembros del servicio, que se convertían en objeto de sus bromas y de las faltas de respeto que otros no les consentían.

Antonia sabía, sin embargo, que el bofetón que doña Pepa acababa de propinar a Alfonso era fruto de su nerviosismo, enfrascada como estaba en el montaje del monumental belén que cada Navidad era la admiración de las visitas. Con los años, el domingo anterior a la Nochebuena se había convertido en el día señalado para completar un ritual que se preparaba durante todo el mes. Vicente había montado en el rellano una amplia plataforma con caballetes y tableros, y con Sebastián habían acudido al monte en busca de musgo, ramitas y palos para fabricar haces de leña, matas fibrosas de tomillo que imitaban árboles secos, pequeñas rocas y guijarros para el fondo del estanque, tierra arenosa para los caminos y paja de alguna paridera para el establo. Doña Pepa hacía gala de su gusto por los detalles y cada año recreaba pequeños escenarios en miniatura en un proceso que mantenía a toda la casa pendiente aquella tarde de domingo.

—Deberíamos darle un poco de color al agua del estanque —sugirió pensativa cuando regresó a la tarea—. Acércate a la cocina y trae un poco de azulete, Antonia. Y un poco de azufre para mezclar, a ver si conseguimos un tono verdoso más natural.

El centenar largo de figuras de barro pintado que con los años había ido coleccionando eran el orgullo de la casa. Las adquiría en una tienda de objetos religiosos situada en la plaza del Pilar y cada mes de diciembre cumplía con el ritual de elegir tres o cuatro piezas nuevas, todas en la misma escala que la Virgen, san José y los Reyes Magos en sus camellos. Pastoras y pastores, carpinteros, aguadoras, lavanderas, alfareros, pescadores, hortelanos, hilanderas, zapateros, soldados romanos, sacerdotes... esperaban junto a las figuras principales en sus cajas, cuidadosamente envueltas en las hojas arrugadas de *Heraldos* fechados en los primeros días de enero. A tal punto llegaba su afán por los detalles que disponía piedras de incienso humeante bajo las hogueras y cabos de vela para iluminar las casas desde el interior, y las prendía antes de recibir a las visitas más distinguidas que desfilaban para contemplar su belén.

Era noche cerrada cuando dieron por concluido el trabajo y, satisfecha, doña Pepa recibió las felicitaciones de todos, incluidas las de su marido, quien, sumándose al ritual, salió del gabinete para mostrar su asombro. Vicente, Sebastián y Francisca se encargaron de recoger el destartalado rellano, mientras Antonia ayudaba a Rosario con la cena. Don Emilio, advertido del comportamiento de sus hijos, se encaminó hacia sus habitaciones rumiando el castigo que había de imponerles, y su esposa, satisfecha por el resultado, se dirigió al cuarto de baño para lavarse a fondo, en el único día del año en que no le importaba terminar con las manos ennegrecidas y las uñas estropeadas.

El grito de doña Pepa resonó en toda la casa y su eco llegó hasta el rellano. Todos los miembros del servicio se apresuraron hacia las habitaciones de los Monforte y se apelotonaron a las puertas del cuarto de baño, adonde don Emilio había llegado en primer lugar seguido por los dos chicos. Antonia se asomó por encima del hombro de Sebastián y de inmediato un intenso olor a *Maderas de Oriente*, casi irrespirable, asaltó su nariz. Los fragmentos ámbar del frasco de perfume hecho añicos estaban desparramados por el lavabo y por el suelo, y la señora, sentada sobre el inodoro cerrado, sostenía la mano encima del lavamanos, teñido por grandes gotas de sangre. Su esposo le sostenía el dedo índice bajo el chorro de agua fría, tratando de cortar la hemorragia que surgía de un profundo corte.

—Trae el alcohol y el algodón, Francisca. Y el esparadrapo, maldita sea —ordenó Monforte.

—¡No blasfemes! Además, no hace ninguna falta —le reprendió su esposa, irritada—. Deja de sostenerme la mano y busca el anillo.

—Sebastián, búscalo tú —le pidió al chófer antes de dirigirse a sus hijos—. Y vosotros dos, levantad del suelo antes de que os cortéis con algún cristal.

—¿Qué anillo es, señora?

—¡Es mi brillante! —se lamentó, a punto de ceder al llanto que no había conseguido provocar su herida—. ¡Pero es que ahora no estoy segura de que no se haya ido por el desagüe!

—¿Y qué hacía el brillante en el cuarto de baño? —Don Emilio devolvió el reproche a su mujer.

—Precisamente me lo he quitado para montar el belén. Lo he dejado en la vitrina detrás del frasco de colonia y al ir a cogerlo se ha caído el frasco. ¡Pero tenía que estar aquí! —se exasperó removiendo los vidrios rotos con un cepillo de dientes—. Ay, Virgen del Pilar, ¡que no se haya ido por el desagüe!

Antonia corrió a la cocina en busca de escoba y recogedor. Trajo también un guante con el que ayudó a retirar los vidrios uno a uno. Con todos fuera del cuarto de baño, barrió el suelo hasta el último de sus rincones ante la mirada expectante de la señora. Metió la mano en todos los lugares que la escoba no alcanzaba, pero solo arrastró algún trozo más de cristal.

—Si ha caído por el desagüe puede que esté en el sifón —sugirió Vicente quien, arrodillado, había introducido la cabeza por detrás del pie del enorme lavabo de loza blanca.

—¿Puedes desmontarlo? —preguntó don Emilio desde la puerta.

—No le digo que no. Lo que no puedo es volver a dejarlo como está. Para soldar el plomo hace falta candileja, estaño... y eso solo lo lleva un fontanero.

—¡Pero hoy es domingo! —se lamentó doña Pepa, que regresaba del dormitorio con un aparatoso vendaje—. ¡Yo no me puedo ir a la cama con esta incertidumbre! Sebastián, tú tenías un amigo fontanero... el que arregló la calefacción el día de la cena.

—Andrés.

—¿Puedes ir a buscarlo? —preguntó sin vacilar.

—Señora, sé dónde vive —respondió dubitativo—. Otra cosa es que esté en casa de su patrona y que quiera venir.

—¿Cómo no va a venir si es la señora de Monforte quien lo requiere?

Andrés sujetó con la mano izquierda el desagüe de plomo mientras terminaba de serrar por encima del sifón. A pesar de la posición inverosímil lo había hecho con asombrosa facilidad, y varios pares de ojos lo observaban expectantes. Se incorporó y, aún en cuclillas, volcó el contenido del tubo sobre el suelo de baldosas, pero solo se formó un pequeño charco de agua grisácea. Asió un vástago flexible, lo introdujo hasta el sifón y empujó. Entonces sí, por el otro extremo salió una masa oscura de aspecto poco agradable.

—¿Está el anillo? —preguntó doña Pepa.

—¿Ya tragaba bien este desagüe? ¡Madre mía, cómo estaba! —Andrés escarbó con un destornillador entre la amalgama de cabellos, jabón y algún pequeño fragmento de vidrio ámbar.

—¡Por supuesto que tragaba! ¿Está o no? —repitió ella con tono acuciante, acercándose para mirar por encima del hombro del fontanero que les daba la espalda.

Andrés se guardó el destornillador en un bolsillo del mono y golpeó el plomo con fuerza contra el suelo. Se volvió con el sifón en la mano negando con la cabeza. Vicente, Sebastián, Francisca y Antonia, que esperaban en la puerta, se inclinaron hacia el interior.

—Aquí no hay ningún anillo, señora —anunció con gesto de pesar.

—¡No puede ser! ¡Tiene que estar! —Doña Pepa se agachó y apartó al joven con un empujón para ver el contenido del desagüe con sus propios ojos.

—¿Han usado el lavabo después del accidente?

—Sí, claro, le he puesto el dedo bajo el agua fría para que dejara de sangrar —confirmó Monforte.

—¡Qué estupidez hemos hecho!

—Lo último que podía pensar es que se hubiera ido por el desagüe —se defendió él.

—De todas maneras, con todo esto en el sifón, debería haber quedado atascado —afirmó el fontanero—. El sifón es pronunciado, y no es fácil que el agua arrastre un anillo.

—¿Estás segura de que el anillo estaba ahí?

—¡Yo misma lo he dejado!

—Quiero decir si lo has visto cuando has entrado a recogerlo... Doña Pepa vaciló.

—Pues ahora que lo dices, el frasco se me ha escurrido entre los dedos al ir a apartarlo, y con el aspaviento casi tiro toda la vitrina con la otra mano. Pero después el anillo no estaba, así que...

—¿Puede que el anillo no estuviera allí? ¿Lo has visto sí o no?

—Tal vez no —reconoció.

—Eso explicaría por qué no ha aparecido —sentenció.

—¿Qué quieres decir, Emilio?

—Yo no quiero decir nada, Pepa. Será mejor que salgamos todos de aquí y dejemos trabajar al fontanero, que buena hemos montado —ordenó con gesto circunspecto apartándose de la puerta—. Con que se quede Vicente para echarle una mano es suficiente.

Todos obedecieron la orden de Monforte. Doña Pepa pasó junto a él, se dirigió al cercano dormitorio y dejó la puerta entreabierta.

—Sebastián, puedes usar el coche para llevar a Andrés a su casa cuando termine.

—Encantado, don Emilio, que está la noche fría.

—Pásese usted mañana por aquí para hacerme la nota de esto, si le viene bien. ¿Trabaja por su cuenta?

—No, trabajo para mi patrón, Ignacio Segura. Fontanería y Calefacción Segura, en la avenida de Madrid. Pero estas chapuzas fuera de hora corren por mi cuenta.

—No obstante, también hablaré con él. Tengo decidido cambiar la calefacción en cuanto pase el invierno. Pero tiempo habrá. En todo caso, me gustaría que fuera usted quien hiciera los trabajos.

—Se agradece la confianza, don Emilio —respondió el joven entre la satisfacción y la sorpresa.

El olor del estaño y la estearina requemados inundaba el cuarto de baño cuando Andrés apagó la llama azul de la candileja.

—Pues esto ya está *apañao* —anunció—. Anda, abre el grifo, a ver si se sale.

Antonia se apresuró hacia el lavabo. Un instante después el joven se había puesto de pie de un impulso y se sacudía el mono con las manos.

—¡Ni una gota! ¡A recoger!

—Vamos a la cocina y echas un bocado, que son las tantas —le ofreció la doncella.

—No, hambre no hay, que ya he *cenao* en casa de la patrona —rehusó Andrés secándose el sudor de la frente con la manga—. Pero otro *vasico* de ese moscatel que gastáis sí que me echaría. Si no es molestia.

—Que sean dos —se sumó Sebastián riendo, apoyado en el quicio de la puerta.

—¡Y nos darán aquí las campanadas! —Sebastián dio un respingo cuando Francisca habló a su espalda—. Los señores se han retirado ya, será mejor que vayáis a la cocina y bajéis la voz.

Los rescoldos de la cocina de carbón todavía conseguían mantener un ambiente acogedor cuando entraron en la amplia estancia. La única bombilla que permanecía encendida proporcionaba una luz mortecina y las sombras de todos ellos se proyectaban sobre las paredes.

—¿Qué ha podido pasar con ese anillo? —se preguntó Sebastián, acomodado como solía en una silla a horcajadas.

—Yo creo que no ha podido irse por el desagüe —opinó Vicente, y asintió cuando Antonia le mostró la botella de moscatel—. Y en el cuarto de baño no estaba.

—Cualquiera ha podido cogerlo.

Todos se volvieron hacia Francisca.

—¿Qué quieres decir? —preguntó Sebastián, que se había detenido en seco con el cigarrillo de picadura a medio liar.

—Que en ese baño han estado los señores y han podido entrar los críos. Y cualquiera que haya entrado en casa a por algo, mientras todos los demás estábamos distraídos con el belén en el rellano.

—¿Insinúas que ha podido ser un robo?

—Yo no insinúo nada. Pero aquí ha *pasao* como en las películas de detectives americanas, que todos son sospechosos.

—¿También yo? —bromeó Andrés.

—¿Y por qué no? Si el anillo estaba en el sifón te lo has podido echar al bolsillo del mono para venderlo. Sabías que vale una fortuna.

—¡Francisca! —le reprochó Antonia, avergonzada.

—Déjala, mujer, ya sé que está de broma.

—Sí, sí, de broma. Pero al final ya se sabe, el ladrón o el asesino es quien menos te esperas. —Miraba a Antonia, que acababa de servir el moscatel en los tres vasos—. Tú podrías haberlo encontrado mientras cepillabas el suelo y haberlo guardado en el fondillo con disimulo.

—La señora ni siquiera estaba segura de haberlo visto allí al terminar con el belén —recordó Vicente—. Y, por cierto, Francisca, tú has estado ratos sola por la casa cuando los demás estábamos afuera. También tú eres sospechosa.

La doncella enrojeció.

—Por supuesto que sí, como todos. Yo no me descarto.

—Que Dios me perdone por lo que voy a decir, pero... ¿y si doña Pepa ha extraviado la sortija y, temerosa de la reacción de don Emilio, ha hecho ver que se ha caído por el desagüe? —Antonia había hablado a media voz, como si las paredes pudieran escuchar.

—Me parece que, entre este ambiente tétrico y tanta película de detectives, estamos empezando a desbarrar —opinó Sebastián, antes de dar fuego al cigarrillo con su chisquero.

—Yo solo sé —apostilló Francisca— que de un tiempo a esta parte en esta casa pasan cosas muy raras.

16

Viernes, 22 de diciembre

—No, las cosas no son así —refunfuñó Rosario sin parar de remover la bechamel de las croquetas. Apartó la sartén del fuego y tomó una nuez moscada que rayó entre sus dedos regordetes sobre la masa humeante—. Me parece un capricho de la señora, pero toda la vida el servicio ha cenado en la cocina. Y tan ricamente. Yo no me veo sentada allí, en el comedor, en una noche así. ¡Si no voy a saber ni dónde poner las manos!

—Mujer, que estaremos los de casa, y doña Pepa lo hace con la mejor intención. Deberíamos estar más que agradecidos —terció Sebastián, a horcajadas en su silla, como siempre—. Además, así no habrá que hacer encaje de bolillos como otros años para que cenéis vosotras mientras les servís a ellos. Antonia, ¿tú qué opinas?

—¿Qué voy a opinar, si han tenido el detalle de invitar a mi hermano? —respondió con emoción en la voz.

—Mira, eso sí que me alegra. —Rosario se volvió hacia la muchacha—. Sé la ilusión que te hace.

—Llevo muchos años sin pasar la Nochebuena con nadie de mi familia. Al menos este año tendré aquí a Manuel. —Las hojas verdes del enorme cardo que limpiaba se amontonaban en la mesa junto al barreño de la verdura limpia.

—Qué suerte la tuya. —Francisca frotó con energía el trozo de jabón sobre un mantel en el lavadero. Ella también tenía un hermano mayor al que no veía desde el final de la guerra, y aunque nunca hablaba de él, todos sabían que se había echado al monte para entrar con el tiempo a formar parte de los maquis en el Maestrazgo.

—Tener un hermano seminarista en vez de bandolero no es asunto de suerte —espetó la cocinera, quien no perdía ocasión de reprocharle tal circunstancia. Rosario era viuda de un guardia civil y había sufrido en sus carnes el miedo a las emboscadas y los ataques a los mases y a los depósitos de víveres en el pueblo donde había estado destinado hasta su retiro. Nunca aludía al hermano fugitivo de la sirvienta, pero respondía con dureza si era ella quien lo hacía.

El silencio tenso que siguió fue interrumpido cuando la puerta de la cocina se abrió de repente para dar paso a Vicente, que agitaba en la mano un décimo de lotería.

—¡Nos ha *tocao*, lo puesto por lo menos!

—¿Ya ha salido el Gordo? —exclamó Antonia sonriente, mientras se levantaba secándose las manos en un trapo. Aquel era el primer año en que habían decidido compartir un décimo del sorteo de Navidad que don Emilio les había ofrecido antes de uno de sus viajes a Madrid. Habían escotado cuarenta pesetas cada uno hasta reunir las doscientas que costaba el décimo. Solo Francisca había rehusado participar.

—Va a ser verdad que trae suerte esta tal Manolita. —Vicente miraba el sello del reverso, en el que figuraba la dirección de la administración número cinco de Manolita de Pablo, en la avenida de José Antonio de Madrid, donde Monforte solía adquirir los décimos.

Sebastián se levantó de la silla y le arrebató el décimo al portero. Lo obligó a darse la vuelta y le frotó el boleto por la espalda.

—A ver si, pasándotelo por esa joroba, mañana sale en la lista de la pedrea en el *Heraldo*. —Vicente se revolvió e hizo amago de arrearle con el brazo, ante la sonrisa de los demás. Francisca era la única que continuaba circunspecta, y miraba solo de soslayo al tiempo que seguía con la colada.

—45.749 —leyó en el trozo de papel donde había anotado el número agraciado, pegado en la portería a la emisión de Radio Nacional. Dejó el décimo y el papel en una esquina de la mesa.

—¿No ves que estoy limpiando el cardo? Se va a mojar —le advirtió Antonia—. Déjalo debajo de la jarra, en la repisa.

—Bueno, ¿y qué va a haber para cenar el domingo, aparte de cardo y croquetas de jamón?

—Ya lo verás, descarado. —Rosario había conseguido que la bechamel adquiriera la consistencia cremosa deseada hasta despegarse de la sartén, y la estaba vertiendo en una fuente con ayuda de la cuchara de madera—. ¡Y el que se atreva a meter un dedo en la masa se las verá conmigo, que os conozco!

—Me ha dicho don Emilio que os ha dado instrucciones de no reparar en gastos. —Sebastián presumía de su cercanía con Monforte—. Por eso lo preguntaba. Aprovechad la carta blanca, ¡para una vez...!

—¡Te podrás quejar tú! Como si escatimaran la comida con nosotros. ¿Acaso no comes casi lo mismo que los invitados después de cada cena? Y además aquí, en la cocina, como debería ser siempre.

—¡Qué poco sentido del humor tiene esta mujer! —rio, provocando la sonrisa cómplice de Antonia.

—¡Hay gambas! —Apenas ningún sonido había salido de la boca de Antonia, que se limitó a mover los labios de forma exagerada mirando al chófer a la cara. Él la entendió a la primera y alzó el pulgar con el puño cerrado en gesto divertido y cómplice.

—Pues esto ya está. Hay aquí cardo para un regimiento —anunció entonces Antonia al tiempo que se secaba las manos—. ¿Cómo vamos a prepararlo?

La pregunta iba dirigida a Rosario, pero respondió doña Pepa, que en aquel instante entraba en la cocina.

—Como siempre, con salsa de almendras. ¿Cómo van los preparativos?

—Vamos adelantando lo que se puede, señora. En el mercado se nos irá la mañana, así que es mejor andar listas.

—Bien, esta vez seremos los de casa, así que puedes estar tranquila.

—Pues no quiero pasar por desagradecida, señora, pero me haría un favor si me permite cenar en la cocina, tan a gusto. —Con gesto de cansancio, se sentó ayudándose con los dos brazos—. La mesa de los señores no es mi sitio.

La señora de Monforte rio de buena gana. Se acercó a ella y le puso las manos en los hombros.

—¡Ay, Rosario! No cambias. ¿Cómo no va a ser tu sitio, mujer? La mejor cocinera de Zaragoza y la persona de mayor edad de la casa tendría que sentarse a la cabecera —dijo de buen humor.

—Sí, y le quito el asiento al señor. ¡Acabáramos! —rio también.

—¿Has podido hablar ya con Manuel? —le preguntó entonces a Antonia.

—Sí, sí, estuve con él en el seminario ayer por la tarde. Les agradece mucho la invitación. Estará aquí para las ocho, como usted me dijo.

Doña Pepa iba a añadir algo, pero pareció pensárselo mejor. Se volvió hacia los demás.

—Cenaremos pronto, porque tanto mosén Gil como Manuel se irán antes, para preparar la misa del gallo. Las nueve es una buena hora —sugirió—. ¡Madre mía, cómo huelen esas croquetas!

Se acercó a la poyata, abrió el cajón de los cubiertos y sacó una cucharilla que metió en la fuente. Sopló con fuerza antes de llevársela a la boca.

—Mmm, Virgen del Pilar, ¡qué buena está! —exclamó—. Cada día te salen mejor.

Dejó la cucharilla en el fregadero y, aún saboreando la pasta, se dirigió de nuevo a la puerta.

—Cuando termines, Antonia, ven un momento al gabinete —pidió, volviéndose un instante antes de salir y cerrar a su espalda.

—Usted dirá, señora. —Antonia parecía indefensa, de pie y con los brazos extendidos a los costados del uniforme. Doña Pepa se había sentado en el escritorio y garabateaba en una libreta con un lápiz recién afilado.

—Pasa, acércate. Estaba haciendo una lista para que no se nos olvide nada.

—Es una buena idea —musitó.

La señora de Monforte alzó la mirada del papel. El cabello corto no le restaba un ápice de feminidad, antes bien, le aportaba un aire de elegancia del que carecían la mayor parte de las mujeres de su círculo. Al posar los ojos sobre la muchacha su mirada se suavizó, enternecida.

—Creía que te haría mucha ilusión tener a Manuel aquí en Nochebuena —empezó, como buscando las palabras adecuadas—. Sin embargo, cuando te he preguntado por él en la cocina he visto un asomo de tristeza en tu semblante.

—¡Ay, no, por Dios, señora! ¿Por qué piensa usted eso? —exclamó la joven, sinceramente compungida—. No puedo estar más contenta sabiendo que mi hermano cenará con nosotros.

—¿Cuántos años llevas en esta casa, Antonia?

—En mayo hizo siete, señora. Desde los quince.

—Y si no me falla la memoria, desde entonces no has pasado una sola Nochebuena con tus padres.

Antonia, cabizbaja y emocionada, negó con el gesto.

—Y ese es el motivo de tu tristeza —continuó.

—¡Ay, que no, señora...! —Su voz desmentía sus palabras—. Que yo sé dónde está mi sitio. Pensará que soy una desagradecida. Esa noche hago falta aquí.

Doña Pepa apoyó el mentón sobre las manos entrelazadas. Miraba a Antonia a los ojos, que empezaban a brillar demasiado.

—Te diré lo que vamos a hacer. —Sonrió—. Yo tengo ganas de meterme un día en la cocina, siempre me ha gustado estar entre pucheros. Y qué mejor ocasión para hacerlo que en la Nochebuena, así será más como estar en familia con todos. Y tú... tú ahora mismo te quitas el uniforme y te acercas al seminario para decirle a tu hermano que mañana os vais los dos al pueblo. ¡O mejor aún! Intentaré hablar por teléfono desde el despacho de Emilio, a ver si me pueden poner con él.

—¡Señora, pero si yo...!

—¡No se hable más! Sé lo que en realidad deseas, y este año lo vas a disfrutar, ¡qué diantre! Cámbiate y vete a la estación de autobuses a ver a qué hora tenéis mañana el coche de línea.

—¡Si ni siquiera sé si van a dejar irse a Manuel en estas fechas! —objetó, aunque lo que reflejaba su voz era solo temor a que tal cosa pudiera suceder.

—Eso déjamelo a mí. —Doña Pepa se levantó del escritorio con decisión, lo rodeó y tomó a Antonia del brazo—. Vamos a llamar ahora mismo.

—Ay, señora, ¡qué buena es usted! —acertó a decir al borde de las lágrimas.

El teléfono se encontraba en la repisa de una de las librerías que amueblaban el gabinete. Doña Pepa tomó la agenda de cuero que reposaba a un lado del aparato y buscó el número anotado por ella misma años atrás. Alzó el auricular de baquelita negra y esperó la respuesta de la operadora, que llegó de inmediato. Entonces recitó en voz clara las cinco cifras. Antonia, impaciente, solo tuvo que esperar un minuto hasta que llegó la respuesta.

—¿El Seminario Mayor? Sí, escuche, soy la señora de Monforte, Emilio Monforte. Desearía hablar con uno de los seminaristas.

Sí, Manuel Moliner es su nombre. —Las pausas se correspondían con las respuestas del interlocutor. Doña Pepa dirigió a Antonia un gesto afirmativo con la cabeza a la vez que le pedía esperar con la mano—. Ha ido a ver si lo encuentra.

—A estas horas estará en una de sus clases —aseguró Antonia, y la señora asintió.

—¡Sí! Hola. ¿Manuel? Sí, soy doña Pepa, la esposa de Monforte. Tengo algo que decirte, ¡pero espera!, será mejor que te lo diga tu hermana, la tengo aquí a mi lado.

Antonia no esperaba aquello y se acercó de manera atropellada. Doña Pepa la ayudó a colocarse el auricular de la manera adecuada.

—¡Habla! Te está escuchando.

—¿Manuel? ¡Manuel! Sí, soy Antonia. ¡No, que no pasa nada! ¡Bueno, sí, pero nada malo! Escúchame. Si pides permiso al rector, ¿te dejarían salir mañana del seminario para pasar la Nochebuena en el pueblo con los padres? Sí, si es ella la que me lo está diciendo, quiere que vayamos este año. Eso es, pregúntalo y me dices lo que sea. Sí, ojalá, yo también.

Doña Pepa escuchaba con atención, y tomó el auricular de la mano de Antonia.

—Manuel, soy yo otra vez. Explícale la circunstancia al señor rector y si hay algún inconveniente le dices que se ponga en contacto de inmediato con los señores de Monforte. Sí, estaremos atentos al teléfono, espero que no sea necesario. Ah, y si no vais a pasar con nosotros la Nochebuena, ven esta tarde a la hora de siempre a merendar con mosén Gil. Sí, eso es. Si no hablamos antes, te esperamos esta tarde. No hay de qué, Manuel. Antonia se lo merece. Soy yo quien no se ha portado bien, ¡siete años sin pasar esa noche con vuestros padres! ¡No tengo perdón de Dios! Claro, esta tarde lo habláis todo. Adiós, adiós.

—¡Ay, doña Pepa! ¿Cree que conseguirá el permiso del rector?

—No tengo ninguna duda, se trata de una simple formalidad. No lo creo tan necio como para poner en riesgo nuestra aportación al seminario.

—Y dime, Manuel, ¿cómo van los estudios? ¿Cuánto queda hasta que te ordenes sacerdote? —preguntó doña Pepa, mordiendo con delicadeza una de las magdalenas horneadas por Rosario.

—Me queda este curso y el que viene —respondió el joven seminarista—. Así que, si Dios quiere, cantaré misa dentro de dos veranos.

—Tengo muchas ganas de verte revestido y oficiando en el altar. Emilio y yo nos encargaremos de que sea una ceremonia inolvidable, eso te lo aseguro.

—Un motivo más para estarles agradecido —respondió con cortesía.

—Pueden estar orgullosos al ver cómo ha crecido el muchacho, no solo en lo físico sino también en lo espiritual —terció mosén Gil antes de atacar la tercera magdalena—. Es fácil imaginar qué habría sido de su vida allá en el pueblo, destripando terrones y arreando a las mulas.

—Cualquier trabajo es digno a los ojos de Altísimo, mosén Gil. Se puede honrar el nombre de Dios desde el púlpito y desde lo más profundo de la mina.

—Cierto, cierto, muchacho. Pero de haber terminado enterrado en una de esas minas ahora no hablarías con esta elocuencia.

—Lo que no resta mérito ni dignidad al trabajo de un minero. Mi padre lo fue durante su juventud, hasta que la silicosis y la guerra le obligaron a cambiar de oficio.

—Siempre me he preguntado cómo se logra canalizar dentro del seminario la energía de tantos jóvenes como conviven allí adentro. —Doña Pepa terció ante el enésimo conato de enfrentamiento entre ambos. Era evidente que el viejo sacerdote no era santo de la devoción de Manuel y, si bien hasta entonces el respeto debido a la edad y al grado se había impuesto, en los últimos encuentros las chispas habían saltado con excesiva facilidad.

—Practicamos mucho deporte, doña Pepa. Debería ver los partidos de fútbol que jugamos en los patios. Y cultivamos la huerta.

—¿Jugáis al fútbol con las sotanas? —preguntó, incrédula.

—¿Cómo, si no? —rio Manuel.

Doña Pepa examinó al muchacho tratando de imaginar la escena. Manuel era un muchacho apuesto, alto y espigado, de cabello rubio apagado y ojos claros, muy poco parecido a Antonia, más menuda y de pelo castaño. Solo compartían la palidez de la piel, las pecas en las mejillas y cierta semejanza en las facciones.

—¡Tendréis que correr levantándoos los faldones! —Doña Pepa rio al imaginarlo.

—Así todos tienen las manos ocupadas y no tienen ocasión de tocar la pelota con las manos. Los penaltis nunca son por esa causa —explicó.

—¿Tienen, has dicho?

—Yo juego de portero. —Sonrió—. Más de un balón que se colaba entre las piernas no ha terminado en gol gracias a la sotana. Debería usted venir algún día a disfrutar del espectáculo. Dicen que mis estiradas hacia la escuadra son dignas de ver.

Entonces entró Francisca dispuesta a retirar el servicio.

—¡No lo dudo! —exclamó—. Anda, toma otra magdalena antes de que se las lleve, que con tanto fútbol y tanto cavar en la huerta te estás quedando en los huesos.

El conocido chasquido de la puerta principal del piso se dejó oír en el salón poco antes de que el rostro enrojecido de Antonia asomara por la puerta entreabierta.

—¿Se puede, señora?

Manuel fue el primero en levantarse para acudir a abrazar a su hermana.

—¡Estás helada!

—¡Hace un frío...! Y está empezando a nevar —explicó, frotándose las manos. Recorrió con la mirada la sotana abotonada de arriba abajo—. ¡Qué guapo estás!

—Calla, mujer —respondió el joven con una sonrisa azorada.

—¿Ya te has enterado del horario del coche de línea de mañana? —intervino doña Pepa.

—Sí, señora. Y me han dicho que también sube al pueblo el mismo día veinticuatro por la mañana. Si le parece bien, nos iremos el domingo y así puedo ayudar a Rosario hasta última hora. Ya que me permite ir, prefiero dejarlo todo preparado y listo para la cena. Aun así, llegaremos al pueblo a la hora de comer.

—¿Pensáis avisar de vuestra llegada?

Antonia y Manuel se miraron y coincidieron en un gesto de negación.

—Les daremos una sorpresa, vernos allí a los dos es lo último que esperan. —La voz de Antonia anticipaba la emoción que iban a experimentar apenas dos días más tarde.

—Además, si llamamos al pueblo —apostilló Manuel—, la telefonista será incapaz de mantener la boca cerrada. Tendríamos un comité de bienvenida en la parada del coche.

17

Sábado, 23 de diciembre

Antonia se había levantado antes del amanecer. Tal era su excitación que apenas había conseguido pegar ojo, a pesar del cansancio acumulado en la jornada anterior. No obstante, sintió tener que dejar el calor del lecho para ser ella quien prendiera la lumbre en la cocina. La casa amanecía helada, pero aquel día pronto se notaría el calor tibio de la calefacción, pues Monforte, en contra de lo habitual, había dado orden a Vicente de encender la caldera también por la mañana en aquellos días festivos en que todos estaban en casa.

Sin poder evitarlo, a su mente venía la imagen de sus padres sentados en la bancada de madera en torno al hogar que presidía la vieja cocina donde hacían la vida, allá en Villar de la Cañada. Era la única estancia caldeada de la casa, porque el resto, en los meses más duros del invierno de Teruel, se asemejaba más a una fresquera que a una casa confortable. No eran pocas las veces en que las tinajas de agua en la antecocina amanecían con un dedo de hielo. Meterse en el lecho era un suplicio, a pesar de los calentadores de metal llenos de brasas con que su madre trataba de evitar la primera impresión del contacto con la ropa de cama, que parecía mojada.

Sufría por sus padres y se sentía culpable cuando pensaba en ellos. María, su madre, aún acudía con el cántaro o los botijos a la fuente de los tres caños, paseo que repetía en varias ocasiones para acarrear la colada al lavadero, alimentado por las aguas de la misma fuente, tras discurrir por el abrevadero. No le costaba esfuerzo imaginar a las primeras mujeres, quizá su propia madre, que aquella misma mañana romperían el hielo para aclarar la ropa con las manos rojas y entumecidas. Además, era tarea suya el cuidado de las gallinas y de los conejos, y el alimento para el cerdo que cada año se engordaba en casa. Juan, su padre, atendía los olivos y cuidaba una espaciosa huerta en la vega, también provista de frutales, cuyos excedentes vendía María en el patio de entrada de la casa. Complementaba sus magros ingresos haciendo en ocasiones de matarife, sobre todo en la época de la matanza del cerdo, en que recorría una a una la mayor parte de las casas del pueblo y de las aldeas vecinas. Aún más, en los últimos tiempos ejercía de sacristán cuando lo exigía la delicada salud del titular, en agradecimiento al párroco que había abordado a Monforte para hablarle de Manuel. A pesar de la amargura que le provocaba evocar la vida austera de ambos, Antonia sonrió al recordar a su padre colgado de la soga haciendo sonar las campanas antes de la misa mayor.

Añadió una palada de carbón a la brasa de leña que acababa de prender y cerró con el gancho la cubierta circular. Abrió un poco el tiro para mejorar la combustión y evitar el olor a humo y tomó la jarra de la repisa para llenarla de la lechera. Aquel primer vaso de leche era el aporte que necesitaba para ponerse en marcha cada mañana. Ni siquiera le añadía azúcar, aunque tenían permiso para hacerlo; solo untaba un mendrugo de hogaza, el más seco que encontraba en el saquete del pan, y lo saboreaba con deleite, recordando los no tan lejanos años de su niñez en que aquel gesto representaba un lujo inalcanzable.

Oyó la tos antes de que Vicente entrara en la cocina. Sabía que no tardaría en subir, una vez puesta en marcha la calefacción para calentar la casa. Era el primero en levantarse, pues se ocupaba de que todo estuviera en orden cuando lo hicieran los señores, sobre todo el agua caliente para el baño. Rosario sería la siguiente, y por ello había llenado la jarra con leche suficiente para servir tres tazones.

—No te puedes imaginar qué helada ha caído esta noche —anunció el portero frotándose las manos sobre la cocina—. Al final se quedó el cielo despejado y no ha nevado, pero está todo igual de blanco.

—Pobre de quien haya tenido que pasar la noche al raso.

—Pues no son pocos. En la plaza de José Antonio pasan la noche media docena de menesterosos alrededor de una fogata. A dos pasos del Hotel Aragón —hizo notar Vicente—. Qué mal repartido está el mundo.

—Y a dos pasos de esta casa, no te olvides.

—También también. Aunque la vida regalada de los señores nos toca de refilón, no nos podemos quejar.

—Espérate, que aún no sabemos si nos ha tocado algo más en la lotería —recordó Antonia sonriente—. El Gordo ya no va a ser, pero hay más premios.

El eco de carillón en el recibidor llegó amortiguado a la cocina.

—Las siete —anunció Vicente en voz alta—. Me acabo el desayuno, me abrigo bien y me acerco a Independencia a por el *Heraldo*, que hoy traerá la lista de premios. A ver si podemos mirarlos antes de que se levante don Emilio. Acércame el décimo.

—¿Dónde está?

—Ahí en la repisa, debajo de la jarra.

—Debajo de la jarra no hay nada. La acabo de coger para servir la leche.

—Qué raro —se extrañó—. Lo dejé yo mismo.

—Sí, lo recuerdo, cuando subiste a decir que había tocado lo puesto.

—Lo recogería Rosario. La verdad es que no era buen sitio, una volada y se iba al fuego.

—Toma, anda, cómete una magdalena de las que sobraron ayer.

—En el platillo solo había cuatro—. Tenéis una para cada uno.

El teléfono sonaba de manera insistente en el gabinete de Monforte. Antonia se había quedado sola en la cocina y corrió por el pasillo hasta allí. Las dos campanadas del carillón le indicaron que pasaba media hora de las siete. Atravesó el despacho en penumbra sin detenerse a encender la luz y descolgó con rapidez, temerosa de que se cortara la comunicación. Una voz masculina la esperaba al otro lado.

—¿Quién es usted? —preguntó el interlocutor con voz apremiante.

—Soy una de las doncellas del señor Monforte.

—¿Está levantado?

—No, no señor. No tardará, pero es muy temprano. Hoy es sábado.

—Despiértelo de inmediato. Dígale que le llama Casabona. Que se presente donde habíamos convenido, pero sin tardar. Que salte de la cama. Insístale en que debe estar aquí antes de las ocho, es muy importante. ¿Me ha entendido? ¡Muy importante!

—Descuide, señor. Corro a avisarle.

—¡Espere! En cuanto se lo diga, avise también a su chófer para que le prepare el coche. ¡En pijama si es preciso! No hay tiempo que perder. Dígaselo así.

Diez minutos más tarde Monforte descendía las escaleras de dos en dos, sin entretenerse a esperar el ascensor. Mientras lo hacía se abrochaba los puños de la camisa, antes de embutir los brazos en el abrigo. Se cruzó en la portería con un Vicente que lo miró con asombro. Monforte le arrebató el periódico de las manos y se lo metió debajo del brazo antes de abrir el portal para mirar a derecha e izquierda en busca de su Citroën. Lo divisó saliendo de la trasera del edificio, se echó la mano al sombrero y emprendió un trote ligero sobre la escarcha en su busca, sin reparar en el cuello abierto del abrigo.

—¿Qué ha pasado? —preguntó Vicente al entrar en la cocina—. Me he cruzado con Monforte, que salía como alma que lleva el diablo.

Rosario, vestida con ropa de calle, apuraba su tazón de leche. El envoltorio de su magdalena reposaba encima de la mesa hecho un ovillo.

—¿Quién lo sabe? —respondió Antonia—. Al poco de que salieras ha llamado ese tal Casabona con muchas prisas. Se ha vestido en un verbo y ni siquiera se ha esperado al café.

—¿Qué se traerán entre manos? —Era evidente que la pregunta de Vicente era retórica. De inmediato cambió de tono y de expresión—. ¡Traigo buenas noticias! ¡Que nos ha tocado la pedrea!

—¿De verdad? —exclamó la cocinera—. ¿Y cuánto es eso?

—Un duro a la peseta. Mil pesetas en total.

—¡Virgen del Pilar, qué alegría! ¡Bien nos vendrán!

—¿Dónde guardaste el décimo, Rosario? —preguntó Antonia.

—Ahí se quedó, en la repisa —señaló.

—Sí, pero esta mañana cuando ha bajado Antonia ya no estaba debajo de la jarra.

—Pues no lo sé. Tal vez lo haya guardado Sebastián para ir a cobrarlo con los del señor. Él se encarga de hacerlo en otras ocasiones.

—Claro, eso será —asintió Antonia con alivio—. ¡Mil pesetas, doscientas para cada uno! Buen aguinaldo.

Francisca entró en la cocina.

—Dice la señora que tomará el desayuno enseguida, que el mercado estará hoy a rebosar. ¿Se lo podéis preparar mientras me bebo yo la leche?

—Yo lo preparo —se ofreció Rosario—. Cuando se lo lleves dile que ya estoy lista.

—¿Sabes que nos ha tocado la pedrea? —dijo Vicente con entusiasmo.

—Ah, ¿sí? Mira qué bien. Pues que os aproveche.

—Chica, qué sosa. Parece que no te alegres por tus compañeros —le reprendió la cocinera.

—Ni fu ni fa. —Y dio un mordisco a su magdalena.

—Dice doña Pepa que vayas a la cocina. —Francisca había acudido en busca de Antonia, que se afanaba en el dormitorio de los señores guardando en los cajones la ropa recién planchada.

—Ahora mismo voy, en cuanto termine con estas mudas.

—Bueno, yo ya te lo he dicho. —La doncella se dio la vuelta dispuesta a salir.

—Francisca...

—¿Qué quieres?

—¿Qué te pasa?

—¿A mí? A mí no me pasa nada.

—Estás seria y cortante conmigo. ¿He hecho algo que te haya molestado?

—Nada. —De nuevo hizo amago de salir.

—Francisca... Yo no le pedí a la señora irme al pueblo, salió de ella. De hecho, yo estaba encantada con la idea de pasar la Nochebuena aquí con mi hermano.

—¡Vaya! Si ahora resultará que te vas obligada.

—Sé que no tienes a nadie, ni una casa en tu pueblo adonde ir, ni siquiera sabes nada de tu hermano, pero no puedes echarme a mí la culpa.

—¿Y quién te echa la culpa de nada? —respondió con tono demasiado elevado.

—Estaréis como en familia, la señora se está portando muy bien con nosotros estas fiestas. Por una parte, deseo estar con mis padres, pero también me apetecía pasar la noche con vosotros.

—Déjalo, Antonia. No te preocupes por mí. Sé lo que me corresponde.

—Voy contigo, terminaré esto después.

Cuando abrió la puerta de la cocina se encontró con una pequeña revolución. Vicente había acudido a la puerta del mercado con la pequeña carretilla de dos ruedas que solía usar para transportar cargas cuando el vehículo de don Emilio no estaba disponible. Las cestas y los paquetes se amontonaban en la mesa de la cocina, sobre algunas sillas y en la poyata adosada a la pared sobre los armarios bajos. El portero se encontraba asomado al fregadero y doña Pepa hablaba a su lado con Rosario.

—¡Ven a ver esto! —exclamó el joven.

Antonia se acercó con cierta prevención y se apartó al tiempo que soltaba un grito.

—Pero ¿qué bicho es ese? ¡Que se va a salir! ¡Por Dios, qué horror!

—Es una centolla, mujer —aclaró doña Pepa, riendo—. Hoy los puestos del mercado estaban bien surtidos.

—Pero a qué precios, señora, ¡a qué precios! Qué pocos en Zaragoza podrán permitirse algo así.

—Bueno, tal vez pueda parecer un derroche, pero la ocasión bien lo merece. Quiero que sea una cena más especial que nunca.

—Mira lo que ha comprado también la señora. —Rosario le mostraba un paquete húmedo de papel de estraza en forma de cono. Desplegó los bordes y le mostró el contenido con una sonrisa.

—¡Ay, Virgen del Pilar! ¡Pero si son gusanos!

Esta vez rieron todos.

—Son angulas, Antonia, traídas esta misma noche de San Sebastián.

—Nunca las he visto en las pescaderías de allí —se extrañó.

—Porque solo vamos a la villa en verano, y no es temporada de angula. Se pescan ahora, en invierno.

—¿Y eso está bueno? Me daría mucho reparo comerlas.

—¡Es un manjar! —aseguró doña Pepa, todavía con una sonrisa—. Casi me apena que no vayáis a estar mañana.

—No sienta pena por eso —rio Antonia—. Que yo prefiero cenar el cardo de toda la vida con cualquier cosa después... y tan feliz.

—Mujer, esta noche es de preparar algo especial.

—Pues hablando de preparar, ya me dirá cómo quiere que haga el bicho este —refunfuñó Rosario—. No lo he hecho nunca.

—No hay cosa más fácil, si no fuera por lo de sacarle la carne. Solo hay que cocerlo con sal y una hoja de laurel —le explicó—. Luego se limpia, reservando la cáscara, y se guarda toda la carne que va saliendo. Cuando la tienes toda, se mezcla con un poco de mahonesa, una pizca de mostaza y un dedal de brandy.

—Y se sirve en su propio caparazón —se adelantó la vieja cocinera—. Algo así me imaginaba.

—Ah, y unas alcaparras, que le dan muy buen sabor —terminó doña Pepa—. Se puede sacar a la mesa con pequeñas rebanadas de pan tostado para que cada cual se sirva.

—No, si no estará malo. Pero yo no me acerco a ese bicho vivo ni aunque me aten —aseguró la muchacha.

—¡Hombre, el que faltaba! —Todos se volvieron hacia la puerta por la que acababa de entrar Sebastián.

—Ah, buenos días, está usted aquí, señora. Acabo de regresar con don Emilio —anunció.

—¿Está ya en casa?

—Ha ido a su despacho. Creo que tiene que poner una conferencia, explicó el chófer.

—¿Sabe ya, señora, que nos ha tocado la pedrea en la lotería? —anunció el chófer.

—Sí, Rosario me lo ha comentado en el mercado. ¡Menuda suerte!

—Tú guardaste el décimo, ¿no, Sebastián? —preguntó Vicente.

—¿Yo? ¡Qué va!

—¡Cómo que no! ¿Quién lo cogió de la repisa entonces? —se sorprendió Vicente.

—A mí que me registren. Yo no he entrado a la cocina desde ayer —aseguró Sebastián.

—¡Esta sí que es buena! Pues el décimo no ha volado solo. Y ayer se quedó ahí, debajo de la jarra.

Antonia se sintió enrojecer.

—Os prometo que esta mañana, cuando me he levantado, debajo de la jarra no estaba. La he cogido para calentar la leche.

—Les preguntaré a los chicos, a ver si ha sido una más de sus travesuras —intervino doña Pepa al ver su semblante—. Antonia, ven un momento al gabinete.

—¿Realmente no sabes nada de ese décimo, no es cierto?

—¡Se lo juro, señora! Yo no lo he tocado.

—¡Tranquila, yo estoy segura de ello! Pero me temo que los demás sospechan de ti. Justo hoy has bajado la primera a la cocina. Y después del asunto del café...

—¡Es muy injusto, doña Pepa! —Antonia estaba a punto de echarse a llorar.

—Te diré lo que vamos a hacer... —Abrió el cajón cerrado con llave, sacó una caja de metal y hurgó en su interior fuera de la vista de la doncella. Después le tendió algo—. Es otro de los décimos que Emilio compró en Madrid, exactamente igual. Guárdalo debajo del cajón de los cubiertos y diré que los chicos lo han puesto allí para gastaros una de sus bromas.

—¡Pero, señora! ¡Si alguien ha robado ese décimo sabrá que no está diciendo la verdad!

—Cierto, pero no importa. No quiero que esto nos amargue la Navidad —confesó—. Alguien se está apropiando de cosas que no son suyas, pero ya verás como no tardaremos mucho en dar con el culpable.

—Ay, doña Pepa, sé que lo hace con buena intención, pero...

—Escóndelo donde te digo y no se hable más. Déjame a mí el resto —zanjó—. Además, no te he llamado aparte solo para esto.

Junto a la vitrina había una maleta de tamaño mediano, que doña Pepa alzó con cierto esfuerzo para ponerla encima de la mesa. Manipuló los cierres y la abrió. En su interior había conservas, embutidos, algunos turrones y dulces, un tarro de miel, vino, moscatel y un envoltorio que ocupaba la mitad del espacio.

—Eso es una paletilla de jamón —desveló—. He hecho que te lo preparen así para que podáis llevarlo bien en el coche de línea... y para que los demás no sepan lo que hay dentro. Ellos ya estarán en la cena, pero no quiero envidias ni rencillas.

—Pero ¿qué me dice, señora? —La cara de Antonia era de pasmo—. Yo..., yo no puedo aceptar esto.

—Es tu aguinaldo. Llevo tiempo queriendo que les llevaras algunas cosas a tus padres. ¿Qué mejor ocasión?

Antonia permaneció aún un instante observando el contenido de la maleta, boquiabierta, hasta que se volvió y se abrazó a doña Pepa, incapaz de contener las lágrimas.

—Es usted muy buena conmigo —musitó entre sollozos al cabo de un momento.

—También mi marido ha estado de acuerdo. Está satisfecho con vosotros dos.

—Dele usted las gracias, si no le importa.

—Dáselas tú misma, mujer. Bien te tendrás que despedir. Eso sí, procura que no sea delante de los demás —le recordó—. Y ahora vete a la cocina y guarda el décimo con disimulo donde te he dicho. En un rato iré yo.

—¡A ver! ¡Misterio solucionado! —Doña Pepa entró en la cocina con cara de circunstancias—. No os voy a decir que me alegro, porque ha sido lo que me temía, y gracia no me hace.

Cruzó la estancia, directa al cajón de los cubiertos. Levantó el clasificador de madera, introdujo los dedos debajo y exhibió el décimo delante de todos.

—¡¿Han sido los chicos?! —exclamó Rosario con las manos en la cabeza.

—En realidad, solo Alfonso, esta vez Rafael no ha tenido nada que ver. Vino a la cocina a última hora a por un vaso de leche, vio el décimo debajo de la jarra y no se le ocurrió otra cosa que esconderlo para gastar una broma —les explicó—. Y claro, esta mañana ni se acordaba. Pero no se quedará sin su castigo. Ya veremos qué pasa en Reyes.

—¡Qué perillán está hecho! —intervino Francisca.

Sebastián la miró y le pareció que enrojecía. Se levantó de la silla donde estaba apoyado y se dirigió a la puerta sin apartar de ella los ojos entornados en un gesto de rabia.

—Me alegro mucho de que haya aparecido. Sobre todo por ti, Antonia —dijo sopesando cada una de sus palabras—. Y tú, Francisca, ahora te podías meter la lengua por donde yo te diga.

El portazo los pilló desprevenidos y todos dieron un respingo. Francisca evitó la mirada de los demás, apretó los dientes con rabia y siguió los pasos del chófer dando un nuevo portazo.

—¡Vaya por Dios! El espíritu de la Navidad —se lamentó doña Pepa.

La luz de la tarde entraba por el ventanal del dormitorio que daba a la calle Gargallo. Antonia había aprovechado la ausencia de los señores para poner en orden los cajones y los armarios a la vez que colocaba en su sitio la ropa recién planchada. A pesar de lo sucedido, se encontraba feliz ante la expectativa del viaje, y las horas pasaban más despacio que nunca. Se miró en el espejo del tocador e hizo un gesto de coquetería. Sonrió. Pensó que debería hacerlo con más frecuencia, aquella sonrisa le sentaba bien. Sin saber por qué, la imagen de Andrés, el fontanero, vino a su mente. Y sonrió de nuevo.

Se asomó a la puerta del dormitorio y comprobó que todo estaba en silencio. Don Emilio había vuelto a salir en el coche con Sebastián, doña Pepa asistía a una reunión en casa de Dorita Barberán y el resto debía de estar en la cocina. Cerró por dentro con el pestillo y caminó hacia la cómoda. Del cajón superior sacó unas medias de seda de la señora. Se sentó en el borde de la cama, se descalzó y se quitó con prisa las gruesas medias de invierno de su uniforme. Un instante después estaba mirándose en el espejo encaramada en los zapatos de tacón más alto que había en el vestidor. Trató de caminar con elegancia sobre la alfombra, sin dejar de mirarse en el espejo. Alzó el cuello y estiró la espalda como veía hacer a doña Pepa y se asombró del resultado. Levantó el borde del vestido y paseó los dedos por la pierna para apreciar el tacto de la seda: sintió un cosquilleo que la hizo estremecer y soltó de inmediato el borde de la falda, temiendo que aquello pudiera resultar pecaminoso. Sin embargo, estaba segura de que la imagen que le devolvía el espejo sería del agrado de cualquier hombre, y de nuevo fue el rostro de Andrés el que vino a su mente.

Con enorme cuidado se quitó las medias y las dobló como siempre antes de meterlas en su funda. Corrió a abrir el pestillo por si alguien la buscaba y volvió para terminar de poner todo en orden. Colocó el paquete entre los demás y trató de cerrar el cajón, pero algo lo impedía. Sin duda, alguna media se había colado por detrás, así que abrió el cajón por completo y hurgó en el fondo para sacarla. Sus dedos tropezaron con un objeto que no estaba allí la última vez. Lo sacó y lo colocó sobre la cómoda. Se trataba de una cajita forrada de fieltro como las usadas en las joyerías, y la curiosidad la llevó a abrirla. La última luz de la tarde arrancó un destello al brillante montado sobre una sortija, que a Antonia le resultaba inconfundible. Sintió que un escalofrío le recorría la espalda, pero no tuvo tiempo de pensar más. La puerta se abrió a su espalda y entró Francisca.

—¡Ah, estás aquí! Te he buscado por toda la casa —dijo con tono de reproche—. Rosario te quiere en la cocina.

—¿Y te manda a ti? Dile que ahora mismo termino —respondió sin ocultar su resentimiento, al tiempo que ocultaba la cajita con su cuerpo y la introducía de nuevo en el cajón. Se dio cuenta de que no había podido evitar un respingo antes de reaccionar—. Solo quería dejar ordenado el dormitorio.

—¿Qué tienes ahí? ¿Qué ocultas? —La curiosidad de Francisca se reflejaba en su semblante, arrugado el ceño, y el cuello alzado adelantando el busto para ver mejor.

Antonia cerró el cajón y se dio la vuelta. Apoyó el trasero en la cómoda.

—Nada, estaba ordenando las medias.

—¿Y por eso te has sobresaltado de esta manera?

—Es que me he probado unas —respondió sin faltar a la verdad. Aun así había enrojecido demasiado y el tono de su voz resultaba casi suplicante.

—Déjame verlas. —Francisca no esperó su respuesta. Con decisión, la apartó y abrió el cajón en toda su extensión. Hurgó entre las prendas hasta que sus dedos se toparon con la cajita de fieltro. Cuando la abrió, tardó un instante en reaccionar. Boquiabierta, abrió también los ojos de manera desmesurada.

—Pero ¿qué demonios está pasando aquí? ¡Este es el brillante de doña Pepa! ¿Se puede saber qué te traes entre manos?

—Te prometo que me estaba probando unas medias y al cerrar, el cajón se ha topado con la cajita y...

—Pero ¿tú te piensas que me chupo el dedo? Te crees más lista que nadie, ¿verdad? Pues no, a mí no me vas a engañar como tienes engañados a los demás, mosquita muerta. Ya me estás contando qué hace aquí el anillo y qué hacías con él en la mano...

—Te repito que no sé nada. Me he quedado tan sorprendida como tú cuando he abierto la cajita —se defendió.

—Ya, y tampoco sabrás cómo ha llegado ese décimo de lotería al cajón de los cubiertos, ¿no?

—Te lo ha explicado doña Pepa.

—Doña Pepa ha mentido para encubrirte —espetó con odio en la mirada—. No solo ha mentido, sino que ha *preparao* un teatro y ha acusado a su propio hijo de algo que no ha hecho.

—Pero ¿qué estás diciendo?

—Ese décimo no estaba allí esta mañana. Mira por dónde, Rosario ha volcado el salero cuando cocinaba y una parte ha caído dentro del cajón, que estaba abierto. Me ha pedido que lo limpiara mientras ella seguía con la comida y he tenido que sacarlo todo. Allí no había ningún décimo de lotería, así que alguien lo ha tenido que poner después.

—No tengo la menor idea de lo que me estás hablando —mintió—. A mí no me vuelvas loca que yo no tengo nada que ver en todo esto.

—¡Ya, claro! Desaparece el décimo premiado cuando solo tú estabas en la cocina y después reaparece donde no estaba por la mañana. Ahora te pillo en la habitación de los señores con el brillante perdido en la mano. ¡Pero tú no sabes nada! Y la señora en medio del ajo, tapándote. Hasta te deja irte al pueblo en Nochebuena, cuando más trabajo hay. ¡Aquí la única que se va a volver loca soy yo!

—Deja ese anillo donde estaba, Francisca. Ni tú ni yo sabemos por qué estaba aquí y no tenemos derecho a inmiscuirnos en los asuntos de la señora.

Francisca levantó la cajita y se quedó mirando el hermoso anillo, pensativa.

—Este brillante no estaba aquí. ¡Lo ibas a poner tú cuando te he sorprendido, aprovechando que doña Pepa no está en casa! —Se llevó la mano a la frente, como si acabara de ver la luz—. ¡Claro! ¡Tú lo robaste aquel día! Como robaste la lotería. Y de alguna manera has convencido a doña Pepa para que te lo tape todo. O has negociado con ella devolverle el anillo, o la estás chantajeando con algo. ¡Y hasta le has sacado lo de irte a pasar la Nochebuena al pueblo!

—No sabes lo que dices, Francisca. No sé cómo has llegado a esto, pero el odio te hace desvariar.

—¡A mí ya no me engañas, mosca muerta! —le escupió a la cara, al tiempo que arrojaba la cajita sobre la colcha antes de salir.

SEGUNDA PARTE

1951

18

Lunes, 7 de mayo

La casa de la calle Gargallo estaba desconocida. Las sábanas viejas cubrían muebles y ornamentos apilados, las alfombras habían sido sustituidas por grandes trozos de cartón y en cada rincón se acumulaba material de obra que los operarios habían repartido por el edificio, como si de una contienda se tratara y hubieran querido tomar posesión de su conquista. Ya nada era negro por completo, porque el polvo volvía grises las baldosas de color azabache, la forja de los balaustres y hasta los uniformes de las doncellas. Albañiles, plomeros, escayolistas y calefactores se disputaban el espacio y las reprimendas de Vicente, que sufría al ver el otrora impoluto vestíbulo del edificio convertido en un panel donde se podría escribir el padrenuestro con el dedo. También se había multiplicado la tarea para Antonia y Francisca, que a sus labores diarias sumaban la limpieza continua, desde el alba hasta el atardecer.

Andrés era quien llevaba la voz cantante en la obra. Ignacio Segura, el dueño de Fontanería y Calefacción Segura, había decidido delegar en el joven oficial la ejecución de los trabajos, de forma que solo se acercaba a última hora de la tarde para revisar la faena y planificar con él la tarea del día siguiente. Andrés indicaba a los albañiles dónde tenían que abrir una cata, dónde perforar un muro o dónde picar el pavimento para conducir las tuberías nuevas. Disponía de la ayuda de Fabián, un bisoño aprendiz que apenas contaba dieciséis años y que había resultado ser espabilado y dispuesto, pero ni se le pasaba por la cabeza descargar en el muchacho las tareas más pesadas, como habían hecho con él otros oficiales en sus primeros años.

Solo la reunión vespertina con mosén Gil había conseguido sortear los cambios en las rutinas de los habitantes de la casa. Las puertas del salón principal permanecían cerradas a cal y canto durante todo el día por orden de doña Pepa, con trapos en las rendijas del suelo para evitar que el polvo se colara dentro. Aquellos trapos podían verse también en el gabinete, en los dormitorios de los miembros de la familia y en el resto de las estancias más nobles. Se trataba de un oasis de normalidad en medio de una casa tomada por los operarios, y su dueña lo defendía imponiendo una disciplina castrense a quien pudiera mancillarlo. Por eso mosén Gil se detuvo bajo el dintel del salón con la sotana remangada cuando Francisca le franqueó el paso. Allí le esperaba un felpudo en el que se frotó con energía las suelas de los zapatos antes siquiera de saludar. Enseguida la criada cerró tras él y volvió a acomodar los trapos por el exterior.

—Ah, hola, Emilio, ¡qué sorpresa! ¿Hoy vas a poder acompañarnos? —saludó el sacerdote ante la inusual presencia del cabeza de familia, de camino al sillón que de forma tácita tenía reservado.

Monforte arrojó sobre la mesita central el ejemplar del *Heraldo* que había estado ojeando.

—He de estar a las siete en el bufete, y entre tanto este es el único lugar de la casa donde se puede estar sin tragar polvo.

—¡Qué poco cortés ha resultado ese comentario, cariño! Como si la compañía de mosén Gil no bastara. —Doña Pepa rio azorada mientras apartaba las cortinas del ventanal que los separaba de la enorme terraza—. ¿Qué os parece si abro el balcón? Hace una tarde primaveral.

—Ah, veo que han sacado en el *Heraldo* lo del muerto de ayer cerca de la estación —comentó mosén Gil mirando el ejemplar doblado—. ¡Qué desagradable!

—No es la primera vez que pasa en el mismo sitio. Son esos estraperlistas de medio pelo, que se suben al techo del tren para esconderse de la policía. Están tan absortos lanzando los fardos a los parientes cuando el convoy frena para entrar en Campo Sepulcro que no se percatan del puente que pasa sobre las vías.

—¡Pobre gente! —se lamentó doña Pepa—. ¡Lo que obliga a hacer el hambre!

—Pepa, parece mentira que digas tú eso.

—¿Por qué? ¿No puedo sentir lástima por ellos? Una tiene ojos, y ve gente que sigue muriéndose de hambre en Zaragoza. Tienen que estar muy desesperados para jugarse así la vida, por no hablar de la posibilidad de multas y de prisión.

—A la gente honrada no le falta pan que llevar a la mesa, que Dios sabe proveer a quienes en Él confían —intervino el sacerdote—. El Generalísimo nunca dejará en la estacada a quienes le fueron fieles en su gloriosa cruzada. Son esas hordas rojas de maleantes quienes prefieren seguir delinquiendo en vez de doblar el lomo. Si no fuera por ese mercado negro que dispara los precios nadie pasaría hambre en España.

—Aquí puede prescindir de ese lenguaje, mosén, que estamos entre amigos —rio Monforte—. A mí no tiene que convencerme con homilías. Y ambos sabemos que lo que dice no es cierto.

—Ah, ¿no? ¿Y en qué estoy errado?

—No se haga el inocente, mosén —rio de nuevo—. Sabe tan bien como yo que el mercado negro es algo potenciado desde arriba. El gran estraperlo ha conseguido beneficiar y hacer ricos a todos aquellos justamente favorecidos por el régimen, que cuentan con su connivencia. Y el pequeño estraperlo es lo que hace que todo esto no reviente, lo que permite a esos miserables llevarse un mendrugo de pan a la boca. Además, hace que esas hordas rojas de las que usted habla se concentren en luchar por subsistir y se olviden de cualquier intento de oposición.

—No lo había considerado desde ese punto de vista.

—Y no solo eso, todos los detenidos por la policía y por los agentes de la Fiscalía de Tasas son pequeños estraperlistas, y eso hace posible que se les responsabilice de la carestía, cuando en realidad son los grandes especuladores los causantes de la situación, quienes acaparan el trigo, la harina o el aceite y obtienen cuantiosos beneficios con su venta a precios que multiplican por cuatro o por seis los costes de intervención.

—¡No se puede negar que eres sincero! —exclamó atónito el sacerdote.

—Le repito, mosén, que le considero un amigo y sé cómo piensa. No confesaría esto en presencia de otras personas, pero usted y yo vamos en el mismo barco. —Pronunció la última frase levantando la jarra de café que reposaba en la bandeja junto a un hermoso azucarero de porcelana. Él mismo sirvió a su invitado y repitió el gesto con la taza de su esposa, sentada ya a su lado—. Si disfrutamos de estos lujos es por algo.

—Sin embargo, se oye hablar en los últimos meses del posible fin del racionamiento.

—No es algo que nos interese, mosén, ya le digo.

Emilio Monforte se sirvió una generosa ración de azúcar y tomó un sorbo de café. Depositó la taza en el platillo, abrió la caja de puros que descansaba sobre la mesa y ofreció uno a su interlocutor, que aceptó con gesto de satisfacción.

—Sinceridad, generosidad... virtudes de un hombre recto y ejemplar —comentó el sacerdote, no sin cierto tono socarrón.

—No percibo en usted ningún cargo de conciencia, mosén. Y le estoy hablando de maneras de comportarse que tal vez no sean muy propias de un buen católico.

—Ah, Emilio, lo importante es que España vaya por el buen camino, que se mantenga la paz conquistada por nuestro Caudillo y que nunca más regresen a esta piel de toro las perniciosas ideas que nos llevaron al desastre y la barbarie. No dudo que es voluntad de Dios que mostremos cierta manga ancha con quienes sostienen el Movimiento.

—No te estás mostrando muy cortés esta tarde con mosén Gil, Emilio. —El reproche era contundente, pero el tono utilizado y la expresión del rostro de doña Pepa ayudaban a suavizarlo.

—Ni él ni yo necesitamos andarnos con diplomacias y medias tintas a estas alturas, querida. ¿Verdad, mosén? —Le tendió su hermoso encendedor de gasolina y aplicó la llama durante un buen rato al extremo de su cigarro. Después hizo lo mismo con el suyo, y el aroma de los habanos se extendió por el salón.

—Lo que no acabo de entender es cómo esa gente se las arregla para meter en el tren todos esos productos sin que nadie les dé el alto. ¿Tan difícil es que la Guardia Civil, la Policía Armada y los agentes de la Fiscalía controlen las estaciones?

—Mujer, la mayor parte traen de los pueblos cantidades muy pequeñas, aunque muchos lo hagan casi a diario. Y si son portes más grandes, no dudes de que habrá propinas de por medio para que los guardias hagan la vista gorda.

—¡Si solo fueran propinas...! Más preocupa en el arzobispado el comercio carnal que, al parecer, se ha convertido en moneda de cambio, a falta de dinero para sobornos.

—Lo sabrá usted de buena tinta. Seguro que los agentes corren a confesarse antes de pasar a comulgar el domingo junto a sus esposas —se burló Monforte.

—¡Emilio, ya está bien! No sé qué te pasa hoy, pero no te reconozco. Será mejor que te termines el café y nos dejes solos. Mosén Gil y yo tenemos que preparar la próxima cuestación en la parroquia.

Doña Pepa se levantó y, airada, hizo sonar la campanilla para advertir al servicio. Después se dirigió al ventanal y se quedó de pie ante la puerta abierta de la terraza, sin llegar a salir al exterior.

—Perdona, Pepa. Mis excusas, mosén Gil —dijo entonces Monforte y se levantó a su vez—. A veces olvido que no resulta agradable recordar lo que hay detrás de nuestra privilegiada situación.

La puerta se abrió en aquel momento.

—¿Desean algo los señores? —preguntó Francisca mientras trataba de no tropezar con los trapos del suelo.

—Puedes retirar el servicio, hemos terminado —ordenó—. El señor ya se iba.

—Ahora mismo, señora —respondió al tiempo que se apartaba de la puerta para dejar salir a Monforte.

—Ahora, cuando vuelvas a la cocina, prepara unas jarras de limonada fresca y se las llevas a Andrés y a los demás —ordenó doña Pepa—. Hace calor esta tarde.

Francisca, sola en la cocina, se había apresurado a exprimir los limones para preparar el refresco, añadir el azúcar y diluir el zumo con agua bien fresca. Dispuso la jarra en una bandeja, colocó varios vasos a su lado y atravesó la casa en busca de los operarios. Aunque nunca hubiera confesado el motivo, le agradaba sobremanera cumplir aquel encargo. Eran pocas las ocasiones de las que disponía para alternar con jóvenes de su edad y, a sus veintiocho años, sentía que la vida se le escapaba. Había reparado en uno de los escayolistas que rondaría la treintena, serio y poco hablador. Era buen mozo, con cara de bruto, eso sí, pero se le veía trabajador y noble. Y no había visto que llevara anillo de casado. Otro albañil, más bajito y de pelo escaso, le había hablado en un par de ocasiones, aunque ella se había limitado a responderle con cortesía sin llegar a entablar conversación. Pero quien de verdad le hacía tilín era Andrés, el fontanero. Era guapo, apuesto, simpático, siempre mostraba buen humor y solía llevar la voz cantante dentro y fuera del trabajo.

Con la bandeja en la mano, salió al rellano y oyó la voz del joven a través del hueco del ascensor, tal vez abajo en la portería. Habría bajado por las escaleras, pero temió tropezar con la bandeja, y tampoco disponía de las dos manos para abrir las puertas del elevador, así que decidió dejar la limonada y los vasos sobre la mesa decorativa del descansillo antes de ir en su busca.

—Hola a todos —saludó en voz alta al llegar abajo—. Me encarga doña Pepa que os ofrezca una limonada fresca. La tenéis arriba, en el rellano del piso.

—Ahora va a ser complicado, hay que terminar de soldar esto —respondió el fontanero—. Pero déjala allí, que subiremos en cuanto podamos.

—Oh, pero no tardéis, porque se calentará —respondió con desencanto—. ¿Cómo va el trabajo? Mucho tomate, ¿no?

—Ya nos ves, preciosa. No paramos —respondió sin apartar la vista del tubo que soldaban—. ¡Ahora, bien sujeto ahí, que no se mueva!

Francisca utilizó el elevador para subir. De haber más inquilinos en el edificio no hubiera podido hacerlo, pues, como en todas las casas de alcurnia, el servicio se habría visto obligado a utilizar las escaleras. Solo las dos plantas más altas estaban ocupadas por los Monforte. Don Eugenio, el patriarca del clan y padre de don Emilio, fue quien adquirió el inmueble en el siglo anterior, tras llegar a un acuerdo con las familias que lo ocupaban. A su muerte, cada uno de los dos hijos había recibido la mitad de la posesión, pero Enrique Monforte nunca había mostrado interés por su parte. Francisca apenas había conocido a don Enrique, el hermano menor de su patrón, pues sus visitas habían resultado breves y esporádicas, tal vez motivadas por la necesidad de arreglar papeles y asuntos legales. No era extraño que tales encuentros terminaran entre voces airadas procedentes del gabinete y algún que otro portazo. En la última ocasión ni siquiera llegó a ocupar el dormitorio que doña Pepa había hecho preparar, advertida de su llegada. De don Quique, como todos le conocían, no se hablaba jamás en la casa, y en la cocina habían llegado a la conclusión de que vivía en Madrid una vida disipada, ajeno a sus obligaciones y malgastando su cuantiosa herencia, lo que había motivado el desencuentro con su hermano. Sebastián, que había coincidido con él en alguno de los viajes que don Emilio hacía a Madrid, había insinuado en una ocasión que era sarasa, pero Rosario le había hecho callar con un puñetazo en la mesa.

Al llegar al cuarto piso, Francisca miró con desengaño la bandeja con la limonada, pero no podía esperar allí. Entró en la casa por encima de los cartones blanquecinos y decidió ocupar el tiempo limpiando el polvo del gabinete, aprovechando la ausencia de don Emilio.

Habría pasado media hora cuando terminó la tarea. Se asomó al descansillo antes de regresar a la cocina y, para su sorpresa, descubrió que la bandeja seguía allí. Por el hueco del ascensor ascendía un rumor de voces en el vestíbulo, y la curiosidad la impulsó a descender las escaleras. A la altura del primero, el rumor se había transformado en una animada conversación salpicada de risas. Desde allí distinguió a varios trabajadores en torno a una improvisada mesa dispuesta sobre una barquilla de madera. Sobre ella había una bandeja con un plato repleto de olivas negras, un cestillo con trozos de pan y una jarra casi vacía, pues el vino ya se había repartido en los vasos que sostenían varios de los operarios. Antonia le daba la espalda en el corrillo y Andrés sostenía frente a ella su vaso en la izquierda y un trozo de pan y un par de olivas en la derecha. La conversación parecía girar en torno a ellos dos. Andrés se comió una oliva y tiró el hueso al suelo.

Francisca sintió cómo una ola de calor le subía por el cuello, encendía sus pómulos y le hacía arder las orejas.

—Así da gusto, cómo se nota que es casa de posibles. En otros sitios ni el botijo te dejan cerca —bromeó Andrés—. Hasta en las chicas del servicio se ve que aquí solo entra lo mejor.

El comentario despertó las carcajadas del resto del grupo, y Antonia enrojeció.

—Anda, termínate ese par de olivas que tengo que subir la bandeja —se limitó a responder con tono de fingido enfado.

Francisca dio media vuelta y emprendió el ascenso tratando de no hacer ruido, dispuesta a entrar en la casa sin revelar su presencia. Se detuvo, sin embargo, junto a la limonada intacta y un impulso repentino la llevó a asir la jarra y a servirse un vaso. Con él en la mano, oyó los pasos de Antonia, que ascendía las escaleras.

—¡Francisca! ¿Qué haces ahí? —preguntó con tono divertido ante lo extraño de la escena.

—Ya ves, cumplir las órdenes de la señora. Me ha dicho que les preparara una limonada, pero la han *dejao* sin tocar porque tú has *pensao* algo mejor.

—Ah, no lo sabía. Y Rosario tampoco, porque me ha pedido que les bajara un vaso de vino y unas olivas. Ya ves, solo les ha faltado comerse los huesos —bromeó.

—¿Te crees que me chupo el dedo, rica? ¡Tú eres una fresca! ¡Como si no hubieras visto la bandeja al pasar!

La sonrisa se congeló en el rostro de Antonia.

—Pero ¿qué dices? —acertó a responder, turbada. Los vasos empezaron a tintinear por el temblor de la bandeja.

—¡Que no te hagas la tonta conmigo! ¡Que a mí no me engañas! —le gritó con tono chulesco—. Se te nota demasiado que bebes los vientos por ese fontanero y aprovechas cualquier excusa para ponerte a coquetear con él. Estoy segura de que eso de las olivas ha sido cosa tuya, y no de Rosario.

—¡No es cierto!

—Ahora mismo le vamos a preguntar...

—Yo solo le he comentado que hace calor, y que llevan toda la tarde sin parar —reconoció—. Y ella me ha dicho que les bajara esto.

—¿Lo ves? ¡Si a mí no me engañas con esa carita de no haber roto un plato!

Francisca pronunció la frase a la vez que daba un suave empujón en el brazo de su compañera. Tal vez Antonia no esperaba el gesto, tal vez el temblor de sus manos había ido a más, pero la bandeja empezó a oscilar y la jarra, los vasos y el plato de las olivas cayeron el suelo con estrépito sin que pudiera remediarlo. La joven se quedó plantada en el sitio, mirando atónita de manera alterna al estropicio y al rostro encendido de Francisca. Durante un momento no pasó nada, pero un instante después, Antonia se perdía en el interior de la casa tratando de ocultar el llanto con la mano derecha sobre el rostro, mientras con la izquierda sostenía aún la bandeja vacía. Lo último que oyó fue la voz aún airada de Francisca amortiguada por la puerta que se cerraba tras ella.

—¡Y cuida con ese, que a lo mejor no es lo que parece!

19

Viernes, 18 de mayo

Sebastián entró en la cocina seguido por Vicente, ambos con gesto circunspecto. El chófer miró a derecha e izquierda. Todos los miembros del servicio se encontraban allí, incluida la institutriz, quien no solía frecuentar aquella parte de la casa tanto como el resto.

—Vaya, parece que somos los últimos —comentó.

El olor de la olla donde hervía un repollo inundaba la estancia y el conductor arrugó la nariz mientras se acercaba a la cocina de carbón.

—No pongas esa cara, que desde la Cuaresma no he puesto col ni una vez por semana —espetó Rosario.

—Que no digo nada, mujer, si me gusta la berza, pero no me negarás que al entrar el olor echa un poco para atrás. —Levantó la tapa de la perola que borboteaba en el fogón cercano y entonces asintió—. Bien por Rosario, con garbanzos estará mucho mejor.

Nadie continuó la conversación. Unos se encontraban sentados, como la cocinera, otros de pie apoyados en la repisa cercana al fregadero, pero todos mostraban el mismo rostro marcado por la inquietud. Sebastián se acercó a la mesa, dio vuelta a una silla y se sentó, con los brazos apoyados en el respaldo y el mentón sobre ellos.

—¿Por qué se supone que estamos todos aquí? —preguntó Vicente, que había ocupado un lugar entre las dos doncellas, aún con la gorra de plato entre las manos.

—La señora solo ha dicho que quiere hablar con todos, y por el tono no parecía muy contenta —respondió Antonia.

—¿Tú tampoco sabes nada, Rosario? —insistió Sebastián.

—Caramba con estos jóvenes, siempre tan impacientes; en nada nos vamos a enterar, ya han pasado de sobra los diez minutos.

—Es que no recuerdo nada igual desde que estoy en esta casa. Algo serio debe de ser.

—A ver si van a trasladar a Monforte a Madrid, no será la primera vez que su nombre suena para subsecretario y hasta para ministro —conjeturó Vicente.

—¿Y qué si lo hacen? ¿En qué nos afecta eso a nosotros?

—Mujer, pues que allí les ponen despacho y residencia oficial —respondió a Francisca—. Doña Pepa y los chicos se irían con él, y esta casa se cerraría.

—¡Válgame Dios! —exclamó la doncella, asustada.

—¿Queréis dejar de decir tonterías? —Rosario dio una palmada en la mesa—. Qué ganas tenéis de parlotear sin saber.

—Pues a mí no me importaría nada irme a Madrid —anunció Concepción con tono evocador, haciendo caso omiso a la cocinera—. Zaragoza solo es un pueblo muy grande.

—Yo irme a vivir no, pero me gustaría conocerlo —intervino Antonia—. Rosita y Julia estuvieron allí antes de abrir su salón de costura, y volvieron encantadas, sobre todo Rosita. Dicen que hay un parque que será como cinco veces el Primo de Rivera, con un lago enorme con barcas y todo.

—Ya tienes barcas aquí, y además en dos sitios, en el Ebro y en el Canal Imperial —se burló Sebastián.

Rosario parecía resignada a soportar la cháchara y se limitaba a tamborilear sobre la mesa con sus dedos deformes. Sin embargo, mantenía una expresión grave en el semblante.

—No, si al final ibais a estar todos encantados. Todos menos yo, que me quedo en la calle como se cierre el edificio —se lamentó Vicente.

—¡Chis! —chistó Antonia y se hizo el silencio. El golpeteo de los tacones en el suelo de mármol del pasillo anunciaba la llegada de la dueña de la casa.

Doña Pepa entró en la estancia y se detuvo observando la escena.

—Bien, veo que ya estamos todos —dijo por todo saludo—. Me alegro de que así sea.

—Como usted ha mandado —respondió Vicente, servil.

La señora de Monforte vestía un traje de chaqueta jaspeado sobre una blusa color mostaza, lo que indicaba su intención de salir de casa después de aquella inusual reunión. Avanzó hasta el extremo de la mesa más cercano a la entrada y se apoyó con las dos manos sobre ella. Recorrió con la mirada a todos los miembros del servicio.

—Por primera vez en años me veo en la obligación de reuniros a todos aquí, y os aseguro que no es para mí plato de gusto —empezó con tono solemne—. Pero las cosas han llegado a un extremo que me impiden seguir haciendo la vista gorda, cerrar los ojos ante lo evidente. Así que voy a ser muy clara, no voy a quitarle hierro al asunto: en esta habitación hay un ladrón.

Las exclamaciones de sorpresa salieron de varias gargantas a la vez.

—Hace meses que Rosario me informa de la desaparición de alimentos de la despensa. —Hasta aquel momento había mantenido la mirada fija en sus propias manos apoyadas sobre la mesa, pero, al hacer la revelación, recorría con ella los rostros de todos los presentes—. Los saquetes de café que faltaron antes de Navidad no habían sido los primeros, al parecer. Y por desgracia, tampoco los últimos. Esta vez ha sido azúcar, pero Rosario ha echado en falta garbanzos, manteca, sardinas de cubo, longanizas y hasta conserva de la matanza.

Todas las miradas se habían vuelto en aquel momento hacia Rosario, la única componente del servicio que, como ya resultaba evidente, conocía el motivo de aquella reunión. Doña Pepa siguió hablando.

—Os he abierto las puertas de mi casa, os he otorgado mi confianza, vivís bajo mi techo en unas condiciones que pocos disfrutan en Zaragoza. Y, sin embargo, uno de vosotros o una de vosotras está traicionando mi confianza. No os podéis imaginar lo que me duele tener que decir esto. —La emoción que manifestaba al pronunciar la última frase parecía sincera, pero siguió adelante—. Quienquiera que sea el culpable no tiene idea del daño que os está haciendo a todos los demás. Porque mientras no se revele la identidad del ladrón, no puedo confiar en ninguno. En esta casa no hay secretos para vosotros, estáis presentes en nuestras conversaciones, conocéis lo más íntimo de nuestras vidas, os hemos confiado el cuidado y la educación de nuestros hijos... y ahora descubro con horror que hacerlo ha sido una irresponsabilidad porque al menos uno entre vosotros es capaz de traicionarnos por las pocas pesetas que pueda sacar vendiendo lo robado en el mercado negro.

Concepción, la institutriz, se mantenía hierática e inexpresiva a pesar de la alusión a la educación de los niños. Francisca, con las manos temblorosas entrelazadas en el halda, parecía afectada, y dirigía miradas de soslayo a quienes tenía al alcance de la vista. Sebastián se mostraba tranquilo, tal vez por ser el que menos acceso tenía a la despensa y estaba claro que, de querer despistar algún paquete de azúcar o de café, lo tendría mucho más fácil durante su transporte en el coche de Monforte. Vicente no disponía de esta última coartada, y todos sabían que gozaba de libre acceso a cualquier dependencia de la casa con las llaves de la portería. La más afectada, sin duda, era Antonia, que se sentía blanco de todas las miradas: el día del robo del café era ella quien había estado ordenando la despensa, y la reaparición del décimo de lotería no había despejado por completo las dudas que se habían centrado en ella. El nerviosismo que sentía en aquel momento solo contribuía a incrementar las sospechas de los demás.

—Hoy es viernes —continuó doña Pepa—. Voy a dar un plazo de cuarenta y ocho horas, durante todo el fin de semana, para que el autor de estas desapariciones se acerque a hablar conmigo de manera discreta para confesar su falta. ¿Quién sabe?, quizá lo haya hecho por un motivo altruista que pueda llegar a convencerme, y le dé una segunda oportunidad. ¿Os parece adecuado?

Todos asintieron de viva voz o con el gesto.

—Debería colocar una cerradura en la puerta de la despensa, señora —intervino la cocinera—. Se lo pido desde hace meses.

—No, Rosario. Si no puedo confiar en quienes llevan años a mi servicio, prefiero prescindir de ellos y contratar a otros nuevos.

Se oyeron voces en el pasillo y la puerta se abrió con estrépito. Alfonso y Rafael entraron en la cocina como una exhalación y se detuvieron en seco cuando se toparon con el servicio al completo reunido en presencia de su madre.

—¿Qué modales son estos? —exclamó doña Pepa, irritada—. ¿Y qué hacéis aquí a estas horas? Deberíais estar en el colegio.

—¡Se ha muerto el padre Damián! —explicó Alfonso, el mayor—. Y nos han dado fiesta el resto del día.

—¡Parece que la muerte del padre superior sea motivo de alegría para vosotros! —se escandalizó su madre—. Pues no os las prometáis tan felices. Yo tengo que salir, pero Concepción se ocupará de vosotros dos hasta la hora de comer.

La cara de decepción de ambos resultaba incluso cómica.

—Tenemos hambre, ni siquiera hemos almorzado.

Rafael se dirigió a la despensa y un instante después salió con una caja repleta de las galletas de nata horneadas por la cocinera.

—¡Válgame Dios! ¿Habéis pedido permiso a Rosario para coger eso?

—Nunca se lo pedimos —protestó el menor de los hermanos—. Además, Alfonso dice que todo lo que hay en la despensa es de papá, y que podemos cogerlo si nos apetece.

—¿Es eso cierto, Alfonso? —preguntó doña Pepa, indignada.

—Mamá, no pasa nada porque cojamos unas galletas, ¿no?

—¡Claro que pasa! Sobre todo si entráis aquí en tromba, con esa absoluta falta de modales, y ni os molestáis en pedir permiso a Rosario. Dejad inmediatamente esas galletas en la mesa y marchad a vuestras habitaciones hasta que Concepción os avise.

Los dos muchachos miraron a todos los presentes durante un instante, humillados y avergonzados. Después, como movidos por el mismo resorte, se pusieron en marcha hacia la puerta y salieron de la cocina.

—¡Virgen del Pilar! ¿Pero es que no van a entrar nunca en vereda? —La pregunta era retórica, pero la formuló mirando a Concepción—. Prepárales tarea, que no estén dando la tabarra por la casa toda la mañana. Y que se estén quietos en un sitio, que se ponen los uniformes perdidos con el polvo de la obra.

—Señora...

Era Francisca la que hablaba.

—Hablando de la obra... ¿y si los últimos robos los ha cometido alguno de los operarios que andan por la casa? No les sería difícil colarse en la cocina cuando no hay nadie y llenar el morral en un despiste.

—Francisca, la obra comenzó hace pocas semanas, y los robos vienen de más atrás.

—Yo hablaba de los últimos —se excusó.

—No lo creo. Y espero salir de dudas antes del domingo, por el bien de todos. Si no, a partir del lunes hablaré con todos vosotros uno por uno. Quizá tengáis alguna sospecha que no creéis prudente compartir en público —anunció—. Y ahora, cada uno a su tarea.

Eran poco más de las siete de la tarde cuando Emilio Monforte regresó a casa.

—Prepárame el baño —pidió a Antonia cuando acudió a abrirle la puerta—. No tengo mucho tiempo, a las ocho y media he de estar en el ayuntamiento.

—Ahora le llevo una muda, pero ya hay agua caliente en los grifos, don Emilio —le anunció—. Andrés ha conectado las tomas de forma provisional para dar servicio el fin de semana, aunque ha dicho que el lunes volverán a cortar. Al menos hoy no será necesario calentar agua.·

—¡Malditas obras! ¡En mala hora! —se lamentó Monforte—. Qué ganas tengo de perder de vista a toda esa cuadrilla. Con lo que ha sido esta casa, y ahora parece que ha sufrido un bombardeo.

—Será para bien, señor. Que Andrés dice que no volverá a faltar el agua caliente y buena calefacción en invierno.

—No sé yo qué tienes con ese Andrés, que se te pone la voz cantarina cuando sale su nombre a relucir.

—¡Qué cosas dice, don Emilio! ¡Qué voy a tener yo! Es un amigo de Sebastián, sin más.

Habían avanzado hasta la puerta del salón y Monforte esperó a que llegara Antonia para que fuera ella quien se arrodillara a quitar los trapos que cubrían los pies de la puerta.

—No encontrará hoy a la señora en el salón, mosén Gil no ha venido.

—¿Y eso? —se extrañó y sin llegar a abrir se dio la vuelta—. Algo muy serio ha tenido que pasar para que el *pater* renuncie a la merienda.

—Yo misma le he llamado por orden de doña Pepa para cancelar la reunión de hoy. Ha regresado a casa a mediodía algo indispuesta y ni siquiera se ha sentado a comer. Si no me equivoco, sigue en el dormitorio.

—En cuanto haga una llamada urgente, tomo una ducha y voy a verla. Prepárame mientras un traje gris. Camisa azul y corbata a juego, elegid vosotras la que queráis. O mejor no... —rectificó—, hoy llevaré una pajarita.

Antonia pensó que a don Emilio no se le daba nada mal imitar el deje de Jorge Sepúlveda cuando tarareaba bajo la ducha el estribillo de «Mi casita de papel». Lo repetía por segunda vez cuando sonó el picaporte de la entrada principal. Al instante, Antonia reconoció el repiqueteo característico de Vicente —cuatro golpes rápidos seguidos de uno más, separado de los anteriores—, de forma que se dirigió a la puerta sin prisa. Al abrir se encontró al portero flanqueado por dos hombres ataviados con sendos trajes color marengo, que sostenían sus sombreros en la mano. Los dos eran de corta estatura, aunque solo el más joven mostraba una complexión robusta que contrastaba con la delgadez de su compañero.

—Preguntan por don Emilio —le informó Vicente de manera aséptica.

Un gesto fugaz del portero, sin embargo, hizo a Antonia consciente de que aquella no era una visita de cortesía.

—El señor Monforte se dispone a salir, en este momento se encuentra aseándose antes de vestirse.

—Le esperaremos, no hay problema —respondió el mayor—. Pero hemos de hablar con él.

—Entonces será mejor que aguarden en el gabinete mientras le aviso. Hagan el favor de seguirme.

Vicente comprendió el mensaje que Antonia le quería transmitir al no cerrar la puerta de la casa, y por ello aguardó sin moverse del sitio. Dos minutos después el rostro de la doncella asomó de nuevo en busca de información.

—Son policías, ¿no? ¿Qué quieren?

—Sí, son *secretas*. Han preguntado si estaba doña Pepa, pero querían hablar con don Emilio.

—¿No han dicho para qué?

Vicente negó con la cabeza.

—Bajo a la portería, ya me contarás.

—Yo me encargo, puedes volver a la cocina —ordenó Monforte circunspecto—. Y dile a Sebastián que tenga el coche preparado.

La puerta del gabinete se cerró tras el dueño de la casa y Antonia se dispuso a obedecer la orden. No tuvo que andar más de dos pasos, porque el conductor asomó tras la esquina más cercana.

—¿Qué hacías ahí? —le reprendió la muchacha—. ¿Estabas escuchando?

—¿Quiénes son?

—Dos policías de paisano, y no me preguntes más porque no sé nada. Pero dice don Emilio que prepares el coche.

—Sí, lo he oído, está preparado —confirmó Sebastián—. Anda, vete para dentro, que yo me quedo por aquí a ver si saco algo en claro. Ya os contaré.

—No está bien, ¡no lo está! —Rosario dio una repentina palmada en la mesa de la cocina provocando el silencio repentino de los demás—. Lo llaméis como lo llaméis, habéis estado espiando a los señores, y eso está mal hecho. Les debemos lealtad. Y no contentos con eso, venís aquí con todos esos chismorreos, cuando vuestra obligación en esta casa es ver, oír y callar.

—Mujer, si tú eres la primera que estás deseando saber —murmuró Sebastián con gesto de hastío—. Además, siempre los defiendes, sobre todo a don Emilio, pase lo que pase. ¡Como si fuera perfecto!

—¡Qué mal vas a acabar como sigas así, jovencito! —repuso indignada la cocinera—. Cuando se pierde el respeto por los mayores ¿qué queda?

Sebastián se las había arreglado para permanecer en el pasillo junto a la puerta del gabinete y, aunque no había sido capaz de descifrar el contenido de la conversación, había oído las voces airadas de don Emilio en respuesta a las palabras más pausadas y serenas del policía que llevaba la voz cantante. Quince minutos más tarde se había escabullido antes de que la puerta se abriera y, entonces sí, había tenido ocasión de escuchar en boca de su patrón una velada amenaza a los dos funcionarios en caso de que el asunto —cualquiera que fuese, pues aún no había sido capaz de aprehender el motivo de la visita— no se manejara con la más estricta discreción. Escuchó después cómo se despedían con tirantez y, cuando el ascensor se detuvo en la planta baja, se dispuso a bajar a la portería para esperar allí a Monforte. Sin embargo, este cerró el gabinete con un fuerte portazo y, con largas zancadas, se dirigió al dormitorio. Sebastián no se había atrevido a ir más allá, su presencia en aquella parte de la casa no estaba justificada, y por eso había decidido acudir en busca de una de las doncellas. Encontró a Francisca preparando el comedor para la cena y en dos palabras la puso al corriente. Fue ella quien lo sustituyó en la puerta de la habitación de los señores y la que relató en la cocina lo sucedido.

Desde el primer momento la voz irritada de Monforte había intimidado a su esposa, que al parecer lloraba sobre la cama. La falta de respuesta a sus preguntas apremiantes había terminado por exasperar al abogado, que no dejaba de recriminar a doña Pepa y de acusarla de buscar la deshonra y la ruina de la familia. Habría jurado que la zarandeaba por los hombros, y que el chasquido que vino después había sido un sonoro bofetón. Poco después, Monforte salió del dormitorio para encerrarse en el gabinete y, tras una llamada telefónica, avisó a Sebastián de que aquel día ya no sería necesario el coche.

Francisca acababa de contarlo en la cocina en medio del pasmo de todos, cuando Rosario estalló enfadada acusándoles de espiar a los dueños de la casa.

—Puede que tengas razón, igual no hemos hecho bien escuchando detrás de las puertas —reconoció la doncella—. Pero lo que hemos oído cambia muchas cosas. Esta misma mañana doña Pepa ha amenazado con despedirnos porque faltan cosas de la despensa, y ahora sabemos que es a ella a quien han sorprendido robando perfumes en los almacenes SEPU.

—¡Tiene que ser un error! —exclamó la cocinera, todavía indignada—. La señora tiene dinero suficiente para comprar esos almacenes enteros, no necesita robar un perfume como si fuera una vulgar ratera.

—A veces no se roba por necesidad, sino por un impulso irrefrenable. —Todos se volvieron hacia Concepción, que permanecía en pie apoyada en la barra dorada de la cocina de carbón.

—¿Cómo puede ser eso? —se extrañó Antonia.

—Es una enfermedad, y hasta tiene nombre. Cleptomanía, si no me equivoco.

—¡Sí! —exclamó Francisca—. Algo así le dijo don Emilio, pero como no lo entendí se me había olvidado.

—Por lo visto, roban cualquier cosa, incluso naderías sin ninguna utilidad. Y en cualquier sitio, incluso en su propia casa.

—¿Entonces crees que puede ser ella misma la de los robos en la despensa?

—¡Ay! Yo qué sé, Francisca. Yo solo os cuento esto que leí en algún sitio, ya ni recuerdo dónde.

—¡Madre mía! —exclamó Antonia entonces sin poder contenerse. Se llevó la mano a la boca.

—¿Qué pasa? —preguntó Sebastián.

—Nada, nada —se arrepintió.

—Algo ibas a decir...

—No, no estaría bien. No era nada —mintió, mirando a Rosario en busca de ayuda.

—Si tiene que ver con los robos, nos afecta a todos —insistió el chófer—. En realidad, a vosotros más que a mí, que no estoy bajo sospecha.

—Es que es muy gordo, algo que para mí no tenía explicación... hasta ahora.

—Creo que deberías contarlo, si es que está relacionado con los robos —terció la cocinera, provocando una sonrisa condescendiente de Sebastián, que acababa de recibir su rapapolvo.

—¿Recordáis el anillo que se le cayó a la señora por el lavabo? El día que se llamó a Andrés para desmontar el desagüe.

—Claro, ¿qué pasa con él? —preguntó Vicente impaciente.

—Pues que lo tiene la señora guardado en un cajón de su cómoda. O por lo menos es uno idéntico.

20

Viernes, 25 de mayo

Antonia, sin saber bien por qué, sonrió al pasar bajo el cartel de
MODAS PARÍS y empujó la puerta. La recibió el sonido cantarín de la
campanilla y una escena poco común en un taller de costura. Julia,
en cuclillas frente a ella y con los brazos extendidos hacia delante,
le dirigió una mirada risueña solo durante un instante.

—Ven con mamá, Miguel —dijo con una voz llena de entusiasmo—. Que la tita Antonia también quiere ver andar a mi cielo.

El pequeño, sin pensarlo, abandonó las manos que lo sujetaban
y, tambaleante, se lanzó entre gorjeos en busca de los brazos aco-
gedores de su madre. Tal era su impulso que sus pies torpes quedaron rezagados, y el peso del cuerpo lo venció hacia delante. Julia
reaccionó con rapidez, dio un paso al frente, y llegó a tiempo para
evitar la caída. Alzó al pequeño en alto, entre risas.

—¿Lo has visto, Antonia? ¡Sus primeros pasos!

—¡Pero si solo tiene once *mesicos*! —exclamó la muchacha—.
¡Qué adelantado!

—¡Ya podemos tener cuidado con él!

Quien hablaba era la persona que había sujetado al pequeño y
que Antonia, al entrar, había tomado por Rosita. Pero al ponerse
en pie y darse la vuelta hacia ella, comprobó que su aspecto tenía
poco que ver con el de la modista. De porte parecido, su rostro era
más afilado, con rasgos marcados y los ojos hundidos en las cuencas, como si el azar hubiera querido buscar compensación entre las
dos mujeres.

—Es Martina —anunció Julia—. A partir de ahora se encargará

del cuidado de Miguel cuando yo esté trabajando. Creo que tenéis la misma edad.

—Veintitrés —confirmó la muchacha mientras tomaba a Antonia por los hombros y le plantaba dos sonoros besos en las mejillas.

—Ella es Antonia, la doncella de los Monforte de la que te hablé —explicó—. Nos conocimos cuando acudí allí para probarle a la señora y resulta que hemos hecho buenas migas, ¿no es cierto?

—Parece que fue ayer, pero ya va a hacer un año, ¿puedes creerlo? —repuso con una sonrisa, y dejó sobre una silla el paquete que traía—. Me alegro de que vayas a tener ayuda, empezaba a dar un poco de grima verte sufriendo con el pequeño en brazos a la vez que mostrabas figurines a las clientas. Demasiado has esperado.

—Tienes razón, creo que Martina ha llegado justo a tiempo. Esta temporada es agotadora, es como si a la gente le hubieran entrado de golpe las ganas de casarse. En un mes hemos entregado cuatro trajes de novia y otros tantos de madrina. Y de aquí a junio hay una docena de encargos más. La verdad es que casi no damos abasto.

—¡Cuánto me alegro! Al final vas a tener que ampliar el negocio.

—¡No, de eso ni hablar! Llegaremos hasta donde lleguemos, pero no le voy a quitar más tiempo a mi pequeñín. ¿Verdad que no? —Le frotó la nariz en una carantoña que le hizo reír.

—¿Rosita no está? —preguntó Antonia, risueña.

—Ha salido un momento a probarle a la señora de Ramírez, el notario. Ya sabes que está impedida, pero quiere estar bien guapa el día de la boda de su hija menor.

—Venga, yo voy a preparar a Miguel, que me lo llevo a dar un paseo —propuso Martina al tiempo que lo tomaba en brazos—. Hace una tarde estupenda. Ayer se lo pasó en grande en la plaza de José Antonio echando migajas a las palomas.

—Parece cariñosa y muy dispuesta, ¿no? —observó Antonia poco después, cuando la puerta se cerró tras Martina.

—Ya lo has visto. No me decidía a dejar a Miguel en manos de nadie; de hecho, es la quinta chica que se ha ofrecido para el puesto. Pero en cuanto Martina entró por la puerta y vi con qué cariño lo trataba, no tuve dudas. Solo lleva cuatro días y ya sé que no me he equivocado.

—No te quiero entretener, Julia. Solo venía a traerte esto que me ha dado doña Pepa para ti —dijo y le entregó el paquete que había dejado al entrar.

Julia retiró el papel de estraza que envolvía una caja de cartón y la abrió. En el interior había dos pares de zapatitos de verano recién lustrados.

—Eran de Alfonso y de Rafael. Ya ves que están como nuevos. Doña Pepa dice que es una lástima que se estropeen guardados en el desván.

—Dale las gracias de mi parte y dile que es muy amable. Creo que le estarán perfectos —respondió con cortesía.

—En ese caso, me marcho, que tendrás mucho que hacer ahora que no está Miguel. —A Antonia se le pasó por la cabeza la posibilidad de que a Julia no le sentara bien que doña Pepa le hiciera llegar la ropa, los zapatos y los juguetes de sus hijos, pero decidió que poco podía hacer, salvo cumplir el encargo.

—¿Tú tienes prisa?

—Bueno, un poco —respondió Antonia un tanto sorprendida—. Enseguida tendré que ayudar a Rosario con la cena.

—Ven, siéntate un momento. Lo que más echaba en falta hasta que ha llegado Martina era tener un momento para mí, sin estar pendiente del niño —confesó con una sonrisa culpable mientras apartaba unas revistas de la mesa junto a la ventana—. Tengo un poco de café, vamos a prepararnos un café con leche y ya terminaré lo que tengo pendiente cuando vuelva Rosita. Así me cuentas, que hace días que no nos vemos. Espérame, bajo enseguida.

Antonia sonrió cuando se quedó sola, pues intuía cuál era el interés de Julia. La última vez que estuvieron juntas, le había hablado acerca del incidente con Francisca a cuenta de la merienda a los trabajadores, y sin duda querría saber en qué había acabado todo aquello. En realidad, tenía mucho más que contar, pero se debatía entre las ganas de confiarse a la que ya consideraba su mejor amiga y la necesidad de discreción respecto a los asuntos que atañían a la casa. Sin embargo, los sucesos de la semana anterior eran muy graves y la afectaban de lleno, lo que, de alguna manera, justificaba que se confiara a ella.

—Y bien, ¿cómo van esas obras? —preguntó Julia con intención, al tiempo que bajaba las escaleras con una bandeja en la mano—. ¿Hasta cuándo vas a tener a ese Andrés por la casa?

Antonia se echó a reír de manera franca.

—¡Sabía que me ibas a preguntar por él! Pero ¿qué te crees? ¿Que de verdad estoy colada por el fontanero?

—¡Lo estás! Reconócelo —rio—. Se te nota a la legua.

—Bueno, aunque lo estuviera... —respondió en lo que, de hecho, era una confirmación tácita—. Yo sé muy bien lo que me corresponde, y no le voy a dar pie a que se haga ninguna idea equivocada.

Julia depositó la bandeja sobre la mesa con un gesto escéptico.

—Ya estamos con lo de siempre. *¡Lo que me corresponde!* —remedó—. ¿Y quién dicta lo que te corresponde?

—Nadie dicta nada, las cosas son así y ya está.

—¿Lo dices por lo de tu hermano?

—Claro, ¿por qué si no? En poco más de un año Manuel cantará misa y yo me iré con él al pueblo que sea, con nuestros padres.

Julia se limitó a llenar dos tazas de café con leche, sin responder. Puso un poco de azúcar en cada una y, con semblante más serio, le acercó la suya a Antonia.

—Un año es mucho tiempo.

—¿Qué quieres decir?

—Sé lo que es estar enamorada de un hombre hasta el tuétano.

—¿Qué es el tuétano?

—¡Ja, ja! No te vayas por las ramas. Sabes bien de lo que hablo.

—Es que no entiendo lo que me quieres decir.

Julia bebió un sorbo y volvió a dejar la taza sobre la mesa.

—A veces, los sentimientos adquieren la fuerza de un huracán y, cuando se desata, lo que parecía imposible puede llegar a suceder. En ocasiones, el vendaval es tan fuerte que puede arrasar hasta las construcciones más firmes.

—Nunca he visto un huracán. Bueno, una vez en el pueblo el viento derribó varios chopos en el río, y cayó un rayo en el campanario que...

—¡Antonia! ¡Estoy hablando en sentido figurado!

—Ya lo sé, que no soy tonta. —Antonia asomaba el rostro pecoso y risueño por encima del borde de la taza—. Pero a lo mejor es que no quiero hablar de ello.

—Dime que no sientes un cosquilleo en la boca del estómago cuando estás cerca de Andrés. Yo misma he visto cómo lo mirabas en la cocina.

—Un cosquilleo no es un huracán. Y siento más cosquilleo cuando imagino a mi hermano revestido para decir misa, con mi padre y mi madre sentados en las primeras filas en la iglesia atestada de nuestro pueblo.

—Me resulta difícil de explicar, incluso violento... pero eres mi amiga y me apena que ese sea tu destino. Daría cualquier cosa por que supieras a qué estás renunciando. Es un regalo del cielo.

—¡Julia, por Dios! No puedo creer que estés hablando de... *eso*.

— ¿De *eso*? —rio—. ¿Qué tiene de malo el sexo, que no puedes ni nombrarlo?

—¡Es pecado solo pensar en ello! Me vas a obligar a pasar por el confesionario antes de comulgar. Se puede pecar de pensamiento también.

Un relámpago de tristeza e incomprensión nubló el semblante de Julia.

—¡Madre mía, cuánto daño! —musitó con voz casi inaudible—. Algún día tenemos que mantener una conversación sincera, entre amigas. Me temo que nadie más va a poder hacerlo.

—Sé lo que hay que saber, Julia, tampoco me chupo el dedo. Pero no me agrada que te pongas a hablar de ello así, como si tal cosa. Cambiemos de tema, por favor.

—Como quieras, Antonia. Perdona, no te quería incomodar. Pero, si te soy sincera —pareció que había decidido seguir adelante a pesar de todo—, me preocupa un poco que lo desconozcas todo sobre *eso*, y sobre los hombres en general. Ignorar lo que puede pasar por la cabeza de algunos hombres te hace vulnerable.

—¿Lo dices por Andrés? —exclamó.

—¡No, por Dios! ¡No! Pero en el entorno de cualquiera de nosotras puede haber hombres dispuestos a aprovecharse de nuestra ingenuidad si no estamos avisadas. Personas que nunca creerías capaces de hacerte daño.

—No sé lo que quieres decir, Julia. La verdad es que me estás asustando un poco. Pero ahora mismo hay cosas que me preocupan más que eso.

Antonia se arrepintió de aquella frase nada más pronunciarla, pero no se le había ocurrido nada mejor para desviar la conversación hacia otro asunto.

—¿Algún problema en la casa? —inquirió Julia.

Antonia se llevó la taza a la boca para darse tiempo a responder.

—No sé si debo hablarte de ello —dudó—. La verdad es que es un tema delicado.

—Hoy todos los temas parecen delicados —bromeó Julia.

—Este lo es, y mucho. Me tienes que prometer que lo que voy a decirte no va a salir de aquí —le pidió, decidida a sincerarse—. ¿Se queda para ti y para mí?

—Tienes mi palabra, Antonia.

—Ya te conté lo del robo del café de la despensa. Y lo del décimo de la lotería.

—Ha habido más hurtos —supuso Julia.

—El viernes pasado, doña Pepa nos reunió a todos en la cocina y contó muy enfadada que los robos se han seguido produciendo. Solo Rosario estaba al tanto. Nos amenazó con despedirnos a todos si no salía el culpable, y nos dio de plazo hasta el lunes para que el autor confesara. Además, dijo que hablaría con nosotros, uno a uno, por si alguien sabía algo.

—¿Y ya ha salido el culpable? ¿Habló contigo también?

—Calla, calla. No llegó a hablar con nadie. Hay más.

Julia se incorporó interesada.

—Chica, ¡me tienes en ascuas!

—Aquella misma tarde se presentaron dos hombres en casa para hablar con don Emilio. Sebastián lo oyó discutir con ellos y en cuanto se marcharon, el señor se encerró en el dormitorio con su mujer, que había pasado allí toda la tarde, indispuesta.

—¿Y quiénes eran esos hombres?

—Eran dos policías de paisano, Julia. Vinieron a hablar con don Emilio porque habían sorprendido a doña Pepa robando unos perfumes en los almacenes SEPU.

—¡¿Qué dices?!

—Como te lo cuento, Julia. Sebastián y Francisca lo oyeron todo. Y también la tremenda bronca en el dormitorio. —Antonia hizo una pausa, como dudando si continuar o no, pero lo hizo con tono compungido—. Don Emilio abofeteó a doña Pepa.

—¡Madre mía! Me dejas pasmada. Aunque lo de la bofetada es lo que menos me sorprende.

—¿De verdad? Yo nunca lo hubiera esperado. ¿Por qué lo dices?

—Nada, suposiciones mías —respondió Julia, evasiva—. Lo que me extraña mucho es que realmente doña Pepa robara esos perfumes. ¡No necesita robar para tener lo que quiere!

—Eso pensamos todos al principio, pero Concepción nos habló de una enfermedad... pero nunca me acuerdo del nombre, es muy raro. Pero vamos, que roban porque no lo pueden evitar.

—Sí, ya sé... —Julia trataba de recordar—. Cleptomanía, creo.

—Sí, algo así.

—¡Por Dios! ¿Y qué pasó después?

—Nada, doña Pepa no ha vuelto a sacar el asunto de los robos en la despensa. Ni habló con ninguno de nosotros como había prometido. De hecho, ha estado muy esquiva toda la semana, y eso que no sabe que estamos al corriente. Ayer salieron de viaje a visitar a unos amigos y no vuelven hasta mañana.

—Así pues... ¿crees que ella misma era quien robaba en la despensa?

—Ya no sé qué pensar, Julia, pero por lo visto... Cuando se dio cuenta de que todos me acusaban a mí de la desaparición del décimo de lotería, ella misma me dio otro para reponerlo. Ahora pienso que podía ser el mismo.

—¡Madre mía!

—Pues espera, aún queda lo mejor.

—¿Aún hay más?

—¿Recuerdas que en Navidad se le cayó el anillo por el lavabo mientras poníamos el belén? El día que hubo que llamar a Andrés para desmontar el desagüe...

—Sí, lo recuerdo, claro. Me dijiste que no había aparecido.

—Mal iba a aparecer. Lo encontré un día haciendo limpieza en su cómoda, en el dormitorio. Estaba escondido en el fondo de uno de los cajones.

Julia abrió los ojos de forma desmesurada.

—¡No me lo puedo creer! ¡¿E hizo ir a Andrés a desmontar el lavabo sabiendo que allí no había nada?!

—Es muy triste, Julia. Para mí ha sido un disgusto muy grande.

—Claro que lo es, Antonia. —Julia le puso la mano encima de la suya—. Pero míralo por el lado bueno. Al menos te has librado de las sospechas.

—¡Qué va! Francisca me pilló cuando acababa de encontrar el anillo y ahora se piensa que yo me lo había quedado, pero que estoy chantajeando a doña Pepa y obligándola a taparme.

—¡Madre mía! ¿Cómo ibas a chantajearla tú? ¡Si eres más inocente que...!

—Cuando alguien te odia encuentra motivos para sospechar por todo. Cuando supimos lo de la enfermedad esa de doña Pepa, le faltó el tiempo para venirme con otra de las suyas: que yo ya lo sabía y que la tenía *cogida* con eso.

—Pero esa chica está un poco mal de la cabeza, ¿no?

—Es la envidia. ¡Si no me puede ver! Lo del anillo coincidió con el permiso para pasar la Nochebuena en el pueblo. ¡Le sentó como un tiro!

—¿Y se pensó que eso también se lo habías sacado a base de extorsionarla?

—¡Ya ves! ¡Una locura! Pero cualquier cosa que pasa la interpreta con base en esa sospecha. Si doña Pepa le manda hacer algo que no le gusta, se cree que no me lo manda a mí por favorecerme. ¡Los celos la traen por la calle de la amargura!

—Al menos los demás ahora saben la verdad. ¡Por ese lado te habrás quedado tranquila!

—No sé qué es mejor. ¿Te imaginas lo que puede pasar si lo de doña Pepa trasciende? Los Monforte podrían perder todas sus amistades. A nadie le gusta invitar a una ladrona a su casa. No me extraña el enfado de don Emilio.

—Mujer, no la llames así. Si es como dices, se trata de una enfermedad. Y seguro que tiene cura; los Monforte tienen recursos y quizá la pueda ver alguien discretamente fuera de Zaragoza, tal vez en uno de sus viajes a Madrid.

Antonia se dio un golpe en la frente con la palma de la mano.

—¡Claro! ¡El viaje!

—¿Qué viaje? —preguntó Julia desconcertada.

—Ayer se fueron a Barcelona en el tren. Nos extrañó porque don Emilio siempre viaja en coche con Sebastián, pero ayer solo le pidió que los llevara a la estación.

—Un viaje discreto para tratar de solucionar un asunto delicado —observó Julia, mientras aguzaba la mirada para tratar de ver a través de la cortinilla de la puerta—. Bueno, ¡ahora chitón, que ya está aquí Rosita!

—¡Ya estoy aquí! Virgen del Pilar, ¿qué calor hace, jolín! Y solo estamos en mayo. ¡Anda, Antonia, qué sorpresa!

—¿Todo bien con la mujer del notario? —preguntó Julia.

—Un poco difícil de trato la tal doña Remedios. Como si los demás tuviéramos la culpa de su problema. Pero ya está, la pobre al menos estará guapa el gran día. —Rosita miró alrededor, como si echara en falta algo—. ¿Y el pequeño?

—Se lo ha llevado Martina a dar un paseo.

—¡Qué bien! Entonces, hacen buenas migas, ¿no?

—¡Ay, sí! A ver si tenemos suerte con ella. Me parece mentira disfrutar de un rato como este, sabiendo que Miguel está bien atendido.

—Jolín, lo necesitabas, Julia.

—Anda, tráete una taza y siéntate con nosotras. Queda un poco de café con leche, aún estará templado.

—Deja, prefiero un vaso de agua fresca —rehusó la costurera.

—Yo me iré enseguida —anunció Antonia—. Si no, me espera la regañina de Rosario.

—Es verdad —rio Julia—. Si te dice algo, échame a mí la culpa. ¿Quedamos para dar un paseo mañana por la tarde? Ahora que está Martina hasta podemos ir al cine juntas.

—¡Ay, sí! Acabo de ver las carteleras en Independencia. Aún ponen *Agustina de Aragón* en el Argensola, la de Aurora Bautista —comentó Rosita con entusiasmo—. La van a quitar enseguida.

—Cerráis a las siete mañana, ¿no? Me paso por aquí a esa hora, si os parece —propuso Antonia con la puerta ya abierta, antes de salir a la calle de San Miguel.

21

Sábado, 26 de mayo

—Anda, Fabián, déjalo. Ya termino yo lo que falta. No es cuestión de que perdamos los dos la tarde entera.

El rostro del bisoño aprendiz se iluminó a pesar del cansancio. Andrés, aunque era sábado, había decidido continuar tras el almuerzo para dejar rematadas todas las conducciones, de manera que el lunes a primera hora pudieran entrar los albañiles a tapar las catas, anclar los soportes para los nuevos radiadores de hierro y empezar a lucir las paredes. Aquel era el último dormitorio que quedaba por rematar. Rosario había tenido el detalle de sentar a ambos a la mesa para evitarles el camino de ida y vuelta a la pensión de Andrés, y a su casa en el caso de Fabián.

—¿De verdad te arreglas tú solo? —preguntó el muchacho con un tono que provocó la risa del oficial.

—¡Venga, tira! En una hora larga esto se queda *apañao* —aseguró—. Vamos a hacer una cosa...

Andrés dejó la llave de perro en el suelo, se bajó la cremallera del mono y sacó la cartera del bolsillo interior. Rebuscó en uno de los departamentos y extrajo una tarjeta ajada con el escudo del Real Zaragoza.

—Toma, que yo no la usaré, ve tú a Torrero. Hoy juega con el Málaga, es la promoción de ascenso a primera.

—¿De verdad? —repitió el muchacho, atónito—. Nunca he visto un partido del Zaragoza.

—¡No jodas! Pues vete ya porque tendrás que subir andando, los tranvías irán abarrotados. Y el partido empieza a las seis.

El chico echó un vistazo al reloj de tamaño algo desproporcionado que llevaba en la muñeca izquierda. Era un viejo Omega que había pertenecido a Emilio Monforte y que doña Pepa le había regalado tras hacer limpieza entre sus cosas. Tenía la esfera rayada y la correa desgastada, pero había comprobado que no atrasaba un segundo.

—Cámbiate y ve a lavarte a la cocina. Y les dices que me quedo yo un rato más a terminar.

—Joder, gracias, Andrés. —Fabián le dio una palmada amistosa en el hombro antes de sacudirse el polvo del mono. Después acercó la candileja para dejársela a mano—. Hoy gana seguro el Zaragoza. Verás como les doy suerte.

Acababa de sonar el primer cuarto después de las seis en el campanario de Santa Engracia cuando Antonia entró en la habitación. Andrés se encontraba en la pared opuesta, bajo la ventana. Caminó hacia él. Al parecer el ruido de la candileja le impidió oír sus pasos porque siguió trabajando sin hacer ademán de volverse. Se encontraba a menos de un metro de él y podía ver cómo la llama azul fundía el estaño que, con maña y aparente facilidad, Andrés aplicaba entre los dos tubos de plomo que había que empalmar. Iba a llamar su atención, pero algo la impulsó a permanecer allí, en silencio. Tenía al joven fontanero agachado a solo dos pasos y le resultaba sugestivo observar sin tener que apartar la mirada sus anchas espaldas, su cuello rasurado y sus brazos poderosos manejando el plomo y la candileja. Sintió un estremecimiento desconocido y supo que hacía algo pecaminoso. Entonces Andrés se volvió a cerrar la espita del gas y con el rabillo del ojo debió de verle los pies a su espalda.

—¡Coño, Antonia! ¡Qué susto me has *dao*! —exclamó y se puso de pie de forma precipitada, casi cómica.

La muchacha rio, al tiempo que se apartaba. La cama estaba arrinconada junto al armario ropero, y se sentó sobre ella con gesto de cansancio.

—No quería interrumpirte —se explicó con la mayor naturalidad de que fue capaz—, es bonito ver cómo trabajas con la candileja, ¡qué llama tan azul! Y este olor me gusta.

—Yo ya ni lo noto. Y perdona por la palabrota, me ha salido

así. No esperaba a nadie, pensaba que estaba solo y la verdad es que me has asustado.

—¡Ja, ja! No pasa nada. Mientras no te oiga mosén Gil...

Al pensar en el sacerdote, se acentuó el sentimiento de culpa por lo que acababa de hacer, pero aun así no experimentó arrepentimiento. Por el contrario, deseaba que aquel instante se hubiera prolongado más. En cualquier otro momento habría sido incapaz, pero sentía una desazón desconocida que la impulsó a seguir hablando.

—¿Ya has terminado? —preguntó.

—Sí, recogeré todo esto y me marcho ya.

—Los señores están de viaje y los demás tienen hoy su día libre. Yo me he quedado con Rosario hasta que terminaras, aunque ella se pasará ahora al rosario y después a misa de siete en Santa Engracia.

—Siento haberte estropeado la tarde libre, pero tenía que dejar terminado esto sin falta.

—Ah, no te preocupes. Aún queda hasta la hora de la cena, y así la he ayudado a preparar el primer plato. Los señores han avisado desde Barcelona de que llegan en el tren de la noche.

—Tendré que lavarme un poco antes de irme —observó Andrés mirándose el mono con los brazos alzados—. Será mejor que lo haga en el lavadero, porque voy hecho un desastre. Ya me asearé a fondo en la pensión.

—Sí, te prepararé jabón de trozo que es el que mejor quita la grasa. Ven a la cocina cuando termines.

Antonia se disponía a decir algo más, pero en el último momento cerró la boca y se dio la vuelta para salir. Sin embargo, el ademán no pasó desapercibido para Andrés.

—Ibas a decir algo... —inquirió, curioso.

Antonia se sonrojó mientras se volvía. Lo que iba a decir era un atrevimiento, y por eso mismo se había echado atrás. Pero la pregunta de Andrés le obligaba a dar una explicación o a negar que quisiera decir algo. Durante un instante sopesó ambas posibilidades, y fue el hormigueo interior que experimentaba el que acabó por decidirla. Después de todo, lo más probable era que Andrés se negara si, como cada sábado, pensaba acudir al baile en compañía de Sebastián y de Vicente.

—No, estaba pensando que podrías quedarte a merendar —se

atrevió a decir reuniendo todo su valor—. Pero no, no estaría bien, no habrá nadie más en la casa.

—Bueno, está Vicente en la portería, ¿no es así?

—Sí, bueno... pero no en casa.

—Ya, te entiendo, las apariencias...

—Eso es, las apariencias. —Antonia sonrió nerviosa.

—¿Y qué tiene de malo que tomemos un café con leche en la cocina? ¡Digo yo!

—Nada, no tiene nada de malo.

—Además, si no hay nadie en casa, de nadie te tienes que esconder. Y Vicente es mi amigo.

—Sí, tienes razón, soy un poco tonta. Haré un poco de café mientras terminas de recoger.

Nadie del servicio solía tomar café si no lo hacía don Emilio. Entonces, se añadían un par de cucharadas más al puchero y Rosario guardaba el sobrante en una jarra de porcelana hasta la hora de la merienda. Aquel día, sin embargo, Antonia había ofrecido el café a Andrés en ausencia del dueño de la casa, sabiendo que nadie se enteraría. Para cuando Rosario regresara de misa, la vajilla estaría lavada, seca y guardada en la alacena y la cocina bien ventilada para disipar el aroma inconfundible. No era que nadie fuera a reprocharle el hecho de prepararse un poco de café, pero desde los robos en la despensa prefería que pasara desapercibido.

Añadió las cucharadas de café recién molido con el puchero ya retirado del fuego para impedir que hirviera y lo dejó reposar un momento. Escuchaba el agua del lavadero en la estancia que se abría a la cocina, una antigua terraza acristalada con un gran tendedor que daba al patio central de la mansión. Dispuso las tazas en la mesa y filtró el café en la vieja jarra de porcelana con el colador de tela. Después se acercó al lavadero para avisar a Andrés. El joven, desnudo de cintura para arriba, se inclinaba sobre la poza para frotarse la cara enérgicamente con las manos llenas de jabón. Por segunda vez aquella tarde, Antonia se detuvo un instante a contemplarlo, sin poder evitar la sensación de estar haciendo algo indebido. Mil veces había visto el cuerpo desnudo de jóvenes de su edad en la orilla del Ebro y del río Huerva, así como en las llamadas playas del Canal Imperial, pero hacerlo en el interior de su propia cocina, y a solas, se le antojaba impúdico y prohibido. Lo peor era que sentía de nuevo aquel cosquilleo en el vientre que le resultaba tan agradable y que a la vez la hacía sentirse culpable. Sin duda, tendría que confesarse antes de pasar a comulgar al día siguiente. ¿No era aquella sensación, en la que había insistido por dos veces, algo pecaminoso? ¿Estaba pecando contra el sexto mandamiento, aunque fuera de pensamiento?

Trató de apartar aquello de su mente y entró en la despensa en busca de dos magdalenas que dejó junto al café. Se sentó a la mesa y solo entonces avisó a Andrés de que todo estaba listo. No tardó en entrar en la cocina, con el mono abrochado, secándose las manos con la toalla que le había dejado preparada.

—Madre mía, ¡cómo huele! —exclamó—. Se nota que lo que sirven por ahí es más achicoria que café.

Dejó la toalla en el respaldo de la silla y tomó asiento frente a Antonia.

—Después de todo, habrá merecido la pena alargar el trabajo, ¿no crees?

—¿Por qué dices eso? —respondió Antonia azorada.

—¿Por qué va a ser? Por esto —dijo señalando la jarra—. No todos los días toma uno café de verdad.

—¿Quieres un poco de leche?

—¡Quia! ¡Quita, quita! Este café me lo tomo solo. Ponerle leche a esto es como bautizar el vino.

Antonia rio y le llenó la taza con generosidad. Después le acercó el azucarero y esperó a que se sirviera para hacer lo mismo.

—Entonces, no os queda mucho para terminar —aventuró para evitar el silencio.

—Aún queda, aún. Ahora, antes de irme, llenaré el circuito y el lunes comprobaré que no haya habido fugas. Entonces se podrán cerrar las catas y empezar a sujetar los radiadores, que ahora están puestos de manera provisional. Y lo mismo con las conducciones de agua fría y caliente, aunque esas ya están todas en marcha.

—No me creo que vayamos a tener agua caliente en todos los grifos de la casa. ¡Con el frío que hemos pasado fregando los platos y lavando la ropa a mano en invierno!

—¡Mujer, que estamos en 1951! Lo que no sé es cómo don Emilio ha esperado tanto para renovar la instalación.

—La pereza por las obras, ya sabes.

—Sí, es de entender. Pero veréis qué cambio notáis este invierno con la caldera nueva.

Andrés hablaba con la taza en la mano, saboreando el café en sorbos muy pequeños, como si quisiera prolongar el placer.

—¿No te pone café la patrona?

—¡Café! ¿Qué dices? Un aguachirle de achicoria. ¡Menuda es la Piedad! No hay día que no ponga patatas para comer. En el pueblo tenían cerdo en casa y se las cocía a diario. Creo que sigue con la costumbre.

Antonia rio con ganas.

—¡Qué cosas tienes, Andrés!

—No es cosa de risa, no —su semblante se nubló antes de continuar—, que a vosotros aquí no os falta de nada, pero ahí fuera se está pasando mucha hambre aún.

—¿Y crees que no lo vemos? Da grima ver a las mujeres rebuscando entre las basuras del mercado con los pequeños a la espalda, y a los críos, y a los ancianos...

—Y a hombres hechos y derechos jugarse el tipo viajando en el estribo del tren de Utrillas para vender un par de conejos en la capital. Yo no sé cuándo va a terminar este maldito racionamiento. Hace doce años que terminó la guerra y no salimos del agujero.

—Un día oí decir a don Emilio que a los de allá arriba no les interesa que se acabe —se confió bajando el tono de voz, aun a sabiendas de que estaban solos.

—¿Cómo les va a interesar, si se han hecho de oro con el estraperlo? Acaparan para elevar los precios, luego venden y multiplican por tres el beneficio. Y todo eso a costa de la gente que malvive y se las tiene que ver para poner unos garbanzos en el plato. Pero no te engañes, Antonia, tu patrón sabe muy bien de lo que habla.

—¿Don Emilio en asuntos de estraperlo? ¡Qué va, qué va! Es un abogado de mucho renombre en Zaragoza, le basta y le sobra con eso para ganarse la vida. Por no mentar los negocios de la familia, las minas y todo eso.

—No es lo que se comenta en el Hogar del Productor.

—¡Habladurías, Andrés! Creo que ven esta casa, ven el coche conducido por tu amigo Sebastián, las notas de sociedad en el *Heraldo*... y hacen deducciones equivocadas. Los Monforte son ricos desde hace generaciones, pero son buena gente. ¡Que la envidia es muy mala!

—Pues si tú lo dices, así será —concedió el joven, que de ninguna manera deseaba entablar una discusión con Antonia.

—Yo sufro por mis padres, allá en el pueblo —confesó, desviando así la conversación—. Si no fuera por el huerto y los animales que hay en casa...

—En los pueblos aún se aguanta, a poca tierra que tengas para sembrar unas patatas y plantar coles. Pero aquí en la capital la gente las está pasando canutas. Si yo mismo, con las perras que le pago a la patrona, no veo carne en el plato más que en Navidad y el día del Pilar...

—¡Exagerado! —Volvió a reír—. ¿Y tus padres? ¿No viven? Nunca te he oído nombrarlos.

—¡Qué va! —respondió con amargura—. Mi familia era de un pueblo de Huesca. Mi madre murió muy joven, a los veintisiete, y dejó tres hijos, yo soy el mediano. Mi padre se volvió a casar, necesitaba una mujer que se hiciera cargo de nosotros, pero tuvo cinco hijos más con la madrastra. Yo y todos mis hermanos nos hemos tenido que buscar la vida desde críos.

—No te ha ido mal.

—Ya me ves, aquí trabajando un sábado por la tarde, desde que se ha hecho de día. Pero no me quejo. Y menos hoy —apostilló sonriendo con intención.

Antonia se sonrojó de nuevo y bajó la mirada. Había terminado su café con leche y, por hacer algo con las manos, apartó la taza y recogió en un pequeño montón las migajas de la magdalena. Se sentía bien en compañía de Andrés. No era solo la merienda y la conversación. Experimentaba algo más que nunca antes había sentido, algo placentero que se acentuaba cuando él apartaba la vista y podía contemplar sus rasgos, el mentón fuerte con una sombra de barba, sus ojos marrones y vivos, el cabello que empezaba a ralear a pesar de la juventud. Sintió un estremecimiento al fijar la mirada en sus labios, pero la apartó con rapidez antes de tropezarse con la suya.

—¡Cómo he disfrutado de este café! Y de la magdalena ni te digo...

—Sí, Rosario las hace muy ricas —respondió Antonia ignorando la mano que había estado a punto de rozar la suya—. Pero será mejor que recojamos esto, no sé qué diría si vuelve y nos encuentra aquí... solos.

—Mujer, que aún no es hora. ¡Pues no hacen largas las misas en Santa Engracia!

—Ya, eso sí, pero no sé... —respondió sin ser capaz de encontrar más argumentos.

—Anda, no te preocupes, que ya me voy —sonrió—. No quiero que te sientas violenta.

—No es eso, Andrés. ¡Si estoy muy a gusto! Vas a pensar que soy una mojigata —objetó con gesto preocupado.

—Me gusta verte así, más roja que un tomate. —Esta vez rio de manera franca.

—Es que... no estoy acostumbrada a estar a solas con un hombre que no sea mi hermano —trató de justificarse, avergonzada.

—Nada, que te estoy haciendo pasar mal rato —dijo al tiempo que se levantaba—. Pero tal vez habría que poner remedio a eso. No veo qué mal hay en que dos jóvenes tomen un café y se conozcan un poco.

—¿Qué mal ha de haber?

—Mujer, ¡es que te comportas como si estuvieras cometiendo un pecado mortal! —Su tono seguía siendo jocoso—. ¡Y yo que te iba a preguntar si te gustaría ir al cine conmigo!

—¿Al cine? ¿Los dos? ¿Solos?

—Bueno, puedes traerte a Rosario para que se siente en medio. ¡O mejor aún, a mosén Gil! —Andrés rio con ganas y contagió la risa a Antonia. La tensión pareció disiparse—. Dime, ¿te gustaría o no?

—Sí, sí, claro que me gustaría, pero...

—Pues vamos, Antonia. Creo que aún ponen *Agustina de Aragón*.

—Ya lo sé, Andrés. Había quedado con Julia y con Rosita para ir juntas.

El muchacho no pudo evitar un fugaz gesto de contrariedad.

—Ah, vaya, entonces no hay más que hablar.

Esta vez fue Antonia la que compuso un gesto de decepción. Había tratado de ocultar sus sentimientos a toda costa, pero podía sentir el corazón latiendo desbocado, en una sensación nueva de apremio.

—Puedes venir con nosotras —se escuchó decir, como si no fuera ella quien hablara—. Así os conocéis.

22

Domingo, 3 de junio

El Citroën avanzaba a buena marcha por la calle de Miguel Servet
en dirección a la estación de Utrillas. Los faros alumbraban el empedrado que ponía a prueba la excelente amortiguación del vehículo y que para Sebastián resultaba odioso. La luz que proyectaban
disipaba la incipiente oscuridad más que las escasas farolas que salpicaban el recorrido en aquella noche de luna nueva. Se acercaban
los días más largos del año, y Monforte había dejado pasar la hora
de la cena para emprender la marcha. «Cosas de negocios» había
sido toda la explicación ofrecida a su extrañada esposa cuando,
mondando la manzana del postre, le anunció que se disponía a salir
en compañía del conductor.

—No corras, que no hay prisa —espetó Monforte desde el
asiento trasero mientras consultaba su reloj de pulsera—. ¡Maldito
horario de verano!

—Dicen que el Caudillo cambió la hora para que España se
acompasara con Alemania —comentó Sebastián, satisfecho de
aportar algo a la conversación. No le agradaban los largos silencios
que se producían a menudo con don Emilio a su espalda.

—Pues hace seis años que los alemanes perdieron la guerra y
así seguimos. ¡Las diez y media y aún hay luz! Luego se hacen las
tantas y los vecinos se piensan que me he ido de putas.

—Bueno, don Emilio, tampoco van desencaminados.

No había terminado la frase cuando ya se había arrepentido,
pero estaba dicho y no había remedio. La reacción llegó en forma
de orden fulminante.

—¡Para el coche! ¡Para te he dicho!

Sebastián pisó el freno y viró hasta salvar el bordillo de una acera, donde orilló el coche apartándolo de la calzada. Miró por el retrovisor y, a la luz de un vehículo que circulaba en sentido contrario, entrevió el rostro escarlata del amo. Tardó en hablar, y durante un tiempo que se le hizo eterno, el silencio se podía cortar.

—Mira, Sebastián, te voy a ser muy claro —espetó al fin, crispado—. Puede que te trate como trato a mis propios hijos, pero te pago el sueldo que te pago para que conduzcas con los ojos cerrados y los oídos tapados a todo lo que no sea la carretera. No voy a consentirte otro comentario como ese. Igual que lo has soltado aquí, lo puedes soltar delante de tus amigotes en el Hogar del Productor después de cuatro vinos. ¿Me oyes bien? ¡Que sea la última vez que te permites algo así o duras en mi casa lo que me cueste darte la patada!

—Perdóneme, don Emilio. —Sebastián se agarraba al volante con las dos manos y la cabeza gacha—. Soy un imbécil, no sé cómo he podido. No se preocupe que no volverá a pasar, yo se lo prometo. A partir de ahora punto en boca. Ver, oír y callar.

De nuevo regresó el silencio, solo roto por la respiración acelerada de los dos hombres. Monforte accionó la manivela de la ventanilla y se inclinó para hacer lo mismo con la del lado derecho. La brisa del anochecer refrescó de inmediato el interior. Aquel mutismo le resultaba a Sebastián tan amenazador como la bronca que acababa de recibir, y no se atrevía ni siquiera a preguntar si debía continuar la marcha.

—¿A qué esperas? Al final llegaremos tarde.

La llamada estación de Utrillas era también conocida como estación de Cappa en honor al prohombre que había impulsado su construcción en el siglo anterior. En sus orígenes funcionó como estación de la línea Barcelona-Zaragoza, hasta que se construyó el enlace que la conectaba con la línea de Madrid en la estación de Campo Sepulcro. A principios de siglo fue adquirida por la MFU, Minas y Ferrocarriles de Utrillas, que la utilizó para dar salida al carbón de las cuencas mineras turolenses con destino a Zaragoza, y desde entonces había conocido momentos de esplendor, sobre todo durante las dos guerras mundiales, en que la neutralidad de España favoreció el comercio de carbón y otros materiales estratégicos hacia los países beligerantes. Aunque su fin primordial seguía siendo el transporte de carbón y mercancías, el material rodante incluía vagones de pasajeros de primera y segunda clase, que daban vida a la terminal de viajeros.

Sebastián condujo el Citroën por delante de la entrada principal, pero no se detuvo. Continuó un centenar de metros más, hasta penetrar por un pasaje que los llevó a una zona apartada entre almacenes y vías muertas. Al fondo divisaron el depósito semicircular de locomotoras, donde una imponente plataforma giratoria servía para invertir el sentido de circulación y para encarrilar a cada una de ellas hacia lo que parecían auténticas cuevas de ladrillo ennegrecido por la carbonilla, donde quedaban protegidas de la intemperie. De hecho, todo cuanto les rodeaba estaba cubierto por una fina capa de polvo negro que daba la sensación de absorber la escasa luz de las bombillas que salpicaban el recinto.

—Es aquel. —Monforte, con tono todavía adusto, señaló con el índice un enorme almacén con tejado en voladizo y elevado encima del terreno sobre una plataforma de obra. En paralelo a uno de sus muros laterales discurría una vía muerta sobre la que se habían estacionado dos vagones provistos de tolvas para el transporte de carbón—. Para el coche ahí, a la sombra del primer vagón, y apaga las luces.

—¿Aquí mismo?

—No, mejor da la vuelta y déjalo enfilado hacia la salida —rectificó Monforte.

Los focos del vehículo se reflejaron en los vidrios de la distante terminal de pasajeros antes de que Sebastián accionara el conmutador. Después, durante un instante, se hizo una oscuridad casi completa, hasta que los ojos de ambos empezaron a acostumbrarse a la tenue claridad de las bombillas. Sebastián oyó la manilla de la puerta trasera y vio por el retrovisor cómo el amo se apeaba. Cerró tratando de amortiguar el ruido y un momento después se hallaba sentado junto a él en el asiento del acompañante. La estación se encontraba a las afueras de la ciudad, rodeada de campos por completo, y a través de las ventanillas traseras abiertas solo penetraba el canto estridente de los grillos.

—Baja y cierra las ventanillas, que se han quedado abiertas —ordenó el abogado—. Y baja los seguros de las puertas.

Sebastián obedeció al instante. Sin saber bien por qué, experimentó un escalofrío cuando la gravilla teñida de negro crujió bajo sus pies y agradeció la relativa seguridad que proporcionaba el vehículo cuando volvió a situarse tras el volante. Se apresuró a accionar el seguro interior de su puerta y comprobó que don Emilio había hecho lo mismo con la suya.

—¿Y si nos ha visto entrar el guarda de la estación?

—Nos ha visto, pero no se acercará hasta que deba hacerlo.

—Si usted lo dice...

—Vamos a ver, Sebastián. —Monforte empezó a hablar sin apartar la vista del frente—. Me sirves desde hace años y hasta ahora no he tenido motivo de queja, salvo algún exceso como el de hace un momento.

—Ya le he prometido que no se volverá a repetir...

—No quiero hablar de eso —le cortó ayudándose con un gesto de la mano—. Contigo quiero dar un paso más. Me sigues a todas partes, me llevas, en realidad, y conoces todas mis andanzas. No tengo más remedio que depositar toda mi confianza en ti. Aquí estamos, en mitad de la noche y a oscuras, esperando que se presente el hombre con el que me voy a entrevistar. Y te imaginarás que, si esto no se hace a la luz del día, es por algo.

—Sí, claro, lo supongo —repuso Sebastián algo confundido.

—Estos negocios están fuera de la ley, Sebastián, y aunque tengo las espaldas bien cubiertas, siempre es mejor no recurrir a los amigos para que te saquen las castañas del fuego si un policía bisoño o poco avisado decide presentarse en donde no debe y cuando no debe si observa algo extraño, o si piensa que se trata de uno de esos estraperlistas de poco pelo. Pero hay asuntos que no pueden dejarse en manos de nadie y por eso el abogado don Emilio Monforte está en la estación de Utrillas un domingo a las once de la noche con las luces del coche apagadas.

—No parece muy seguro, no. Cualquiera podría...

—Así es —le cortó de nuevo—. Por eso necesito que a partir de ahora hagas algo más que conducir mi coche.

—Usted dirá, don Emilio.

Por toda respuesta, Monforte se inclinó a un lado, metió la mano entre el costado y el pantalón y sacó un objeto que, a falta de salpicadero, depositó sobre el espacioso asiento entre ambos.

—Cógela, Sebastián.

El cañón de la pistola reflejaba de manera tenue la luz amarillenta de las farolas exteriores. No así las cachas, que se confundían con el color de la tapicería.

—¡Don Emilio! ¿Una pistola? ¿Para qué quiero llevar yo un arma?

—Para lo que se lleva un arma, Sebastián, para intimidar y proporcionarme la seguridad que de otra manera no se puede conseguir. Estoy convencido de que nunca tendrás que disparar, pero te aseguro que encañonar a alguien con esto es una razón de peso para que se avenga a razones —respondió Monforte con voz grave y firme—. Te estabas ganando el sueldo de manera muy descansada.

—Pero, don Emilio, ¡si yo no he visto una pistola de cerca en mi vida! ¡Que yo era un crío cuando terminó la guerra!

—De momento solo quiero que me guardes las espaldas, te bastará con llevarla encima y mostrarla en el momento adecuado si la cosa se pone tensa. Ni siquiera será necesario que esté cargada. Te enseñaré a manejarla más adelante.

—Pero ¿a quién esperamos para que me diga de llevar pistola?

Esta vez Monforte se rio.

—Voy a hablar con Marcelo Casabona, ya lo conoces. Hemos hecho negocios juntos, pero esta vez es distinto. La operación que tenemos entre manos es de envergadura y no termino de fiarme de él.

—¡Casabona! No me gusta nada ese hombre.

—Tampoco a mí; de hecho, no lo soporto, pero como socio no tiene rival. Es perspicaz y ve la posibilidad de negocio donde otros ni la huelen. Por eso estamos aquí. ¿Ves este almacén? —Sebastián miró a la derecha, hacia el edificio que les protegía—. La idea es hacerme con él para comerciar con el lignito de Utrillas a gran escala.

—Pero es un almacén de la estación, esto será de la MFU —objetó Sebastián extrañado.

—Lo es, pero ya te digo que esta operación es de envergadura y algunos de sus directivos están en el ajo. No podría ser de otra manera.

—¿Le van a vender la nave para almacenar carbón?

—Para el trasiego, más bien. Una cesión de uso temporal. El carbón se guardará aquí, a su llegada en el tren minero, y después saldrá en camiones a otros almacenes repartidos por toda Zaragoza.

—¿Y por qué esconderse de las autoridades? Que yo sepa el comercio de carbón es legal.

—Sí, al precio marcado por el Ministerio y bajo la supervisión de la Fiscalía de Tasas. Pero esto no tiene nada que ver con el comercio regular: se trata de acumular cantidades ingentes de carbón durante todo este verano sin darle salida. Cuando lleguen los primeros fríos la escasez se hará notar, y los precios subirán como la espuma. Entonces será el momento de ponerlo a la venta en el mercado negro.

Sebastián permaneció en silencio. En parte porque le costaba asimilar que alguien tuviera la capacidad de planificar y llevar a cabo una operación de tal complejidad, y en parte porque, de inmediato, le asaltaron serias dudas sobre la honradez de aquel propósito.

—Entiendo —dijo al fin, al comprobar que Monforte lo miraba esperando su reacción.

—¿Y qué opinas?

—No lo sé, don Emilio. Se me ocurre que si el carbón está caro habrá mucha gente que pase frío este invierno.

—Ah, Sebastián, pero así son los negocios desde que el mundo es mundo. Comprar barato y vender caro. El jamón es caro porque los cerdos solo tienen dos ancas, y quien no puede pagarlo come patatas o algarrobas. Pues esto es igual: quien pueda pagar el carbón al precio que sea, pasará el invierno caliente, y el que no, buscará leña en el monte o se envolverá con una manta.

—Visto así... —concedió Sebastián sin convencimiento.

—Hay mucho dinero en juego en este envite. No solo es el precio de la materia prima, el transporte, la mano de obra... sino la compra de muchas voluntades. Y cuanto más dinero hay sobre la mesa, más crece la ambición de los hombres con pocos escrúpulos. Cuando se está fuera de la ley, no se puede recurrir a ella en caso de engaño, así que hay que andarse con mucho ojo y hacerse respetar de otras formas más... convincentes. —Y puso la mano sobre la empuñadura de la pistola.

—¿La ha comprado usted? No parece nueva.

—Es una star S 9 corto, el arma reglamentaria de la Policía Armada. Pero no me preguntes cómo la he conseguido, que no viene al caso.

—¡Dios me libre! —se apresuró a responder, temeroso de desatar de nuevo la ira del patrón.

Un haz de luz recorrió la fachada que tenían enfrente al tiempo que llegaba a sus oídos el ronroneo apagado de un motor y el crujir de la gravilla bajo los neumáticos.

—Ahí llegan —anunció Monforte—. Toma, cógela. Quiero que te mantengas detrás de mí con el arma en la cintura. Pon la mano en la empuñadura todo el tiempo, haz notar su presencia.

—No se disparará, ¿no? —preguntó Sebastián, temeroso.

Monforte echó atrás la corredera y la pistola quedó amartillada con un chasquido. Después apretó el gatillo.

—Está descargada. Esto no es más que una representación y tú vas a hacer el papel de guardaespaldas. Cógela sin miedo y manéjala con naturalidad, que no noten que le tienes miedo.

La explanada se iluminó por completo cuando el vehículo se dirigió hacia ellos. El conductor giró lo necesario para enfocarles y Sebastián se puso la mano ante los ojos, cegado.

—¡Cabrones! —espetó Monforte bajando la visera—. ¡Haz lo mismo!

Sebastián accionó la palanca de las luces. Solo un instante después, el otro vehículo apagó las suyas.

—Apaga también —ordenó e hizo una pausa antes de volverse hacia su empleado—. Si alguna vez tratan de deslumbrarte así, haz tú lo mismo.

La estación volvió a quedar iluminada solo por las luces escasas de los faroles. Monforte reconoció el perfil inconfundible del ostentoso Buick convertible que conducía el propio Casabona, pintado en color burdeos.

—Es una de las cosas que no me gustan de él. Si lo que pretende es pasar desapercibido, no podía haber elegido un coche mejor —ironizó.

Entonces, desde el edificio que tenían a su derecha, surgió la sombra de un hombre que avanzó hacia los coches hasta detenerse a una decena de metros de ambos.

—Ahí está el guarda —anunció Monforte.

—¡Hostia, qué susto me ha *dao*! Estará en el ajo, ¿no?

—¿A ti qué te parece? Venga, sal del coche, y mantente detrás de mí, a tres o cuatro metros. Recuerda lo que te he dicho: ya no eres mi chófer, eres mi guardaespaldas.

Del Buick salieron tres hombres. Quien conducía vestía traje oscuro y, a pesar de ser de noche, el sombrero se recortaba en el haz de luz de las bombillas. Sus dos acompañantes iban en mangas de camisa, y ambos le sacaban una cabeza a su patrón, que se ajustó los pantalones y se estiró la americana mientras esperaba de pie.

Marcelo Casabona era el único hijo de un matrimonio de comerciantes que regentaban una humilde tienda de ultramarinos en la calle Princesa antes de la guerra. Destinado a continuar con el negocio familiar, a los treinta años había tomado ya sus riendas cuando la contienda se abatió sobre el país y vino a alterar para siempre la vida en la ciudad. Fue reclutado de inmediato y luchó en el fluctuante frente de Aragón con el bando nacional. Solo un golpe de fortuna impidió que estuviera presente en la cruenta toma de Belchite en el verano del treinta y siete, pero no se libró de participar en la batalla de Teruel, que tuvo lugar el invierno siguiente. Fue herido de gravedad por la metralla en vísperas de la Navidad y evacuado días después a Zaragoza. Aquellas heridas en el hombro, el cuello y el mentón, de las que se recuperó en poco más de dos meses sin apenas secuelas, tal vez fueron las que le salvaron la vida, en una ofensiva donde el frío extremo de Teruel causó más víctimas que los fusiles, los morteros y los bombardeos de la aviación de ambos bandos.

Terminada la guerra, su condición de combatiente y de mutilado le granjeó el favor de los nuevos gobernantes y el último día de marzo del treinta y nueve, víspera del bando que anunciaba el final de la contienda, la tienda de la calle Princesa abrió de nuevo sus puertas. Esta vez lo hizo sin el apoyo de su padre, fallecido meses atrás a causa de un proceso tumoral que se lo llevó en un invierno. Casabona fue favorecido con la entrega de un vehículo requisado a los combatientes republicanos, que obtuvo a precio de saldo, y con él recorrió la región desde Huesca hasta Teruel, tratando de recomponer los contactos que antaño mantuviera con sus proveedores en compañía de su padre.

Encontró una tierra devastada, donde faltaba de todo, y donde los excedentes para la venta no existían. Pronto se impuso el racionamiento, y la regulación estatal del mercado que asfixiaba tanto a productores como a comerciantes, alterando el normal equilibrio de la oferta y la demanda. El efecto inmediato fue la aparición de un mercado negro que enseguida superó al comercio intervenido, y en el que Casabona vio su oportunidad. No tuvo demasiada dificultad para superar los iniciales escrúpulos de conciencia por participar de lleno en un sistema que condenaba a la miseria a la mayor parte de sus conciudadanos, que obligaba a compartir un huevo entre los cinco miembros de un hogar y que obligaba a los padres de familia a trabajar de sol a sol para poner encima de la mesa un trozo de pan comprado a un precio que multiplicaba por diez el establecido por las autoridades en su, a todas luces, insuficiente racionamiento.

En los últimos diez años se había enriquecido de una manera que resultaba asombrosa incluso para él mismo, y la pequeña tienda, que había traspasado a los inquilinos del primer piso de aquel mismo portal, era ya solo la tapadera de un negocio mucho más lucrativo basado en el estraperlo. La vieja camioneta quedó arrinconada cuando adquirió un flamante Pegaso con el que abastecía las tres naves de almacenamiento repartidas por la provincia de manera estratégica, además del almacén central en el Arrabal de Zaragoza. Se había convertido en un nuevo rico y se ocupaba de hacerlo patente; se dejaba ver con sus trajes de sastre en los mejores locales de la ciudad, conducía el vehículo de importación que había tenido que ir a comprar a Madrid y adquirió una lujosa vivienda en la calle Héroes del Alcázar, a pocos metros del paseo General Mola. Una vivienda que permanecía vacía la mayor parte del tiempo a excepción del ama de llaves que se ocupaba de ella, pues Casabona permanecía soltero y, a sus cuarenta y cinco años, no tenía intención de alterar su estado civil. Había, sin embargo, una espina que no conseguía arrancar y que le torturaba. Por mucho que hubiera adquirido un estatus económico que le aupaba al nivel de algunas de las familias más influyentes de la ciudad, en ningún momento había sido admitido en sus círculos. Tenía la sensación de que era considerado un advenedizo, las miradas de desprecio no eran infrecuentes cuando se presentaba en algún acto social y resultaba evidente que quienes se movían en aquellos círculos selectos evitaban su compañía. Estaba seguro, no obstante, de que llegaría el día en que tal situación cambiara, y en una sociedad como aquella solo el dinero tenía el poder de conseguirlo. Necesitaba amasar una fortuna todavía mayor, con la que comprar voluntades, favores y simpatías, y para hacerlo tenía que recurrir a negocios de mayor envergadura por mucho que también fuera mayor el riesgo.

Los dos hombres avanzaron hacia el almacén de manera simultánea y estrecharon primero la mano del guarda murmurando sus saludos. Después se estrecharon las suyas.

—¿Era necesario tanto misterio? —espetó Casabona—. ¿No nos podíamos haber reunido en tu despacho?

—En absoluto. De ninguna manera quiero mezclar esto con mi actividad en el bufete.

—No veo el problema, Monforte. En Independencia entran clientes de todo pelaje. Lo que se habla en torno a la mesa de tu despacho, allí se queda.

—Prefiero hacerlo así. No quiero que te vean por allí —repuso con crudeza.

—No es muy agradable oírte decir esto. Pensaba que hacías negocios conmigo con gusto.

—Los negocios son los negocios, pero no hay que mezclarlo todo —insistió—. Además, había que venir a ver el almacén, y no quiero hacerlo a plena luz del día. Mi coche no es discreto, aunque es negro y no deja de ser corriente. Pero el tuyo es escandaloso, descapotable y pintado de rojo.

—Burdeos —le corrigió—. Es un color elegante.

—Elegante por los cojones —escupió Monforte—. Pero no voy a discutir contigo por el color de tu puto Buick. He venido a lo que he venido.

Monforte hizo una seña al guarda y empezó a andar en dirección al almacén, dejando atrás a Casabona, que bufó antes de seguir sus pasos.

—Los esperaba dentro. Han sido ustedes puntuales —explicó el empleado. Cruzó la portezuela practicada en el enorme portón de madera, y se adelantó para accionar el conmutador de las luces.

—Con una será suficiente —pidió Monforte cuando se asomó al interior—. Con esta noche sin luna se ve el resplandor desde Torrero.

Sebastián y los otros dos hombres entraron detrás. Monforte se volvió y, con un gesto, les pidió a todos ellos que permanecieran junto a la puerta. El abogado y el estraperlista avanzaron solos hacia el interior.

—¿Qué te parece? —preguntó entonces Casabona, tragándose la rabia que pudiera sentir—. Aquí cabe medio pozo de Santa Bárbara.

—La idea es que permanezca aquí el menor tiempo posible. El carbón tiene que salir a la misma velocidad que entra. ¿Ya está cerrada la operación con los de la MFU?

—Tal como me indicaste. Ha sido fácil entenderse con ellos. —Casabona sonrió al tiempo que frotaba el pulgar y el índice de su mano derecha, con un gesto elocuente y cómplice.

—¿Cuánto?

—El cinco.

—Joder, ¿no has podido rascar más?

—Son varios a repartir, Emilio. Y se juegan unos muy buenos puestos en la compañía si esto sale a la luz.

—Nada saldrá a la luz, Casabona. De eso me encargo yo. Tu trabajo es rascar todo lo que puedas para que nuestro beneficio sea máximo. Va a haber muchos gastos, a ver si al final nos pillamos los dedos.

—¿Qué dices? ¿Con un margen del cuatrocientos? —vociferó entre risas.

—¿Te quieres callar? —le reprendió haciendo un gesto hacia los cuatro hombres que permanecían en pie junto a la puerta.

—Por cierto, ¿qué pasa, que ahora no te fías de mí?

—¿Que no me fío? ¿Por qué no había de hacerlo?

—¿Desde cuándo le has puesto pistola a tu chófer? Además, con la orden de que se le vea bien, míralo. Le falta señalarla con el otro dedo —se burló.

Monforte prefirió no responder y volvió a centrarse en el plan.

—¿Para cuándo estará todo preparado? Hay que darse prisa si queremos aprovechar el verano. Antes del Pilar tienen que estar todos los silos repletos de carbón, y si es a mediados de septiembre, mejor.

—Faltan un par de camiones más, sin contar con mi Pegaso. Las rampas y las tolvas han costado lo suyo, pero ahorrarán mucho tiempo en la descarga y servirán para meter el carbón en sacos conforme vaya llegando. A la hora de distribuir nos encontraremos el trabajo hecho, y en cuanto llegue el frío nos lo quitarán de las manos.

—Esperemos.

—Confía en mí, joder. ¿Cuándo te he fallado yo en un negocio? Los huelo, Monforte. Y esta vez no será distinto.

—Más te vale. Me juego mucho. La inversión es millonaria y

hay muchas voluntades compradas, muchos que esperan su parte: la Fiscalía de Tasas, la Comisaría de Abastecimientos, la Guardia Civil y la Policía Armada... No hace falta que siga. —Hizo una pausa—. Nunca te has visto en una como esta, Casabona.

—¿Crees que no lo sé? Pero no te preocupes. Para la Virgen de agosto está esto lleno de carbón, eso te lo garantizo.

Monforte se apartó de su socio y avanzó hacia el fondo de la espaciosa nave. Con las manos a la espalda, alzó la vista hacia las enormes vigas de madera de la estructura que sostenía el tejado a dos aguas, barrió con la mirada los ventanales corridos cercanos al techo por los que debía de penetrar la única claridad del recinto y regresó comprobando el estado del suelo de tierra apisonada.

—¿Qué te parece?

Monforte, pensativo, tardó en responder.

—No se te ocurra traicionarme, Casabona.

El hombre perdió el color.

—Pero ¿a qué viene eso, Emilio? —Era la primera vez desde que se conocían que usaba el nombre de pila.

—Lo que oyes. Que no te dejes tentar por la ambición. Esta vez voy a estar encima —respondió con tono de advertencia y firmeza.

—Jamás se me pasaría por la cabeza —respondió, afectado, remarcando la primera palabra.

—Tengo oídos y oigo, Casabona. Conmigo no. ¿Entendido? —advirtió de nuevo—. Por cierto, respondiendo a tu pregunta: mira esas manchas del suelo. Hay goteras. Y tres ventanas tienen los cristales rotos. Que lo reparen todo antes de meter carbón aquí.

23

Domingo, 24 de junio

Si algo echaba en falta Julia aquella mañana era una salita donde reunirse con sus amigos. Había sacrificado las estancias más amplias y luminosas del piso para dar espacio suficiente al salón de modas, y hasta aquel día se las había arreglado con la cocina, donde hacía vida cuando no trabajaba o descansaba en el dormitorio. Rosita, que en los últimos meses había aceptado su propuesta de quedarse a comer con ella algunos días para evitar las idas y venidas a su casa, le servía de compañía, y a ellas se había unido Martina. Las tres mujeres se sentaban en torno a la mesa adosada a la pared bajo la ventana y compartían el almuerzo, que solía ser frugal. Era la propia Julia quien lo preparaba para permitir que Rosita continuara con su trabajo hasta que la mesa estaba puesta, aunque la joven niñera le echaba una mano si el pequeño se lo permitía.

Era domingo, festividad de San Juan, y había acudido a misa a primera hora en la cercana iglesia de San Miguel, para disponer así del resto de la mañana. Hacía casi un mes que había pergeñado aquello, pero no imaginaba que todos en quienes había pensado estarían disponibles para celebrar con una comida el primer cumpleaños de Miguel. Llevaba toda la semana ilusionada, tratando de prepararlo de la mejor manera, pensando en los platos que compondrían el menú, algo que, debía reconocerlo, le venía grande. Antonia había venido a solucionar el problema al ofrecerle su ayuda en la cocina y allí estaba, entre cazuelas y utensilios, algunos de los cuales se había traído de la casa de la calle Gargallo en una gran bolsa de rafia que había conseguido arrastrar sola por no pedir ayuda. Había decidido que comerían en el salón, y el casero le había proporcionado una alfombra que guardaba en el desván, tan amplia como ajada y polvorienta, pero que serviría para proteger el suelo que, por necesidad, debía permanecer impoluto para recibir a las clientas.

En realidad, la celebración había comenzado la víspera en el Hogar del Productor, donde tenía lugar el baile que cada sábado solía contar con la presencia de Sebastián y de Andrés. Antes de la guerra se habría organizado una verbena y se habría quemado una hoguera, pero las autoridades religiosas consideraban aquello como una exaltación pagana y desde el año treinta y siete la noche de San Juan no había vuelto a celebrarse. Desde que Andrés, un mes atrás, fue a ver *Agustina de Aragón* con las tres amigas, su presencia en la salida de los sábados se había hecho habitual, y a ella habían terminado por sumarse Sebastián y Vicente cuando sus ocupaciones se lo permitían.

Julia sonreía al recordar a los tres jóvenes a su llegada al baile, vestidos con sus mejores pantalones de pinzas y sus camisas remangadas, recién afeitados, repeinados y tan distintos del aspecto que lucían durante la semana. Al final, los tres contaban con alguien que se ocupara de sus atuendos, la patrona de Andrés y las doncellas de los Monforte en el caso de los dos empleados de la familia. Su ayuda no resultaba suficiente, sin embargo, a la hora de elegir la ropa más adecuada, al menos en el caso de Vicente. Sebastián y Andrés sí que se bastaban solos, vestían con estilo y resultaban apuestos, pero el portero lucía unos pantalones demasiado holgados que no solían pegar con la camisa, a lo que se sumaba su físico poco agraciado y el andar zambo. Para colmo, había insistido en dejarse un bigotito corto y estrecho, que le había servido a Andrés, siempre guasón, para empezar a llamarlo Chaplin, lo que provocó las risas de los demás y el enfado de su amigo. Vicente, en esas ocasiones, contraatacaba con la incipiente calvicie del joven fontanero y, fuera por eso o no, cada vez era más frecuente ver a Andrés con una boina ladeada que, junto al cigarro colgando en la comisura, le proporcionaba un aire presumido y un punto insolente.

No había tenido dudas a la hora de invitarlos a la comida. Aunque Antonia se habría dejado matar antes de confesarlo, bebía los vientos por Andrés. Estaba convencida de que su amiga en ningún momento había pensado en renunciar al plan de vida trazado, un plan que se reducía a acompañar a su hermano allá donde fuera; pero la atracción que sentía por el joven resultaba evidente en su manera de comportarse, en las miradas que le lanzaba, en las respuestas a sus comentarios y en las risas que despertaban en ella sus bromas continuas. Andrés estaba al corriente de las intenciones de Antonia, y también resultaba evidente su interés por la muchacha, en la esperanza de que las cosas pudieran dar un giro inesperado que le brindara una oportunidad.

Y Julia había decidido jugar a favor de aquella posibilidad, avivar aquella chispa que el azar había prendido, con la ilusión de que se convirtiera en un fuego que diera al traste con la condena perpetua que aquella sociedad pacata había dictado para Antonia desde el momento en que alguien decidió que su hermano se convirtiera en sacerdote. Sentía que la rabia se apoderaba de ella cuando pensaba en aquella muchacha condenada a la soltería, a vivir en un pueblo perdido cuidando del corral, cocinando y atendiendo a sus padres y a su hermano hasta el fin de sus días, sin otro aliciente que conversar en la calle con las vecinas y ver pasar los años en soledad. Consideraba injusto hasta el extremo que Antonia tuviera que verse obligada a renunciar a aquello que ella misma había conocido en compañía de Miguel: la plenitud del amor compartido, el placer carnal, incluso la posibilidad de ser madre. Y lo peor era que, allá en el pueblo, tal vez nunca llegara a imaginarse a qué había tenido que renunciar. Antonia se había convertido en aquel tiempo en su mejor amiga, en su confidente en ocasiones, y deseaba con toda su alma que pudiera experimentar aquello que ella había vivido en los breves años de convivencia con el hombre de su vida, el anhelo por sus besos y sus caricias durante las ausencias, el deseo desbordado y satisfecho bajo las sábanas en los reencuentros, las horas transcurridas soñando con una vida ideal allá en París.

Mientras pelaba las patatas en la mesa, sonrió con nostalgia al recordar los atardeceres de verano con el viejo manual de francés en la mano, aquellos largos paseos por las faldas del Moncayo en los que reprendía a Miguel si se dirigía a ella en castellano. Miró a Antonia, enfrascada con la ensaladilla que preparaba, y se dijo convencida que hacía bien propiciando el acercamiento entre los dos jóvenes. Tal vez para ella misma fuera tarde ya, y aquellos días radiantes en compañía de un hombre al que amaba no regresarían más, pero nada la haría más feliz que revivirlos a través de la muchacha ingenua, generosa y fiel de la que se había encariñado.

—Cuando termine con esto me pongo a limpiar el pollo, ¿te parece?

—Venías a echarme una mano, no a cargar tú con todo el trabajo. Déjame algo a mí —bromeó.

—Bastante haces liándote con todo esto, con el trabajo que tenéis durante la semana. Y con la guerra que da el pequeño.

—Bueno, todo se lo carga Martina, la pobre. No se lo digas a ella, pero se merece el doble del sueldo que le pago. Desde que echó a andar, no para quieto ni un minuto.

—Lo lleva muy bien, se nota que le gustan los críos. ¡Si en cuanto la ve corre a agarrarse a sus piernas!

—Hemos tenido mucha suerte con ella, sí. Con los problemas que tuvimos al principio... Parece que las cosas por fin se van enderezando.

—El que no se mete no sale, eso dice mi padre —convino Antonia con tono evocador—. Aunque a él de poco le ha servido. Tú ya has sufrido bastante, verás como a partir de ahora todo irá bien.

—Dios te oiga, Antonia. Sería capaz de cualquier cosa para conseguir que Miguel crezca sin sobresaltos y sin que le falte de nada. Bastante tendrá el pobre con no conocer a su padre.

—Tiene una madre que vale por dos —aseguró Antonia con una sonrisa, mientras se lavaba las manos debajo del grifo—. Voy a hacer un poco de alioli para ponerle a la ensaladilla.

—A mí siempre se me corta. ¡Se me cansa la mano y adiós! —se burló de sí misma.

—Pues tampoco pasa nada. Se aliña con aceite y vinagre, se traba un poco con una patata cocida y las yemas de los huevos duros, y tan rica.

—Anda que no has aprendido con Rosario... Ya me gustaría a mí cocinar la mitad de bien que vosotras.

—Es todo cuestión de práctica y de tiempo —respondió Antonia con humildad—. Al principio no hacía más que anotar las recetas en una libreta, y Rosario se enfadaba porque le pedía las cantidades de todos los ingredientes. Es que yo no entendía cómo podía cocinar tan bien calculando a ojo. Pero ahora la comprendo perfectamente. La práctica te dice cuándo tienes que parar de añadir sal, harina o lo que sea.

—Claro, eso es lo que me falta a mí.

—Bueno, como el salón de modas siga así, pronto tendrás tu propia cocinera para dar de comer a un ejército de modistas.

Las dos mujeres rieron. Era cierto que el negocio empezaba a ser rentable, ya que había dispuesto de liquidez suficiente para no tener que recurrir a empréstitos, cuyos intereses se hubieran comido los beneficios. Pero era difícil tratar de abarcar más porque no podía pedirle a Rosita un minuto más de dedicación, y en el taller de la planta baja apenas había sitio para incorporar nuevas máquinas de coser, mesas de costura, percheros ni maniquíes.

No era que Julia pudiera permitirse el lujo de derrochar dinero y, de hecho, eran pocos los caprichos que se concedía. La mayor parte de sus gastos iban destinados a pequeñas mejoras para el negocio tras la costosa inversión inicial y, si bien era cierto que acudía al salón de belleza con frecuencia, era solo porque su trato con las selectas clientas así lo exigía. Y en algunas ocasiones sí que iba al mercado central, como había hecho la víspera a la vuelta de una visita en la calle de los Predicadores, para comprar viandas de calidad, como el hermoso pollo de corral que en pocos minutos estaría en el horno. En el puesto había tres pollos iguales y el carnicero podría estar contento si conseguía venderlos en un día, por mucho que fuera sábado y que el mercado estuviera atestado. La carestía se cebaba con los más menesterosos y eran lamentables las escenas que, doce años después del final de la guerra, seguían viéndose en las calles de la ciudad, por mucho que el NODO, de proyección obligatoria en todos los cines del país, difundiera una imagen de modernidad y progreso que terminaba cuando los fotogramas de la pantalla se borraban de la retina.

Julia había decidido esmerarse y había dispuesto una mesa que poco tenía que envidiar a la que recibió a las primeras clientas el día de la inauguración, catorce meses atrás. Tres servicios a cada lado y uno más en la cabecera se completaban con dos hermosos jarrones de flores frescas que también había adquirido en el mercado. La mantelería era de estreno, aquella que Rosita se había entretenido en bordar en las primeras semanas, cuando las clientas entraban a cuentagotas en el local. La alfombra del casero lucía renovada tras el cepillado con agua y jabón al que las dos mujeres la habían sometido días atrás, haciendo equilibrios en el patio de luces al que se accedía desde la planta baja.

Lo había colocado todo con esmero nada más regresar de misa y, cuando dispuso los platos de la vajilla, no pudo evitar pensar que parecía una recién casada sacando a pasear todo su ajuar sin estrenar.

Ajustó las persianas de los enormes balcones del salón para dejar entrar la luz justa. Pensaba que aquel era el día más largo del año, hasta que Miguel la sacó de su error al asegurarle que era el veintiuno, justo cuando comenzaba el verano, y que lo del día de San Juan era cosa de los curas, que siempre tenían que adjudicarle el mérito a algún santo, aunque fuera el de hacer que la noche fuera la más corta del calendario. Si hacía mucho calor, podrían abrir los balcones de ambos extremos para conseguir que se colara la ligera brisa que seguía soplando, y que la noche anterior les había obligado a echarse una chaqueta por los hombros.

La añoranza que el recuerdo de Miguel le provocaba se disipó al oír la campanilla de la planta baja. La víspera se habían citado allí a la una y media, pero alguien se adelantaba, porque no habían sonado aún las campanas de la parroquia cercana. De la cocina salían los gorjeos de Miguel y el canturreo de Martina mientras le metía en la boca, a pequeñas cucharadas, el puré que le acababa de preparar. Julia descendió las escaleras de caracol y se encontró con un desubicado Andrés que apenas veía en la penumbra al entrar de la calle soleada.

—Hola, Julia —saludó con las manos en los bolsillos, un tanto cohibido—. ¿Soy el primero?

—En realidad, no. Antonia lleva media mañana ayudándome en la cocina, y está también Martina, la niñera. Ahora te la presentaré. Y los demás estarán al caer.

—¡Madre mía! ¿Y este *olorcico*?

—Te acabo de decir que Antonia está en la cocina. ¿Te extraña que huela así de bien? Anda, espera, siéntate donde puedas que les voy a decir que ya estás aquí.

Diez minutos después los seis amigos charlaban animadamente de pie en el taller. Julia había pensado recibirlos allí para subir juntos a la primera planta por la escalera de caracol, en un pequeño golpe de efecto con el que secretamente se había recreado. Realmente el salón lucía hermoso y los tres comensales varones no lo conocían, aunque por un momento se le había pasado por la imaginación que la decoración del lugar pudiera pasar para ellos desapercibida. Sin embargo, no fue así.

—¡Coño! —exclamó Andrés al coronar la escalera—. ¿Pero esto qué es?

—¡Mira, mira, Julia! Y yo que pensaba que doña Pepa tenía buen gusto, pero tú no te quedas atrás —elogió Sebastián, que subía detrás de su amigo.

Tras él entró Rosita, que acababa de llegar como una invitada más tras pasar la mañana con sus padres. Julia sonrió al reparar en el detalle, pues la muchacha, entre risas y confidencias, le había dejado caer que el chófer de los Monforte le parecía muy guapo y muy apuesto. El último fue Vicente, que llevaba gafas oscuras, obligado por la conjuntivitis con la que había amanecido. Se limitó a silbar con admiración, sin perder detalle de la espaciosa estancia. Antonia se había unido a los demás después de desprenderse del delantal y acicalarse un poco en el tocador de Julia. Solo faltaba Martina, que había preferido meterse en el dormitorio del fondo para dejar dormido a Miguel una vez satisfecho y con el pañal seco, y disfrutar así de la comida con los demás.

—Nunca me había sentado en una mesa así —aseguró Andrés, un tanto intimidado.

—Pues hoy lo vas a hacer —repuso Julia con una sonrisa—. Quería ponerla bonita porque os lo merecéis, de verdad que me apetecía. Pero no os vayáis a sentir incómodos, hoy sobra la etiqueta.

—Es un alivio. Estos son de pueblo igual que yo, pero de tanto roce con la gente bien algo se les habrá pegado —bromeó—. Pero la ocasión la pintan calva, mira por dónde. Hoy voy a aprender para qué sirven todos estos cubiertos. Yo pensaba que un tenedor es un tenedor y un cuchillo es un cuchillo, pero ya sé que los ricos hilan más fino.

Julia admiró la capacidad de Andrés para lidiar con situaciones que escapaban a su control. Su carácter abierto y decidido le llevaba a adaptarse a ellas siempre por medio de una gracia o de un chiste oportuno, aunque fuera sobre sí mismo como en aquella ocasión.

—En la mesa de los ricos pasa igual que en la tuya, Andrés

—terció Sebastián siguiendo la broma—. Todas las llaves que llevas en el morral sirven para lo mismo, para apretar tuercas, pero tú sabes cuándo es mejor usar una llave inglesa, una fija, de perro, de tubo o una llave grifa.

—Visto así...

Aquella noche Julia habría de repasar en su memoria las escenas que se vivieron a continuación, y hacerlo le sirvió para sacar conclusiones interesantes y para confirmar lo que ya sabía o aquello que solo intuía. Propuso sentarse a la mesa con la intención de sacar unas bebidas y unos aperitivos, a la espera de que Martina se incorporara, pero no imaginaba el revuelo que iba a tener lugar. Apoyó la mano en el hombro de Antonia y la situó en un extremo, junto a Andrés, que había ocupado la silla central sin esperar las indicaciones de la anfitriona. Frente a Antonia se sentó Rosita en cuanto vio que Sebastián se colocaba enfrente de Andrés. Vicente aún dudaba entre los tres sitios libres cuando Julia anunció que ocuparía la cabecera, el lugar más próximo a la cocina, para poder levantarse con más facilidad. En aquel momento entró Martina en el salón. Entonces Sebastián se desplazó una silla a la derecha alegando que no era correcto dejar a Martina en la esquina. Este movimiento desconcertó a Rosita, que a todas luces pretendía sentarse junto al conductor, pero reaccionó con rapidez, dio la vuelta a la mesa y se sentó justo frente a él. Entonces sucedió algo inesperado. Vicente se quejó de que le molestaba la luz del balcón en los ojos, y pidió a Andrés que le cambiara el sitio. El fontanero lo pensó un instante, pero no puso ninguna objeción porque el que quedaba libre era justo el situado frente a Antonia.

Julia entró en la cocina con una sonrisa, prometiéndose repasar mentalmente aquel baile que acababa de presenciar, y que había terminado con un encaje que parecía haber dejado a todos satisfechos. Antonia se reunió con ella para ayudarla a servir el aperitivo.

—Me muero de hambre. Ese olor que sale de la cocina me está matando —escucharon decir a Andrés.

—¡Calla, ceporro! Eso no se dice en una comida de postín —se burló Sebastián.

—¡Pero es verdad!

—De momento empezamos con esto, que a lo del horno aún le falta un poco —anunció Julia mientras apoyaba la bandeja en una esquina de la mesa. Había dos platos de jamón y otros dos de queso, que Rosita ayudó a colocar. También situó la cesta del pan en el centro. Antonia entró con una jarra de agua fría y una botella de vino en la otra mano.

—¡Coño, vino embotellado!

—¡Andrés, esa boca! —le reprochó ella sin perder la sonrisa.

—¿No ves que en casa de los Monforte no están acostumbrados a ese lenguaje? —se sumó Rosita—. Allí seguro que no se oye una voz más alta que otra.

—¡Coño, perdón!

Todos rieron con ganas.

—¡Ufff, esto va a costar! —se lamentó Andrés con tono socarrón—. Pero uno está acostumbrado al vino peleón de la patrona y pocas veces le descorchan una botella en la mesa —se excusó mientras la cogía por el cuello—. Además de La Rioja. Seguro que está de muerte.

Sebastián cogió el sacacorchos de la bandeja y le arrebató la botella.

—Anda, trae, bruto, seguro que rompes el corcho.

—Mira el señorito. —Andrés lo señaló con el pulgar—. ¡Cómo se da aires!

La comida se desarrolló en medio de una conversación animada en la que, una vez más, Andrés fue el centro de atención. Disfrutaron en un verbo de la refrescante ensalada y, cuando Julia depositó en la mesa la bandeja de pollo asado con patatas y cebollas, Sebastián retó a su amigo a comer el muslo que le había correspondido con el cuchillo y el tenedor, y sin tocarlo con los dedos ni una sola vez. Lo consiguió, aunque con la ayuda de un oportuno codazo de Martina cuando vio que dejaba el cuchillo y se disponía a usar la mano. Andrés tenía un chiste, una historia o un chascarrillo para cada tema de conversación, y los demás reían. Antonia lo miraba un poco embobada, a veces a través de las lágrimas de risa que le provocaban sus salidas. Las dos botellas de Rioja y el melocotón con vino del postre aún estimularon más sus ocurrencias, y la sobremesa se alargó hasta bien entrada la tarde. Sentados en los sillones del salón saborearon una botella de licor de nueces elaborado por el padre de Rosita y Andrés los encandiló con las historias de

Pedro Saputo, que sin duda había escuchado en su niñez al calor del hogar, en los largos inviernos del pueblo.

Miguel se despertó a eso de las cuatro y media. Julia lo levantó entre arrumacos, lo aseó y le cambió el pañal y Martina le preparó la merienda, unas frutas machacadas con galleta, de la que dio cuenta en un abrir y cerrar de ojos. En el salón fue recibido con exclamaciones y aplausos. Le esperaba una vela encendida que Julia sopló con el pequeño en la falda mientras todos entonaban el «Cumpleaños feliz». Después, Martina se hizo cargo de él y anunció que se lo iba a llevar de paseo.

—La semana que viene a estas horas ya estaré preparando viaje —anunció Sebastián cuando la niñera desapareció escaleras abajo diciendo adiós con el pequeño en brazos.

—¡Ah, claro! —asintió Vicente, no sin cierto pesar.

—¿Adónde vas? —se interesó Rosita.

—Llevo a la familia a San Sebastián, como todos los años. Los Monforte tienen allí una villa y pasan en ella el verano. Está cerca de la playa de La Concha.

—¿Tú también vas, Antonia? —preguntó Andrés.

—No, este año no me toca, estuve el verano pasado. Francisca y yo nos turnamos, este año irá ella y yo me quedo en Zaragoza. Don Emilio pasa el verano yendo y viniendo y alguien tiene que atenderlo cuando está en la casa.

—Así que a ti te toca hacer kilómetros de aquí para allá.

—¡Cómo lo sabes! El día 2 me llevo a doña Pepa con los chicos y con Francisca. Y el fin de semana vendré a por don Emilio y Concepción, que los chavales no se libran de las clases de francés ni en la playa.

—¡Jolín! ¿También en verano? —se extrañó Rosita.

—Todas las mañanas. Y más de un día me toca llevarlos a Hendaya o a San Juan de Luz para que practiquen allí con los paisanos. Doña Pepa está obsesionada con que aprendan idiomas, vete tú a saber para qué.

Julia sonrió ante aquella frase, pero se mantuvo en silencio. Sebastián la descolocaba a veces con comentarios como aquel, porque en general se notaba que toda su vida había transcurrido en la mansión de una familia acomodada. Le había sorprendido, por ejemplo, saber de su afición a la lectura, motivada tal vez por las largas esperas sentado al volante. Lo tenía fácil, con una biblioteca como la de los Monforte a su alcance. Además podía entender el interés de Rosita, pues era cierto que, aunque muy distinto al de Miguel, poseía un atractivo indudable.

—¿Por qué el día 2, y no el primero de mes? —preguntó Andrés.

—Porque no me gusta viajar en domingo. Las gasolineras están cerradas en algunos pueblos, y no te digo nada de los talleres, si surge algún imprevisto. Es mejor viajar en día de labor.

—Y yo aquí me quedo todo el verano más solo que la una, oyendo seriales en la radio —se lamentó Vicente.

—¿Y cómo no cierran la casa y te dan vacaciones? —se extrañó Julia.

—¿Y qué iba a hacer? Si no tengo adónde ir ni con quién. Al menos en la casa hago compañía a la que se queda y a Rosario cuando está, porque también aprovecha para irse a su pueblo.

Julia lamentó haber hecho aquella pregunta.

—Pues qué bien, ¿no, Antonia? De veraneo en la playa. Pocos pueden disfrutar de algo así —comentó para aparcar el asunto.

—¿Qué crees, que yo me meto en el agua? —rio—. Los pies cuando está la marea baja y poco más. Si trabajo allí mucho más que en Zaragoza, sobre todo cuando los críos eran pequeños. ¡Todo el día detrás de ellos, hasta en la playa! Los señores se iban con sus amigos, y yo me tenía que ocupar de todo hasta que volvían de madrugada. Y anda que no me ha tocado lidiar con fiebres, vómitos, caídas... ¡Si yo respiraba cuando tocaba volver a Zaragoza! Espera, que llevo una foto en el bolso, creo.

Antonia se dirigió a la cocina y al cabo de un momento regresó con la foto en la mano. Se la mostró a Julia. En la imagen aparecía una joven Antonia, no pasaría de los dieciocho, flanqueada por los pequeños Alfonso y Rafael, de seis u ocho. Vestía un uniforme blanco largo por debajo de las rodillas con puntillas sobre el busto, que delataba su dedicación. Tenía los pies descalzos y el fotógrafo había escogido el momento en que una ola moría a sus pies, aun pagando el precio de obtener una imagen algo desenfocada. Decenas de casetas rayadas aparecían en el margen izquierdo, y el monte Igueldo servía de fondo a la ajada fotografía que Antonia habría mirado mil veces.

—Jolín, es preciosa —exclamó Rosita cuando le llegó el turno—. No os lo creeréis, pero nunca he visto el mar.

—¡No me lo voy a creer! —repuso Vicente—. ¡Tampoco yo!

—Lo es, Rosita. En la foto todo es gris, pero tenías que ver los azules del mar, del cielo y el de las casetas de los bañistas, el color dorado de la arena y el verde del monte. La primera vez que lo ves, te quedas con la boca abierta.

—¡Y tú te pasas allí el verano entero!

—Cocinando y haciendo camas la mayor parte del tiempo —bromeó ella—. La villa es enorme y todo el trabajo es para una. Pero tengo una idea: este año no puede ser, pero el que viene preparamos una excursión y os venís un fin de semana en autobús. Estoy segura de que, si se lo pido a doña Pepa, no tendrá inconveniente en cederos un par de habitaciones en Villa Margarita.

—¿Eso me incluye a mí? —terció Andrés.

—¡Ya lo creo! Doña Pepa y don Emilio ya te conocen, pero tendrás que compartir habitación con Sebastián.

—Solo si se paga unas rondas por lo viejo, que este es capaz de roncar y eso no puede salirle gratis —bromeó el conductor.

24

Lunes, 2 de julio

La casa parecía vacía. Aquella misma mañana el Citroën de los Monforte se había puesto en marcha junto al portal con varias maletas bien sujetas en el portaequipaje para dejar espacio en el interior a doña Pepa, a sus dos hijos y a la doncella que los acompañaba a San Sebastián. Don Emilio había despedido con un beso a cada uno de los miembros de su familia, y Rosario, Antonia y Vicente dijeron adiós con la mano desde la acera. Después, Monforte se había dirigido a pie a su bufete, no sin antes advertirles que aquel día almorzaría fuera.

Los tres habían comido solos en la cocina y comentaron cuánto se notaba la ausencia de los habitantes de la mansión. El día era caluroso en extremo, y las persianas bajadas proporcionaban una penumbra que contribuía a la sensación de soledad y vacío. Pero Antonia había decidido que no iba a pasar el verano ociosa, y por ello le había pedido a Concepción algún material para tomar un primer contacto con la lengua francesa, por la que sentía atracción de tanto escucharla en boca de la institutriz y de sus dos pupilos. Pero habían sido sus conversaciones con Julia las que habían terminado por decidirla. Seca la vajilla y con la cocina recién fregada, Rosario se retiró a su dormitorio a descansar y Vicente regresó a la portería. Mientras se secaba el suelo, Antonia subió a su habitación para bajar al poco con un *Manual elemental de gramática francesa*, un cuaderno nuevo comprado la víspera en una papelería de la cercana calle de San Clemente, y un pequeño plumier con lapicero, sacapuntas y goma de borrar. Se sentó a la mesa frente a la ventana, pero hubo de levantarse de nuevo para subir algo la persiana porque la luz era demasiado escasa. Abrió el librito y pasó las páginas hasta llegar a la lección primera. Le hacía ilusión comenzar, expectante por lo que había de encontrar, temerosa de ser incapaz de seguir las explicaciones por sí misma, pero dispuesta a intentarlo y a llevar su cuaderno ordenado e impoluto. Lo abrió por la primera página y decidió usarla como portada, así que escribió su nombre en el ángulo superior y, más abajo y centrado, un *CUADERNO de FRANCÉS* en mayúsculas y subrayado. Añadió por último el año debajo de su nombre y, satisfecha con el resultado, pasó página para escribir el encabezamiento: *Lección 1*.

Apenas llevaba tres cuartos de hora enfrascada con sus primeras palabras cuando oyó el chasquido inconfundible de la puerta de la calle. Cerró el cuaderno y el manual y salió de la cocina hacia el recibidor. Don Emilio entraba en aquel momento en el gabinete con la americana en la mano, el nudo de la corbata desabrochado y evidentes cercos de sudor en las axilas y en la parte central de la espalda. En contra de su costumbre, no llevaba su inseparable maletín de cuero.

—¡Es terrible el calor que hace! —exclamó al reparar en su presencia—. Si lo sé tomo un taxi.

Antonia dedujo que no venía del bufete. Sería absurdo esperar a un taxi con aquel calor, entrar en un coche más caliente que el aire de la calle para pegar la espalda en su asiento de escay y subir por Independencia hasta la plaza de Aragón, cambiar de sentido y regresar hacia la calle Gargallo. Y todo ello por evitarse los escasos quinientos metros que separaban su oficina de la residencia a pie en línea recta.

—Deme, deme la chaqueta —le pidió acercándose a él—. Si está limpia, la airearé y le daré un planchado.

Monforte se la tendió, aunque tardó en soltarla de la mano. Se detuvo mirándola como si fuera a decir algo, pero pareció pensarlo mejor, se dio la vuelta y entró en el despacho. A Antonia le dio tiempo de captar un intenso olor a whisky en su aliento. Encajaba con los ojos enrojecidos que mostraba. Sin duda regresaba de una de sus frecuentes comidas de negocios.

—He de hacer una llamada y después tomaré una ducha. A las siete he de salir de nuevo —anunció—. Prepara el baño para dentro de media hora.

—Enseguida. ¿Quiere que le traiga algo frío para beber?

Monforte se volvió y la miró como si le resultara extraño verla allí.

—Prepárame un café —respondió al fin—. Y un vaso de agua con hielo.

—Como mande, don Emilio. Vengo enseguida.

Antonia pasó por el vestidor de los Monforte en busca de una percha para la americana. Subió la persiana y dejó entrar la luz para comprobar que no tuviera ninguna mancha que hiciera obligado llevarla al tinte. La colgaría en el sombreado tendedor del patio y la dejaría airearse toda la noche para quitar el olor a tabaco. Al introducir la percha en la manga, captó unas notas de perfume de mujer, un aroma para ella desconocido que, desde luego, no era el que usaba doña Pepa. Tal vez estuviera ahí desde la última vez que usó aquella chaqueta. En realidad, no era nada extraño, teniendo en cuenta la intensa vida social del matrimonio. Ajustó la percha a las hombreras para que no se deformaran, la colgó del tendedor y la sujetó con dos pinzas. De vuelta a la cocina, dejó el manual, el cuaderno y el plumier en lo alto de una alacena, con la intención de abrirlos de nuevo cuando el señor volviera a salir. Para entonces Rosario estaría murmurando letanías en Santa Engracia y tendría la casa para ella sola.

Lo que unos meses atrás era un concierto desafinado de cañerías viejas, chirridos, vibraciones y sobresaltos cuando las conducciones se dilataban por el calor, se había convertido en un murmullo suave que Antonia volvió a percibir cuando don Emilio abrió los grifos del cuarto de baño. Acababa de recoger la colada tendida aquella misma mañana, seca en un santiamén con la ayuda del bochorno. Había quitado del tendedor las sábanas de todas las camas que no se iban a usar aquel verano, y se encontraba doblándolas de cualquier manera con la idea de plancharlas al día siguiente, con la fresca de las primeras horas.

De manera inopinada, y a pesar del calor, Rosario había salido de casa antes de la hora habitual. Según le había explicado, estaba en marcha una cuestación en Santa Engracia, y el párroco había pedido ayuda a las feligresas más asiduas. Las más puestas en cosas de letras, apenas dos de ellas, escribirían los nombres y las direcciones en los sobres, y el resto se limitaría a introducir las papeletas antes de cerrar sus bordes engomados. Había pasado antes por el gabinete para pedir permiso a don Emilio, que no puso ninguna objeción habida cuenta del motivo.

La voz potente de Monforte la sobresaltó cuando doblaba las últimas fundas de almohada. Si no había oído mal, la llamaba por su nombre. Creía haber dejado todo dispuesto para la ducha, las toallas y el albornoz a mano, el jabón en la repisa. ¿Tal vez Vicente había olvidado hacer algo con la caldera y no subía agua caliente? Dejó las fundas sin doblar y corrió hacia los aposentos del matrimonio. Le extrañó encontrar la puerta del cuarto de baño entreabierta. Se disponía a golpear con los nudillos cuando escuchó de nuevo la llamada en voz alta.

—Dígame, don Emilio. Ya venía. ¿Pasa algo?

—¡Necesito el albornoz!

—Lo tiene colgado en la percha junto a la bañera.

—¡Aquí no hay nada! Acércame uno.

Antonia terminó de abrir la puerta y entró. En efecto, la percha estaba vacía. Barrió con la mirada el cuarto de baño y no vio el albornoz hasta que miró detrás de la puerta.

—Juraría que lo había dejado en la percha, no aquí —aseguró mientras lo descolgaba y lo llevaba a su sitio. Tal vez la memoria le estaba jugando una mala pasada.

Monforte no esperó a que lo colgara. Sacó el brazo entre las cortinas y le cogió el albornoz de la mano. Antonia, azorada, bajó la mirada, se volvió y caminó hacia la puerta.

—Espera, no te vayas. ¿Y las zapatillas? Este suelo mojado resbala.

Antonia se volvió, esta vez sorprendida por completo. Recordaba a la perfección el instante en que había dejado colocadas las dos zapatillas de felpa al borde de la bañera, perfectamente alineadas. Pero ahí no estaban. Ni siquiera las veía en el suelo del baño. ¿Acaso Rosario había entrado allí para recoger todo en su sitio? No era su tarea, y nunca antes lo había hecho. Solo podían estar en el armario. Abrió las dos puertas a un tiempo y las vio al instante, mal colocadas en un estante repleto de toallas. Las cogió y se dio la vuelta, dispuesta a acercárselas a la bañera. Le faltó poco para darse de bruces con Monforte. Había salido de la bañera con el albornoz por los hombros, pero sin molestarse en abrocharlo. Antonia dio un grito.

—Mujer, a ver si te vas a asustar ahora de verme, después de tantos años en la misma casa.

El tono de voz de Monforte le heló la sangre en las venas. El albornoz se había abierto por completo y permitía ver su pecho desnudo y una erección imposible de ocultar. Apartó la mirada y se dio la vuelta aterrada, pero sintió la presión firme de la mano del abogado en el brazo. La detuvo sin esfuerzo y la obligó a darse la vuelta.

—¡Don Emilio, suélteme, por favor! ¡Está usted bebido! —rogó horrorizada con un hilo de voz—. No haga nada de lo que tenga que arrepentirse.

—Antonia, Antonia... —Su voz era susurrante y su mirada, lúbrica. Con suavidad, la obligó a darse la vuelta y ocupó la posición más cercana a la salida. Le bastó usar el pie para cerrar la puerta tras él. Por un instante, recorrió con la mirada el rostro, el busto y la cintura de la muchacha, sin hablar, pero sin abandonar una sonrisa satisfecha—. No sabes las ganas que tenía de quedarme un rato a solas contigo. ¿Tú no? No deberías estar asustada, sabes que nunca te perjudicaría. Lo sabes, ¿no es cierto?

—Déjeme salir, por favor, don Emilio, se lo ruego. —Antonia trató de liberar su mano de la presa que la inmovilizaba, pero solo consiguió hacerse daño. Las lágrimas pugnaban por salir.

—Mujer, no llores, no quiero lastimarte —repitió—. De verdad. Solo creo que deberías mostrarte un poco más generosa con tu benefactor. Al fin y al cabo, fui yo quien te sacó de ese pueblo tuyo de mierda. A ti y a tu hermano. Aquí en la capital las cosas son de otra manera, no hace falta seguir al pie de la letra los consejos de los curillas. Se pasan la vida sermoneando a los demás, pero ellos se ponen las botas.

Antonia lloraba ya de forma incontenible, tratando de vez en cuando de zafarse de las manos del hombre que la sujetaba de los dos brazos, sin molestarse en ocultar su desnudez.

—No le puede hacer esto a doña Pepa —sollozó—. Hágalo por ella, déjeme ir.

—Pepa no se va a enterar de esto, Antonia. ¿Verdad que no? Porque entonces tu hermano se puede ir despidiendo del seminario, de cantar misa y de salir de la miseria en la que vive tu familia. Solo quiero que lo pasemos bien los dos, no hay nada malo en ello, por mucho que en la iglesia os asusten con el dichoso sexto mandamiento. ¡Como si no hubiera otro!

No había terminado de hablar cuando Antonia notó que la mano izquierda de Monforte apretaba su brazo como una garra de hierro. Lo necesitaba para poder apoyar la derecha en sus pechos, que manoseó antes de bajar la mano hacia su vientre. Trató de encogerse entre gemidos, pero él se agachó con ella.

—¡No, no, no! —rogó entre lágrimas, retorciéndose.

Entonces Monforte, fuera de sí, la sujetó por la cabeza, la atrajo hacia sí y la besó de manera brutal. Antonia, en un intento de zafarse, se dejó caer al suelo y entonces él se puso de pie. Dejó caer el albornoz.

—¿Nunca habías visto a un hombre desnudo? —preguntó riendo. Monforte parecía fuera de todo control—. ¿Aún no te ha metido mano ese fontanero que bebe los vientos por ti? Seguro que no, a ti te reserva, ese tendrá a unas cuantas por ahí. Tú eres muy joven y tienes mucho que aprender. ¿Por qué no dejas que yo te enseñe?

Antonia se arrastró hacia atrás por el suelo húmedo del baño hasta apoyar la espalda en la bañera. Aterrada, trataba de no mirar a Monforte, valorando las posibilidades que tenía de alcanzar la puerta para escapar. Giró con rapidez la cabeza en busca de un objeto contundente con el que defenderse, pero no encontró nada. El abogado seguía frente a ella.

—Déjeme ir, don Emilio. Le prometo que olvidaré todo esto, ha bebido demasiado y no es usted. Pero no siga, no lo empeore más, por Dios se lo ruego —sollozó con desesperación.

—Ni te imaginas cómo me excita verte ahí. Cien veces he soñado en estar a solas contigo. —Se sujetaba el miembro erecto ante una Antonia espantada e incrédula—. No puedes dejarme así ahora.

Lo siguiente que recordaba Antonia era haber visto a Monforte agacharse ante ella. Sintió que tiraba de sus piernas para arrastrarla, en medio de sus gritos desesperados. Apenas sintió dolor cuando su cabeza golpeó contra el suelo, quedando tumbada por completo. Entonces aquel monstruo se arrodilló sujetándole las piernas entre las suyas y, con la mano izquierda bajo la falda del uniforme, empezó a masturbarse con la derecha de manera febril hasta eyacular entre estertores en su delantal.

En el silencio que siguió solo se escuchaban los sollozos entrecortados de Antonia y la respiración acelerada de Monforte, que había dejado caer la cabeza con los ojos entornados. Tras un tiempo que a Antonia le pareció eterno, el abogado se puso de pie y recuperó con la mano el albornoz, con el que se cubrió de inmediato.

—Levanta de ahí, Antonia —ordenó mientras se abrochaba el cinturón—. Aquí no ha pasado nada. ¿Lo entiendes? A ver, repite, ¿qué ha pasado hoy aquí?

Antonia era incapaz de articular palabra. Ni siquiera de cumplir la orden de levantarse. Le temblaba todo el cuerpo y se sentía sin fuerzas. Monforte se inclinó hacia ella, la agarró de la mano y, con un brusco tirón, la obligó a incorporarse. Se apoyó en el borde de la bañera para evitar caer de nuevo, derrotada.

—¿No me oyes? De lo que respondas depende que tu hermano siga o no en el seminario, así que tú verás. ¿Qué cojones ha pasado aquí esta tarde? —gritó fuera de sí.

—Nada —balbució ella con un hilo de voz—. No ha pasado nada.

—Así me gusta, cariño —reaccionó con tono fingidamente afable—. Además es verdad, que no te he tocado un pelo. Ahora arréglate la ropa y vete a lo tuyo.

Antonia salió del baño con la espalda pegada a las paredes, guardando la mayor distancia posible a Monforte. Cuando alcanzó el pasillo, se dio la vuelta y emprendió escaleras arriba una carrera a ciegas a causa del llanto, a gatas en ocasiones, que no terminó hasta que se encerró con un portazo en su habitación y pasó el pestillo con manos temblorosas. Cuando recuperó el aliento, cogió una silla y atrancó la manilla con el respaldo. Después, sin quitar la mirada de aquella puerta que la separaba del horror, caminó de espaldas hasta desplomarse sobre la cama. Y allí, encogida y asustada, lloró como no recordaba haberlo hecho jamás.

Su cabeza era un torbellino. El mundo se le acababa de desplomar sobre los hombros; lo que hasta aquel día consideraba imposible había sucedido, y sentía que todas sus anteriores certezas se habían venido abajo como si un devastador seísmo se hubiera abatido sobre su existencia. Se encontraba paralizada por el pavor, incapaz aún de asimilar todas las consecuencias de lo vivido aquella tarde. Trató de cerrar su mente al recuerdo; sacudía la cabeza con fuerza cuando las imágenes regresaban a ella, pero le resultaba imposible pensar en otra cosa. El golpe seco de la puerta principal la asustó y se incorporó sobresaltada, pero de inmediato el temor se convirtió en alivio cuando oyó la puerta del ascensor y comprendió que Monforte abandonaba la casa, tal como había anunciado. Debía de faltar poco para las siete y sus manos, apoyadas en la falda, seguían temblando. Sintió algo húmedo en el delantal y reparó en que llevaba la misma ropa que el amo había mancillado. Una náusea incontrolable la asaltó y corrió hacia la puerta. Sin embargo, tuvo que detenerse a retirar la silla que la atrancaba, a quitar el cerrojo y cuando salió al pasillo en busca del baño del servicio, el vómito brotó sin remisión. Se encontró arrodillada sobre el suelo de linóleo con las manos salpicadas, mientras la asaltaba el olor agrio y penetrante. Durante un momento se sintió morir, pero vaciar el estómago le produjo un alivio instantáneo. Se levantó y alcanzó el lavabo, donde se limpió bajo el grifo antes de usar la pastilla de jabón. Se enjabonó y se aclaró tres veces antes de tomar agua en el cuenco de las manos para lavarse la cara con agua fría.

Tendría que limpiar aquel desastre antes del regreso de Rosario. Disponía de menos de una hora para hacerlo, así que bajó a la cocina en busca de un pozal y de la bayeta de fregar los suelos. Añadió un chorro de amoniaco para neutralizar el olor y durante diez minutos se esmeró en no dejar rastro. A pesar del calor, abrió las ventanas del pasillo para ventilar el lugar. Bajó de nuevo para dejar todo en su sitio y, de regreso, el temblor en las piernas hizo que volver a subir las escaleras le supusiera un verdadero esfuerzo. Se dejó caer en la cama sin fuerzas y sintió que la náusea estaba allí de nuevo. Con cuidado, apoyó la cabeza sobre la almohada y cerró los ojos.

Oyó sonar el timbre de la puerta y supuso que sería Vicente. A veces el joven, aburrido de seriales y de rellenar crucigramas, subía a la casa en busca de conversación y compañía. Se sentía incapaz de abrir la puerta y rezó para que no se le ocurriera entrar con la llave de la que disponía. Experimentó alivio cuando oyó de nuevo el ascensor.

¿Qué iba a hacer? No podía hablar con nadie de lo sucedido, so pena de que Monforte cumpliera su amenaza, pero no soportaba la idea de volver a quedarse sola en la casa mientras la familia estuviera ausente. Si lo había intentado una vez, aquello podía repetirse, y tal vez entonces no se conformara con masturbarse sobre su falda. ¡Dos meses, dos largos meses por delante! ¿Cómo haría aquel depravado para vivir con aquello sobre su conciencia? ¿Se confesaría de semejante pecado? ¿Y con quién, con mosén Gil? Pensó en las abominables palabras que había dedicado a los curas. ¡Él, don Emilio Monforte, que sentaba a su mesa a mosén Gil y al arzobispo! ¡El mismo que, de cara a la galería, apadrinaba con generosidad a un joven seminarista y hacía aportaciones al seminario! Aquel hombre de rostro desquiciado por la lujuria que acababa de contemplar no podía ser el mismo que el padre de familia engominado que cada domingo pasaba a comulgar en Santa Engracia en compañía de su esposa y precedido por sus dos hijos. Pensó en dejar la casa aquella misma tarde. Si se daba prisa, todavía tenía tiempo de recoger sus cosas y hacer las maletas antes del regreso de Rosario. Podría pasar la noche en casa de Julia y tomar por la mañana el coche de línea que la llevara a Villar de la Cañada. «Ese pueblo de mierda»; las palabras de Monforte aún resonaban en sus oídos. Pero su amiga haría preguntas. ¿Cómo podría explicar aquella huida sin contar la verdad? Ni a Julia ni a nadie. ¿Qué diría en casa? Don Emilio para sus padres era Dios, tal vez su padre ni siquiera la creyera. ¿Y qué le ocurriría a su hermano? Monforte manejaba los resortes necesarios para conseguir que Manuel fuera expulsado del seminario con cualquier excusa, de eso no tenía ninguna duda. El dinero abría puertas, pero también servía para cerrarlas. No, definitivamente no podía abandonar el servicio de los Monforte. El hecho de comprender que se encontraba encerrada en una situación sin salida le produjo una angustia inexplicable, y de nuevo regresó el llanto. Tres horas atrás se encontraba copiando en su cuaderno nuevo y tratando de memorizar sus primeras palabras en francés. Ahora tenía la sensación de que aquello había sucedido en una vida anterior, ya muy lejana.

De nuevo la sobresaltó el motor del ascensor. Después el chasquido de la puerta principal. Comprendió que Rosario regresaba a casa y que no tardaría en subir en su busca al no encontrarla en el piso principal. No habían pasado cinco minutos cuando sus nudillos golpearon la puerta.

—Adelante, está abierto.

—¡Qué raro encontrarte en tu cuarto, chiquilla! ¿No has salido a dar un paseo? ¡Qué calor tienes aquí! ¿Te pasa algo? Déjame que te vea.

Sin dar opción a nada, la cocinera subió dos palmos la persiana y la luz inundó la habitación.

—¡Virgen del Pilar! ¿Pero qué te pasa, muchacha? ¡Tú has estado llorando! ¡Y estás pálida como un muerto!

—No lo sé, Rosario. Me he puesto muy mala y me he tumbado encima de la cama.

—¡Claro, y ese olor a amoniaco! Tú has vomitado. ¡Madre del amor hermoso, y has tenido que limpiarlo tú misma, si se ve que no te tienes! ¡Y yo rellenando sobres y rezando el rosario! Ahora mismo llamaré a don Ramón para que te eche un vistazo.

—Que no, Rosario, que no hace falta. Ya estoy mejor. Habrá sido un corte de digestión, algo que no me habrá sentado bien. De verdad.

—¡Ay, pequeña! Para una vez que me voy y te tienes que poner enferma, con lo mal que se pasa. ¿Y don Emilio? ¿No le has dicho nada a don Emilio? ¡Capaz, con tal de no molestar!

—Se ha duchado y se ha ido enseguida —mintió—. Estaba yo sola.

—Voy a preparar una manzanilla ahora mismo —se ofreció, dispuesta a hacer algo por ayudar, tal vez para compensar su ausencia—. Eso te asentará el estómago.

Antonia no se negó.

—Ponle un poco de tila, por favor. Me he asustado al verme sola, estoy un poco nerviosa.

Aquella noche fue incapaz de conciliar el sueño. Subió a la habitación acompañada por Rosario, pasó el cerrojo y volvió a atrancar la puerta con la silla. Monforte no había regresado a la hora de la cena, y Antonia dio gracias a Dios porque habría sido incapaz de entrar en una habitación donde estuviera él para servirle. Ya tenía pensado fingir una nueva indisposición y dejar que fuera la cocinera quien se hiciera cargo de atenderle. Por fortuna no había sido necesario. La puerta se oyó pasadas las dos de la mañana. No tuvo necesidad de encender la lámpara de la mesilla porque acababa de oír las campanas de Santa Engracia. Siempre le había llamado la atención que las campanas sonaran a su hora y volvieran a hacerlo un minuto más tarde. Mosén Gil le había dado la explicación: el primer toque solía coger dormidos a los parroquianos, o simplemente desprevenidos, y no podían contar las campanadas desde el principio. Así, solo tenían que esperar un minuto para poder hacerlo. Aquella noche Antonia contó todos los toques completos dos veces. Permaneció en la cama en un duermevela salpicado por accesos de llanto al recordar, hasta que, pasadas las siete, oyó a Rosario en el cuarto de baño. Esperó a que bajara a la cocina y entró a asearse. El espejo le devolvió una imagen desastrosa de sí misma, marcada por unas profundas ojeras, ojos enrojecidos y el cabello todavía sin peinar. Se lavó la cara con agua fría y usó el jabón de glicerina que Rosario tenía como único tratamiento de belleza. Se arregló el pelo, se colocó la cofia y se dio pequeños cachetes en los pómulos para ganar un poco de color antes de encontrarse con la cocinera.

—¿Has dormido mal, no es cierto? —adivinó la anciana en cuanto la vio entrar—. ¿Te encuentras mejor o avisamos a don Ramón?

—Estoy mejor, Rosario, gracias —mintió de nuevo.

—Espera que eche un poco más de leche al cazo.

—No, no. —Le puso la mano en el brazo para detenerla—. No creo que me sentara bien. Me calentaré agua para una manzanilla.

—Pero no puedes estar sin comer nada en todo el día, criatura —le advirtió.

—Mujer, solo hasta que se pase esto. Ya sabes que otras veces don Ramón recomienda un día entero a dieta y beber agua con bicarbonato.

Desayunaron juntas para evitar que Rosario se preocupara más de la cuenta, pero Antonia no pudo reprimir una arcada con el simple olor de la magdalena que la cocinera untaba en su tazón.

—Anda, sube y échate un rato más. Ya me encargo yo de darle el desayuno a Vicente cuando suba y de servírselo al señor cuando llame.

—Te lo agradezco, Rosario. Creo que te voy a tomar la palabra. Te seré de más ayuda si consigo que se me pase este malestar —aceptó aliviada. En realidad, sentía el malestar del que hablaba, pero se debía a la posibilidad de tener que enfrentarse cara a cara con Monforte si había de servirle el desayuno en el comedor. La simple evocación de la escena reavivaba la náusea y reprimió una nueva arcada antes de salir de la cocina.

Tumbada sobre la cama, con la mirada fija en las sombras caprichosas que la luz de la mañana dibujaba en la pared al atravesar la persiana y los visillos, oyó los ruidos de la casa que en otras circunstancias hubiera producido ella misma. Decidió que la mente le estaba jugando una mala pasada cuando creyó percibir pisadas en el suelo de linóleo del pasillo, porque aguzó el oído y no se repitieron. Faltaba poco para las nueve cuando oyó el sonido que esperaba. El chasquido de la puerta le indicó que Monforte acababa de salir, así que se incorporó, se atusó el uniforme y retiró el cerrojo de la puerta antes de abrir.

—¡Pues sí que te has recuperado pronto! —se extrañó Rosario, que lavaba el servicio de desayuno recién retirado.

—Puedo ir haciendo cosas, en la habitación se me cae el techo encima —se explicó Antonia mientras sacaba una gamuza de un cajón y cogía un plumero colgado detrás de la puerta—. Quitaré el polvo del salón y del gabinete, eso es llevadero.

Salió de la cocina y se dirigió al salón principal. La brisa de la mañana refrescaba la estancia y hacía oscilar las cortinas, aunque también arrastraba de manera imperceptible el polvo que terminaba posándose sobre los muebles y los abundantes objetos decorativos de doña Pepa. Le iba a costar más entrar en el gabinete de Monforte. El simple recuerdo de su olor le causaba repulsión, y por eso mismo decidió empezar por allí. Tantos años de trabajo le habían enseñado que lo mejor era terminar cuanto antes con las tareas ingratas, así que siguió el amplio pasillo y accionó la manilla dorada de la sólida puerta. Un grito ahogado se escapó de su garganta cuando se encontró frente a Monforte, en pie en medio del despacho.

—Perdone, creía que había salido —acertó a excusarse. De inmediato dio un paso atrás dispuesta a marcharse de allí.

—No te vayas, me iba ya. He vuelto a por unos papeles que me había dejado. Entra un momento y cierra la puerta.

Antonia supo que mentía. De haber regresado se habría oído la puerta, y no había sucedido tal cosa. La única explicación es que hubiera dado un portazo sin llegar a salir con la intención de engañarla. Sintió que las piernas le temblaban de nuevo.

—Que cierres te he dicho —ordenó sin contemplaciones, y Antonia obedeció. Se quedó pegada a la puerta, sin ocultar su temor.

»Podría parecer que tratas de evitarme. Solo has bajado cuando creías estar segura de que me había ido. —Monforte confirmó la sospecha de Antonia.

—Me encontraba indispuesta —aseguró con un hilo de voz.

El hombre que tenía ante sí era una persona completamente

distinta al monstruo que la había asaltado la tarde anterior. Con el traje recién planchado, los mocasines lustrosos, una elegante corbata de rayas y el cabello bien cortado, su imagen era la de un respetable caballero de modales refinados y moral intachable.

—No quiero que te comportes como si me temieras, podrían sospechar. Y eso no te conviene —le advirtió—. Si lo que tú sabes llega a oídos de alguien, lo lamentarás. En esta casa no ha pasado nada, eso ya quedó muy claro ayer. Y si tienes la ocurrencia de ir con el cuento a quien no debes, has de saber que seré yo quien te acuse de insinuarte para ganarte mi favor. Juraré que, aprovechando la ausencia de mi mujer, entraste en el baño mientras me duchaba y te mostraste medio desnuda para provocar mi reacción, algo que rechacé para tu disgusto, provocando tu despecho y tu afán de venganza. Y te aseguro, criatura, que será a mí a quien crean. ¿Has entendido?

Antonia cerró los ojos, incrédula y aturdida. Quizá Monforte interpretó el gesto como una afirmación.

—Muy bien. Quiero que te comportes en cuanto a mí como lo hubieras hecho hace veinticuatro horas. Acudirás a mis llamadas como siempre, no rehuirás ningún servicio y te asegurarás de que nadie sospeche nada. De lo contrario, te aseguro que te arrepentirás. —Monforte se había acercado a la puerta, llegando a rozar a Antonia, que se apartó en un movimiento casi reflejo. Sin embargo, se limitó a abrir la manilla para salir al exterior.

»He de darme prisa o llegaré tarde a la primera reunión con mis clientes. Maldita memoria la mía.

25

Viernes, 3 de agosto

Antonia descendió con sigilo las escaleras desde la cuarta planta. Cuando Monforte estaba en casa, procuraba no usar el ascensor para evitar dar pistas sobre su paradero. Como cada tarde, encontró a Vicente adormilado en la portería, recostado en el cómodo sillón desde el que divisaba el amplio recibidor del edificio. Cuando el trabajo en la casa se lo permitía, se escabullía del piso y bajaba a seguir el serial de la tarde en la radio de lámparas del portero. Las últimas semanas, cansada de la constante compañía de Rosario, con la que había agotado los temas de conversación, alargaba la escapada un poco más para escuchar la emisión diaria del consultorio de Elena Francis, a la que había terminado por tomar apego. De alguna manera, escuchar los problemas de otras mujeres la hacía sentirse acompañada en el sufrimiento propio, y la voz dulce y armoniosa que emitía el aparato con los acertados consejos de aquella mujer, que le parecía admirable, tenían el asombroso efecto de hacerle olvidar su angustia y de apaciguar durante un tiempo su espíritu atormentado.

El mes transcurrido desde la agresión de Monforte había sido un verdadero calvario, a excepción de los dos fines de semana que había pasado él en San Sebastián en compañía de doña Pepa y de sus hijos. Sus hábitos de trabajo se habían alterado por completo. Esperaba a que él saliera de la casa para correr a realizar las tareas en su dormitorio, las del baño del matrimonio, el gabinete, el salón, el comedor y los pasillos de la parte más noble de la vivienda. Evitaba por todos los medios quedarse sola si él estaba presente o intuía que podía regresar, aunque no siempre era posible prever sus andanzas. Así, se había convertido en la sombra de Rosario, con quien había comenzado la tarea de poner por escrito todas las recetas que la cocinera guardaba en su memoria. Había arrancado para ello las primeras hojas del cuaderno de francés que había abandonado en la lección primera; en parte porque aprender francés era una tarea solitaria y lo que ansiaba era compañía; en parte porque le traía recuerdos de aquel día aciago. Para satisfacción de la anciana, había escrito con letras mayúsculas en la portada *LAS RECETAS DE ROSARIO,* y allí, una tarde tras otra, sentadas a la mesa de la cocina, había ido poniendo negro sobre blanco sus platos más celebrados. Las patatas a la importancia, la merluza rellena de marisco, los garbanzos con bacalao y los calabacines rellenos con salsa bechamel ocupaban las primeras hojas junto a sus recetas de repostería: los buñuelos con crema, las galletas de nata, los pastelillos de bizcocho borracho y sus estupendos cafareles. Pero allí estaban también las recetas más de diario, como las llamaba Rosario, y por eso había anotado cada detalle de su coliflor al horno, de las croquetas de jamón, el cardo con almendras y los huevos rellenos de atún.

Por Sebastián estaba al corriente de los planes del amo, aunque no solo por eso buscaba su compañía, al igual que hacía con Vicente. Llegó a pensar si los dos jóvenes llegarían a malinterpretar su interés repentino por pasar el tiempo con ellos, pero aquel era un problema nimio comparado con el peligro que trataba de conjurar. Temblaba cuando el chófer le informaba de que Monforte no tenía intención de salir de casa y había adquirido la costumbre de dar prolongados paseos; se sentaba durante largas horas en los bancos de la plaza de José Antonio o, si el calor lo hacía imposible, buscaba el frescor de la basílica del Pilar, de la catedral de la Seo o de cualquier iglesia que encontrara abierta. Algunos días iba con la cocinera a rezar el rosario o, con precaución para no resultar molesta, se pasaba por el taller de Julia y Rosita con la excusa de ver a Miguel, a quien solía llevar alguna fruslería. También había acompañado a Martina en alguno de sus paseos, hasta el punto de que el pequeño empezaba a tomarle afecto.

Cuando se aproximaba la hora del regreso, sentía como si una mano poderosa se cerrara en torno a su cuello impidiéndole respirar. Trataba de convencerse a sí misma de que no había razones para aquella ansiedad que le había quitado el apetito, que le impedía descansar por las noches y que le estaba proporcionando un aspecto demacrado que empeoraba día a día. Pero no lo conseguía, porque la amenaza seguía ahí. Se despertaba agitada y envuelta en sudor en medio de pesadillas en las que el protagonista era aquel hombre, convertido en un animal fuera de control, pero en ellas la agresión iba más allá, no se conformaba con vaciarse sobre su delantal, sino que utilizaba toda su fuerza para mancillarla. Entonces se despertaba pidiendo socorro a gritos y era incapaz de volver a conciliar el sueño, con la mirada fija en la manilla de la puerta.

Al menos en dos ocasiones durante las primeras semanas del verano, la manilla había girado durante la noche. Estaba segura de ello, sabía que Monforte estaba al otro lado, y había llegado a gritar aterrada y entre lágrimas un «váyase de aquí». Desde la primera vez en que sucedió, dormía con la lamparita de la mesilla encendida hasta que la luz del alba se filtraba por la ventana, lo que le supuso la reprimenda de Rosario, que veía la rendija bajo la puerta cuando se levantaba a orinar de madrugada. Mentía cuando le decía que se quedaba dormida con un libro entre las manos, pero había terminado por cubrir la rendija con varios paños doblados que guardaba en el cajón de la mesilla. Pero desde el 7 de julio esas visitas no se habían vuelto a repetir y, casi un mes después, albergaba dudas de que aquello hubiera sido real y no fruto de su imaginación. Después, las pesadillas recurrentes habían contribuido a convencerla de que aquella manilla en movimiento y los pasos amortiguados por el linóleo solo habían existido en sus sueños, pero no por ello el miedo con el que afrontaba la llegada de la noche era menor.

La conocida sintonía del consultorio de Elena Francis hizo que Vicente y ella se sentaran dispuestos a escuchar la lectura de las siete cartas que cada día la señora Francis respondía con asombrosa sensatez, a juicio de Antonia. Eran asuntos a veces escabrosos que llevaban a los oyentes, la mayor parte mujeres, a enviar sus consultas a la dirección de la calle Pelayo, 56, en Barcelona.

—Con los cientos de cartas que recibirán, qué emoción para las afortunadas que Elena Francis escoja la suya para contestarla en antena —comentó Antonia.

—Pero dicen que todas reciben respuesta por escrito a la dirección del remite si no resultan elegidas.

—¿Es eso cierto? —se extrañó—. Pobre mujer, aún es más admirable su trabajo.

La sintonía dio paso al saludo diario de la locutora que enseguida procedió a la lectura de la primera carta. Se trataba de una chica muy joven, de dieciséis años recién cumplidos y estudiante de sexto de bachillerato. Según contaba, dos meses atrás la habían invitado a una fiesta de cumpleaños con unas amigas y allí estaba el chico que siempre le había gustado. El muchacho le prestó atención y bailó con ella, e insistió en que se quedara cuando sus amigas se marcharon. Se habían besado y el resultado fue un embarazo. El chico, al enterarse, había respondido que él no podía ser el padre y la joven se mostraba desesperada y sin saber qué hacer, pues aún no había dicho nada en su casa.

—¿Dé qué te ríes? Pobre chica —se extrañó Antonia.

—Mujer, de darse un beso ha pasado a decir que estaba embarazada —contestó Vicente riendo—. Se ha olvidado de contar lo que pasó entre medio.

Antonia sintió que se sonrojaba. Por un momento pensó si hacía bien en escuchar aquel tipo de programas a solas con un hombre, por mucho que fuera el portero y se conocieran desde hacía mucho tiempo.

—¡Calla, calla, a ver qué le dice! —chistó.

«Mi querida amiga —Elena Francis siempre encabezaba de esta forma sus respuestas—, es lógico que el muchacho rechace la paternidad y te abandone. Hay que aceptarlo sin traumas ni histerismos. De lo que se trata es de que tú y tu familia aceptéis este embarazo y al niño, procurando que este hecho, que sin duda provocará problemas familiares, de relación social y laboral, no complique gravemente tu vida...»

—Pues eso, le está diciendo que es una fresca y que apechugue con lo que ha hecho —insistió el portero.

Antonia calló sin prestar atención al resto de la respuesta. En esta ocasión no estaba de acuerdo, pensaba que el chico debería asumir su responsabilidad y casarse con la joven, pero prefirió no llevarle la contraria a Vicente. Otras veces se habían enzarzado en discusiones que no les permitían escuchar el resto de las consultas.

La carta siguiente correspondía a una oyente de veintiséis años, madre de cuatro hijos, que pedía consejo acerca de la manera de reaccionar ante la actitud de su marido. «Acompaña a otra mujer, y otras cosas que despiertan murmuraciones en el vecindario», escribía en su carta.

—Vamos, que le pone los cuernos —tradujo Vicente, consciente de que en la mayor parte de aquellas cartas se recurría a eufemismos para evitar nombrar la causa del sufrimiento que dejaban entrever, ya fuera una infidelidad, una violación o los malos tratos del esposo.

Mi querida amiga, procure arreglarse todo lo posible dentro de los medios que posea. No quiero indicarle con esto que se acicale como si fuera a bailar, pero sí que él la encuentre siempre pulcramente aseada y tratándole como si nada supiera. Es mucho mejor simular que se ignoran ciertas cosas cuando no tenemos fuerza moral sobre aquella persona para salir triunfantes de la discusión, porque el mínimo cuidado que tienen para no dar un escándalo, cuando ven que se conoce su secreto, ya tanto les importa, y se complacen en desafiar la opinión de todo el mundo y se les hace más difícil la vuelta al seno familiar. Puede ser que no tenga la importancia que usted cree y por tanto no se ha de rebajar hasta el extremo de buscar detalles de mal comportamiento de su esposo, el cual no dude que algún día se dará cuenta del mal que le ha hecho. Sé que es muy duro resistir que el marido no se porte debidamente, pero en la situación en que usted se halla es mejor que se haga la ciega, sorda y muda, porque lleva tras de sí a cuatro seres inocentes de las faltas de sus padres, y por los cuales debe sacrificarse completamente. Procure hacer lo más grato posible su hogar, no ponga mala cara cuando él llegue y, sobre todo, no admita en su casa a personas que le vayan con chismes y cuentos sobre su conducta, porque esas personas no llevan buen fin; de lo contrario a quien amonestarían es a su esposo, sin que usted se enterara de sus andanzas para evitarle sufrimientos. Recuerde que está completamente sola de apoyo familiar y que debe vivir, sobreponerse para seguir adelante con sus hijitos y para reconquistar a su marido, pensando que, si se arrincona y únicamente sabe llorar recreándose en sus dolores, nunca lo conseguirá. Si se hace fuerte, valiente, mostrándose alegre, aunque por dentro esté irritada, llegará a posesionarse de su papel y le será más fácil su vida. Cuesta, es verdad, pero si usted tiene fuerza de voluntad lo conseguirá. Nada podrá con lágrimas y rodeándole de un ambiente triste. Por lo mismo, hágale ver que nada sabe y muéstrese más amorosa que nunca y realce sus encantos tanto como pueda. Y si les ve juntos no se altere, haga como si tal cosa y ofrezca al Señor ese sacrificio. Piense que, si de usted se cansó y se ha alejado, que es su esposa legítima ante Dios y ante los hombres, de esa mujer se cansará lo mismo y mucho antes, y no vacilará en dejarla para volver a su lado. Y cuando así ocurra, ábrale los brazos, no le haga reproches, olvide y perdone, y vivan el resto de sus días felices. No crea que luchar por la conquista de su esposo, del padre de sus pequeños, sea humillante. Usted luche bravamente por lo suyo, y si bien no debe consentir que él la humille dentro del hogar, mejor ignorar lo que sucede fuera, y posesiónese de su papel de esposa, papel que nadie más puede representar. Ante sus hijos ganará mucho, y el día de mañana su propio esposo se avergonzará de haberse portado mal con esposa tan fiel, tan digna y tan buena. No se canse de rezar cada día un avemaría a la almita del purgatorio más sola de preces, la que más las precisa, y ruegue a la Virgen de los Dolores que tanto quiere a las mujeres que sufren para que haga soportable su dolor y para que le dé ánimo para luchar por la felicidad de sus hijos y para la reconquista definitiva del hombre que tomó por esposo. No le importe escribirme a menudo, nunca me pesará consolar en la medida de mis fuerzas a una esposa dolorida, a una mujer que sufre intensamente por el mal comportamiento del esposo. Cuente conmigo para desahogar sus penas. Procuraré ayudarla a llevar la cruz que tanto la agobia con el cariño que su soledad se merece.[1]

La tercera carta correspondía a un joven emigrante andaluz que había dejado en el pueblo a una viuda muchos años mayor que él con un hijo de cuatro años del que era padre. Una vez en Barcelona, había conocido en la fábrica en la que trabajaba a una muchacha de la que estaba profundamente enamorado. Pedía consejo a Elena Francis acerca de la actitud a seguir y le preguntaba si tenía derecho a rehacer su vida para ser feliz o debía hacerse cargo de su hijo y casarse con aquella mujer con la que no tenía nada en común.

Pero Antonia había dejado de escuchar. Mientras la voz suave de la locutora desgranaba los detalles de aquella carta que lanzaba al

1. *Las cartas de Elena Francis. Una educación sentimental bajo el franquismo.* Armand Balsebre y Rosario Fontova. Ed. Cátedra. Barcelona 2018. (Emisión de noviembre de 1951.)

aire la zozobra de un ser lejano y desconocido, su mente había regresado a sus propios problemas. Por un instante pensó en la posibilidad de que una de aquellas consultas correspondiera a una criada en su misma situación, y sintió un estremecimiento. Para ella sería de gran ayuda escuchar la respuesta de Elena Francis. Un mes después de la agresión, las dudas se agolpaban en su cabeza. ¿Qué debía hacer? ¿Callar y seguir en aquella casa como si nada hubiera sucedido? ¿Pensar que había sido solo un episodio puntual fruto del exceso de alcohol, un momento pasajero de descontrol que no se volvería a repetir? ¿O dejar la casa y regresar avergonzada al pueblo habiendo sido incapaz de cumplir la tarea que sus abnegados padres le habían encomendado? Lo que de ninguna manera contemplaba era la opción de contar a nadie lo sucedido, y mucho menos a doña Pepa, porque no dudaba de que su agresor ejecutaría de manera implacable sus amenazas. En alguna ocasión Elena Francis recomendaba poner los asuntos más escabrosos en manos de un confesor, pero su director espiritual no era otro que el párroco de Santa Engracia, lo que, a pesar del secreto de confesión, equivalía a una denuncia, teniendo en cuenta su estrecha relación con la familia Monforte.

Asintió sin prestar atención a alguno de los comentarios de Vicente, pero de nuevo el tormento que sufría se había apoderado de su pensamiento. Faltaba más de un mes hasta el regreso de doña Pepa y a estas alturas estaba segura de que él sería incapaz siquiera de insinuarse en su presencia, pero aquel tiempo hasta septiembre se le antojaba interminable.

Pensó en confiarse a Julia en busca de ayuda. Recordaba la conversación en que le había aconsejado tener cuidado con los hombres. No era posible que se estuviera refiriendo a Monforte, ella no tenía forma de saber que la imagen del amo era solo una máscara. Julia era una joven distinta a la mayoría, con criterio propio, crítica en ocasiones con el papel que aquella sociedad, según ella cerrada y opresora, asignaba a las mujeres. En más de una ocasión le había hablado de su sueño truncado de viajar a Francia en compañía de Miguel, un lugar donde nadie miraba con desconfianza a una mujer capaz de mantenerse a sí misma con un empleo y sin la necesidad de depender de los ingresos de su esposo. A veces la propia Antonia había pensado que su amiga se dejaba llevar por ideas demasiado avanzadas, imbuida por el pensamiento radical y libertario de Miguel, que al fin y al cabo había sido un republicano de izquierdas opuesto a la ley y el orden que representaban el régimen del Caudillo y la santa Iglesia católica. Sin darse cuenta, se sorprendió negando con la cabeza: contarle lo sucedido le resultaba demasiado violento a pesar de la amistad que las unía y, además, temía su reacción. Una vez revelado su secreto, el asunto quedaría fuera de su control y tal cosa supondría una preocupación añadida a la que ya amenazaba con superar su capacidad de resistencia.

—¡Virgen del Pilar! —exclamó entonces Vicente—. ¡Su propio padre! ¡El mundo está lleno de degenerados!

Antonia negó con la cabeza con gesto de consternación, con la esperanza de que fuera respuesta suficiente y el portero no se percatara de que sus propios problemas la absorbían hasta el punto de no prestar atención a lo que en él provocaba aquella reacción. Y en aquel momento una opción empezó a abrirse paso en su cabeza. Si aquellas mujeres, tan atribuladas como ella, tomaban la decisión de coger el lápiz y contar su problema en una carta en busca de consejo, ¿por qué no podía hacer ella lo mismo? Desechó la idea de inmediato, sin embargo. Aunque la probabilidad de que la carta fuera leída en antena era muy pequeña, solo imaginarlo le producía pánico. Vicente o cualquiera que la conociera podrían atar cabos y deducir que se estaba hablando de Monforte. Aunque también podría alterar algunos detalles, como la ciudad de procedencia, pero en tal caso el matasellos la delataría. Y si la respuesta era por correo, como era habitual, toda la correspondencia que llegaba a la casa pasaba por las manos de Vicente. Ignoraba si las cartas remitidas desde el consultorio llevaban remite o algún tipo de membrete, pero no podía arriesgarse.

La puerta exterior se abrió y Antonia salió de su ensimismamiento. El consultorio de aquella tarde estaba llegando a su fin, y Vicente se levantó como movido por un resorte cuando vio a Monforte cruzar el recibidor. Antonia había tenido la precaución de colocarse dentro de la portería en un lugar donde no podía ser vista desde la escalera, y en aquel momento se alegró sobremanera. Tras él entró Sebastián cargado con varios paquetes al parecer pesados. Llegó a tiempo de sujetar la puerta con el pie antes de que se cerrara y la empujó con el hombro, ya que el amo no se había molestado en sujetársela.

—Ayúdale —ordenó a Vicente por todo saludo—. ¿Están en casa Rosario y Antonia?

—No las he visto salir, aunque Rosario no tardará en pasarse a Santa Engracia.

—Sube y dile a Antonia que prepare el baño mientras hago unas llamadas desde el gabinete. Mañana madrugaremos —anunció volviéndose hacia el chófer—. Tenlo todo preparado porque en cuanto se haga de día quiero estar en marcha. Que el calor nos alcance al menos cuando hayamos pasado Pamplona.

—Descuide, don Emilio, a las seis y media estará el equipaje cargado.

Antonia no habló hasta que el ascensor se detuvo en la cuarta planta.

—Gracias, Vicente.

—Sé que no te gusta que sepa que bajas a escuchar la radio conmigo. Ya veo que te colocas siempre en el rincón que no se ve desde la puerta —sonrió.

—Este es más agudo de lo que aparenta —se burló Sebastián, al tiempo que dejaba los paquetes sobre la mesa de la portería.

—Vaya humor que trae, ¿no?

—Lo llevo mañana a San Sebastián y doña Pepa le ha hecho varios encargos. —Señaló los envoltorios—. Entre el calor, y que ha tenido que dejar sus asuntos sin resolver, está que muerde.

—¿Pero no os ibais el lunes? —preguntó Antonia, dispuesta a subir las escaleras.

—Los han invitado mañana a una cena con gente importante. Y además es en Fuenterrabía, a veinticinco kilómetros de San Sebastián, así que me tocará trasnochar.

—¿Para volver a recogerlos después de la cena?

—¡Quia! ¡Me toca esperar en el coche a que terminen! Y gracias a que estamos en verano, que en invierno me he chupado nevadas envuelto en una manta hasta que han querido salir a las tantas.

—¿Y no os dejan entrar en la casa a esperar, aunque sea en la cocina? —se extrañó Antonia.

—¡Qué va, qué va! En raras ocasiones, aunque depende del que organiza el sarao. ¿Sabéis lo que me dijo Monforte un día de febrero a las cinco de la mañana con un dedo de escarcha encima del capó? Que el coche olía a cerrado y que había que tenerlo ventilado. ¿Os lo podéis creer?

—¿Y cuándo volvéis? ¿Te lo ha dicho ya?

—Esta vez parece que va para largo, se quedará toda la Semana Grande.

Antonia no pudo evitar un suspiro de alivio. Aquella noticia significaba que se iba a librar de la presencia de Monforte durante casi dos semanas.

—¡Pobre Francisca, ella se va a cargar con todo! —se le ocurrió decir para disimular su euforia—. Si él está allí, durante las fiestas tendrán invitados a diario.

No contaba con una ausencia tan prolongada, que suponía una oportunidad para viajar unos días al pueblo y acompañar a sus padres en las fiestas patronales. Pero se presentaba un obstáculo insuperable: en aquellas circunstancias, de ninguna manera iba a abordar al amo para solicitar su permiso. Pero la posibilidad de dejar por unos días aquella casa que se había tornado en prisión, de volver a respirar el aire de la montaña en Villar de la Cañada y de poder olvidar la imagen grotesca de Monforte, que entre aquellas paredes pugnaba por regresar día y noche, se dibujaba ante ella como una verdadera liberación. Su cabeza bullía; llegó a barajar la posibilidad de tomar el coche de línea aun sin permiso, pero tal vez no fuera necesario. Lo mejor sería fingir que había olvidado tratar el tema con don Emilio y, de manera excepcional, utilizar el teléfono del gabinete para llamar a Villa Margarita mientras él estaba de camino. Tal vez llamara la misma doña Pepa, como en otras ocasiones, para preguntar si su esposo y Sebastián habían salido ya.

—¿Quieres que te ayude a bajar las maletas de Monforte del desván? —La voz de Sebastián la devolvió a la realidad. Y era una realidad que la asustaba, pues aquella noche el causante de sus congojas aún estaría en la casa.

—Sí, te lo agradezco, Sebastián. Además, tienes que subir a decirme que le prepare el baño, que yo oficialmente estoy arriba —dijo entre risas, presa de una euforia repentina.

—¿No te pica la curiosidad por saber lo que contienen todos esos paquetes?

—Claro que sí, si no tienes otra cosa que hacer me lo cuentas mientras preparo el baño y la maleta de don Emilio.

Temía aquel momento en que había de permanecer a solas en el dormitorio. Monforte elegía los trajes y las camisas que iba a llevarse, las dejaba en sus perchas encima de la cama y eran Antonia o Francisca las encargadas de doblarlas cuidadosamente y disponerlas en el interior de la maleta. Con Sebastián apoyado en la puerta dándole conversación de manera despreocupada como solía, estaría más tranquila. Le parecía inverosímil que Monforte pudiera siquiera pensar en acercarse a ella con el chófer y Rosario en la casa, pero con su presencia evitaría también cualquier comentario que no estuviera referido a su trabajo. El abogado salió del cuarto de baño ya en pijama y con las zapatillas de andar por casa, intercambió con Sebastián unos comentarios acerca del viaje que habían de emprender en unas horas y se dirigió al gabinete para hacer las últimas llamadas telefónicas antes de dejar Zaragoza.

Llegó la hora de la cena y Antonia comprendió que su miedo había sido infundado. Las maletas habían quedado listas en el recibidor a la espera de que Sebastián las cargara en el Citroën por la mañana y, como la hora de la cena se echaba encima, se dirigió a la cocina para ayudar a Rosario. Pocos minutos más tarde entró Monforte para advertirles que no era necesario que dispusieran el comedor, pues comería cualquier cosa con ellos y se acostaría pronto para estar listo a las siete. Se sentó frente a Sebastián y le anunció que aquel mismo lunes emprenderían viaje a Bilbao para solucionar allí cierto asunto de negocios en una cita que acababa de concertar por teléfono. Era otro hombre, amable y cordial, tan distinto al que Antonia temía que se preguntaba cómo era posible aquel cambio de papeles.

Ella misma dispuso los platos para los cinco y colocó en el centro de la mesa una ensalada de verano. Para su sorpresa, Monforte, en contra de su costumbre, cogió un trozo de pan, asió el tenedor y se llevó a la boca un trozo de tomate. Después pinchó una oliva negra y dejó el hueso en el borde del plato. Y por fin, cogió la jarra del vino y sirvió un vaso a los dos hombres antes de llenar el suyo.

—A ver si nos acordamos de traer un par de garrafas de La Rioja cuando volvamos de vacío —dijo mirando a Sebastián—. Que este vino se puede masticar.

Cenaron una crema de patatas y puerro, tortillas de jamón y melocotón con vino junto a un Monforte hablador y afable. Se disponía a levantarse de la mesa cuando se detuvo, con los brazos apoyados sobre el mantel que Rosario había colocado aquella noche para cubrir el hule de plástico.

—Y tú, Antonia, ¿por qué no aprovechas estos días que va a estar la casa vacía para marchar a ver a tus padres?

La pregunta la sorprendió mientras dejaba en el fregadero los vasos de la cena. Uno de ellos se le resbaló entre los dedos y cayó con estrépito encima de los platos, aunque no llegó a romperse. Tardó en contestar, aturdida por lo inesperado del ofrecimiento.

—Había pensado pedírselo pero, si le digo la verdad, no me he atrevido a hacerlo.

—¡Como si me tuvieras miedo! —replicó—. Es que no sé qué hacéis aquí las dos solas. Con que se quede Vicente al cuidado de la finca es suficiente. Te pasas a comer y a cenar estos días a la fonda de la Estrella y asunto arreglado. Que lo carguen a mi cuenta.

—Yo, si me lo permite, prefiero quedarme aquí —respondió Rosario haciendo aspavientos. Los pliegues de piel de los brazos danzaban al ritmo de sus negaciones—. En el pueblo van a ser las fiestas y no estoy para verbenas, solo voy a molestar. ¡Anda que no estoy tranquila en casa, sin arrastrar maletas de aquí para allá! Y de paso, Vicente está servido.

—Pues no se hable más, pásate mañana por el seminario, pregunta si le dan permiso a tu hermano y os vais juntos. Y si no, que te acompañe Vicente al coche de línea o al tren de Utrillas.

Por primera vez en semanas Antonia durmió sin pesadillas. Pasó el cerrojo y aseguró la puerta con la silla, pero quería pensar que el peligro, que hasta aquel día le parecía inminente, empezaba a alejarse. Tal vez don Emilio hubiera recapacitado, tal vez incluso se hubiera confesado de su desviación y estuviera siguiendo las indicaciones de su director espiritual, que sin duda estaba al corriente de las pulsiones que se apoderaban de él y le impelían a llevar a cabo actos tan monstruosos como el que había sufrido en sus carnes. De hecho, había comprobado que después de aquello había vuelto a pasar a comulgar, lo que indicaba que su alma ya no podía estar en pecado mortal. ¡Era aquello! Se había confesado, sin duda. No podía ser que aquel hombre en apariencia recto y cabal tuviera un alma tan negra que fuera refractaria al arrepentimiento, a la aceptación de su culpa y al propósito de enmendarse. Así se lo había escuchado decir en infinidad de ocasiones a Elena Francis, a los hombres había que darles la oportunidad de la contrición y no, por una caída, cerrarles la puerta al retorno a una vida recta. Había hecho lo correcto teniendo paciencia en vez de correr a acusar a don Emilio ante el primero que quisiera oírla, arruinando así tal vez su vida, su honra y, por añadidura, la de toda la familia. Aquella noche dio gracias a Dios por haberle dado templanza y prudencia y le rezó sin descanso hasta quedar atrapada por un sueño plácido y reparador.

Abrió los ojos antes del alba con cierta zozobra. Tal vez en el duermevela que precede al despertar recordó que la tarde anterior había olvidado recoger el cuarto de baño. Imaginó entre sueños el suelo encharcado por las salpicaduras y a Monforte resbalando al entrar a asearse por la mañana. Pensar en la posibilidad de que se lesionara y tuviera que cancelar el viaje a San Sebastián la impulsó como un resorte de la cama. Se maldijo por su falta de cuidado, pero, si se daba prisa, lo tendría listo antes de que se levantara. No se entretuvo en asearse ella misma ni en vestir el uniforme, sino que se abotonó una bata de faena y, descalza para no hacer ruido, bajó las escaleras con sigilo y casi a tientas.

Aún no había amanecido, así que tuvo que encender la luz del pasillo para recoger en la cocina la palangana con las cosas de limpieza. Como imaginaba, sintió el suelo del baño mojado bajo sus pies descalzos, así que usó la bayeta todavía húmeda de la mañana anterior y la escurrió varias veces con las manos en el lavabo. Después usó lejía y jabón para limpiar con prisa la encimera y la bañera, y por fin se detuvo en el inodoro. Dejó para el último momento tirar de la cadena para evitar el ruido que pudiera despertar a Monforte. Usó después un paño seco para el espejo, la grifería y los apliques, arrojó la toalla usada hacia la puerta y se dispuso a salir fregando el suelo con la bayeta bien escurrida. Ni siquiera había cogido la almohadilla para protegerse las rodillas, así que pudo sentir en la piel el fresco de las baldosas húmedas. Fregaba con energía retrocediendo hacia la puerta a medida que el roce rítmico de la bayeta dejaba impecables las baldosas blancas. Se detuvo para aclarar y le pareció oír un sonido similar, como si aquel roce persistiera durante un instante. Volvió la cabeza hacia la puerta, pero el pasillo en penumbra estaba desierto, así que siguió fregando, apartando de su cabeza fantasmas a los que ya no tenía sentido temer. Se acercaba a la puerta cuando oyó con claridad un ruido a su espalda. Habría jurado que se trataba del chasquido que a veces producen las rodillas al cambiar de postura. Se puso de pie asustada y entonces sí, oyó pisadas apresuradas en el pasillo. Con temor, asomó la cabeza a tiempo de percibir una sombra que se perdía en dirección al dormitorio.

Tal vez Monforte se había levantado a aliviar la vejiga y, al encontrarla limpiando, se había retirado al dormitorio para esperar a que terminara. Pero hacía unos minutos que había oído un primer roce a su espalda. ¿Habría estado observándola desde la puerta cuando fregaba agachada? Salió al pasillo para encender de nuevo el interruptor y entonces sintió bajo sus pies descalzos algo viscoso y cálido. Retiró el pie y, a la luz de la bombilla, observó varias gotas blanquecinas sobre la tarima de madera. Comprendió con horror que aquello que acababa de pisar era la semilla de Monforte, que había derramado mientras la observaba. Quedó paralizada por un terror repentino, pero arrojó la bayeta al suelo y se frotó asqueada la planta del pie sobre ella. Con el corazón palpitando de manera acelerada, salvó los metros que la separaban de la escalera y las subió de dos en dos sin mirar atrás. Llegó a su habitación sin aliento, con el temor de sentir en cualquier momento una mano que la aferrara para detenerla. Apenas acertó a pasar el cerrojo, tal era el temblor que sacudía sus manos. Volvió a atrancar la manilla con el respaldo de la silla y se detuvo ante ella con los brazos caídos, derrotada e indefensa. Retrocedió con lentitud, tratando de buscar otra explicación a lo que acababa de pasar, reacia a creer lo evidente, y se dejó caer sobre la cama al tiempo que un llanto incontenible se apoderaba de ella.

Había sido incapaz de salir de allí hasta que estuvo segura de que Monforte y Sebastián habían emprendido viaje. Tuvo que mentir de nuevo a Rosario para simular una indisposición cuando llamó a la puerta extrañada por su retraso. Pidió a la anciana que se hiciera cargo de los desayunos y que la excusara, pero al poco fue Sebastián quien golpeó la puerta con los nudillos, preocupado. No pudo abrir para evitar que viera sus ojos enrojecidos, pero trató de hablarle con tono firme y despreocupado, a pesar del hipo provocado por el llanto que la asaltaba. Se despidieron hasta la vuelta a través de la puerta, a pesar de que sabía que aquello iba a acrecentar la preocupación del joven.

El alivio que sentía por la marcha de Monforte no podía compensar en aquel momento la certeza de que la amenaza seguía presente y, sobre todo, que lo había estado todo aquel tiempo. La posibilidad de escapar de aquella casa regresó con fuerza a su pensamiento en el tiempo que permaneció derrumbada sobre la cama. No se sentía con fuerzas para levantarse, a pesar de que tenía pensado tomar el tranvía para llegar hasta el seminario a contarle a Manuel que disponía de permiso. Confiaba en que el rector se lo concediera a él también y pudieran presentarse juntos de nuevo en Villar de la Cañada, pero eso tendría que aguardar. Necesitaba con desesperación aclarar sus pensamientos, se sentía demasiado confusa y alterada para tomar decisiones y la sola posibilidad de estar en presencia de otras personas le causaba una desazón que la ataba a la cama.

26

Sábado, 4 de agosto

Saber a Monforte a cuatro horas de viaje le proporcionaba la única razón para la tranquilidad, a pesar de ser consciente de que era solo un paréntesis para su angustia. Tras su marcha, no había tenido más opción que hacer de tripas corazón, salir de la habitación y asearse en el cuarto de baño que las chicas compartían. Después había bajado a la cocina, donde Rosario había respirado aliviada ante su presencia. Prolongó, sin embargo, la ficción de su malestar ante la extrañeza de la cocinera por el hecho de que no saliera corriendo en dirección al seminario. Notó cómo la miraba de reojo mientras le calentaba un tazón de leche tras obligarla a permanecer sentada a la mesa. Su semblante serio le indicaba que tal vez no creía que aquellas indisposiciones fueran tales y en un par de ocasiones observó que abría la boca para decir algo, aunque parecía pensarlo mejor y callaba. Antonia trató de hablar de asuntos cotidianos e intrascendentes, temerosa de que Rosario hiciera preguntas difíciles de responder, como acabó sucediendo.

—A ti te pasa algo, chiquilla, y no me lo quieres contar. Hace semanas que te noto intranquila, te encierras por la noche en tu cuarto, andas mirando de reojo por la casa como si temieras algo. ¿Es que no tienes confianza con esta vieja?

—No es eso, Rosario, es que no te quiero preocupar con tonterías.

—¡Ahora sí que acabas de decir una tontería! ¡Si conmigo no te confías, que soy como tu segunda madre, apaga y vámonos!

—Es que tengo pesadillas —respondió sin faltar del todo a la verdad.

—¿Y por eso te encierras en tu cuarto?

—Me despierto empapada en sudor y aterrorizada creyendo que alguien quiere entrar.

—Pero ángel mío, ¿quién va a querer entrar a hacerte daño a ti? Si no hay casa más segura que esta en toda Zaragoza, con la puerta de hierro de la calle, Vicente en la portería que duerme con un ojo abierto, y el piso cerrado con dos llaves cada noche.

—Lo sé, Rosario, cuando se hace de día y la casa se despierta, yo misma me avergüenzo y se me pasa —mintió, esta vez sí—. Pero no lo puedo evitar.

—De ahí esas ojeras y ese aspecto de cansancio que arrastras todo el verano. Me tenías preocupada, chiquilla. ¿Y hay algo que yo pueda hacer?

—No te preocupes, ya se pasará —respondió sin el más mínimo convencimiento.

—¿Y si dormimos juntas en la habitación de las dos camas hasta que se te pasen esas malditas pesadillas? ¡Aunque creo que entonces no dormirías por mis ronquidos!

Antonia se forzó a reír, pero quedó pensativa. No había contemplado la posibilidad, pero no le pareció una idea descabellada y podría tenerla en cuenta cuando regresara el causante de sus desvelos.

—No, quiero tratar de sobreponerme yo sola a esos miedos estúpidos. Si dentro de un par de semanas sigo igual, no te digo que no venga a dormir contigo —respondió tratando de quitar hierro al problema, aunque satisfecha por disponer de aquella posibilidad.

Tras la conversación con Rosario se sintió mejor. Además, era absurdo angustiarse por una amenaza que no se iba a materializar al menos en dos semanas, y se dispuso a apartarla de su mente. Como si leyera su pensamiento, la cocinera acudió en su ayuda.

—Seguro que en el pueblo, con tus padres y tu hermano, se te pasa todo. Creo que lo que necesitas es el aire fresco de la sierra, que te dé el sol en esa cara tan blanca que tienes.

—Tal vez tengas razón.

—¿Y entonces qué haces ahí? ¿A qué esperas para salir pitando a hablar con tu hermano?

Acudió al seminario después de comer. El calor resultaba pegajoso y sobre el horizonte se alzaban con rapidez cúmulos de nubes algodonosas que presagiaban tormenta. Salvó los escasos cien metros que separaban la casa del paseo de la Independencia y descendió a la sombra de los soportales en dirección a la plaza de España para tomar la calle de Jaime I hasta llegar a la plaza de la Seo, donde se ubicaba el Seminario Mayor Pontificio.

El edificio le causaba cierta aprensión, no solo por el aspecto austero de su exterior que le hacía asemejarse más a una cárcel que a un lugar de formación, sino por el pesado silencio que envolvía a quien traspasaba sus muros cuando los enormes portones se cerraban a sus espaldas. La sobriedad del inmueble quedaba acentuada por la circunstancia de estar ubicado entre la Lonja y el Palacio Episcopal, dos soberbios edificios de origen medieval. Tuvo que esperar en el recibidor a que dieran aviso a Manuel, pero no fue él quien apareció al fondo del pasillo, sino un anciano enjuto de aspecto severo que resultó ser el prefecto de disciplina. Parco en palabras, le comunicó de forma escueta que todos los seminaristas llevaban a cabo un retiro espiritual voluntario de tres días que no terminaba hasta la medianoche del lunes. Por el tono que utilizó al pronunciar la palabra «voluntario», Antonia comprendió que se trataba de un castigo impuesto a los alumnos, a saber por qué motivo. El hecho de que se le negara la posibilidad siquiera de hablar unos minutos con su hermano terminó por convencerla. Solo tuvo ocasión de trasladar al prefecto el motivo de su visita con el ruego de que se lo hicieran llegar a Manuel en cuanto fuera posible.

Decepcionada, salió a la plaza de la Seo, en donde el sol caía de plano y, cavilando, caminó en busca de la sombra de los frondosos árboles que poblaban la plaza del Pilar. A aquella hora de la tarde, pocos vecinos se aventuraban fuera de su casa bajo el sol de agosto. Pensó en sentarse en uno de los muchos bancos que permanecían vacíos, pero el sudor empezaba a perlar su frente y optó por entrar en la basílica. Hurgó en el bolso, sacó el pañuelo y se lo ajustó en la cabeza. Se alegró de haberlo hecho en cuanto sintió la frescura del enorme espacio sumido en la penumbra. El olor de la cera y del incienso la asaltó y la sumió en aquel ambiente que siempre había llevado a su espíritu paz interior y bienestar.

Se dirigió a la capilla donde se veneraba a la patrona de la ciudad, se santiguó al pasar ante su figura y se arrodilló en uno de los primeros bancos del excepcional templete que acogía el camarín de la Virgen del Pilar. Le rezó con fervor y le pidió que la iluminara en su tribulación. Se encontraba perdida, angustiada y sin nadie a quien recurrir en busca de consejo, so pena de verse obligada a revelar lo que a toda costa debía permanecer oculto. Permaneció sumida en sus pensamientos hasta que, sin obtener respuesta, fue consciente del dolor lacerante que sentía en las rodillas. Entumecida, se ayudó con las manos a ponerse de pie, volvió a santiguarse y salió de la capilla.

Pasó junto a las dos bombas colgadas en la pared, pero no se molestó en leer el cartel colocado entre ambas, sabía bien lo que decía. Se trataba de dos de los proyectiles arrojados sobre el templo por la aviación republicana al inicio de la guerra. En realidad, habían sido tres, aunque uno se estrelló contra el pavimento de la plaza del Pilar. Ninguno de ellos llegó a hacer explosión, y las autoridades no tardaron en atribuir el hecho a un milagro de la Virgen. Antonia no pudo evitar pensar que también ella precisaría de un milagro para recuperar la paz interior perdida semanas atrás, tal vez de manera definitiva. Dobló la esquina hacia la nave del Evangelio y se sintió empequeñecer ante la inmensidad de la basílica que, desde aquel lugar, se mostraba en plenitud. Contemplar aquel espacio vasto, elevado, diáfano, siempre la había inducido a pensar que allí habitaba Dios sin ninguna duda; era fácil percibir su presencia, y de nuevo elevó una plegaria mientras alzaba la mirada hacia los rayos de luz que atravesaban el vacío desde los enormes ventanales. Caminó hasta llegar a las inmediaciones del altar mayor. Solo unos pocos fieles salpicaban las bancadas de la nave central, todos en actitud de recogimiento y oración.

Una mujer de mediana edad se levantaba con esfuerzo del confesionario donde había permanecido arrodillada. Su camino la llevó a cruzarse y Antonia reparó por un instante en aquel rostro enmarcado por la mantilla que, a través de una tenue sonrisa, transmitía placidez y serenidad. Detuvo sus pasos en seco con los ojos clavados en el reclinatorio y la rejilla del confesonario. Allí dentro esperaba un ministro del Señor, dispuesto a escucharla y tal vez a prestarle la ayuda que estaba rogando a través de sus oraciones. Hacía más de un mes que no confesaba sus pecados y que evitaba comulgar. A ella misma le resultaba incomprensible, pero desde aquella tarde, un mes atrás, se sentía manchada, impura, con un asomo de culpa que pugnaba por abrirse paso en su conciencia. ¿Era fruto de la casualidad que justo en ese momento hubiera reparado en un confesonario que quedaba libre? ¿O se trataba del instrumento del que Dios quería valerse para transmitirle sus respuestas? Pensó que siempre le quedaría esa duda si dejaba pasar aquella oportunidad; al fin y al cabo nada perdía por confiarse al sacerdote que esperaba al otro lado de la rejilla, obligado por el secreto de confesión. Sintió el tacto suave del terciopelo cuando se arrodilló en el reclinatorio.

—Ave María purísima —musitó.

—Sin pecado concebida. —La portezuela enrejada interior se había abierto por completo y la voz grave del sacerdote llegó a ella con claridad acompañada por su hálito. Antonia se separó unos centímetros de la rejilla—. ¿De qué te acusas, hija?

—Verá, padre... —dudó—. Esto es difícil para mí. Durante semanas he evitado el sacramento por temor. Pero necesito consejo.

—Estás en el lugar indicado, hija mía. Confesarte ante un ministro del Señor traerá la paz a tu alma y obtendrás el perdón de tus pecados.

—Es que no sé cuál es mi falta, padre. Si odiar es pecado, confieso que odio a un hombre con toda mi alma.

—¿Y quién es ese hombre?

Antonia tardó en responder. Por un instante pasó por su cabeza la posibilidad de levantarse de allí y salir del templo.

—Es el señor de la casa donde sirvo —reveló.

—Entiendo, hija mía. Habla con libertad. He de conocer el motivo de tu odio para poder prestarte el consejo que demandas y para determinar la penitencia que debe acompañar a la absolución.

—Trató de forzarme hace un mes. —Las palabras salían de su boca con dificultad, superando el nudo que atenazaba su garganta—. Estábamos solos en la casa y él había vuelto bebido del trabajo. Me hizo entrar en el baño y...

—Tranquilízate, hija mía —le pidió con voz apacible al comprobar que la suya se rompía—. Continúa. ¿Qué pasó?

—Se desnudó delante de mí y trató de forzarme. Yo me resistí con todas mis fuerzas, pero no pude evitar que me tocara por todas partes —relató sollozando, asqueada—. Me tiró al suelo y al final se conformó con aliviarse sobre mí.

Durante un tiempo solo se oyó el llanto amortiguado de Antonia. El sacerdote se mantenía en silencio, tal vez a la espera de que la muchacha se calmara.

—Tienes motivos para estar perturbada. A veces Dios nos enfrenta a pruebas difíciles de superar, y la que te aflige es una de ellas. Has de decirme, sin embargo, si el odio hacia tu agresor es tu único pecado o hay algo más. ¿Culpa tal vez?

—No entiendo lo que me quiere decir, padre —respondió confusa.

—Verás, hija mía, como imaginarás no es la primera vez ni será la última que escucho a través de esta portezuela episodios como el que me refieres. Y las más de las veces, lo que de verdad aflige a las muchachas como tú es el hecho de haberse comportado de manera poco apropiada con anterioridad al ataque, tal vez dando pie al señor a creer...

—¡No es mi caso! —le cortó escandalizada—. ¡Jamás le he dado pie a nada!

—Baja la voz, hija mía, no querrás que alguien se entere de lo que me cuentas —le pidió—. En ese caso haces bien en venir a pedir consejo. Te acusas de odiar al hombre que trató de propasarse contigo.

—Que se propasó conmigo —le corrigió Antonia con una creciente irritación.

—Que se propasó contigo —concedió el sacerdote—. Aun cuando el sentimiento de odio hacia esa persona es comprensible en tu caso, odiar a nuestros semejantes también es pecado. Lo sabes, y por eso estás aquí. Los hombres y las mujeres somos criaturas miserables sometidas a pulsiones y a las tentaciones del diablo, y no siempre tenemos la fuerza suficiente para enfrentarnos a ellas. Pero no somos nosotros quienes debemos juzgar: será Dios el día del juicio final quien pida cuentas a cada uno de nosotros. Lo que Él nos manda es lo contrario, no juzgar y otorgar nuestro perdón a quien de manera puntual cae en pecado. Recuerda lo que dijo Jesús cuando juzgaban a la Magdalena por adúltera: «Quien esté libre de pecado que tire la primera piedra».

—Ayer volvió a masturbarse mientras me observaba desde la puerta del baño.

El sacerdote calló un instante.

—Imagino a ese hombre luchando contra su pulsión. Sabe que lo que hizo cuando llegó ebrio está mal, y durante un mes no ha vuelto a reincidir. Ayer lo hizo, pero ya en solitario, sin importunarte. Debes tener paciencia y darle la ocasión de redimirse. Y entre tanto, ofrecer a Dios tu sufrimiento.

—¡Pero temo que vuelva a intentarlo! Vivo en una angustia continua.

—No le des pie, evita las ocasiones y así le ayudarás. Seguro que durante este tiempo ha reflexionado, tal vez también haya recurrido al consejo de un confesor y lo de anteayer sea solo una recaída. Dale otra oportunidad y reza mucho por él. Si ayudas a rescatar su alma para el Cielo, tu recompensa será grande. Y si dejas de odiar, la paz regresará a tu interior y podrás volver a ser feliz.

—Tengo miedo, padre. Y no sé si soy capaz de dejar de odiarle.

—Soportar ese miedo al tiempo que rezas por él es la única penitencia que te voy a imponer. Pero recuerda que el propósito de enmienda es necesario para que la absolución de tu pecado se perfeccione —concluyó—. Yo te perdono tus pecados, en el nombre del Padre y del Hijo y del Espíritu Santo. Vete en paz, hija mía.

Regresó a casa inmersa en sus pensamientos. Al llegar a la calle Gargallo, hubiera sido incapaz de recordar el trayecto que había seguido. Ni siquiera fue consciente de la tormenta que se abatía sobre la ciudad hasta que un trueno solitario la sobresaltó y las primeras gotas de lluvia la alcanzaron a un centenar de metros del portal.

Encontró a Vicente en la acera con una palanca de hierro en la mano.

—¡Vaya, ya estás aquí! Justo a tiempo. Entra, que te vas a mojar.

—¿Qué haces?

—Levantar la reja de la alcantarilla, que se está preparando buena. Acuérdate de lo que pasó la última vez, cuando se cegó y nos entró el agua en el sótano.

No tuvo que hacer mucho esfuerzo. La tapa saltó al hacer palanca y Vicente la dejó apoyada en la acera. El aguacero arreciaba y corrió al interior no sin antes limpiarse los zapatos en el felpudo.

—También es casualidad —dijo Vicente contrariado y cerró la puerta. Miró el reloj—. Había quedado con Andrés para subir a Torrero a ver al Zaragoza.

—¿Hay partido?

—Sí, un amistoso. Se presenta hoy la plantilla de primera división. Pero tenía que empezar en tres cuartos de hora. Igual se suspende con la que se está preparando.

Se volvían hacia la portería cuando oyeron fuertes golpes en el cristal de la puerta. Andrés miraba a su través, haciendo gestos para que le abrieran mientras el paraguas que llevaba era azotado por el viento y el agua. Los dos rieron al contemplar la escena, y Vicente regresó a la entrada.

—Santo y seña o no te abro —le gritó desde el interior.

Andrés, con cara de pocos amigos, respondió algo que Antonia no llegó a entender.

—No era esa, pero me das lástima. —Vicente reía con ganas cuando abrió la puerta—. ¡Eh, sacude el paraguas! Y límpiate bien en el felpudo, que he fregado después de comer.

—No me seas maruja y quita de en medio, Chaplin —respondió siguiendo la broma al tiempo que enrollaba la cinta del paraguas—. ¿Dónde lo dejo?

Vicente se lo cogió con cara de pocos amigos y se dirigió con él a la portería. No le gustaba que Andrés y Sebastián se burlaran de su aspecto delante de las chicas. Andrés se entretuvo frotando las suelas en el felpudo, mientras sus ojos se acostumbraban a la penumbra. Entonces el portero dio la luz.

—¡Anda, si está aquí Antonia! ¡Qué sorpresa!

—Hola, Andrés, acabo de llegar. *Justico* me ha venido, porque no había cogido paraguas.

—Yo me he tenido que volver a la patrona. Este es de su marido, que en paz descanse —explicó burlón.

—Por cierto, ibas a ver a tu hermano al seminario —recordó Vicente—. ¿Os vais juntos mañana por fin?

—¡Qué va! Los tienen a todos castigados, de retiro espiritual como ellos lo llaman, hasta mañana por la noche. Ni siquiera sé si le van a dar permiso.

—¡Pues vaya faena! ¿Y qué vas a hacer? Para una vez que te puedes ir al pueblo...

—Esperaré hasta mañana a ver si me dicen algo y si no prepararé viaje para el martes en el coche de línea. Ya vendrá él cuando pueda —respondió.

—¿Y nosotros qué hacemos? Con este tiempo no creo que se

juegue el partido —preguntó Andrés, mirando la cortina de agua a través del vidrio de la puerta—. Pon la radio, a ver si dicen algo.

—¿Por qué no subís los dos y hacemos un café? Mientras caiga agua de esta manera no podéis ir a ningún sitio. Rosario estará encantada de tener compañía.

La lluvia se había prolongado por más de una hora y, a pesar de las precauciones de Vicente, la alcantarilla situada frente al portal no había podido evacuar lo bastante rápido el agua que solía embalsarse en aquel lugar y a punto había estado de colarse de nuevo en el sótano. Solo los sacos llenos de tierra que el portero colocaba siempre en el respiradero lo habían impedido. Un rayo demasiado cercano había hecho saltar los plomos y Vicente tuvo que repararlos para tener luz de nuevo. Sentados ya a la mesa y a punto de servir el café, el teléfono había sonado en el gabinete. Esta vez fue Antonia la que tuvo que correr a descolgar el aparato. La sorprendió la voz de Monforte desde San Sebastián que, sin embargo, preguntaba por Vicente.

—¿Qué quería? —preguntó Antonia cuando el portero regresó a la cocina.

—Hacerme polvo la tarde del domingo, eso es lo que quería —rezongó—. Va a venir alguien antes de cenar a traer unos papeles que debo llevar mañana a primera hora al bufete de don Emilio para dárselos en persona a doña Elvira.

—Ya se podía haber esperado a mañana —respondió Antonia mientras vertía leche templada en las cuatro tazas. Quitó después la tapa del azucarero y colocó el plato de magdalenas en el lugar que habían ocupado las dos jarras. Lo decía por Vicente, pero lo cierto era que escuchar de nuevo la voz de Monforte, aunque desde la distancia, había conseguido trastornarla. A la imprevista visita al confesionario, en la que había revivido las escenas que trataba de olvidar, se unía ahora aquella inoportuna llamada para hacer más vívido el recuerdo.

—Di que la tormenta nos había chafado ya lo del partido, pero igual hubiera sido. ¡Y mira la tarde que se va a quedar al final! —se quejó Vicente. La claridad había vuelto a inundar la cocina y las ventanas abiertas dejaban entrar el peculiar olor del aire limpio y de la tierra mojada que sucede a las tormentas.

—Si quieres, yo me puedo quedar en la portería hasta que llegue —se ofreció Rosario.

—¡No, mujer! Si el partido habrá empezado hace rato, si es que no lo han suspendido. Además, le he dicho a don Emilio que me ocuparía yo. Ya me tomaré libre otra tarde, que mientras estemos solos nadie se va a enterar.

—Entonces vosotros dos podéis iros a dar un paseo —sugirió la cocinera.

Antonia no pudo ocultar la sorpresa. Lo último que esperaba era aquella ocurrencia de Rosario. ¡Salir de paseo sola con Andrés! ¿De qué iban a hablar? En varias ocasiones habían salido los seis juntos, pero en absoluto era lo mismo. Se sintió enrojecer.

—¡Pero si estará todo mojado y lleno de barro! —En sus propios oídos aquellas palabras sonaron ridículas, pero era la primera excusa que le había venido a la cabeza.

—Mujer, que hay aceras —rio Andrés—. Y es un gusto dar un paseo con este olor a tierra mojada. Se tiene que estar de maravilla en la calle, sin el calor de hace un rato.

—Hasta yo creo que voy a salir a dar un paseo con esta fresca, hoy que no voy a misa por la tarde —anunció Rosario.

Antonia se había levantado para ponerse a recoger los restos de la accidentada merienda. Tiró los envoltorios de las magdalenas a la basura y llevó las tazas y los cubiertos al fregadero. Los pensamientos se le agolpaban en la cabeza mientras lo hacía. Le resultaba violento pensar siquiera en la posibilidad de salir de paseo a solas con el fontanero, pero la voz de Monforte al teléfono le había recordado la necesidad de disponer de motivos para salir de aquella casa con la mayor frecuencia posible. Julia y Rosita cada vez estaban más ocupadas, Sebastián siempre andaba pendiente de los movimientos del amo y Vicente vivía eternamente anclado a la portería. Solo Rosario y la cercana iglesia de Santa Engracia le proporcionaban la oportunidad de tener compañía y de abandonar la casa cuando él estuviera presente. Era cierto que iba a pasar unos días en el pueblo, pero a su regreso él estaría también de vuelta y doña Pepa quizá permaneciera unas semanas más en San Sebastián. Andrés representaba una oportunidad más de huir de allí, al menos hasta que terminara aquel verano de pesadilla y los chicos tuvieran que regresar al colegio.

—Y bien, ¿qué dices, Antonia? —Andrés había permanecido

hablando con Vicente mientras ella recogía, pero de nuevo la interpelaba.

—¿Y adónde íbamos a ir? —A punto estuvo de añadir la coletilla «tú y yo solos» pero incluso esas palabras se le hacían violentas. En cualquier caso, la pregunta era una concesión que pilló por sorpresa a Andrés a juzgar por su gesto.

—No sé, podemos subir hacia el parque de Pignatelli. Incluso, con la tarde que se ha quedado, podríamos acercarnos al canal y alquilar una barca —improvisó el muchacho.

—¡Una barca! Seguro que nos vamos al agua, con lo que se mueven —exclamó Antonia a la vez que fregaba una taza con energía.

—¡No, mujer! —respondió Andrés riendo—. Esas barcas no vuelcan ni adrede.

Rosario se apoyó en la mesa para levantarse y caminó tambaleante hacia el fregadero.

—Yo termino eso, chiquilla. Sube a arreglarte o se os hará tarde.

—¡Pero si yo no he dicho que iba salir! —protestó sin la menor convicción.

—Ya lo digo yo, que para eso soy mayor. Si los jóvenes no salís de paseo ¿quién lo va a hacer? ¿Los viejos tullidos?

Andrés se lamentaba no haberse acicalado con más esmero. Había salido de casa de la patrona con prisa y, aunque se había aseado como cada día, lo había hecho con la idea de subir al campo de fútbol de Torrero con Vicente y no para salir de paseo con una muchacha. Por suerte, llevaba el pantalón marrón y la camisa blanca que solía usar cada domingo, ambos bien planchados por Piedad, la dueña de la pensión. Antes de salir de la casa de la calle Gargallo había pedido entrar en el baño de las visitas y allí se había mojado el pelo para domar el cabello que tendía a rizarse si no visitaba al barbero con la frecuencia necesaria. De haber sabido aquello, lo habría hecho sin dudar, pero el espejo le había devuelto la imagen de su rostro bien afeitado y se sintió satisfecho. No había pensado, sin embargo, en su aliento, pero recordó que en el baño del matrimonio había pasta dental Colgate, la misma que anunciaban en la radio. Aprovechando que conocía la casa a la perfección, se había deslizado hasta allí, tomó una porción con el índice y se frotó los dientes tan bien como pudo. Al lado vio un frasco de cristal con el nombre de una farmacia del paseo de la Independencia, que olió para asegurarse de que contenía elixir bucal como pensaba antes de refrescarse la boca con él. Desechó la idea de usar la excelente colonia de Monforte porque su olor inconfundible lo delataría; además, se mezclaría con la loción Varón Dandy que había usado después de afeitarse.

Habían salido juntos del portal en dirección a la plaza de Paraíso sin saber bien cómo comportarse. No era ni mucho menos la primera vez que paseaba con una chica, y en otras ocasiones no había dudado en ofrecerles el brazo para caminar, pero le resultaba evidente que Antonia se sentía violenta. Decidió no forzarla más, de manera que se metió las manos en los bolsillos del pantalón y cruzaron juntos el pavimento adoquinado y todavía húmedo por la lluvia. Había tenido oportunidad de contemplar con detenimiento la indumentaria de la muchacha mientras se despedían de Rosario y de un Vicente cariacontecido. Se había puesto un vestido estampado de verano que —no podía ser de otra manera— le cubría las piernas muy por debajo de las rodillas. Por lo visto, por si refrescaba después de la tormenta, llevaba en la mano una chaqueta que solo se echó por los hombros al salir. Los zapatos, de color beige, no eran nuevos, pero no se los conocía, así que supuso que habrían sido de doña Pepa. Recordaba haber oído algún comentario, tal vez de Rosario, acerca de la suerte que tenían las dos doncellas de compartir talla de calzado con la señora, que adoraba visitar las mejores zapaterías de la ciudad en las numerosas ocasiones en que salía de compras. Al mirarla de reojo decidió que le quedaban de maravilla y que el ligero tacón le proporcionaba una elegancia al andar en la que no había reparado en otras ocasiones.

La ciudad parecía recuperar el pulso tras la tormenta que había obligado a sus habitantes a buscar el refugio de las casas y de los locales que permanecían abiertos en aquel día festivo. Habían desechado utilizar el tranvía y recorrieron el paseo del General Mola de principio a fin. Todavía se desprendían algunas gotas de los árboles cuando la brisa agitaba el follaje, pero no les resultaba molesto, o al menos ninguno de los dos daba señales de notarlas mientras avanzaban hablando de temas intrascendentes. Estaban a punto de alcanzar el final del paseo cuando el mismo viento les llevó un sonido inconfundible.

—¡Anda! ¿Has oído? Eso ha debido de ser un gol del Zaragoza.

—¿Desde aquí se oye? —se extrañó Antonia.

—Son miles de gargantas gritando a un tiempo... Seguro que te gustaría ir un día. Si no has estado nunca te impresionará el ambiente, y más este año en primera.

Antonia se limitó a reír sin comprometerse a nada. En aquel momento se disponían a cruzar la calle antes de enfilar la entrada del parque de Pignatelli. Un vehículo tomó la curva demasiado cerca de ellos y se dirigía a velocidad endiablada hacia un charco situado a sus pies en el pavimento. Andrés, de manera instintiva, cogió a Antonia del brazo y la retiró dos pasos atrás, haciéndola trastabillar pero justo a tiempo de evitar la salpicadura.

—¡Será bruto! —exclamó la muchacha, sorprendida—. ¡Qué velocidad!

—¿Te sabe mal si te cojo del brazo? A ver si vas a resbalar con el suelo tan mojado.

La joven enrojeció y Andrés pensó que se iba a negar. Para su sorpresa, fue ella quien lo tomó del brazo.

—Queda mal que sea el chico quien coge a la chica. Mejor así.

Caminaron despacio en dirección a la llamada playa de Torrero, donde los jóvenes acudían a refrescarse en verano en las aguas profundas del Canal Imperial, unas veces embarradas y la mayor parte del tiempo, verdosas. Andrés no dejaba de pensar en lo que acababa de pasar. Había sido providencial la llamada de Monforte que obligaba a Vicente a permanecer en casa. Pero si no se hubiera producido y si la tormenta no hubiera descargado justo a tiempo, habría pedido a su amigo que se fuera solo al fútbol. No podía desaprovechar la ocasión que se había presentado en la cocina de los Monforte, y que llevaba tiempo rondando por su cabeza. Antonia le gustaba. No como otras chicas de Zaragoza con las que había tenido alguna relación, sino por su manera de ser, por su ingenuidad, por su ausencia de dobleces. La sonrisa que en ocasiones le llenaba el rostro pecoso se había grabado en su memoria y era la que aparecía ante sus ojos cuando pensaba en ella. De ninguna manera imaginaba que iba a acceder a salir a solas con él en aquella primera ocasión en que se lo había pedido. Mucho menos pensaba que iba a acceder a ir cogidos del brazo por el parque Pignatelli, igual que otras muchas parejas de novios con las que se cruzaban. Tal vez no fueran ilusiones vanas las que se había hecho. Tal vez los sentimientos que había sentido crecer en su interior en los últimos meses, desde que la conociera la primera vez que pisó la casa de la calle Gargallo, fueran compartidos. Cobrarían así sentido las risas de Antonia cada vez que soltaba una de sus ocurrencias, los tímidos elogios acerca de su manera de ser en los ratos en que los seis habían salido juntos. Al hacer memoria, recordaba que habían sido numerosas las ocasiones en que habían terminado sentados en asientos contiguos en el cine, y tal vez aquel detalle tampoco fuera casual.

Pasaba muchas horas solo después del trabajo, tumbado boca arriba con las manos en la nuca en la cama de la pensión y en los últimos tiempos le había dado por pensar acerca de su vida. Tenía ya veintisiete años y tal vez se hubiera pasado el tiempo de tontear con muchachas en los bailes y en los cafés en compañía de Sebastián, su amigo inseparable. Las breves aventuras con aquellas chicas, los galanteos y los amoríos clandestinos estaban bien mientras duraban, y tenían la virtud de aliviar la presión y de cubrir en parte las necesidades de un joven como él, pero empezaba a sentir la pulsión por asentar la cabeza, comenzar tal vez un noviazgo serio y, por qué no, acabar formando una familia. Empezaba a cansarse de tener que arriesgarse a colar a una chica en la habitación de la pensión de madrugada para hacer el amor de manera apresurada, tratando de ser silenciosos y siempre con el temor de que un despiste tuviera consecuencias que de ninguna manera deseaba.

Sabía que Piedad, aunque callara, estaba al cabo de la calle de sus andanzas. No es que le importara lo que la patrona pensara de él, pues tampoco ella podía ocultar el hecho de que alquilaba por horas algunas de las habitaciones para encuentros furtivos de parejas de todo pelaje. De hecho, Piedad, en otras circunstancias, habría sido una mujer liberal, a juzgar por los comentarios que de tanto en tanto dejaba caer, pero la estricta moral impuesta por el régimen la obligaba a mantener las apariencias en su casa y respecto a su persona. A lo largo de los años había tenido ocasión de conocer su pensamiento a través de conversaciones ocasionales y de confidencias que se habían producido de manera natural a medida que la confianza iba en aumento. Consideraba contra natura que los jóvenes se vieran obligados a mantener la castidad hasta el matrimonio y aseguraba que, de haber tenido hijos antes de enviudar, no habrían sido aquellas sus enseñanzas. El hecho de pedir a sus huéspedes que la llamaran doña Piedad en un intento de parecer más respetable no lograba quitarle a Andrés la idea de que bien a gusto habría acogido en su lecho a algunos de los hombres a los que daba techo, él uno de los primeros, a juzgar por las miradas subrepticias que en ocasiones le sorprendía.

Piedad nunca le reprocharía que metiera a una muchacha en la habitación, pero el afecto que le había cogido en aquellos años la llevaba en ocasiones a aconsejarle que buscara una buena chica de una vez por todas. Tal vez sus consejos habían contribuido a cuajar aquella pulsión, tal vez estaba en la naturaleza humana que el paso de los años le inclinara a uno a dejar los juegos amorosos para asentar la cabeza, pero lo cierto era que, en los meses transcurridos desde que entrara en casa de los Monforte por vez primera, aquella posibilidad vislumbrada había tenido rostro, el rostro pecoso y sonriente de la mujer que en aquel instante llevaba del brazo.

—Entonces, ¿qué? ¿Nos acercamos al embarcadero?

—¡Ay! ¿Pero estás seguro? Mira que yo puedo ser muy torpe cuando quiero —objetó señalando sus codos entrelazados—. Hasta necesito que me lleven del brazo.

—Seguro que hay gente remando. Los miramos un rato y, si te animas, probamos.

—¡A ver si voy a ser el hazmerreír de todo el mundo!

Antonia, sentada en el centro de la popa, se agarraba con las dos manos al borde mientras Andrés remaba con calma en la bancada central. La pequeña embarcación se deslizaba por el centro del cauce remontando la corriente.

—Así, si me canso de remar, la corriente nos devolverá al embarcadero —bromeó Andrés—. ¿Cómo vas?

—No lo sé, no estoy acostumbrada, esto se balancea mucho —respondió con voz nerviosa, aunque sin abandonar la sonrisa—. Prefiero sentir el suelo inmóvil bajo los pies, la verdad. Lo que no veo son patos, oí en algún sitio que había muchos en el canal.

—Sí, pero dicen que la gente se los come. Y que los chavales se llevan los huevos.

—¡Madre mía! —exclamó Antonia con sorpresa—. Si es que con el hambre que hay no me extraña.

—No hablemos de eso ahora —cortó Andrés—. Dime, ¿nunca habías montado en barca?

—Sí, en San Sebastián, con la señora y los chicos. En medio de La Concha hay una isla, y se empeñaron en cruzar en uno de los barquitos que llevan a los veraneantes. ¡Te prometo que no veía el momento de llegar! ¡Cómo se movía aquello! ¡Y qué negro me parecía el mar tan adentro, yo que no sé nadar! Imagínate el miedo que pasé, que no quería volver —rio—. Menos mal que los críos me cogieron de las manos y me arrastraron de vuelta al barco.

—Si no, igual seguirías aún allí —rio también Andrés.

—¡Cuida, que chocamos!

La advertencia llegó tarde y la proa impactó con otra barquita que regresaba, ocupada por un padre con sus dos hijos pequeños. Los niños gritaban y se revolvían divertidos, burlándose de los dos inexpertos pilotos, pero cuando Andrés terminó de maniobrar para separar las barcas, Antonia había perdido el color. Los nudillos le blanqueaban por la fuerza con que se agarraba a las tablas.

—¡No me des estos sustos, Andrés! Ya te he dicho que no sé nadar. —Trataba de reír, pero su semblante mostraba aún zozobra.

—Tendrás que hacer de vigía, como en las películas de bucaneros. Avisa si avistas otra embarcación.

—¡Qué payaso eres! —soltó entre risas.

—Si te hubieras quedado en aquella isla no nos habríamos conocido.

La frase de Andrés cogió a Antonia por sorpresa, algo que resultó muy evidente porque dejó de reír. También él mudó el semblante.

—Pues no, pero lo de quedarme allí no dejaba de ser una ocurrencia sin sentido. No me veo yo pasando el invierno en la isla de Santa Clara.

—Ya lo sé, solo te seguía la broma. Pensaba más en las cosas que tiene el destino. —Andrés volvía a remar—. Fui a vuestra casa porque a doña Pepa se le cayó el anillo por el desagüe. Si no, tal vez tampoco nos hubiéramos conocido.

—Ya, claro, y si yo no tuviera un hermano en el seminario, tampoco; y si nuestros padres no se hubieran conocido, tampoco, y así hasta el principio de los tiempos.

—Entonces, ¿no crees en el destino?

—Si te digo la verdad, nunca he pensado en esas cosas. Mosén Gil dice que todo pasa porque Dios lo quiere. ¿Para qué darle más vueltas?

Andrés se sentía nervioso. Notaba un temblor ligero, tanto en las manos que sujetaban los remos como en las piernas. Una idea bullía en su cabeza, pero no era capaz de darle forma a través de las palabras. O no se atrevía a hacerlo. Estaba convencido de que la actitud de Antonia en las últimas horas le daba pie para lanzarse, pero aquello no era como decirle a una chica ligera de cascos a medianoche si quería subir a su habitación. En aquel caso las opciones se reducían a un gesto de aceptación y tal vez un beso, o a un bofetón en la cara. Había vivido las dos situaciones. Pero en aquel momento sentía que se jugaba algo más trascendente. Decidió que daría un paso más hacia el borde antes de decidir si saltaba o no.

—Y si todo pasa porque Dios lo quiere... Dios ha querido que nos conozcamos, ¿no es así? ¿Y con qué fin?

—¡Ay, Andrés! ¡Qué preguntas haces!

Sintió la respuesta como una ráfaga de viento de frente, al borde de su acantilado imaginario. Aun así, decidió que iba a saltar.

—Lo que me pregunto es si Dios quiere que nos hagamos novios. —Hizo una pausa prolongada, ávido por comprobar el efecto de sus palabras—. Podría ser, ¿no es cierto?

Antonia estaba sin habla. Todo había sucedido tan rápido desde que aquella tarde llegara Andrés a casa que no era capaz de asimilar lo que estaba pasando. Había terminado por acceder a aquel paseo con la intención de tener una excusa para salir de la casa cuando regresara Monforte. Y, sin duda, Andrés había interpretado mal su rápida aceptación. ¡Le acababa de pedir que se hicieran novios! Sintió que todo su mundo se removía como sacudido por un seísmo. No había calculado el alcance de su comportamiento, tal vez el hecho de cogerle del brazo había tenido que ver, quizá haber accedido a pasear en barca, tal vez todo junto. Lo cierto era que le había hecho crearse expectativas que tendría que echar abajo. Miró fijamente la cara expectante del joven que tenía frente a sí y, de manera fugaz, aunque para ella discurrieran a cámara lenta como en ocasiones pasaba en el cine, se vio a sí misma de su mano, yendo juntos al cine, bailando en el Hogar del Productor, oyendo misa en su compañía aunque tuvieran que ocupar bancos separados. Lo vio esperándola en el portal de la calle Gargallo a que terminara de arreglarse para ir a la bolera, al canódromo o a su primer partido de fútbol en Torrero, y lo vio ayudándola a subir al coche de línea para ir juntos a El Villar a conocer a sus padres. Entonces sintió que no iba a poder contener más las lágrimas. Aquello jamás podría ser. Ella se debía a su hermano y tener un novio jamás había entrado en sus planes. Andrés le gustaba. Le gustaba mucho. Le gustaba a rabiar. Pero jamás podría ser suya.

Cuando rompió a llorar, Andrés, desconcertado, soltó los remos y la barca comenzó a ser arrastrada por la corriente.

27

Lunes, 6 de agosto

—No te preocupes, Rosita se encargará de la tienda, y Miguel estará bien con Martina. —Las dos jóvenes caminaban juntas por la calle de San Miguel sin un rumbo determinado. Acababan de salir del taller, adonde Antonia había acudido al punto de la mañana en busca de la única persona en la que podía confiar. A grandes trazos, le había explicado lo sucedido la tarde anterior. Julia, alarmada al ver el estado en que se encontraba su amiga, se había arreglado con rapidez y le había propuesto salir a dar un paseo para hablar con tranquilidad.

—No he podido pegar ojo en toda la noche, Julia —le confió—. ¡Pobre Andrés! No me quito de la cabeza su cara mientras remaba hacia el embarcadero. Y después en el camino de vuelta. A ratos, ninguno de los dos sabíamos qué decir.

—Pero le explicarías lo que te pasa —supuso.

—Claro, pero para él es difícil de comprender. No debí darle pie a creer... —Antonia dejó la frase sin terminar al tiempo que hacía un gesto de disgusto. Después la cogió de la mano y se la apretó con fuerza—. Necesitaba contárselo a alguien, Julia. ¡Estoy tan confundida!

Julia le devolvió el apretón con las dos manos sin dejar de caminar.

—Vamos a sentarnos a la sombra y hablamos de ello, ¿te parece? Tenemos toda la mañana si hace falta.

Antonia cerró los ojos, a punto de que las lágrimas brotaran de nuevo. Caminaron en dirección a la plaza de José Antonio y eligieron uno de los bancos del lado oriental, donde enormes árboles proyectaban su sombra sobre el pavimento. A pesar de lo temprano de la hora, el sol empezaba a calentar, en un día que prometía ser tan caluroso como la víspera.

—No sé si no tendremos tormenta otra vez —comentó Julia por romper el silencio cuando se sentaron.

—No me recuerdes lo de ayer. ¡Pobre Andrés! —repitió, dolida—. Pero lo que no puede ser, no puede ser. Yo acepté dar ese paseo pensando que su única intención era pasar la tarde del domingo, porque con la dichosa tormenta no habían podido subirse al fútbol. Rosario me animó delante de él y me pareció violento decirle que no. Pero, Julia, ¡yo no podía imaginar lo que pasaba por su cabeza! ¿Cómo iba a creer que Andrés estuviera pensando en pedirme que fuéramos novios? A mí, una simple criada llegada del pueblo que no sabe nada del mundo.

Julia se hubiera reído de buena gana, pero veía a Antonia tan atribulada que se limitó a esbozar una sonrisa.

—Tal vez no sea eso lo que Andrés ha visto en ti. Tal vez vea a una joven agraciada, con un rostro encantador lleno de pecas y una preciosa sonrisa siempre que se permite algo de alegría. Trabajadora, dispuesta, cariñosa y con un carácter bondadoso...

Antonia sonrió turbada por los elogios y con un gesto de la mano le pidió que parara.

—Quizá el único problema que tiene esa joven es que no se valora lo suficiente, y que alguien le ha metido en la cabeza que ha de limitarse a vivir la vida de otros y no la suya propia.

—¡Qué cosas dices, Julia!

—A ti Andrés te gusta, ¿verdad?

A pesar de la amistad que las unía, a Antonia le costaba sobremanera expresar sus sentimientos, y más si aludían a asuntos íntimos. Por eso respondió avergonzada.

—Me gusta, sí. Me gusta mucho —musitó con semblante circunspecto y con la mirada clavada en el suelo.

—¿Qué es lo que te gusta de él? Cuéntame.

Antonia se removió nerviosa en el asiento.

—¡Es que me preguntas unas cosas, Julia...! No lo sé.

—Somos amigas ¿no es cierto? Tenemos confianza, y en ocasiones te he contado detalles muy íntimos de mi relación con Miguel. Me gustaría que tú también te abrieras a mí si quieres que te ayude.

—Es que de verdad no lo sé, es todo... Me gusta, pero no puedo explicar por qué. Que es guapo está a la vista, pero es su carácter, tan alegre, tan vital... Lo cierto es que cuando ayer nos cogimos del brazo fue como un calambrazo, el pobre tuvo que notarlo.

—¿Y un agradable hormigueo en el vientre, no? —Julia sonrió mientras la miraba.

—¡Sí! —exclamó Antonia ruborizándose. Después continuó con una risa nerviosa—. ¡Y un escalofrío que me puso todos los vellos de punta!

Julia asintió despacio, sonriendo, y la tomó de la mano con cariño.

—Cuando conocí a Miguel hace unos años también quedé prendada de su carácter —le confesó—. Era muy distinto a Andrés, porque si en algún momento había sido jovial y alegre, las dos guerras que llevaba a la espalda habían dejado en él una impronta imborrable. Pero era justo esa amargura que muchas veces sorprendía en su mirada lo que lo hacía irresistible para mí.

—Lo amabas...

—Con toda mi alma. —Los ojos de Julia se empañaron—. Tal vez algún día te cuente su historia.

—¿Algún día? ¿Por qué no ahora? —Hacía mucho tiempo que Antonia sentía curiosidad por conocer el pasado de Julia. Sabía que avivar el recuerdo le resultaba doloroso en extremo y por eso nunca le había preguntado acerca de él. Sin embargo, acababa de hacerlo de manera impulsiva, alentada por su ofrecimiento.

Julia cerró los ojos, inspiró y exhaló el aire despacio a la vez que dejaba caer los hombros. Miró a Antonia y asintió con un movimiento apenas perceptible de la cabeza.

—Está bien. Te estoy pidiendo que desnudes tu alma y que me reveles tus pensamientos más íntimos acerca de Andrés, así que es justo lo que me pides.

Julia se acomodó en el banco como si se dispusiera a pasar un largo rato. Apoyó el brazo izquierdo sobre el respaldo y se sentó ladeada para enfrentar su mirada a la de Antonia. Durante un instante no dijo nada, como si estuviera ordenando sus pensamientos antes de empezar a desgranar la historia.

—Miguel me contó que aún no había cumplido los diecisiete cuando estalló la guerra, era poco más que un niño. Tarazona quedó incluida en la zona nacional desde el principio y, supongo que como en todas partes, se desató una feroz represión contra todos aquellos que se habían significado a favor de la República. Su padre, que era sindicalista, fue apresado por las nuevas autoridades en agosto del treinta y seis y fusilado pocas semanas después. Toda la familia quedó marcada por el estigma. Tanto a él como a su hermano, dos años mayor, los reclutaron de manera forzosa, so pena de correr la misma suerte, y los enviaron al frente de Huesca. Pero, a pesar de su juventud, ambos estaban imbuidos por los ideales republicanos. Desde que eran unos críos acostumbraban acompañar a su padre a la sede del sindicato, donde no se hablaba de otra cosa que de la reforma agraria, de la lucha obrera y de la necesidad de instrucción del pueblo. Desertaron juntos en la primera ocasión que se les presentó y se sumaron a las tropas que permanecían fieles a la República. Sin embargo, en algún momento, la compañía en la que luchaban se dividió y terminaron luchando en diferentes unidades. Ángel, el hermano mayor, murió en el frente de Teruel aquel durísimo invierno, a principios del año treinta y ocho. Miguel participó en la resistencia republicana en Bielsa hasta que, aislados, sin reservas ni municiones y hostigados por la aviación nacional, tuvieron que cruzar por primera vez la frontera francesa. Miguel fue uno de los muchos que regresó a España poco después a través de la frontera de Portbou y siguió luchando allí hasta que terminó la guerra. Al final, ya derrotados, se vio obligado a cruzar de nuevo la frontera por los Pirineos con otros miles de combatientes republicanos.

—Sí, ya, conozco historias parecidas. Era una cría cuando acabó la guerra, pero tengo primos mayores que también están en Francia. En cambio, otros lucharon en el bando nacional.

—Espero que sepas guardar mi secreto, Antonia. Como te imaginarás, comparto los ideales republicanos de Miguel. Sé que tú y tu familia comulgáis con las ideas del régimen, o lo supongo viendo que tu hermano va a ser sacerdote.

—Yo, de verdad, ni siquiera sé lo que pienso. Mi padre se pasó la mayor parte de la guerra en cama, con unas fiebres de Malta que apenas le permitían andar. Fueron años muy duros, y mi madre tuvo que sacarnos adelante sin su ayuda. En casa no había tiempo para hablar de política y mucho menos para gastarlo en nada que no fuera buscar algo para llevar al plato cada día. Cuando terminó la guerra mis padres aceptaron las cosas como vinieron, y de lo sucedido en aquellos años no se volvió a hablar en casa.

—El silencio se impuso en la mayor parte de los hogares después de la guerra. Había miedo, y todavía sigue existiendo.

—La enfermedad de mi padre lo sumió en la desesperación, al ver que era mi madre la que tenía que subir andando al pueblo de al lado a moler el poco trigo que entraba en casa y ocuparse de todas las tareas. Entonces empezó a beber más de la cuenta y cuando le había dado al vino... se dejaba arrastrar al pasado. Recuerdo que hacía juramentos muy gordos, cabrones e hijos de puta, pero, si te digo la verdad, no sé a quién iban dirigidos aquellos insultos. Lo que sí recuerdo es que, si alguien mentaba algo relacionado con la guerra, mi padre cortaba en seco con un puñetazo en la mesa. Mi hermano y yo aprendimos muy pronto que aquel era un tema prohibido. Pero te he interrumpido, Julia. Me estabas hablando de Miguel. Lo que es seguro es que terminó volviendo a España, si os conocisteis aquí.

—Sí, pero aún pasaron muchos años, Antonia. Cuando cruzaron la frontera derrotados, en Francia les esperaban los campos de concentración. Allí sufrieron lo indecible, pasaron hambre, frío, sufrieron enfermedades y algunos murieron. Él jamás me quiso hablar de ello, supongo que también le resultaba demasiado doloroso. Al comienzo de la guerra en Europa, a los hombres les plantearon dos opciones: ser devueltos a España o alistarse en la Legión francesa. Miguel no tuvo dudas: sus ideales de izquierdas le animaban a luchar contra el fascismo, y tuvo ocasión de participar en combates frente al ejército alemán que acababa de entrar en Francia. Sin embargo, cuando el gobierno de la Francia no ocupada se estableció en Vichy —un gobierno títere encabezado por Pétain—, Miguel y otros muchos trataron por todos los medios de pasarse al ejército del general De Gaulle, y algunos lo consiguieron. Él terminó alistándose en la división blindada del general Leclerc, en una compañía de choque que era conocida como La Nueve.

—¿La Nueve?

—Sí, así, en español. La mayor parte de sus componentes eran antiguos combatientes republicanos. Fueron entrenados en Gran Bretaña antes de desembarcar en Normandía en agosto de 1944.

—¿Miguel estuvo en Inglaterra? —preguntó Antonia con asombro.

Julia asintió. Entumecida, se puso de pie.

—¿Te parece que caminemos mientras termino la historia?

Las dos mujeres iniciaron un paseo en dirección al centro de la ciudad y Julia continuó su relato.

—Cuando desembarcaron en Normandía formaban parte de las tropas comandadas por el general Patton y vestían uniforme norteamericano. Durante semanas avanzaron enfrentándose a las tropas alemanas hasta que el 24 de agosto se encontraron a las puertas de París. Entraron en la ciudad ese mismo día con varios vehículos blindados y tres tanques. Los parisinos creían que eran parte de las tropas alemanas asentadas en la ciudad, hasta que alguien reparó en que vestían el uniforme del ejército de Estados Unidos. Se trataba de la avanzadilla de las tropas que iban a devolver la libertad a la capital francesa. Puedes imaginar la confusión de los locales cuando vieron que aquellos blindados llevaban pintado en el morro nombres en español: Madrid, Guernica, España cañí, Brunete, Guadalajara... Recuerdo bien algunos de los nombres porque Miguel me los repitió en más de una ocasión. Aquellos blindados iban conducidos por militares que llevaban banderas republicanas cosidas a sus uniformes norteamericanos.

—¿Me estás diciendo que los soldados que liberaron París eran españoles y que Miguel se encontraba entre ellos?

—Así fue. A Miguel le podía la emoción cada vez que me lo contaba. Casi me aprendí la historia de memoria. La Nueve estaba comandada por un capitán francés, Raymond Dronne, pero su mano derecha era el teniente Amado Granell, valenciano, que fue el primer militar que entró ese día en el Ayuntamiento de París. Me contaba emocionado que aquella noche cantaron *Ay, Carmela* y otras muchas canciones republicanas hasta la madrugada.

»Pero los españoles de La Nueve todavía tuvieron que hacer frente al día siguiente a los contraataques y las emboscadas de los alemanes que ocupaban la capital. Sin embargo, no había terminado la jornada cuando el gobernador alemán, atrincherado en el Hotel Meurice con sus tropas de élite, se rindió por fin encañonado por un extremeño de La Nueve, Antonio Gutiérrez.

—No tenía ni idea —reconoció Antonia.

—Aquí se ocultó su gesta, claro está. Pero así me lo contó Miguel y se emocionaba cada vez que lo hacía. Como imaginarás, el régimen se ha ocupado de borrar esta historia de todas partes. En el NODO solo oirás hablar de la División Azul, pero jamás de La Nueve —se lamentó—. Al día siguiente el general Charles De

Gaulle recorrió a pie las calles de París desde al arco del Triunfo y la tumba del Soldado Desconocido hasta la catedral de Notre Dame, y cuatro de los blindados de La Nueve fueron los elegidos para abrir el desfile, y Amado Granell encabezaba el cortejo.

—¡Qué emocionante! ¿Y qué sucedió después para que Miguel terminara volviendo a España?

—En un primer momento los trataron como héroes, pero al poco comenzó a silenciarse su hazaña. La prensa francesa dejó de mencionar a La Nueve y pocos meses después se había conseguido construir un relato según el cual toda Francia había resistido a la invasión nazi y sus soldados habían liberado París. El único reconocimiento oficial fueron las medallas y otros honores militares concedidos a algunos miembros de la compañía. Amado Granell recibió la Legión de Honor y se le ofreció un puesto como comandante del ejército francés, puesto que rechazó porque implicaba abandonar su nacionalidad española. Esa medalla era la posesión más preciada de Miguel. —La voz de Julia se rompió en aquel momento.

—¿Aún la conservas?

—Como oro en paño. No tuve la oportunidad de depositarla sobre su pecho, como seguro que él hubiera deseado. —Las lágrimas se deslizaron por su rostro, y Antonia le apretó la mano con fuerza. Algunos transeúntes las miraron con curiosidad. Se detuvo un instante para sacar un pañuelo del bolso y se enjugó las lágrimas con él. Todavía sorbiendo la moquita, reinició la marcha en compañía de Antonia.

—Siempre me contaba que aquella noche en París todos durmieron pensando que tras la liberación de Francia los aliados ayudarían a combatir el fascismo en España, y que su liberación también estaba próxima. Nada más lejos de la realidad, algo que provocó la amargura y la desesperación de Miguel.

—¿Y por eso decidió volver a España?

—No podía hacerlo con su identidad real, habría sido detenido de inmediato, encarcelado y con toda probabilidad fusilado. Pero las autoridades francesas estaban en deuda con él. El recién creado Service de Documentation Extérieure et de Contre-Espionnage —Julia pronunció el nombre en francés—, la agencia de espionaje francesa, le proporcionó una nueva identidad.

—¡Hablas muy bien francés! —exclamó Antonia, admirada.

—Solo un poco, ahora te contaré por qué. También es parte de la historia de Miguel. Él hablaba francés e inglés, después de años de estancia en Francia y en Inglaterra. Además había coincidido durante la guerra civil con muchos miembros de las Brigadas Internacionales que a su llegada no entendían una palabra de español.

»Pues bien, defraudado por la actitud de los aliados con España, Miguel decidió regresar con esa falsa identidad.

—¿Y se cambió de nombre de pila? —volvió a interrumpir Antonia.

—En realidad, no. Su nombre era Miguel Ángel Gracia y en su nueva documentación figuraba como Miguel Latorre, un apellido frecuente en Tarazona, para no resultar llamativo si un día decidía regresar allí. Pero en principio viajó a Madrid, con la idea de establecer contacto con los republicanos en la clandestinidad.

—¡Qué valiente! ¿Y no le dio miedo que lo reconocieran?

Julia negó con el gesto.

—Date cuenta de que salió de Tarazona cuando era un adolescente, con dieciséis años. Cuando volvió a Madrid contaba veintiséis y su aspecto poco tenía que ver con aquel muchacho imberbe que acababa de perder a su padre.

—¿No tienes ninguna foto suya?

Julia entrecerró los ojos y sonrió. Se detuvo, abrió el bolso y rebuscó en su interior. Era solo la segunda vez que mostraba aquella fotografía, después de hacerlo por obligación en el despacho de Monforte. Se la tendió a Antonia.

—Madre mía, ¡qué guapo! —exclamó llevándose la mano al rostro con asombro—. No me extraña que estuvieras colada por él.

—¡Como tú por Andrés! —Julia bromeó, pero la nostalgia y la emoción se reflejaban en su semblante.

—¡Andrés no es tan apuesto ni tan guapo! Pero ¿cómo os conocisteis? —preguntó Antonia, sin dejar de mirar la fotografía. Una vez más se adelantaba al relato, ansiosa por averiguar el resto de una historia de la que solo conocía el dramático desenlace.

—Todavía tuvo que pasar un tiempo, y hay cosas de ese periodo que no conozco. El propio Miguel me pidió que respetara el secreto de aquella parte de su vida en Madrid. Me aseguró que lo hacía por mi seguridad. Yo intuyo que a su regreso a España trabajó para los servicios secretos franceses, tal vez a cambio de la ayuda que le habían prestado o tal vez a cambio de algo más. Porque lo cierto es que, a pesar de haber pasado ocho años de su vida luchando contra el fascismo, no regresó con las manos vacías. Seguro que, al menos al principio, recibía algún tipo de retribución a través de la embajada francesa. Pero todo esto son suposiciones mías después de atar cabos.

—¿Me quieres decir que Miguel trabajó como espía? ¿Como en aquella película americana que vimos hace poco? —preguntó mientras se detenía casi por completo.

Julia sonrió ante la ingenuidad y la adorable simpleza de Antonia.

—¿Qué quieres, que se entere todo Zaragoza? —sonrió Julia—. ¡Menos mal que estaba pasando el tranvía!

—Ay, perdona, pero es que no podía imaginarme algo así. Me tienes en ascuas.

—Miguel casi no pudo establecer contactos con antiguos republicanos en Madrid. La mayor parte estaba en el exilio o seguía en Francia, en México o en otros países hispanos. Y los que permanecían en la capital se encontraban demasiado amedrentados por el régimen. Hacía años que había terminado la guerra, pero seguía el goteo de detenciones, juicios, encarcelamientos y ejecuciones. —Julia hizo una pausa en aquel punto antes de decidir cómo continuar—. Bueno, lo cierto es que entonces empezó una nueva actividad, supongo que como parte de su nueva identidad. Después de la guerra faltaba de todo en el país, ya lo sabes, pero quienes habían permanecido fieles a Franco desde el principio contaban con su protección. La economía estaba controlada por el Estado, los precios de los productos básicos, también, el racionamiento en marcha, y claro, los jefazos del régimen empezaron a ver la posibilidad de enriquecerse, aunque fuera a costa de la miseria de la gente. Entonces fue cuando los políticos, los altos funcionarios, militares y algunos empresarios se metieron de lleno en el negocio del estraperlo que les proporcionaba beneficios fabulosos. En unos pocos años surgió en todo el país una tropa de nuevos ricos que contaban con la protección del régimen. Así es como amasaron sus fortunas muchas familias. Familias como los Monforte, Antonia —dejó caer.

—¡Pero eso no puede ser! —saltó Antonia—. Monforte es abogado y su despacho le da buenos beneficios, y su familia tiene varias minas en Teruel.

—No te digo que no, pero te aseguro que, desde el final de la guerra, muchos como él se han hecho con grandes fortunas gracias al estraperlo. Repasa por un momento quiénes se sientan a su mesa en esas magníficas cenas en las que doña Pepa suele estrenar mis vestidos. ¿Por qué crees que en vuestra casa no falta de nada?

Antonia se llevó la mano a la boca.

—¡Virgen del Pilar! —exclamó—. ¡Qué ciega he estado!

—Seguro que Miguel y sus contactos de los servicios secretos de Francia debieron de ver en ese afán de riqueza de esa gente la oportunidad de acceder a su círculo. Y así es como creo yo que adoptó su nuevo papel, infiltrado como comerciante de artículos que en España escaseaban, que casi eran un lujo por el aislamiento internacional y por la autarquía del régimen.

—No entiendo muchas de las palabras que usas, pero es igual, sigue.

—Esa palabra la empleaba mucho Miguel. —Julia rio con ganas—. Vamos, que en España no había de nada, y esos nuevos ricos estaban locos por beber y ofrecer en sus fiestas champán y coñac francés, vestir a sus esposas con los últimos modelos de París o servir en la merienda una taza del mejor té traído de las colonias inglesas a través de Londres. Y mira por dónde, Miguel conocía ambas ciudades, hablaba casi a la perfección francés e inglés, era joven, atractivo y tenía don de gentes. Así que no le fue difícil introducirse en el círculo más selecto de la capital con su identidad falsa. Durante un tiempo viajó entre las tres ciudades, compró un almacén en las afueras de Madrid y desde allí inundó con sus productos las mansiones de las gentes acomodadas, las fiestas en los hoteles más renombrados y algunas de las tiendas más selectas de la ciudad. Y como la escasez de esas mercancías le permitía elevar el precio a su antojo, lo hacía, sabiendo que era un auténtico robo, pero estaba robando a ladrones. Por supuesto, el fin primordial era obtener la mayor cantidad de información posible de sus contactos en aquellos círculos a los que tenía acceso por sus negocios.

Julia hablaba con calma, y lo hacía como si estuviera dando forma a la peripecia de Miguel para sí misma. Era la primera vez que se oía hilar la historia en voz alta, y sentía que le estaba sirviendo como revulsivo, como un remedio para el mal que aquejaba su espíritu desde que él faltaba.

—Cuando dos años después decidió regresar a Tarazona, la ciudad donde había nacido, era un hombre rico a pesar del poco tiempo transcurrido —continuó—. Imagínate el dinero que se debía de mover en esos círculos cercanos al poder. Pero, claro, no pudo tomar posesión de la vivienda familiar, cerrada y abandonada desde la muerte de su madre al poco de terminar la guerra civil, porque Miguel Ángel Gracia ya no existía. La casa había pasado a manos de un hermano de su padre y de estas a las de su única hija, su prima, con quien no había mantenido especial relación durante su infancia a causa de las diferencias políticas entre ambas familias. Pero tampoco le importó el obstáculo, porque su intención era invertir sus ganancias comprando fincas en la ciudad. Es lo que hizo, adquirir varios solares e inmuebles a través de un despacho de abogados muy conocido, que se hicieron cargo de todos los trámites inmobiliarios, de bancos y de notarios. Pensó que tiempo habría, cuando el paso de los años permitiera declarar oficialmente la defunción de Miguel Ángel Gracia, de adquirir de manos de su prima la vieja casa familiar que tantos recuerdos albergaba. De momento se instaló en una casita que se asomaba al río, muy cercana al centro de la ciudad.

—Pero en Tarazona todos lo conocerían —se extrañó Antonia.

—Ya te digo que el paso de los años lo había cambiado muchísimo. Una vez me enseñó dos viejas fotografías tomadas poco antes de la guerra y en ellas se veía a un niño alto y espigado, de aspecto todavía infantil y vestido con ropas ajadas, heredadas de su hermano mayor. Nada que ver con el hombre que yo conocí al poco de instalarse en Tarazona, bregado durante años en dos guerras, trajeado y elegante, y que lucía una barba espesa y bien cuidada que había terminado de completar su transformación.

—¿Cómo os conocisteis?

Habían llegado a la plaza de España y de manera espontánea continuaron por el Coso en dirección a la calle de Alfonso I. A su espalda quedaban los ventanales del bufete de Monforte.

—Has venido a hablar de ti y llevamos media hora con mi historia. Podemos continuar otro día y seguir hablando ahora de Andrés y de ti.

—¡De ninguna manera! No me puedes dejar en lo más interesante —rehusó Antonia.

—Está bien —concedió—. Nos conocimos en la clínica del doctor Blasco, donde yo trabajaba. Acudió una tarde por un problema sin importancia, pero que le incomodaba mucho. Recuerdo que tuve que salir de la consulta para que don Herminio procediera a la exploración de parte tan íntima.

Las dos jóvenes rieron.

—¿Almorranas? ¡Qué romántico!

—Aún recuerdo el tratamiento que le recetó el doctor, pomada Anusol para hemorroides —rio—. La verdad es que, a pesar de una consulta tan poco digna, el porte de Miguel me dejó impresionada. No te puedes imaginar qué hombre. Alto, fuerte, guapo, bien vestido y con aquella barba que le daba un aspecto exótico e imponente.

—¿Un amor a primera vista?

—¡Mírala, la mosquita muerta! —exclamó—. ¿Qué sabes tú de amores a primera vista?

—También es de alguna película, no recuerdo cuál —se explicó Antonia—. ¿Y él? ¿Se había fijado en ti?

—Pues al parecer, sí —sonrió—. Y no se anduvo con rodeos, supongo que no le pasó por alto la impresión que me había causado al entrar en la consulta. Fue sobre seguro. Al día siguiente por la tarde, al salir de la clínica, me esperaba al otro lado de la calle. Simplemente se me acercó, me saludó y me preguntó si me gustaría tomar un café con leche con él. Recuerdo como si fuera ahora el revuelo en mi pecho, el corazón debió de empezarme a latir a toda máquina. ¡Si no me lo había podido quitar de la cabeza desde la víspera! Y claro, lo dudé poco.

—¿Saliste a solas con él sin conoceros de nada, sin haber hablado apenas?

—Ya te digo que no lo dudé ni un momento —insistió—. Y mi corazón no me engañaba. Después de una semana de vernos a diario, estaba enamorada de él hasta el tuétano.

—¡Madre mía! Pero ¿es posible?

—¡Vaya si lo es!

—Si no te conociera pensaría que fuiste una fresca.

Si a Julia le sentó mal el comentario hizo lo posible por ocultarlo.

—Mira, Antonia, vengo de una familia bastante liberal. Ni mi padre ni mi madre comulgaban con la moral católica, así que me educaron con los valores republicanos; y nunca me ha importado demasiado lo que piensen los demás. Durante meses nos vimos a diario cuando sus viajes se lo permitían. Nos encontrábamos en su casa de manera discreta, y cuanto más sabía de él más me enamoraba. No habían pasado tres meses cuando me reveló el asunto de su nombre falso, pero lo hizo para explicar el hecho de que no pudiera pedirme matrimonio. A pesar de nuestros deseos, sin la partida de bautismo con la nueva identidad de Miguel era imposible pensar en pasar por la iglesia para casarnos.

—Pero ¿os acostabais juntos? ¿Desde el principio? —La muchacha parecía escandalizada.

—¡Antonia, por favor, bájate del guindo! —exclamó, riendo con ganas y atrayendo la atención de un matrimonio de ancianos a los que rebasaban—. ¿De dónde crees que vino mi pequeño?

—Pero vivíais en pecado, en concubinato. Eso nos lo explicaba mosén Gil en su catequesis.

—Lo siento si te estoy escandalizando, Antonia. Sé que a ti te han inculcado una profunda fe religiosa, por tus padres, posiblemente por tus maestros y por tus confesores, pero yo no la tengo. Lo cierto es que para el día del Pilar de hace dos años ya intuía que podía estar embarazada. Tenía un ligero retraso y las náuseas empezaban a adueñarse de mi vientre. Para Todos los Santos estaba segura.

—¿Y cómo reaccionó Miguel al saberlo?

—De la única manera posible, tratando de buscar una solución. Ya te he dicho que no podíamos pensar en casarnos porque no había partida de bautismo, y existía el riesgo de que si un cura constataba eso pudiera poner sobre aviso a las autoridades. Así que no quedaba más que una salida.

—No se me ocurre ninguna.

—Pues la había, y era una salida que a los dos nos llenaba de esperanzas y de emoción: Miguel me propuso marcharnos de España, ir a vivir a París, ¿lo puedes creer? —evocó con una sonrisa—. Él podría continuar desde allí con sus negocios y yo no tendría inconveniente en encontrar empleo en una clínica en cuanto dominara el francés lo suficiente. Fueron los meses más hermosos que recuerdo. Sentía la nueva vida que crecía dentro de mí y Miguel compartía conmigo su deseada paternidad. Le gustaba colocar la oreja en mi vientre por ver si oía el latido del pequeño. Y a mí me hacía cosquillas con la barba. Así que aquellas pocas semanas me dediqué a aprender francés de manera intensiva.

—Madre mía, ¡qué decidida! ¡París! Donde está esa torre tan alta, ¿cómo se llama?

—La torre Eiffel.

—Yo jamás me atrevería a irme a vivir allí. Eres muy valiente, ir a París sin saber francés —dijo Antonia, como para sí misma—. A mí me gustaría aprender francés... ¿Quién te enseñó?

—El único profesor que encontramos en Tarazona era mosén Francisco, un viejo sacerdote que enseñaba esa lengua en un colegio de la ciudad, precisamente al que había asistido Miguel en su infancia, y ante la urgencia accedió a acudir a casa dos horas cada tarde. Yo, por mi parte, dedicaba la mayor parte del día a hacer los ejercicios que me marcaba y a aprender de memoria largas listas de vocabulario.

Como si anticipara lo que vendría a continuación, Julia sugirió tomar asiento en uno de los bancos de la plaza del Pilar.

—Nuestra idea era emprender viaje antes de que empezara a ser evidente mi estado; en cualquier caso, antes de terminar el año. Para evitar contratiempos al obtener mi pasaporte y evitar que me pidieran el permiso paterno o de mi esposo, Miguel recurrió otra vez a sus contactos en la embajada de Francia, y ellos falsificaron el documento. Pero todo se torció tres días antes de la Navidad. La actitud de mosén Francisco se había vuelto extraña los días anteriores y, por eso, Miguel estaba alerta. Desde el lunes de aquella penúltima semana del año había seguido los pasos del sacerdote sin ver nada fuera de lo normal. Pero en la tarde del miércoles, el 21 de diciembre, observó que, al salir del colegio, en vez de dirigir sus pasos hacia nuestra casa junto al río para darme clase, se encaminó hacia el cuartel de la Guardia Civil. Había reconocido a aquel antiguo alumno y se disponía a denunciarlo ante las autoridades. Miguel tuvo el tiempo justo de volver a casa para tomar el equipaje que ya tenía preparado sin decirme nada, sin duda para no preocuparme. Me contó lo que pasaba y me aseguró que volvería en mi busca en cuanto fuera posible. Yo estaba aterrada. Recuerdo que se sentó a la mesa, cogió una hoja de papel y garabateó con prisa un escrito mientras me prometía que nuestro hijo nacería en París. Después colocó en mi regazo una carpeta llena de papeles con el encargo de guardarla en lugar seguro y no separarme de ella. Solo la abrió para poner dentro el papel que acababa de firmar. Me puso la mano en el vientre y me dio un largo beso de despedida; tras asegurarme que me quería más que a nada en el mundo y prometerme otra vez que sabría de él en pocos días, tomó el equipaje y salió de casa. Al poco oí el ruido del motor de su coche, que acabó perdiéndose en la lejanía. Fue la última vez que lo vi con vida.

Antonia apenas comprendió las últimas palabras del relato de Julia porque estaban entrecortadas por el llanto. De nuevo se agarraron de las manos con fuerza y durante un largo rato permanecieron en silencio. Poco a poco, Julia recuperó el control.

—Voy a terminar lo que he empezado. Siento que necesito hacerlo —anunció antes de retomar la historia—. No había pasado ni un cuarto de hora cuando sonaron varios golpes en la puerta de la casa. Era el capitán de la Guardia Civil acompañado de varios números. Preguntaban por Miguel Ángel Gracia. Por supuesto, yo respondí que no conocía a nadie con ese nombre, lo que me costó que un sargento me soltara una bofetada en la cara a la vez que me llamaba puta con desprecio. Registraron la casa con prisa, pero no encontraron nada comprometedor y, al comprobar que Miguel ya no estaba allí, no perdieron mucho tiempo conmigo. Corrieron de regreso al cuartel, sin duda con la intención de telegrafiar a las comandancias cercanas y a la Policía Armada para facilitarles los datos de Miguel y del Fiat negro que conducía.

»Tuve noticia de lo que pasó después cuando al día siguiente, después de pasar la noche en vela, corrí en busca del periódico rezando por que no hubiera ninguna mala noticia. Pero allí estaba. No podía ser otro. Ya entrada la noche, su vehículo había sido interceptado en la entrada de Zaragoza por la Policía Armada y, al hacer caso omiso a las señales de alto, lo mataron a balazos en las cercanías de Campo Sepulcro.

Quien lloraba en esta ocasión era Antonia. Las dos mujeres se abrazaron con fuerza, ajenas a las miradas de los transeúntes.

—¡Cuánto has tenido que sufrir! ¡Cuánto! —le susurró al oído. Tenía los ojos cerrados para tratar de evitar las lágrimas, pero tuvo que aflojar el abrazo para rebuscar un pañuelo en el bolso.

Ambas se quedaron sentadas, secándose el rostro frente a las dos torres de la imponente fachada de la basílica.

—Solo me queda un consuelo —concluyó Julia—, y es que Miguel me dejó una parte de él. De no haber sido por la criatura que crecía en mi vientre no habría podido soportarlo.

—¡Cómo te entiendo ahora, Julia!

—En la carpeta que me dejó se encontraba el futuro de mi hijo.

Antonia había olvidado aquel detalle, embargada por la emoción como estaba. Al recordar Julia su existencia, la curiosidad se abrió paso.

—¿Qué contenía? —preguntó.

—El testamento de Miguel, en el que me dejaba todos sus bienes, las escrituras de sus propiedades, ya a mi nombre; los números de sus cuentas bancarias y un contacto en el despacho de abogados con el que trabajaba. Allí me ayudaron mucho con todos los papeles, y mi hijo y yo tenemos la vida resuelta en lo económico. Pero con todo, lo más importante para mí era aquel documento que Miguel había escrito de su puño y letra y firmado en el último momento: una simple hoja en la que reconocía la paternidad de nuestro hijo.

—¿Intuía que lo podían matar?

—No tengo ni idea de lo que pasaba por su cabeza, Antonia. Estoy segura de que, aunque se sintiera perseguido, me lo habría ocultado para no preocuparme, y más conociendo mi embarazo. Todas sus esperanzas estaban puestas en cruzar la frontera y marchar a París, de eso no tengo duda. Pero después le he dado muchas vueltas, y el hecho de que dejara Madrid para regresar a Tarazona no termina de resultar comprensible, teniendo en cuenta que todos sus contactos y su negocio se encontraban allí. También me resultó extraño el despliegue de las fuerzas del orden el día en que fue delatado. Tal vez los servicios de información del régimen sospecharan de él y estuvieran sobre su pista, y por eso decidió quitarse de en medio y abandonar Madrid. Pero es algo que nunca sabré con certeza.

—¡Madre mía, Julia! Ni en sueños habría podido imaginar una historia igual. —De nuevo había tomado la mano de su amiga entre las suyas y le acariciaba el dorso con afecto—. ¡Qué dolor, una pérdida como esta! ¡Pero qué fuerza has demostrado! ¡Venir a Zaragoza tú sola y con tu hijo en la barriga, y abrirte camino así! Te admiro tanto...

—Habrías hecho lo mismo en mi situación, Antonia, estoy segura. ¿Qué opción me quedaba? ¿Permanecer sola en Tarazona para ser señalada por todos cuando fuera evidente mi estado? Además, tenía que encontrar el lugar donde habían enterrado a Miguel, necesitaba estar cerca de él. Tener un sitio donde poder hablarle.

—Por eso subes tan a menudo a Torrero —se explicó Antonia, cabeceando—. Pobrecilla. ¿Me dejarás que te acompañe algún día?

Julia asintió en silencio. Entonces abrió el bolso de nuevo, volvió a hurgar en el interior en busca de su cartera y extrajo otra fotografía que le tendió. En ella aparecía Julia con un vestido estampado sentada en una silla. Detrás, el fondo entelado de cualquier estudio de fotografía y a su lado, de pie, Miguel.

—¡Qué guapos! —exclamó Antonia—. No me la habías enseñado nunca.

—Esta la había perdido. No sé si en el registro de la casa de Tarazona se la llevó la Guardia Civil, pero lo cierto es que no conseguí encontrarla, aunque me volví loca buscándola. Tampoco estaba entre la documentación de Miguel que la Policía Armada me devolvió a través de Monforte. Solo guardaba la imagen que has visto de su rostro antes de dejarse barba, la que utilizamos para el libro de familia. Pero me torturaba la idea de que mi hijo no tuviera la oportunidad de conocer a su padre en una imagen como esta, de cuerpo entero. No fue hasta hace unos meses que caí en la cuenta de que tal vez el fotógrafo de Tarazona que nos retrató podía conservar el negativo. Cogí el coche de línea y sí, por suerte pude conseguir esta copia, por eso la ves tan nueva.

—¿Y qué tiene que ver Monforte en todo esto? —preguntó Antonia extrañada.

—Recurrí a él para tratar de arreglar los papeles de mi hijo. Por eso ahora lleva el apellido de su padre.

—¿A pesar de no estar casados?

—Parece ser, Antonia, que en este país todo es posible si puedes pagar por conseguirlo. Te aseguro que en mi caso el precio ha sido muy elevado. —La amargura asomó a la voz de Julia—. Pero ahora soy la viuda de Miguel Latorre con todas las bendiciones, y mi hijo se llama Miguel Latorre Casaus. Doy por bien empleado el esfuerzo que me ha supuesto.

—¡Me siento tan estúpida, Julia! —espetó Antonia entonces usando la mano para cubrirse la cara, como si estuviera avergonzada—. Ahora que sé por lo que has pasado, mis problemas me parecen insignificantes.

—No lo son, Antonia, en absoluto. Y estoy muy contenta de que hayas decidido confiarte a mí —respondió Julia con cariño—. Lo que no sé es si voy a poder ayudarte, porque la decisión depende solo de ti.

—No, no hay decisión que tomar, solo tengo un camino —objetó Antonia.

—Eso no es cierto y lo sabes —la contradijo de nuevo con firmeza—. Si no tuvieras más que una salida no estarías en este estado de zozobra. Sabes que hay otra, y además desearías que se hiciera realidad. Intenta analizar la situación. Imagina por un momento que tu hermano no existe. Eres hija única y tus padres te han mandado a servir a Zaragoza porque en el pueblo no hay mucho que llevar a la mesa. Cuando llevas unos años aquí, aparece en tu vida un muchacho que te gusta. Aparece Andrés. Y ese chico, apuesto, simpático, cariñoso, que sin duda conoce a decenas de chicas que estarían deseando convertirlo en su novio, se fija en ti y te propone una relación más formal que la simple amistad dentro del grupo de amigos. Responde con sinceridad, Antonia. Respóndete a ti misma. ¿Cuál sería entonces tu respuesta? ¿Aceptarías ser su novia?

—Sí.

—Entonces el único obstáculo es la obligación que tú misma te has impuesto de dedicar tu vida a cuidar de tus padres y de tu hermano. ¿Lo has hablado con ellos? ¿Has pensado en sincerarte y revelarles la existencia de Andrés? A tu hermano lo tienes aquí, y a tus padres los verás mañana mismo. ¿No crees que es el momento de sentarte con ellos y hablar de tu futuro?

—¡Es impensable, Julia! No hay nada que hablar. Sé lo que se espera de mí. Las hermanas de los sacerdotes siempre se han quedado solteras para atender la casa parroquial y a sus padres mayores. Es así como está mandado.

—¡Pero eso es injusto! Tu hermano ha elegido lo que quiere ser, va a optar por el celibato si finalmente es ordenado sacerdote. Pero lo que tú me planteas es tanto como hacer ese celibato extensivo a tu persona. Con la diferencia de que no es algo que tú hayas elegido. ¡No puedes aceptar una soltería impuesta por las normas sociales!

—No es cierto, Julia. Sí que lo he elegido yo, mi hermano jamás me lo pediría. En mi casa nunca se ha hablado del tema, pero es lo que hay que hacer. Me sentiría la mujer más miserable si los abandonara ahora.

—¿Y has pensado cómo va a ser tu vida perdida en una aldea de la sierra? —Julia insistía tratando de buscar todos los argumentos que le venían a la cabeza, aunque sabía que se repetía—. Puede estar bien para una chica que nunca ha salido del pueblo, que no desea otra cosa simplemente porque no la ha conocido. Pero tú has probado lo que es la vida en la ciudad, los cines, el baile, salir los domingos a pasear con los amigos, ir a la bolera, al canódromo, a bañarnos al río. Y, sobre todo, que has conocido a un chico que te gusta, ¡narices!

—Claro que he pensado en eso, Julia, y no me disgusta la vida en el pueblo. Siempre podré volver a Zaragoza de visita, o podréis venir vosotros a verme.

—Hay otra cosa a la que vas a renunciar, Antonia. He visto cómo miras a Miguel desde el día en que nació y sé que tienes dentro el deseo de ser madre. Adoras a los niños. ¡Si se te van los ojos detrás! Serías una madre ideal, pero también has decidido suprimir ese anhelo. Antonia, si lo haces, estarás amargada el resto de tu vida. Cada vez que veas a una recién casada en estado, te vas a sentir desgraciada, sabiendo que nunca experimentarás lo que se siente con tu propio hijo entre los brazos, ese amor inmenso que te invade cuando se alimenta de ti, tan indefenso. De verdad, me gustaría compartir contigo, aunque fuera un segundo, esa sensación.

Julia supo que acababa de tocar una fibra sensible, porque, de nuevo, los ojos de Antonia se llenaron de lágrimas. Y decidió seguir adelante, aprovechar aquel momento en que su amiga había bajado las defensas para intentar el asalto definitivo a su refugio siempre inexpugnable.

—Por pudor nunca he tocado este asunto contigo, pero creo que debo vencerlo para hablarte de algo que nunca has sentido, por el mero hecho de que nunca has estado con un hombre. —Julia hizo una pausa, indecisa, pero siguió adelante con tono persuasivo—. El placer carnal, Antonia, es la mayor bendición que el Creador ha puesto ahí para el goce de sus criaturas.

—¡Pero si tú no crees en Dios! —Antonia respondió con una gracia para ocultar el rubor que le producía el tema.

—¡Pero tú sí! Créeme, me resulta muy difícil explicártelo sin que lo hayas probado, pero no hay nada más grande para una mujer que la plenitud del amor compartido con el hombre al que amas. Espero que no te escandalice lo que voy a decirte, pero nunca he estado más cerca de creer en Dios que en el momento de alcanzar un orgasmo en los brazos de Miguel.

—¡Pues sí, me estás escandalizando!

—¡Malditos curas! ¡Maldito sexto mandamiento! ¡Cuánto mal

hacen a mujeres como tú! —murmuró Julia, intentando controlar su indignación.

—¡Julia, basta ya! ¡Deja de blasfemar!

Julia asintió arrepentida. No era aquello lo que pretendía.

—Tienes razón, Antonia, perdóname. Pero es que no veo qué mal hay en que un hombre y una mujer que se aman disfruten de sus cuerpos sin la carga de la culpa. Es un instinto natural, y nadie que lo haya probado es capaz ya de renunciar a ello. Hace un rato me has hablado del calambrazo que sentiste al coger a Andrés del brazo. No sabes la rabia que me da que renuncies a ir más allá. Trata de imaginar por un instante el contacto de vuestros cuerpos desnudos bajo las sá...

—¡Basta ya, Julia! —cortó Antonia. Se puso en pie de un salto y le dio la espalda al tiempo que, cabizbaja, se tapaba el rostro con la mano diestra.

Su amiga no podía saberlo, pero desde que Julia había sacado aquel tema, su cabeza había vuelto al cuarto de baño de Monforte, al cuerpo desnudo frente a ella, a aquel miembro erecto que solo era una horrible amenaza. El sexo para ella era, gracias a aquel monstruo, violencia, intimidación, miedo, insomnio, angustia. Y lo peor era que temía que aquello siguiera siendo así aun al lado de cualquier hombre, por mucho que lo amara. No, Julia no podía saberlo, probablemente nunca lo sabría, pero hablarle de sexo, lejos de ser un acicate para mudar su decisión, añadía más tribulación y más temores a la posibilidad de iniciar una relación con Andrés. Sintió que la náusea la invadía.

Julia miraba a su amiga de hito en hito, incapaz de comprender su reacción airada.

—Lo siento, Antonia, solo quería ayudarte. Trataba de poner ante tus ojos todo lo que deberías tener en cuenta antes de tomar una decisión. Perdona si me he excedido.

—¿Sabes lo que te digo? —Antonia estaba al borde del llanto—. Que estoy deseando que pase este año para marcharme de aquí y no regresar jamás. ¡Anda que no voy a vivir más tranquila en un pueblo perdido entre montañas!

Julia la miró alarmada.

—Antonia, a ti te pasa algo. Algo me ocultas. —Puesta de pie, trató de tomarla del brazo con cariño—. Puedes hablar conmigo con total confianza, aquí me tienes para...

—Déjame, Julia —le cortó mientras se deshacía de su contacto con brusquedad—. No me puedes ayudar. ¡Ni tú ni nadie podéis hacerlo!

Julia permaneció clavada en el sitio, atónita, mirando a Antonia que se alejaba tapándose la cara con las manos y con la espalda sacudida por el llanto.

Antonia encendió la luz de su habitación y tomó asiento en el escritorio. Acababa de saber que su hermano disponía de permiso para acompañarla a El Villar aquel mismo martes, por lo que se habían citado en la estación del coche de línea a la mañana siguiente. Pero antes de preparar su escaso equipaje, tenía algo que hacer. Destapó el tintero, cogió la plumilla y la mantuvo en el aire mientras pensaba cómo encabezar la carta. Después la introdujo en el recipiente, sacudió el exceso de tinta y comenzó a escribir con su mejor caligrafía:

«Querida señora Francis...»

28

Viernes, 7 de septiembre

—El verano que viene tienes que ir, Andrés. Pero te lo digo de verdad, no es una ocurrencia, venía pensándolo por el camino. San Sebastián es otra cosa, nada que ver con esto, y cada año que pasa, más. —Se encontraban en uno de los bares del Tubo donde eran ya habituales y Sebastián hablaba con entusiasmo, con la mano en el hombro de su amigo. Le acababa de contar que días atrás había tenido una aventura, pero sin dar más detalles.

—¡Eso hace falta, que te lleves mi clientela a San Sebastián! —bromeó el propietario, con la oreja puesta en lo que hablaban.

—¡Hombre, Benito, que serían unos días! —le respondió molesto, no tanto por haberse metido en la conversación, algo habitual, sino por no seguirle la corriente. De nuevo se centró en Andrés—. ¿No te iba a dejar don Ignacio que te tomes una semana de vacaciones en agosto?

—Igual sí, si se lo pido. En verano hay menos trabajo con las calefacciones, claro —respondió con escaso entusiasmo—. Pero ¿dónde me meto yo en San Sebastián? Me dejo el sueldo del mes si tengo que pasar una semana en un hotel, con lo caro que dices que es aquello.

—Ya te miraría yo algo, no jodas. Que hay pensiones y hostales a buen precio. Y, si no, convenzo a doña Pepa para que te deje estar en Villa Margarita una semana. Repasas las cañerías por la mañana, y por la noche de juerga, a repasar otra clase de *cañerías*.

—¡Eso son amigos, Andrés! —rio Benito—. ¡Para que te quejes!

—No me quejo, no —rio también—. ¡Anda, pon otros dos vinos! Y dos banderillas. Pero tú me vas a contar ahora mismo cómo fue.

Sebastián hizo un gesto en dirección al camarero, que se había vuelto en busca de la jarra del vino, y negó frunciendo el ceño. Señaló una de las mesas de mármol junto al ventanal. Andrés comprendió que no quería dar cuartos al pregonero y asintió.

Sacó un billete de cinco pesetas y se lo tendió al camarero.

—Anda, cóbrate todo.

—Ya puedes pagar tú las rondas, ya, que te acaban de invitar al veraneo.

—Eso ya se verá, hablador —respondió Andrés, medio en serio, medio en broma.

Esperó a que le diera la vuelta y entre los dos llevaron los vinos y las banderillas a la mesa. Andrés se quitó la boina y la dejó encima de la mesa.

—Cuenta... —pidió impaciente en cuando estuvieron sentados.

—Pues mira, fue un sábado por la noche, en plena Semana Grande. Resulta que don Emilio y doña Pepa tenían cena en un hotel cerca de La Concha y yo, claro, tuve que llevarlos hasta allí. Debía de ser de postín, porque los dos iban de punta en blanco y Monforte me había tenido toda la mañana sacando brillo al coche y cepillando la tapicería, porque lo quería como los chorros del oro.

—Vamos, que tenían que dar el pego.

—No, dar el pego no, que los Monforte no tienen nada que envidiar a los que fueron llegando allí. Lo único que les faltaba eran los guardaespaldas que llevaban algunos. —Sebastián bajó la voz—. Había coches con matrícula de Madrid; si alguno de aquellos no era ministro, qué poco le faltaría.

—Bueno, al grano—apremió Andrés.

—Bueno, ya te he contado lo que pasa en estas cenas. Los chóferes nos solemos quedar esperando en los coches hasta que los señores quieran salir a las tantas de la mañana. Algunos, conductores y guardaespaldas, se juntan en corrillos para matar el rato echando unos cigarros, pero me tiene dicho don Emilio que no le gusta que hable con los chóferes de los otros invitados a sus fiestas.

—¿También eso? —se extrañó Andrés.

—La verdad es que no le falta razón. Si oyeras a algunos... les falta el tiempo para despellejar a sus amos y para contar con pelos y señales todo lo que se cuece en sus casas. A lo que vamos, yo sí que hablé con alguno, que la espera se hace muy larga, pero de tonterías, de fútbol y poco más. Al final me acerqué a la barandilla de

La Concha para encenderme un cigarro y dar un paseo por allí, que hacía una noche perfecta. No veas lo bonito que es pasear oyendo las olas allá abajo, con la brisa soplando y ese olor a mar. Ganas me daban de bajar las escaleras, quitarme los zapatos, y ponerme a andar descalzo por la arena.

—Yo lo habría hecho —aseguró Andrés—. ¿Ellos cenando como marqueses y tú no puedes ni mojarte los pies en la playa mientras esperas? Y además sin cenar, seguro.

—Bueno, ya voy enseñado, y Francisca me había preparado una buena merienda cena antes de salir.

—Bueno, ¿y qué pasó?

—Pues yo me había quitado la gorra de plato, me había aflojado la corbata, y estaba apoyado en uno de los pilares de la barandilla mirando al paseo cuando vi venir a una mujer caminando desde la zona del casco antiguo.

—¿Una mujer? ¿Pero cómo? ¿Sola? ¿No sería una fulana?

—¡Calla, coño! ¡Qué va a ser una fulana! Déjame hablar, joder.

—¡Vale, vale, perdone usted!

—A ver, San Sebastián está lleno de extranjeros que van allí de veraneo, sobre todo franceses y alemanes. La bahía es preciosa, pero sobre todo les gusta el clima y el ambiente de la ciudad, que siempre ha sido muy distinguido. Aristocrático, como dice doña Pepa —bromeó—. Muchos hoteles de lujo, restaurantes, mansiones... ya sabes. Pues esta era una de esas. Hablaba español bastante bien, pero tenía un acento muy fuerte, creo que alemán.

—¿Te habló ella?

—Sí, aflojó el paso cuando llegó y se acercó. Se disculpó con mucha educación y me preguntó por la dirección de un local que yo no conocía. La verdad es que, a la luz de las farolas del paseo ya me pareció muy guapa, y eso que andaría por los cuarenta o más. Era casi más alta que yo, delgada, el pelo rubio recogido y unos ojos claros preciosos.

—¿Y qué? ¿Tenía buenas...? —Andrés se colocó las manos abiertas delante del pecho, riendo.

—¡Serás bruto! —sonrió también Sebastián—. Pues sí, llevaba un vestido ajustado que le resaltaba mucho el busto. Una clase de mujer que no se ve en Zaragoza, te lo aseguro. Pero entre los veraneantes extranjeros no llama tanto la atención.

—¿Y qué?

—Pues parecía un poco disgustada y me dijo que no le apetecía buscar sola el sitio aquel, que se volvía a su habitación. Resulta que se alojaba en el mismo hotel donde cenaban los Monforte. Y entonces me preguntó si estaba esperando a alguien de aquella fiesta. Le conté lo que había, que tenía que hacer tiempo allí durante horas hasta que terminaran, que tal vez me recostara más tarde en el coche para descabezar un sueño. La verdad es que se extrañó bastante y siguió haciendo preguntas. Y va, se apoya en la barandilla y empieza a comentar lo bonita que se veía la bahía de noche. Y como quien no quiere la cosa... igual me tiré media hora hablando con ella.

—Y tú con los ojos como platos, ¿no?

—Pues imagínate, no me había visto en otra igual. Una alemana chapurreando español con un chófer de Zaragoza a la orilla de La Concha. ¡Pero lo bueno vino después, amigo! Va y me dice que estaba cansada de estar de pie, que si yo no estaba cansado también, y que si quería entrar un rato a la cafetería del hotel, que le gustaría que le contara cosas de España; que así pasaría el rato más rápido para los dos.

—¡No jodas! —exclamó Andrés.

—Ya te puedes imaginar que me negué en redondo. Pero ella insistió, me aseguró que no pasaba nada por tomar una copa juntos para matar el rato, y casi me agarró de la mano para hacerme cruzar la calle.

—¡No me lo puedo creer!

—Pues créetelo. Tenías que haber visto la cara del recepcionista cuando cruzamos el hall en dirección a la cafetería.

—¿El hall? ¿Qué es eso?

—El vestíbulo, joder. Allí lo llaman así, en inglés. Me hizo sentarme en una butaca junto a una mesa baja y llamó al camarero. Yo no tenía ni idea de lo que se tomaba allí, así que pedí una cerveza. Ella pidió un combinado, y le dijo al mozo que lo cargara en su cuenta.

—Qué refinado, ¿no? «Cárguelo en mi cuenta» —remedó Andrés entre divertido y asombrado.

—Entonces se presentó. Dijo que se llamaba Angelika, con «k», y que vivía en Hanover. Me dijo que viajaba con otra persona, pero que esta había tenido que regresar a Alemania por un asunto urgente, y habían decidido que ella esperaría allí hasta su vuelta.

—¡Madre mía, Sebastián! ¡Esa mujer está casada!

—No lo sé, Andrés. Desde luego, alianza no llevaba. Ni siquiera sé si esa otra persona era un hombre o una mujer. Lo cierto es que pasó la medianoche y seguíamos hablando. Sacó a relucir el lujo de aquel sitio, la magnífica decoración de las habitaciones, las vistas a la bahía, los baños forrados del mejor mármol y yo le dije que nunca me había alojado en un hotel como aquel. Y entonces, medio en broma, medio en serio, me preguntó si quería subir a ver la habitación y, de paso, tomar otra cerveza.

Andrés se removió en el asiento y resopló.

—¡Me estás poniendo malo!

—Malo estaba yo a esas alturas, te lo puedo asegurar. ¡Si es que estaba claro lo que quería!

—¡Y tan claro! Una mujer de cuarenta o más, sola, se tropieza con un buen mozo de veintiocho con al menos un par de horas por delante...

—Gracias por lo de buen mozo —rio Sebastián.

—¿Y qué le dijiste?

—¡Pues que sí, joder! ¿Qué le iba a decir? Que me gustaría ver una habitación de aquellas. ¿Qué hubieras hecho tú en mi lugar?

—¿Hace un mes, antes de mi desengaño? ¿O ahora? —trató de bromear Andrés—. Ahora no me lo pensaría ni un segundo.

—Pues yo tampoco me lo pensé.

—¿Y pasó lo que me imagino?

—No.

—¿Que no? —Andrés abrió los ojos, sorprendido.

—¡Pasó mucho más de lo que te puedas imaginar!

Los dos rieron con ganas.

—¡No jodas!

—Nunca me había acostado con una mujer así, Andrés. Es que ni siquiera sabía que existieran. ¡Si fue ella la que me hizo el amor! Y de todas las maneras que se te ocurran —contó con vehemencia, pero en un susurro—. En cuanto entramos y cerró la puerta se acercó y me besó, pero no veas de qué manera. Se quitó la blusa y me sacó la camisa por la cabeza. Sin ningún pudor, con todas las luces encendidas. Y ya en la cama... ¡Dios, qué mujer! Experimentada, sin rastro de pudor... ¡y te juro que inagotable!

—Mejor te vas a callar —pidió Andrés, azorado, al tiempo que con disimulo metía la mano bajo la mesa para acomodarse la entrepierna.

—Sí, lo que pasó allí aquellos días, entre aquellas cuatro paredes se queda.

—¿Cómo que aquellos días?

—Joder, que nos vimos cuatro días casi seguidos.

—Pero ¿qué me estás contando? —Andrés lo miraba de hito en hito.

—Parece que la tal Angelika llevaba tiempo a dieta, por lo que me dejó entrever, y aquella semana vio abiertas las puertas del cielo.

Los vasos de vino y las banderillas seguían intactos, en el mismo sitio donde los habían dejado. Por un instante, los dos jóvenes se quedaron callados.

—¡Vamos a brindar, coño! —exclamó entonces Andrés. Cogió un vaso y esperó a que Sebastián tomara el suyo para entrechocar el cristal—. ¡De un trago!

—¡De un trago! —exclamó Sebastián.

—Y ahora mismo te vas a pagar otras dos rondas, sinvergüenza. —Dejó el vaso en la mesa y atacó la banderilla—. ¡Joder con el *chofercico*!

Era noche cerrada cuando Andrés abrió con precaución la puerta del establecimiento donde habían pasado la última hora. Se sorprendió al comprobar que había descargado un chaparrón sin que ninguno lo hubiera advertido. Asomó la cabeza y miró a uno y otro lado de la calle estrecha y mal iluminada por unos cuantos faroles. La luz macilenta que surgía de un farolillo rojo colgado sobre la puerta del local solo prestaba una mísera ayuda al alumbrado público que arrancaba reflejos a los numerosos charcos del empedrado en medio de la penumbra. Dos hombres doblaban en aquel momento una esquina y esperó un instante a que se perdieran de vista.

—¡Vamos, ahora! —susurró con la voz aún pastosa por los cuatro vasos palmeros que habían trasegado antes de dejar el bar de Benito.

Dejaron atrás el burdel adonde, algo ebrios, habían acudido para aliviar la tensión acumulada con el relato de Sebastián. No lo frecuentaban mucho, y menos juntos, pero cuando la necesidad apretaba aquel era uno de los más limpios y discretos. Se encaminaron hacia las murallas romanas, bordearon desde allí el mercado central y salieron al Coso Alto, en dirección al paseo de la Independencia. Caminaban un tanto tambaleantes de vuelta a la calle Gargallo, donde esperaban encontrar en la cocina algo que echarse a la boca a pesar de lo tardío de la hora. Rosario estaba acostumbrada a las andanzas de Sebastián con don Emilio y siempre había algo encima de la cocina o dentro de la fresquera cuando el chófer regresaba a casa, en muchas ocasiones sin cenar. Andrés echó la mano sobre el hombro de su amigo y lo empujó hacia el empedrado. Avanzaron entre risas, sorteando los charcos por el centro de la calle ajenos a las miradas de los escasos transeúntes, hasta que alcanzaron la plaza de España y la calle que daba acceso al Tubo. Un tranvía de la línea 11 se encontraba detenido en la parada próxima. Andrés llamó la atención de su amigo.

—¡Eh, Sebastián! ¿Vamos? Está a punto de arrancar; va, que nos subimos al estribo —propuso.

No era la primera vez que lo hacían, más por diversión que por ahorrarse las dos pesetas del billete. Sortearon a dos vehículos que descendían por el paseo para cruzar sobre los adoquines mojados, haciendo caso omiso al bocinazo de uno de ellos. En el preciso momento en que los inconfundibles chirridos indicaban que el tranvía iniciaba la marcha, los dos jóvenes se agarraron a la barra de seguridad de la puerta trasera, y aseguraron las punteras de los zapatos en el saliente de la carrocería. El vehículo aceleró para cruzar la plaza e inició el ligero ascenso del paseo de la Independencia. Sebastián se fijó en dos muchachas que caminaban con paso apresurado por la acera. Soltó la mano derecha para saludarlas.

—¡Adiós, guapas! —les gritó—. ¡Apretad ese paso, que no son horas!

Otro tranvía de la línea 15 que circulaba prácticamente vacío se había aproximado por detrás. El conductor se había fijado en ellos y los miraba con cara de pocos amigos.

—¡A la altura de la calle Gargallo, abajo! —advirtió Andrés a voces para hacerse oír por encima del ruido.

Llegaban a la calle San Clemente cuando vieron que un sereno se aproximaba al tranvía con la defensa en la mano.

—¡Coño, ese trae malas pulgas! —gritó Sebastián—. Mejor será que nos bajemos.

El joven, de un salto, se dejó caer sobre los adoquines, pero la velocidad del tranvía en marcha, los adoquines empapados por la lluvia reciente y el efecto del vino hicieron que resbalara y cayera de bruces al suelo. Andrés saltó detrás. En un relámpago, comprendió que a su amigo no le iba a dar tiempo de apartarse de la vía antes de que lo arrollara el tranvía de la línea 15 que les seguía. Si se entretenía tirando de él para sacarlo de su trayectoria, podía suceder que no llegara a tiempo y que las ruedas pasaran por encima de él, segándole algún miembro, así que no se lo pensó un instante. Se lanzó encima de Sebastián y le aplastó la cabeza contra los adoquines en el centro de la vía.

—¡Que nos pase por encima! —le dio tiempo a gritar.

El chirrido estridente de los frenos se unió a los gritos de advertencia y de terror de los viandantes que esperaban en la parada próxima, pero el conductor no pudo hacer nada para evitar que los dos jóvenes fueran arrollados. Sebastián había tratado de incorporarse hasta el último instante y el paragolpes frontal lo golpeó con violencia en el hombro hasta que el tranvía los engulló. Debajo del vehículo había más espacio y, de alguna manera, Andrés consiguió agarrarse con una mano a los bajos. Con la otra trató de asir a Sebastián por la camisa para evitar que el parachoques trasero pasara también sobre él. Sin embargo, sintió que la tela se rasgaba y que su amigo quedaba atrás mientras él era arrastrado.

El tranvía se detuvo al fin. Sebastián se encontraba tendido sobre el suelo, inmóvil, cuatro metros por detrás del vehículo. En un instante estaba rodeado de viandantes que se limitaban a lanzar imprecaciones y advertencias sin saber cómo actuar. Abrió los ojos, pero algo caliente y pegajoso le cubría el rostro y apenas podía ver. Trató de limpiarse con la mano derecha, pero un dolor lacerante se lo impidió. Aun así, intentó incorporarse.

—¡Andrés! ¿Dónde está Andrés? —gritó con desesperación. Varias manos lo sujetaron tratando de impedir que se moviera, pero nadie le dio respuesta.

—¡Parad un automóvil! —gritó un hombre—. Este joven está malherido, hay que llevarlo al hospital.

—¡Quítenme las manos de encima! —aulló entonces Sebastián sin que nadie pudiera impedir que tratara de ponerse de pie.

—¡Eran dos! —advirtió alguien que viajaba en el tranvía. Llevaba una brecha en la frente, producida sin duda al golpearse contra algo por el brusco frenazo—. ¿Dónde está el otro? ¡Debe de seguir debajo!

En la parte delantera, el sereno lo había presenciado todo a escasa distancia. No dudó en tumbarse sobre los adoquines mojados y reptar bajo el tranvía.

—¡Aquí está! ¡Está vivo! Ayúdenme —gritó en busca de auxilio—. Yo no podré sacarlo solo.

El conductor se había bajado del tranvía. Temblaba de manera ostentosa. Había comprobado que Sebastián seguía vivo, y regresó a la parte delantera para agacharse delante de las ruedas. Lanzó un gemido al ver al joven arrollado junto a otro hombre que había reptado hasta él. Entonces oyó su grito pidiendo ayuda.

—No, no lo toquen. Será mejor que se quede usted con él para evitar que se mueva mientras yo echo marcha atrás con cuidado para liberarlo —propuso con voz temblorosa—. ¿Me ha entendido?

Sebastián cojeó hasta la parte delantera llamando a gritos a su amigo.

—Está vivo, yo estoy con él, tranquilízate —le gritó el sereno desde los bajos del tranvía al oír su llamada angustiada.

Sebastián comprendió lo que querían hacer, pero se negó a sentarse como le pedían. El dolor hiriente en el brazo y en el cuello le producía náuseas y un sudor frío, y temía perder el conocimiento en cualquier instante. Sentía que volvía a sangrar de manera profusa y, sin embargo, se mantuvo en pie junto a un joven que le prestaba apoyo. Por fin, el tranvía comenzó a moverse. Solo con quitar el freno, el vehículo empezó a rodar hacia atrás siguiendo el ligero desnivel del terreno. El sereno mantenía la cabeza de Andrés pegada al suelo para evitar el roce del paragolpes y un instante después ambos quedaron a la vista de todos, en medio de la multitud que se había agolpado a la salida del cine cercano. Sebastián se dejó caer de rodillas cuando el sereno consiguió incorporarse. Respirando de forma acelerada, tocó la cara de su amigo para asegurarse de que respondía a su contacto. Andrés abrió los ojos y, al verlo inclinado sobre su rostro, trató de decir algo, pero un acceso de dolor se lo impidió. Sin embargo, levantó el brazo, cogió la mano libre de Sebastián y se la apretó con fuerza.

—Estoy bien —murmuró—. De esta salimos.

—¡Dios, gracias, Dios! —exclamó el chófer.

Como si ya hubiera cumplido su propósito, la vista se le nubló en aquel instante y solo sintió que alguien lo sujetaba y le impedía caer antes de perder la consciencia.

Era media mañana cuando Antonia llegó al Hospital de Nuestra Señora de Gracia en compañía de Rosario. Ambas habían madrugado más de lo habitual para adelantar las tareas de la casa y poder así acudir juntas a visitar a Sebastián y a Andrés a la hora en que estaba permitido el acceso a los allegados. El sobresalto de la noche anterior en la casa de la calle Gargallo había sido grande, cuando Vicente tocó al timbre pasadas las doce. Fue Francisca quien abrió la puerta después de vestirse de manera apresurada, aunque toda la casa estaba en alerta ante una llamada a hora tan intempestiva. Antonia había oído abajo voces alarmadas y se cubrió con una bata para averiguar el motivo de tanto revuelo. Monforte había acudido también a la puerta y hablaba con tono grave con el agente que había ido a dar cuenta del accidente. Por fortuna, y a pesar de ser portador de tan nefasta noticia, los tranquilizó al hacerles saber que venía del hospital al que habían conducido a los jóvenes y que los médicos habían constatado que ambos estaban fuera de peligro.

Monforte tomó las decisiones de manera inmediata. Anunció que él acompañaría al agente hasta el cercano hospital y decidió que todos los demás debían esperar en la casa hasta su regreso con más noticias. Así que volvió al dormitorio para vestirse mientras Rosario, que no podía disimular su inquietud, asaltaba con mil preguntas al funcionario, que solo pudo contarles de oídas cómo se había producido el grave accidente. En lo que estaban de acuerdo todos los testigos era en que resultaba milagroso que ambos hubieran salido con vida del trance, atropellados y arrastrados bajo el tranvía sobre los adoquines del paseo de la Independencia.

Doña Pepa acompañó a su esposo hasta el vestíbulo cuando estuvo listo, envuelta en una bata de seda y sin quitarse la redecilla con los rulos en el cabello. Vicente esperaba con la puerta del ascensor abierta y los acompañó hasta la calle. Cuando se cerró la puerta, la dueña de la casa sugirió esperar noticias juntos en la cocina, y allá fueron todos. Rosario, siempre pensando en los demás, decidió preparar una tila para el susto, pero fue Antonia la que puso en marcha el infiernillo eléctrico recién adquirido, porque la cocinera no acababa de entender su funcionamiento. Alfonso y Rafael no se habían despertado y doña Pepa decidió que, ya que tenían el sueño profundo, no pasaba nada si esperaban a la mañana para darles cuenta de lo sucedido.

El viejo hospital lucía impoluto cuando Antonia entró en el espacioso vestíbulo alicatado con hermosos azulejos pintados. Sostenía a la vieja cocinera por el brazo, adaptando el paso a su avance lento y cansino. No tuvieron que preguntar para encontrarlos, puesto que Monforte había informado a su regreso de que ambos se hallaban ingresados en la sala de traumatología para hombres. Recorrieron el largo pasillo en torno al patio central y llegaron a la entrada de la sala, donde una de las hermanas de la Caridad que atendían el centro les advirtió con escasa simpatía que la visita debía ser breve y que estaba prohibido entablar conversaciones en voz alta en el interior.

La sala, diáfana, estaba iluminada por tres enormes ventanales que ocupaban la totalidad de la pared del fondo. Al entrar, las asaltó un penetrante olor a antiséptico que a Antonia le produjo un escalofrío, no tanto porque le resultara desagradable, sino porque lo asociaba a la enfermedad y al dolor. A ambos lados se repartían veinte camas metálicas adosadas a los muros, sin ningún tipo de separación entre ellas, que en aquel momento permanecían ocupadas a excepción de las dos más cercanas a la entrada. Algunos de los enfermos se habían incorporado sobre las almohadas dobladas, pero la mayor parte yacían acostados. En el centro de la sala, justo bajo el gran crucifijo de madera que la presidía, una de las hermanas atendía a un hombre que se quejaba a voces de fuertes dolores. Poco más se veía en la sala, salvo una gran mesa rectangular de patas torneadas en el centro, cuya única utilidad parecía ser servir de soporte a una enorme planta en su maceta. Y un poco más allá, una estufa de hierro dispuesta para calentar el lugar en el invierno. Poco más de una decena de personas se distribuía por la sala en aquel momento, cada una al lado del lecho de su allegado.

Antonia divisó a Andrés en la parte izquierda de la estancia. Era uno de los que estaban recostados. Sebastián, sin embargo, permanecía tumbado. Un vendaje blanco con escayola le sujetaba el brazo abarcando todo el pecho, y otro más le rodeaba la cabeza, este último similar al que lucía Andrés.

Ambos tuvieron tiempo de verlas llegar al paso cansado de Rosario y los dos fueron capaces de recibirlas con una sonrisa de circunstancias. Las mujeres se colocaron a los pies de las dos camas contiguas.

—¿Qué habéis hecho, criaturas? —preguntó Rosario con los ojos empañados.

—Ya ves, Rosario. Que no nos acaba de entrar la formalidad —trató de bromear Sebastián tal vez para tranquilizar a la anciana, pero el aspecto y el semblante de ambos hacían inútil cualquier intento de disfrazar su malestar.

—¿Qué ha sido, la clavícula? —preguntó Antonia mirando a Sebastián, quien presentaba el peor aspecto.

—Pues sí, rota en tres pedazos —respondió—. Y parece un milagro que solo tenga roto un hueso.

—¿Y eso cómo lo saben? —preguntó Antonia.

—Porque te miran por rayos y se ven los huesos rotos.

—¡Qué avances, Virgen del Pilar! —exclamó la anciana—. Pues si ha sido un milagro, ya lo puedes poner en el haber de la Pilarica. ¡Anda que no le pido yo por todos!

—¿Ves? De algo nos sirven a todos tus rosarios y tus misas en Santa Engracia —respondió Sebastián sin asomo de ironía.

—¿Y tú, Andrés? ¿Cómo estás? —preguntó Antonia. En su tono se apreciaba un asomo de remordimiento y tal vez de vergüenza. No se habían visto en el mes transcurrido desde la escena de la barca, que le resultaba imposible de olvidar, y tal vez ese tiempo se habría prolongado de no haber ocurrido la desgracia de la noche anterior. No era que lo hubiera evitado, pero tampoco había hecho por encontrarse, a pesar de que los Monforte habían regresado ya de San Sebastián y aprovechaba cualquier ocasión para salir de la casa.

Andrés tardó en responder, tal vez perdido en pensamientos parecidos.

—¿Yo? Jodido, ¿cómo voy a estar? Me duele todo, igual que a este, pero al menos parece que tengo los huesos más duros y no ha *cascao* ninguno. Eso sí, medio *desollao* estoy después de que me arrastrara el tranvía por los adoquines.

Sacó el brazo que permanecía oculto bajo la sábana y las dos mujeres ahogaron una exclamación. A pesar de las vendas y los apósitos enrojecidos, se intuía que amplias porciones de piel habían desaparecido, como si hubiera sufrido una grave quemadura. La tintura de yodo cubría las partes menos afectadas que no estaban cubiertas con vendajes.

—¡Te escocerá mucho! —Antonia aspiró entre dientes, con gesto de dolor.

—Sí que escuece, sí. Pero a veces uno se gana a pulso salir escocido de algunos lances, por tonto.

—Es que a quién se le ocurre subirse al estribo del tranvía, como si fuerais mozalbetes. —A Rosario se le había escapado la doble intención de las palabras de Andrés, pero Antonia acusó el golpe y enrojeció.

Durante un rato los dos jóvenes les contaron los detalles de lo sucedido, de cómo dos automovilistas habían ofrecido sus vehículos para trasladarlos al hospital, a pesar de que se hallaban ensangrentados por completo. Se lamentaron por desconocer su identidad, así como la del sereno, que no había dudado en arrojarse al adoquinado encharcado para socorrer a Andrés.

Cuando la hermana de la Caridad palmeó en la entrada anunciando el final de la hora de visitas, se despidieron con la promesa de Rosario de volver con un buen bizcocho para que recuperaran fuerzas. La cocinera se deslizó entre los dos lechos y les plantó un beso a cada uno en la frente. Antonia se limitó a celebrar el gesto de la anciana entre risas y también prometió regresar aquella misma tarde para hacerles un poco de compañía.

Salieron más animadas de lo que habían entrado, una vez comprobado en persona que lo que había afirmado Monforte era cierto y comentando la fortuna que, dentro de lo malo, habían tenido los dos amigos. Salieron a la calle Ramón y Cajal y atajaron por el camino más corto hasta llegar al paseo de la Independencia. Vieron con aprensión y desde la distancia el lugar donde se había producido el atropello y no tardaron en alcanzar la plaza de Santa Engracia y la calle Gargallo.

Vicente se encontraba en la puerta; había salido para recoger el correo que el cartero, con el que acababan de cruzarse, le había dejado en mano. En cuanto las vio llegar caminó hacia ellas y las asaltó con sus preguntas, lamentándose por no haber podido dejar la portería para ir a ver a sus amigos. Antonia le prometió que, si era necesario, ella misma le sustituiría, aunque no dudaba que, si lo solicitaba, obtendría el permiso de los señores para escaparse hasta el hospital. Regresaron los tres juntos hacia el portal y entonces Vicente prestó atención a las cartas que le acababan de entregar.

—¡Anda, si hay una para ti!

—¿Para mí? —se extrañó Antonia mientras la tomaba en las manos—. ¿Quién me puede escribir aquí?

Le dio la vuelta para asegurarse del remite, aunque no hubiera sido necesario porque al instante reconoció el matasello. Sintió que las piernas le temblaban. Apretó la carta contra el costado izquierdo y con la diestra tomó a Rosario del brazo para ayudarla a subir el escalón del portal, dejando a los dos con la curiosidad en el semblante. Tomaron el ascensor y dejó que la anciana entrara sola hacia la cocina.

—Subo a cambiarme y a asearme un poco antes de ponerme con la comida —anunció mientras empezaba a subir los escalones a la carrera.

—¡Madre mía, qué agilidad! ¡Bendita juventud! —se asombró la cocinera.

Cerró la puerta tras de sí y se dejó caer en la cama. Con manos temblorosas, rasgó el sobre por el borde con cuidado de no estropearlo demasiado, porque intuía que querría conservar aquella carta. Sacó el papel plegado en tres, lo desdobló con prisa y empezó a leer el texto escrito a máquina, encabezado en Barcelona cuatro días atrás.

Para «chica desesperada», de Zaragoza.

Querida amiga:

Son dos las cuestiones que somete a mi consejo, a cuál más trascendente para su presente y para su futuro. Permítame empezar por la más inmediata. De momento no le aconsejo hacer nada si esa persona sin escrúpulos de la que habla ha detenido sus ataques. Tiene mucho que perder y poco que ganar, pues, aunque le denunciara, como usted misma dice no hay testigos de lo que cuenta y sería la palabra de una sirvienta contra la de un hombre casado y respetable. Y si, además, como detalla, él mismo es abogado, poco va a conseguir salvo perder el trabajo y la reputación, y dar un gran disgusto a sus padres, que nada imaginan. Por desgracia, saben los jueces que no son pocas las muchachas que acuden a la justicia con falsas denuncias con el único propósito de medrar, o por simple despecho, y pagan justas por pecadoras.

Nuestras justas leyes castigan al patrono o jefe que consiguiera acceso carnal con una mujer menor de veintitrés años, de acreditada honestidad y que dependiera de él. Por desgracia, no entra usted en su ámbito de protección porque, como explica en su carta, tenía esa edad cumplida cuando se produjo el ataque. Además, poco le costaría a un abogado con posibles comprar testimonios que desacreditaran la honestidad exigida.

No se desespere, querida amiga. Evite la ocasión de permanecer a solas con él, vista siempre con recato en su presencia y no haga nada que pueda dar pie a sus pretensiones. No dude que, tarde o temprano, Dios, de alguna manera, acabará castigando sus excesos.

Por otra parte, quizá la respuesta a su segunda consulta venga a dar solución a ambas. Tiene la suerte de haber nacido en el seno de una familia temerosa de Dios, quien les ha bendecido con una vocación en su seno. ¿Qué mejor destino para una mujer cristiana que dedicar la vida a Él a través de su propio hermano sacerdote? Me cuenta que nunca había concebido un futuro distinto hasta que se ha cruzado un hombre en su camino. Yo le auguro que si cambia ahora el rumbo nunca podrá ser feliz, pues usted misma achacará cualquier problema que surja en la vida conyugal a una decisión equivocada. Además, la ordenación de su hermano está próxima y eso le permitirá abandonar esa casa donde su virtud corre peligro. Persevere en mantenerla intacta hasta entonces sin acceder a las pretensiones de ese depravado y ofrezca cada día a Dios el sacrificio.

Le doy las gracias por el sello y las diez pesetas, y ya sabe que puede consultarme siempre que guste, considerándome una buena amiga.

Cariñosamente,

ELENA FRANCIS

La rúbrica estaba escrita con plumilla, de su puño y letra. Dejó que la carta reposara en el halda y cerró los ojos.

29

Viernes, 7 de diciembre

Julia enfiló la calle de San Miguel aterida. Las fuertes rachas de cierzo la empujaban hasta el punto de tener que inclinarse hacia atrás para oponer resistencia, sujetando con fuerza el paraguas que amenazaba con volverse del revés. A la vez, trataba de mantener el equilibrio sobre el pavimento resbaladizo, mojado por una lluvia que en los últimos minutos se había convertido en aguanieve. Muy cansada, anhelaba llegar a casa sabiendo que la encontraría caldeada por las estufas. Apenas se había dado un respiro en todo el día, atosigada por la impaciencia de las numerosas clientas que habían dejado sus encargos para el final y que, sin embargo, pretendían ser las primeras en ser atendidas. Las fiestas de Navidad estaban próximas y a las prendas de abrigo se sumaban los vestidos que habrían de lucirse durante las celebraciones de fin de año en las numerosas cenas que se organizaban en la ciudad. Aunque la mayor parte tenía lugar en residencias particulares, aquel año había tenido noticia de dos fiestas privadas en sendos clubes sociales de las afueras.

A pesar del cansancio, ansiaba dedicarle a Miguel el tiempo que le había hurtado durante la jornada. Había pasado por casa a mediodía por la simple necesidad de comer algo y descansar media hora en el sillón, pues, ante la proximidad del fin de semana, había consentido en concertar citas a las dos y a las cuatro de la tarde. El pequeño dormía después de comer, sin duda agotado tras una mañana de juegos en compañía de Martina, y había decidido no perturbar su sueño con la idea de regresar no mucho después del atardecer. Pero la última cita se había prolongado más de lo previsto, y hacía más de dos horas que había anochecido.

Cerró el paraguas bajo el dintel, lo sacudió y entró en el taller donde, en efecto, la recibió el ambiente caldeado que esperaba. La luz estaba aún encendida en la mesa de costura de Rosita, algo extraño a aquellas horas. A la modista no le importaba añadir horas a la jornada en momentos como aquel en que el trabajo se acumulaba, pero otros había, sobre todo en el verano, en que se permitían holgar sin prisas. Sin embargo, lo que sí procuraba era llegar a casa cada día a tiempo para cenar junto a sus padres. Oyó voces arriba y supuso que se estaría despidiendo de Martina. Se quitó el pañuelo de la cabeza y luego se deshizo del abrigo que colgó en el perchero, junto al paragüero. Subió por la escalera de caracol, pero el salón de costura también permanecía en penumbra. Las voces procedían del interior de la vivienda, de modo que entró en el pasillo que conducía a la cocina y a los dormitorios. En ese momento salía Rosita, sin duda advertida por la campanilla.

—¡Ay, por fin llegas, Julia! Menos mal. Estaba pensando en ir a buscarte.

Su gesto de preocupación la alarmó.

—¿Qué pasa? ¿Le sucede algo a Miguel?

—¡Ay, sí, está muy caliente! Martina le ha dado un poco de aspirina para la fiebre, pero no le baja.

Julia se precipitó hacia el dormitorio. Martina se encontraba inclinada sobre la cuna y se volvió cuando la oyó entrar. La miró con semblante asustado.

—¿Qué le pasa? —exclamó, contagiada por el miedo que observaba en la niñera.

—Ha empezado con un poco de tos antes de mediodía y quemaba un poco. Apenas ha querido comer. A media tarde le ha subido mucho la fiebre y ha empezado con escalofríos. Pero es que ahora está ardiendo. Le he dado una porción de aspirina y le estoy poniendo compresas frías en la frente, pero nada —explicó asustada—. Estaba a punto de cogerlo para llevarlo al hospital.

Julia lanzó un gemido cuando se asomó a la cuna. El pequeño, a pesar de estar vestido solo con el pañal y una camisetita de algodón, aparecía congestionado. Tenía los ojos cerrados y respiraba con dificultad.

—¡Dios mío! —exclamó cuando le apoyó la mano en la frente.

Sintió que la indignación se apoderaba de ella—. ¡¿Pero a qué estabais esperando para llamar al médico o llevarlo al hospital?!

Martina estalló en sollozos cuando Julia le gritó.

—¡Yo no sabía qué hacer! Se ha puesto así muy deprisa —se excusó entre lágrimas—. Estaba vistiéndome para llevarlo.

—¿Y ya tenía fiebre a mediodía? ¿Por qué no me has dicho nada? —gritó fuera de sí.

—Venía usted muy cansada, Julia —se excusó hipando—. Casi no tenía ni un momento de reposo y no he querido preocuparla. Además, el pequeño dormía y no parecía tener nada grave.

Julia cogió al pequeño en brazos y comenzó a llamarlo por su nombre. Sin embargo, no obtuvo respuesta.

—Será la fiebre que los atonta un poco —sugirió Rosita desde la puerta, más por tranquilizar a Julia que porque lo creyera realmente. Apenas le llegaba la voz a la garganta.

—¡Trae una manta! ¡Me lo llevo al hospital tal como está! —Gritó con una voz aguda que no reconoció como suya. El miedo le atenazaba la garganta.

—Jolín, Julia, no te asustes. Verás como el frío de la calle le hará bien y le baja la fiebre —insistió Rosita en su ánimo de tranquilizarla, aunque su voz sonó tanto o más angustiada.

Julia envolvió al pequeño en la manta que le acercó Martina y, con él en brazos, bajó a toda prisa las escaleras de caracol. Tiró de la puerta, salió a la calle sin detenerse a coger el abrigo y empezó a caminar tan rápido como le era posible. Rosita y Martina la siguieron, aunque para cuando cogieron los abrigos, incluido el de Julia, y cerraron la puerta, ya la habían perdido de vista. La luz del taller se quedó encendida cuando las dos mujeres enfilaron la calle de San Miguel en dirección al Hospital de Nuestra Señora de Gracia.

—¡Está muy mal! ¡Tiene que verlo un médico enseguida!

—Tranquilícese, señora. ¡Está usted empapada! Explíqueme qué le ocurre. —La hermana, acostumbrada a la angustia de los allegados, se acercó con calma a Julia y al pequeño. Con aire experto le rozó la frente con la mano, apoyó dos dedos en el cuello para valorar el pulso y terminó separándole los párpados para examinar su pupila.

—Venga conmigo y no se angustie. No conseguirá nada con ello. Atenderemos a su hijo en un santiamén.

Siguió a la religiosa a lo largo del pasillo que conocía bien. Hacía apenas un mes que lo había recorrido en un par de ocasiones cuando acudió a visitar a Sebastián y a Andrés. Pero en aquel instante le parecía distinto, lúgubre, hostil. Cruzaron una puerta y entraron en una sala pequeña, alicatada hasta media altura, a la que se abrían otras dos puertas en paredes adyacentes.

—Vamos a ponerlo en la camilla. Quítele la manta, que está empapada, igual que usted. —Con delicadeza tomó al pequeño y lo tumbó en la mesa cubierta por una sábana de un blanco impecable. Su cabeza quedó apoyada de costado, inmóvil.

—¿Qué hago con la manta? —se le ocurrió preguntar.

—Déjela sobre la silla. Y venga aquí, quédese con él que yo voy a avisar al doctor. No tardaré.

Fueron solo unos minutos, pero sintió el peso aplastante de la soledad en aquella sala fría e inhóspita. Recorrió con la mirada el lugar, repleto solo de material médico, a excepción de un crucifijo y un calendario con la imagen de la Virgen del Pilar colgados de la pared. Miguel sufría temblores y no parecía que la fiebre hubiera cedido a pesar del frío helador del trayecto. El temor se convirtió en angustia cuando una convulsión sacudió el cuerpo del pequeño.

—Tranquilo, mi chiquitín —le susurró emocionada mientras le acariciaba el cabello mojado—. Aquí te van a curar. Mañana estarás bien.

Siguió acariciando al pequeño, susurrándole al oído entre sollozos una de las canciones de cuna que solía cantarle antes de dormir, hasta que oyó pasos a la espalda y se incorporó. El médico era un hombre cercano a los cincuenta de cabello entrecano y rasgos afilados, aunque su expresión parecía amable. Vestía ropa y calzado de calle, aunque se cubría con una bata blanca perfectamente planchada.

—Buenas noches, señora. No es prudente que se acerque tanto al pequeño, podría ser contagioso —le advirtió, al tiempo que se dirigía a una mesa y escogía un par de guantes de caucho.

—¿Es grave, doctor? ¿Se pondrá bien? —preguntó con aprensión.

—Tranquilícese, señora, he de explorarlo en profundidad —rogó, ajustándose los guantes—. Tendrá que esperar afuera, sor

Josefa le indicará dónde está la sala de espera y le hará unas preguntas. En unos minutos yo mismo saldré a informarla.

El tono de voz calmado del médico tranquilizó a Julia, que asintió y se dirigió a la puerta por la que habían entrado. En el pasillo esperaban Martina y Rosita con la zozobra pintada en el rostro.

—¿Qué le han dicho? —preguntó la niñera al borde del llanto.

—Acaba de llegar el doctor, lo va a examinar ahora. Enseguida sabremos algo.

—Haría usted bien en abrigarse, está empapada —le aconsejó la religiosa, que la había tomado del brazo para acompañarla a la sala de espera.

—Sí, aquí está su abrigo —se apresuró a decir Rosita y se lo echó sobre los hombros.

—Gracias, sor Josefa —musitó Julia entre dientes cuando les abrió la puerta de la sala.

—¿Y usted es...? —respondió un tanto sorprendida al ser llamada por su nombre.

—Mi nombre es Julia. Julia Casaus. Y mi hijo se llama Miguel Latorre Casaus.

La estancia era amplia y estaba dotada de amplios ventanales. De noche, sin embargo, la iluminación resultaba mortecina. En el centro había una estufa de leña de la que surgía un largo tubo de hierro que a cierta altura se acodaba en busca del muro exterior. Resultaba evidente que se encontraba encendida porque el lugar se notaba caldeado. Varias personas con actitud de hastío ocupaban algunos de los bancos de madera que rodeaban la estancia. La mayor parte alzaron la vista para examinar a las recién llegadas. Una mujer de mediana edad se acercó a sor Josefa en busca de noticias de su esposo, y esta le aseguró que la mantendría informada en cuanto las hubiera. La religiosa se acercó a la vieja estufa de hierro y dejó que Julia ocupara el lugar más cercano a la fuente de calor. Durante unos minutos tomó nota de los datos e indagó acerca de los síntomas que el pequeño había mostrado durante el día.

—Su pequeño está en buenas manos —trató de tranquilizarla antes de dejarlas solas—. El doctor Álvarez es un magnífico profesional.

Apenas hablaron durante el tiempo que permanecieron allí y que se les hizo eterno. Las tres se levantaron a la vez cuando por fin se abrió la puerta y sor Josefa les hizo una seña, pero solo a Julia se le permitió acudir a la sala donde se encontraba el doctor. Se sorprendió sobremanera al comprobar que Miguel ya no estaba allí. Un fuerte olor a antiséptico flotaba en el ambiente.

—Lo hemos trasladado a una habitación donde va a estar vigilado de forma permanente y atendido por una de las hermanas —explicó de inmediato el médico al comprobar su alarma.

—Supongo que podré estar con él.

—Me temo que no, señora Casaus. Como nos temíamos, se trata de un proceso infeccioso que puede resultar contagioso incluso para adultos, aunque son los niños los más afectados. De hecho, nos vemos obligados a mantenerlo en aislamiento para que no entre en contacto con el resto de los pacientes de la sala infantil.

—¡Entonces es grave! —gimió asustada—. Puede usted hablarme con claridad, durante años trabajé como asistente en la clínica del doctor Herminio Blasco, en Tarazona.

—He oído hablar de él, incluso puede que cruzáramos algunas palabras en algún simposio —comentó por cortesía antes de retomar la explicación—. Le hablaré con claridad. Su hijo padece un proceso infeccioso grave, posiblemente una neumococia, que no nos preocuparía tanto si no se hubiera complicado con una meningitis concomitante. La obnubilación y la rigidez del cuello así lo indican. Perdóneme si utilizo un lenguaje demasiado técnico.

—No, le entiendo —masculló Julia sin voz apenas—. ¡Meningitis! Pero hay tratamiento, ¿no es cierto?

—Acabamos de aplicarle una primera dosis de la penicilina de la que disponemos. Pero no le voy a engañar, la penicilina sigue siendo muy escasa y la cantidad que le podremos suministrar corresponde a la dosis mínima que ha demostrado eficacia.

Julia lo miró con asombro.

—¿Me está diciendo que mi hijo necesitaría más cantidad de ese medicamento, pero no están en disposición de dárselo?

—Mire, señora, en este hospital entran a diario decenas de personas que la necesitan. Ni mi conciencia ni la de mis colegas nos permiten decidir a qué pacientes administrarla y a cuáles negársela, así que tratamos de repartir la que hay. No he tenido ninguna duda en acudir a la farmacia del hospital en el caso de su hijo, ya que el neumococo que con toda probabilidad le afecta es sensible al tratamiento. Pero no puedo garantizarle que sea lo bastante eficaz en un caso agudo como este.

—¡¿Mi hijo puede morir porque no hay bastante penicilina en el hospital?! —Julia se encontraba fuera de sí. La angustia apenas le permitía hablar y sentía que la cabeza le iba a estallar—. ¿Y en otros hospitales de Zaragoza? O de Barcelona, o de Madrid. Puedo viajar en su busca si es necesario.

—Ningún establecimiento autorizado para distribuir penicilina se la va a dispensar a un particular. El procedimiento oficial está absolutamente reglado. Le estoy explicando que incluso para nosotros es un calvario obtenerla, a pesar de que me consta que el farmacéutico remueve Roma con Santiago.

—¡Pero si no hace tanto salió en el NODO que el abastecimiento de penicilina estaba garantizado en toda España!

El doctor Álvarez contuvo una sonrisa irónica que podría parecer fuera de lugar en aquellas circunstancias.

—Señora Casaus, lo recuerdo perfectamente, fue con ocasión de la llegada de Alexander Fleming a Barcelona para asistir al partido de fútbol España-Irlanda. Hace tres años de aquello y las autoridades de Madrid hicieron de la visita un acontecimiento que la propaganda oficial aireó convenientemente. Pero me temo que ni el suministro estaba garantizado entonces ni lo está ahora.

—¿Y en el mercado negro? ¡Todo se vende y se compra de estraperlo! —Julia casi gritaba.

—Me pregunta usted algo que desconozco, señora Casaus. Le pido que trate de tranquilizarse. —Tomó a Julia de los brazos en un gesto de confianza—. Su hijo ha recibido una dosis inicial de penicilina hace unos minutos, que empezará a hacer su efecto. Veremos cómo pasa la noche y mañana le administraremos una segunda.

—¿Lo único que podemos hacer es esperar? ¿Eso es lo que me propone?

—Trataremos de bajarle la fiebre, mantenerlo hidratado con suero y despejadas las vías respiratorias, pero poco más podemos hacer, Julia, salvo rezar.

La que acababa de hablar era sor Josefa.

—¿Rezar a quién? ¿Al mismo Dios que ha permitido que mi hijo, que esta mañana dormía plácidamente cuando he salido de casa, esté ahora entre la vida y la muerte? Sé leer entre líneas. Hace tres años el doctor Blasco envió de urgencia a este hospital a un niño con meningitis que regresó a Tarazona dentro de una cajita blanca.

—¡No piense usted en eso, por Dios! Tenga confianza y rece, en este trance la aliviará —insistió la religiosa.

—Tengo que atender a otros pacientes, señora Casaus —se excusó el médico—. La mantendremos informada si se produce alguna novedad. Mientras tanto procure descansar lo que pueda, no sabemos cuánto se puede prolongar esto antes de que su hijo se recupere por completo.

A Julia no le pasó desapercibida la carga de esperanza que el médico trató de deslizar en su respuesta. Sor Josefa ya se dirigía a la salida. Cuando llegaron al pasillo, la hermana entornó la puerta a sus espaldas y le habló con voz queda.

—En el vestíbulo principal tiene usted el acceso a la iglesia. Es muy hermosa, supongo que la conoce. Estará abierta toda la noche. En el lado izquierdo encontrará las escaleras que dan acceso a la cripta, en la que descansan las religiosas que ayudaron a la madre María Rafols, la fundadora de nuestra orden, en el día a día del hospital durante los Sitios de Zaragoza. Aunque no están en los altares, yo les tengo mucha fe y rara vez he visto desatendidas mis peticiones.

—Se lo agradezco, hermana, pero...

—Ahora bien —continuó sor Josefa ignorando la interrupción—, como veo que quiere hacer algo más que rezar, tiene usted aún al boticario en la farmacia, aunque no tardará mucho en marcharse.

A pesar del abrigo, que llevaba abrochado, y de haberse podido calentar en la sala de espera, no se podía desprender del frío que le había calado los huesos y le producía escalofríos. Caminó por las espaciosas crujías que rodeaban el jardín central hasta el lugar donde recordaba haber visto la entrada a la farmacia. En efecto, la puerta estaba entreabierta y del interior surgía una luz tenue. Entró sin llamar y se sorprendió por la belleza del lugar, forrado de estantes de madera ricamente tallada repletos de botes de cerámica, recipientes de cristal, utensilios de laboratorio, viejas balanzas y un sinfín de objetos a cuál más hermoso y llamativo. Comprobó que la luz surgía de un despacho situado en uno de los extremos, sobre un estrado elevado al que se podía acceder por dos escalinatas excéntricas, también talladas en madera. Escogió la del lado derecho para ascender y, al hacerlo, la tarima delató su presencia.

—¿Quién anda ahí?

Un hombre ataviado con una bata blanca tan impecable como todas las que había visto en el hospital se asomó a la soberbia puerta, al tiempo que prendía las luces de todo el recinto.

—Perdóneme si le he asustado, solo deseaba hablar un momento con usted. La hermana Josefa me ha indicado que todavía podría encontrarlo aquí.

—¿Y quién es usted?

—Me llamo Julia Casaus, soy enfermera —mintió— y tengo a mi hijo de año y medio ingresado aquí. El doctor Álvarez me acaba de informar de que con toda probabilidad padece una meningitis.

—Lo siento. ¿Y por qué quiere hablar conmigo, si puede saberse?

—Mi hijo necesita penicilina, ya le han administrado una primera dosis.

—Sí, yo mismo la he preparado.

—Sin embargo, el doctor me ha hablado de su escasez, y me ha dicho que no va a ser posible inyectarle la cantidad que sería necesaria.

—Por desgracia, eso es así. Es el tercer caso de meningitis infantil en dos semanas, además de los muchos pacientes adultos que precisan tratamiento con el antibiótico. Si ya andábamos escasos, imagínese...

—¿Tres casos de meningitis? —le interrumpió—. El doctor no me ha hablado de ello. ¿Y se recuperaron con el tratamiento?

—Ah, lo ignoro —respondió evasivo—. Como comprenderá no puedo interesarme por la evolución de todos los pacientes del hospital. Suelo trabajar encerrado entre las cuatro paredes de la farmacia. No esta que ve, como comprenderá, sino en su nueva ubicación. Esta vieja botica permanece intacta y sin uso desde 1881, en realidad es un magnífico museo del que solo utilizamos este despacho.

La intención de soslayar la pregunta con aquella explicación había resultado tan evidente que Julia presumió aterrada cuál habría sido la respuesta.

—¡Por favor, tiene usted que ayudarme! —La desesperación había asomado de nuevo a su voz y a su semblante—. No puedo permitir que mi hijo muera porque no podamos conseguir más penicilina. Usted debe de saber cómo conseguirla, y me da igual lo que yo tenga que hacer o lo que tenga que pagar por ella. Por fortuna el dinero no es un problema para mí.

El boticario la miró de arriba abajo, valorando el estado de desesperación de la mujer que tenía delante, una enfermera a la que no se le ocultaba el pronóstico probablemente fatal del proceso que padecía su hijo.

—La única manera de conseguir penicilina es acudir al mercado negro —sentenció—. Existe la creencia extendida de que la penicilina española es de peor calidad que la extranjera; esa idea y el desabastecimiento alientan esa clase de negocio. Pero no me pregunte usted a quién acudir para obtenerla, no tengo la menor idea. Desde luego no va a encontrar a un desarrapado que se la ofrezca en la calle. Supongo que tendrá sus circuitos de venta, pero yo los desconozco. Solo si tuviera acceso a alguna persona bien situada en el negocio del estraperlo podría obtener esa información.

—Usted es el encargado del abastecimiento de medicamentos de este hospital, el más grande de Zaragoza. ¿Me quiere decir que no ha oído nada, que nadie le ha hablado de cómo conseguirla? ¡No me importa si tengo que viajar a Madrid o a Barcelona en su busca! ¡Es la vida de mi hijo lo que está en juego!

El farmacéutico pareció cavilar acerca de la conveniencia de ofrecer tal información. En su semblante surgió un rictus de compasión ante aquella mujer desesperada.

—Hace tiempo circuló el rumor de que se podía conseguir penicilina de importación en el bar de Perico Chicote de Madrid. No sé si es cierto ni si, en caso de serlo, sigue siendo así.

Las tres mujeres habían pasado la noche en vela, atentas a las agujas de un enorme reloj de pared cuyo tictac era en ocasiones el único sonido audible. La sala de espera se encontraba prácticamente vacía a excepción de dos mujeres y un matrimonio que trataban de dormitar, algo que habían conseguido a ratos a juzgar por sus esporádicos ronquidos. Serían las tres cuando una religiosa entró en la estancia. Julia se levantó como movida por un resorte por si había noticias del pequeño, hasta que comprobó que empujaba un carrito de ruedas con un cesto de mimbre y un caldero de latón. La observó mientras vaciaba las cenizas de la estufa a través del portillo. Después abrió la tapa superior, introdujo dos tarugos de madera y trató de avivar el fuego con una palada de virutas.

—Les dejo aquí un poco más de leña por si tienen frío —ofreció—. La noche es heladora ahí fuera.

Tuvieron otro sobresalto cuando, después del primer oficio, entró otra de las hermanas, esta vez con una pequeña mesita rodante con un perol de porcelana de considerable tamaño. Julia, impaciente, se acercó a ella en busca de noticias.

—A primera hora pasará el doctor para informarlas, pero les puedo decir que la noche transcurre tranquila, sin rastro del revuelo que se suele producir cuando surgen problemas —explicó tratando de calmar su inquietud—. Les traigo a todos un caldo que les hará bien.

Rosita y Martina consiguieron convencer a Julia para que se tomara el caldo caliente a pesar de que alegaba sentirse incapaz de llevarse nada a la boca. Cuando dejó el tazón en manos de la niñera, en verdad reconfortada, esbozó una sonrisa en señal de gratitud.

—Gracias por estar aquí. Me habría vuelto loca si hubiera tenido que pasar la noche sola —reconoció—. Y perdonadme por haberos gritado en casa, sé que vosotras habéis hecho lo correcto. La que no estaba donde debía era yo.

—Jolín, Julia, no digas eso. —Rosita le apretó la mano—. Si trabajas tanto es por Miguel. Verás como se pondrá bien enseguida. Esa penicilina hace milagros, así te lo digo.

Los primeros rayos de sol estaban a punto de alcanzar los ventanales de la sala cuando la puerta se abrió y, esta vez sí, asomó sor Josefa. Con un gesto dirigido a Julia le indicó que debía acompañarla. Se levantó de inmediato; la monja avanzaba por el pasillo y apresuró el paso para alcanzarla. Cuando lo consiguió, empujaba ya la puerta de la sala de exploraciones que había conocido la víspera. Allí la esperaba el doctor Álvarez, con el rostro afeitado y una bata limpia y recién planchada que aún desprendía el aroma del apresto.

—¿Cómo ha pasado la noche, señora Casaus? —se interesó, alzando la vista de una ficha donde acababa de anotar algo—. ¿Ha podido descansar?

—En absoluto, doctor —respondió, despachando la respuesta en tres palabras antes de hacer la pregunta que le quemaba en la boca—. ¿Cómo está mi hijo?

—A ver, Julia. —Alzó de nuevo la mirada hacia ella—. No le puedo decir que esté mejor, pero tampoco lo esperaba. La fiebre no ha bajado en toda la noche y el cuadro meníngeo sigue de manifiesto. Acabamos de administrarle la segunda dosis de penicilina.

—Pero ¿se pondrá bien? ¡Dígame que con eso se pondrá bien, se lo ruego!

—No puedo engañarla, señora Casaus. El proceso sigue su curso y hacemos cuanto está en nuestra mano para ayudar al antibiótico en su tarea. Está por ver que sea suficiente.

Julia emitió un gemido de desesperación y, cubriéndose la cara con las manos, empezó a sollozar. El médico, circunspecto, siguió haciendo anotaciones. Fue sor Josefa la que, una vez más, pidió a Julia que se tranquilizara.

—Dígame algo, doctor Álvarez —preguntó entre sollozos—. ¿Le administraría una dosis mayor de penicilina si dispusiera de ella?

El médico se mordía el labio superior y se pellizcaba la barbilla cuando respondió de manera afirmativa con un movimiento de la cabeza.

Julia volvió a caer en el llanto, pero en esta ocasión se recompuso con rapidez.

—Quiero verlo. Quiero ver a mi hijo. No me lo pueden negar —exigió dispuesta a entablar batalla.

—Puede hacerlo, yo mismo la acompañaré —respondió el doctor para su sorpresa—. Proporciónele una mascarilla y unos guantes de caucho, sor Josefa.

Entró en la habitación tras el médico. Lo primero que captó fue el olor a antiséptico, que se correspondía con el aspecto impecable de la estancia donde las primeras luces resaltaban el color blanco de todos sus elementos.

La ropa de cama cubría a Miguel hasta el pecho diminuto, y su cabeza permanecía apoyada de lado sobre la almohada. Parecía tranquilo, aunque un ligero estertor surgía a intervalos de su garganta, y el color del rostro indicaba que la fiebre, en efecto, seguía presente. De una percha situada junto al lecho colgaba un frasco de cristal del que surgía un tubo de goma que se perdía bajo las sábanas. Julia se adelantó unos pasos y el médico se quedó atrás.

—¿Cómo estás, pequeño? —susurró emocionada con un hilo

de voz, colocándole la mano derecha sobre la frente—. Está aquí mamá.

El niño no manifestó ninguna reacción. Sus ojos permanecían cerrados y la boca entreabierta. Julia no insistió. Se volvió hacia el médico con mirada interrogante. Él se encogió de hombros.

—Es la inflamación de las meninges lo que provoca el estado de obnubilación que tanto asusta a una madre. Pero eso indica que su organismo está luchando contra la bacteria, señora Casaus. Por suerte es un niño sano, fuerte y bien alimentado, y eso ayuda.

—¿Puedo darle un beso en la frente?

El médico negó con la cabeza.

—Es mejor que no lo haga. De hecho, siendo estrictos no debería estar aquí.

No había terminado de responder cuando Julia empezó a tararear la vieja canción de cuna. Mientras lo hacía, apartó el cabello apelmazado de la frente de su hijo y le acarició el rostro con delicadeza.

—Debemos salir —advirtió el doctor cuando la nana llegó a su fin—. Quítese los guantes con cuidado y lávese las manos, por favor.

Julia salió de la habitación derrotada.

—Me ha dicho sor Josefa que está usted acompañada. Les recomiendo que se turnen y vayan a casa a descansar, las horas en el hospital pasan muy despacio y el agotamiento puede acabar pasando factura.

Julia siguió las indicaciones del doctor y se lavó las manos con jabón y tintura de yodo que le proporcionó sor Josefa, antes de regresar al pasillo.

—Debéis iros a casa a descansar —pidió a Rosita y a Martina después de darles cuenta de las explicaciones del doctor Álvarez.

—¿Y tú? También necesitas descanso.

—Yo tengo algo que hacer, y lo voy a hacer sin tardar.

—¿Te vas? Jolín, entonces nos quedamos nosotras —anunció Rosita.

—Deja que se quede Martina un rato y vete tú a casa. Pon un cartel en la puerta del taller advirtiendo que estará cerrado y no se admitirán más encargos hasta nuevo aviso por circunstancias familiares.

—¿Y tú qué harás? —preguntó la costurera.

—Si hay una sola posibilidad de conseguir más penicilina, voy a agotarla. Y si es necesario que vaya a Madrid me iré —respondió mientras se abotonaba el abrigo—. Pero antes tengo que intentarlo aquí.

Tocó el timbre de la portería con decisión y en la espera observó su reflejo en el vidrio del portal. No podía apreciar el aspecto de su rostro, pero sí el cabello despeinado. Lo atusaba cuando apreció movimiento en el interior, justo antes de que la puerta se abriera.

—¡Julia! ¿Cómo tú por aquí tan temprano? ¿Pasa algo? —preguntó Vicente extrañado.

—Tengo a Miguel en el hospital muy *malico*, tiene meningitis —explicó en cuatro palabras—. Necesito ver a Monforte ahora mismo, es muy urgente.

Vicente miró su reloj de pulsera.

—¡Pero si acaban de dar las ocho! Don Emilio aún no habrá desayunado.

—Me da igual, Vicente. Sube y dile que estoy aquí y que tengo que hablar con él cuanto antes. No puedo perder ni un minuto. —Mientras hablaba, Julia se había abierto paso y se había plantado en el vestíbulo.

—No le va a sentar bien, no le gusta que le molesten antes de estar listo para salir hacia el bufete.

—Eso es cosa mía, Vicente. Ya me explicaré yo. Hazme el favor de subir, te lo ruego.

—Está bien, está bien —accedió el joven—. Espera aquí, a ver qué dice.

Julia hizo caso omiso a la indicación de Vicente y, en cuanto el ascensor se puso en marcha, inició el ascenso por las escaleras. Esperó en el rellano de la cuarta planta hasta que de nuevo se abrió la puerta de la casa y se topó con la cara de sorpresa de Vicente al verla allí.

—¿Lo ves? Dice que este no es lugar para recibirte, que vayas a las nueve a su despacho en Independencia.

—¡No puedo esperar hasta las nueve! Tengo que hablar con él. —Al tiempo que respondía, empujó la puerta y se coló en el vestíbulo. El portero no se atrevió a sujetarla por el brazo y permaneció bajo el dintel sin saber qué hacer—. No me pienso mover de aquí hasta que salga.

Vicente cerró la puerta con lentitud.

—No sabes en qué aprieto me estás poniendo, Julia. Se supone que un portero está para evitar estas cosas. No me esperaba esto de ti.

—Vicente, ¡por favor!, estoy desesperada; necesito que Monforte me ayude de inmediato. Entra a avisarle, te lo ruego. Yo misma le contaré lo que ha pasado, tú no tienes culpa de nada.

Julia aguardaba en el gabinete adonde el portero había terminado conduciéndola por orden de don Emilio. Cuando se abrió la puerta, se dirigió a él en dos zancadas, sin darle apenas tiempo de cerrar.

—¿Qué maneras son estas de entrar en una casa? —protestó el abogado con furia, aunque sin levantar la voz.

—Tengo que hablar contigo, estoy desesperada y no hay tiempo que perder.

—¡Baja la voz, cojones! Mi mujer puede oírte.

—Esto no tiene nada que ver con lo nuestro, Monforte. Se trata de mi hijo. Lo tengo en el hospital con meningitis y en cualquier momento puede pasar lo peor. Necesito tu ayuda.

—¿Mi ayuda? ¿Qué puedo hacer yo? —objetó con desdén.

—Hay que administrarle penicilina, pero el hospital no dispone de la cantidad suficiente. Solo han podido ponerle dos pequeñas dosis, pero Miguel ha empeorado durante la noche. Puede que no aguante mucho más. ¡Estoy desesperada!

—Insisto, Julia, ¿qué pinto yo en todo esto?

—He hablado con el responsable de la farmacia del hospital y me ha confiado que la única manera de conseguir penicilina es en el mercado negro, penicilina de estraperlo, de importación. Estoy segura de que me puedes ayudar.

—Lo dudo. Yo no me dedico a eso, no sé de dónde has sacado una idea tan peregrina.

—Estoy convencida de que tienes contactos, sabrás a quién acudir. ¡Si alguien se mueve con soltura en esos círculos eres tú!

—¡Te digo que hagas el favor de bajar la voz! Si se levanta mi esposa, tendrás que salir por pies. —Al decirlo, abrió la puerta con cuidado y comprobó que el pasillo permanecía desierto. Después volvió a cerrar y caminó hasta el escritorio, donde tomó asiento antes de continuar—. ¿Por qué tendría que ayudarte, Julia? Hace tiempo tú y yo llegamos a un compromiso y, sin embargo, llevas meses dándome largas e ignorando mis invitaciones.

—¿Cómo puedes ser tan miserable para hablarme ahora de eso? —exclamó con impotencia—. Mi hijo está al borde de la muerte, Monforte.

—¡Qué desconsiderada! Veo que continúas sin querer llamarme por mi nombre. —Bajó la voz y continuó en un susurro a la vez que componía una sonrisa—. No conozco a nadie que se dirija a su amante llamándole por el apellido.

—Me das asco, Monforte. Imagina hasta dónde llega mi desesperación para venir aquí a humillarme pidiéndote favores.

—Pero has venido. Sea por lo que sea, al final todas volvéis.

Julia cerró los ojos con fuerza. A pesar de ello, las lágrimas se le escapaban por las comisuras.

—Necesito que me consigas penicilina de estraperlo. Me dicen que en Madrid se podía conseguir antes, en el bar de Perico Chicote.

—¡Ah, mira, lo conozco! He comido allí en ocasiones —respondió con tono burlón—. ¡Si lo hubiera sabido!

—Ayúdame, hijo de puta. Es mi hijo. Ponte en mi situación.

El abogado tamborileó en la madera del escritorio con los dedos, pensativo.

—Y si hago la gestión... ¿seguirás rehusando verte conmigo? Habrás de prometerme que cuando le den el alta lo celebraremos juntos.

—Me das asco, Monforte. ¿Cómo puedes disfrutar acostándote con alguien a quien le provocas náuseas?

—No hay nada que me excite más, querida —se mofó—. ¿Lo prometes?

—Algún día pagarás por todos tus pecados —respondió, asqueada.

—Arderé en el averno, lo sé —ironizó, descreído—. Entiendo que eso es un sí.

—¿Puedes llamar a ese sitio? No me importa coger el tren e ir en su busca.

—Vamos por pasos, querida. Para eso enviaría a Sebastián, que ya ha vuelto al trabajo. Pero tal vez no sea necesario. —Alzó la muñeca y consultó su reloj de pulsera—. Déjame hacer una llamada.

Monforte levantó el auricular y esperó la señal. No tardó en oír la voz de la telefonista desde la centralita.

—Póngame con el Hotel Atlántico de Madrid, por favor. Sí, Atlántico. ¡Sí, de Madrid! —repitió con hastío.

Esperó sin hablar, con la mirada perdida en el fondo del gabinete, evitando mirar a Julia.

—Sí, ¿Hotel Atlántico? Páseme con la habitación de Marcelo Casabona, por favor.

De nuevo aguardó tamborileando con los dedos en la mesa, aunque esta vez la espera fue breve.

—¿Marcelo? ¡Buenos días! ¿Te pillo despierto? —Calló mientras escuchaba la respuesta. Compuso un gesto de disgusto y desprecio—. Pues siento interrumpir, necesito que me hagas una gestión, pero ya... Oye, te he dicho que lo siento, otras veces te he hecho yo los favores. Escucha con atención. Necesito que me consigas penicilina, es muy urgente... ¡Si me dejas hablar, te lo cuento! Me dicen que en el bar de Perico Chicote se podía conseguir de estraperlo. Sí, lo tienes ahí mismo al lado del hotel, en la Gran Vía. Ya, ya sé que lo conoces. Paga lo que te pidan, y si no tuvieran te enteras de dónde se puede conseguir, pero quiero penicilina hoy mismo. Si te tienes que patear todo Madrid te lo pateas... ¿Pues cómo va a ser? La vas a traer tú en cuanto la tengas, y sin perder un momento... No, no me he vuelto loco... Pues si nieva pones cadenas, pero te quiero aquí esta misma noche. Eh, fuera bromas, te he dicho que de esta noche no puede pasar, es cuestión de vida o muerte y te ha tocado a ti. Mala suerte... Sí, telefonea con lo que sea, estaré en el bufete, ya sabes el número... ¡No, ahora! Te pagaré yo otra escapada, pero en una hora espero tu llamada. Hasta ahora.

Colgó el auricular.

—Has tenido suerte, tenía un socio haciendo gestiones en Madrid. Si hay penicilina allí, antes de mañana la tendrás.

—¿Me mandas recado al hospital cuando tengas noticias?

—Sin falta.

Julia se levantó y se dirigió a la puerta.

—Adiós, ¿no? O gracias. ¡Qué menos!

Se volvió de lado y lo atravesó con una mirada que destilaba repugnancia y odio. Pero a un tiempo, lo que sentía en su interior era un gran alivio, a la espera de las noticias de aquel hombre en Madrid.

Nadie la acompañó a la salida, pero conocía bien la casa, así que cerró la puerta tras de sí y salió al rellano para accionar el pulsador del ascensor. El motor se puso en marcha con su ruido característico y el contrapeso pasó ante sus ojos en su descenso, pero Julia no se fijó en él. Pensaba en aquel tal Marcelo Casabona, alguien completamente desconocido para ella unos minutos antes y que se había convertido en su única esperanza. Lo supuso recorriendo la acera de la Gran Vía en dirección al bar y museo de Chicote, muy cerca de donde se había alojado con Rosita en su viaje a la capital. Y su mente atormentada lo evocó sacando la billetera para pagar el precio del frasquito lleno de aquel polvo blanco que iba a salvar la vida de su hijo.

La puerta de la casa se abrió de nuevo a su espalda, justo cuando la cabina se detenía en la cuarta planta.

—¡Julia! ¡Espera! —la llamó Antonia. Entornó la puerta tras de sí y usó uno de los trapos que usaban para sacar brillo al encerado para trabarla y evitar que una corriente de aire la cerrara. Después se acercó a su amiga con la angustia reflejada en el rostro—. ¿Qué pasa, Julia? Vicente me ha dicho que Miguel está en el hospital.

—Está muy mal, Antonia. Lo ingresaron ayer por la noche. Tiene meningitis. —En pocas palabras Julia la puso al corriente de la situación.

—Déjame que te acompañe, por favor, doña Pepa me dará permiso.

—No tengo tiempo que perder, Antonia, de verdad. Debo regresar al hospital. Es muy urgente que hable con el médico que atiende a Miguel.

—¡Dame solo un minuto! Me pongo unos zapatos y el abrigo encima y ya le explicará Rosario a doña Pepa lo que pasa.

Julia deshizo el trayecto que poco antes la había llevado a casa de Monforte, esta vez en compañía de Antonia, que necesitaba dar carreritas cortas para no quedarse rezagada. El cierzo no había cedido y comenzaba a llover de nuevo, pero el azote de las gotas de agua en el rostro era la menor de sus preocupaciones. Regresaba al Nuestra Señora de Gracia con la mejor noticia que podía llevar, ansiosa por informar al doctor Álvarez de las gestiones de Monforte y de la posibilidad cierta de contar con penicilina suficiente aquella misma noche. Confiaba en que, si Monforte conseguía la penicilina en Madrid, el médico accedería a suministrarle en aquel mismo momento una dosis elevada del medicamento sabiendo que, tal vez en unas horas, con seguridad en menos de un día, iba a poder reponer e incluso incrementar la reserva del antibiótico. Su mente se cerraba a la posibilidad de que las gestiones de Casabona pudieran no dar fruto, y daba por seguro que aquella misma mañana aquel hombre tendría el medicamento en su poder.

Entrevió a la niñera reclinada en el interior de la iglesia cuando atravesó el vestíbulo del hospital, pero no hizo ademán de detenerse.

—Anda, quédate con Martina y explícale lo que te he contado —le pidió a Antonia sin detenerse apenas—. Yo tengo que hablar con el doctor.

Golpeó con los nudillos en la puerta de la sala de exploraciones, a pesar del cartel que rogaba abstenerse de hacerlo. No hubo respuesta, así que accionó la manilla y se asomó al interior, que se encontraba desierto. Contrariada, dudó si entrar y cruzar una de las otras dos puertas que se abrían a la estancia en busca del doctor o de sor Josefa. Se decidió a hacerlo y entró en la sala, pero aún no había cerrado por dentro cuando se sobresaltó al ver que se abría la puerta situada en la pared frontal. Una religiosa, desconocida para ella, se detuvo sorprendida.

—No puede estar usted aquí, señora —la reprendió—. Haga el favor de esperar en la sala de fuera.

—¡Es muy urgente, he de hablar con el doctor Álvarez sin pérdida de tiempo!

—El doctor Álvarez atiende en este momento una urgencia. Puedo avisar a otro de los doctores, pero deberá usted salir a la sala de espera —insistió.

—¡Tiene que ser el doctor Álvarez! ¡Él atiende a mi hijo! Lo que tengo que decirle es de extrema importancia —alegó sin hacer ademán de salir.

—¿Usted es la señora Casaus?

Julia asintió.

—Espere, siéntese ahí si quiere. —Le señaló una silla solitaria frente a un pilar. Su tono de voz había cambiado—. Le diré al doctor que está aquí, está atendiendo a su hijo.

—¡Pero acaba de decir que atendía una urgencia!

Apenas había terminado la frase cuando comprendió. Aterrada, se llevó la mano a la boca.

—¿Qué le pasa a mi hijo? ¿Se ha puesto peor? —gritó fuera de sí.

—Cálmese, se lo ruego —le pidió, evitando responder. La tomó del brazo y consiguió que tomara asiento de forma maquinal—. Espere aquí un instante. Le comentaré al doctor que está aquí y ahora mismo saldrá a informarle.

—¡Dígale que he conseguido penicilina!

Se levantó como movida por un resorte aun antes de que la hermana hubiera salido. Caminó de un extremo a otro de la sala, conjeturando acerca de lo que estaría pasando en la habitación que ocupaba Miguel. Se detuvo en el centro de la estancia frente al crucifijo que colgaba de la pared. Extendió la mano y tocó los pies superpuestos de la talla. Sintió con la yema de los dedos el tacto del clavo que los atravesaba. Trató de recordar una oración, pero ninguna le venía a la cabeza en aquel momento, así que rezó sin usar ninguna fórmula. Rogó a aquella imagen doliente que tuviera piedad de su propio dolor. Representaba a un Dios en el que no creía, pero necesitaba un asidero para no hundirse en un pozo de negrura.

La presencia impoluta del doctor Álvarez bajo el umbral de la puerta le pareció una buena respuesta. En él estaban depositadas todas sus esperanzas. Caminó hacia el médico con paso vivo.

—¿Qué le sucede a Miguel? ¿Se ha puesto peor? He conseguido más penicilina en Madrid, doctor Álvarez. Póngale ahora otra dosis mayor, se lo ruego. ¡Quiero ver a mi hijo! —Hablaba de manera atropellada. De repente se calló para, un instante después, estallar en llanto.

El doctor la tomó por los brazos.

—Ahora mismo podrá entrar y tal vez quedarse con él. Pero me veo en la obligación de advertirle que el pequeño ha empeorado de manera repentina. No se asuste, no es que esto agrave la situación, pero lo cierto es que ha entrado en coma.

Julia emitió un gemido prolongado y agónico. Miró al médico a los ojos y con la rabia reflejada en el semblante. Después habló escupiendo las palabras una a una, con la voz surgiendo entre sus dientes apretados.

—¡Póngale más penicilina o le haré responsable de lo que pueda suceder!

—He dejado a sor Josefa preparándola. Yo mismo se la administraré en un instante. Pero cuénteme qué es eso de que ha conseguido más medicamento.

Julia hizo un esfuerzo por mantener el control y puso al médico al corriente de la gestión realizada por Monforte. Mientras, él mismo buscó un par de guantes y una mascarilla que entregó a la mujer. Una vez lista, el médico le cedió el paso y salvaron la distancia que los separaba de la habitación ocupada por Miguel.

Las lágrimas se deslizaron por su rostro cuando entró, sin que pudiera evitarlo. El pequeño yacía inmóvil y su rostro estaba cubierto por una máscara que le proporcionaba un aspecto grotesco. Sus bracitos descansaban flácidos a los costados, con el derecho unido por aquella goma al frasco demediado de cristal que pendía del soporte. Tenía la piel enrojecida perlada de sudor, y solo una oscilación de las sábanas apenas perceptible permitía asegurar que respiraba.

En una mesita rodante, sobre un infiernillo, sor Josefa manipulaba los utensilios necesarios para administrar la solución de penicilina. En un pequeño recipiente ovalado de acero hervían varias jeringas de cristal con sus agujas de cabeza dorada. La hermana agitó con dos dedos un vial que contenía un líquido blanco y lo dejó sobre la superficie de metal, listo para cargarlo en una de aquellas jeringuillas recién esterilizadas.

—Se lo inyectaremos directamente en una de sus venas para asegurarnos de que llega de inmediato adonde tiene que llegar —explicó el doctor—. Su organismo lucha contra la infección y solo podemos tratar de ayudar. La ventilación que le proporcionamos tiene esa función, así como el suero que lo mantiene hidratado.

—¡Pero empeora por momentos! —objetó Julia—. ¡Mi hijo está en coma!

—El coma, como ya le he indicado, no es necesariamente señal de empeoramiento. El cerebro es un órgano muy sensible, y la inflamación de las meninges le afecta sobremanera, así que esa consecuencia no era descartable —explicó el doctor Álvarez con tono amable—. Hay quien piensa que el coma es una forma de defensa del organismo, que deja todas las funciones no vitales en suspenso para concentrarse en luchar contra la causa principal del mal que lo pone en peligro.

Sor Josefa ató un torniquete de goma en torno al bracito de Miguel, desinfectó el pliegue del codo con una porción de algodón empapada en yodo y se apartó para dejar paso al doctor. Este, con pericia y mano firme, palpó en la zona tintada hasta encontrar el sitio exacto donde insertar la aguja. Varias gotas de sangre surgieron al primer intento y entonces aplicó la jeringa al cabezal de la aguja que trataba de mantener inmóvil. Julia observó absorta cómo, con enorme lentitud, el médico empujaba el émbolo que introducía en el cuerpecito del pequeño aquella solución salvadora.

—Es necesario hacerlo muy despacio. De lo contrario, la penicilina podría cristalizar y tendríamos un problema serio. —El médico retiró la aguja al terminar y se la entregó a sor Josefa—. Ahora sí, hemos hecho todo lo que podíamos hacer, el antibiótico pronto llegará a todo su organismo. Lo que suceda a continuación queda en manos de Dios.

Sor Josefa entró en la iglesia y recorrió los bancos con la mirada hasta que encontró a las acompañantes de Julia. El ruido de la puerta había advertido a Martina, que volvió la cabeza. Entonces la monja hizo un gesto con la mano y las tres corrieron hacia la puerta, que sostuvo abierta para permitirles salir a la galería principal. Rosita, incapaz de permanecer sola en casa a la espera de noticias, había regresado al hospital, donde se había encontrado con Antonia. Las tres se inclinaron hacia la hermana, impacientes y ávidas de información.

—¿Cuál de ustedes es el familiar más próximo de Julia?

—Julia no tiene parientes en Zaragoza. Nosotras somos sus mejores amigas —explicó Rosita—. Yo trabajo para ella.

—Yo soy la niñera de Miguel —añadió Martina, con angustia—. ¿Cómo está el pequeño?

La religiosa las miró con semblante serio y suspiró de forma profunda antes de hablar.

—No voy a engañarlas. El niño se encuentra entre la vida y la muerte. Hace una hora ha entrado en coma y su madre se encuentra junto a él. Tal vez su voz y su cariño sea lo único que le proporcione fuerzas para resistir. Pero lo cierto es que en cualquier momento se podría producir un desenlace fatal.

Martina estalló en sollozos. La religiosa la tomó del brazo y la ayudó a sentarse en el banco de madera que tenían a la espalda. Las otras dos mujeres tampoco podían ocultar su angustia, y sacaron a un tiempo los pañuelos del bolso para enjugarse las lágrimas.

—Deben perdonarme que sea tan clara, sé que mi sinceridad puede resultarles cruel —se explicó—. Pero deben estar preparadas para que, en caso de que se produzca lo peor, Julia encuentre en ustedes el apoyo que va a necesitar más que nadie. Es preciso que ustedes adelanten el duelo para que ella las encuentre enteras si se da el caso.

—¿Tan mal está? —preguntó Antonia entre sollozos, ocultando la parte baja del rostro con la mano—. ¿Quiere usted decir que no hay esperanza?

—¡Claro que hay esperanza! —Martina se había levantado como si aquella idea le hubiera proporcionado nuevas fuerzas y se enfrentó a la monja, a la que le sacaba una cabeza. Se encontraba fuera de sí—. ¡Miradla! ¡Es solo un pájaro de mal agüero al que el contacto con la muerte ha hecho insensible al dolor! ¿Cómo se atreve a salir a decirnos, como si nada, que Dios se nos va a llevar a Miguel? ¡Un niño fuerte y sano de apenas año y medio! ¿Qué nos dirá cuando se recupere? ¿Nos dará una simple disculpa y nos dirá que todo había sido un error? ¡Váyase de aquí!

Rosita y Antonia habían cogido a la niñera por los brazos. La doncella le tapó la boca con la mano para hacerla callar. En su desesperación había perdido el control, y los visitantes que entraban y salían del recinto detenían sus pasos contemplando la escena con horror. Martina se dejó caer al suelo sin que sus amigas pudieran impedirlo y, encogida sobre sí misma, hecha un ovillo, se abandonó al llanto.

Sor Josefa las miró consternada. Poco a poco se dio la vuelta, dispuesta a marcharse, cabizbaja. Sin embargo, aún levantó la mirada antes de hablar una vez más.

—Vuelvan a la iglesia y bajen a la cripta. Recen a las hermanas de la Caridad que yacen allí para que intercedan ante el Creador —musitó—. Él es el único que puede obrar el milagro.

La víspera había dejado de llover, pero el viento helado de diciembre seguía barriendo las hojas que el otoño había arrojado al suelo. Medio centenar de personas se disponían en círculo en torno a la sepultura cuya lápida descansaba sobre la tierra todavía embarrada. Dos enterradores aguardaban a que mosén Gil y el párroco de Santa Engracia, ayudados por Manuel, terminaran con sus responsos. Uno de ellos, muy joven, mostraba una actitud displicente, tal vez ansioso por terminar el trabajo. El de mayor edad, no obstante, no apartaba la mirada de Julia. La casualidad le había llevado a conocer su historia apenas dos años atrás; la había visto con frecuencia en aquel mismo lugar durante todo ese tiempo. A sus pies, un pequeño ataúd blanco esperaba a ser introducido en la tierra. Pensó que era sin duda el pequeño que la joven llevaba en el vientre cuando la conoció, el que traía en su carrito a visitar al padre muerto. En pocos minutos iba a descansar para siempre en aquella tierra húmeda y helada, y él iba a ser quien le diera sepultura junto a su padre.

Julia, cubierta de negro por completo, era sostenida ante el féretro por Antonia y por Rosita, también de luto. A su lado, incapaz de reprimir el llanto, se encontraba Martina flanqueada por sus padres, tan compungidos como ella. Detrás de las mujeres, Andrés, Vicente y Sebastián permanecían en pie. Este último rodeaba con afecto los hombros de Rosario, que no cesaba de enjugar con un pañuelo sus ojos llorosos. Concepción y Francisca completaban la totalidad del servicio de los Monforte. Doña Pepa encabezaba junto a su esposo un nutrido grupo situado en el costado más próximo a la entrada del cementerio, formado por algunas de las distinguidas clientas del salón de costura. Dorita Barberán sollozaba de manera ostensible bajo el velo negro con que se ocultaba el rostro.

Manuel, que a última hora se había revestido con una casulla proporcionada por el capellán del cementerio, entregó a mosén Gil el agua bendita con su hisopo. El sacerdote aspergió el pequeño ataúd mientras recitaba sus plegarias, que fueron respondidas por los presentes. Entonces los oficiantes se retiraron y llegó el turno de los enterradores. Sin necesidad de usar la cabria ni las sogas habituales, saltaron al interior del foso y tomaron el peso liviano del pequeño con la sola fuerza de los brazos. Solo habían excavado por completo el centro de la sepultura, lo suficiente para hacer hueco al diminuto ataúd, que dejaron reposar sobre las tablas del féretro mayor situado debajo. El enterrador sabía bien cuál sería el proceso una vez que el tiempo y la humedad hicieran su labor. Quien, pasados los años, descubriera aquella sepultura encontraría solo los huesos de un pequeño infante entremezclados con los de su padre, con quien compartía el nombre, el apellido y la fatalidad de una muerte prematura.

TERCERA PARTE

1952

30

Lunes, 14 de abril

Rosita cosía con la radio como única compañía. Las voces del cuadro de actores de la Sociedad Española de Radiodifusión se colaban cada tarde entre las paredes del taller, y días había en que podía escuchar los seriales sin ninguna interrupción, pues cada vez eran menos frecuentes las ocasiones en que la campanilla de la puerta la sobresaltaba. De no ser por las clientas habituales que seguían acudiendo al salón, tal vez por lástima, quizá también por curiosidad, el negocio habría ido a la ruina sin remedio. Julia se había sumido en un pozo de desesperación del que nadie había podido rescatarla, a pesar de los esfuerzos de todos sus amigos.

Las fiestas navideñas habían transcurrido sin que nadie consiguiera hacerla salir de la casa, donde pasaba los días encerrada y en penumbra. Envuelta en una manta para sortear el frío, ni siquiera se molestaba en caldear la vivienda. Había sobrevivido gracias al empeño de Rosita, que hacía la vida en la calle de San Miguel, incapaz de dejar a Julia sola por las noches en aquella casa. Cada día, eso sí, la muchacha acudía a visitar a sus padres y regresaba provista de una cesta con la comida para ambas. La obligaba a levantarse de la cama o del sillón donde pasaba las horas postrada, y en algunas ocasiones conseguía que comiera unas cucharadas de los potajes o de los guisos que su madre, solícita, cocinaba para ellas. A mediados de enero, un mes después de enterrar a Miguel, el aspecto de la joven, pálida por el encierro, consumida por la falta de apetito y por la ausencia de actividad, empezaba a ser preocupante. El doctor Blasco, advertido por Antonia en una de sus visitas a la calle

Gargallo, había acudido sin tardar al taller para interesarse por su antigua empleada. La amonestó con cariño por su abandono y trató de infundirle ánimo, pero Julia se limitó a contemplar al médico con gesto contrito, sin pronunciar palabra. Su única reacción se hizo visible a través de una lágrima que se deslizó por su mejilla. Antes de irse, don Herminio le prescribió dos copitas de vino quinado San Clemente, mañana y tarde, para superar el abatimiento y despertar el apetito.

Rosario también acudía a visitarla, unos días con Antonia, otros con Sebastián y Andrés, incluso con doña Pepa había ido una tarde. Fue la cocinera quien aconsejó a Rosita que le batiera unas yemas con azúcar y cuatro dedos de buen vino de Cariñena o del Somontano.

Aquella tarde Rosita daba puntadas con una desazón mayor. No se le había pasado por alto lo significativo de la fecha, pues la noche anterior había tratado de entretener la vigilia sintonizando una vez más en el dial la frecuencia de Radio Pirenaica. Sin demasiado chisporroteo, se encontró con un encendido discurso de Dolores Ibárruri en el aniversario de la República. De nada había servido que corriera al dormitorio para avisar a su amiga de la inminente alocución: Julia se encogió de hombros con desinterés al tiempo que negaba con la cabeza, y solo musitó que apagara la luz porque le molestaba. Rosita regresó al terminar la emisión y le contó lo que acababa de escuchar para constatar que, por mucho que tratara de reproducir el énfasis de las palabras encendidas de La Pasionaria, nada parecía sacar a su amiga de aquella dañina indolencia. Se limitó a acudir a la cocina para preparar una manzanilla con la que lavar los ojos de Julia, enrojecidos e irritados por cuatro meses de lágrimas continuas.

Aquel aniversario de la República significaba que el salón de costura cumplía dos años. En otras circunstancias, Julia sin duda lo habría celebrado igual que el año anterior, convocando a sus mejores clientas para ofrecerles un pequeño refrigerio como agradecimiento. Rosita sintió que aquel recuerdo solo conseguía apretar el nudo que, a ella también, le atenazaba la garganta. Clavó la aguja en el alfiletero, se quitó el dedal y cerró los ojos dejándose arrullar por las voces que surgían del aparato de radio, tan ajenas a los dramas a los que ponían fondo allí donde llegaban. Sumida en sus pensamientos, la sobresaltó el sonido de la campanilla. La puerta del establecimiento se abrió y bajo el dintel apareció una figura menuda revestida con hábito oscuro. Rosita la reconoció de inmediato.

—¡Hermana Josefa! —la saludó mientras se levantaba y apartaba la labor a un lado.

—Usted era... —inquirió la religiosa a modo de saludo, con el mismo tono imperativo que usaba para manejarse con pacientes y parientes.

—Soy Rosita, empleada de Julia —se apresuró a responder.

—Veo que me han indicado bien —dijo con alivio sin dejar de mirar en derredor—. El doctor Blasco visitó hace unos días el hospital y me habló del estado en que se encuentra doña Julia. Me pidió que me acercara a hablar con ella, y aquí estoy. Creo que algo de lo que tengo que contarle podría reconfortarla.

—En ese caso pase, hermana. Julia nos tiene muy preocupados, no consigue superar la pérdida. Cada día que pasa la veo más hundida, jolín. Me dan temblores solo con pensarlo pero, si esto sigue así, habrá que cerrar el negocio.

—No desespere, Rosita; Dios aprieta, pero no ahoga. Solo la está poniendo a prueba.

—¿A prueba? ¿Qué clase de prueba es arrancarle un esposo y un hijo en menos de dos años? —se revolvió, incapaz de comprender el argumento de la religiosa.

—No somos nadie para juzgar los designios del Altísimo. Quizá haya pecados de su vida pasada que tenga que expiar antes de recuperar la paz.

—¿Por qué dice eso, hermana? —Rosita no podía ocultar su incomodidad.

—Tengo entendido que aquel a quien usted se ha referido como su esposo no lo era. El pequeño había sido concebido en el pecado. —La monja la cogió del brazo y cambió el gesto adusto por una sonrisa que a Rosita le pareció poco sincera—. Pero excúseme, no he venido aquí para juzgar a nadie, sino para traer un poco de consuelo.

—Mal consuelo es lo que le acabo de escuchar —repuso indignada—. Igual no es buena idea que hable usted con ella.

—¡Vamos, vamos, hija mía! Veo que ha interpretado mal mis palabras. Solo trataba de encontrar una explicación a hechos que no entendemos y que nos alejan de Dios al considerarlo un ser injusto y cruel. —Sor Josefa la tomó de las manos en un gesto de afecto—. Estoy convencida de que llegará el día en que Julia llegue a comprender que su sufrimiento no habrá sido en vano.

—De todas formas, dudo que quiera hablar con usted. —Era evidente por su tono que Rosita había cambiado de opinión respecto a la conveniencia de aquel encuentro.

—Hágale saber que estoy aquí —insistió—. Como le digo, tengo algo que contarle que puede ser un consuelo para ella.

Rosita se dijo que no tenían nada que perder. Incluso un posible enfado de Julia supondría un revulsivo que podría sacarla de aquel estado de apatía y postración. Indicó a la religiosa un sillón donde sentarse y se perdió escaleras arriba.

Apenas tardó unos minutos en recorrer el camino inverso. Bajó las escaleras con gesto de circunstancias y sor Josefa se levantó del sillón para ir a su encuentro.

—Ya veo por su expresión que Julia se niega a hablar conmigo —se anticipó.

—No la culpe. Está convencida de que, si le hubieran puesto penicilina suficiente desde el principio, su hijo se habría salvado. Y les achaca su muerte.

La monja negó con la cabeza, molesta.

—Se trataba de un proceso muy agudo —objetó—. En casos como el de ese niño, ni siquiera actuando como usted dice se consigue llegar a tiempo.

—Siempre nos quedará esa duda —repuso Rosita con amargura.

—De esto quería hablarles precisamente. Como Julia nos había anunciado, la misma noche en que murió el pequeño Miguel, llegó un hombre al hospital con una cantidad muy considerable de penicilina. Según dijo, el encargo había partido de don Emilio Monforte. Durante semanas sirvió para tratar a otros pacientes, y estamos seguros de que aquellas gestiones salvaron unas cuantas vidas. Este es el consuelo al que me refería.

—Ni usted ni yo hemos sido madres y no hay forma de que sepamos lo que es perder un hijo de año y medio. Pero imagino que saber que otros se han salvado gracias a esa penicilina que ella se encargó de buscar solo la hará sufrir más por no haber llegado a tiempo.

—Era mi deber contárselo. Además, gracias al señor Monforte y a aquel hombre, a través de nuestra congregación en Madrid nos hemos puesto en contacto con quien puede abastecer a nuestros hospitales con cantidades suficientes de medicamento, aunque sea importado de estraperlo. —De manera inconsciente había bajado el tono de voz—. El señor Monforte se ha convertido en un gran benefactor de nuestra institución, pero todo se lo debemos a ella. Estoy segura de que le gustará saberlo.

Julia regresó a su dormitorio por segunda vez cuando la campanilla anunció que sor Josefa abandonaba el taller. Había escuchado las dos conversaciones desde lo alto de la escalera de caracol, algo que se había hecho habitual en las últimas semanas cuando llegaban visitas. En los primeros meses había carecido de la fuerza y el empuje suficientes para dejar la cama o el sillón donde pasaba las horas rumiando su dolor, pero con la llegada de la primavera había comprobado cuán fuerte era la naturaleza humana. Dos años atrás, se había visto abocada a vivir por vez primera la amarga experiencia de la muerte de Miguel, pero en aquella ocasión la evidencia de su embarazo, el nacimiento de su hijo y verlo crecer día a día habían actuado como un asombroso bálsamo. Quienes la rodeaban entonces habían alabado su fortaleza, pero ella sabía que no era mérito suyo, sino la necesidad de mantenerse firme y entera para asumir su responsabilidad como madre.

En aquel momento, sin embargo, le habían arrancado el bálsamo de Fierabrás, y a la pérdida de su hijo volvía a sumarse en su pensamiento la del padre. En los primeros meses había creído volverse loca. Recordaba a algunas mujeres del pueblo en los años de la guerra a las que, igual que a ella, les habían arrebatado al esposo, a los hijos, hermanos y padres incluso. Varias de ellas, rotas y superadas por el dolor, habían perdido la razón por completo. Una se había quitado la vida en la rama de un castaño, otra había provocado su propia muerte enfrentándose en plena calle al verdugo de su marido, que no había dudado en descerrajarle un tiro en la frente.

Desde diciembre, el recuerdo de su esposo había regresado una y otra vez. Incluso la posibilidad de venganza se había abierto paso en sus pensamientos provocándole un atisbo de satisfacción y consuelo. Y un solo nombre se abría paso cada vez que trataba de identificar al causante de todas sus desgracias, aquel que había empujado la primera ficha de dominó que ella y Miguel habían puesto con cuidado en pie, en una hilera que conducía a París. Cuando pensaba en ello, evocaba la posibilidad de encontrarse frente a frente con mosén Francisco, aquel a quien faltó tiempo para la delación cuando reconoció a su antiguo alumno en Tarazona. Imaginaba la sorpresa del sacerdote cuando le espetara la única pregunta posible: «*Pourquoi?*». Y lo haría en francés. Al menos lo que había aprendido con él le serviría para algo. Aunque sus evocaciones se detenían en aquel punto, tal vez por miedo a la respuesta y a su propia reacción. Lo cierto era que nunca había ido más allá.

Al margen del magro consuelo que suponía la posibilidad de venganza, solo quedaba el dolor. Y lo que hacía que su corazón se encogiera, que su estómago se rebelara hasta el vómito, era recordar su propio sacrificio. Lo había asumido como el precio que debía pagar para que su hijo tuviera un nombre y un lugar en aquella sociedad mojigata donde la apariencia de virtud era más valorada que la virtud misma, en la que la doble moral surgía a poco que se rascara la pátina de honradez e integridad. Creía que soportar el cuerpo de Monforte estremeciéndose entre sus piernas era la penitencia para expiar el *enorme* pecado de haber concebido sin pasar por un altar, y la había aceptado, sin dudar. Pero estaba muy equivocada. Aquel Dios cruel que hacía y deshacía a su antojo tenía pensado un pago mayor. Era algo que había rondado sus pensamientos desde que enterrara a su hijo, pero si hasta entonces no había sido capaz de verlo claro, aquella monja, sor Josefa, se lo acababa de confirmar. Que le fuera arrebatado el fruto de aquel pecado era sin duda la expiación definitiva e inmisericorde.

Volvió a sentarse en el sillón antes de que Rosita subiera, y pensaba en las palabras que acababa de escuchar. ¿Cómo se atrevía aquella monja a venir a su casa a juzgarla sin conocer en absoluto las circunstancias de su vida pasada, por mucho que solo se hubiera atrevido a dejar caer su juicio en presencia de Rosita? ¿Habría sido capaz de repetirlo delante de ella en caso de haber aceptado la entrevista? Tal vez hubiera una parte de verdad en que venía a traerle consuelo y a darle las gracias por haber descendido a su infierno particular para conseguir un poco de esa maldita penicilina. Poco imaginaba la monja el pago que había tenido que comprometer a cambio de aquella llamada telefónica a Madrid. Pero, como Rosita había intuido, poco le importaban ya las vidas que se hubieran salvado: para ella eran vidas ajenas y nada podría compensar su pérdida. Que Monforte pasara ahora por benefactor del hospital la traía sin cuidado, era un brochazo más a la fachada encalada e impoluta de aquel ser despreciable que albergaba un corazón pútrido. Si había alguien a quien añadir a la lista encabezada por mosén Francisco, ese era Emilio Monforte. Pero él también había sufrido una pérdida considerable: la muerte de Miguel le había privado del rehén con que la sometía a chantaje.

31

Martes, 26 de agosto

El autocar se detuvo entre soplos que surgían del motor frente a la iglesia de Santa Engracia. El conductor había buscado sin duda la cercanía de las acacias que sombreaban la plaza para evitar a los pasajeros el sol inclemente que caía de plano en el empedrado a aquella hora de la tarde. Algunos de los pocos viandantes que circulaban por el lugar se detuvieron a observar el moderno Pegaso gris recorrido de uno a otro extremo por cuatro líneas muy juntas, del mismo color blanco que decoraba el lateral de los neumáticos. Todas las ventanillas del autobús se encontraban echadas hacia atrás, abiertas por completo, y los viajeros, que se habían puesto de pie dentro del vehículo, parecían haberse apelotonado durante el trayecto en la parte izquierda del vehículo, donde el sol no calentaba los asientos.

El conductor se apeó después de apagar el motor y, tras estirarse con los puños apretados para desentumecer los músculos, rodeó la parte frontal del vehículo para abrir la portezuela delantera. Hizo lo mismo con la posterior y finalmente alzó el portón central que daba acceso al compartimento del equipaje.

Vicente y Andrés fueron los primeros en bajar. Ambos llevaban las camisas pegadas a la piel y el sudor les perlaba la frente.

—¡Y se quejaban del calor allí! —exclamó Andrés secándose el sudor con el dorso de la mano—. ¡En Zaragoza les hacía yo pasar un verano!

Antonia, que ocupaba uno de los asientos delanteros, se había levantado para ayudar a Rosario, sentada a su lado. La sostuvo por el brazo mientras bajaba los escalones y solo la soltó cuando se aseguró de que Andrés se hacía cargo de ella. La mujer, como la mayoría, llevaba el cabello despeinado por la corriente de las ventanillas abiertas durante la marcha.

—¡Virgen del Pilar, qué calor! —espetó al pisar la acera—. Y eso que serán cerca de las ocho.

—¿Ha venido usted bien? —se interesó el joven.

—¡Ay, hijo mío, por nada del mundo hubiera dicho que no a este viaje, pero esto ya no es para mí! —respondió con un suspiro.

Antonia se había vuelto hacia el asiento posterior, donde viajaban una mujer y un hombre que, a pesar de frisar los cincuenta, mostraban un aspecto avejentado que les hacía parecer mayores. Las arrugas y el rostro del varón, curtido por el sol, hablaban de alguien que se había dejado gran parte de la vida en el campo. Las mismas arrugas atravesaban el rostro de la mujer, aunque en su caso la piel clara, casi lívida, contrastaba con los cabellos morenos que asomaban bajo el pañuelo apretado que le cubría la cabeza.

—¿Ya está mejor, madre? —preguntó Antonia, con preocupación.

La mujer asintió con una sonrisa forzada.

—¡Ay, os he dado el viaje! —se lamentó, avergonzada—. A la ida y a la vuelta. ¡Si es que no podemos salir de casa!

—No diga eso, mujer. Que no es la única que se ha mareado. ¡Tanto traqueteo, y este calor...! —trató de justificarla—. Ayúdela, padre, ya me encargo yo de las cosas aquí arriba.

El ajetreo reinaba aún en el interior del autocar mientras los pasajeros se afanaban para recoger sus equipajes de mano antes de apearse. Regresaban de San Sebastián, adonde habían acudido para asistir a la ordenación de Manuel, que había tenido lugar el domingo anterior. Este se encontraba en la parte de atrás del autocar, hablando animadamente en medio del numeroso grupo de compañeros del seminario que habían querido sumarse a su celebración. El misacantano, al igual que sus amigos, vestía una sotana negra abotonada desde el alzacuello a los tobillos y, como todos los demás, lucía el cabello alborotado por el viento. También compartía con ellos la amplia sonrisa que exhibía en aquel instante. En realidad, a pesar de la incomodidad del viaje, todos parecían felices al descender del autocar.

Monforte no había reparado en gastos y el acontecimiento se había celebrado por todo lo alto. Manuel había cantado misa en el templo del Buen Pastor, un magnífico edificio neogótico situado entre el río Urumea y la playa de La Concha, que en aquel momento se encontraba en plena transformación para adaptarlo al nuevo uso como sede de la diócesis episcopal de San Sebastián, recién constituida por bula papal. El templo pronto sería consagrado como catedral de la ciudad, pero mientras tanto Monforte había considerado que, por su magnificencia, era el lugar más apropiado para albergar una ceremonia que quería inolvidable. La ordenación, en medio de la emoción de todos, la había celebrado el nuevo obispo de la diócesis. La sorpresa que Monforte se había guardado quedó al descubierto cuando comenzaron a sonar en el interior del templo las notas del órgano acompañadas por las voces magníficas del Orfeón Donostiarra, lo que despertó un murmullo de asombro entre los asistentes.

Los Monforte habían alojado a los invitados en la Villa Margarita, en hoteles y en casas de huéspedes del centro de la ciudad que, dada la época, habían tenido que reservar con mucha antelación. Por descontado, todos los miembros del servicio habían acudido al acto y, por vez primera en lustros, la casa de la calle Gargallo se había cerrado por completo durante aquellos cuatro días.

Antonia solo había lamentado una ausencia. Sin duda, Julia sabía que, si no confirmaba su asistencia, Rosita insistiría en quedarse con ella y por eso los había tenido engañados hasta la víspera de la partida haciéndoles creer que se sumaría a la comitiva. Una vez con todo preparado —Rosita se había cosido un hermoso vestido estampado de verano para la ocasión—, no le fue difícil convencerla de que se subiera a aquel autocar, asegurándole que ella estaría bien aquellos pocos días sin su compañía y que incluso le servirían para, a solas por completo, encontrarse consigo misma. A regañadientes, la modista había accedido, no sin protestar por el ardid. En las semanas anteriores no le había extrañado que no se preparara un nuevo vestido para aquel día tan señalado porque Julia, ante su pregunta, había argumentado que usaría uno de sus vestidos negros de luto.

Como aquel año le correspondía por turno, Antonia llevaba todo el verano en la villa de San Sebastián. Para ella había sido una decepción que Julia no se apeara del autocar a su llegada el sábado anterior. A su pesar, ello había empañado su alegría aquella mañana, no tanto por la propia ausencia de su mejor amiga, sino porque estaba segura de que el viaje habría supuesto un paso adelante en su gradual recuperación. De hecho, había decidido invitar también a Andrés para reunir en San Sebastián a los seis miembros del grupo que solían juntarse antes de la tragedia de Miguel, y estaba convencida de que la celebración constituiría un punto de inflexión en su proceso de superación de la pérdida. Sin embargo, una vez hecha a la idea, se había visto arrastrada por la vorágine en que se había convertido aquel fin de semana.

La emoción de ver allí a Manuel, flanqueado por sus padres emocionados, la había hecho olvidar las semanas de trabajos y desvelos a causa de los preparativos. Villa Margarita había de acoger a algunos de los invitados y, aunque el almuerzo de celebración iba a tener lugar el domingo en un céntrico hotel cercano al Buen Pastor y a la playa de La Concha, en la residencia de verano de los Monforte se había previsto acoger a los invitados que lo desearan durante el resto de los días. El jardín se había cubierto con toldos ante lo imprevisible del clima de la ciudad, y allí se habían servido los almuerzos y las cenas en mesas montadas con tableros y caballetes. Rosario y Francisca habían llegado a Villa Margarita una semana antes, aprovechando uno de los viajes de don Emilio con Sebastián a Zaragoza. Aunque los dueños de la casa habían contratado a un cocinero con dos pinches que iban a hacer las veces de camareros, a ellas tres les había correspondido llevar la carga de las compras, elaborar los menús y estar al tanto de todos los detalles, con la supervisión de la dueña de la casa. Doña Pepa había tenido el detalle de liberarla de cualquier obligación durante la estancia de su familia en San Sebastián, de manera que aquellos tres días se habían convertido en las mejores vacaciones de su vida.

La misma tarde del sábado Antonia había recorrido las hermosas calles de la ciudad vieja en compañía de sus padres y de Manuel. Su hermano ya había visitado la ciudad en años anteriores con ocasión de unas tandas de ejercicios espirituales junto a sus compañeros de curso del seminario. Sus padres, sin embargo, solo habían salido del pueblo para viajar a Teruel y a Zaragoza en muy contadas ocasiones. Era la primera vez que iban a ver el mar, y Antonia preparó el momento con mimo. Salieron a la bahía por delante del edificio del Ayuntamiento, entre los jardines que bordeaban lo que había sido el Gran Casino. Cuando se quisieron dar cuenta, tras sortear los vehículos que circulaban por el paseo, se encontraron apoyados en la barandilla que bordeaba la ensenada. María y Juan miraban absortos cuanto alcanzaban a ver. Manuel y Antonia, que los flanqueaban, cruzaron una mirada de complicidad por detrás de sus cabezas. Permanecieron allí sin hablar durante unos minutos, observando a los bañistas, las casetas de lona azul y blanca alineadas sobre la arena, y las pocas embarcaciones que surcaban el mar en calma. Las manos de ambos se buscaron temblorosas y terminaron enlazadas con fuerza. Fue María la que se volvió hacia el paseo con lágrimas en los ojos, extendió los brazos para abarcar a sus dos hijos y los apretó en un abrazo, con la cabeza apoyada en la sotana de Manuel. Juan, por una vez, fue capaz de romper su máscara para dejar entrever sus sentimientos, y se incorporó al círculo poniendo las manos en los hombros de sus hijos.

—Creo que nunca he sido más feliz que hoy —musitó María un instante después. Se había apartado en busca de un pañuelo con el que limpiarse la moquita.

—Pues espera a mañana, cuando veas a Manuel en el altar del Buen Pastor —añadió Antonia tratando de reír entre sus propias lágrimas.

—Eso será mañana. De momento hoy ya soy muy feliz. —Se volvió hacia su marido—. ¿Has visto, Juan? Míralos. ¿Ha merecido la pena tanto sacrificio o no?

El hombre, sin contestar, se volvió hacia el mar de manera apresurada y de nuevo se apoyó en la barandilla ocultando la cara con las manos al modo de las orejeras de las caballerías.

—¿Queréis bajar a pisar la playa? —propuso Antonia al poco para esquivar la incomodidad que debía de sentir su padre.

—¿Qué dices? —Su madre la miró poco menos que escandalizada—. ¿Ponerme yo como esas?

—No, mujer. Con que nos quitemos los zapatos es suficiente —contestó Manuel, riendo—. Todo el mundo lo hace. Ya verá qué sensación, sentir la arena bajo los pies. Padre se remanga los bajos del pantalón y yo, la sotana.

—Si os creéis que voy a meter los pies en el agua, estáis locos, hijos míos —rio—. Vamos, Juan, quién sabe si volveremos a estar en una playa.

María no solo metió los pies en el agua, sino que chapoteó en medio de las olas que morían en la orilla, entre exclamaciones cada vez que el mar en retroceso le hurtaba la arena bajo los pies. También Juan lo hizo, animado por su mujer y por sus hijos.

—¡Cualquiera del pueblo que nos viera! —gritó a su marido tratando de remangarse la tela negra del vestido con los zapatos en la mano.

Caminaron un buen rato por la arena apretada de la orilla hasta que Manuel propuso regresar al paseo. Alcanzaron la acera frente al Hotel Niza después de sacudirse la arena seca.

—¡Hala, como si nada! —exclamó Juan después de golpear las suelas contra el pavimento—. Ya podemos decir en el pueblo que nos hemos metido en el agua en La Concha.

Manuel alzó el mentón en dirección al final de la playa con gesto de interrogación y Antonia asintió con complicidad. Caminaron sin prisa entre los viandantes bordeando la bahía hasta llegar a la playa de Ondarreta y siguieron el paseo en dirección a la falda del monte Igueldo.

Poco después, los dos hermanos reían divertidos ante la cara de miedo de su madre cuando el funicular descendió traqueteando hasta su parada.

—¡Ah, no! ¡Conmigo no contéis! ¡Yo no me subo ahí!

—Pues tú verás, pero ya hemos comprado los cuatro billetes. Si lo prefieres, puedes subir por la carretera, solo son unos pocos kilómetros de rampa. Eso sí, bajar te resultará más fácil —bromeó Antonia.

Por segunda vez aquella tarde, María se desdijo de sus palabras y no se arrepintió. Contemplaban absortos la vista de la ciudad y de la bahía desde el mirador cuando la muchacha se colocó detrás de sus padres.

—¿Lo imaginabais así? —les preguntó tomándolos de la cintura.

—Con razón decías que esto era precioso, hija. Qué suerte tienes de pasar aquí algunos veranos. Aunque, pobre, tú lo que harás será trabajar como una burra mientras ellos se divierten.

—También disfruto de la playa, madre, aunque tenga que cuidar de los chicos. ¿Y tú qué dices, padre?

—Igual que El Villar, pero con una balsa más grande —bromeó Juan.

Antonia pensó que solo por contemplar la risa de su padre y oírle bromear merecía la pena cuanto había pasado antes de aquel día.

Tomaron un café sentados en un velador, contemplando la inmensidad del mar, que aquel día estaba calmo y luminoso. María y Juan no dejaban de comentar acerca de aquel barco que cruzaba el horizonte, de la trainera que entraba en la bahía después de su entrenamiento, de lo verde del paisaje que rodeaba la ciudad o de la multitud que a aquella hora del sábado se empezaba a agolpar en el paseo.

Las familias que acudían al parque de atracciones de Igueldo ponían el contrapunto bullicioso al paisaje idílico.

—¿Te atreves con la Montaña Suiza antes de bajar? —Antonia sonreía retadora delante de su hermano. Se encontraban en la entrada de la atracción, frente a unas grandes fotografías que mostraban su recorrido.

—¡¿No pensaréis subiros ahí?! —exclamó María, francamente asustada—. ¡Que vuela sobre el precipicio!

—¡Si Alfonso y Rafael se suben una y otra vez cada vez que vienen aquí!

—¿No queréis probar? —los invitó Manuel, divertido.

—¡Manuel, no seas chiquillo, que te ordenas mañana! —lo reprendió su madre.

—Tu madre se marea en el autocar... ¡como para subir en ese trasto! —añadió Juan.

—Bueno, prometo que a partir de mañana no lo haré más —bromeó—. Un día es un día.

Antonia se apeó espantada y con el cabello revuelto. Manuel, riendo, le devolvió el pañuelo que había cazado al vuelo ante la mirada entre reprobadora y divertida de sus padres. Antes de tomar de nuevo el funicular, hicieron que un fotógrafo les tomara una instantánea, que deberían pasar a recoger por su establecimiento el lunes siguiente, antes de volver a Zaragoza.

Al evocar el regreso, Antonia sintió un aguijonazo de amargura. Aquel martes se despediría de San Sebastián y de los Monforte, tal vez para siempre. El obispado de Teruel, del que Manuel iba a depender en lo sucesivo, le había notificado días atrás su destino definitivo. Se trataba de cuatro pequeños pueblos en la comarca del río Jiloca, cerca del límite occidental con la provincia de Zaragoza. Recordaba solo uno de ellos, Torrecilla, en cuya casa parroquial asentaría su residencia. Francisca se quedaría en San Sebastián hasta el regreso de los Monforte a Zaragoza y, una vez allí, buscarían una nueva doncella que la sustituyera.

Aquel anuncio se había convertido en un nuevo quebradero de cabeza para ella. Pensaba en la muchacha joven y sin experiencia que entraría en la casa de la calle Gargallo en su lugar, expuesta a los apetitos del cabeza de familia, aquel depravado sin escrúpulos dominado por la lujuria, aunque revestido con una piel de cordero. Si no lo hacía ella, no había quien la previniera de su voracidad, pero ya estaría lejos de Zaragoza cuando aquello sucediera. Nadie más en la casa estaba al tanto de lo ocurrido con Monforte, por lo que en nadie podía confiar para transmitir la advertencia. Había pensado en Julia, pero sabía que no encontraría las fuerzas necesarias para confiarse a ella y, por otra parte, tener conocimiento de los ataques no ayudaría en nada a su amiga. En su estado, no podía arrojar sobre ella un nuevo motivo de zozobra. Al fin y al cabo, Monforte la había ayudado a arreglar los papeles al poco de llegar a Zaragoza y, sobre todo, había movido los resortes para conseguir la penicilina de Miguel. Suponía que, a pesar de que Julia nunca le había hablado de ello, le debía de estar muy agradecida. Saber que con ella se había comportado como un monstruo tal vez fuera un golpe que no estaba dispuesta a asestarle. Pero allí, en lo alto del monte Igueldo, se reprochó estar malgastando aquellos preciosos instantes de felicidad con pensamientos como aquel, que apartó mientras daba un paso adelante para tomar del brazo a su hermano y, con una amplia sonrisa que consiguió iluminar su rostro cubierto de pecas, pedía al fotógrafo otra instantánea de ambos.

Durante el viaje de regreso a Zaragoza, había sacado varias veces de su bolso el sobre de Koch Fotógrafos que contenía las dos reproducciones. Manuel llenaba la imagen en ambas: alto, apuesto, con la sotana negra abotonada, atraía la mirada en medio de los grises que predominaban. María y Juan, flanqueados por sus dos hijos, mostraban una expresión un tanto acobardada a la vez que orgullosa. Se fijó en su propio rostro sonriente. El verano le acentuaba las pecas de la cara y le daba un aspecto más infantil, pero el papel fotográfico le devolvía la imagen de la mujer de veinticuatro años que era. A su edad —pensó— su madre llevaba dos años casada y había dado ya a luz a Manuel. Ella no había de seguir el mismo destino.

Todo estaba hablado y decidido. Doña Pepa, sin dar lugar a la discusión, había dispuesto que sus padres y su hermano hicieran noche con ella en la calle Gargallo, dos si era necesario, antes de coger el coche de línea que los devolvería a Villar de la Cañada. Desde allí, en una camioneta que el propio obispado ponía a su disposición, trasladarían todos sus enseres a la casa parroquial de Torrecilla. Aquel era el asunto que más parecía quitar el sueño a sus padres. Juan habría de dejar el hortal que llevaba lustros cultivando, aunque le había tranquilizado saber que en el nuevo destino dispondría de un amplio huerto parroquial al que no le faltaba el agua del río Jiloca. Sería necesario realizar más de un viaje pues, aunque la casa de la parroquia disponía de sus propios muebles y muchos de los suyos se quedarían en la casa cerrada de El Villar, había que contar con el traslado de los conejos, las gallinas y del cerdo que cada año engordaban a la espera de la matacía invernal. La toma de posesión en Torrecilla estaba prevista para aquel mismo domingo, el día en que por vez primera Manuel diría la misa de once en la iglesia parroquial.

Para las semanas sucesivas tendría que arreglárselas con los horarios para que en los cuatro pueblos pudieran asistir a la misa dominical. Manuel le había contado que pensaba empezar la jornada a las nueve en Villanueva, continuar en Torrecilla a las once y cerrar la mañana en San Martín con la misa a las doce y media. Dejaba Valverde para la tarde, donde habría de concertar la hora de la eucaristía hablando con el sacristán y, si acaso, con los feligreses. Dispondría para los traslados de una Vespa que, según el ecónomo del obispado, le esperaba en la casa parroquial. Sin embargo, Monforte había asegurado a Manuel que en una de sus minas contaba con un viejo Standard inglés poco apropiado para aquellos caminos y que pensaba poner a su disposición. Al parecer, había dado orden de que el capataz se lo llevara a su nuevo destino en cuanto tuviera ocasión.

Había llegado para Antonia el momento esperado durante años, y no podía evitar sentir el vértigo de lo desconocido. Durante casi una década se había hecho a la vida en la capital, su mundo era aquella casa de la calle Gargallo, y llevaba meses sobrecogida al pensar en las despedidas. Aquella misma mañana había vivido las primeras a los pies del autocar estacionado junto a Villa Margarita. Francisca, Concepción, Sebastián y la familia Monforte se habían quedado en San Sebastián a la espera del regreso de los chicos al colegio. El mayor berrinche se lo habían llevado Alfonso y Rafael, a quienes habían levantado de la cama con la noticia de que se iba la doncella —y también niñera— que había cuidado de ellos desde que tenían memoria. Ambos se habían abrazado a ella llorando sin consuelo, incapaces en su inocencia de comprender por qué tenía que dejar la casa. Doña Pepa tampoco había podido contener las lágrimas, a pesar de las promesas mutuas de hacerse visitas en cuanto fuera posible. La que hasta aquel día había sido su señora se había fundido con ella en un prolongado abrazo, musitando palabras de agradecimiento. Y le había pedido perdón, algo que había sido incapaz de comprender y a lo que había dado vueltas durante el viaje sin llegar a ninguna conclusión. Hasta Francisca se había mostrado amable, a pesar de su mejorable relación.

El único de sus verdaderos amigos que se quedaba en Villa Margarita era Sebastián. A pesar de que durante aquel fin de semana había andado perdido en compañía de Andrés, el chófer se las había arreglado la víspera para hablar a solas con ella en la villa. Ignoraba si había correspondido a una iniciativa suya, pero lo cierto es que no se había referido a sí mismo, sino a su amigo común.

—Es tu decisión —le había dicho no sin emoción—, pero tienes que saber que Andrés bebe los vientos por ti. Está muy fastidiado viendo que te vas de verdad.

Recordaba que había cerrado los ojos para asentir y que después había tomado a Sebastián de las manos.

—Dile que lo sé, y que en otras circunstancias las cosas habrían sido de otra manera —había respondido tras un momento de silencio, pensando muy bien sus palabras—. Pero también sé que mi sitio está junto a mis padres y mi hermano. Andrés es un buen chico, como tú, y no tardará en encontrar a otra muchacha que le haga olvidarme.

—Díselo tú, Antonia. ¿No crees que se lo debes?

—No creo que tenga fuerzas para hacerlo de aquí a mañana, Sebastián. —La amargura asomaba en sus palabras—. Eres su mejor amigo. Intenta convencerlo de lo que te acabo de decir. Es lo mejor para todos.

—Vais a ir juntos mañana en el autocar. Ocasión de hablar no os faltará en un viaje tan largo.

Después de la parada en Pamplona donde habían almorzado tras una breve visita al casco antiguo, Antonia se había decidido a sentarse junto a Andrés. No hizo sino repetir las palabras que la víspera fueron la respuesta a su amigo.

—Sebastián tenía razón. Tenía que ser yo quien te diera esta explicación.

Andrés no insistió. Apoyó el codo en el borde de la ventanilla y volvió la mirada hacia el paisaje que se deslizaba veloz ante sus ojos, con la barbilla recostada en el cuenco de la mano.

—De acuerdo —musitó frente al cristal.

Antonia había percibido el brillo en sus ojos a través del reflejo y, agradecida por que no se lo pusiera más difícil, se levantó para regresar al asiento que ocupaba cerca de sus padres. Allí había sacado una vez más la fotografía de los cuatro, y se repitió para sí que el sacrificio merecía la pena. Una vez en el pueblo, la amargura que sentía en ese instante se iría difuminando y el tiempo acabaría por hacer su papel.

Los eventos de aquel fin de semana casi la habían hecho olvidar lo ocurrido con Monforte en Zaragoza. Hacía un año desde el último ataque, si bien era verdad que durante el invierno había seguido evitándolo, sabiendo que le tocaba pasar el verano en Villa Margarita junto a doña Pepa. Aquella mañana, el abogado se había despedido de ella junto a su esposa. Había sido el único que ni la había besado ni le había ofrecido un abrazo; simplemente le había estrechado la mano de manera cortés como podía haber hecho con cualquiera de sus clientes al tiempo que, con amabilidad y corrección, le agradecía los servicios a la familia durante aquellos años y le deseaba lo mejor para el futuro.

Se sentía inclinada a pensar que la generosidad mostrada con su hermano y con su familia era la manera de mostrar arrepentimiento por lo sucedido el verano anterior. Ni en sueños hubiera creído posible el dispendio que Monforte había realizado aquel fin de semana. No solo había corrido con los gastos de alojamiento de todos los invitados, sino que el almuerzo después de la ceremonia había dejado boquiabiertos a quienes no conocían el gusto por el lujo del abogado. El marisco en abundancia había precedido a una exhibición de lo mejor de la cocina vasca, y así habían degustado pequeñas raciones de una merluza de pincho al estilo de Orio, bacalao al pilpil, changurro, cocochas en salsa verde y un delicado cabrito al horno antes de los postres. Todo ello había estado regado con el mejor vino de Rioja, chacolí y un champán francés que habían hecho las delicias del grupo de seminaristas.

El misacantano había bendecido la mesa antes de empezar y, al tiempo de servir el café, Monforte había tomado la palabra para felicitar al nuevo sacerdote. Se había deshecho en elogios acerca de la capacidad de su protegido y le había augurado una brillante carrera al servicio de Dios y de la sociedad, aunque tuviera que empezar desde los escalones inferiores como era de ley. Después echó mano de un paquete que descansaba sobre la mesa y se lo entregó con una sonrisa satisfecha.

Manuel, desconcertado, desenvolvió el regalo y compuso un gesto de asombro al comprobar la imagen de la caja. Se trataba, como Antonia supo después, de una cámara fotográfica, una Zeiss Ikon recién importada de Alemania.

Antonia sabía del interés de su hermano por poseer una cámara como aquella y, al parecer, también Monforte estaba al corriente. Había pasado la noche estudiando las instrucciones y a la mañana siguiente aprovechó la visita obligada a Koch Fotógrafos para disipar las últimas dudas y cargar la máquina con un carrete de doce fotos que había estrenado con sus primeras tomas en el paseo de La Concha. Aquella misma mañana había terminado el segundo rollo en las calles de Pamplona, y ya se mostraba ansioso por llegar a Zaragoza para revelarlos y comprobar el resultado.

El grupo se disolvió entre despedidas cuando el Pegaso, libre de su carga, se puso en marcha y arrancó camino de la cochera. Buscaron las escasas sombras para arrastrar las bolsas y las maletas hasta la cercana calle Gargallo. Vicente se adelantó con su manojo de llaves para abrir el portal y regresó para ayudar con el resto de los equipajes.

A Antonia le resultaba muy extraño entrar en la casa acompañada de sus padres y de su hermano sin la presencia de los señores. De alguna manera se sentía como si estuviera profanando el lugar, pero doña Pepa había insistido tanto que su negativa inicial había resultado inútil. Al menos Vicente y Rosario estaban presentes, y mitigaban la sensación de estar ocupando un lugar que no les correspondía. Con todo, María y Juan iban a dormir en una de las dos habitaciones de invitados, aquella que tenía menos uso, y Manuel se acomodaría en el dormitorio de Sebastián.

Habían decidido permanecer en Zaragoza hasta el jueves para disponer de tiempo y hacer algunas compras. Suponían que encontrarían la nueva casa parroquial desangelada, pero tampoco podían cargar con demasiados bultos en el coche de línea. Tiempo tendrían de acudir a Calamocha, la cabecera de la comarca, si era cierto que Monforte hacía llegar a Manuel el viejo Standard prometido. Por otra parte, les habían asegurado que en Torrecilla había una tienda de ultramarinos donde se podía adquirir lo básico y canjear los cupones del racionamiento que, a pesar de los repetidos anuncios, no acababa de ser abolido. Además, a Antonia le apetecía disfrutar de las últimas horas en Zaragoza, y más en compañía de sus padres y de su hermano. Tal vez los llevara al cine al día siguiente, aunque lo que ninguno de los dos quería perderse era la visita obligada a la basílica del Pilar. Confiaba, en cualquier caso, en sacar al menos una o dos horas para visitar a Julia. Por nada del mundo se iría de allí sin despedirse de ella.

Juan y María descubrieron aquel día con asombro el modo de vida de los Monforte, el lujo del que se rodeaban y las comodidades de las que disfrutaban. Acostumbrados a calentar el agua en la estufa de leña para su aseo, les maravilló abrir el grifo del baño y comprobar que en unos instantes salía agua caliente en abundancia. Vicente, encantado, les explicó el funcionamiento del sistema de calefacción que hacía innecesario el uso de braseros para calentar el lecho. María rio encantada delante del ventilador eléctrico de aspas instalado en el salón y se mostraron pasmados al ver el teléfono de baquelita en el gabinete, que hacía innecesario tener que acudir a la centralita para hacer una llamada. De todo ello les había hablado Antonia en numerosas ocasiones, pero verlo con sus ojos les causaba admiración. También Rosario se mostró orgullosa de enseñar su feudo, la cocina y la bien dotada despensa de la que sacó el jamón y las olivas con que agasajó a tan inusuales visitantes. Fue ella misma, ante los reparos de Antonia, quien la animó a que mostrara a su madre el vestidor de doña Pepa, su colección de bolsos y de zapatos y el elegante tocador. Pero lo que más atrajo la atención de María fue la cama con dosel cubierto con una fina gasa que les permitía dormir a salvo de los mosquitos con los balcones de la terraza abiertos en las calurosas noches de verano.

Aquel miércoles se habían propuesto madrugar para aprovechar el día, que prometía ser intenso. Los cuatro se repartieron los cuartos de baño para ducharse antes de sentarse a desayunar a la mesa de Rosario. Vicente, como tenía por costumbre, se presentó con el *Heraldo* bajo el brazo y una hogaza de pan recién horneado, a lo que aquel día había añadido una cántara de leche fresca, ya que hasta la víspera se había dado aviso al lechero de que la casa iba a permanecer vacía. Aunque tenían ocasión de probarlas cuando Antonia iba al pueblo, Juan y María se deshicieron en elogios hacia las magdalenas de Rosario. Antes de levantarse de la mesa, trataron de planificar el día, encajando en el recorrido los recados que cada uno tenía previstos. Manuel debía acudir al seminario a recoger el resto de sus pertenencias y a despedirse de sus superiores. Antonia necesitaba pasar por la calle de San Miguel para decirle adiós a Julia, algo que podría hacer mientras sus padres visitaban El Pilar acompañados por Manuel.

Eran las seis de la tarde cuando Antonia encontró por fin el momento para acercarse a la calle de San Miguel. Se alegró de encontrar allí a sus dos amigas, con las voces de la radio convertidas solo en un sonido de fondo. Julia se levantó con semblante risueño.

—¡Bueno, bueno! ¡Me encanta verte así! —exclamó Antonia, y se fundieron en un abrazo.

—Ya me ha dicho Rosita que vendrías. Si no, habría ido yo. —Si bien sus labios dibujaban una sonrisa, la mirada y el tono de la voz aún dejaban traslucir una profunda amargura—. No para de repetir lo bien que lo habéis pasado estos días.

—Pues me alegro de que sea así, Rosita, porque lo cierto es que no he podido estar mucho contigo —se excusó dirigiéndose a ella—. Me imagino que habrás pasado con los chicos la mayor parte del tiempo.

—La verdad es que Sebastián y Andrés han hecho la guerra por su cuenta —bromeó la modista—. Ha sido Vicente el que no se ha separado de mí. Pero la mayor parte del tiempo hemos estado con los otros invitados. ¡Jolín, esos amigos de tu hermano parecen cualquier cosa menos seminaristas!

—Sí, cuando toca divertirse saben hacerlo como el mejor —bromeó—. También mi hermano debe de ser buena pieza cuando quiere.

Julia le ofreció un refresco y Antonia aceptó agradecida. El calor seguía siendo horrible y el cansancio del día empezaba a hacer mella. Durante un buen rato hablaron de la ordenación de Manuel y de los tres días que, según Rosita, aún entusiasmada, habían sido inolvidables.

—No puedo quedarme mucho, todavía tengo que preparar todos los bultos. Mañana tocará acarrearlos hasta el garaje del coche de línea.

—Y Sebastián no está para llevaros en el coche, claro —recordó Rosita.

—Supongo que llamaremos a un taxi, al menos para que lleve a mis padres y la mayor parte del equipaje. Manuel y yo podemos ir caminando si salimos con tiempo.

—Sí, eso será lo mejor —respondió Julia sin demasiada convicción.

Antonia la miró con cierta extrañeza.

—¿No creéis que es lo mejor?

—Sí, sí —insistió Julia tratando de mostrarse convincente.

—Es que me ha parecido que os mirabais un poco raro, y ese tono...

—No, mujer. Lo único que, si vas a necesitar ayuda, nosotras podemos echaros una mano.

—No, no, bastante tenéis con lo vuestro. Por eso he venido ahora, para despedirme de vosotras.

Media hora más tarde, Antonia enfilaba la calle de San Miguel en dirección a la casa de la calle Gargallo. No podía evitar la sensación de que la despedida había resultado demasiado fría. Creía que la separación después de aquellos dos años de amistad profunda iba a desbordar las emociones, incluso había temido que la visita terminara con las tres llorando, en una escena que tampoco deseaba. No había dudado de que Julia, en un último intento por convencerla, volvería a cuestionar su decisión de dejar Zaragoza para acompañar a su familia. Pero nada de aquello se había producido y no tuvo más remedio que reconocerse decepcionada. Pensó en ello durante el camino y, a punto de alcanzar la manzana del Hotel Aragón, la explicación más plausible se abrió paso. Sin duda las dos tenían decidido acudir a la mañana siguiente a la parada del coche de línea para decirle adiós, y querían que fuera una sorpresa.

Aquella noche Antonia subió al dormitorio casi a oscuras. Después de dar las buenas noches a sus padres, aún había regresado a la cocina para rematar las últimas tareas y evitarle así a Rosario más trabajo del necesario, teniendo en cuenta que se iba a quedar sola en la casa hasta el regreso de Francisca y de los Monforte. Recorrió el pasillo con un nudo en el estómago, consciente de que por última vez iba a acostarse en la que había sido su cama durante nueve largos años, los mismos que había durado la formación de Manuel en el seminario. Encendió la luz del cuarto de baño y se miró en el espejo. Era una niña de quince años la primera vez que se contempló en él y en aquel momento el reflejo de la bombilla incandescente le devolvía la imagen amarillenta de una mujer de veinticuatro dispuesta a pasar una página de su vida.

Llegó a aquella casa sin que nadie le preguntara su opinión, como tampoco se la pidieron cuando a los doce la arrancaron de la escuela para ponerla a servir en la casa de la maestra del pueblo de al lado. Si algo le dolía era haber tenido que abandonar aquellos pupitres en los que había sido feliz, entre el olor de los lápices y de la goma de borrar, de la estufa de leña y del papel ajado de una enciclopedia Álvarez que había pasado por demasiadas manos. Fue la escuela lo único que hizo más llevadero el horror que les rodeó durante la guerra. El pueblo había cambiado de manos en dos ocasiones, en medio de la vorágine que había supuesto la batalla de Belchite y más tarde la de Teruel dentro de la ofensiva del Ebro. En más de una ocasión tuvieron que dejar los cuadernos sobre los pupitres para correr espantados hacia las bodegas que hacían las veces de refugios antiaéreos. Habían soportado los bombardeos de unos y de otros, los combates a las puertas del pueblo, la toma por los republicanos y la recuperación por los nacionales, ambas acompañadas por el sonido de los fusiles que llegaba desde el cementerio cercano, un sonido cuyo significado no había alcanzado a comprender a aquella temprana edad, recién cumplidos los diez años. Habían cambiado de maestros dos veces durante la contienda sin saber qué había sido de los anteriores, de igual forma que se había cambiado de alcalde.

Lo cierto era que doña Encarnación, responsable de la escuela desde el retorno de los nacionales, había tratado de disuadir a sus padres cuando le anunciaron que salía del pueblo a servir. Les aseguró que era una muchacha tan despierta como su hermano mayor, que mostraba un interés inusual por aprender y que era una lástima que abandonara sus clases recién cumplidos los doce. Pero la necesidad se había impuesto; no hacía un año del final de la guerra y, con Juan aún convaleciente de sus fiebres de Malta, la mayor preocupación de sus padres no era otra que el hambre y la necesidad de devanarse los sesos para poner cada día algo en el plato a la hora de comer. Interna en aquella casa, a Antonia no le faltaría un cuenco de sopa y un trozo de pan; en El Villar una boca menos serviría para engrosar algo las magras raciones de los tres miembros restantes de la familia. Entonces no sabía que su parco salario le sería entregado a su padre y que con doce años ella iba a apuntalar la precaria economía de su casa. Tres años había pasado allí, hasta que un buen día recibió la noticia de que había de dejar aquella tarea para marchar a Zaragoza a servir en la residencia que el propietario y benefactor local, don Emilio Monforte, poseía en la capital.

No renegaba de aquellos nueve años en Zaragoza. En momentos como aquel, pensaba qué hubiera sido de ella encerrada en el pueblo, en plena sierra, sin el menor contacto con la vida cosmopolita de la ciudad. Aunque se dispusiera a regresar con su familia, lo haría sabiendo lo que dejaba atrás y, si un día tenía que volver, no la asustaría tomar un tranvía, regatear en el mercado o comprar una entrada para el cine. El tiempo en la ciudad había reducido la distancia entre aquellos dos mundos y, en lo sucesivo, no tendría dificultad para salvarla cada vez que lo deseara.

Apagó la luz y se dirigió despacio a su dormitorio, consciente de cada uno de los detalles de aquel pasillo: el suelo de linóleo, los sencillos apliques que proporcionaban una luz demasiado mortecina, el zócalo de madera a media altura. Y la puerta de su habitación con la manilla mil veces bruñida. La accionó para entrar cuando alguien chistó a su espalda. Se volvió sobresaltada, y solo se tranquilizó cuando vio el rostro sonriente de Manuel. Aún vestía la sotana y sostenía en la mano un breviario.

—¿Qué haces despierto? —preguntó en un bisbiseo, extrañada.

—Estaba rezando —respondió también con voz queda, a la vez

que le mostraba el librito en la mano—. He oído ruidos y he pensado que tal vez fueras tú.

—¿Has estado esperándome despierto? —aventuró Antonia.

—Necesito hablar contigo a solas unos minutos —confirmó él.

—¡Ay, Dios mío! —exclamó—. ¿Pasa algo malo?

—Pues no lo sé, Antonia. Quiero que me lo digas tú. ¿Puedo entrar?

Antonia encendió la luz de la estancia y entró primero. Manuel cerró la puerta a su espalda, se sentó en la silla que su hermana le ofrecía y ella lo hizo en el borde de la cama.

—Tú dirás —le invitó frunciendo ligeramente el ceño, expectante.

—Verás, es que no me resulta fácil, pero creo que tenemos que hablar antes de irnos a Torrecilla.

—¿Hablar sobre qué? —inquirió Antonia con creciente inquietud ante el tono grave de su hermano.

—A ver por dónde empiezo... que esto es más difícil que preparar el sermón del domingo —trató de bromear, aunque su semblante lo desmentía—. Mira, Antonia, lo mejor será que vaya al grano... antes de permitir que vengas conmigo al pueblo tengo que estar seguro de que eso es lo que realmente quieres.

—¡Pues claro que quiero! ¿Qué iba a hacer si no? ¡Qué cosas tienes!

—No estoy seguro de eso, Antonia. Hasta ahora yo tampoco me había planteado otra posibilidad, pero todo ha cambiado hoy. Creo que me he comportado de modo muy egoísta.

—¿Cómo que ha cambiado hoy? ¿Ha pasado algo en el seminario?

—Bueno, no solo he estado en el seminario. También he tenido una conversación muy esclarecedora con alguien que, al parecer, te conoce mejor que yo.

—¡Ay, madre! ¿Con quién has hablado?

—¿No lo imaginas?

—Sí, lo imagino. —El semblante de Antonia reflejaba confusión, pero aquello resolvía el enigma del comportamiento de Julia—. He ido a despedirme de ella y no me ha contado nada, pero la he notado muy extraña.

—Hemos quedado en que sería yo quien hablara contigo y eso es lo que estoy haciendo.

—¿Cómo ha podido...? —El enfado se abría paso en el ánimo de Antonia.

—No, no la culpes. He sido yo quien ha ido a visitarla después de pasar por el seminario.

—Algo sabrías para ir a hablar con ella.

—Así es, pero lo supe en San Sebastián. Y Julia no estaba allí.

—¿Quién? —preguntó sin ocultar la curiosidad y el enojo.

—Eso da igual, Antonia. Alguien que creía que yo tenía que estar al tanto y que pensaba que tú lo ibas a callar.

—¿Y qué te dijo?

—Solo me dijo que hablara con Julia una vez en Zaragoza. Y gracias a Dios que lo he hecho. Estaba a punto de cometer un error irreparable.

—Pero ¡¿por qué dices eso?! —exclamó Antonia. Se aferraba a la posibilidad de que su hermano se estuviera refiriendo a un asunto distinto.

—No sabía que ese chico, Andrés, te había propuesto relaciones. Y que tú lo has rechazado alegando que tu obligación es acompañarme —aclaró por fin—. Es algo que no voy a consentir.

Antonia lo miró compungida y se tomó un tiempo antes de responder.

—Es mi decisión, Manuel. Tú nunca me has pedido que vaya contigo y con los padres. Ni siquiera ellos lo han hecho.

—No, nadie te lo ha pedido, pero, al parecer, tú has asumido que es responsabilidad tuya cuidar de los tres. Por eso estoy hablando contigo, Antonia. —La tomó de la mano con cariño—. Te libero de esa obligación. No te voy a encerrar conmigo en un pueblo perdido de la sierra.

—Mal me puedes liberar de una obligación que no me habías impuesto. Soy yo la que sé lo que debo hacer. Y nada de lo que me digas me hará cambiar de idea. Los padres se hacen mayores y es mi deber atenderlos.

—De los padres me encargo yo —arguyó—. La madre se vale de sobra para llevar la casa y el padre se entretendrá con la huerta. Y dentro de unos años, ¿quién sabe?, aún falta mucho hasta que precisen de ayuda y entonces ya se verá. El hecho de que te puedas casar no significa que los abandones para siempre.

—¡Casar! ¿Pero quién habla de casarse? Ni siquiera sé si ese chico me gusta. Estáis dando por supuesto algo que no es real.

—No es eso lo que me ha contado Julia. Y Andrés es un buen chico. Y te quiere.

—Pero ¿qué sabes tú?

—También he hablado con él, Antonia.

—¿Que has hecho qué? —exclamó con asombro.

—Me parecía que antes de hablar contigo sobre esto tenía que estar seguro por completo. Lo podría haber hecho en San Sebastián, pero no sabía aún que todo esto tenía que ver con él. Así que después de hablar con Julia le he mandado recado y esta tarde hemos tenido una conversación muy esclarecedora en un bar del Tubo del que es habitual.

—¡Qué vergüenza! Manuel, tú no puedes...

—Perdona, lo sé —la cortó—. Tal vez me he entremetido en tu vida, pero no puedo dejar que tomes una decisión así sin estar segura de lo que hay. Soy tu hermano, y tampoco quería dejarte en manos de cualquier gañán.

—Lo estás haciendo.

—¿Haciendo qué?

—Entremeterte en mi vida, Manuel. No has debido hablar con él a mis espaldas.

—Pues hecho está. Y ahora sé que ese chico te quiere de verdad. Ya me lo había avisado Julia, pero el muchacho lo está pasando mal. Me ha confesado que este fin de semana ha sido para él el peor de su vida, sobre todo después de la respuesta tajante que le diste a vuestro amigo común, Sebastián, cuando trató de mediar. Y parece que ayer tú le confirmaste tus intenciones en el viaje de vuelta. Supongo que fue cuando os vi sentados juntos.

Antonia estaba al borde del llanto. Apoyada en el borde de la cama, se cubrió la boca con la mano. Los pensamientos se amontonaban en su cabeza y le impedían razonar con claridad. Sentado allí frente a ella, vestido con la sotana, su hermano se asemejaba al confesor con el que había tratado de disipar sus dudas en el Pilar. Solo que aquel conocía la verdadera razón de su sufrimiento y le había aconsejado alejarse del peligro. Pensó que, si tuviera que sincerarse con su hermano, algo impensable, habría de reconocer que lo que realmente se disponía a hacer a la mañana siguiente era huir de aquella casa. Evocó la imagen de Andrés en el autocar volviendo la cara hacia el cristal para ocultar sus lágrimas, sin saber que el vidrio reflejaba su brillo. Y fue incapaz de contener las suyas.

Manuel le apoyó la mano en el brazo con cariño.

—Antonia, quédate. Es tu vida y no voy a permitir que la eches por la borda. Yo no podría vivir viéndote languidecer junto a mí, sin otro aliciente que vestir a los santos y jugar a la brisca con las vecinas. —La había tomado de las manos y le hablaba mirándola a los ojos—. Mañana a primera hora tendré una conversación con los padres y se lo explicaré todo. Sé que para ti sería mucho más difícil. No te preocupes por eso. Además, ¿no crees que ellos estarán encantados de imaginarte bien casada con un hombre que te haga feliz? Y les darás nietos, que irán a visitarlos cada vez que haya ocasión. Podréis subir al pueblo a pasar allí los veranos, aquello es precioso, con el río en la puerta de casa, lleno de truchas, además. Imagino a mis sobrinos colgándose de la soga para tocar las campanas, encaramándose a la torre para coger pichones...

—¡Basta, Manuel! —Antonia se deshizo del contacto de las manos—. Me ha costado mucho tomar esta decisión y no la voy a cambiar. Me voy con vosotros porque me da la gana, así que no me lo pongas más difícil. Y no me hagas sufrir más. No vas a hablar con los padres de nada de todo esto y mañana vamos a subir los cuatro a ese coche de línea como si esta conversación jamás hubiera tenido lugar.

Pasaban unos minutos de las nueve de la mañana cuando Julia y Rosita llegaron al garaje que servía de estación para algunos de los coches de línea que cubrían las rutas al sur de Zaragoza. El fuerte olor a aceite y a combustible las asaltó al entrar en la gran nave diáfana cubierta de uralita. A pesar de que la salida estaba prevista para las nueve y media, encontraron a Antonia y su familia sentados en dos bancos contiguos junto al exiguo local que hacía las veces de cantina. A sus pies reposaban dos pesadas maletas, amén de varios fardos cuidadosamente empaquetados y sujetos con cordeles. Un par de conductores apuraban junto a ellos sendas copas de anís antes de dirigirse a sus autocares, indolentes ante las preguntas de algunos pasajeros inquietos que dudaban dónde colocar sus bultos. La sotana de Manuel, el único del grupo que permanecía de pie frente al resto, apenas destacaba entre las paredes y el pavimento ennegrecidos por el gasóleo de los vehículos. Avanzaron hacia ellos, sorprendidas de hallar a Rosario también allí.

—¿Cómo iba a dejar de venir a despedir a mi niña? —respondió ante su extrañeza al tiempo que, con esfuerzo, se levantaba. Antes de dejarse besar en las mejillas, se secó los ojos llorosos con el pañuelo que mantenía arrugado en un puño.

—Sabía que vendríais —las saludó Antonia—. Al final hemos tomado dos taxis. Así ella ha podido venir y nosotros nos hemos evitado un buen paseo.

—Tus padres... —supuso Julia volviéndose hacia ellos con una sonrisa.

—Y usted debe de ser Julia —respondió María mientras se saludaban—. Nuestra hija nos ha hablado mucho de usted.

—Espero que bien —bromeó.

—Más que bien. Es su mejor amiga, según nos ha contado. Sentimos que no pudiera acompañarnos en San Sebastián —añadió Juan, al parecer ajeno a la causa de la ausencia de la joven en la ordenación de su hijo.

—¡Los del coche de Calamocha pueden subir los equipajes! —La voz del chófer, que ya se dirigía hacia su autocar, terminó con los saludos y las incipientes conversaciones. Con agilidad trepó hasta la baca por la escalera lateral. Después miró en derredor hacia la veintena de personas que habían atendido a su aviso y pareció pensarlo mejor. Descendió de espaldas con la misma facilidad—. Si no hay más pasaje no hará falta poner nada arriba.

Manuel y Juan cogieron las maletas más pesadas y las mujeres, excepto Rosario, se repartieron el resto de los bultos. Una vez colocado el equipaje en los bajos del vehículo regresaron a la acera que bordeaba la nave. Rosita tomó a Antonia de la mano y dieron la espalda al resto.

—Siento de verdad que sea tu última decisión, jolín. Hasta esta mañana aún tenía esperanzas.

Antonia se limitó a sonreír con afecto. Por encima de los hombros de la modista estaba viendo cómo su hermano hacía un aparte con Julia. Ella parecía interrogarlo y él negaba con la cabeza. Había pesadumbre en los rostros de ambos.

—Lo he pensado mucho y es lo mejor, Rosita.

—Prométeme al menos que pasarás a vernos cada vez que vengas a Zaragoza.

—Te prometo que vendré a menudo solo para veros. —Sintió una oleada de afecto hacia su amiga. Sus ojos, que en otro momento la habían afeado a su vista, se le hacían en aquel momento atractivos y entrañables. Se fundieron en un abrazo.

Julia se dirigía hacia ellas cuando, emocionada, Antonia plantó dos sonoros besos en las mejillas de Rosita. La costurera, con sutileza, se apartó para dejarlas solas y caminó hacia Manuel con la intención de despedirse de él.

—Espero que no estés enfadada conmigo por lo que le dije ayer a Manuel. Creí que tenía que intentarlo.

—No puedo aprobarlo, Julia. Sé que vuestra intención era buena, sea quien sea la persona que le habló de lo mío con Andrés, pero ahora mi hermano cargará con el peso de creerse responsable de mi decisión.

—Ya no lo es. Me acaba de decir que anoche te liberó de la obligación. Pero también me ha dicho que no ha servido de nada.

Antonia bajó la cabeza y cerró los ojos.

—No he podido pegar ojo en toda la noche pensando en la conversación de anoche con Manuel —le confesó—. No te niego que he tenido dudas, pero a la luz del día lo he visto claro otra vez. Me voy con mis padres.

—Si después de hablarlo con tu hermano sigues firme en tu decisión, yo ya no tengo nada más que decir —aseguró—. Mi único temor era que la hubieras adoptado creyendo que él te lo demandaba.

—Desde que pisé Zaragoza sabía que este día había de llegar y tenía fecha. Solo estoy siguiendo el camino trazado, y lo hago convencida y feliz.

—No te creo, Antonia, y me cuesta comprenderte, pero, ahora sí, respeto tu elección. —En el semblante de Julia se adivinaba el desencanto cuando la bocina del coche de línea advirtió a los pasajeros que debían subir al autocar. Las dos jóvenes se abrazaron y Julia frotó con fuerza la espalda de su amiga en un gesto de profundo afecto.

—Nos veremos muy pronto —prometió Antonia al separarse.

Casi no pudo controlar la emoción cuando le tocó el turno a Rosario. Las lágrimas de la anciana en aquel momento eran de aflicción, e iban más allá del constante lagrimeo. Apenas hablaron y, por tercera vez en pocos minutos, los abrazos mudos bastaron para expresar sus sentimientos.

—No dejes de venir a vernos, cariño. Pero no tardes mucho, que yo ya estoy más para allá que para acá —alcanzó a bromear.

Antonia fue la última en subir al coche de línea y lo hizo con un nudo en la garganta que le habría impedido pronunciar una palabra más. Avanzó por el estrecho pasillo y se acomodó junto a su hermano que ya ocupaba el asiento más próximo a la ventanilla, justo detrás de sus padres. El conductor se levantó para cerrar la puerta de un golpe, se puso de nuevo al volante y accionó el contacto. El motor arrancó con un ligero petardeo antes de que el chófer engranara la marcha y pisara el pedal del acelerador. Julia, Rosario y Rosita, de pie al borde de la acera, alzaron la mano para decir adiós al tiempo que el vehículo se encaminaba hacia el portón de salida. Dentro del autobús respondieron de la misma forma. Volvieron la cabeza y ya veían cómo las tres mujeres quedaban atrás cuando el conductor accionó el freno con brusquedad. El frenazo los proyectó contra los asientos delanteros y algunos pasajeros lanzaron exclamaciones de sorpresa.

Julia vio cómo las luces de frenado se encendían antes de que el vehículo se detuviera de golpe. Una camioneta se acababa de cruzar en el portalón impidiendo el paso. El rótulo de FONTANERÍA Y CALEFACCIÓN SEGURA estaba pintado con letras blancas en la portezuela delantera, pero no le habría hecho falta leerlo porque esta se abrió y Andrés se apeó de un salto del asiento del copiloto. Se caló bien la boina y salvó la distancia que lo separaba del coche de línea en cuatro zancadas, accionó la manivela de la puerta y se encaramó al autocar. Pareció decir algo al conductor al pasar junto a él, pero avanzó hasta el centro del pasillo.

Julia sintió que Rosita le sujetaba la mano con fuerza y las tres, como impulsadas por un resorte, avanzaron por la acera hasta situarse de nuevo frente al autocar detenido. Andrés, de pie en medio del pasillo, hablaba con los padres de Antonia, que asistía a la escena atónita y boquiabierta. Manuel asentía y Juan y María alternaban las miradas entre el joven que habían conocido en San Sebastián y sus propios hijos. Rosita palmoteó excitada cuando vio a Andrés agacharse para hincar la rodilla en el suelo al tiempo que se quitaba la boina y la sujetaba entre las manos.

—¡Se ha decidido por fin! ¡Jolín, nos ha hecho caso! —exclamó poniéndose de puntillas para observar mejor—. Al no verlo cuando hemos llegado, he pensado que no iba a tener valor.

—Yo tampoco lo creía —reconoció Julia, tan inquieta como su empleada—. Pero mucho me temo que va a chocar contra un muro.

Las dos amigas, junto a una Rosario ajena al significado de la escena que se desarrollaba en el interior del autocar, asistieron atónitas a lo que sucedió a continuación. Antonia estaba compungida y solo era capaz de mirar al suelo cabizbaja. Su hermano la sujetó por los hombros y la obligó a mirarlo. Hablaba con vehemencia, alternando el intercambio de palabras entre su hermana y sus padres. Andrés se mantenía al margen. Durante un instante no sucedió nada, salvo que el chófer se acercó para decir algo y Manuel lo despidió con el gesto inconfundible de quien pide un poco de tiempo y de paciencia. Entonces fue Juan quien pareció preguntar algo a su hija, ante la mirada llena de ansiedad de su esposa. La expresión del hombre era grave. Antonia asintió con la cabeza y su padre habló de nuevo. La joven, cabizbaja y a punto de echarse a llorar, repitió el gesto de afirmación.

—¿Le estará preguntando si de verdad quiere a Andrés?

—Y si lo que quiere es quedarse en Zaragoza, seguro —respondió Rosita entusiasmada.

Juan cogió al joven por el brazo y le invitó a levantarse.

—Ahora le está preguntando algo a Andrés —dijo, traduciendo sus gestos—. Daría cualquier cosa por escucharlo todo.

Manuel intervino de nuevo, al parecer explicaba algo a sus padres. Entonces fue María la que se levantó del asiento, cogió a su hija de las manos y le habló durante un instante. Juan asintió a las palabras de su esposa y el semblante de Manuel se iluminó con una sonrisa. También Andrés sonreía, entre aliviado e incrédulo.

El chófer volvió a decir algo y entonces Manuel hizo levantarse a su hermana para acceder al pasillo. Una vez allí, en medio del barullo que se había formado, empujó a Andrés hacia la puerta y tiró de la mano de su hermana, quien tuvo el tiempo justo de besar a su padre y a su madre antes de seguir a los dos.

El mismo Manuel abrió el portón del equipaje y sacó la maleta de Antonia para dejarla en la acera a pocos metros de las tres mujeres que seguían contemplando la escena maravilladas.

—Gracias a las dos —musitó entre dientes cuando se volvió hacia ellas.

Palmeó la espalda de Andrés y se fundió en un último abrazo con su hermana antes de subir de nuevo al coche de línea. Él mismo cerró la puerta desde dentro y alcanzó el asiento cuando el conductor hacía sonar de nuevo la bocina exigiendo al conductor de la camioneta que se apartara de allí.

Cuando por fin el coche de línea aceleró con prisa para salir del garaje, tal vez tratando de recuperar el tiempo perdido, Andrés y Antonia se hallaban de pie junto a la maleta. Julia, Rosita y Rosario no se habían movido del sitio y los contemplaban sin decir palabra, aún pasmadas. Andrés, ajeno a su presencia, rodeó a Antonia con sus brazos y, con la boina que aún sostenía entre las manos, tapó el rostro de ambos mientras depositaba un beso breve y furtivo en sus labios.

32

Viernes, 29 de agosto

Antonia vivía inmersa en un torbellino de emociones y de dudas desde que la víspera se apeó del coche de línea. Para sorpresa de todos y para disgusto de Andrés, antes de abandonar el garaje le había pedido a este unos días más de reflexión antes de tomar una decisión definitiva. Empujada por su hermano y por las prisas, había accedido a bajar del autocar, pero ni aquel impulso irreflexivo al que había terminado por ceder ni una conversación de apenas unos minutos con sus padres, acosados todos por las prisas del conductor, podían servir para dar por zanjado un asunto. En el momento en que puso el pie en el suelo, las dudas habían vuelto a asaltarla y cuando el autocar inició la marcha y los rostros de los suyos desfilaron ante sus ojos, el nudo que sentía en la garganta se apretó hasta hacerle difícil respirar. Fue entonces cuando percibió la cercanía de Andrés, que rozó los labios con los suyos en lo que quería ser un beso al que fue incapaz de responder.

Antes de salir de la estación había decidido que aquel mismo sábado viajaría a Torrecilla. Asistiría el domingo a la toma de posesión de Manuel en su nuevo destino y a su primera misa en el pueblo. Ayudaría a sus padres a instalarse en la casa parroquial que imaginaba enorme y destartalada y, sobre todo, trataría de sacar tiempo para mantener con ellos una conversación digna de tal nombre, reposada y sincera. Solo después, a su regreso, Andrés tendría su respuesta. Se lo dijo en un aparte, de espaldas a las tres mujeres que los miraban con curiosidad y sin dejar de hacer comentarios con sonrisas en el semblante. Pocos minutos después, sin saber bien qué pensar y con la perplejidad pintada en el rostro, el joven había vuelto a subir a la camioneta de Fontanería y Calefacción Segura, tras despedirse con un simple gesto de Julia, Rosita y Rosario. Mientras las cuatro se encaminaban a la parada del tranvía para regresar, Antonia les explicó su propósito y el motivo de la fría despedida de Andrés.

Una vez en la casa de la calle Gargallo, Vicente, sorprendido, la había ayudado a subir la maleta a la habitación que aquella misma mañana, apenas tres horas antes, pensaba no volver a pisar. Valoró la posibilidad de usar el teléfono del gabinete para hablar con doña Pepa y ponerla así al corriente de lo sucedido; al fin y al cabo, aquella era su casa y no se sentía cómoda ocupando de nuevo su dormitorio sin el conocimiento de la señora. Sin embargo, iba a ser solo un día más, era muy probable que aquello fuera un simple retraso en la marcha y doña Pepa había puesto la mansión a su disposición para lo que necesitara en su ausencia, de manera que desistió de la idea.

Había dedicado la mañana del viernes a ayudar a Rosario en la cocina. La mujer, sentada a la mesa, picaba lechuga mientras las patatas y los huevos que iban a emplear en la ensaladilla hervían en la cocina.

—Anda, de la mayonesa te encargas tú, que yo ya no puedo darle con la fuerza suficiente. La última vez no fui capaz de cuajarla y la anterior se me cortó dos veces —le pidió.

—Menos mal que Francisca estará de vuelta la semana próxima, que si no...

—Si no, ya estarás tú. Porque no te vas a marchar.

—¿Cómo lo sabes? —sonrió Antonia. Se levantó precipitadamente cuando el agua de la olla, hirviendo a borbotones, empezó a rebosar sobre la cocina.

—Lo sé. Entiendo que quieras ir al pueblo para hablarlo con calma con tus padres, es cierto que ha sido todo muy precipitado. Pero volverás.

—Crees conocerme muy bien, ¿no es cierto?

—El que me da pena es el pobre Andrés —dijo, evitando responder—. Vaya fin de semana le vas a hacer pasar.

—Mujer, lo ha entendido. Solo van a ser tres días más.

—Ese chico te quiere, lo que hizo ayer no lo hace cualquiera. Se me cayó el alma a los pies cuando lo vimos marchar con esa cara de decepción y nos dijiste que otra vez le habías dado largas.

—Me vas a hacer sentir culpable. —El rostro de Antonia se nubló.

—¿Por qué no vas a verlo esta tarde cuando termine de trabajar y os tomáis un café con leche? Puedes asegurarle que solo quieres hablar con tus padres para explicarles despacio los motivos de tu decisión, pero que el lunes estarás de vuelta.

—¿Y si no fuera así, Rosario? ¿Y si mañana pasa algo que me haga cambiar de opinión? Es que me siento igual que hace unos días en San Sebastián, cuando iba subida con mi hermano en esa Montaña Suiza del Igueldo. Ahora arriba, ahora abajo y vértigo todo el rato.

—Pues ya es hora de que te bajes, mi chica, y reconozcas que lo que de verdad quieres es festejar con Andrés. Así que esta tarde me dejas con mis cosas y tú te arreglas para ir con él. Pobre chico.

Antonia hundió el cucharón varias veces en el agua hirviendo y sacó los tres huevos. Dejó que las patatas cocieran un poco más y regresó a la mesa. Se sentó de nuevo frente a la cocinera, que levantó la mirada hacia ella en busca de una respuesta.

—Está bien, creo que te haré caso.

La salsa empezaba a adquirir consistencia a medida que, muy despacio, Antonia incorporaba el aceite. Agitaba la varilla con energía dentro del cuenco, y no dejó de hacerlo cuando se oyó la puerta de la calle. Esperó ver asomar a Vicente en la cocina, pero quien irrumpió en la estancia fue Sebastián. Tal vez el joven no calculó la fuerza y la puerta terminó estampada contra el tope.

—¡Virgen del Pilar! —exclamó Rosario sobresaltada—. ¿Qué modales son esos?

—¿Qué haces tú aquí? —Antonia lo miraba boquiabierta.

—Perdón, perdón, se me ha escapado de la mano —se excusó—. Solo tengo cinco minutos. Vengo muerto de sed. No hemos parado ni una vez desde San Sebastián hasta aquí.

Se encaminó hacia el fregadero, cogió un vaso de la alacena que llenó tras dejar correr el chorro de agua y lo apuró de un trago.

—Pero ¿con quién has venido? —preguntó Antonia.

—¿Con quién va a ser? Con don Emilio. Ha surgido un imprevisto. Tenemos que salir pitando. Solo hemos entrado a dejar el equipaje y a buscar algún papel que debe de necesitar.

—Pero ¿no volvíais todos la semana próxima? —De repente el semblante de Antonia había demudado y su mano se detuvo sujetando la varilla dentro del cuenco.

—Ya te digo que ha sido un imprevisto. No sé si volveremos los dos o él se quedará aquí y tendré que ir yo para traer a doña Pepa y a los demás.

Sebastián se acercó a la cocina y, sin pensarlo, cogió un huevo duro, lo cascó para pelarlo, y se lo comió en dos bocados.

La cocinera se disponía a protestar cuando la puerta se abrió de nuevo.

—Hola, Rosario —saludó Monforte con prisa, dispuesto al parecer a reclamar al conductor. Sin embargo, se detuvo en seco cuando reparó en la presencia de Antonia—. ¿Qué haces tú aquí? ¿No tenías que estar en el pueblo con tu familia?

—Sí, don Emilio, así es, pero...

—Déjalo, ya me lo explicarás, no tengo tiempo que perder ahora —la interrumpió con un gesto—. Vamos, Sebastián, al coche.

La puerta se cerró y Antonia permaneció inmóvil con la mirada clavada en ella.

—¡Vamos, muchacha! ¡Ni que hubieras visto un fantasma! —le espetó Rosario—. Sigue con esa mayonesa, que se te va a cortar.

Antonia pareció reparar de nuevo en la varilla que tenía en la mano. Bajó la mirada hacia el bol.

—Ya se ha cortado—respondió con fastidio.

Cruzaron las vías del tren junto al apeadero de la Química y continuaron por el camino de Monzalbarba sorteando los baches que obligaban a Monforte a sujetarse con fuerza al agarradero del asiento posterior del Citroën. A pesar de que las ventanillas delanteras iban abiertas, el calor dentro del vehículo era asfixiante, expuesto al sol de agosto y a aquella hora del mediodía. Para colmo, una camioneta cargada de sacos de arpillera se aproximaba a ellos dejando tras de sí una espesa nube de polvo y Sebastián se inclinó a la derecha para girar la manivela con rapidez, manejando el volante solo con la mano izquierda. A punto estuvieron de chocar cuando, al regresar a su posición, un inoportuno socavón le hizo dar un volantazo.

—¡Ten cuidado, joder! —exclamó Monforte, irritado.

—Abra la ventanilla de atrás cuando se asiente el polvo, que yo no puedo estar a todo —respondió con un tono medido que trataba de suavizar el reproche.

—No hace falta, ya llegamos.

Una finca rodeada por una tapia de ladrillos encalados interrumpía un par de cientos de metros más adelante la línea de chopos y cañaverales que bordeaba los dos lados del camino, cercano al río Ebro en aquel punto. El negro de la carbonilla en el suelo ante el portón metálico contrastaba con el blanco del enjalbegado. Sebastián enfiló el morro del coche hacia la entrada y accionó tres veces el claxon. El pasador que anclaba la puerta al suelo debía de estar tan oxidado como el resto, porque los chirridos se prolongaron durante unos segundos antes de que el acceso quedara expedito. Un operario descamisado y cubierto de carbonilla se apartó para dejar entrar el vehículo, que se deslizó por el patio en dirección al espacioso almacén que ocupaba gran parte del recinto. El inconfundible Buick de color burdeos de Casabona se hallaba estacionado junto a la construcción de dos plantas adosada a la nave, que parecía servir de vivienda para el guarda del depósito.

—Coge eso de la guantera antes de bajar y ven conmigo —ordenó Monforte.

Se apeó apenas el Citroën se hubo detenido y salvó la escasa distancia que lo separaba de una de las estancias que compartía la planta baja. Una placa de madera sobre el dintel indicaba en letras negras su uso como oficina. Abrió la puerta sin llamar y, a pesar de la penumbra que contrastaba con la intensa luz exterior, distinguió a Casabona sentado en el único sillón de mimbre de la habitación, con las piernas cruzadas y fumando un cigarrillo. Agachada ante él, la guardesa recogía en una palangana de porcelana una gamuza ennegrecida, y los dos inseparables guardaespaldas del comerciante esperaban al fondo, apoyados en la repisa de una ventana. Sebastián entró detrás y se quedó de pie, al tiempo que la mujer salía de la oficina y cerraba la puerta a su espalda.

—Joder, Casabona, ¡a quién se le ocurre venir aquí con zapatos blancos!

—Vaya, veo que no estás de tan mal humor como esperaba —bromeó—. Pensaba que ibas a entrar por la puerta cagándote en lo más sagrado.

—No será por falta de ganas. ¿Qué cojones ha pasado?

—Bueno, lo que tenía que pasar tarde o temprano. Que llevamos año y medio con esto y no habíamos tenido ni un sobresalto.

—Para ser el primero, nos va a costar caro. ¿Qué pasó? —insistió.

—Pues eso, un reventón de una tubería en la calle de Miguel Servet, cerca de la calle de Asalto, casi en el puente del Huerva. El conductor no lo vio al ser de noche, metió la rueda en el socavón y el camión se quedó ladeado. El muy gilipollas no había sujetado bien la lona y parte de la carga se desparramó por el suelo.

—¿Y? —apremió Monforte.

—Joder, lo que te he contado por teléfono. Apareció el sereno, se olió algo y avisó a la Policía Armada. Total, que al final intervinieron los de la Fiscalía de Tasas y se ha descubierto el pastel.

—Eso es lo que no he entendido. ¿Qué le extrañó al sereno de un camión cargado de sacos de carbón?

—Bueno —titubeó Casabona—, es que esta vez no solo había carbón en la caja. Habían mandado de Belchite unos bidones de aceite y por aprovechar el viaje...

—¿Desde cuándo nos dedicamos nosotros al aceite? —La voz de Monforte adquirió un tono inquisitivo.

—Joder, Emilio, sabes perfectamente que si alguna vez sale algo interesante no le hacemos ascos.

—¿Y yo habría tenido noticia de ese cargamento? ¿De cuánto estamos hablando?

—Nada, una nimiedad, una cuarentena de bidones.

—Mil litros —calculó Monforte con rapidez—. Trece mil pesetas a precio de intervención, tres veces más en el mercado negro. Insisto, ¿me está llegando mi parte? ¿O estás usando la infraestructura que yo he montado para hacer tus propios negocios a mis espaldas?

Casabona tiró el resto del cigarro al suelo y lo aplastó con la suela. Después se puso de pie.

—Hostias, Monforte, ¿no estarás pensando de verdad que te engaño? Todo está registrado, y lo puedes ver cuando quieras. Hay otros cargamentos parecidos anotados, y has cobrado tu parte. Otra cosa es que en año y medio ni te hayas molestado en comprobar los asientos, que con ver cómo engorda tu cuenta en el banco te basta —contraatacó el comerciante.

—¿Todo está anotado? —dudó el abogado, e hizo una pausa

antes de seguir—. Sí, en algo tienes razón, he sido muy descuidado. Tal vez en lo sucesivo voy a tener que ser más listo.

—Joder, Emilio, pensaba que había confianza entre nosotros. ¿Ahora me vienes con estas?

Monforte soltó una carcajada.

—¿Confiar en ti? ¿De verdad crees que en algún momento yo he confiado en ti? Lo que pasa es que hasta ahora el beneficio era tan abultado que me podía permitir hacer la vista gorda ante algunas cosas que no me han pasado inadvertidas, no te vayas a creer. Pero lo que pasó anoche lo pone todo en peligro, y ahora me cuentas que fueron esos jodidos bidones de aceite los que levantaron las sospechas del sereno. ¿Tú sabes lo que me va a costar tapar todo esto? Solo en sobornos al comisario de Abastecimientos, al fiscal de Tasas, hasta a los mandos de la policía para que mantengan la boca cerrada me va a suponer una fortuna. Y eso si nos permiten recuperar la carga del camión.

—Me temo que eso no será posible —dejó caer Casabona, con un hilo de voz—. Una vez que interviene la Fiscalía, la confiscación de la carga es inevitable.

—¡No me jodas, Marcelo! ¿Esto para cuándo te lo guardabas?

—¿Qué es un camión de carbón entre mil, Monforte? Que se lo guarden para asar castañas.

—Un camión de carbón, Marcelo, son cuarenta mil pesetas. Súmalas a las trece mil del aceite, porque van a correr de tu cuenta.

—Lo que importa es tapar esto y parar los pies a los que quieran seguir la pista del camión —respondió Casabona sin aludir a la exigencia de Monforte—. En todas partes hay algún funcionario demasiado espabilado con ganas de hacer méritos.

—Y para eso están los contactos de Emilio Monforte, ¿no es cierto? Por eso me has llamado —rezongó displicente—. Favor con favor se paga, Casabona. Nada es gratis. Y al final, algunos terminan saliendo muy caros. De momento, para el Pilar tengo que sentar otra vez a mi mesa al hijo de puta de Hinojosa y a su mujer, por no hablar de Balaguer y la suya.

—Al fiscal de Tasas y al comisario hace mucho que los frecuentas, Monforte. No es de ahora. Tú mismo has dicho más de una vez que comen de tu mano porque en el bufete estás al cabo de la calle de todos sus asuntos, incluso los más turbios.

—¿Que yo te he dicho eso? ¿A ti?

—A cuatro metros de ellos, Emilio —repuso con gesto de suficiencia—. Eso sí, con el quinto whisky en la mano.

—Ya... —respondió Monforte, pensativo.

—Tranquilo, a todos se nos calienta la boca con unas copas, pero estando entre amigos no hay miedo. —Casabona usó un tono de complicidad cuya intención no podía pasar desapercibida—. ¿Hay algo que yo pueda hacer?

—Claro que lo hay. Asegurarte de que una cosa así no vuelva a pasar jamás. Quedamos que de esa parte te encargabas tú —le reprochó al tiempo que miraba el reloj de pulsera—. Y si pasa, procura que no me entere de que mezclas unos negocios con otros. Que eso lo vamos a aclarar tú y yo en cuanto termine con este desaguisado.

—Nada que aclarar en lo que respecta a mi honradez y mi lealtad, Monforte. Puedes preguntar a quien quieras. —Su tono traslucía firmeza y seguridad—. ¿Vas a ver ahora a Hinojosa?

—Tendré que invitarle a comer si quiero hablar con él. Nunca tiene tiempo de hablar en el despacho. Y ya sabes adónde me va a llevar.

Casabona rio.

—¡Joder, anda que no es listo! De secretario en un ayuntamiento de mala muerte a fiscal de Tasas y a comer marisco y champán de gorra. Y solo porque le metió un tiro a su alcalde cuando hizo falta.

—Si algo bueno tiene el régimen del Caudillo es que sabe recompensar a los suyos. Así se granjea adhesiones inquebrantables. —Caminó hacia la puerta y tocó el brazo a Sebastián, que había permanecido de pie e impasible durante la entrevista—. Vamos.

Monforte bajó la ventanilla antes de subir al Citroën, que se había convertido en un horno. Después se instaló en el asiento delantero. El mismo operario que habían visto a la llegada abrió el portón exterior.

—Arranca y písale. Que corra el aire o voy a empapar la camisa —ordenó—. A Tasas, ya sabes dónde.

Con la mano abierta fuera del vehículo oponía resistencia al aire y hacía que este penetrara en el habitáculo. Durante una parte del trayecto no dijo nada, al parecer absorto en sus pensamientos. Se dirigió a Sebastián cuando el polvo del camino dio paso al adoquinado de las primeras calles de la ciudad.

—En este negocio no te puedes fiar de nadie. Has visto, ¿no?

—Ir de socio con Casabona es arriesgado. Es lo que yo veo.

—Pero en lo suyo es el mejor. Ni siquiera me importaría que hiciera negocios a mis espaldas si no pusiera en peligro toda esta empresa. Eso se lo voy a cortar en seco.

—Yo no soy nadie para opinar, pero creo que hará bien si lo vigila más de cerca.

De nuevo Monforte pareció meditar antes de hablar otra vez.

—En los últimos tiempos estás al tanto de todo lo que se cuece, apenas hay ya nada que se te oculte. No sé si hago bien, pero te estoy otorgando mi confianza de forma plena. Espero no tener que arrepentirme.

—Puede usted estar seguro, don Emilio.

—De hecho, he estado pensando... Te pido cosas impropias de un simple chófer, tareas que no van en el sueldo. Llevar una pistola en el cinto cuando me llevas a una entrevista como ahora mismo supone un riesgo, y eso debería ser recompensado.

—¿Me va a subir usted el sueldo? —bromeó Sebastián.

—Eso es exactamente lo que pienso hacer. —Monforte sacó la cartera, extrajo un billete de quinientas pesetas y se inclinó hacia el asiento del conductor para metérselo doblado en el bolsillo de la camisa—. Esto es un adelanto. Te aseguro que te irá bien si me eres fiel.

La puerta del piso se abrió pasadas las seis y hasta la cocina llegaron las voces de Monforte y de Sebastián.

—¡Vaya por Dios! —exclamó Antonia que, con el bolso colgado del hombro y vestida con un fresco vestido de verano, se despedía de Rosario para salir—. Se ha colgado el paseo.

—¡De eso nada! Seguro que entra en el baño o se mete en el gabinete. Coge la puerta ahora mismo y yo diré que te habías marchado ya. Te acompaño para cerrar sin dar portazo.

—¿Y si quiere algo? —objetó.

—Si piensas que te vas a librar de hablar con Andrés porque haya vuelto don Emilio vas lista. Si quiere algo, estoy yo.

—¡Mujer, no me parece...!

—¡Tira! —le cortó sin contemplaciones mientras abría la puerta de la cocina y ponía la oreja en el resquicio. Al fondo, en el pasillo que conducía a las habitaciones de los señores, se oía aún la voz de Monforte solo interrumpida por algún breve comentario de Sebastián. Rosario esperó hasta que la conversación cesó.

—Vamos, sin hacer ruido.

Antonia obedeció a regañadientes y la precedió por el pasillo. En realidad, no estaba segura de que el encuentro con Andrés aquella tarde fuera una buena idea, pero se había dejado convencer por Rosario. Al girar en silencio hacia el vestíbulo, a punto estuvo de darse de bruces con Sebastián, que también se sobresaltó.

—¡Ah! ¿Te vas?

Antonia asintió.

—Pues venía a decirte que te llama Monforte. Ha comido con el fiscal de Tasas, pero esta noche tiene cena con el comisario de Abastos —explicó no sin cierta admiración—. Ha venido a descansar un poco y a cambiarse de ropa. Dice que le lleves agua fresca cuando vayas.

La contrariedad se reflejaba en el rostro de Rosario cuando entraron en la cocina de vuelta. Antonia corrió a su habitación a cambiarse de ropa. Al fin y al cabo, solo era viernes, y su obligación estaba allí si el señor estaba en casa. Bajó las escaleras mientras terminaba de ajustarse la cofia, pasó por la cocina a por el agua que Rosario había preparado ya en una bandeja y se dirigió al dormitorio de matrimonio. La luz del cuarto de baño estaba apagada, por lo que supuso que el señor se encontraba en la habitación.

La puerta estaba entornada cuando golpeó la madera con los nudillos.

—¿Se puede? —se anunció.

—¡Adelante! —se oyó en el interior.

Monforte había arrojado sin cuidado la americana sobre un sillón y, descalzo, yacía recostado sobre los almohadones cubriéndose el rostro con el brazo, como si le molestara la poca luz que se filtraba a través de la persiana y de las cortinas. Se incorporó con parsimonia.

—Deja el agua aquí —indicó apoyando la mano izquierda en la mesilla. Con la derecha abrió el primer cajón y sacó un tubo de Optalidón. Le quitó el tapón y lo inclinó a la vez que daba pequeños golpes en la superficie hasta conseguir que dos grageas de color rosa cayeran sobre ella. Luego volvió a tapar el recipiente y lo arrojó entre los pañuelos doblados y dispuestos con esmero. Tomó el vaso de agua antes de que Antonia dejara la pequeña bandeja sobre la mesilla, se metió las dos pastillas en la boca y dio un sorbo largo.

—Usted dirá, ¿qué necesita?

—Maldito champán —espetó Monforte, sin responder—. El imbécil de Hinojosa se empeña en no beber otra cosa. Hoy me ha hecho aborrecerlo.

Antonia reparó entonces en la voz pastosa de Monforte. Resultaba evidente que de nuevo había bebido demasiado.

—¿Se va usted a duchar? Dice Sebastián que tiene cena esta noche.

—Sí, claro. Prepárame muda y un traje de lino. Con camisa de manga corta, que no hay quien soporte este calor.

—Habrá que planchar el traje de lino, don Emilio. Se arruga de mirarlo. Avisaré a Rosario para que prepare la plancha.

—Ni hablar, como esté. Que le den a Balaguer, ese relamido. —Monforte permanecía sentado en el borde de la cama y se frotaba la frente con la palma de la mano, con gesto de malestar.

—Prepararé el baño entonces.

—No hay prisa, hasta las ocho y media no saldré de casa. Si me ducho ahora volveré a sudar. —Monforte la miró entonces—. No esperaba verte en Zaragoza, por cierto. Te creía con tu hermano.

—Bueno, ellos ya se fueron. Yo me iré mañana en el coche de línea. —Antonia no consideró oportuno dar más explicaciones.

—Me alegro, al final no tuve oportunidad de preguntarte a solas acerca de lo de San Sebastián. Supongo que te quedarías contenta...

—Fue usted muy generoso con nosotros. A doña Pepa se lo dije.

—Pero a mí no. Y, si te digo la verdad, me quedé un poco dolido. Había echado la casa por la ventana y me tuve que conformar con un simple «gracias por todo».

—Le aseguro que no podemos estar más agradecidos con todo lo que ha hecho por nuestra familia.

—No soy tan malo como tú crees, Antonia. Y no sé por qué me sigues rehuyendo.

—No le rehúyo, don Emilio —mintió.

Monforte se puso de pie y Antonia dio un paso atrás. Él se tuvo que apoyar en el armario, inestable.

—¿Ves como sí? ¡Pero si estás temblando! Vete a saber de qué tienes miedo, yo nunca te haría daño—. Hizo una pausa antes de continuar. Abrió el armario y recorrió las perchas buscando una camisa adecuada. Cuando la tuvo en la mano, se volvió de nuevo hacia Antonia—. Te diré la verdad: todo lo que organicé el fin de semana pasado fue para agradarte. El almuerzo en el mejor hotel que pude encontrar, el autocar, poner Villa Margarita boca abajo para acoger a los invitados... ¿Sabes? Si me empeñé en tener en la ceremonia al Orfeón Donostiarra es porque anticipaba lo que pasaría por tu cabeza al escuchar esas voces magníficas mientras veías a Manuel en el altar.

—Fue muy emocionante —reconoció Antonia, aunque el agradecimiento no conseguía ocultar el temor que asomaba a su voz.

—No te quité la vista de encima en toda la ceremonia. Desde el banco de atrás vi perfectamente las lágrimas en tus ojos en varios momentos.

—Le repito que siempre le estaré agradecida. Creo que han sido los días más felices de mi vida.

—Ya veo cómo lo demuestras, Antonia, echando un paso atrás cada vez que me muevo. En el fondo siento pena por ti, mucha pena. —Monforte se dejó caer de nuevo en el borde de la cama—. ¡Renunciar a lo único bueno que hay en este mundo para encerrarte de por vida en un pueblo mísero! Allí solo languidecerás hasta arrugarte de vieja, y todo por esas malditas ideas que os meten los curas y esas maestras de la Sección Femenina en la cabeza.

—No hable así, don Emilio —se escandalizó Antonia.

—Lo que es una ofensa al Creador es que una muchacha como tú no conozca los placeres de la cama y que esté dispuesta a envejecer sin conocerlos. Si fueras menos timorata podrías vivir en Zaragoza como una señora, sin tener que servir a nadie. Yo te buscaría un negocio, una mercería quizá, y te pondría un pisito donde poder vernos de vez en cuando.

—Pero ¿qué está diciendo usted? No diría algo así si no hubiera bebido tanto champán. ¡Cállese, por Dios!

—¡Ay, Antonia! ¡Si tú supieras el sufrimiento que me causas...! Tal vez sea el champán, es cierto, de otra manera no me atrevería a confesarte que estoy enamorado de ti desde que cruzaste la puerta de esta casa, cuando eras solo una niña. Enamorado hasta lo más profundo de mis entrañas.

—¡Calle, por favor! —repitió Antonia a punto de echarse a llorar.

—¡Cago en Dios! ¡Ya te lo he dicho! —Monforte dio un puñetazo silencioso, amortiguado por la ropa de la cama—. Si no lo hago, reviento. Ahora te irás de aquí, pero lo harás sabiendo lo que hay. Quizá eso sirva para que no me juzgues de una manera tan dura. Llevo muchos años estremeciéndome cada vez que me cruzo contigo en el pasillo, cada vez que te acercas a servirme una taza de café, a todas las horas del día. Y de la noche. Mil veces me habré aliviado pensando en ti, tan cerca y a la vez tan lejos. Y nadie ha notado nada. Solo una vez, ¡una entre un millón!, me he excedido contigo. Y te pido perdón por aquello.

—¿Cree que basta con pedir perdón? —Un par de lágrimas se deslizaron por las mejillas de Antonia.

—Supongo que no, aunque eso es lo que os cuentan los del alzacuello, ¿no es cierto? De hecho, a los ojos de Dios ya estoy perdonado. Me bastó con ponerme de rodillas en un confesionario de una iglesia cualquiera de Madrid y contárselo a un cura que se mostró de lo más indulgente con la debilidad carnal de un hombre como yo. Con unos cuantos padrenuestros, unas avemarías y unos Señor Mío, Jesucristo, absuelto de todos mis pecados —rio con sorna.

—No le entiendo. Si piensa así de los curas, ¿por qué ha hecho esto con mi hermano?

—Porque hay que estar a bien con las jerarquías, Antonia. Y con el clero. Ya lo irás aprendiendo. Pero, ahora, eso da igual. ¿Sabes una cosa? Si no vas a acceder a lo que te propongo, me alegro de que te vayas de esta casa, porque no sé si seré capaz de seguir controlando al demonio que llevo dentro, que me incita cada minuto del día a tomar aquello que más deseo.

Antonia tragó saliva. Las lágrimas se desprendían a intervalos de sus ojos arrasados. De pie, con la cabeza gacha y las manos juntas en el halda, permanecía inmóvil, sin saber cómo reaccionar.

—Le he dicho a Sebastián que tiene la tarde libre, y creo que irá a buscar a Andrés. Yo he citado a Balaguer aquí mismo, en el Hotel Aragón, y si a Hinojosa le gusta el champán, a este le da por el whisky después de cenar. Volveré borracho otra vez, más de lo que estoy ahora. Así que te pido que esta noche te encierres en tu habitación. Mañana coges ese coche de línea y no vuelvas más a esta casa. Es la única manera de que me olvide de ti. ¿Entiendes lo que te digo?

Antonia asintió despacio con la cabeza y se dirigió a la puerta.

—Espera, no te vayas aún.

—No me voy. —Asió el pomo y, tras comprobar que el pasillo se encontraba desierto, cerró desde dentro. Se volvió y se enfrentó con Monforte que, aún sentado en el borde de la cama, fruncía el ceño extrañado.

—¿Qué haces? —preguntó expectante.

—Me iré mañana, don Emilio. Pero puede que vuelva el domingo. Solo voy a Torrecilla para asistir a la toma de posesión de Manuel y para hablar con mi familia con tranquilidad. Mi hermano insiste en que acepte el noviazgo con Andrés y, al parecer, mis padres están de acuerdo. Es lo que me dijeron ayer, ya los cuatro en el autocar, cuando él subió para pedirme relaciones un minuto antes de que el coche arrancara.

Monforte se dejó caer hacia atrás sobre la cama con los brazos extendidos, con un gesto teatral.

—¡Dios! ¡Qué bonito! —ironizó mirando al techo después de soltar una risotada.

—Le he pedido a Andrés que me dé ese plazo para obtener mi respuesta definitiva. —Antonia ignoró la burla—. Pero si nada se tuerce, es mi intención aceptar. Acabo de decidirlo mientras le oía hablar. Así que no me iré de esta casa, si es que doña Pepa sigue contando conmigo.

—¿Justo después de lo que te acabo de decir? —Monforte se incorporó de nuevo—. Ya conoces la verdad. Ahora sí, deberías tenerme miedo, a no ser que ese noviazgo no sea un obstáculo para que tú y yo...

—Es usted un depravado —respondió Antonia con asco, incapaz de creer lo que estaba oyendo—. Puede que vuelva a esta casa, pero si se atreve a ponerme otra vez la mano encima, lo contaré todo. Sé que a doña Pepa le causará un terrible daño, pero no me dejará otra salida. No sé si ha reparado en ello, pero ya no puede chantajearme más con la carrera de mi hermano.

—Ay, ¡cuánto tienes que aprender! ¿Acaso crees que Pepa no ve lo que hay? Sabe bien que yo soy muy hombre, y me perdona ciertos deslices a cambio de mantener el buen nombre y su posición. ¿Qué iba a hacer? ¿Pedir la nulidad del matrimonio? Adiós a todas sus amistades, adiós al crédito en las mejores tiendas de Zaragoza, a cenar en los mejores restaurantes y en la mejor de las compañías. Adiós a la tapadera de su vicio, del que todos estáis al cabo de la calle. Terminaría en el arroyo.

—¿Y cómo cree que reaccionaría Balaguer si supiera de su comportamiento? ¿Aceptaría reunirse con usted esta noche en el Hotel Aragón? O Hinojosa, o el propio alcalde si Dorita Barberán le fuera con la historia. O mosén Gil.—Antonia hizo una prolongada pausa para permitir que su amenaza calara—. Piénselo, señor Monforte.

—No serías capaz —respondió, tratando de aparentar tranquilidad ante el repentino descaro de la doncella.

—Usted no me conoce, don Emilio. —De nuevo se dirigió a la puerta y le habló a desde el pasillo—. No tiene ni idea de lo que soy capaz de hacer. De momento, ni se le ocurra subir esta noche a mi habitación por muy borracho que vuelva a casa, porque lo estaré esperando con el cuchillo más grande que encuentre en la cocina.

33

Martes, 2 de septiembre

Antonia asió el tirador y comprobó que la puerta del taller estaba cerrada. Se asomó por encima de la cortinilla, pero el interior se encontraba en penumbra y, aunque trató de forzar la vista, no pudo ver nada. Resultaba extraño a aquella hora, apenas las siete de la tarde. Esperaba encontrar allí a Julia, aunque cabía la posibilidad de que hubiera acudido a casa de una de las muchas clientas que en los últimos tiempos volvían a prodigarse en el salón. Ya fuera por la influencia de doña Pepa y de Dorita Barberán entre sus amistades, ya fuera porque entre las señoras de clase acomodada había corrido como la pólvora la triste historia de Julia Casaus, cada día eran más frecuentes las visitas y las llamadas al número de teléfono del salón, que parecía haber circulado en las tertulias y los saraos de la ciudad. Si bien la ausencia de la propietaria no resultaba extraña, sí lo era la de Rosita, siempre inclinada sobre la labor a la luz de la ventana o de la lámpara. Llamó con los nudillos y, al no obtener respuesta, dobló la esquina para pulsar el timbre en el portal del edificio. Se retiró hasta la pared opuesta de la calle por si vislumbraba alguna señal en el primer piso, pero no vio nada que le hiciera pensar que allí hubiera nadie. Regresó al chaflán al que se abría el taller e iba a probar suerte con el llamador cuando la puerta se abrió.

—¡Entra, Antonia, pensaba que se trataba de otra clienta! —se excusó Julia a modo de saludo, con un tono que trataba de ser alegre y que no se correspondía con su semblante—. Perdona mi aspecto, creo que me había quedado traspuesta.

Antonia reparó en que del puño cerrado de su amiga sobresalía el extremo de un pañuelo con el que, sin duda, se había enjugado las lágrimas. La estancia, en efecto, se encontraba en penumbra y la radio sonaba de fondo. Cerró la puerta tras de sí y corrió el pestillo antes de pasar al interior.

—No sabes cuánto me alegro de verte aquí de nuevo —siguió diciendo Julia al tiempo que señalaba a Antonia uno de los sillones de mimbre—. ¡Esto significa que todo ha ido bien con tus padres!

—¿Qué te ocurre, Julia? —preguntó Antonia, después de asentir con la cabeza. En vez de sentarse se acercó a ella y la tomó del brazo—. Has estado llorando.

La joven bajó la mirada.

—Supongo que con esta cara que debo de tener no lo puedo disimular. Ya lo sabes, lo de siempre, no puedo evitarlo. La casa se me cae encima cuando me quedo sola. Lo veo por todas partes. —Las lágrimas aparecieron de nuevo—. Incluso oigo su vocecita llamándome, por eso me paso el día con la radio puesta, aunque no escuche nada de lo que dicen.

Antonia se abrazó a ella y durante unos instantes acogió su cabeza en el hueco entre el cuello y el hombro, mientras le frotaba la espalda con energía.

—Es muy pronto todavía, Julia. Pero lo superarás. —Era consciente de que le había repetido frases similares millares de veces, pero poco más podía decirle—. ¿Y Rosita?

—Ha mandado recado esta mañana. Su madre se cayó ayer por la tarde y se ha lastimado la muñeca.

—¡Pobre mujer! ¿Y es mucho?

—Parece que no tiene nada roto, pero le pusieron un vendaje muy aparatoso que la tiene impedida. Quería venir por la tarde, pero le he dicho que se tome el día libre, al menos que le deje organizado lo principal.

—Claro, y tú llevas todo el día aquí sola.

—Soy una tonta, lo sé. Pero he sido incapaz de abrir el taller, no estaba con ganas de atender a más clientas.

—¿Has comido, al menos?

Julia se encogió de hombros con un gesto explícito.

—Estás muy delgada, Julia. No ganas nada quitándote de comer. —Se había apartado de ella para contemplarla sujetándola por los brazos—. Venga, te diré lo que vamos a hacer. Lávate esa cara y te arreglas un poco, que nos vamos a ir tú y yo a comer un bollo suizo en El Real. Yo te invito, que aún no hemos celebrado juntas lo de mi hermano.

Ocuparon la mesa que en aquel momento dejaba libre una pareja de atildados ancianos, junto al ventanal que daba a la plaza del Pilar. Las puertas de ambos extremos se encontraban abiertas para permitir que la corriente natural ayudara a refrescar el ambiente, algo que dos enormes ventiladores de aspas parecían incapaces de conseguir.

—Es curioso —sonrió Julia—. En esta misma mesa le propuse a Rosita que se viniera conmigo para abrir el salón.

—¿Es eso cierto? —exclamó Antonia admirada.

—Aquí mismo, pero aquel día hacía un frío helador. Era febrero —repuso con tono evocador—. ¡Dos años y medio han pasado ya! Estaría de cinco meses por entonces.

De nuevo Antonia le tomó la mano por encima de la mesa al comprobar que el recuerdo regresaba. Solo la retiró cuando el camarero, con su uniforme impecable, se acercó a ellas para pasar un paño limpio sobre el mármol al tiempo que las saludaba. Esperó a colocarlo de nuevo en el antebrazo con el que sostenía la bandeja antes de anotar la comanda.

—¿Qué desean tomar... ustedes?

—Dos bollos suizos y dos cafés con leche —respondió Antonia sin vacilar.

—Enseguida —aseguró relamido el joven. Julia esbozó una sonrisa.

—¿Qué te hace gracia? ¿Lo tieso que anda? —bromeó Antonia cuando se alejó hacia la barra.

—No, que no sabía cómo dirigirse a nosotras. Ha visto mi anillo de casada y que tú no lo estás. Ni señoras ni señoritas. Ustedes —dijo sonriendo.

De nuevo Antonia puso la mano encima de la de Julia.

—Me alegra verte sonreír —le confesó—. ¿Sabes? Uno de los motivos que me han terminado de decidir has sido tú. Vosotros, en realidad. Andrés, por supuesto, pero también Rosita, Sebastián, Vicente. Creo que os habría echado mucho de menos.

—Venga, cuéntame cómo fue lo de ayer —preguntó con tono

de apremio—. Has dicho que lo harías cuando estuviéramos sentadas. ¿Dónde os visteis?

Antonia se echó a reír.

—No se le ocurrió otra cosa que llevarme al Hogar del Productor.

—¿En serio? ¡Madre mía! —rio también.

—En realidad no está tan mal. Hemos pasado allí tantas tardes todos juntos... Si me preguntan en qué lugar nos conocimos de veras, ese es el Hogar.

—Eso es cierto —asintió—. ¿Y cómo fue?

—Nunca lo había visto tan nervioso. Lo cierto es que le hice sufrir un poco, cuando le mandé recado no le dije nada, así que acudió sin saber cuál iba a ser mi respuesta. Podía estar allí para decirle que sí, que empezábamos a festejar, o para contarle que después de hablarlo con mis padres había decidido irme al pueblo. Ayer lunes había poca gente, pero aun así nos sentamos en una mesa de arriba, junto al pasamanos, asomados al salón de baile.

—Habría dado cualquier cosa por ver al bueno de Andrés a través de un agujero. —Sonrió—. ¿Y qué hizo cuando le dijiste que sí?

—Soltar un suspiro de esos con quejido y todo. —Una amplia sonrisa le iluminó el rostro que el verano había vuelto a cubrir de pecas—. Y después, dejarse caer sobre el respaldo con los brazos colgando hacia atrás y echarse a reír como un tonto.

Cuando el camarero se acercó con la bandeja en equilibrio las dos reían.

—Se agradece verlas tan contentas... —Las dos muchachas, sorprendidas por el comentario, callaron entonces un tanto avergonzadas, aunque con el semblante aún risueño.

—Yo soy viuda y ella, soltera, aunque desde ayer con compromiso —explicó Julia por fin para facilitarle las cosas.

—Entonces comparto su alegría, señorita, aunque mis esperanzas se vean demediadas. Reducidas a la mitad, quiero decir. —El joven depositó con delicadeza los platillos sobre la mesa después del galanteo.

—¿Significa eso que albergaba usted alguna esperanza respecto a nosotras? —Julia decidió continuar con la broma.

—Aunque me vean aquí sirviendo cafés, soy estudiante de Filosofía y Letras y, por más señas, el que viene es mi último año. Me he pagado la carrera, la pensión y mis gastos trabajando en este local.

—Eso le honra. Y sale usted con la Tuna.

—¿Cómo lo sabe? ¿Hemos coincidido en algún sarao?

—Tal vez, no lo sé. Solo lo supongo, por su palabrería y su desparpajo.

—No sé si tomarlo como un cumplido o como un reproche.

—Tenga, ande, cóbrese —rio Julia zanjando la conversación, al tiempo que sacaba del bolso un billete de veinticinco pesetas para depositarlo en la bandeja.

—Ah, no, ya te he dicho que invito yo —objetó Antonia echando mano de su monedero.

Julia le puso la mano en el brazo y le impidió sacarlo.

—Yo pago, que tú tienes que ahorrar para ir haciendo ajuar —resolvió Julia con tono burlón.

Saborearon los delicados dulces con apetito mientras Antonia relataba los detalles de su cita con Andrés.

—Bueno, ¿y no me lo vas a contar?

—¿Contarte qué?

—¿Qué va a ser? Si te besó. —Julia sonreía mirándola por encima del borde de la taza que se había llevado a la boca. Vio a Antonia enrojecer.

—Mujer, que era la primera vez.

—¡Precisamente por eso! Vuestra primera cita como novios formales después de darle tu respuesta.

—Ay, ¡cómo suena eso! —repuso con un ataque de timidez—. Solo nos cogimos de la mano cuando me acompañaba a casa.

Julia dejó la taza sobre la mesa y su semblante se tornó serio. De nuevo puso la mano en la muñeca de su amiga.

—Es un buen chico, Antonia. Has tomado la decisión adecuada. Vais a ser felices.

La joven asintió. Después cerró los ojos y se mordió los labios ligeramente pintados con carmín. Parecía emocionada.

—Antonia... —siguió. Su expresión se había vuelto circunspecta y miraba de frente a la muchacha con los codos apoyados en el mármol y la barbilla sostenida por las manos entrelazadas.

—Dime, Julia. ¿Pasa algo? —preguntó con un asomo de alarma en el semblante.

Julia miró en derredor. Comprobó que el camarero había regresado a la barra después de traerle la vuelta y que ninguno de los demás clientes les prestaba atención. Tardó un momento en hablar.

—Mira, me resulta difícil hablar de esto, pero es algo que me quema por dentro. Necesito sincerarme, compartirlo con alguien y tú eres mi única amiga, salvo Rosita.

—Dime, Julia, ¿qué ocurre? —Había alarma en el tono de Antonia.

—Te preguntarás por qué no recurro a ella, teniéndola como la tengo todo el día junto a mí en el taller. —Improvisaba el discurso con esfuerzo, eligiendo las palabras con cuidado—. Y la respuesta es que se trata de un asunto que quizá nos atañe más a ti y a mí.

—No te entiendo, Julia, de verdad. ¿Qué me quieres decir?

—Respóndeme si quieres, Antonia y, si no, lo dejamos. Como si no hubiera dicho nada. —Hizo otra pausa—. En las dudas que mantenías acerca de quedarte en Zaragoza o irte al pueblo... ¿ha tenido algo que ver el deseo de salir de casa de los Monforte?

—No sé por qué me preguntas eso. —Antonia tenía el ceño fruncido. Nerviosa, parecía no saber dónde colocar las manos.

—Salir... ¿quizá tendría que haber dicho escapar?

—¿Escapar de qué o de quién, Julia?

—¿Escapar de Monforte, tal vez?

—Ya te he dicho que no sé por qué me preguntas eso —repitió.

—Te tiemblan las manos, Antonia. Responde si crees que tienes que hacerlo. Solo quisiera saber si alguna vez Monforte te ha molestado, si te ha creado problemas mientras doña Pepa estaba fuera, en San Sebastián.

—Pero ¿qué sabes? ¿Cómo sabes...? —Antonia estaba asustada.

—Somos amigas, Antonia. Necesito saber. No me perdonaría...

—¿Saber qué, Julia? —la cortó—. ¿Qué insinúas?

Julia abrió los labios para responder, pero pareció pensarlo mejor. Durante un instante permaneció con los ojos cerrados. Cuando los abrió, se leía determinación en su mirada.

—Necesito saber si he sido la única. —Las lágrimas asomaron entonces.

Antonia la tomó de las manos por encima de la mesa.

—Creo que eres tú la que tienes cosas que contarme —dijo con voz trémula, asustada.

—Tal vez sí. Tal vez haya empezado por el final.

—Pero este no es el mejor sitio para eso —observó Antonia—. Será mejor que vayamos a dar un paseo.

Se sentaron en un banco solitario próximo a la iglesia de San Juan de los Panetes, en el extremo más cercano a las murallas romanas de la plaza del Pilar.

—Te escucho, Julia.

Era la joven modista quien temblaba al empezar a hablar.

—Jamás creí que iba a confesar esto a nadie, pero siento que me quema por dentro. Solo me puedo confiar a ti. —Le tomó la mano derecha entre las suyas y las apoyó en el halda del vestido negro—. Conoces mi pasado y las circunstancias de mi relación con Miguel, y sabes que no estábamos casados. Era algo que me angustiaba al llegar a Zaragoza, pero la angustia se exacerbó ya nacido nuestro pequeño, cuando el párroco de Santa Engracia se negó a bautizarlo. Entonces se me ocurrió acudir a Monforte para tratar de regularizar su situación. En mala hora. No conocía a nadie aquí y el hecho de que el esposo de doña Pepa fuera abogado me pareció providencial.

—¿Estuviste en su bufete?

Julia asintió.

—Y desde la primera entrevista supe que arreglar el futuro de Miguel me iba a costar muy caro.

—¿Sabía que tenías dinero y trató de sacártelo?

Julia negó con la cabeza.

—No hablo de ese precio, Antonia. Enseguida se ocupó de hacerme entender lo que realmente quería de mí.

La joven ahogó un gemido al comprender. Sacó su mano de entre las suyas, y fue ella quien se las tomó entonces, ladeadas ambas en el viejo banco de madera. Durante un momento guardó silencio, tratando de aprehender las implicaciones de lo que su amiga le estaba revelando.

—En una segunda entrevista puso ante mí la solución a mis problemas. Había realizado las gestiones oportunas, movido sus contactos... y encima de su mesa estaban los papeles que certificaban nuestro matrimonio y la legítima paternidad de Miguel. Pero no me entregó aquel portafolio entonces, a pesar de que le revelé que el dinero no era un problema para mí y que estaba dispuesta a pagar el importe que me pidiera.

—¿Y no pudiste acudir a otro abogado?

—Ya me había metido en la boca del lobo. Amenazó con denunciarme, aunque también me aseguró que era el único abogado de Zaragoza capaz de tirar de los hilos adecuados para conseguir asientos de registro y documentos falsos. Solo me entregó la carpeta con los papeles en una habitación del Hotel Aragón, después de acostarme con él por primera vez.

—¡Ay, Dios mío! ¡Miserable! —exclamó Antonia con rabia, mientras abrazaba con fuerza a su amiga.

—Hubo más. —Las lágrimas se deslizaban por su rostro cuando cesó el abrazo y pudo continuar—. Se las arreglaba para bajar conmigo en el ascensor cuando acudía a la casa de la calle Gargallo y me metía una nota en el bolsillo del abrigo, o me las hacía llegar al salón en cartas con membrete del bufete, como si fueran citas profesionales o minutas. Me sentía asqueada, Antonia, cada vez que acudía a aquella habitación del hotel, siempre la misma, impregnada ya de su odioso perfume, con la botella de whisky escocés en una mesita. Asqueada de mí misma por no ser capaz de resistirme a aquel chantaje, que reafirmaba en cada ocasión con insinuaciones veladas, con alusiones a lo que hubiera sido de mi hijo y de mí en caso de no acceder a sus pretensiones.

—¡En el Hotel Aragón! ¡A cincuenta metros de su propia casa!

—Lo hice por mi hijo, Antonia —sollozó.

Un sacerdote pasó a su lado y ralentizó su marcha, como si dudara en ofrecer su ayuda a aquella mujer que parecía desolada. Un sutil gesto de Antonia le disuadió y continuó su camino.

—Durante el año y medio que ha durado se lo he contado todo a Miguel allá arriba, en Torrero.

—Pobrecilla. Lo que has debido de sufrir —respondió Antonia con un tono que resultó algo maquinal, como si ella misma estuviera sumida en sus pensamientos.

Antonia acababa de reparar en lo que suponía para Julia la muerte de su pequeño. No solo había perdido a su único hijo, sino que su enorme sacrificio se le habría revelado inútil. Al sumar la confidencia de Julia a su propia experiencia, sintió renacer en su interior un odio insuperable hacia aquel hombre monstruoso.

—Cuando murió mi hijo, ese cerdo dejó de acosarme —siguió Julia—. Estuve tentada de vengarme de él. ¡Me habría resultado tan fácil! Solo con hacer saber de alguna manera a doña Pepa de las andanzas de su marido sería suficiente. Pero mucho me temo que ella no querría saberlo, que incluso sería capaz de justificarlo. Y sería a ella a quien iba a causar mayor sufrimiento. Él se las arreglaría para taparlo todo y la que vería desaparecer el suelo bajo sus pies sería su mujer. Y los chicos. Tal vez simplemente me acusara de mentir, o de haberlo seducido. Además, bastante tenía con sobrevivir a mi propio sufrimiento. Tengo la sensación de que estoy superando un doble duelo, por la muerte de mi hijo y por la de mi honra.

—¡No digas eso! —exclamó Antonia, aunque las palabras de Julia coincidían con su pensamiento—. Ese hombre es un depravado y lo último que puedes hacer es sentirte culpable por su causa.

—Ese miserable volvió a presentarse en casa el sábado.

—¡¿En tu casa?! —Fue casi un grito que ahuyentó a las palomas que picoteaban alrededor del banco.

—Al parecer tenía una cena con alguien cerca de la calle de San Miguel y no se le ocurrió otra cosa que llamar al timbre mientras hacía tiempo para la cita. En cuanto abrí la puerta, se me coló en el taller y cerró por dentro. Intentaba mostrarse amable, me dijo lo que había lamentado la muerte de mi hijo, me recordó que había hecho todo lo que estaba en su mano para conseguir la penicilina...

—¡Igual se pensaría que con aquello compensaba la extorsión!

—Aquel día, con Miguel muriéndose, el hijo de puta me hizo prometer que cuando saliera del hospital volvería a acostarme con él —le reveló.

Antonia no pudo ocultar un gesto que al asombro sumaba el asco y la rabia.

—Apestaba a whisky cuando entró. El mismo olor del que bebía cada vez que me forzaba en el Hotel Aragón. A las disculpas siguieron los intentos de provocar lástima, contándome lo que me había echado de menos.

—¡Valiente sinvergüenza!

—A la primera insinuación, cogí las tijeras de Rosita y te juro, Antonia, que se las habría clavado en el cuello si no hubiera reculado hacia la puerta. Y en el momento de salir fue cuando, borracho como estaba, dijo algo que me ha quitado el sueño desde ese día.

—¿Qué te dijo?

—Algo así como «¿También tú? Parece que las amiguitas se han puesto de acuerdo». He tratado de buscar otro significado a esa frase, pero solo cobra sentido referida a ti. Por eso tenía la necesidad de hablar contigo.

Antonia trató de cerrar los ojos cuando sintió brotar las lágrimas.

—¿Qué te ha estado haciendo ese animal, Antonia?

No respondió enseguida, ni Julia insistió. Solo dejó que pusiera en orden sus ideas, segura de que un instante después despejaría sus dudas y confirmaría su sospecha.

—Todo empezó el año pasado, el mismo día en que doña Pepa y los chicos marcharon a Villa Margarita con Sebastián. —Se había girado hacia el frente y mantenía la cabeza gacha con las manos entrelazadas entre las rodillas—. Era el 2 de julio, no lo olvidaré mientras viva. Un lunes.

—¿Qué sucedió? —la animó al ver que se detenía, indecisa.

—Estábamos solos en casa, Francisca y Concepción en San Sebastián y Rosario se había ido a la parroquia. Me llamó cuando se duchaba para que le acercara un albornoz y unas zapatillas que él había quitado antes de su sitio. También había bebido aquel día. Cerró la puerta y me atacó. Desnudo por completo. Traté de resistirme, pero me hacía mucho daño. Me sujetaba del brazo con una mano e intentaba tocarme con la otra. Recuerdo que yo gritaba y me retorcía, pero él estaba fuera de sí. Me dejé caer al suelo, encogida, pero se puso encima para inmovilizarme y...

—¿Te forzó? —preguntó al ver que se callaba de nuevo. Sabía que a Antonia le estaría resultando muy doloroso recordar el episodio y, sobre todo, hablar de ello en voz alta.

—No, no pudo... penetrarme —explicó haciendo un esfuerzo—. Pero se masturbó encima de mí.

—Cerdo asqueroso. Ahora me lo explico.

Antonia se volvió hacia ella, intrigada.

—¿Qué te explicas?

—Yo también recuerdo aquel día, Antonia. Monforte lo estaba esperando impaciente. Cuando la familia se iba a San Sebastián, sus requerimientos se multiplicaban y aquel día me había citado en el Hotel Aragón.

—¿Lo dices en serio?

—Aquella tarde no fue capaz de... terminar, algo que nunca le había pasado, pero ahora entiendo el motivo. —Se volvió de nuevo hacia Antonia—. ¿Lo ha intentado más veces?

—Ha rondado mi dormitorio, pero desde aquel día me encierro por dentro. Y he evitado por todos los medios quedarme sola en casa con él. A mí también trató de chantajearme con lo de mi hermano. Me amenazaba con impedir que se ordenara si hablaba.

Por eso cuando cantó misa pude respirar aliviada. Y cuando el viernes regresó de improviso y volvió a insinuarse, pude plantarle cara sin miedo y le amenacé con usar un cuchillo de la cocina. ¡El muy sinvergüenza se fue después a tu casa!

—Ahí está la explicación a su frase. Seguramente creía que las dos estamos al tanto de lo que ha estado haciendo. —Julia hizo una pausa, pensativa—. Y he aquí uno de los motivos que te llevaron a tratar de escapar de esa casa, aunque tal cosa supusiera renunciar a Andrés.

Las dos jóvenes se miraron de frente y, emocionadas, se fundieron en un abrazo.

—¡Madre mía! Lo que has debido de pasar tú también, criatura.

—Me han torturado las dudas, Julia. No sabía cómo reaccionar, no podía traicionar a mi hermano y a mis padres escapando de esa casa. Pedí consejo a un confesor. ¡Hasta escribí a la señora Francis!

—¿Hiciste eso? —se maravilló Julia—. ¡Y sin poder confiarte a mí!

—Tengo guardada la carta de respuesta.

—Me puedo imaginar lo que pone. Estoy convencida de que esa tal Elena Francis no existe y que son curas los que redactan las respuestas. Que aguantes y no denuncies, ¿me equivoco?

—Y que lo evite y no le provoque. Que ya se encargará Dios de castigar sus excesos. Desde luego, aunque el viernes le plantara cara, no pienso pasar un verano más en Zaragoza sin la presencia de doña Pepa.

—Ahora que empezarás a festejar con Andrés no se atreverá a importunarte. Pero prométeme que si vuelve a molestarte me lo dirás. Soy capaz de clavarle esas tijeras en los huevos.

Antonia asintió.

—Contártelo me ha hecho mucho bien, Julia. Siento que me he quitado un peso de encima —reconoció agradecida—. Te prometo que te lo diré, ahora eres la única que comparte mi secreto. Pero tú también has de prometerme algo...

—Dime, Antonia.

—Nunca le dirás a Andrés nada de lo que te he contado.

34

Viernes, 10 de octubre

El centro de Zaragoza bullía en la antevíspera del día del Pilar. Las guirnaldas de bombillas adornaban las calles más céntricas y proporcionaban una atmósfera que parecía contagiar el deseo de diversión. La plaza de España, el Coso y la calle de Alfonso I estaban cortadas al tráfico, y los transeúntes las habían invadido hasta el punto de hacerles complicado avanzar en dirección a la plaza del Pilar. Los seis acababan de apearse del tranvía en el que, embutidos como fiambre, regresaban de la Feria de Muestras donde habían pasado una tarde que a todos se les había hecho corta. Antonia había quedado prendada de una magnífica cocina dotada de electrodomésticos, batidora, amasadora, cafetera eléctrica y, sobre todo, de una máquina de cortar patatas que la había mantenido embobada durante diez minutos con su endiablada velocidad. Rosita y Julia se habían perdido en el pabellón textil, donde habían descubierto nuevos tejidos que anunciaban como resistentes al agua y a las manchas, habían asistido a la demostración de una máquina de coser que colocaba botones a velocidad pasmosa e incluso se habían podido sentar en un pase de modelos con las nuevas tendencias de moda, que incluían el uso de pantalones en las mujeres. Habían tenido que arrancar a Sebastián del salón donde se exhibían los nuevos modelos de vehículos de las principales marcas, incluida la nueva apuesta de la SEAT. Con Vicente y con Andrés habían abierto las puertas de todos ellos, se habían sentado al volante y habían fantaseado con conducirlos. La atención de Andrés, sin embargo, se había visto atraída por una gran maqueta repleta de trenes en miniatura que circulaban por puentes y túneles, se detenían en estaciones y se desviaban por vías secundarias al cruzarse con otros convoyes. Pero la gran atracción de la feria habían sido los nuevos receptores de televisión que, según decían, iban a permitir en un futuro no muy lejano recibir imágenes como los aparatos de radio captaban las voces y la música de las emisiones.

Antonia había obtenido permiso de doña Pepa para salir con sus amigos aquel viernes después del almuerzo, puesto que al día siguiente iba a celebrarse en la mansión la tradicional cena de la víspera del Pilar, y los demás se habían adaptado a su disponibilidad. Andrés se había encargado de comprar las entradas para la feria y, con Sebastián, habían conseguido una mesa para los seis en un local cuyo nombre aún era un secreto. Los tres hombres vestían de traje aquella noche tal como habían convenido, aunque los abrigos y las gabardinas se habían hecho necesarios por el tiempo fresco y el viento desapacible. Se atusaron la indumentaria al apearse del tranvía en la plaza de España mientras esperaban a Vicente, que había bajado a los baños públicos cercanos a la parada. Antonia y Andrés contemplaron las guirnaldas de bombillas que rivalizaban en brillo con los enormes carteles de neón situados en los áticos de los nobles edificios de la plaza.

—¡Jolín, Antonia! —advirtió Rosita a su espalda—. Te han quemado el abrigo con un cigarrillo.

—¡Vaya por Dios! —exclamó—. El primer día, recién sacado del armario.

La costurera hurgó con los dedos en la tela quemada.

—Me lo traes al taller y le recortaré lo quemado con cuidado. Cosido con hilo del mismo color ni se notará.

—Pues te lo agradeceré, Rosita. De los dos que me ha dado doña Pepa es el que más me gusta.

Quedaba todavía hora y media para acudir al local donde tenían la reserva y se dejaron arrastrar por la multitud en dirección a la calle de Alfonso I. Antonia tomaba del brazo a Andrés, aunque este conversaba con Sebastián tanto como con ella. Compraron dos docenas de churros cuando se toparon con la Churrería Zaragozana y terminaron con ellos mientras disfrutaban de un cuadro de jotas frente a la basílica, en medio de una plaza atestada.

—Ya podemos ir acercándonos —propuso Sebastián al terminar de aplaudir una actuación—. Nos pasamos antes por el bar de Benito y nos echamos al coleto unas banderillas y un bocadillo de calamares bravos.

—¡Hoy echamos la casa por la ventana! —bromeó Andrés.

—¿Nos vais a decir ya adónde hay que acercarse? —preguntó Julia, intrigada—. ¿A qué vendrá tanto misterio?

—Enseguida lo sabréis, después de darle al diente.

Remontaron la calle de Alfonso I en sentido opuesto. En esta ocasión, los tres hombres iban juntos y ellas caminaban detrás siguiendo sus pasos, donde quisiera que las fueran a llevar. Al llegar a la plaza Sas torcieron a la izquierda y se colaron en las estrechas callejuelas del Tubo, atestadas a aquella hora. Tuvieron que esperar hasta que Benito les hizo hueco y acomodó a los seis en una mesa para cuatro.

—¿Te acuerdas, Julia? También comimos un bocadillo de calamares cuando fuimos a Madrid —recordó Rosita.

—Parece que fue en otra vida —respondió Julia con nostalgia.

Rosita comprendió que tal vez había despertado en ella recuerdos que no quería evocar y no insistió.

—La verdad es que este Benito los borda. —Asestó un mordisco que hizo derramar la salsa picante entre los dedos y Antonia, solícita, le pasó una servilleta con la que se limpió los labios y el mármol de la mesa.

Entre los tres hombres vaciaron la jarra de vino que el dueño les había puesto delante, mientras ellas acompañaban la improvisada cena con refrescos. En la fuente que había contenido los seis bocadillos solo quedaban las servilletas arrugadas y las migas del pan cuando Sebastián apuró el último sorbo del vaso.

—Venga, ahora sí que es hora de ir para allá —urgió después de consultar el reloj.

Salieron a la calle y los tres se abrieron camino entre el gentío seguidos por las intrigadas muchachas. Apenas habían avanzado cincuenta metros cuando doblaron una esquina y al fondo surgió el cartel iluminado de un viejo local.

—¡Ay, madre, que ya sé adónde vamos! —soltó Rosita al verlo.

—Creo que yo también lo sé —sonrió Julia—. Me lo he estado imaginando toda la tarde.

—Míralas qué listas las dos, cuando ya estamos llegando —se

burló Andrés—. Como aquel que decía... «si adivinas lo que traigo te doy un racimo».

—Pues yo no lo sé. No son calles que tenga muy vistas —protestó Antonia—. ¿Me lo vais a decir o no?

—¡Al Plata, mujer! —le reveló Andrés al fin.

—¡El Plata! ¡Pero si eso es un cabaré!

Un gran cartel vertical anunciaba el nombre del establecimiento a un lado de unas puertas de madera poco llamativas. Encima de ellas, en un letrero iluminado de tipos desmontables, se anunciaba el nombre de la *vedette* principal.

—Encarnita Prat —leyó Rosita—. Jolín, ¡si la entrevistaron ayer en Radio Zaragoza!

—Pues yo no sé si quiero entrar ahí —declaró Antonia apartada un paso de los demás—. ¡Son todo actuaciones subidas de tono, con mujeres ligeras de ropa! Mirad esas fotos. ¿Cómo pueden estar en la calle a la vista de todo el mundo?

—Venga, Antonia, que porque tengas un hermano cura no te vas a apuntar a la censura —respondió Sebastián burlón, ganándose una mirada de reproche de la muchacha.

—No te preocupes, Antonia, la gente más normal viene aquí a divertirse. No hay nada de malo en ello, mujer —la tranquilizó Julia con tono paciente.

—Claro, de eso se trata: música, bailes y humor un poco picante, ¿no? —insistió Sebastián—. Dicen que la Prat es muy buena.

—No sé, un día oí a mosén Gil soltar sapos y culebras acerca de este local. Estaba regañando a Dorita Barberán por el hecho de que su marido, el alcalde, permitiera mantenerlo abierto.

—Lo pasaremos bien, ya lo verás. Te vas a reír. —Andrés se acercó a ella y le pasó el brazo por la cintura para atraerla hacia el grupo—. Además, hemos conseguido que nos guarden una mesa, y eso que aquí no reservan.

—Lo he conseguido yo —le corrigió Sebastián, ufano—, que a fuerza de esperar a los señores en la calle ya soy amigo del portero.

—¿Aquí vienen los señores? —Antonia compuso un gesto de asombro y Sebastián se limitó a responder con una sonrisa condescendiente.

Poco convencida, se dejó llevar cuando Andrés siguió a su amigo, que saludaba al portero. Los condujo al interior y les señaló dos pequeñas mesas situadas al lado de una columna central.

Sebastián deslizó un billete de cinco pesetas en la mano del portero y apartó las sillas para permitir que todos se fueran sentando frente al escenario. El local mostraba una decoración decadente, el mobiliario se veía ajado y se percibía un aroma incalificable, mezcla de tabaco, perfumes, olor corporal y el penetrante ambientador que trataba de neutralizarlos. Las mesas y las sillas de madera orquestaban un concierto estridente a medida que eran arrastradas y ocupadas. Frente a ellos, el escenario aparecía dominado por un fondo pintado a mano que representaba un paisaje tropical, ante el cual se disponían micrófonos y atriles.

—Está todo viejo —observó Antonia, sentada ya junto a Andrés.

—Me contó el portero que esto abrió en 1920. Entonces era La Conga. Pero cerró durante la guerra y en el cuarenta se reabrió como café cantante.

—Parece que la decoración es la original —observó Vicente con sorna, sentado en el otro extremo.

—Jolín, pues a mí me gusta mucho —repuso Rosita a su lado.

El local se llenaba por momentos. Un grupo bullicioso se hacía notar en la entrada y atrajo la atención de todos.

—Cadetes de la Academia General, estos son fijos aquí —se mofó Sebastián.

Los dos centenares de sillas estaban ocupadas por completo y los camareros sorteaban los obstáculos con habilidad para recorrer el local tomando nota de los pedidos. Cuando uno de ellos llegó a su mesa, Sebastián se adelantó.

—Venga, jefe, sácate una botella de Anís del Mono y copas para todos —pidió señalando con el índice a derecha e izquierda—. Hoy invito yo.

—¿Y esto por qué? ¿Por el aumento de sueldo? —bromeó Vicente.

—¿Te han subido el sueldo? —preguntó Andrés, divertido—. Qué callado te lo tenías.

—Y no poco, me parece —apostilló el portero con cierta malicia—. Y todo por ir todo el día en el Citroën de un lado para otro. Cuando digo yo que es el ojito derecho de Monforte...

—Yo no voy a beber anís, que se me sube a la cabeza —protestó Antonia.

—Pues que saque una jarra de agua fría y te lo rebajas. Verás qué bien entra fresquito —insistió Sebastián riendo.

Se apagaron las luces y un potente haz cayó sobre un presentador vestido de levita y bombín.

—La que no quería entrar —comentó Sebastián burlón cuando los seis cruzaron la puerta para salir a las calles del Tubo—. ¡No ha parado de reírse y de aplaudir en la hora y media!

—¿A que lo has pasado bien? —Andrés, que rodeaba a Antonia por los hombros, la atrajo hacia sí en un gesto afectuoso.

—Ha sido divertido, sí —tuvo que reconocer—. ¡Pero madre mía!

—¿Qué significa eso de madre mía? —rio Julia.

—¡Nada, nada! —Antonia agitó la mano como si estuviera espantando una mosca. No iba a reconocerlo, pero el ambiente caldeado y sensual dentro de la sala había despertado en ella sensaciones que, a pesar de no resultarle desconocidas, habían sido muy intensas. Tal vez el agua con anís, que ciertamente entraba muy bien, había tenido que ver—. Pero no sé cómo puede salir ahí un hombre en paños menores delante de todo el mundo.

—¡Anda, y en las chicas no te extraña! —respondió Sebastián, divertido—. Porque hombre era uno solo, pero chicas han salido diecisiete.

—¡Mira cómo las ha contado! —bromeó Rosita. Si Antonia había tomado agua de anís, lo suyo era más anís aguado, algo que se reflejaba en el brillo de sus ojos, más prominentes que de costumbre.

—¡No las voy a contar! —Sebastián y Andrés habían trasegado el anís sin más límite que el impuesto por el nivel menguante de la botella. Los dos habían salido con el nudo de la corbata aflojado y el cuello de la camisa desabrochado—. ¡Y no había ninguna repetida!

—¿Qué plan tenemos? —Vicente era el único cuya corbata se mantenía en su sitio, aunque no se había negado a que Sebastián rellenara su copa cada vez que lo hacía con la propia. Habían recorrido la escasa distancia que los separaba de la plaza de España, donde persistía el bullicio y el ambiente de fiesta.

—¿Alguien me puede acompañar a casa? —preguntó Rosita—. Soy la única que voy en la otra dirección.

—Yo te acompaño —se apresuró a contestar Vicente.

—¡Quia! —La voz de Sebastián los sobresaltó—. ¿Pero qué es

eso de irse a casa, si es poco más de medianoche! ¡Que estamos en el Pilar!

—Claro, ahora iremos a bailar, ¿no? —Andrés secundó a su amigo—. Hay una sala de baile que está muy bien ahí mismo, en la plaza del Carbón.

—Mañana hay que madrugar, ¡menudo día nos espera!—se lamentó Antonia, sin mucha convicción.

—Mujer, un día es un día. —De nuevo Andrés la rodeó por los hombros—. Venga, terminemos la noche con unos bailables.

—¿A ti te apetece, Julia? —preguntó Sebastián al observar el semblante de la joven.

—Bueno, no quiero ser aguafiestas —respondió—. Si vais, yo os acompaño.

—¡Así me gusta, esta es mi Julia! —Sebastián la sujetó de los dos hombros y la sacudió con un gesto suave que consiguió arrancarle una sonrisa.

—¡Pues no se hable más! —zanjó Andrés, arrancándose a andar en dirección al Coso—. ¡A bailar!

El salón era un local amplio y moderno inaugurado con motivo de las anteriores fiestas del Pilar. El neón del anuncio que captaba la atención de los transeúntes no era el único, pues el interior estaba en parte iluminado con multitud de tubos que semejaban el aparente caos de las pinceladas de un cuadro abstracto. La pista de baile, atestada a aquella hora, se hallaba rodeada de espacios que, a modo de amplios cubículos comunicados con ella, albergaban cómodos divanes forrados de escay, con mesas bajas al alcance de los numerosos clientes que los ocupaban. Al fondo, un escenario elevado sobre una tarima albergaba a la orquesta, con un cantante al frente que en aquel momento atacaba una ranchera de Jorge Negrete.

—Parece que no vamos a poder sentarnos juntos —advirtió Andrés mientras se abrían paso.

—Es igual, hemos venido a bailar, ¿no? Pues bailamos y ya nos sentaremos donde se pueda —respondió Vicente con decisión, sin separarse de Rosita.

Andrés tomó de la mano a Antonia y la condujo al centro de la pista. Vicente lo imitó sin dudarlo. El cantante anunciaba el último éxito de Antonio Machín, «Amor no me quieras tanto», que tan bien conocían de las sesiones dominicales en el Hogar del Productor, y que los pies de los cuatro parecían ansiosos por bailar. Sebastián, sin embargo, con Julia a su lado, dudó.

—¿Quieres que bailemos o prefieres que busquemos un asiento?

—¿No te importa que nos sentemos? No tengo mucho ánimo para bailar.

—¡Claro, Julia! Qué tonto, bastante has hecho con acompañarnos —se excusó al tiempo que se ponía de puntillas en busca de un asiento libre.

Los sillones se ocupaban y se desocupaban al ritmo con que las parejas se detenían a tomar un descanso. Antonio Machín había levantado a muchas de ellas de los asientos, y no tuvieron dificultad para encontrar una esquina con espacio suficiente para ambos. No tardó en acercarse un camarero que retiró los vasos de la mesa y se dirigió a ellos.

—¿Qué quieres tomar? —preguntó Sebastián—. ¿Te apetece un quemadillo de ron? Si lo quema bien, no estará fuerte.

—Sí, buena idea. Pero sin quemar demasiado —respondió para sorpresa del joven—. Y con unos granos de café.

—¿Sueles tomar quemadillo? No te he visto hacerlo en el Hogar —comentó una vez que el camarero se hubo alejado.

—A Miguel le gustaban, se aficionó a ellos en el frente. Me contaba que el ron les animaba, pero lo que más agradecían era el calor de la taza entre las manos, sobre todo en invierno. —Julia esbozó una sonrisa cargada de nostalgia al recordar. Miguel le había contado que en Francia la bebida llegó a hacerse popular entre los combatientes republicanos de La Nueve, pero se guardó este detalle.

—Cuando hablas de él se nota que lo querías.

Julia entrecerró los ojos. Tardó en responder.

—Algún día te hablaré de él, pero aún me resulta demasiado doloroso y no quiero amargarte la noche —se escabulló—. Otro día, ¿de acuerdo?

—¡Claro, Julia, perdona! Tienes toda la razón. Es solo que nos conocemos hace años ya, pero nunca hemos hablado de nosotros —se excusó de nuevo.

—Es cierto, yo tampoco sé apenas nada de ti. Solo algo que comentaste un día, que tu madre trabajaba ya en casa de los Monforte.

Sebastián asintió. Mientras tanto, el cantante se había retirado entre aplausos, y había subido al escenario una muchacha ataviada con un traje de volantes que empezó su actuación interpretando «Capote de grana y oro» de Juanita Reina. Escucharon la canción completa comentando el aire que se daban Andrés y Antonia en la pista.

—Hacen buena pareja, ¿a que sí? —opinó Sebastián—. Habría sido una pena que Antonia se marchara. Si te digo la verdad, casi no puedo creer que haya cambiado de opinión. Todos estos años esperando a que Manuel cantara misa para irse con su familia y mira tú por dónde...

—Me pasa lo mismo, incluso ahora siento cierta responsabilidad.

—¡También yo! —rio Sebastián—. Me parece que tú y yo hemos hecho un poco de casamenteras.

—¿Un poco? ¡Más que un poco! —sonrió Julia—. En mi descargo, he de decir que solo pensaba en el bien de Antonia, aunque Andrés estaba muy tocado cuando pensaba que se iba.

—No lo sabes bien, Julia. Delante de vosotros no lo demostraba. —Hizo una pausa antes de continuar—. A lo mejor no debería contártelo, pero a mí se me ha *echao* a llorar después de tomar unos vinos. Y no una vez.

—Ahora se le ve feliz. —Julia sonrió.

—Se les ve a ambos —corrigió él.

Llegó el camarero con los dos quemadillos que depositó en la mesa, aún ardiendo con una llama azulada. Sebastián se mostró ofendido cuando Julia hizo ademán de abrir el bolso para sacar la cartera.

—¡Julia, por Dios! El que lleva los pantalones soy yo.

—Bueno, tú estabas viendo coches en la feria, pero en el desfile de moda la mitad de las modelos iba con pantalones —explicó riendo—. Me parece que pronto nos veréis a todas igual.

—¿Pues qué quieres que te diga? No acabo de verlo. Eso está bien para las extravagancias de los desfiles, pero que acabéis saliendo todas a la calle en pantalones...

Julia rio.

—¡Qué antiguo eres! Si las francesas ya los llevan casi todas. ¡Anda que no sería cómodo aquí en Zaragoza para el invierno, con el cierzo que sopla! Y sin preocuparnos de las carreras en las medias.

—¿También nos vais a quitar la alegría para el ojo cuando viene una de esas voladas tan oportunas? —bromeó Sebastián.

—¡Qué tonto! Lo que hace el anís.

—¿El anís? Si nos hemos bebido una botella en dos horas entre seis.

—Ya, entre seis... —se burló—. Lo que han bebido Antonia y Rosita cabe en un dedal.

—Se nota que tú eres una chica más de mundo. Y me gusta que seas así. Me recuerdas a esas mujeres que veo por el centro de Madrid cuando voy con Monforte, o a las veraneantes extranjeras de San Sebastián. En Zaragoza se ven pocas, esto se parece más a cualquier otra ciudad de provincias.

—¡Hombre, gracias! —Julia se mostró algo azorada—. Se ve que el anís está haciendo de las suyas otra vez.

—Quia, ¡qué va! Es la verdad. —Trató de dar un sorbo al quemadillo, pero lo volvió a dejar en la mesa a punto de escaldarse los labios.

—Pues nunca me lo habías dicho hasta hoy, con unos cuantos vasos de licor encima. —Rio de nuevo.

—Entonces tendré que empezar a decirte cosas así más a menudo, para que no me lo eches en cara.

—¡Venga, calla! —siguió Julia con tono jocoso—. A ver si te crees que soy una de esas chicas que frecuentáis vosotros dos, de esas que se encandilan con cuatro palabras bonitas.

Sebastián rio de buena gana. La cantante se atrevía con «Ay pena, penita, pena», el último éxito de Lola Flores.

—¿Has visto a Rosita y a Vicente? —Señaló a la pareja, que bailaban con más voluntad que acierto—. No se ha separado de ella en toda la tarde.

—Y Rosita no parece a disgusto —apuntó Julia.

—¿Crees que...? —Sebastián dejó la frase cargada de intención sin concluir.

—Ay, ¡Ojalá! No se miran con malos ojos, no.

Rosita les saludó con la mano. La canción de la artista jerezana no se prestaba demasiado para el baile y la mayoría de las parejas atendían a la voluntariosa interpretación de la cantante vueltos hacia el escenario.

—Parece que nos haya oído —dijo Sebastián, saludando al mismo tiempo.

Los dos dieron los primeros sorbos al quemadillo.

—¡Qué rico! —Julia se pasó la lengua por los labios pintados—. Casi me había olvidado de lo bueno que está.

—Hay sabores que se recuerdan siempre. A mí aún me viene a la memoria la yema de huevo con vino y azúcar que me preparaba la buena de Rosario cuando el médico me lo mandaba. Que aquí donde me ves, yo de pequeño era un zagal enclenque y enfermizo.

—El vino con yemas hizo entonces su trabajo —bromeó Julia—. ¿Y te lo preparaba Rosario?

—Claro, mi madre falleció cuando yo tenía un año y medio. Se puede decir que ha sido Rosario quien me ha criado.

—¿Y tu padre?

El rostro de Sebastián se ensombreció.

—¿Mi padre? ¿Qué padre? Nunca lo conocí.

—Perdona, Sebastián, no quería...

—No, mujer, algún día tenía que contártelo. Los demás de la casa ya lo saben. Mi madre servía en casa de los Monforte cuando aún vivía don Eugenio. Te hablo de hace más de treinta años. Se llamaba Teresa, que aún no te lo he dicho. Eran los años veinte, terminada la primera gran guerra, un momento en el que, por lo que me han contado, la gente tenía ganas de olvidar las penurias pasadas y se vivía con cierta prisa, como si quisieran recuperar el tiempo perdido.

—Pero nosotros no llegamos a conocerlo, ambos nacimos en el veintitrés. Cuando llegó la República apenas teníamos ocho años —calculó Julia—. Dicen que fueron años en los que se respiraba cierta libertad, sobre todo para las mujeres. —Julia hizo una pausa. Dudaba si confiar en el chófer, después de haberse visto obligada a llamarlo *antiguo* un momento antes—. De cualquier manera, aquello se terminó en el treinta y seis.

—No digo que aquel ambiente no tuviera nada que ver —siguió Sebastián, asintiendo—. Fuera por lo que fuera, lo cierto es que mi madre se quedó embarazada de un chico que la frecuentaba los domingos, cuando libraba. Cuando se enteró él de que era mi padre, en vez de asumir lo que había hecho y casarse con ella, puso pies en polvorosa. Nunca más hemos tenido noticias suyas. Solo sé por Rosario que se llamaba Eusebio y que repartía hielo por las casas. Así conoció a mi madre. Los Monforte, lejos de repudiarla y despedirla, le permitieron seguir en la casa a su servicio hasta que nací yo. La verdad es que se portaron bien, porque imagino que atender a un recién nacido le quitaría mucho tiempo para sus tareas como doncella. Por lo que me ha contado Rosario, ahí debió de pesar mucho el empeño de doña Margarita, la primera mujer de don Emilio.

—¡Ah, sí! Algo me contó Antonia. La villa de San Sebastián se llama así por ella, ¿no?

—Exacto. Pero se murió muy joven también. Poco después que mi madre.

—¿Y los padres de Teresa, tus abuelos?

—Mi madre era huérfana. Entró a servir procedente del hospicio. —Tomó un sorbo largo del vaso y se sacó la cartera del bolsillo. Buscó en uno de los compartimentos y extrajo una foto ajada y amarillenta, con los bordes aserrados y las esquinas estropeadas. En ella aparecía una mujer joven con aspecto intimidado que miraba a la cámara con apuro.

»Es la única imagen que guardo de ella.

—Y para más desgracias, enfermó al poco, ¿me equivoco?

—Imagino que algo te ha contado Antonia. Fue un tumor en la cabeza, cuando yo aún estaba tomando pecho. De nuevo los Monforte se portaron bien con ella. La llevaron a Barcelona donde había un buen especialista, pero no hubo nada que hacer. Duró menos de un año. Entonces Rosario se hizo cargo de mí, como una abuela.

—¡O sea, que naciste en esa casa! Ahora me explico el cariño que os tenéis. Y que esté continuamente regañándote —sonrió—. ¿Y no has tenido la tentación de tratar de buscar a tu padre? No habría muchos con el nombre Eusebio que repartieran hielo.

—Claro que la tuve. Acudí al depósito de hielo aquí cerca, en la calle del Ciprés, junto al mercado central, en busca de noticias. Y sí, el encargado tenía memoria de un repartidor llamado Eusebio. Habían sido amigos porque tenían casi la misma edad, pero había desaparecido de la noche a la mañana. Solo recordaba que le había oído hablar unos días antes de irse a Barcelona a buscarse allí la vida.

—Vamos, que es cierto que puso distancia de por medio para soslayar la responsabilidad.

Sebastián asintió.

—Y el resto ya lo conoces. Me llevaron a la escuela, pero no fui buen estudiante, así que en cuanto tuve edad empecé a hacer trabajos en la casa. Ya sabes, acarrear el carbón de la caldera, subir las cargas hasta que se instaló el ascensor, hacer de mozo de los recados... Y como don Emilio necesitaba un chófer, aunque me costó lo mío —se burló de sí mismo—, terminé por sacarme el permiso de conducir, y aquí me tienes.

Aunque les faltaba una voz, la pareja de cantantes interpretaba «Caminemos» del trío Los Panchos. La pareja que estaba sentada a su lado se encaminó a la pista y Julia hizo una seña a los bailarines para indicarles que disponían de un sitio. Antonia le dijo algo a Andrés y un instante después estaban sentados con ellos.

—Venga, que con un bolero me animo —anunció Julia al apurar el quemadillo—. Así se pueden sentar Rosita y Vicente un poco.

—¿Te anima el bolero de Los Panchos o la mezcla de anís y de ron? —bromeó Sebastián al devolverle la pulla, al tiempo que la cogía del brazo para dirigirse a la pista.

Andrés se sentía eufórico. En los ratos en que, entre baile y baile, había permanecido sentado junto a Antonia, la conversación había resultado fluida. Por primera vez había tenido la sensación de hablar con confianza y complicidad, como lo haría cualquier pareja de novios. Era cierto que había tratado de conducir la conversación hacia temas que le producían una íntima excitación, con la esperanza de despertar aquella noche en Antonia sensaciones similares, aprovechando el efecto del anís aguado y del quemadillo que, de manera inverosímil, había aceptado probar, tal vez animada por el ejemplo de Julia. Así, entre risas, había sacado a colación los abucheos del cine el domingo anterior cuando, en el momento en que el chico se disponía a besar a la chica en una escena íntima, ambientada con luz tenue y música romántica, la cinta se cortó de forma brusca para continuar en una escena de día en una calle atestada de Nueva York. Antonia, riendo también al recordarlo, añadió que, según había oído a una visita en Villa Margarita, los donostiarras viajaban a Biarritz para ver las mismas películas sin el filtro de la censura férrea del régimen, aunque, eso sí, tenían que verlas en francés. El joven deseaba besar a Antonia, y por un momento estuvo tentado de hacerlo, pero el trasiego en el salón de baile era continuo, los neones proyectaban demasiada luz, y temía que Antonia lo rechazara por la ausencia de intimidad. Se prometió buscar un lugar más reservado y discreto para próximas citas, aunque tal vez aquella noche tuviera aún su oportunidad.

Salieron del salón pasadas las dos de la mañana. Antonia miró su reloj de pulsera y lanzó una exclamación.

—Mosén Gil dijo una vez que nunca ha visto a ninguna mujer decente en la calle pasada la medianoche —dijo con apuro, medio en serio medio en broma.

—Cuando se lo vuelvas a oír, le preguntas si está por la calle a esas horas para ver a muchas que no sean decentes —espetó Sebastián sin tiempo para pensar.

—¡Sebastián! ¿Cómo puedes decir eso? —le reprendió Antonia.

—Mujer, si es que me lo has puesto en bandeja. —Intercambió una mirada cómplice con Andrés, que Julia también compartió tratando de ocultar la risa.

—Lo que importa es que lo hemos pasado muy bien, yo al menos —trató de apaciguar Rosita—. Tenemos que volver. Jolín, ¡qué manera de bailar! Pero sí, ya es hora de volver a casa, seguro que mis padres están en vela.

—Te acompaño —se ofreció Vicente al instante.

—No te voy a decir que no —sonrió.

—Antonia y yo podríamos acompañar a Julia antes de volver juntos a casa, pero imagino que querréis despediros, tortolitos. —Sebastián se había vuelto hacia Andrés y le guiñó un ojo con picardía.

—Sí, yo llevo a Antonia, acompaña tú a Julia si te parece. —Andrés le devolvió el guiño.

—¡Madre mía, qué horas! Espero poder entrar sin que Rosario me oiga. Si no, mañana no va a hacer más que reprocharme cualquier cosa que haga mal en la cocina. —Antonia buscaba la llave en el bolso.

—¿Sabes que mañana hacemos cuarenta días de novios? —Andrés había esperado a llegar al portal de la calle Gargallo para jugar su baza.

—¡Hemos pasado la cuarentena, entonces! —Antonia rio de manera demasiado forzada. Saltaba a la vista que estaba nerviosa. Empujó la puerta y entró en el zaguán.

—Visto así... —Andrés entró tras ella y dejó que la puerta se cerrara a su espalda—. Después de una cuarentena ya se puede uno acercar al otro sin miedo, ¿no es así?

A la luz de la farola que atravesaba el vidrio del portal, el rostro pecoso de Antonia mostraba una sonrisa amplia y divertida y los ojos le brillaban, aun entornados. Andrés lo tomó con cuidado entre las manos y la besó. Fue un beso prolongado, con el que ambos parecían querer desquitarse del anhelo tanto tiempo reprimido. Antonia, aun consciente de su torpeza, trató de corresponder al deseo que adivinaba en él. Ella misma experimentaba una sensación desconocida y en extremo placentera que suponía una auténtica liberación, porque durante mucho tiempo había temido no ser capaz de sentir sino el mismo asco que le producía Monforte cuando la rozara otro hombre. Sin embargo, cuando la mano de Andrés empezó a deslizarse costado abajo, ella la apartó antes de culminar su viaje. El joven no insistió.

—¿Te ha gustado? —le preguntó con un atisbo de timidez impropio de él.

—Me ha sabido a ron y a azúcar. Tendré que andar con cuidado, no vaya a aficionarme demasiado a los quemadillos —bromeó.

—Espero que no te haya gustado solo por el sabor a quemadillo —siguió bromeando Andrés.

—No, tonto. Pero lo he hecho porque se supone que es lo que hacen los novios. No te vayas a creer que soy una cualquiera.

—Pues espero que a partir de ahora podamos repetir a menudo... lo que hacen los novios. Te prometo que nunca pensaré que eres una cualquiera, aunque me beses en cada rincón.

—Anda, calla. Vete a casa, que Sebastián y Vicente estarán al caer.

Andrés depositó en sus labios otro beso breve y después le pasó con suavidad las yemas de los dedos por la mejilla.

—Si quieres, el domingo nos vemos antes de misa —se despidió al tiempo que abría la puerta—. Venga, sube, esperaré aquí hasta que entres en casa.

Salió al relente y se levantó la solapa de la gabardina antes de ponerse en marcha hacia el paseo de la Independencia. Un instante después, oyó chistar y pronunciar su nombre. Vicente y Sebastián acababan de doblar la esquina juntos y se detuvo hasta que lo alcanzaron.

—Os habéis encontrado después de dejarlas —dijo, sabiendo que era una obviedad.

—Sí, aquí el amigo, que ha venido a paso ligero. Creo que por ver si nos encontraba —se burló Sebastián.

—¿Y eso?

—Que quería contarnos algo el muchacho.

Andrés miró divertido a Vicente.

—Pues que la Rosita me ha *dejao* darle un beso. ¿Qué te parece?

Andrés dejó escapar una carcajada.

—¿Qué me va a parecer? Fetén me parece. —Le dio una fuerte palmada en la espalda y le pasó el brazo por el hombro—. Enhorabuena, Chaplin, la tienes en el bolsillo con tus encantos.

—*Cagüendiez*, ¡cómo os reís de mí! —repuso el joven, deshaciéndose del abrazo.

—Pues no eres el único que ha terminado bien la noche. —Sebastián escrutaba a Andrés a la luz del farol—. Anda, límpiate ese carmín de la boca que como te lo vea la patrona se te va a poner celosa.

—¡Cabrón! —Andrés hizo amago de soltarle un manotazo que Sebastián evitó, camino ya del portal.

—¡A casa todo el mundo! —se despidió entre risas—. ¡Donjuanes!

35

Domingo, 12 de octubre

A Antonia le dolían las piernas. La víspera había resultado una jornada tan agotadora como se preveía, que había terminado de madrugada después de recoger el maremágnum en que había quedado convertida la cocina después de la tradicional cena del Pilar. Rosario, una vez más, había sido objeto de las alabanzas de todos los comensales por el suculento menú que habían servido en la mesa. Doña Pepa había propuesto unos entrantes ligeros para dar paso al plato principal, que en aquella ocasión había consistido en un suculento cochinillo asado al horno, al que la cocinera había sabido dar el punto. Dorita Barberán se había deshecho en elogios por lo crujiente de la piel dorada y la carne tierna al tiempo que sabrosa, además de las patatas, a su parecer sublimes, que habían recogido todo el sabor de los jugos del asado. La contundencia del asado había desaconsejado repetir como primer plato las tradicionales patatas a la importancia, que habían sido sustituidas por un delicado changurro al estilo de San Sebastián, cazuelas de ajoarriero, espárragos en conserva, caracoles blancos de monte fritos con guindillas, gambas a la plancha y jamón de Teruel.

La vajilla, que la noche anterior se había acumulado junto al fregadero en varias torres en delicado equilibrio, volvía a estar allí después de la comida familiar del día del Pilar, aunque a aquella hora de la tarde los platos se encontraban ya limpios, secos y apilados a la espera de regresar a las alacenas. Rosario, derrotada, había accedido a sentarse a la mesa central, aunque no dejaba de refunfuñar porque ni Antonia ni Francisca le permitieran ayudarlas. Se habían levantado las tres juntas al punto de la mañana para acudir a la primera misa en Santa Engracia y después se habían encerrado de nuevo en la cocina.

—Venga, pasad un agua al suelo y subid a descansar un rato. Que, si no, esta tarde vais a estar agotadas para bajar al Pilar.

—¿No quieres venir con nosotros? —le ofreció Antonia—. Habrá jotas toda la tarde, con lo que te gustan...

—¡Quia! ¿Y meterme en ese avispero? ¡Si no se podrá dar un paso! Eso para vosotras, que sois jóvenes.

—En cambio, los señores lo verán bien y en primera fila. Ya te podían dejar subir a ti también a la tribuna con el alcalde y Dorita Barberán. Mucho elogiar tu cochinillo, pero no tiene un detalle contigo.

—¿Y qué iba a pintar yo ahí sentada en una silla junto a todos esos gerifaltes emperifollados? ¡Quita, quita! En cuanto descanse un poco me paso al rosario en Santa Engracia, tan ricamente.

—Yo creo que tampoco voy a bajar. Se me ha puesto un dolor de cabeza que no puedo con él —se quejó Francisca tapándose el ojo derecho con una mano—. Cuando acabemos me voy a meter en la cama a ver si se me pasa.

—Mujer, no todo va a ser trabajar, que también hay que divertirse. Tómate un Optalidón y vete con ellos un rato. Esta noche te acuestas pronto y ya está.

—Que no, que a mí los barullos me apocan, y más con esta jaqueca.

—Como quieras, Francisca, pero ya sabes que nosotros encantados de que te vengas.

—Ya —respondió la doncella con un tono que Antonia no supo interpretar.

—Vamos a hacer una cosa: termino yo la cocina y subes tú a echar una cabezada. Si cuando te despiertes estás mejor, a tiempo estás de cambiar de idea.

—Recojo los platos y me subo, sí —accedió sin comprometerse—. Si no he bajado cuando estéis listos, os vais sin mí.

Sebastián y Vicente entraron en la cocina juntos.

—Madre mía, ¡qué elegantes! —exclamó Antonia, que acababa de bajar de su habitación. Vestían los mismos trajes del viernes, que ella se había encargado de planchar en un hueco de sus tareas, el cabello les brillaba por la gomina y ambos desprendían un intenso olor a colonia.

—¡Sí, pues anda que tú! —Vicente la miraba de arriba abajo. Se detuvo en las tupidas medias oscuras que asomaban bajo la falda y en los zapatos negros de tacón más que generoso.

—Te quedan mejor a ti que a doña Pepa —aseguró Sebastián.

—¡Coño, para no quedarle mejor! ¡Si le saca más de veinte años! —bromeó Vicente.

—¡Chis! —chistó ella—. A ver si os van a oír.

—No, si acaban de salir los cuatro. Le he dicho a don Emilio si los acercaba con el coche, aunque fuera dando la vuelta por el Ebro, pero dicen que prefieren pasear para ver el ambiente. Vamos bajando, aún hay que recoger a Julia.

Antonia miró el reloj.

—Me da pena Francisca, toda la tarde aquí sola. Dice que tiene jaqueca.

—¿Y te lo crees? —objetó Sebastián—. Yo creo que nos tiene odio, o envidia o algo, y tiene excusas para todo. Ella se lo pierde.

—Aun así, me da pena. Hay veces que se comporta de manera odiosa, es verdad, pero la ves trabajando y siempre está triste.

—Pues no será porque tú no le hablas y le preguntas —repuso Vicente—. Que no sé cómo tienes tanta paciencia con las respuestas que te da.

—Ya te digo, porque me da pena. Sé que algo le pasa, pero no hay manera de sacarle qué es.

—¿Qué va a ser, Antonia? Que te tiene una envidia que no te puede ver. ¿No has notado que está peor desde que Andrés y tú sois novios? —aventuró Sebastián.

—En fin, ella verá —se rindió Antonia al tiempo que cogía el abrigo del respaldo de la silla.

Salieron del portal y se toparon con dos coches de la Policía Armada estacionados en el borde de la acera. A pocos metros, en la entrada del Hotel Aragón, dos conserjes con librea se mostraban preocupados y atentos ante lo que parecía la inminente salida de algún personaje de relevancia, y en la acera habían empezado a arremolinarse los curiosos. En aquel momento, un ostentoso automóvil negro se detuvo ante la escalinata.

—¡Esperad, que va a salir alguien importante! —dijo Vicente, acostumbrado a asistir a escenas semejantes desde el portal de la calle Gargallo—. A ver si lo conocemos.

—Será algún ministro o algún mandamás de Madrid. Habrán estado comiendo a dos carrillos con toda la camarilla de aquí a costa del erario —repuso Sebastián, displicente.

—Pues no les oí decir nada ayer en la cena —comentó Antonia—. Y mira que al alcalde le gusta presumir de amistades y de lo bien relacionado que está.

—Pues precisamente ahí lo tienes, don José María. —Sebastián señaló a un hombre rodeado por varios más, todos ellos trajeados, que se asomó a lo alto de la escalinata. Tras un gesto suyo, los agentes de la Policía Armada se dispusieron formando un pasillo hasta el coche, que se iniciaba en lo alto con los dos conserjes de levita.

—¿Pues no iba a estar en la plaza del Pilar?

—Irán ahora, mujer. Primero comer bien y luego a darse un baño de multitudes —respondió Sebastián.

—¡Mirad, mirad, es Dorita Barberán! —reconoció Antonia de inmediato.

La esposa del alcalde asomaba en aquel momento bajo el voladizo de la marquesina que protegía el acceso al hotel, charlando de forma animada con otra mujer, que la escuchaba mientras se abotonaba con naturalidad su abrigo de piel. Las luces que iluminaban el chaflán arrancaban reflejos de los pendientes y de las joyas que ambas lucían. Un murmullo de admiración surgió entre el gentío cuando ambas alcanzaron el borde del primer escalón, desplazando hacia los lados a los hombres que las precedían.

—¡No me lo puedo creer! —exclamó Sebastián—. Sabéis quién es, ¿no?

—¡Ay, me suena mucho su cara! Yo la he visto antes, pero no caigo —reconoció Antonia, molesta.

—¡Es Celia Gámez!

—¡Claro, estaba en el Teatro Principal con *La hechicera en palacio*! Han estado anunciándolo todos estos días en la radio —confirmó Vicente, y se puso a tararear las notas de «La novia de España».

—¡Qué guapa está! —comentó Antonia, excitada.

El chófer abrió la portezuela del coche y la actriz descendió del brazo de su acompañante, usando la mano derecha para saludar a sus admiradores. Los tres se acomodaron en el asiento posterior. Otro hombre, tal vez el representante de la artista, tomó asiento delante y, sin tardar, el vehículo inició la marcha calle Gargallo abajo.

—¡Vaya, qué casualidad, haber salido a la vez! —comentó Vicente—. Cuando se lo diga a Rosita le va a dar una rabia...

Habían quedado con ella cerca de su casa, en la puerta de El Real. Y allí iba a acudir Andrés desde un local de comidas cercano, donde Ignacio Segura, su patrón, le había invitado a comer con su familia y otros oficiales del negocio con motivo de la festividad del Pilar. También Antonia había recibido la invitación, pero el trabajo en la calle Gargallo le había impedido acompañar a Andrés. Se encaminaron hacia la plaza de José Antonio bordeando la fachada lateral del Hotel Aragón en dirección a la calle de San Miguel y al salón de costura. Las hojas secas empezaban a cubrir las veredas del parque anticipándose a los primeros fríos. No habrían recorrido cincuenta metros entre aquellos árboles de porte imponente cuando Antonia dejó escapar una exclamación a la vez que trastabillaba. Sebastián sintió todo su peso cuando se sujetó a su brazo para no caer.

—¡Hala, esta sí que es buena! —exclamó contrariada levantando el pie derecho hacia atrás—. Se me ha roto el tacón.

—¿Te has hecho daño? —preguntó Vicente, solícito.

—No, solo una ligera torcedura —los tranquilizó—. Menos mal que me he podido agarrar a Sebastián, que si no me rompo el tobillo. Pero así no puedo seguir.

—Vamos, te acompaño a casa y te cambias de zapatos —se ofreció Vicente.

—¡No, ni hablar! Me voy yo sola. Vosotros recogéis a Julia y os vais bajando al Pilar. Ya vendré yo más tarde.

—Sí, ¿y cómo nos encontramos?

—Pues hacemos una cosa: que vaya Andrés con vosotros y vea dónde os ponéis, y luego que me espere en la puerta de El Real. No tardaré mucho.

—Pero ¿cómo vas a volver a casa sin tacón? Anda, quítate un momento el otro zapato.

Antonia obedeció y Sebastián cogió el zapato por la puntera. Se acercó al bordillo de la jardinera y asestó uno, dos, tres golpes hasta que el segundo tacón saltó igual que el primero. Después se lo tendió con una sonrisa satisfecha.

—Toma, vas a parecer un pato al caminar, pero al menos irás cómoda hasta casa.

—Sí, mejor así que parecer la cojita del barrio —se burló Vicente.

Se despidieron y los dos jóvenes siguieron su camino. A Antonia le bastaron cinco minutos para entrar de nuevo en el portal. Tomó el ascensor y entró en la casa sin hacer demasiado ruido por si Francisca seguía durmiendo. Se encaminó a la cocina para dejar el abrigo antes de subir y para dejar en el cuarto de lavar los zapatos rotos que se había quitado. Se disponía a encender la luz cuando observó el resplandor que surgía de la despensa a través de la puerta abierta. Dentro se oían ruidos que a aquella hora estaban fuera de lugar. Con los zapatos en la mano, se acercó con curiosidad a la puerta. Dentro, dándole la espalda, su compañera se afanaba tomando alimentos de los estantes para meterlos con extraña ligereza en un cesto de mimbre.

—¿Francisca? —llamó.

El sobresalto fue tan grande que el saquete que acababa de coger la muchacha se le cayó de las manos, esparciendo el azúcar de su interior por el suelo embaldosado.

—¡¿Qué haces tú aquí?! —exclamó sin pensar, con la sorpresa y el miedo en el semblante. Sin embargo, solo un instante después, trataba de hacer un esfuerzo para recuperar la compostura.

—Se me ha roto un tacón y he vuelto para cambiarme de zapatos —explicó con calma, pero compungida ante lo que parecía avecinarse—. ¿Qué haces aquí, Francisca?

—¿Yo? ¿Qué voy a hacer? Me he puesto a ordenar la despensa para no estar parada.

—¿Y para eso estás metiendo en esa cesta azúcar, garbanzos, harina, café, galletas...? —preguntó, fijándose en su contenido—. Y más cosas que no veo.

—¡Lo que yo esté haciendo no es problema tuyo! —estalló.

—Francisca, estás cogiendo cosas de la despensa. —Antonia trataba de hablar con calma—. ¿Qué vas a hacer con todo eso?

—¡Déjame en paz, metementodo! —le espetó con irritación—. ¿Seguro que se te ha roto el tacón, o has vuelto para espiarme? De ti, cualquier cosa. ¡Siempre me has odiado, asquerosa!

—¡Francisca, cállate! Yo no te odio en absoluto. Pero me vas a tener que explicar qué vas a hacer con esa cesta llena de comida.

Francisca se encontraba de pie frente a ella, en medio del azúcar desparramado por el suelo. Lo miraba con angustia, como si fuera la única prueba que la acusara. Su expresión fue mudando de manera gradual. La ira se convirtió en congoja, los hombros alzados y la barbilla enhiesta, antes dispuestos para el enfrentamiento, cayeron derrotados, y Francisca se apoyó con las dos manos en uno de los anaqueles al tiempo que estallaba en llanto. Antonia la dejó llorar, tan llena de angustia como ella. Anticipaba el drama que se desataría el día siguiente cuando se viera obligada a denunciar a su compañera por lo que era a todas luces un robo. Sin duda sería despedida cuando Monforte se enterara, pero esta vez no podía cerrar los ojos ante la evidencia.

Francisca se secaba las lágrimas con el dorso de la mano, sin parar, hipando derrotada.

—¿Qué va a ser ahora de él? —logró entender Antonia de sus palabras entrecortadas.

—¿Qué dices? ¿De quién hablas?

Francisca no respondió. Se dejó caer junto a los estantes y la cesta y se encogió abrazada a las rodillas, con la barbilla hundida en el pecho, sin dejar de llorar.

Antonia reparó en que aún llevaba los zapatos en la mano y el abrigo doblado en el brazo. Retrocedió unos pasos y lo dejó todo, tomó la silla más próxima y la acercó a la despensa. Se sentó despacio, presa de un cansancio repentino, como si en aquel instante todas sus articulaciones se hubieran resentido del trabajo acumulado aquellas dos jornadas. Apoyó los codos en las rodillas y enterró el rostro entre las manos, superada por la situación. Trató de aclarar sus ideas. Lo que acababa de presenciar era demasiado grave para dejarlo pasar y, sin embargo, daría cualquier cosa por no haberlo visto. Permaneció de aquella manera unos minutos, con Francisca a pocos metros sollozando y sorbiendo la moquita que se mezclaba con las lágrimas.

—Por Dios, Francisca, te lo pido por favor —habló al fin—. Dame una razón para no contarle esto a los señores. Durante meses hemos estado achacando las desapariciones de comida a la enfermedad de doña Pepa y ahora... ¿Siempre has sido tú, no es cierto? ¿Qué haces con todo eso? ¿Lo vendes? ¿Para qué quieres el dinero? ¿No te basta con tu jornal?

—No es para mí —musitó Francisca con el rostro aún cubierto con una mano.

—No te entiendo.

—¡Que no es para mí! —sollozó.

—¿Para quién es, entonces? —preguntó Antonia.

Francisca no respondió. Sus ojos se entornaron y de nuevo la aparente conmiseración se tornó en rabia y decisión. Se puso de pie y, presa de un repentino arrebato, empezó a arrojar dentro de la cesta paquetes y envoltorios que antes había respetado.

—¡Me voy! ¡Me voy de esta casa! ¡Y voy a arramblar con todo lo que sea capaz de cargar a la espalda!

Buscó con la mirada en derredor y arrancó un saquete de arpillera que colgaba de una alcayata. Con furia, empezó a llenarlo. Antonia se levantó, aturdida.

—¡No vas a poder impedírmelo, Antonia! ¡Hacía esto porque él lo necesitaba y ahora que tú te has entremetido ya no hago nada aquí! Pero como me llamo Francisca que no me iré con las manos vacías, eso te lo juro, ¡vaya que sí!

—¿Él? ¿De quién hablas?

—¡Tantos años doblando el lomo por cuatro pesetas, viendo cómo ellos derrochan a manos llenas y viven como marajás! —Francisca no iba a responder a la pregunta, tal vez ni siquiera la había oído. Estaba fuera de sí al tiempo que arrojaba comida al saco ante el asombro de Antonia—. ¡Y mientras, ellos muriéndose de hambre, de frío y de calenturas!

El saco se llenó y Francisca lo dejó en el suelo. Buscó alguno más, pero en la despensa no había nada que pudiera servirle. Sin otro remedio, se dirigió a la cocina tratando de pasar junto a Antonia, que la sujetó con fuerza por el brazo.

—¡Francisca! —gritó con todas sus fuerzas, segura de estar solas en la casa—. ¡Basta ya! ¡Tú no vas a ningún sitio!

La doncella la miró con gesto de sorpresa. El grito pareció haberla sacado de su estado de estupor, y miró a su compañera de hito en hito, desconcertada.

—¡Déjame! —masculló.

—¡No, no te dejo! ¡Haz el favor de sentarte ahí! —Antonia la forzó a hacerlo y no se apartó de encima hasta comprobar que no trataba de levantarse. Después regresó a la cocina y se trajo otra silla para sí, que colocó bajo el dintel obturando la salida—. Y ahora empieza a contar desde el principio. ¿Para quién robas? ¿O para quiénes?

Francisca la miraba con una expresión de inmensa decepción y tristeza.

—Es para mi hermano —sollozó con la voz rota por la emoción.

—¿Qué hermano? ¿Hablas de Ricardo? ¡Pensaba que no habías vuelto a verlo desde el final de la guerra! O eso es lo que nos has dicho todo este tiempo.

—Os mentí. Sí que lo he visto. Y desde hace dos o tres años, más.

—No entiendo nada, Francisca. Haz el favor...

—¡No puedo! ¡Sería traicionarlos! —gimió con desesperación en la voz.

—Entonces no me dejas salida. Tendré que contárselo a doña Pepa.

—Sé que lo harías —repuso con desprecio—. Desde que llegaste te creíste mejor, solo porque tú pudiste ir a la escuela y sabes leer y escribir. Pero me da igual lo que hagas, porque cuando vuelvan no estaré aquí.

—¡Lo que dices no es cierto! Siempre he tratado de ayudarte —repuso Antonia, ofendida aunque serena—. Lo que pasa es que eres demasiado orgullosa para aceptar favores de nadie.

Francisca se levantó con actitud amenazante.

—Déjame salir, Antonia, por las buenas —amenazó—. No me obligues a hacerte daño, que ya me da igual todo.

Antonia se levantó también, justo a tiempo para afirmarse en el suelo, descalza como estaba, y enfrentarse a su compañera que un instante después la sujetaba con fuerza por los brazos tratando de apartarla. Forcejearon hasta que Antonia, apoyada contra la jamba de la puerta, la empujó con las dos manos.

—¡Que no te vas! —le gritó con los dientes apretados al tiempo que la arrojaba contra los estantes. Varios botes de tomate en conserva cayeron al suelo y se hicieron añicos con estrépito—. No hasta que me cuentes lo que pasa con tu hermano. Si crees que te vas a llevar de aquí ni un solo paquete sin hacerlo, vas lista.

Francisca la miraba con rabia, respirando con sobrealiento.

—¿Para qué quieres saberlo? ¿Para ir corriendo a Monforte a denunciarlo?

—¿Acaso ha cometido algún delito? —preguntó con inocencia.

Francisca soltó una carcajada mordaz.

—Mi hermano está con el maquis, so boba. Con lo lista que te crees y en todos estos años no te has *pispao* de nada —soltó con desprecio—. Pero como esto salga de aquí y le pase algo por tu culpa, te juro que será la última vez que te vayas de la lengua.

—¿Está en el maquis y esa comida es para él?

Antonia miró al reloj.

—Siéntate y cuéntamelo todo —pidió sin reparar en sus insultos—. Es tu oportunidad. Si regresa Rosario y descubre este desaguisado no habrá vuelta atrás.

La doncella compuso un gesto de condescendencia y desprecio, pero regresó a la silla.

—Cuando acabó la guerra, Ricardo tenía veintiún años recién cumplidos —empezó, al parecer decidida a hablar—. Tuvo que escapar, como muchos, si no quería correr la suerte de los que caían en manos de los nacionales. Durante años no tuve noticias de él y, como se hablaba de que muchos republicanos habían terminado peleando contra los alemanes, supuse que habría caído en cualquier campo de batalla. Lo conocía bien, siempre había sido arrojado a la hora de defender sus convicciones, y no tenía ninguna duda de que se habría ofrecido sin dudarlo para luchar en primera línea contra los fascistas. Decidí que iba a dejar de sufrir por él, guardé su duelo y traté de rehacer mi vida. Hasta que hace cinco años, terminada la guerra europea, Vicente me entregó una carta con su nombre en el remite.

—¿Te escribió aquí? ¿Y cómo supo...?

—No me digas, lo cierto es que se enteró. Imagino que al volver a España iría al pueblo para indagar; alguno de su confianza le daría noticias. Lo cierto es que pudo ponerse en contacto conmigo.

—Pero tú no podrías leer esa carta —cayó en la cuenta.

—No —reconoció con impotencia—. Estuve a punto de pedirle a Vicente que me la leyera, y menos mal que no lo hice. Comprendí a tiempo que no podía dar cuartos al pregonero por si acaso en la carta revelaba algo sobre su paradero. No sabes los días que pasé con ese papel en mis manos sin saber lo que decía.

—¿Y por qué no fuiste a que te la leyeran? En varios sitios se dedican a eso.

—Sí, ya, pero muchos son chivatos a sueldo de la policía. No podía arriesgarme.

—¿Y cómo lo hiciste? —preguntó Antonia, con curiosidad—. Sabes que yo te habría guardado ese secreto, ¿no?

—Al final, medio engañé a Alfonso, que entonces tendría siete años y ya sabía leer. —Francisca ignoró el último comentario de Antonia—. Le enseñaba trozos de la carta y hacía como si no le creyera capaz de leerlos, y así me enteré de que había pasado la frontera y me dejaba entrever que se había echado al monte en Teruel.

—Claro, y el crío no entendía nada de lo que leía —concluyó Antonia en voz alta—. Hay que reconocer que fuiste lista.

—Se presentó aquí al cabo de una semana. Por lo visto estuvo observando mis idas y venidas y me paró en la calle una mañana cuando volvía del mercado. ¡No fui capaz de reconocerlo! ¿Puedes creerlo? —La emoción apenas le permitía hablar—. A punto estuve de salir por pies, creyendo que era uno de esos pordioseros que se ponen a pedir a la salida del mercado. Nunca olvidaré la expresión de su semblante cuando me dijo: «¿Es que ya no conoces a tu hermano?».

—¿Tanto había cambiado? ¿Cuánto tiempo hacía que no lo veías?

—Más de seis años. Tenía veintisiete, pero estaba consumido, con el rostro cuarteado de tanto tiempo a la intemperie, avejentado y escuálido. Eso sí, igual de guapo que lo recordaba —añadió con ternura y un atisbo de sonrisa.

—¿Y cómo es que había venido a Zaragoza?

—¡Porque estaban muertos de hambre! El invierno se echaba encima y carecían de todo. ¡Si tú supieras! —Se había tapado la boca con la mano, hablaba con la voz rota y el llanto parecía a punto de regresar—. ¡Se le iban los ojos detrás de lo poco que llevaba en la cesta! Lo vi tan necesitado que antes de marchar le di un pan y unas morcillas, y le hice prometer que volvería a por más.

—Y desde entonces has estado robando en casa para él.

El gesto de Francisca se torció y Antonia vio en su semblante un atisbo de odio y de despecho.

—¡Robar! ¿Qué es robar, Antonia?

—Coger lo que no es tuyo. Lo que estabas haciendo ahora mismo.

—¿Y de dónde sale lo que hay en esta despensa, Antonia? Del estraperlo, del negocio inmoral de Monforte que lo ha hecho millonario. A costa de disparar los precios y condenar al hambre a la gente —escupió con desprecio—. Quien roba a un ladrón, cien años de perdón.

—No trates de justificarte, Francisca. Digas lo que digas robar no está bien.

—¡No es por mi gusto! ¡Lo hago por necesidad! —respondió con los dientes apretados por la rabia—. No era capaz de ver a mi hermano con las manos cubiertas de sabañones porque no tenía para unos guantes de lana. ¿Tú te imaginas lo que tiene que ser un invierno en aquellos montes de Teruel? ¡Si deben de vivir en cuevas, y no pueden ni hacer un fuego de día por miedo a que les vea el humo la Civil!

—¿Y qué necesidad tienen de vivir en esas condiciones? ¡Hace trece años que terminó la guerra! —se preguntó Antonia—. Se han convertido en bandoleros, Francisca, y se han llevado por delante a muchos guardias, a alcaldes y a gente normal. ¡En el pueblo les teníamos pavor!

—Si le han dado matarile a alguno es porque era un chivato, o porque se aprovechaban de la gente requisándoles el trigo, precintándoles los molinos o poniendo multas arbitrarias por querer moler un poco de harina para dar de comer a sus hijos.

—¡Ninguna muerte está justificada! —protestó Antonia, airada.

—¡Cómo se nota quién os contaba la fiesta en el pueblo! Quieren pintarlos como ogros, como asesinos sin escrúpulos, cuando solo tratan de defender sus vidas. Por cada guardia muerto, habrán caído veinte guerrilleros en las batidas que les preparan para cazarlos como corzos. —Francisca hablaba con convicción, con un lenguaje que no le era propio.

—No me vas a convencer, Francisca. Todo esto se lo habrás oído a tu hermano, pero lo que hacen ya no tiene ningún sentido.

—¡Pero si yo soy la primera que se lo digo! Llevo años rogándole que lo deje, temblando cada vez que oigo en la radio que ha habido un choque en el monte o en algún pueblo. Ellos viven como animales acorralados, pero lo mío tampoco es vida. A veces maldigo el día en que apareció en el mercado, desde entonces no he dormido una noche tranquila. Te sonará extraño, pero prefería tenerlo por muerto antes que saberlo vivo y esperar cada día la noticia de que le han descerrajado un tiro.

—¿Y él no comprende lo que te está haciendo sufrir? ¿Por qué se empeñan en seguir con una lucha que tienen perdida?

—Mil veces lo he hablado con él. Pero son incapaces de renunciar a sus ideales. Dicen que luchan contra el fascismo y que no se rendirán sin derrotarlo como hicieron en Francia. Cuando cayó Alemania con su ayuda, ellos creían que lo siguiente sería España, que los aliados iban a ayudar a los republicanos a terminar con el único reducto del fascismo en Europa, pero no fue así.

Antonia pensó que había oído aquello mismo en boca de Julia cuando le contó la historia de Miguel.

—¿Y piensan que unos cientos de proscritos van a poder poner en jaque al Gobierno trece años después?

—¡Se lo dices a él! Yo no dejo de repetirle que se vaya a Madrid o a Barcelona, a un sitio grande donde nadie haga preguntas, donde pueda buscar un trabajo honrado y vivir tranquilo.

—¿Qué edad tiene ahora?

—Treinta y cuatro —repuso sin vacilar—. ¡Si aún es joven y tiene toda la vida por delante! Aún puede encontrar a una mujer que lo quiera y formar una familia. A mí me da igual tenerlo lejos, cualquier cosa con tal de que termine esta zozobra.

Durante un momento las dos mujeres permanecieron en silencio, sin mirarse.

—Sabes que esto se ha terminado, Francisca. —Antonia hablaba con determinación—. No puedes seguir así.

—¿Quién lo nota? Si cuando falta de algo aparece Sebastián y repone los estantes.

—Claro que se nota, que a Rosario no se le pasa una. Pero has tenido mucha suerte con lo de la enfermedad de doña Pepa. Por eso te encargaste tú de insinuar que ella era la autora de los hurtos.

—Pero ¿qué te crees? ¡Si Ricardo viene una vez al mes y de aquí se lleva cuatro cosas! Yo, de lo que gano, le doy todo lo que puedo. ¿Por qué piensas que los domingos no salgo con vosotros? —preguntó de manera retórica para responderse a sí misma—. Porque no soportaría gastar unas pesetas preciosas en un refresco o en el cine cuando mi hermano no tiene ni para afeitarse. Y ya sé que pensáis que soy una desarrapada, pero me arreglo bien con la ropa usada que me pasa doña Pepa. La que me vale, bien. Y la que no, si está en buen uso, la llevo al mercadillo y me saco unas pesetas extras, o la cambio por unas botas o unos guantes para Ricardo.

—¡Madre mía, Francisca! ¿Cómo has podido vivir con esto encima?

—¿Qué habrías hecho tú? Lo mismo —se respondió a sí misma.

—Comprendes que esto tiene que acabarse, ¿no?

Francisca asintió mientras, cabizbaja, se mordía la uña del dedo corazón.

—Déjame que le baje hoy esto. Te prometo que será la última vez, pero está al llegar —reveló después de mirar la hora—. Sería un chasco para él que después de venir hasta aquí tuviera que irse con las manos vacías. Además... me gustaría que lo conocieras.

Habían recogido entre las dos el desaguisado de la despensa. La cesta rebosaba cuando salieron del ascensor y cruzaron hacia la puerta trasera que daba al patio lateral del edificio. Abrió Antonia para dejar que Francisca, sujetando el peso con las dos manos, atravesara el umbral. El Citroën de Monforte se encontraba allí. Aunque estaba aparcado bajo un tejadillo de uralita, Sebastián lo cubría a diario con una lona para evitarle el polvo. Francisca dejó en el suelo la cesta que había tapado con una tela blanca y se dirigió al portón que comunicaba con la misma calle Gargallo. Abrió la pequeña portezuela practicada en una de las hojas, la dejó entornada, y regresó junto a Antonia.

—Viene siempre los domingos cuando no hay nadie en casa —confesó Francisca—. Es otra de las razones por las que me quedo sin salir el día de librar.

—¿Le has enseñado la casa?

A Antonia le resultó evidente que Francisca dudaba en la respuesta. Con un gesto significativo, los labios apretados y la cabeza ladeada, le indicó que no se molestara en mentir.

—Sí, claro. Quería que viera dónde trabajo. Algún domingo le he dado de merendar en la cocina —confesó con ternura—. No te imaginas lo que supone para mí tenerlo enfrente, poder mirarle a los ojos sentado al otro lado de la mesa mientras me habla de sus andanzas con los camaradas por esos montes.

—Tendrá mucho que decir, de eso no hay duda.

—Supongo que, con lo que ya sabes, no hay inconveniente en que te cuente más... ¿Sabes que fue su partida la que voló las vías y provocó el descarrilamiento del Ferrocarril Central de Aragón? ¿Recuerdas? Cerca de Rubielos, en el cuarenta y siete. Eso sería por mayo, y en julio asaltaron el tren pagador en Caudé.

—Sí, aquello fue muy sonado. ¿Y solo a merendar? —preguntó con malicia.

—La verdad es que, en verano, cuando todos estabais en San Sebastián y Rosario se iba algún día al pueblo, le he dejado que usara la ducha de don Emilio. Para él es un lujo lavarse con agua caliente y lo aprecia más que un plato de jamón.

—¿Solo la ducha? —insistió.

—¿Por qué preguntas eso? —Francisca la miró extrañada.

—Porque en septiembre, al volver de San Sebastián, encontré en nuestro cuarto de baño un librillo de papel de fumar. Los chicos no entran ahí para nada, y no creo que tú le des ahora al tabaco.

—Le dejé dormir dos noches en mi cama —reconoció—. La primera durmió catorce horas seguidas, *pobrecico* mío. Ni me imagino en qué condiciones vivirán allá arriba, cambiando cada noche de sitio para que no haya chivatazos y haciendo guardias para que no los sorprendan los... —Dejó la frase sin terminar cuando observó que la portezuela entornada terminaba de abrirse—. ¡Ya está aquí!

Ricardo entró en el patio y cerró la puerta tras de sí. Miró a su hermana, que se dirigía a él a grandes zancadas como si tuviera prisa por besar su rostro, pero su mirada se había centrado en la muchacha de rostro pecoso que esperaba detrás. Un atisbo de inquietud cruzó su semblante, acostumbrado como estaba a desconfiar de cualquier señal de peligro.

—¡No pasa nada! —trató de tranquilizarlo Francisca mientras, casi colgada de su cuello, le plantaba dos prolongados besos en las mejillas. La alegría que le provocaba verlo ocultaba incluso el grave problema al que se enfrentaban desde aquella tarde.

—Tú debes de ser Antonia —supuso el recién llegado al tiempo que con un gesto pedía una explicación para aquella situación que escapaba a su control. Ella se limitó a asentir.

—Lo sabe todo, Ricardo —le confirmó con resignación—. Me he dejado sorprender cuando preparaba tu cesta. Pero no dirá nada, ¿no es así?

Ricardo se adelantó y le dio la mano con cuidado, tomándola apenas de la punta de los dedos.

—Ricardo Pelegrín, para servirla —se presentó usando una fórmula de cortesía que abandonó de inmediato para pasar a tutearla—. Es un placer conocerte. Mi hermana me ha hablado de ti.

El joven estaba delgado en extremo, pero su actitud y su apariencia denotaban fortaleza física y un carácter decidido y espontáneo. Se habría parecido a Francisca de haber tenido la cara más rellena, pero su mentón, afeitado con esmero aquel día, continuaba en su camino hacia los pómulos con una concavidad marcada en el lugar que debían ocupar los carrillos. A la camisa blanca, remangada por debajo de los codos, le sobraba al menos una talla y le faltaba un buen planchado y Antonia no se sorprendió al comprobar que los zapatos que llevaba puestos habían pertenecido a Monforte. Las manos encallecidas, cuarteadas y con las uñas rotas, desmentían el aspecto de cierta normalidad que le daba aquella indumentaria sobria y limpia.

—Ya ves que mi hermano es muy educado. Por lo visto en Francia tienen mejores modales —se atrevió a bromear.

—Todo el mundo merece el mismo respeto, sea amo o criado, pobre o rico —respondió como de corrido, tal vez acostumbrado a dar aquel tipo de explicación.

—Lo poco que Francisca me ha contado sobre ti me ha impresionado —respondió Antonia forzándose también al tuteo. Si algo había aprendido en aquellos años en casa de los Monforte era a responder con cortesía a las apelaciones de los invitados. Sin embargo, consideraba que la sinceridad era una virtud—. Pero ya le he dicho a ella que esto ha de acabar. No puede faltar nada más de la despensa.

El semblante de Ricardo se ensombreció.

—Supongo que solo puedo agradecerte tu comprensión. Si hablara de esto con Monforte mi hermana sería despedida de inmediato. Y con uno sin techo en la familia es suficiente.

—Yo también creo que el sacrificio que hace no merece la pena. ¿No son bastantes los quince años de su vida entregados a la causa en la que cree?

—Quizá lo que cuesta es reconocer que no han servido para nada. Y no por nosotros que continuamos con vida, sino por los cientos de camaradas que han caído en la lucha en todo este tiempo, desde que cruzamos la frontera por el valle de Arán hace ocho largos años ya.

—Los que no han caído han ido regresando, Ricardo —intervino Francisca—. Sois ya solo unos pocos los que no os resignáis a abandonar.

—No lo sé, tal vez tengáis razón. Hace cinco años que empezó a cundir el desánimo, y la organización decidió sustituir todas las acciones armadas por trabajo clandestino de agitación, propaganda y reorganización del movimiento. Pero algunas partidas no aceptaron la orden y decidieron seguir adelante. Aunque con aquella decisión se vinieron abajo las fuentes que habían servido para financiarnos. Ya no era posible organizar golpes de mano, secuestrar a nadie, asaltar transportes, imponer multas a los delatores... Lo cierto es que estos últimos años han sido los peores, y nos hemos visto obligados a esquivar a los guardias para bajar a las ciudades y mendigar ayuda con la que subsistir.

—¿Cómo vais a pasar así un invierno más? No vuelvas allá —imploró de nuevo Francisca mientras cogía a su hermano de la muñeca—. Vete lejos, donde nadie te pueda reconocer y empieza una nueva vida.

—Si hemos aguantado así estos cinco últimos años, se puede soportar lo que sea. Desde que nombraron a Galindo como gobernador civil, la represión ha sido violenta y continuada.

—Nunca me has querido contar nada...

—¿Para qué, Francisca? ¿Para qué? Bastante angustiada has vivido ya. Pero así fue. —Miraba a Antonia cuando continuó—. Galindo lanzó contra nosotros a un contingente hasta entonces desconocido de la Guardia Civil y aun de la Policía Armada, voluntarios de Falange y del somatén. Han tratado por todos los medios de acabar con nuestra poderosa red de enlaces y apoyos, sin dudar en reprimir a la población civil. Se propinan palizas por la mera sospecha de simpatizar con nosotros, se exige a los labradores colaboración bajo fuertes amenazas, incluso entregaron veneno a falsos enlaces para emponzoñar los víveres que nos hacían llegar. Simulan fusilamientos para arrancar confesiones y en los últimos años han usado la táctica de la contraguerrilla.

—¿Qué es eso? —Francisca escuchaba con el miedo pintado en el rostro el relato que por vez primera su hermano desgranaba ante ella.

—Armaron a las llamadas contrapartidas, formadas por funcionarios entrenados en escuelas antiguerrilla y también por voluntarios, armados y vestidos como si fueran camaradas, que eran lanzados contra nosotros para combatirnos en nuestro propio terreno. Pero tal vez el mal mayor lo han hecho al torturar a los campesinos y destruir sus cosechas, lo que provoca en los pueblos situaciones de auténtico terror, porque no saben si el autor de esos desmanes ha sido el maquis como represalia por colaborar con el Gobierno Civil o las contrapartidas para desprestigiarnos, como pasa en muchas ocasiones.

—¡No puedes regresar allí! Dios ha querido conservarte con vida, pero no puedes seguir tentando a la suerte. Además, esta es la última cesta que te llevas de aquí. ¡Se terminó, Ricardo! ¡Si no quieres mirar por ti, hazlo por mí! —Francisca lloraba de manera desconsolada y Antonia asistía atónita a la escena que se desarrollaba ante sus ojos.

—Tu hermana tiene razón. Ella no te lo diría nunca, pero voy a ser yo quien lo haga. Francisca me acaba de confesar que vive encerrada entre estas cuatro paredes porque todo lo que gana te lo entrega a ti cuando vienes. No se guarda ni lo imprescindible para poder salir de casa con cuatro pesetas en el bolsillo —espetó con enfado ante el pasmo de la propia Francisca—. Por no hablar del riesgo que corre de ser despedida y quedarse en la calle sin nada.

—¿Es eso cierto, Francisca?

—¡No me hace falta más para vivir! ¡Vosotros sois los que carecéis de todo!—reconoció de forma implícita.

—¡Me dijiste que lo que me dabas era solo una parte de tu salario! —Con despecho, golpeó con fuerza el poste que sostenía el cobertizo del coche—. ¡Me siento un miserable, *cagüen* Dios!

—¡No te enfades, Ricardo, por favor! —sollozó la joven—. ¿Qué más da si no voy al cine a ver esas estúpidas películas donde todo es de color de rosa? Lo que no podría soportar es que un día te metan un tiro. Ni siquiera me enteraría, porque nadie sabe que eres mi hermano.

—Sí que lo saben. Todos tenemos una lista de parientes y amigos a quienes avisar si algo malo sucede.

—¡Menudo alivio es ese! —sollozó—. ¡Por favor, hazlo por mí!

—Aunque quisiera, no puedo tomar una decisión como esa sin someterlo a juicio de los camaradas —respondió con firmeza—. No me iré si la partida no se disuelve.

El timbre de la puerta principal empezó a sonar con insistencia y Francisca corrió a la portezuela que daba a la calle. Se asomó con cautela.

—¡Es Andrés!

—¡Virgen del Pilar! —exclamó Antonia mirando al reloj—. Viene a buscarme, extrañado por que no haya acudido a El Real.

No puede encontraros aquí. Voy a abrir y le contaré que... que te has puesto mala y no podía dejarte sola —improvisó.

Antonia entró en la casa de manera apresurada. Antes de cerrar tras ella, se volvió.

—Me alegra haberte conocido —se despidió con tono grave—. Pero yo te lo ruego también, haz caso a tu hermana. Bastante habéis sufrido los dos.

36

Miércoles, 24 de diciembre

La emoción se reflejaba en el rostro de Antonia cuando el coche de línea se detuvo resoplando en la plaza de Torrecilla, junto a la fuente de tres caños que alimentaba un largo abrevadero de piedra y, más allá, las balsas del lavadero, un logro del anterior alcalde que evitaba a las mujeres del pueblo tener que bajar hasta el río con la colada. El medio palmo de nieve que, excepto la superficie del agua, lo cubría todo, daba al lugar un aspecto hermoso e inusual, muy distinto del que solía mostrar en sus visitas anteriores, siempre cubierto por las bostas de las caballerías y las cagarrutas de las ovejas. Un largo suspiro de alivio se le escapó cuando Rosendo, el conductor, detuvo por fin el motor.

El viaje desde Zaragoza había estado cargado de incertidumbre desde que la llovizna de la capital se había convertido en aguanieve en las primeras estribaciones montañosas, nada más atravesar la muga con la provincia de Teruel. En las tierras altas, las nubes grises se hicieron blancas y la nieve empezó a cuajar en las cunetas, pero el chófer, acostumbrado a recorrer la ruta en peores condiciones, se reía cuando Antonia le preguntaba sin cesar si podrían llegar a Torrecilla de seguir nevando de aquella manera. No mostraba más preocupación cuando, antes de emprender el ascenso del único puerto que iban a encontrar en el camino, detuvo el vehículo en medio de la estrecha carretera, echó mano de la zamarra de cuero que colgaba de su asiento, y se volvió hacia los pasajeros.

—¡Un par de voluntarios para ayudarme a poner las cadenas! —solicitó con sorna. Solo eran dos los hombres jóvenes que viajaban en el autocar y ambos sonrieron antes de levantarse de los viejos asientos de madera y escay.

—Gasta buen humor este Rosendo —respondió Andrés, mientras se abrochaba su chaquetón. El otro hombre, que viajaba junto a su esposa y tres hijos de corta edad, hizo lo mismo. Una pareja de ancianos, una monja y dos mujeres enlutadas completaban el exiguo pasaje.

—A mal tiempo buena cara —respondió el chófer—. ¡Y eso que hoy todo parece estar en nuestra contra!

—¿Pues? ¿Qué pasa? —preguntó Antonia, asustada.

—¿Qué va a pasar? Que somos trece, señorita, ¿no se ha fijado usted? —Y estalló en una carcajada.

—La superstición es cosa del demonio —aseguró entonces la monja, que viajaba en el primer asiento—. Si la cosa se pone mal, rezar a Dios es lo que hemos de hacer. Él hará que lleguemos sanos y salvos a nuestro destino para celebrar esta noche el nacimiento de Jesús.

Andrés alzó las cejas y cruzó con Rosendo una mirada divertida. Bajaron los tres del vehículo y siguieron las indicaciones del conductor hasta que, no sin esfuerzo, las cadenas quedaron colocadas en las ruedas delanteras.

Ascendieron en una marcha muy corta las empinadas rampas del puerto con el motor rugiendo por el esfuerzo. Al llegar a la cima, la nieve cubría por completo el páramo y el autocar se mantenía dentro del trazado de la carretera solo por la intuición del conductor.

—Con los ojos cerrados podría subir y bajar el puerto —los tranquilizó al ver rostros preocupados a través del retrovisor.

El viaje, que en condiciones normales tomaba un par de horas, se había prolongado más de cuatro. Si el ascenso había resultado lento y tedioso, el descenso resultó más complicado. Rosendo lo completó en primera para que fuera el motor el que retuviera el vehículo, sin tener que tocar el pedal del freno en aquel trazado repleto de curvas cerradas y elevados terraplenes. Apenas pudieron vislumbrar el campanario de Torrecilla hasta que alcanzaron los primeros pajares que anunciaban la cercanía del pueblo.

El estanquero abrió la puerta del establecimiento y salió a recibirlos con gesto contrariado.

—Joder, Rosendo, nos tenías preocupados —espetó a modo de

saludo mientras le tendía la mano—. Diez minutos más y aviso a la Guardia Civil.

El chófer abrió el portón y empezó a descargar la media docena de paquetes y la saca del correo que cada día se encargaba de repartir en los pueblos de la ruta.

—¿Quieres que llame a Calamocha y les aviso de que aún estás aquí?

El estanco de Torrecilla hacía las veces de estafeta de Correos, de centralita telefónica donde se ubicaba el único aparato del pueblo y de tienda de ultramarinos.

—Mejor será, Marcelino —aceptó Rosendo—. Diles que no se apuren, que la carretera está mala pero yendo despacio no hay *cuidao*.

Solo Antonia y Andrés, además de la religiosa, se apearon en Torrecilla. Cuando el coche de Rosendo arrancó de nuevo, ambos echaron a andar cargados con el equipaje, con la torre de la iglesia parroquial como referencia.

—¡Madre mía, qué sorpresa se van a llevar! —exclamó Antonia anticipando el momento, con la maleta en una mano y una cesta tapada con un hule en la otra.

—De momento mira dónde pones los pies, a ver si vamos a llegar con un tobillo roto. —Caminaban por el lado de la calle donde las fachadas habían evitado que se acumulara demasiada cantidad de nieve, aunque chapotear en el agua helada sobre el empedrado irregular no resultaba mucho más seguro.

—¡Mira que si nos quedamos por el camino sin que nadie sepa que venimos!

—Ese Rosendo es un hacha —respondió Andrés—. Anda que no tiene mérito, hacer la ruta el día de Nochebuena y con este tiempo.

—Gracias a que es de Calamocha y tiene que llegar a cenar. Si llega a vivir en Zaragoza nos quedamos en tierra —comentó Antonia con alivio—. Hemos sido un poco alocados dejando el viaje para hoy.

—Mujer, yo te dije de venir ayer. Fuiste tú la que dijiste de quedarte a ayudar hasta el último momento.

—Si es que es mucho para la pobre Rosario; tanta celebración le empieza a venir grande.

—Pero es lógico que tú quieras pasar la Nochebuena en familia. Además, está Francisca —alegó Andrés—. Por cierto, la noto muy cambiada contigo, ¿no?

—Sí, ya te dije que tuvimos una conversación el día del Pilar, cuando se puso mala y me quedé con ella. —Antonia sonrió para sí—. Hablando se entiende la gente.

—Pues me alegro, porque no había quien la aguantara.

Antes de que respondiera, desembocaron en una reducida plazoleta encajada en el ángulo que dibujaban la nave del Evangelio y el transepto de la iglesia. Enfrente se alzaba un edificio de tres alturas con un viejo portón de madera enmarcado por un arco de piedra.

—¡Mira, aquí es! —señaló—. Ahí está el coche de mi hermano.

El viejo Standard, regalo de Monforte, se encontraba aparcado a la puerta de la casa parroquial, cubierto por completo por cinco dedos de nieve.

—Si le arranca será un milagro. Aunque tratándose de un ministro de Dios... —bromeó Andrés.

Antonia sonrió y se volvió hacia él, mientras dejaba la maleta en el poyo de piedra que flanqueaba parte de la fachada, protegido de la nevada por el alero.

—Gracias por querer venir —le dijo sin abandonar la sonrisa, antes de golpear con la aldaba—. Sabes lo importante que es esto para mí.

—¡Anda, calla! Si yo lo que quería era escapar como fuera de casa de la patrona.

—Igual te lo hubieras pasado mejor. Mi padre no es la alegría de la huerta y mi madre, la pobre...

—Mujer, que ya los conozco. Pero este año estarán contentos, y más cuando nos vean aquí.

El eco dentro del zaguán devolvió el sonido de los dos aldabonazos. No hubo respuesta, y fue Andrés quien golpeó con más fuerza, esta vez en tres ocasiones.

—¡Ya va, ya va! —se oyó en el interior.

El pasador interior que cerraba la mitad superior de la puerta chirrió y el rostro de María, con sus ojos pequeños y escrutadores, se mostró ante ellos. Se quedó mirándolos de hito en hito, incapaz de pronunciar una palabra. Abrió mucho la boca y los ojos, y su semblante se iluminó con una sonrisa de incredulidad.

—¡Ay, Virgen del Pilar! ¡Que habéis venido! —exclamó cuando fue capaz de reaccionar, al tiempo que se agachaba para liberar el cerrojo inferior. Cuando la puerta se abrió por completo, María apareció, vestida de luto como solía, secándose las manos en el delantal a toda prisa antes de que Antonia se le arrojara al cuello.

—Aquí estamos, madre —dijo, y rio al escuchar las palabras que le musitaba al oído, emocionada.

—¡Ay, qué alegría nos dais! —le repitió a Andrés mientras lo besaba con fuerza en las mejillas—. ¡Juan! ¡Juan! ¡Mira quién ha venido!

—No lo llame, madre, que le daremos una sorpresa.

—No, si no os oirá. Estará en el corral partiendo leña y me parece que empieza a quedarse un poco sordo.

—¿Y Manuel?

—En la iglesia, acabando de montar el belén y preparando la misa del gallo. Menos mal que fue anteayer a por el musgo, que si no... —explicó, excitada—. ¿Y vosotros, hijos míos, ¡qué día habéis elegido para venir! Si no habrá quien ande por esas carreteras.

—El Rosendo es un figura —bromeó Andrés—. ¡Menuda maestría tiene al volante!

—¡Juventud, no se os pone nada por delante! —exclamó sin poder disimular su entusiasmo—. Pero entrad, por Dios, no os quedéis ahí, que debéis de estar pasmados con este día.

Antonia abrió la puerta que daba al corral. La primera de las estancias, la vieja cuadra, estaba en tinieblas, y solo la puerta abierta del fondo proporcionaba la claridad suficiente para avanzar. A intervalos irregulares se oía el golpe seco del hacha sobre la madera. Al salir, comprobaron que la nieve, que seguía cayendo mansa, había cubierto el estiércol del suelo y solo las huellas recientes de las pisadas de Juan mancillaban el manto blanco. A la derecha estaba la pocilga, vacía y con la puerta abierta en aquel momento, después de la reciente matanza; al otro lado, el gallinero y las conejeras, y enfrente, de espaldas bajo el porche que protegía la leña, Juan disponía los leños sobre el tocón para asestarles el golpe certero y convertirlos en tarugos de tamaño apropiado para la estufa y el hogar. Antonia salió de nuevo a la intemperie pisando sobre las huellas de su padre. Con el índice sobre los labios, se volvió hacia Andrés, que sonreía, para pedirle silencio. Esperó a que su padre asestara el siguiente golpe, se acercó deprisa por detrás y lo envolvió con los brazos para taparle los ojos.

—¡¿Quién soy?! —exclamó con voz impostada y grave.

Juan no tuvo la menor dificultad para librarse del abrazo y se volvió sujetándola por las muñecas.

—¡Me *cagüen* la puta! —espetó sin pararse a pensar.

—¡Pero, bueno! ¿Qué boca es esa? —rio Antonia—. ¡Que eres el padre del mosén!

—Pero ¡¿qué hacéis aquí?! —Se besaron—. ¿Cómo habéis venido? ¿En el coche del Rosendo?

—Sí, ahora mismo, aunque hace dos horas que teníamos que haber llegado.

—Mal hecho —gruñó Juan—. Anoche ya estaba el astro de nevar. Si llega a empezar un rato antes, os quedáis por ahí en alguna cuneta. O en el fondo de un barranco. Ese Rosendo es un tarambana. No es lo malo que se mate él, es que algún día se llevará por delante a todos los que lleve en el auto.

—No seas tan regañón, marido. Lo que importa es que están aquí. ¿No acabábamos de hablar de lo *solicos* que estaríamos los tres? Pues parece que nos han oído allá arriba.

Andrés se acercó y le tendió la mano. Juan la cogió con fuerza con la suya, encallecida y nudosa.

—Ande, déjeme terminar a mí —se ofreció al tiempo que le cogía el hacha que sujetaba con la izquierda—. Que vaya soba se ha metido si lleva partido todo esto.

El primer golpe dio en el tocón y el leño cayó al suelo intacto.

—¡Coño! —Se rio de su propia torpeza, aunque se le notaba contrariado.

Preparó el segundo con más tiempo y más cuidado y acertó, pero el madero no se quebró por completo. Con él pegado al filo del hacha, golpeó por segunda vez contra el tajo y, esta vez sí, el leño se partió en dos, aunque Andrés a punto estuvo de perder el equilibrio.

—Anda, déjalo, que tenemos leña partida hasta Reyes. —Juan le quitó el hacha de las manos y la dejó apoyada en el poste que sostenía la techumbre—. *Iros* a ver a Manuel. Así de paso ves la iglesia.

De cerca, la torre mudéjar de planta octogonal, que se alzaba medio centenar de metros sobre sus cabezas, impresionó a Andrés.

—¡Coño, si es que en cualquier pueblo se encuentran cosas que quitan el hipo!

—Antes de volvernos a Zaragoza, le pediremos a mi hermano

la llave y subimos al campanario. Ya verás qué vistas del pueblo y de la vega, y más ahora que está todo nevado.

La puerta de la iglesia se encontraba entornada. Entraron en el atrio y, de ahí, a través de una de las puertas laterales, a los pies de la nave central del templo. Las bombillas estaban apagadas, y solo la tenue luz que entraba por los ventanales proporcionaba cierta claridad junto a los pocos cirios que ardían en las capillas laterales. El olor del incienso y de la cera los invadió y los sumergió en la especial atmósfera de las iglesias.

Las voces procedentes del altar les guiaron por la nave central. Manuel se encontraba en un lateral junto a un grupo de chicos que al parecer lo ayudaban a terminar un enorme portal de Belén levantado con troncos y ramas de tamariz, forrado de musgo y con la base cubierta de arena. En su interior, aunque a la vista, destacaban las enormes figuras de la Virgen, san José y el Niño, flanqueadas por la mula y el buey. Aunque estaba iluminado desde lo alto por una lámpara disimulada entre ramas, del interior surgía una luz cálida y oscilante, tal vez producida por varios cirios ocultos a la vista. Cuando se plantaron bajo el crucero, los muchachos se afanaban en recoger en barquillas de madera los restos del trabajo. Dos de ellos se detuvieron para mirarlos con curiosidad y Manuel también se dio la vuelta. Tardó un momento en reaccionar.

—¡Mecachis en la mar! —exclamó con las cejas alzadas y los ojos muy abiertos, al tiempo que una amplia sonrisa se dibujaba en su semblante—. ¡Mira que me lo había pensado: a ver si se van a presentar estos sin avisar! Pero cuando se ha pasado la hora del coche de Rosendo me he dicho: pues no vienen. ¡Y mira por dónde...!

Besó a su hermana en las mejillas y tomó a Andrés por los hombros en un gesto de afecto.

—Ha sido la nevada. Si no, hace dos horas que habríamos llegado —volvió a explicar Antonia.

—¡Si es que vaya día habéis ido a elegir! Yo no he querido ni tocar el coche.

—Y trabajo te va a costar moverlo de ahí como no deje de nevar.

—Nada, hace un cuarto de hora se ha vuelto el aire. En un rato sale el sol, ya lo veréis —aseguró ufano mientras se volvía hacia el belén—. ¿Qué? ¿Qué os parece? He acabado con el presupuesto de la parroquia, pero ha merecido la pena. Dejé las figuras encargadas en Zaragoza y el mismo Rosendo las trajo hará quince días.

—¡Ah, que son nuevas! Ya decía yo. Algún monaguillo tendrá que mirar de abajo arriba a semejante san José —bromeó.

—Habéis pasado por casa, supongo... ¿Mucha sorpresa los padres?

—¡Menuda alegría se han llevado los dos! —repuso Andrés—. Y más tu padre, que he llegado justo a tiempo para partir el montón de leña que tenía preparado.

Antonia le dio un manotazo.

—¡Será bobo! —se burló—. Di que casi no le da ni al tajo. Padre le ha tenido que quitar el hacha de las manos para que no se tronchara un pie.

—Pues a mí sí que me venís como anillo al dedo, ahora iba a ir en busca del sacristán. Pero igual no hace falta. —Parecía dudar y usaba un tono enigmático—. Vamos a la torre. Vosotros me serviréis.

—Pero ¿arriba? —se extrañó Antonia—. Justo le acababa de decir a Andrés que sería muy bonito ver el paisaje nevado desde el campanario.

—Pues eso es lo que vamos a hacer.

Ordenó a los chicos que terminaran de recogerlo todo y entró en la sacristía. Regresó al cabo de un instante con la cámara fotográfica regalo de Monforte colgada del hombro.

—¡Vamos! Venid conmigo.

Junto al atrio, en el muro del Evangelio, se recortaba una puerta maciza de madera que Manuel abrió con una llave que extrajo de la sotana. Giró la llave de la luz y una bombilla desnuda colgada del techo parpadeó antes de encenderse por completo. Su luz mortecina iluminó los peldaños ascendentes de una escalera de caracol cubierta de polvo, telarañas y palomina. Manuel se remangó la sotana y comenzó el ascenso, seguido por Antonia y por Andrés. Alcanzaron las bóvedas de la nave central en medio del aleteo de las palomas asustadas y Manuel se detuvo.

—Ayer subió padre a por pichones —dijo sin la menor muestra de sobrealiento—. Y esa será nuestra cena, como los guisa madre.

—Pues qué ricos —repuso Andrés, cuyo estómago barruntaba la hora del almuerzo.

—Hala, vamos arriba, que a partir de aquí ya entra algo de luz por las troneras.

Andrés terminó empujando a Antonia por la cintura para alcanzar la plataforma del campanario. De las cuatro ventanas arqueadas, solo tres estaban ocupadas por campanas de tamaño decreciente.

Como había anunciado Manuel, las nubes empezaban a disiparse y pequeños retazos de cielo azul se abrían hueco en medio del cielo plomizo y gris.

—¡Qué maravilla! —exclamó Andrés, tan absorto por la visión como Antonia y Manuel.

Este último descolgó la cámara del hombro, la liberó de la funda y se entretuvo un instante ajustando los parámetros. Después se acercó a uno de los vanos y, con el ojo derecho en el visor, enfocó y disparó por primera vez. Tomó una imagen del paisaje nevado desde cada uno de los huecos y dos más del pueblo a sus pies bajo el manto blanco.

—¡Qué pena! Solo quedan dos fotos. Poneos ahí, delante de la campana mayor, que os entra la luz de frente.

Se miraron y sonrieron antes de colocarse como les indicaba Manuel.

—¿Quién lo iba a pensar? Una foto aquí el día de Nochebuena y con todo nevado —comentó Antonia, feliz.

—¿Pero vosotros sois novios? —exclamó Manuel quitando el ojo del visor—. ¡Si parecéis dos palos ahí de pie! ¡Haced el favor de cogeros de la mano o algo!

Andrés soltó una carcajada y obedeció con gusto.

—¡Sonreíd! ¡Eso es! —Y disparó.

—Ahora una tú con Antonia. Queda una, ¿no? Pero me tendrás que explicar cómo se hace.

Manuel miró la cámara.

—Dadme un minuto. Se supone que esto tiene un sistema de retardo. A lo mejor podemos salir los tres.

Después de manipular el aparato, Manuel lo asentó en el alféizar de uno de los vanos. Tuvo que contorsionarse para mirar desde atrás por el visor.

—Saldrá un poco más alejada pero me aseguro de que entramos los tres.

—¡Te has puesto la sotana perdida! —rio Antonia, mientras trataba de sacudírsela.

—Venga, poneos. Yo me colocaré a tu lado en cuanto dispare, pero solo tendremos diez segundos —aclaró—. No hagáis nada raro porque no hay más fotos.

»La pena es que hasta que no vaya a Zaragoza no las podré revelar —se lamentó al tiempo que guardaba la cámara en su funda una vez hecha la fotografía—. Aunque igual hacemos una cosa: os las lleváis vosotros, que las revelen, y luego me las mandáis con el coche de Rosendo.

—¡Eso está hecho!

Manuel se volvió entonces hacia las campanas.

—¿Las habéis tocado alguna vez?

—¡Qué va! —repuso Andrés, buscando con la vista algún tipo de soga o resorte para tañerlas.

—¡Que no, que no! —se rio Manuel—. Para tocar no habría necesitado ayuda, desde abajo puede hacerse. Pero lo que vamos a hacer ahora es bandear, que es víspera de fiesta grande.

—¿Cómo? ¿Quiénes? —preguntó Antonia, sobresaltada.

—¿Quién va a ser? Los tres, cada uno la suya. Tú la más pequeña, Andrés la de en medio y yo la María, que ya le he cogido la maña.

—¡Pero no lo hemos hecho nunca! ¡Esto va a ser un desastre!

—¡No hay miedo! Se empiezan a balancear como si fuera un columpio y veréis que cada vez cogen más recorrido, hasta que llegue el momento en que, con un empujón más, dé la vuelta por completo sobre el eje. Y luego, es mantener el impulso del giro empujando de forma alterna del yugo y del pie.

—¡Parece muy fácil dicho así! —protestó Antonia.

—Sobre todo, apartaos de la campana cuando empiece a voltear. Si os atiza el borde os abre la cabeza —advirtió Manuel haciendo caso omiso de los reparos de su hermana—. ¿Preparados? ¡Venga, empujad!

Un minuto después, Antonia y Andrés, de color grana por el esfuerzo, apretaban los dientes aturdidos por el sonido ensordecedor de las tres campanas volteando a un tiempo. Ninguno podía usar las manos para taparse los oídos, aunque parecía que era lo que estaban deseando a juzgar por su expresión casi de sufrimiento, que contrastaba con la risa desaforada de Manuel, quien contemplaba su zozobra sin dejar de dar gritos de ánimo que nadie era capaz de oír.

—¡Un poco más! ¡Ahora ya voltean solas! —Solo los gestos con los que acompañaba las voces servían para algo.

Cuando Manuel cruzó las manos para indicar que podían parar, Antonia buscaba el aire con la boca abierta. De no ser por la palomina que lo cubría todo, húmeda por los copos de nieve que se habían colado en el campanario, se habría dejado caer en el suelo. Se conformó con apoyarse en el muro sobre las manos, tratando de recuperar el resuello.

—No ha estado mal para ser la primera vez —rio Manuel mientras los badajos seguían golpeando el bronce, aunque cada vez con menor frecuencia y con más debilidad.

—¡No oigo nada! ¡Me he quedado sorda! —gritó Antonia, alarmada.

—¡No es nada! Enseguida se te pasará. Unos pocos pitos en los oídos durante un rato y ya... —la calmó divertido.

—¡Vaya escándalo! —dijo Andrés riendo también—. Esto se tiene que oír en el pueblo de al lado.

—Se oye, se oye, me lo han dicho. Los parroquianos están encantados, hacía mucho que no se bandeaba en el pueblo. El cura anterior estaba muy mayor y se había dejado ir un poco —explicó—. Tampoco ponía el belén, ni hacía catequesis con los chicos.

María había dispuesto la mesa en el despacho de Manuel, que era donde hacían la vida, ya que allí había una estufa de leña que caldeaba la estancia. La alcoba comunicaba directamente con el despacho, por lo que el joven aprovechaba el calor acumulado durante el día. Era el único lugar acogedor en aquella casa enorme, destartalada y heladora, a excepción de la cocina, con su hogar y sus fogones. No había inodoro en el cuarto de aseo, y era preciso salir al balcón donde, a través de una portezuela, se accedía al cubículo donde un asiento de madera permitía evacuar directamente sobre el pozo ciego, en una porción tapiada del corral.

Antonia había advertido a Andrés del frío que pasarían pero, a pesar de todo, él había insistido en conocer el pueblo. Sus alcobas se encontraban a continuación del despacho, pero no disponían de estufas y la única manera de caldear los lechos era usando un calentador de cobre con brasas. Últimamente los habían sustituido por las bolsas de goma con agua caliente, pero Antonia sabía bien que el momento de meterse en la cama, igual que el de levantarse, resultaban temibles.

El hielo a menudo reventaba las cañerías y las casas del pueblo quedaban sin agua corriente, por lo que era necesario almacenarla en tinajas, fregaderos y barreños a los que recurrir en caso de necesidad. Lo mismo ocurría en la casa de Villar de la Cañada, y no era extraño que de madrugada aquellos barreños aparecieran con una tenue capa de hielo aun dentro de la vivienda. Juan y María tenían su alcoba en una especie de antecocina. Era un cubículo sin ventanas que se abría a esta, separado con una simple cortina, pero gozaba de la ventaja de aprovechar el calor que le llegaba del hogar cercano.

Desde que llegaron al pueblo, el frío y la nieve habían conseguido que Antonia no dejara de pensar en Ricardo. Trataba de imaginar lo que debía de haber sido su vida y la de sus camaradas de partida, perdidos durante los duros inviernos en aquellas sierras de Teruel. Si el frío hacía incómoda la vida en una casa como aquella, dotada de estufas, braseros y buenos colchones de lana, ¿qué sería pasar la noche en abrigos a la intemperie, pajares o cuevas si la suerte estaba de cara, sin poder encender lumbre por miedo a delatarse? Por fortuna para él, aquello se había terminado. Poco después de Todos los Santos, Francisca se las había arreglado para encontrarse a solas con ella en el tendedor para decirle que su hermano dejaba la partida del maquis y bajaba a Zaragoza. Sin embargo, carecía de la manera de ganarse la vida y le rogaba que le permitiera ayudarlo con algo de comida mientras encontraba faena en alguna fábrica donde no hicieran demasiadas preguntas. Antonia decidió entonces confiarse a Julia: sabía que la historia de Ricardo, tan parecida en sus andanzas a la de Miguel, despertaría de inmediato su simpatía, y así fue. Insistió incluso en verse con él y mantuvieron un encuentro en un lugar apartado del parque Primo de Rivera. Julia no le había dado más explicaciones, pero supo por Francisca que le había ofrecido cierta cantidad de dinero para pagarse una pensión en tanto pudiera encontrar su propio sustento.

La voz de su madre llamándola interrumpió de forma brusca sus pensamientos. Comieron en la mesa central del espacioso despacho. Aunque era allí donde Manuel recibía a los parroquianos que acudían en busca de una partida de bautismo, a pagar una misa o a concertar la fecha de una boda, la estancia hacía también las veces de sala de estar. Había acelgas con patatas, que Juan había subido del huerto la víspera junto al apio de la ensalada, y de segundo, un conejo al ajillo que, sin duda, su padre acababa de sacrificar tras su llegada imprevista. Bebieron un clarete cosechero del pueblo, que Andrés no dejó de alabar durante toda la comida.

—De casta le viene al galgo —dijo Andrés después del tercer o cuarto vaso—. Este conejo está para chuparse los dedos, María.

—Que es exactamente lo que estás haciendo —rio Antonia.

—¡Mujer, que estamos en familia!

—Claro, es que Antonia se codea con gente de postín. Seguro que en casa de los Monforte nadie toca la comida con los dedos, como nosotros —bromeó Manuel y, para solidarizarse con el joven, se llevó a la boca una paletilla.

—Pues, hijo, yo de cocinar, cuatro cosas: lo que hay en el corral y lo que sube Juan del huerto; lo del cerdo cuando se puede, y algo de carne de res cuando pregonan que ha *matao* el Fabián. De *pescao*, sardina de cubo, y, si suben de Calamocha con la camioneta a vender, algo de sardineta fresca.

—Así es que en los pueblos se vive tantos años.

—Arrugaos como la mojama, de tanto comer acelgas y de tanto pasar frío —terció Juan, antes de llevarse el vaso de vino a la boca, que acababa de limpiarse con el dorso de la mano mientras tragaba el último bocado.

Antonia ayudó a su madre a recoger la mesa y las dos mujeres se encerraron en la cocina con la vajilla. Los hombres se quedaron en el despacho esperando el puchero de café que Antonia había traído de Zaragoza.

—Estoy apurada por Andrés, hija —le confesó cuando ponía los platos en remojo—. La verdad es que no esperaba que fueras a venir con él en Nochebuena, y no sé si la cena...

—¡¿Qué dices, madre?! —respondió Antonia—. Que Andrés no es de casa rica, y ya nos conoce. Además, yo he traído cosas apetitosas que vi ayer en el mercado y doña Pepa se ha empeñado en ponerme el aguinaldo.

—Yo tengo cardo cocido y, luego, los pichones. Y conserva del cerdo que aún está sin tocar: lomo, costilla y longaniza, ya lo sabes.

—¿Y te parece poco? Mira, preparamos el cardo con una salsa

de almendras como lo hace Rosario, que está de rechupete. He traído unos calamares para rebozar, a la romana como le dicen en casa, y unas croquetas que preparé ayer. Y unas pocas gambas que me apeteció coger en la pescadería, que la ocasión lo merece. Eso para picar, con algo de jamón de una maza que me ha puesto doña Pepa. Y para mañana haremos una merluza en el horno.

—¡Qué barbaridad, hija mía! Has *tirao* la casa por la ventana. Me dejas en feo —se lamentó María emocionada.

—No quiero que digas eso, madre. Aquí en el pueblo no hay de nada. En Zaragoza, en cambio, es todo mucho más fácil.

—Si tienes buena cartera sí, hija mía. ¡Anda que no te habrás *gastao*! ¡Gambas, merluza...!

Antonia rio.

—Pues si en Nochebuena y estando todos juntos no hacemos algún exceso... Ya verás qué bien. En la cesta de doña Pepa hay hasta una botella de champán y turrones de Alicante y de Jijona.

—Yo unos guirlaches le cogí al Marcelino anteayer, ¡mira qué cosa! —María se volvió y se puso a fregar con energía.

Antonia sabía lo que aquello significaba.

—No llores, madre.

—Ay, hija mía. Si lloro de felicidad. —Trató de secarse las lágrimas con la manga—. ¿Quién me iba a decir a mí que iba a cenar en Nochebuena con mis hijos en semejante casa, y con gambas y champán y turrones? ¡Y con un automóvil en la puerta!

—Dios aprieta pero no ahoga, madre. Pero hoy no quiero lágrimas, ¿de acuerdo?

—Tu padre no cambia de cara ni aunque le toque la lotería. Pero yo lo conozco bien y por dentro está... que se pondría a tocar la zambomba de ser de otra manera. ¡Si vieras cómo ha subido del corral! Las escaleras de dos en dos, nervioso perdido y con el conejo recién *despelletao* en la mano.

Antonia sonrió. Su madre también se había rehecho el moño con cuidado mientras ellos estaban en la iglesia e incluso se había perfumado el cuello. El olor de aquella colonia la hacía regresar a la infancia. Se tuvo que fijar con cuidado para comprobar que, además, se había cambiado de ropa, porque el color negro era el único presente en su cómoda y en su ropero.

Los hombres, ante la imposibilidad de usar el coche para mostrarle a Andrés los alrededores, se habían levantado de la mesa para echar otro café, y tal vez alguna copa, en el único bar del pueblo. Regresaron bien entrada la tarde. Juan subió leña y recebó la estufa del despacho, donde se quedó a solas Manuel preparando la homilía que iba a pronunciar en la misa del gallo. Empleó el resto de los tarugos del caldero para encender fuego en el hogar. Él y Andrés se sentaron frente a frente en los bancos de madera que flanqueaban la lumbre y conversaron largo rato sobre el transcurrir de las cosas en la capital, sobre el trabajo del joven y sobre la marcha del Real Zaragoza. Las mujeres preparaban la cena y los miraban, sonriendo.

—Tu padre tendría que bajarse un día para ver un partido, ¡anda que no disfrutaría!

—¿Juan? —terció María—. Si no ha visto un partido en su vida y no sabrá ni cómo se juega.

—Pues esta mañana llegando en el coche de línea he visto unas eras con porterías —dijo Andrés—. Así que alguien juega al fútbol en Torrecilla.

—Claro que juega la juventud. Vaya que no han echado partidos con los de los pueblos de al lado. Si hasta le han dicho a Manuel de hacer de entrenador.

—¿Que le han dicho qué? —exclamó María—. Eso no me lo habías contado.

—Ayer lo dijo. Y en el bar también me lo comentaron. Ya sabes lo que jugaban en el seminario, y Manuel debía de ser un portero de categoría.

—Sí, eso lo oí decir en el seminario —confirmó María—. Pero de ahí a entrenar a los del pueblo...

—¿Y por qué no, mujer? Así pondrá un poco de orden, que una sotana siempre impone.

Juan, mientras hablaba, había apartado unas brasas. Se levantó del banco, cogió una hogaza de pan de la alacena y partió dos rebanadas que puso encima de las trébedes.

—Entonces, ¿qué? ¿Se vendrá algún día o no? —insistió Andrés—. Mire, si se baja con Manuel en el coche, se pueden volver al acabar el partido y no tienen que hacer noche en Zaragoza.

—Ya veremos, ya veremos. ¡Volver de noche por esas carreteras!

—O se pueden quedar a dormir en casa, como el día que volvimos de San Sebastián.

—No, hija mía —objetó María—, que entonces no estaban los señores y no era lo mismo.

—Pues en casa de mi patrona, que siempre hay habitaciones libres.

Juan se había levantado de nuevo, una vez apartadas las rebanadas del fuego y se metió en la antecocina. Salió con un cacillo en la mano, cuyo contenido vertió con cuidado por encima de las tostadas. El aceite, de un color dorado verdoso, se filtró en el pan mientras él devolvía el cacillo a su sitio.

—Ya hablaremos de eso, liante —respondió al tiempo que partía las rebanadas en varios trozos manchándose los dedos de grasa—. Ahora catad este aceite, a ver qué os parece. De la cosecha de este año de los olivos de El Villar, ni tres días lleva en casa, recién traído del trujal.

Antonia dejó de remover la cazuela que tenía entre las manos, se secó en el delantal, y se acercó al hogar para coger una porción de pan untado.

—¡Madre mía, qué sabor! —se deleitó Andrés—. Si ya dicen que no hay mejor aceite en el mundo que el del Bajo Aragón.

—Ya será menos —se rio Antonia—. ¡Que el mundo es muy grande!

—¿Qué clase de olivos son? —preguntó Andrés.

—De los de la zona, empeltre —respondió Juan—. No hay aceite mejor. ¿Es verdad o no?

—Rico está, sí señor.

Juan descolgó la bota que pendía de una alcayata a la entrada de la recocina.

—Ahora echa un trago de este vino y verás lo que es tocar el cielo.

Al lado de la cocina había una estancia pensada para servir de comedor, con una mesa grande y un trinchante para la vajilla, pero la ventana daba al norte y no había estufa, por lo que en invierno resultaba heladora y aún no le habían dado uso. Así, decidieron poner la mesa para la cena de Nochebuena en el despacho, caldeado desde la mañana. Antonia, rebuscando en los cajones, se tropezó con un mantel de hilo que ella misma había bordado a los quince años en la primera casa donde sirvió, pocos meses antes de entrar en la mansión de los Monforte. Había seis servilletas a juego y, aunque los bordes empezaban a amarillear, no dudó en vestir la mesa con él. Los vasos eran los de diario y no había más copas que las de licor, a excepción de diez viejas piezas de cristal tallado que se hallaban en la casa parroquial a su llegada. Eran de vidrio grueso, pero el polvo y la mugre se habían incrustado en las filigranas de la talla. Antonia, tal como había aprendido en Zaragoza, puso una olla de agua a hervir sobre las trébedes, añadió una porción de jabón de trozo y un buen chorro de vinagre antes de meter dentro las copas y unos vasos a juego que habían resistido el paso del tiempo. Cuando llegó la hora de poner la mesa mandó a los tres hombres a la cocina para que hicieran compañía a su madre, que se afanaba en los fogones. La verdadera razón era que deseaba quedarse sola. Dispuso dos servicios a cada lado de la mesa y el quinto, el destinado para Manuel, en el extremo más próximo al balcón. Cinco copas brillaban hermosas junto a los platos de loza blanca. Usó los cubiertos de alpaca que encontró en el trinchante después de frotarlos uno a uno con bicarbonato, y los dispuso con precisión tal como había aprendido en sus años de servicio.

Cuando hubo terminado miró el resultado satisfecha, aunque sentía que faltaba algo. La mesa en la calle Gargallo, cuando se ponía para las ocasiones especiales, nunca carecía de alguna decoración que le diera color. Miró en derredor. Una de las paredes estaba ocupada en toda su extensión por una vitrina acristalada que contenía los libros de la parroquia y multitud de legajos mejor o peor encuadernados. En la esquina opuesta, junto al balcón, se amontonaban libros, correspondencia y decenas de ejemplares del *Heraldo,* al que Manuel estaba suscrito, y que recibía cada día a través del coche de Rosendo. Junto a ellos, sobre la mesa, su hermano había dejado una hermosa rama de acebo repleta de frutos rojos, que sin duda había tomado de la decoración del belén. Buscó una candela en un cajón, la rodeó de acebo e introdujo ambos en un pequeño jarroncito de alabastro que decoraba una repisa. Con él en el centro de la mesa, se dio por completo satisfecha mientras daba un paso atrás para contemplar el efecto.

—Con esta mesa, solo falta un detalle para pasar una Nochebuena como Dios manda —elogió Manuel después de soltar un silbido de admiración al regresar los tres hombres al despacho.

Se dirigió al voluminoso mueble de madera situado en el rincón más cercano a la puerta. En su frontal destacaba el dial de una radio, pero cuando Manuel alzó la tapa, apareció un tocadiscos eléctrico. Abrió una vitrina y buscó hasta dar con el disco que quería. Lo extrajo de su funda y lo colocó en el plato, manipuló el dispositivo y, cuando empezó a girar, depositó con delicadeza la aguja sobre los surcos. Tras un primer chisporroteo, la música de «Adeste Fideles» interpretada por un gran coro inundó el despacho desde los altavoces del frontal.

Al cabo de un instante María apareció en la puerta atraída por el sonido. Entró en la caldeada estancia y cerró tras ella sin hacer ruido. Iba a decir algo, pero Manuel le hizo seña con el índice sobre los labios, giró el mando y subió el volumen. Todos permanecieron en pie y en silencio, envueltos por la música.

Andrés buscó los dedos de Antonia mientras escuchaban. Ella miraba a sus padres y a su hermano, situado entre ambos, al tiempo que sentía el contacto en las yemas y no pudo evitar que las lágrimas acudieran a sus ojos. María se mordía los labios tratando de contener la emoción y Manuel, a su vez, sonreía junto al aparato. Juan se volvió hacia el balcón, apartó el visillo y miró en vano a través del cristal empañado hacia la oscuridad exterior. Los acordes finales fueron seguidos por los aplausos del público que asistía a la grabación del concierto.

—Feliz Navidad a todos —dijo entonces Manuel.

Cenaron temprano para que Manuel acudiera con tiempo a la iglesia y terminar los preparativos de la misa más especial del año. El tradicional cardo siguió a los entrantes que Antonia sirvió en fuentes decoradas con hojas de escarola y de lechuga. Pero no fueron los calamares, ni las croquetas, ni siquiera las gambas o el jamón lo que despertó el entusiasmo del único comensal nuevo a la mesa. Andrés se comió tres pichones, uno tras otro, y al terminar, su plato era una montaña de huesecillos.

—No había probado una cosa más delicada en mi vida —aseguró chupándose aún los dedos—. Pero ¿cómo los hace usted, María?

—¡Si es lo más sencillo del mundo, hijo mío! Ajos, cebolla, buen aceite de oliva, unos granos de pimienta y una hoja de laurel. Después un chorro de vinagre del de casa y a guisar hasta que están tiernos. No hay más secreto.

—La mano de la cocinera —elogió.

—Menos mal que los pájaros son ligeros; si no, no te levantas de la mesa —bromeó Manuel.

—¿Y qué dices que es esto que me has puesto en la copa?

—Sidra El Gaitero, madre. Está hecha de manzana, es muy suave.

—¡Pues a mí bien que se me ha subido a la cabeza!

—La falta de costumbre, mujer —apuntó Juan—. Si nunca has consentido en probar ni un dedal de moscatel. Ya me extraña que hayas consentido beber de eso.

—Es que esta noche ha sido muy especial. Además, fresquita sabe muy rica.

—Venga, pues otra *copica* más, que no se diga —la animó Andrés inclinando la botella. Los tres hombres iban también apurando la segunda botella del vino de Rioja que Andrés había llevado—. Y ahora mismo abriremos otra para los turrones. Y el champán de los Monforte.

Las dos mujeres retiraron la vajilla y fueron en busca de los postres. Manuel abrió el balcón en busca de la botella de champán que había sacado a refrescar.

—Va a caer una buena esta noche —anunció.

—¿Nevada? —interpretó Andrés.

—Helada. Se ha quedado raso y no se mueve el aire.

—¿Y cómo lo harás mañana para decir las misas de Navidad por los pueblos?

—Nevar no va a nevar más. Y si sale el sol, la nieve se irá fundiendo. Si no se puede por la mañana, iré por la tarde. Eso si arranca el coche.

La gran fuente de turrón partido, polvorones y guirlaches estaba ya en el centro de la mesa cuando Manuel consiguió descorchar la botella. Andrés hizo lo propio con la de sidra y pronto las cinco copas estuvieron llenas a rebosar. Entonces Manuel alzó la suya.

—Feliz Navidad a todos —repitió por segunda vez aquella noche, al tiempo que los demás lo imitaban.

—Hay que entrechocarlas —explicó Antonia a su madre en un susurro.

—Feliz Navidad, hijos —dijo al hacerlo. Los demás se unieron a las felicitaciones antes de tomar el primer sorbo de sus copas.

Andrés intercambió una mirada con Antonia, que asintió discretamente.

—Bien, Antonia y yo... tenemos algo que decir —empezó un tanto dubitativo y se detuvo. Miró de forma sucesiva a los tres miembros de la familia de su novia, que tenían la vista clavada en él—. Antonia y yo hemos decidido que nos casaremos este año que entra.

Durante un momento se hizo el silencio, pero solo duró un instante. Manuel fue el primero en reaccionar. Dejó su copa en la mesa, se levantó y dio un fuerte abrazo a Andrés, palmeándole la espalda. Después se acercó a Antonia y le dio dos sonoros besos en las mejillas.

—Que sea enhorabuena para los dos —les deseó.

María, turbada por la noticia, rodeó la mesa para besar a su hija.

—Juan, haz el favor de levantarte y dales un abrazo a los chicos. A ver si por una vez te estiras y no eres tan sieso. Que uno no casa a una hija todos los días.

El aludido tendió la mano a Andrés.

—Poco habéis *festejao*, pero que sea enhorabuena —repitió antes de acercarse a Antonia para darle dos besos en las mejillas—. Y que sea para bien.

—¿Y ya tenéis fecha? —preguntó Manuel con un aire jovial que contrastaba con el tono comedido de su padre—. Más que nada porque seré yo quien os case, de eso no cabe duda, ¿no es así?

—No nos cabe ninguna duda —corroboró Andrés, riendo—. Queremos que sea en el Pilar, igual en septiembre, cuando los Monforte hayan vuelto de San Sebastián.

—Buena fecha es esa, que yo en agosto no doy abasto con las fiestas de los pueblos.

—Entre unas cosas y otras, esta Nochebuena va a ser difícil de olvidar.

—Ya lo puede decir, María. De esos pichones no me olvidaré mientras viva. —Y rio para tratar de romper la repentina tensión creada por la fría respuesta de quien en unos meses iba a ser su suegro.

CUARTA PARTE

1953

37

Lunes, 8 de junio

—¡Esta es la nuestra, Rafa! Tú vigilas y yo la bajo. El muy imbécil no solo ha dejado la portería abierta; mira dónde tiene todas las llaves —propuso excitado.

—Jo, Fonso, que si nos pillan nos la cargamos.

—¿Por qué nos van a pillar? ¿No has visto que ha salido con prisa a algún recado? Tenemos tiempo.

—Si ha dejado esto abierto es que no tardará en volver.

—No seas cagón, se la debemos y se va a enterar. Con la puerta de la calle abierta, ha podido entrar cualquiera —insistió con determinación—. Tú solo vigila si viene alguien por la acera.

Alfonso y Rafael habían regresado juntos del colegio a mediodía. En junio, el tiempo era en Zaragoza demasiado caluroso para impartir clases por la tarde, y desde primeros de mes el horario se limitaba a las cuatro horas de la jornada matinal, a la espera de las vacaciones estivales que no tardarían en llegar. Estaban a punto de entrar en el portal cuando Vicente, con prisas, había abandonado la portería en dirección al paseo de la Independencia, musitando al cruzarse con ellos una explicación que no habían llegado a entender.

Durante aquel curso la relación de Vicente con ambos, pero sobre todo con el mayor de los hermanos, se había deteriorado hasta el punto de ocasionar varios episodios de enfrentamiento abierto. El trato que dispensaban al servicio nunca se había distinguido por el respeto y la corrección; antes bien, la desconsideración, la insolencia y el exceso de confianza se habían convertido en algo habitual. Respondían a Rosario con guasa cuando les recriminaba que asaltaran la despensa en busca de sus galletas sin pedir permiso; se dirigían a Francisca y a Antonia como las *chachas*, les exigían que les sirvieran como si del señor de la casa se tratara y de él mismo se burlaban cuando les llamaba la atención por entrar en el portal alborotando o con las botas manchadas de barro. Solo Concepción había logrado que mantuvieran un mínimo de compostura, y ello gracias al parte de comportamiento que pasaba a Monforte cada viernes y que les podía suponer quedarse sin asignación o encerrados en sus habitaciones durante el fin de semana. Las tres mujeres del servicio solían callar ante sus excesos, pero Vicente había estallado en varias ocasiones, siempre cuando eran ellas las ofendidas. Aquello le había granjeado la antipatía de ambos y lo había convertido en objeto preferente de sus burlas.

A medida que Alfonso entraba en la adolescencia, las trastadas se habían hecho más habituales y habían aumentado en gravedad, y Rafael, que era dos años menor, estaba ávido de seguir los pasos y de ponerse a la altura de su hermano mayor. La especialidad de este eran las caricaturas que prodigaba en busca de la admiración de Alfonso, y que más de un problema le habían ocasionado en el colegio. El encono había llegado a su punto álgido durante las vacaciones de Semana Santa, cuando descubrieron la manera de detener el ascensor introduciendo un vástago entre los engranajes, en el ático. Aquella tarde tuvieron la mala suerte de que fuera su propio padre quien se quedara atrapado en la cabina. Vicente, en vez de correr a socorrer al ocupante como había hecho en otras ocasiones, se lanzó escaleras arriba y sorprendió a los dos muchachos que, a su vez, habían emprendido la huida y bajaban los escalones de dos en dos para deslizarse en el interior de la casa. Los hizo bajar de las orejas hasta llegar al piso donde Monforte, impaciente, seguía llamando a voces. El castigo había sido ejemplar, y pasaron lo que quedaba de las vacaciones encerrados en sus dormitorios con la obligación de realizar las tareas más ingratas de la casa, entre ellas acarrear el carbón desde el sótano, fregar de rodillas todas las escaleras y los rellanos y limpiar los inodoros con lejía.

—¡Vamos, muévete! Abre la puerta del sótano, enciende la luz y vigila —ordenó Alfonso a su hermano.

Mientras Rafael obedecía con el manojo de llaves en la mano, desenchufó la radio de Vicente y esperó.

—¡No funciona la luz de la escalera!

—¡Pues deja la puerta abierta y baja a encender la de abajo, idiota!

—¡Ya está! —gritó al aparecer de nuevo.

—Ahora vete al portal y avisa si viene alguien.

Cuando su hermano se asomó a la calle y le hizo una seña, Alfonso tomó el pesado aparato en los brazos y caminó hacia las escaleras en penumbra que conducían a la bodega. Tuvo que descender con cuidado, apoyando ambos pies en cada escalón sin ver bien dónde pisaba, hasta que sintió el suelo de tierra apelmazada, húmedo y negruzco a causa de la carbonilla. Miró en derredor. A la mísera luz de la bombilla que colgaba del cable, se fijó en una pila de sacos vacíos de carbón arrumbados en un rincón y caminó hacia allí. Dejó la radio encima, que se hundió por su peso y quedó oculta en parte. Soltó un chillido cuando una rata surgió del montón y se escabulló a velocidad endiablada hacia la oscuridad de su escondrijo. Asqueado, sacó de los lados unos cuantos de aquellos sacos de arpillera mugrientos y los echó por encima de manera casual para terminar de ocultar el aparato por completo.

Subió las escaleras en busca de la luz del día que penetraba por la puerta del vestíbulo. Rafael seguía en la calle, vigilando el tramo de acera que tenía a la vista.

—Cierra con llave —le advirtió al reparar en que era él quien tenía el manojo—. Ya vigilo yo.

Rafael corrió hacia la puerta del sótano y se disponía a cerrar la puerta cuando reparó en que la luz de abajo seguía encendida. Masculló una imprecación hacia su hermano, se metió de nuevo las llaves en el bolsillo para agarrarse al pasamanos, descendió y accionó el interruptor. Con la oscuridad a su espalda, subió las escaleras de dos en dos, temiendo que en cualquier momento una mano invisible se posara sobre su hombro. Volvió a sacar el llavero, cerró la puerta tras de sí de un golpe y giró la llave con dos vueltas. Después regresó a la portería y dejó el llavero en el mismo sitio donde lo había encontrado. Alfonso se unió a él. Cogieron las carteras que habían dejado tiradas en el suelo y, sin perder un momento más, iniciaron el ascenso por la escalinata principal para evitar que el ruido del ascensor delatara su presencia allí.

—¿Puedo pasar, don Emilio?

—¿Qué ocurre ahora? —El abogado acababa de colgar el teléfono del gabinete y parecía estar de un humor de perros—. Entra, haz el favor, no te quedes ahí. Y dime lo que sea, tengo que poner una conferencia.

Vicente sujetaba con las manos la gorra de plato del uniforme y miraba incómodo al patrón.

—Pues verá, cuando he ido al bufete en busca de esos papeles urgentes que me ha pedido he cometido el error de dejar abierta la portería y...

—¿Y qué? —apremió impaciente.

—Que en esos veinte minutos escasos alguien ha debido de entrar en la portería, porque se han llevado mi radio, don Emilio.

—¡Vaya por Dios! Lo que nos faltaba. —Monforte resopló hastiado—. Como si no tuviera uno bastantes problemas. ¿Y tienes idea de quién ha podido ser?

—Dudo que haya entrado nadie de fuera; la puerta se queda cerrada al salir y sin una llave o sin llamar al timbre o al picaporte no se puede entrar en el edificio.

—¿Insinúas que ha podido ser alguien de la casa, entonces? —tanteó.

—No lo sé, don Emilio. Yo... no quisiera equivocarme. Dios me libre de pensar mal de nadie sin tener ninguna prueba.

—Déjate de monsergas, Vicente. ¿Has visto algo? ¿En quién estás pensando?

—Cuando salía me he cruzado con los chicos que volvían a casa.

—¿Los chicos? ¿Para qué iban a querer ellos una radio?

—No lo sé, don Emilio. Igual para gastarme una broma, ya sabe lo... traviesos —tardó un instante en encontrar un calificativo suave— que están últimamente. No es que me tengan en mucho aprecio, acuérdese de lo del ascensor.

—¡Diles que vengan ahora mismo, maldita sea!

—Entrad y cerrad la puerta —Monforte había dejado por un momento de gritar a través del teléfono mientras cubría con la mano la parte inferior del auricular—. ¡Ya me has oído! ¡No voy a perder contigo ni un segundo más, Casabona, me tienes hasta los cojones! ¡Mañana quiero las dos cosas encima de mi mesa y, si no, os tendréis que atener a las consecuencias!

Colgó el aparato con estrépito, cerró los ojos y exhaló con fuerza. Los dedos de las manos empezaron a tamborilear sobre el cuero que revestía en parte el soberbio escritorio de nogal. Alfonso y Rafael, sin moverse de la puerta, habían asistido atemorizados al final de la conversación y permanecían cabizbajos y con los brazos extendidos a los costados, en actitud de absoluta sumisión. Habían aprendido a temer los accesos de ira de su padre, y en aquel instante, para su desgracia, era presa de uno de ellos. Durante un momento el silencio reinó en el gabinete, roto solo por el repiqueteo rítmico de los dedos.

—Vamos a ver. La radio de Vicente ha desaparecido de la portería. Os lo voy a preguntar una única vez, y quiero la verdad. —Había cambiado de postura y se apoyaba sobre las manos unidas, con los codos clavados en la mesa. Tenía que dirigir los ojos hacia arriba para clavar la mirada amenazante en sus hijos—. ¿Habéis tenido algo que ver con ello?

Rafael agitó la cabeza velozmente en señal de negación. Alfonso lo miró de soslayo y, aunque tardó más en responder, negó también con la cabeza.

—¡No os oigo! ¿No tenéis boca? ¡Para alborotar la casa no os falta!

—No, al llegar del colegio hemos subido a cambiarnos de ropa y a lavar las manos para sentarnos a la mesa, como siempre.

—¿Y cómo coño sabes que ha sido entonces?

—¡Papá, porque nos hemos cruzado con Vicente al entrar! —se explicó Alfonso, atemorizado—. Me imagino que habrá sido mientras no estaba.

—Os habría dado tiempo de cogerla antes de subir —insistió Monforte sin demasiada convicción.

—Pero ¿hablas de la radio grande de la portería? —disimuló Rafael con voz temblorosa—. ¿Con lo que pesa? ¿Y dónde la íbamos a meter? ¡Si ya no hemos vuelto a salir de casa!

Monforte volvió a cerrar los ojos. Con las yemas de los dedos se frotó las sienes con fuerza, como si la negativa de sus hijos le condujera hacia una explicación que temiera más.

—Espero que me estéis diciendo la verdad, porque en caso contrario recordaréis este día el resto de vuestra vida. Las trastadas en esta casa se han terminado —les amenazó—. Podéis salir. Y decidle a vuestra madre que venga al gabinete ahora mismo.

Antonia salió de la cocina con la libreta que Rosario acababa de entregarle. Había anotado una lista de productos que era necesario reponer. Aunque algunos venían directamente del mercado negro y era Sebastián quien los traía a casa, otros debían adquirirse en el mercado central y en los muchos comercios a los que era preciso acudir para abastecer la cocina. En aquella ocasión, con el veraneo en ciernes, la lista era más reducida, pero aun así el monto total de las compras previstas ascendía a más de quinientas pesetas que se disponía a pedir a Monforte.

Avanzó por el pasillo y tocó con los nudillos en la puerta del gabinete antes de empezar a abrir con la manilla. Iba a asomarse para pedir permiso cuando oyó la voz airada de Monforte y el llanto de su esposa. Resultaba evidente que no se habían apercibido de la llamada, porque el matrimonio seguía adelante con su discusión. No era buen momento para hablar de compras —pensó—, y se disponía a cerrar la puerta con cuidado cuando las palabras de don Emilio la indujeron a detenerse.

—¡Esto no puede ser, Pepa! Me juraste que no volverías a las andadas y mira cómo respondes a mi confianza.

—¡Te he dicho que no sé nada de esa radio! —sollozó la mujer.

Antonia sabía que aquello no estaba bien, pero no llegó a cerrar del todo. A través de la pequeña rendija le llegaba el sonido del interior con claridad.

—¡Tampoco habías sido tú la de la estola de piel, la de aquel perfume y la del Niño Jesús de la iglesia de Santa Engracia! ¡Pero si es que te cogen en todas, por Dios! —gritó fuera de sí—. ¡Pero mira que atreverte a robar en la sacristía de tu propia parroquia!

—¡Estoy enferma, no puedo evitarlo! ¡Es superior a mí! —se excusó a voz en grito, entre lágrimas.

—Pero ¿tú sabes lo que me está costando esto? Ya no es pagar lo robado... ¡es comprar voluntades para que guarden silencio y que no trascienda! Y eso es imposible de conseguir, a estas horas estamos en boca de toda Zaragoza, de eso puedes estar segura. ¡Y lo que habrás hecho por ahí que yo no sé!

—Necesito ayuda, volvamos a Barcelona —rogó, hundida e hipando.

—¡Qué Barcelona ni qué hostias! ¡Mira para lo que ha servido!

—¡Pero te juro por nuestros hijos que yo no he cogido esa radio!

Antonia no esperaba lo que escuchó a continuación. Al inconfundible sonido de una bofetada propinada con saña le siguió el estrépito de una silla volcada, tal vez al caer la señora encima de ella. Llena de angustia, a punto estuvo de abrir la puerta de par en par y plantarse bajo el dintel, pero no tuvo valor. Se limitó a ampliar la apertura para vislumbrar el interior, prometiéndose que, si volvía a golpearla, entraría para detener a semejante desalmado. Doña Pepa yacía en el suelo junto a la silla, tratando de incorporarse sobre el brazo derecho de espaldas a ella. Con el izquierdo se tocaba la cara, y Antonia vislumbró el color encarnado de la sangre entre sus dedos.

—¡No te atrevas a jurar por nuestros hijos cuando sabes que es mentira! —la amenazó él, fuera de sí—. ¡A lo mejor si esta hostia te la hubiera dado mucho antes no nos veríamos en estas!

—¡Serás salvaje! ¡Pegar así a una mujer enferma! —gimió, incrédula. Un instante después, los sollozos se habían convertido en un llanto agónico y cuajado de lamentos.

Antonia vio que Monforte rodeaba la mesa en busca del sillón. Antes de que se sentara de frente a la puerta, se retiró y cerró un poco más la rendija, con lentitud, de forma imperceptible.

—Deja de hacer teatro y levanta de una vez —escupió con desprecio—. Es por tu bien. Así, la próxima vez, cuando vayas a sacar la mano para coger lo que no es tuyo, te acordarás de esto.

—¡Serás miserable! ¡Yo te importo una mierda! Solo te importa tu buen nombre y el de tu asquerosa familia. ¡Si supieran!

—¡Cállate, Pepa! ¡Cállate! Estoy haciendo un esfuerzo de contención. No me provoques más.

—¿Y si no me callo? —Doña Pepa se incorporó dolorida y apoyó las manos en la mesa, frente a su marido ya sentado. Lo miraba con odio, con los ojos inyectados, fuera de sí. Un hilo de sangre se deslizaba desde su ceja golpeada—. ¿Qué harás si no me callo? ¿Lo mismo que a Margarita?

Monforte se levantó como un resorte y sin darle tiempo a reaccionar, le asestó un revés en el rostro con toda la fuerza que fue capaz de emplear, que dio con su mujer de nuevo en el suelo.

—¡A Margarita ni nombrarla, zorra! —La rabia deformaba el rostro de Monforte cuando volvió a rodear el escritorio en su busca.

Antonia no pudo sino volver a abrir la rendija. Comprendió que se disponía a asestar una patada al cuerpo caído de doña Pepa y se adelantó. Con todas sus fuerzas, echando el cuerpo hacia atrás, empujó la puerta con el pie y esta, después de hacer el giro completo, se estampó con estrépito contra la pared. Para cuando Monforte quiso volverse, ya no había nadie a la vista ante el dintel.

Corrió por el pasillo en dirección a la cocina, pero se detuvo al llegar al vestíbulo. En un instante de inspiración, abrió la puerta que daba al rellano y la volvió a cerrar de un fuerte portazo que retumbó en toda la casa. Y entonces, tratando de amortiguar el ruido de sus pasos, sí que se dirigió a la cocina, entró y cerró la puerta sin hacer el más mínimo ruido.

—Cúbreme, Rosario, ¡por favor! ¡Después de comer no he salido de aquí!

Miró en derredor, pero todo estaba tan recogido como lo había dejado antes de salir. Abrió la puerta de la despensa, encendió la luz y entró hasta el fondo.

Cuando oyó el chirrido de la puerta de la cocina, la joven movió varios botes de vidrio en una de las alacenas, que entrechocaron entre sí de manera ruidosa.

—¿Quién ha salido de casa hace un momento? —preguntó Monforte a Rosario, que, perpleja, continuaba sentada a la mesa central.

—Nadie que haya estado aquí, don Emilio. Francisca ha subido hace rato a descansar un poco y Antonia está ordenando la despensa, que esta moza no sabe parar quieta.

Monforte miró en derredor. De la despensa, que tenía la luz encendida, seguía surgiendo el ruido del vidrio al entrechocar. Se volvió al pasillo y cerró con un portazo.

—Y ahora, criatura, me vas a contar a qué ha venido todo este revuelo, que una ya no tiene el corazón para estos sustos.

Antonia se había sentado a la mesa. Trataba de serenarse, de poner en orden sus pensamientos, pero las lágrimas pugnaban por salir. Si no se lo permitía era por temor a que Monforte regresara.

Negaba con la cabeza, incapaz de asimilar que lo que acababa de presenciar hubiera sido real.

—La ha golpeado con todas sus fuerzas, Rosario. Dos veces, y las dos la ha tirado al suelo.

—¡Ay, Virgen del Pilar! Pero ¿por qué?

—Le ha echado la culpa de lo de la radio de Vicente. Ella se lo ha negado, y eso le ha sacado de sus casillas. Por lo visto la han vuelto a pillar estos últimos meses.

—Pues aquí que yo sepa no ha vuelto a venir nadie como aquella vez —recordó Rosario.

—Sabiendo lo que hay y quién es Monforte, lo harán con mayor discreción. Tal vez en el bufete la policía llame menos la atención —supuso Antonia—. Lo cierto es que la ha golpeado tan fuerte que la ha tirado al suelo y la ha hecho sangrar.

—¡Ay, pobre señora! ¿Cómo va a salir ahora de casa? Le saldrán moratones por todas partes. ¡Ya puede decir que se ha caído por las escaleras!

—¡Rosario! ¿Cómo puedes pensar en eso? ¡Que si se golpea en la sien al caer la mata!

—Claro, mujer, no me entiendas mal. ¡Vaya desalmado y vaya cobarde! Pero ya sabes, en todas partes cuecen habas y nadie hará más preguntas de la cuenta. Que toda la vida los maridos han dispuesto de las mujeres y no se puede evitar que algunas veces se sobrepasen. Y tú has caído en medio con la lista de la compra y no has podido evitar escuchar detrás de la puerta, ¿no?

—Si no abro la puerta la mata, Rosario. Nunca lo había visto tan fuera de sí. Cuando he visto que le iba a dar una patada, ahí como la tenía, tirada en el suelo, he abierto de golpe y he echado a correr para que no me viera.

—¡Eso era! —exclamó la cocinera al comprender lo que había sucedido—. Has sido valiente, niña. Y un poco inconsciente. Has hecho lo que debías para evitar que Monforte se pasara de la raya, pero a partir de ahora... el servicio no debe entremeterse en los asuntos privados de la familia. Esa es una regla de oro que no debes olvidar nunca.

—Gracias por cubrirme —se limitó a responder Antonia, ocultando la perplejidad que le causaba la actitud de la cocinera—. Pero necesito pedirte otro favor.

—Tú dirás, muchacha.

—Tú llevas en esta casa muchos años, ya estabas aquí en vida de don Eugenio. Y también conociste a doña Margarita.

—Yo soy la más vieja de la casa, muchacha. Llegué aquí con dieciséis años, antes de que España perdiera Cuba, en el noventa y seis.

—¡Aún no había nacido don Emilio! —calculó Antonia.

—No, nació al poco de llegar yo. Me cansé de hacer papillas, primero para él y después para su hermano Enrique.

—¿Quique?

Rosario asintió.

—Algún día me tienes que hablar de él, de por qué se fue de la casa teniendo aquí el futuro asegurado.

—Algún día...

—Ahora necesito que me respondas a una pregunta. ¿Qué le pasó a doña Margarita? ¿De qué murió?

Rosario demudó el semblante. Tragó saliva y se quedó mirando fijamente a Antonia, como si tratara de escrutar su interior. De manera apenas perceptible primero y con movimientos marcados después, empezó a negar con la cabeza.

—No, niña, no. Aquel año, el veinticuatro, fue un año maldito, la desgracia se abatió sobre esta casa. Pero lo que sucedió entonces, pasado está y ni tú ni nadie me va a hacer revivirlo. —Rosario, como siempre ayudándose con los dos brazos, se levantó de la silla y se encaminó a la puerta, encorvada y entumecida—. Ni siquiera habías nacido, así que no vengas a escarbar en asuntos que no te incumben para nada.

38

Sebastián apuraba su cigarrillo con el brazo izquierdo apoyado en la ventanilla abierta del Citroën. Dejar pasar el tiempo mientras esperaba a Monforte era su ocupación más frecuente y había aprendido a llevarla a cabo sin que le causara el menor hastío. Observar a los viandantes, salir del coche a fumarse un cigarro a la sombra de un plátano, lanzar un piropo al paso de una joven con buen garbo o entrar en conversación con un portero o con un dependiente con escasa clientela, eran algunas de las muchas posibilidades que cada día ponía en práctica. En el lugar donde se encontraba no cabía el aburrimiento. Aquel era uno de los puntos habituales de espera, a la puerta del bufete de Monforte, situado en la confluencia entre el paseo de la Independencia y la plaza de España. El tránsito incesante de viandantes que esperaban el tranvía o se apeaban de él, el trasiego en los urinarios subterráneos, los trajeados hombres de negocios que acudían apresurados a una cita, las bocinas de los vehículos y los silbatos de los guardias, las vendedoras de iguales con su incesante cantinela... Todo ello componía una sinfonía desacompasada, desafinada y estridente que, sin embargo, hacía que Sebastián se sintiera en su salsa.

Apurado el cigarrillo, abrió la portezuela y se apeó. Tiró la colilla a los adoquines y la pisó con la puntera del zapato. Recorrió la plaza con la mirada en busca de algún habitual con quien entablar conversación y se fijó en un hombre que, por su corpulencia, destacaba sobre el resto de los viandantes. También su manera de caminar insegura llamaba la atención. Acababa de surgir de la callejuela de acceso al Tubo, y a Sebastián no le fue difícil suponer el motivo de su andar tambaleante. Sus rasgos no le resultaban desconocidos, pero no era capaz de recordar dónde lo había visto antes. Lo siguió con la vista mientras recorría la acera de la plaza, antes de atravesar el Coso y cruzar la explanada de la Diputación en dirección al lugar donde se encontraba. Bordeó el quiosco de prensa por el lado más próximo a la calzada y eso permitió a Sebastián verlo de cerca. Rebuscó en su memoria y a su retina acudió una escena en la vieja estación de Utrillas, que de inmediato asoció con otra similar en el almacén de carbón en el camino de Monzalbarba. Por un instante sus miradas se cruzaron y también él hizo ademán de reconocerlo. A pesar de haberlo sobrepasado, volvió la cabeza y se fijó en el coche parado junto al bordillo. Vaciló al detenerse.

—¡Eh, tú eres el chófer de Monforte! ¿No es cierto? Y este es su Citroën. Claro, es que tiene aquí su despacho —se explicó para sí mismo.

Un fuerte olor a anís asaltó la nariz de Sebastián.

—Y tú eres uno de los hombres de Casabona —respondió al tiempo que se apartaba un poco para evitar el mal aliento—. Ya me había parecido, lo que pasa es que siempre nos hemos visto con poca luz.

—No me nombres a ese hijo de puta —saltó, como si Sebastián hubiera pulsado un resorte.

—¿Y eso? Pensaba que trabajabas para él.

—Me ha *dejao* en la calle el cabrón. Después de cinco años cubriéndole las espaldas y aguantando sus aires de grandeza.

—Pero ¿ha pasado algo? Alguna explicación te habrá dado.

—¿Qué va a pasar? No ha *pasao* nada. Que quería meter a otro que le da lo que busca, el muy sarasa. Porque es maricón, ya lo sabías, ¿no? —Su voz sonaba pastosa a causa del alcohol—. Pero si se piensa que me voy a quedar *callao*, con lo que yo he visto, va *arreglao*. Como me llamo Martín Corral que se va a acordar de mí.

—Hombre, a ver si ahora por joder a Casabona vas a fastidiar a otros —dejó caer Sebastián, alarmado.

—Cada palo que aguante su vela —respondió con determinación—. Aunque ahora tu jefe me cae bien porque es el único que lo acojona un poco y lo trata como se merece. Pero más le valía apartarse de él.

—Me estás preocupando. A mí me da igual que te vayas de la

lengua con sus aficiones, pero si largas lo del carbón, el que te vas a meter en un lío eres tú. El anís no es buen compañero cuando se habla de cosas serias.

Sebastián era consciente de que sus palabras sonaban a amenaza, pero era lo que buscaba. Aquel esbirro, despechado, podría ser muy peligroso si andaba borracho por Zaragoza contando las andanzas de su jefe al primero que le prestara oídos.

—A ver, chofercillo —respondió arrugando la nariz con desprecio—, que Casabona se la está metiendo doblada a tu jefe y no se entera.

Sebastián se puso en alerta al instante. La circunstancia era inmejorable: un hombre despechado que disponía de información importante y con unas cuantas copas en el coleto. Se dispuso a tirarle de la lengua.

—¿No será que ahora que te ha despedido quieres vengarte de él y de paso hacerte el importante? No es fácil que a mi jefe se la cuelen, y menos un don nadie como Casabona.

El hombre soltó una carcajada destemplada e histriónica que provocó que algunos viandantes se volvieran a mirar.

—Pues se la han colado y se la cuelan, y no es cosa menuda. Aunque la más gorda fue la del camión volcado en la calle de San Miguel.

—¿Qué quieres decir? Aquello fue un accidente.

Por segunda vez Martín Corral soltó una risotada.

—La verdad es que lo hicimos bien de cojones —se jactó—. Pero fuimos nosotros quienes hicimos volcar el camión para provocar la intervención de la Fiscalía. Hinojosa y Casabona se repartieron el botín.

—¿El fiscal de Tasas? Ni tú te crees lo que estás contando —le provocó.

—Además, tu jefe le untó después con una buena cantidad para que la cosa no trascendiera. Negocio redondo. Eso también se lo repartieron.

—No puede ser. Aquella noche el camión llevaba aceite de Casabona.

—Lo que servía para descartar ante Monforte que se pudiera perjudicar a sí mismo. Una buena coartada. Casabona es un maricón y un hijo de puta, pero no es tonto. Aunque conmigo se ha pasado de listo y le va a costar muy caro.

—Corral, entiendo que te puedan las ganas de joderlo, seguro que yo haría lo mismo. Pero la venganza, amigo mío, se sirve en plato frío. —La intención de Sebastián no era otra que ganar tiempo ante lo que identificaba como una seria amenaza para los intereses de Monforte—. Deja que pase el tiempo, porque si largas ahora, Casabona va a saber quién se ha ido de la lengua. Vamos, que no tardas ni tres días en aparecer en una cuneta con los calzoncillos en las rodillas y un tiro en la nuca.

—¡Joder! Visto así, puede que tengas razón... ¿cómo es tu nombre? —Corral se echó mano a la garganta para ahogar un eructo o tal vez una arcada.

—Mi nombre es lo de menos, soy solo un «chofercillo» —se burló—. Pero te propongo una cosa. La suerte ha hecho que nos tropezáramos esta mañana, y has hablado justo con quien tenías que hablar. Si lo que quieres es venganza, deja que le cuente esto a Monforte y te garantizo que será él quien se ocupe de Casabona. Así tú no tendrás que verte en nada. Ya sabes, sentarte a esperar a que pase por delante el cadáver de tu enemigo, como se suele decir.

—¿No es Monforte ese que viene hablando con el del sombrero?

—Sí, claro que es él. Anda, sigue adelante, no te conviene que nadie te vea hablando con él en medio de la plaza de España.

—De acuerdo, chofercillo. Seguro que nos vemos pronto, en Zaragoza no faltan los honrados hombres de negocios necesitados de que un buen profesional les cubra las espaldas —ironizó—. A la puerta de cualquier antro nos veremos, y espero que a partir de ahora ya no sea de maricones.

Monforte apenas saludó antes de entrar en el vehículo. Dejó el maletín a sus pies y esperó a que Sebastián se acomodara al volante.

—Tengo que pasar por casa a buscar unos papeles y después me dejas en el Ayuntamiento. Y te vas, que hoy almuerzo con el alcalde.

Desde el día anterior Monforte estaba de un humor de perros. Él había pasado buena parte de la tarde en el taller junto al mecánico encargado de realizar una revisión del coche. Le gustaba conocer a fondo la mecánica del vehículo por si era necesario en caso de avería en carretera, como había sucedido en un par de ocasiones camino de Madrid y de San Sebastián. En ambos casos había sido capaz de hacer apaños para continuar adelante, aunque no se hubiera librado de visitar el taller al llegar al destino. Había limpiado también la tapicería y abrillantado el salpicadero y todo el interior. Solo al terminar había lavado el coche por fuera antes de encerarlo, así que aquella mañana el que se había dado en llamar «el rey de la carretera» lucía hermoso y llamativo. No obstante, ninguna mención había merecido por parte de Monforte al entrar en él. Al regresar a casa la tarde anterior había tenido noticia por Vicente de la desaparición de su aparato de radio y, una vez en la cocina, de la disputa de Monforte con su mujer, aunque ni Antonia ni Rosario, que parecían estar al cabo de lo ocurrido, habían querido dar demasiados detalles. No le había resultado difícil atar cabos para llegar a la conclusión de que había sido doña Pepa, una vez más, la causante de la desaparición y que aquello había sido el detonante de una nueva trifulca. Se había cuidado mucho de mentar el asunto por la mañana y tampoco lo iba a hacer en aquel momento por la cuenta que le traía.

Al incorporarse a la circulación en el paseo de la Independencia, la información que acababa de obtener, sin embargo, le quemaba en los labios. Sabía que no era un buen momento, pero no podía retrasarlo sin que Monforte, después, le pidiera explicaciones, pues había visto a Corral hablar con él.

—¿Ha visto al hombre con el que hablaba, don Emilio?

—Lo he visto, sí. ¿Quién era? —respondió adusto, tal vez ensimismado en otros asuntos.

—Uno de los dos guardaespaldas que acompañan siempre a Casabona.

—Ah, sí, ya. Ahora que lo dices... ¿Y qué cojones hacías hablando con él?

—Ha pasado junto al coche y me ha reconocido. O ha reconocido el coche, o a los dos, yo qué sé. El caso es que se ha parado.

—Bueno, ¿y qué? —apremió, impaciente.

—Iba borracho perdido, don Emilio. Y es que Casabona lo ha despedido. Ha empezado a largar pestes de él y, claro, he aprovechado para tirarle un poco de la lengua. —Sebastián esquivó con pericia un tranvía que se detenía delante, aunque se ganó el bocinazo del vehículo que estaba a punto de adelantarle por la izquierda.

—¡A lo que estamos, Sebastián!

—Me parece que lo que le voy a decir... no le va a gustar ni un pelo, don Emilio.

—¡Vaya, las cosas siempre pueden empeorar! Suéltalo.

—¿Recuerda lo del camión de carbón que volcó hace un año?

—¡Cómo no me voy a acordar, diantre! —soltó, malhumorado—. ¿Qué pasa con eso?

—Fue Casabona, pero conchabado con Hinojosa. Se repartieron el botín —espetó a bocajarro.

—¡Pero qué cojones...! —exclamó, incapaz al parecer de creer lo que acababa de oír—. ¡Para! ¡Para el coche!

Circulaban por la plaza Paraíso, entre Calvo Sotelo y General Mola, y Sebastián no veía un lugar para apartarse del tráfico.

—Un minuto más y estamos en casa, don Emilio. Aquí no puedo parar.

—Ese hombre es peligroso. —Preocupado, Monforte apoyó el codo en la ventanilla y se sostuvo la frente con la mano abierta.

—Bueno, usted nunca se ha fiado del todo de Casabona.

—No me refiero a Casabona, hace tiempo que sé que me engaña. Me refiero al hombre que te ha contado eso. Te habrás quedado con su nombre...

—Corral. Martín Corral —respondió Sebastián, ufano.

—¡Será imbécil!

—Es normal que esté enfurecido si lo ha echado de malas maneras. Además, iba hasta las cejas de anís.

—¡Ahora sí me refiero a Casabona, joder! ¿Cómo puede quedar a mal con alguien que lo sabe todo de él? ¡Y de mí! —se lamentó, y soltó un puñetazo en el apoyabrazos.

Sebastián se admiró por la rapidez con que el amo había captado el verdadero riesgo de aquella situación.

—¿Qué más ha dicho? ¿Ha amenazado con hablar?

Sebastián asintió mientras giraba el volante para enfilar la calle Gargallo.

—Pero creo que he conseguido quitarle la idea de la cabeza. Yo también me he dado cuenta del riesgo que supone para sus negocios y le he metido miedo. Le he hecho ver que si larga, su antiguo jefe irá a por él y acabará en una cuneta. Y he tratado de convencerle diciendo que usted se encargará de Casabona.

Monforte miró a Sebastián y asintió de manera apenas perceptible, con algo parecido a la admiración reflejada en el semblante.

—Has hecho bien —concedió—. Pero nunca se sabe.

—Nunca se sabe, don Emilio —coincidió—. A este le gusta empinar el codo y largar con el primero que se encuentra, eso salta a la vista.

El Citroën se detuvo junto a la acera, pero Monforte no se apeó de inmediato. Durante un minuto caviló con la mirada perdida en los transeúntes.

—Aparca el coche, sube y come cualquier cosa en la cocina —le ordenó—. Quiero que me lleves al Ayuntamiento, pero después te vas a ir a buscar a Casabona. Ya sabes dónde encontrarlo. Dile que a las seis en punto lo quiero en la finca del camino de Monzalbarba. No entres con el coche, déjalo a un par de manzanas y haces andando el resto del camino.

—Como mande, don Emilio.

—Si te pregunta, tú no sabes nada. Di que te imaginas que será para hablar de algún negocio nuevo, lo de la cebada y la cerveza, sé que anda detrás. Y otra cosa, en casa ni una palabra de todo esto a nadie —advirtió con el índice extendido.

—Eso no hace falta que me lo diga. Lo que hago con usted no pasa de puertas para dentro.

—Mira, no hace falta que subas, a mí solo me llevará un momento. Un par de conferencias y coger unos papeles. —Monforte salió del coche, echó mano de la cartera y sacó un billete de cincuenta pesetas que le tendió—. Mejor, cuando me dejes en el Ayuntamiento te vas a comer por allí cerca y luego haces lo que te he pedido.

—Pues lo lavé ayer —se lamentó Sebastián, al ver por el retrovisor cómo el polvo que levantaba el Citroën al avanzar por el camino se iba depositando en la luna trasera.

—¿No se ha extrañado cuando te ha visto? —Monforte ignoró el comentario de Sebastián.

—La verdad es que sí. Y ha preguntado por qué no se veían allí.

—¿En la estación de Utrillas en pleno día? No quiero que nos vean juntos.

—Ya, pero eso no se lo he dicho a él —sonrió, al tiempo que detenía el vehículo y maniobraba para enfrentarlo al portón de la finca. Iba a accionar la bocina, pero la mano del abogado lo detuvo a tiempo.

—Espera. —Monforte hurgó en su maletín de cuero.

—¿Es necesario? —preguntó Sebastián, circunspecto—. Sabe que no me gusta nada, don Emilio.

—Hoy lo es especialmente. Para eso has practicado.

—Un par de días en el campo haciendo puntería con cuatro latas —se atrevió a objetar.

—Te aseguro que resulta más sencillo atinar a una mole de noventa kilos que a una lata de sardinas. —Monforte le tendió la Star, engrasada y brillante al sol de la tarde—. Hoy el cargador está lleno, así que cógela con cariño.

Sebastián bufó con gesto de desagrado.

—¡Eh! —reaccionó Monforte molesto—. Que no es la primera vez que lo hablamos. Ahora también te pago por esto, no sé si te acuerdas.

El joven suspiró hondo y cogió la pistola que le tendía. Comprobó el seguro.

—¿Y la voy a llevar a la vista? —Se miró la ropa. Vestía un pantalón y una camisa de manga corta.

—Toma, métela aquí. —Se volvió a por el ejemplar del *ABC* que descansaba en el asiento trasero—. Se lo he cogido al alcalde para echarle un vistazo, que siempre es bueno estar al tanto de lo que se cuece en la capital.

Toda la portada estaba ocupada por el torreón de un castillo reproducido piedra a piedra en la Feria Internacional del Campo que se celebraba en Madrid, contribución de la ciudad de Burgos al evento, como rezaba el pie de foto con épicas referencias a Rodrigo Díaz de Vivar.

—¿Lo vas a leer entero? —bromeó Monforte al cabo de un instante.

—Si es que me pongo tan nervioso con esto —la pistola descansaba en el asiento, entre sus piernas— que no sé ni lo que hago.

—Ya te acostumbrarás. Ya has visto lo fácil que es de usar.

—Ya, si usarla es fácil. Lo que me acojona es lo que pasa cuando la usas.

Monforte rio.

—¡Jodido Sebastián! —exclamó—. Mira que tengo pocos motivos para reírme hoy... Espero que no llegue ese momento. Pero si llega, no vaciles. Antes nosotros que el de enfrente.

Sebastián dobló el periódico, metió la pistola en medio y lo dejó entre los dos asientos. Luego volvió a mirar al frente y tocó el claxon tres veces, de la manera convenida.

El guarda tardó más de la cuenta en abrir. Cuando por fin lo hizo, su expresión era de sorpresa. Sebastián condujo hasta las proximidades del almacén y el hombre los alcanzó después de cerrar el portón.

—No lo esperábamos hoy por aquí.

—Veo que Casabona no ha llegado —respondió molesto, mirando el reloj—. Odio que me hagan esperar.

—¿Espera a don Marcelo? He visto otra polvareda a lo lejos al abrir, seguro que es él. Voy a ver.

El hombre se asomó al camino y abrió la puerta justo a tiempo para permitir que el Buick burdeos accediera en la finca sin detenerse. Monforte entró en la oficina en busca de sombra sin esperar a su socio. Podía haber ocupado el único sillón de mimbre que había en la estancia, pero prefirió permanecer de pie tras su respaldo y Sebastián, con el periódico doblado y bien sujeto, se apoyó en la pared situada a su espalda. En el exterior se escucharon tres portazos cuando los recién llegados se apearon.

—Vienen tres. Parece que ya ha encontrado repuesto para Corral —observó Sebastián.

Los dos hombres que acompañaban a Casabona entraron delante. Uno de ellos, aquel que conocían de ocasiones anteriores, saludó con un escueto buenas tardes. Sebastián no pudo evitar una sonrisa al observar al segundo. Se trataba de un joven corpulento y musculoso, apropiado sin duda para el puesto que ocupaba, pero algo en sus ademanes le hizo comprender que Corral había dado en el clavo al suponer el motivo del relevo. Ambos escrutaron la estancia y repararon en el periódico que Sebastián sostenía en la mano; también en el maletín que Monforte había dejado en una vieja mesa de formica. Cruzaron una mirada y uno de ellos asintió antes de volverse hacia Casabona. Monforte apreció un discreto gesto de la mano de uno de ellos que, con seguridad, le indicaba que Sebastián iba armado.

—Entra, Casabona, entra. A ninguno nos pilla de sorpresa que haya armas en nuestras entrevistas. Pero no deberías ver tantas películas de gánsteres en el Argensola.

—Hombre, Monforte, me sirven para no traer a mis hombres con la pistola en el *ABC*. Por lo menos no has usado el *Heraldo* —se burló provocando la sonrisa de sus dos acompañantes, que habían tomado posiciones a ambos lados de la puerta, por la que también acababa de entrar el guarda.

—Qué buen humor traes hoy.

—¿No debería? Si, como me ha dicho tu chófer, es verdad que te has decidido a entrar en la cebada, motivos hay para estar contentos. Con eso ahora nos podemos hacer de oro.

Sebastián sabía bien a qué se refería. La cerveza se había puesto de moda y era cada vez más apreciada, aunque él, como Andrés y Vicente, siguieran prefiriendo un buen tinto del país. El problema, por lo que había oído en el bar de Benito, era la escasez de cebada nacional. Si el cereal se dedicaba a fabricar cerveza en fábricas como la de La Zaragozana, se detraía de la alimentación del ganado. Eso había hecho que el precio se disparara y que se tuviera que recurrir a la importación desde Rusia y Oriente a través del puerto de Barcelona. El interés de Casabona se debía sin duda al hecho de que la mitad de las cargas se perdía en el trasiego entre las dos ciudades para alimentar el estraperlo. La Zaragozana había tenido que diversificar el negocio y se dedicaba a fabricar y distribuir barras de hielo envueltas en arpillera, con las mismas galeras tiradas por percherones que antes de la guerra se habían dedicado al reparto de toneles de cerveza. La escasez era tal que los establecimientos hacían sus pedidos y la fábrica enviaba solo lo que podía. Así, se formaban largas colas a las horas en que se pinchaban los escasos barriles servidos a las cantinas. Los tres amigos habían acudido en ocasiones a probarla al bar café Nacional, en la plaza de España, donde cada día solían pinchar un barril a las seis de la tarde. Una vez terminado, no había más cerveza hasta el día siguiente. La relación entre la escasez, la carestía, el mercado negro y el interés de Casabona resultaba evidente incluso para él, ajeno a los pormenores de sus tejemanejes.

—No te he llamado para hablar de cerveza, por mucho que ahora me apetezca una bien fría.

—Cerveza aquí no hay, pero el del hielo vino ayer y dejó media barra. Aún dura en la fresquera —interrumpió el guarda de la finca—. Agua fría les puedo sacar.

—¿Pues a qué esperas? —espetó Casabona, frustrado por la respuesta de Monforte—. Otro jarro de agua fría y ya irán dos. Pero a mí con el hielo me sacas esa botella de whisky que guardas por ahí.

—Qué ocurrente estás hoy. Quiero que hablemos a solas, Casabona. —Monforte alzó las cejas y señaló a los dos esbirros. Su socio se encogió de hombros y repitió el mismo gesto dirigido a Sebastián.

—¿Te vas a sentar? —preguntó señalando el sillón de mimbre al tiempo que los tres hombres salían a la calle.

—Estás engordando, socio. Deberías pasar más tiempo de pie y usar menos el coche —espetó el abogado mientras se apartaba del respaldo.

Casabona rio, pero un momento después la sonrisa se había helado en sus labios, que mordisqueó un instante pensando cómo devolver el golpe.

—En cambio tú te mantienes a pesar de los muchos años. Y andar andas poco. Antes aún salías los domingos a cazar. Aunque sabemos bien cuál es la clase de ejercicio que te mantiene en forma a ti. —Soltó una carcajada e hizo un gesto obsceno y elocuente con las dos manos.

—Veo que has cambiado a uno de tus acompañantes. —Monforte ignoró la alusión—. ¿No estabas satisfecho con él?

El guarda entró entonces con una jarra de agua, un cuenco con trozos de hielo y dos vasos, que dejó en la mesa de formica. Abrió una alacena y sacó la botella.

—¿Whisky para los dos?

—Yo, agua fría —respondió Monforte.

—Si necesitan algo más solo tienen que llamar —se ofreció cuando terminó.

—Bebía más de la cuenta y eso puede resultar peligroso en su oficio —respondió entonces Casabona, que había permanecido en silencio en presencia del guarda—. Además, este es más... completo.

—Entiendo. —Monforte dio un sorbo largo del vaso de agua helada mientras miraba a su socio con los ojos entornados.

—Joder, Emilio, ¿qué cojones te pasa? ¡Vaya mirada!

—Nada —respondió displicente—. ¿Y tú crees que después de despedirlo habrá dejado de beber?

—¿Ese? ¿Dejar de beber? Si allí donde entraba apestaba a anís —se burló—. Pero, a ver... ¿por qué me preguntas eso ahora?

—¿Qué crees que puede hacer un esbirro a quien pones de patitas en la calle de malas maneras y que, además, tiene la lengua suelta por el anís? Un esbirro que lo sabe todo de ti... y de mí.

—¿Ha pasado algo, Emilio? —Casabona se había puesto en guardia y su semblante había demudado.

—¿Que si ha pasado algo? Eres un completo imbécil, Marcelo —escupió remarcando cada palabra—. Pasa que tienes a un tal Martín Corral paseándose por Zaragoza dando detalles de nuestros negocios a todo el que le quiere prestar oídos.

—¿Qué dices? ¡No me jodas! —Casabona estaba lívido.

—¿Tan difícil era suponer que lo iba a hacer?

—¡Hostias, Emilio! ¿Cómo iba a pensar que...?

—¿Pensar? Tú solo piensas con la polla, puto invertido. ¿Te la come bien al menos ese mostrenco?

—Joder, Monforte. —Casabona se había hundido en el sillón de mimbre, como aplastado por un enorme peso sobre los hombros. Resopló con fuerza—. Vamos a pensar con calma, que todo tiene solución.

—Esto se piensa antes. Lo que pasa es que el otro no te la chupaba ni borracho.

—Vale ya con eso, ¿no? —se revolvió—. Cada uno es como es.

—Mira, imbécil. A mí me la trae floja con quién te metas tú en la cama, siempre y cuando eso no me afecte. Pero, mira por dónde, en este caso me afecta de lleno.

Casabona se puso de pie.

—Tranquilo, Monforte. Me encargaré de esto.

—Solo hay una manera de callar a un hombre despechado que busca venganza.

—¡Ya lo sé, joder! —Se había puesto a caminar de un lado a otro de la oficina.

—¿Cuándo? Esta noche mejor que mañana. ¿Sabes dónde encontrarlo?

—Claro que lo sé, ¡hostias! Tú déjame a mí. La he cagado, pero esto lo arreglo yo. —Casabona había perdido el aire de suficiencia y en aquel instante suplicaba perdón con su tono de voz y su actitud—. ¡Será bocazas! Pues caro le va a salir al hijo de puta.

—Espero pronto noticias que me tranquilicen.

—Descuida, joder, que las tendrás. —Se cubrió la cara con las manos y, de repente, soltó una risa irónica—. ¡Y yo que pensaba que venía a hablar de cerveza!

—Hay más, Casabona.

—¿Más? ¿Qué más puede haber? Me acabo de obligar a mandar a un hombre al otro barrio para salir de esta.

—No me has preguntado cómo es que estoy al tanto de todo esto.

—Alguien te ha venido con el cuento, eso es evidente.

—Sí, alguien que jamás me mentiría. Y Martín Corral le ha contado que fue él quien provocó el vuelco del camión de carbón —soltó de improviso—. Como ves no lo llamo accidente. Seguía órdenes tuyas.

—¡Coño, Monforte! No creerás que eso es cierto, ¿verdad? Está claro que lo dice para joderme. Pero si en el camión había también aceite mío, y todo fue intervenido por la Fiscalía de Tasas. ¿Qué beneficio podía yo sacar de ahí?

—Tú solo ninguno. A no ser que alguien en la Fiscalía estuviera conchabado contigo.

Casabona soltó otra risotada destemplada.

—¡Estás loco! Ese hijo de puta ya estaba muerto, pero ahora me voy a recrear. Te juro que voy a hacerlo sufrir. ¿Cómo puedes creer algo así?

Monforte lo miró con desprecio.

—Como actuación es notable, Marcelo. Me habrías convencido, seguro. De no ser porque hoy he comido con el alcalde... y con Hinojosa.

La mirada de Casabona reflejaba el temor a escuchar lo que vendría a continuación. Monforte se levantó y se acercó a él.

—Justo cuando ha ido al baño después de comer me han entrado unas ganas inaguantables de mear a mí también. ¿Y sabes qué? No ha tenido huevos de negármelo, como estás haciendo tú ahora. Eso sí, te ha echado a ti toda la culpa. Dice que le presentaste el plan pergeñado. Él solo tuvo que estampar una firma para revertir la intervención de la carga y entregártela de nuevo a ti, a cambio de una parte del valor. Hablamos del carbón y del aceite que usaste como tapadera y coartada. Y de la mitad del soborno que, imbécil de mí, le entregué para comprar su silencio.

A Monforte no le pasó desapercibida la mirada subrepticia que Casabona acababa de lanzar hacia la puerta. Sin duda valoraba la posibilidad de alcanzar la salida, llegar al Buick y emprender la huida cubierto por las armas de sus dos hombres. Había contado con ello, y por eso se interpuso en su camino.

—¿Qué vas a hacer? —La voz le temblaba.

—¡Madre mía, Casabona! Con lo gallito que tú eres siempre, y mírate en qué te conviertes cuando tienes a tus esbirros al otro lado de la puerta.

—¡Joder, joder, joder! La he cagado, Emilio. La he cagado, pero bien —se lamentó—. ¿Qué puedo hacer para que me perdones?

—Y todo por echarte un esbirro que te come la polla —se mofó de manera mordaz sin responder—. Aunque seguro que la tienes pequeña y se la comes tú a él. Y lo que se tercie.

—Dime, ¿qué hago? —insistió, ignorando la burla.

—Tranquilízate, no mires tanto a la puerta. Tienes la suerte, la inmensa suerte, de que aún te necesito. Lo primero y más urgente... para lo que tienes pendiente esta misma noche.

—Joder, cuenta con ello. Ese no se va más de la boca.

—Y segundo, porque no voy a encontrar a otro con menos escrúpulos que tú para hacer negocios sucios, ni más estúpido para dejarse coger la primera vez que me la intenta colar.

—Pero querrás que te devuelva lo del carbón...

—Hombre, entre tanta estupidez, de vez en cuando surge un atisbo de lucidez. Mira, ¡si hasta rima! —rio con ganas—. Eso es justo lo que vas a hacer. Tienes hasta diciembre para devolverme, peseta a peseta, el valor de un camión de carbón, al precio de este año, no del pasado. Y el soborno de Hinojosa. Seis meses a partir de hoy, ni un día más. Hasta el último céntimo, Casabona. En caso contrario, este año de 1953 será el que inscriban en tu epitafio. Y sabes que yo no hablo en vano. No necesito imitar a los gánsteres de las películas para conseguir lo que me propongo.

39

Jueves, 18 de junio

Durante más de dos horas, Vicente había observado con preocupación los nubarrones grises que se iban alzando amenazantes por encima de los dos campanarios de Santa Engracia. La alcantarilla situada frente a la casa seguía sin desaguar lo suficiente y, cuando una tormenta descargaba con fuerza, el agua se embalsaba en la confluencia de las dos calles y en alguna ocasión había alcanzado el respiradero de la bodega. Tras el último aguacero del verano anterior, había pedido permiso a Monforte para instalar las guías de una tajadera delante del ventanuco con la que impedir la entrada de agua al sótano, pero el herrero parecía haber dejado el pequeño encargo en el olvido y nadie se había ocupado de recordárselo. Lo cierto era que se aproximaba una nueva tormenta y el problema seguía sin encontrar solución.

El viento empezó a barrer con fuerza el empedrado y a agitar las ramas de los plátanos y las acacias que sombreaban la calle, al tiempo que los primeros truenos sordos anunciaban la cercanía del aguacero. Halló una solución provisional al fijarse en el montón de arena que aquella misma mañana una camioneta había basculado sobre la acera en la obra que se llevaba a cabo solo dos números más arriba. Bajó al sótano, cogió dos sacos vacíos de carbón y, con la pala en la mano, salió a la calle dispuesto a rellenarlos, con la intención de devolver la arena a su sitio una vez pasada la tormenta. Con las primeras gotas, apretó el primero contra el ventanuco, colocó encima el segundo tratando de cubrir los huecos y se apresuró a regresar al portal. Un minuto después, el temporal se abatió con fuerza inusitada sobre la ciudad. Sebastián entró en el vestíbulo procedente del patio contiguo que servía de cochera.

—No me gustan nada esos nubarrones blancos —dijo al asomarse al portal junto a Vicente—. Son nubes de pedrisco.

Apenas había terminado de hablar cuando las primeras bolas de granizo empezaron a repiquetear contra los adoquines de la calzada, las marquesinas y las farolas. El ruido intermitente se convirtió en fragor cuando la *pedregada* arreció en intensidad. Las hojas de los árboles empezaron a caer al suelo, que pronto se vio cubierto por una capa blanca de pedrisco que el agua arrastraba hacia la parte baja.

—¡Voy a salir a quitar la tapa de la alcantarilla! —gritó Vicente por encima del estruendo.

—¡Ni se te ocurra! ¿Tú ves lo que está cayendo? ¡La Virgen! ¡Hay piedras como huevos de paloma! Te pega una de esas en la sien y te mata.

La calle se había convertido en un arroyo delimitado por los bordillos de las aceras. Pronto, la rejilla del sumidero quedó cubierta por una gruesa capa de hielo y de hojas destrozadas y el nivel del agua comenzó a ascender.

Antonia bajó las escaleras tan rápido como le permitían las piernas y corrió al portal.

—¡Vicente! —gritó—. ¡El desagüe de la terraza! Se ha taponado con el granizo y el agua va a entrar en el salón.

El portero entró en el vestíbulo, corrió al cuarto donde guardaba los útiles de limpieza y cogió el enorme cepillo de esparto que usaba para barrer y amontonar el carbón en el sótano. Con él en la mano, subió escaleras arriba saltando los escalones de dos en dos.

Cuando diez minutos más tarde regresó al vestíbulo empapado, ahogó un gemido. Había conseguido desatascar el desagüe de la terraza apartando el hielo hacia los muros, pero lo peor estaba en la calle. Toda la familia y el servicio se habían reunido allí para contemplar, atónitos, la enorme balsa en que se había convertido la confluencia de las dos calles. Vicente se abrió paso. El pedrisco había cesado, pero seguía lloviendo con intensidad. El agua cubría la acera por completo y amenazaba con entrar en el portal. Dos conserjes del Hotel Aragón, con el agua a las rodillas, se lanzaban imprecaciones entre sí, impotentes al comprobar cómo el sótano del imponente edificio se inundaba sin remedio. Miró a su derecha y comprobó que del montón de arena de la obra apenas quedaban algunos restos, arrastrado acera abajo por la fuerza del aguacero y, de los dos sacos terreros que había improvisado, solo el extremo de uno de ellos asomaba por encima del agua.

—¡Dios! ¡El sótano! —exclamó al tiempo que se volvía para entrar en el vestíbulo.

Sebastián lo sujetó del brazo.

—Déjalo, Vicente, ya no hay nada que hacer. Entra en la portería y quítate esa ropa mojada.

—Voy a bajar, al menos para ver cómo está.

—Entonces te acompaño.

Dejó un rastro a su paso cuando regresó a la portería en busca de las llaves mientras Sebastián esperaba junto a la puerta. Una vez abierta, el portero encendió la bombilla de la escalera que él mismo había cambiado días atrás y descendieron. No pudieron llegar abajo porque el agua cubría el primer escalón por completo. Vicente accionó el interruptor de la bodega.

—¡Mierda! —maldijo—. Ahora no hay luz aquí. Espera, voy a por una lámpara.

Regresó con una linterna de petaca con la que alumbró el sótano. El haz se reflejó en la lámina de agua ondulante.

—¡Joder, la caldera!

Sin quitarse los zapatos ya empapados, se metió en el agua y avanzó hasta allí. El agua cubría más de un palmo del montón de carbón, pero comprobó con alivio que solo alcanzaba el depósito de escorias de la caldera situado en la parte inferior, sin afectar al calderín de combustión.

—Está bien —anunció—. Lleva patas y por suerte va montada encima de la plataforma de ladrillo refractario.

Se volvió y enfocó la linterna hacia el respiradero, desde el que aún se deslizaba el agua pared abajo hasta alcanzar los sacos de carbón que se amontonaban bajo el tragaluz. Algunos de ellos flotaban alrededor. Reparó entonces en algo brillante que asomaba entre los sacos.

—Verás tú para sacar toda esta agua de aquí —se quejó al pasar junto a Sebastián, que esperaba en la escalera—. A pozales habrá que hacerlo.

El haz de luz enfocó un trozo de papel que flotaba cerca de los primeros escalones, un dibujo hecho a lapicero que osciló al mover el agua junto a él. Sin prestarle atención, llegó hasta los sacos, se agachó y asió el objeto metálico que asomaba entre ellos. Se trataba de un enchufe, que reconoció al instante. Tiró del cable y apartó los sacos empapados que lo cubrían hasta que su aparato de radio, en parte sumergido en el agua fangosa, quedó al descubierto.

Apagó la linterna, de forma que solo la luz de la escalera iluminaba de manera tenue el sótano.

—Vamos, tengo que buscar una bombilla.

—¡*Cagüen* la puta! —gritó Sebastián con voz aguda.

Vicente se volvió hacia él a tiempo para verlo pegado contra el muro, casi de puntillas, mientras una rata empapada subía las escaleras y se perdía por la puerta que daba al vestíbulo. De inmediato se oyeron nuevos gritos arriba.

—¡Qué desastre! Maldita alcantarilla —se lamentó Sebastián y empezó a subir los escalones de dos en dos—. Voy a sacarla de casa o a las mujeres les va a dar algo.

Antes de seguir sus pasos, Vicente metió la mano en el agua y recogió en la palma de la mano el trozo de papel mojado que había visto un momento antes. Lo aplastó contra la pared y lo dejó pegado allí.

Vicente sabía por Sebastián que Monforte había culpado a su esposa de la desaparición de la radio. Al parecer, las confidencias entre el amo y su chófer eran cada día más frecuentes, a juzgar por los detalles que este, si bien a cuentagotas, le dejaba entrever. Por eso sospechaba que los cardenales de doña Pepa no habían sido la consecuencia de una caída, como ella misma se había encargado de explicar a todo el mundo.

Había elegido aquel momento porque esperaba encontrar al matrimonio en el salón, tal vez compartiendo un jerez antes de la cena, y no se equivocaba.

—Pasa —se limitó a decir Monforte cuando, después de llamar a la puerta, asomó la cabeza y pidió permiso para entrar.

—Si tienen un momento... me gustaría hablar con ustedes. —Vicente manoseaba nervioso la gorra de plato del uniforme.

—¿Aún queda agua embalsada en la calle? —preguntó el abogado sin molestarse en responder.

—Ya no, don Emilio, la alcantarilla ha ido tragando poco a poco, pero los bomberos siguen achicando en el Hotel Aragón.

—No entiendo por qué en el Hotel Aragón sí y el sótano nuestro, no.

—Ya ve. Mire que le he insistido al oficial, pero dice que sus órdenes son achicar el agua solo de edificios de uso público y centros oficiales, pero no de particulares.

—Mañana a primera hora telefonearé al alcalde —repuso, molesto—. Si es de eso de lo que querías hablar, mañana será otro día.

—No es eso, don Emilio. Subía a decirles que ha aparecido la radio.

—¡¿Cómo?! ¿Tu radio?

—Estaba en el sótano, debajo de los sacos de carbón vacíos. El agua del respiradero le ha caído encima y está echada a perder.

La reacción de Monforte fue la que Vicente esperaba: miró a su mujer y enrojeció al instante. Sin duda había comprendido que era imposible que ella hubiera bajado al sótano porque jamás lo hacía. Sabía que padecía un miedo cerval a las ratas.

—¿Quién la escondió allí, Vicente?

—Mire, don Emilio, yo no lo sé. Esto flotaba en el agua cuando he bajado después de la tormenta —respondió, y le tendió el trozo de papel todavía empapado que acababa de sacarse del bolsillo.

Doña Pepa se acercó con curiosidad y observó los trazos en la hoja que sostenía su marido en la mano. Se retiró al momento y se dio la vuelta para enfrentarse al enorme ventanal que se abría a la terraza. Vicente observó que se llevaba el dorso de la mano a la mejilla en la que el color amarillento iba ganando terreno al púrpura, tal vez para secar las lágrimas que no podía contener.

Monforte tomó la campanilla de la repisa de la chimenea y la agitó con fuerza con la puerta entreabierta. Antonia no tardó en aparecer.

—Llama a Alfonso y Rafael. Que dejen lo que estén haciendo y que vengan de inmediato —ordenó—. Y tú, Vicente, puedes volver a la portería. Mañana tendrás una radio nueva.

Alfonso entró primero, siempre lo hacía. Para lo bueno y para lo malo, él ocupaba una posición de preeminencia frente a su hermano menor. Rafael cerró la puerta tras de sí y ambos se quedaron de pie.

—¿Pasa algo, papá? —El tono de voz del muchacho revelaba temor. Ambos sabían que algo no iba bien.

—La radio de Vicente ha aparecido en el sótano. Pero resulta que el sótano está inundado y el aparato se ha mojado por completo. Ahora va a tener que comprar una nueva.

—Pero no creerás que la pusimos nosotros allí, ¿no? —repuso Alfonso de inmediato tratando de mantenerse firme.

—No lo sé, hijo. Por eso os he llamado, para preguntároslo. ¿No habéis bajado al sótano para nada?

—Yo no —repuso.

—¡Ni yo! —corroboró Rafael.

—Ajá —musitó Monforte—. ¿Cómo se llama tu profesor de matemáticas, Rafael?

—Don Jesús —respondió receloso—. ¿Por qué?

—Creo que lo recuerdo. Es uno calvo, con gafas y con las orejas muy grandes, ¿no? Y cojea un poco...

—Pero ¿a qué viene esto? —intervino Alfonso.

Monforte lo ignoró. Salvó la escasa distancia que lo separaba de ellos y sujetó ante la cara de Rafael el trozo de papel que Vicente acababa de entregarle. Debajo de una caricatura muy bien conseguida con unos pocos trazos, en la que aparecía un hombre con una pata de palo, un texto anunciaba el mote del representado: el Pata.

—Es tuyo, ¿no? Dibujas muy bien. Vicente lo ha encontrado flotando en el agua del sótano hace un rato. Se te debió de caer del bolsillo.

Rafael se puso blanco y pareció encoger por momentos. Su hermano lo miraba entre sorprendido, enfadado por su torpeza y asustado por lo que vendría a continuación. Doña Pepa había vuelto la cabeza y contemplaba la escena desde el ventanal con semblante contrito.

—¡Fue idea de Fonso! —se excusó—. Yo no quería hacerlo. Solo le ayudé a abrir la puerta y a encender la luz de abajo, pero fue él quien la bajó y la dejó allí.

—¿Es eso cierto? —preguntó Monforte.

Alfonso movió la cabeza lo justo para asentir y, de soslayo, le lanzó una mirada de odio a su hermano. Por eso no vio llegar la tremenda bofetada de su padre que lo tiró al suelo.

—¡Animal! —masculló con voz apenas audible mientras, atónito, trataba de incorporarse con torpeza.

—¿Qué has dicho? —Monforte estiró el cuello hacia delante y frunció el ceño para hablar.

—Nada —musitó.

—Ponte de pie. ¿Qué has dicho? —repitió con tono perentorio.

—¡Nada!

Trató de protegerse del segundo golpe y en parte lo consiguió porque el brazo de Monforte descargó su fuerza en el antebrazo, antes de tumbarlo de nuevo.

Doña Pepa gimió y cruzó el salón para agacharse junto a su hijo. Tiró de su mano para levantarlo y apartarlo de su padre. Recordaba cómo ella, aún en el suelo, había recibido una patada en el costado.

—¿Has visto lo que le ha pasado a tu hermano? —Se encaró entonces con Rafael—. Es lo que les pasa a los mentirosos.

Un instante después Rafael yacía en el mismo lugar que Alfonso y su madre acababan de dejar libre.

—Tú también eres un mentiroso, ¿verdad? —escupió con los dientes apretados—. ¡Mírame! ¡Y responde cuando te hablo! Eres un mentiroso como tu hermano, y ambos habéis permitido que vuestra madre cargara con vuestra culpa. ¿No os da vergüenza?

—Sí, padre, te mentimos.

—¡Ponte de pie!

El muchacho, atemorizado, obedeció a regañadientes.

—Pero hay algo que odio más que la mentira. La cobardía y la delación son mucho peores. ¡Eres un mentiroso y eres un chivato!

—¡Basta, Emilio, déjalo ya! —Mientras Monforte hablaba, doña Pepa había anticipado lo que iba a suceder y se arrojó a sujetarle el brazo para evitar un nuevo golpe.

Fuera de sí, su marido la empujó y la arrojó sobre el sofá. Se encaró con ella.

—¡Tú no te metas! ¡Esto es lo que has criado! —la culpó—. Más te valía estar pendiente de lo que pasa delante de tus ojos, en vez de pasar el día tomando el té con esas esnobs que tienes por amigas y ese cura meapilas y gorrón. Pero no, a partir de ahora la educación y la disciplina van a correr de mi cuenta en esta casa.

—¡Lo que tú digas, pero déjalos ya! O harás algo de lo que te vas a arrepentir.

—¡De lo único que me arrepiento es de no haberles metido una somanta mucho antes!

—¡Ya me la diste a mí por algo que no había hecho!

—¡Ya ha tenido que salir en su defensa! Así es como se malcría a los hijos —contraatacó para obviar el comentario.

—¡Idos a vuestra habitación!

—¡Ni hablar! Aquí mando yo. No he terminado con vosotros. Esto no se va a quedar así, no os creáis que con un par de bofetadas vais a pagar lo que habéis hecho. Para empezar, mañana Vicente comprará una radio nueva, y la vais a pagar vosotros dos. La mejor que haya y no como la anterior, que la debió de comprar en el rastro. Yo adelantaré el dinero, pero vosotros vais a romper vuestras huchas y vais a darme todo lo que haya dentro. Y para lo que falte, estaréis sin paga hasta reembolsar la última peseta. ¿Es justo? ¿Estáis de acuerdo?

Los dos asintieron con la cabeza, musitando de forma inaudible.

—¿Es justo? ¿Estáis de acuerdo? —gritó.

—¡Que sí! —respondió Alfonso.

—Sí —repitió Rafael.

—Bien, porque, además, mañana os vais a levantar al amanecer y os vais a poner a sacar el agua del sótano a pozales hasta que no quede una gota. Iba a hablar con el alcalde para que bombearan el agua, pero lo acabo de pensar mejor.

—Mañana es su último día de colegio, Emilio.

—Ya lo sé, pero si no me equivoco tienen la función de fin de curso y la fiesta de despedida antes de las vacaciones. No se van a perder nada importante —zanjó—. Ya veréis como lo secáis todo a la perfección, por vuestro bien, porque no vais a salir de él en los próximos tres días. Con sus tres noches. Ni a comer ni a dormir. Vicente preparará dos catres y un cubo para que hagáis vuestras necesidades, y os bajará algo de comer una vez al día. Creo que desde mañana vais a desear verle la cara a Vicente. ¿Todo entendido?

—Sí, papá —respondieron casi al unísono con voz acongojada.

—Ahora sí, podéis ir a vuestras habitaciones. Sin cenar.

40

Viernes, 26 de junio

—Esto ya está —anunció Andrés, satisfecho.

Había empleado un par de horas en desmontar y limpiar la caldera tras la reciente inundación, y acababa de comprobar su funcionamiento.

—¡Ya la puedes tratar con mimo! Le debes la novia que tienes —bromeó Vicente.

—Bueno, conocí a Antonia aquel día en que doña Pepa perdió el anillo.

—Ya, pero ahí se habría quedado. Cuando de verdad te la camelaste fue después, mientras montabas la calefacción y el agua caliente.

—¡Eh, Chaplin! De camelar, nada. Antonia no es como las demás —rezongó—. Pero sí, nunca se sabe lo que te depara el destino. Si aquel domingo no hubiera estado en casa de la patrona cuando Sebastián vino a buscarme, ahora no estaría preparando la boda.

—¡Joder, cómo pasa el tiempo! Más de dos años ya.

—Dos años y medio. El día 17 los hizo.

—¡Ah, coño! Por eso viniste a buscarla la semana pasada en miércoles. Ya me extrañó a mí. Pensé... Mira este, no aguanta hasta el sábado sin tocarle las *teticas* a la Antonia. —Vicente soltó una carcajada y se apartó a tiempo para evitar el revés de su amigo.

—¡Más quisiera yo! Menuda es la Antonia —rio también.

—Paciencia, camarada, que solo quedan tres meses —siguió Vicente con la broma.

—Muchas risas tú, pero bien que te callas lo tuyo con Rosita.

Que cada vez os vais antes con la excusa de que la tienes que acompañar a casa. Algún día volverá a casa antes de salir.

Vicente rio la ocurrencia con ganas.

—A mí sí que me deja tocarle las *teticas*.

—¡No jodas! —exclamó Andrés, con asombro—. Míralo, el que parecía una mosquita muerta.

—¡Sí, ja, ja! Creo que es porque en el taller hablan de esas cosas con Julia, y como ella ha estado casada... Diría que con los curas y las cosas de la religión tiene el trato justo. Su marido era un republicano. Para mí que a Rosita le da buenos consejos. Además, sus padres tampoco simpatizan mucho con los curas, creo yo.

—Pues con Antonia también habla, pero yo no lo he notado —se mofó—. De todas formas, tampoco vayas diciendo eso de Julia por ahí, a ver si la vas a meter en algún lío.

—¡Quia! Que te lo cuento a ti en confianza. De aquí no va a salir.

—Así que te deja...

—Eso y más. Excepto... —Vicente, ufano, hizo un gesto explícito—, de todo.

—¡No jodas! —volvió a exclamar Andrés— ¡Hostia con el Chaplin!

—Anda, vamos a cambiar de tema, que te has *quedao* con cara de bobo —rio Vicente, ignorando esta vez el apelativo—. ¿Te has *fijao* en que ya no se ve una rata aquí abajo?

Vicente, después de la inundación, había probado una nueva trampa para ratas que él mismo había ideado. Con las jaulas metálicas que hasta entonces había usado solo muy de vez en cuando conseguía atrapar alguna, así que aguzó el ingenio. Buscó un bidón de tres palmos de profundidad y lo cubrió con un trozo de cartón rígido recortado a modo de tapa. Pegó encima, boca abajo, una lata de café abierta por un lado a modo de comedero y delante de la entrada recortó un rectángulo en el cartón por tres de sus cuatro lados. Hizo un hueco con la pala en el montón de carbón y enterró el bidón completo, de manera que solo la tapa quedara a la vista. La idea era que, cuando la rata se aproximara atraída por el pienso para gallinas que pensaba colocar dentro del comedero, la trampilla de cartón se hundiera bajo su peso y el intruso cayera al fondo del recipiente sin posibilidad de volver a salir.

La primera noche cayeron en la trampa tres ratas. Supo que

había tenido éxito cuando, al abrir la puerta del sótano escuchó el sonido de los golpes que los animales se daban contra las paredes del bidón tratando de alcanzar la salida. Con la pala removió el carbón hasta descubrir el bidón, que levantó venciendo la repulsión que sentía. No se había planteado, sin embargo, cómo acabar con ellas una vez atrapadas. Pensó en llenar el bidón de agua y dejar que se ahogaran, pero eso arruinaría el cartón, así que optó por coger con las tenazas unos trozos de carbón incandescente de la caldera para que el humo dentro del recipiente acabara con ellas.

—¿Has visto? Tres el primer día, y luego cada noche una. Seis bichos en total. Estaba *infestao* esto. Ahora hace dos noches que no lo tocan.

—Buena idea lo del bidón —comentó Andrés—. No, si va a resultar que eres el más *espabilao* de los tres. O eso, o que tienes mucha suerte.

—¿Y eso? —preguntó Vicente, sonriente.

—¡Coño! Acabas con las ratas en una semana, te compran una radio nueva del último modelo y encima tienes una novia que...

—¡Y dale! —rio—. Hemos *quedao* en que no íbamos a hablar más de eso.

—¡Si te quemaba en la boca, truhán! Los hay que las matan callando.

Los dos amigos, cómplices, rieron con ganas.

—Oye, me gustaría hablar con Antonia antes de irme.

—Corre, sube ahora a la cocina. Estará ayudando a Rosario con la comida. Además, tendrás que subir a lavarte.

—Me gustaría que fuera a solas. Y sé que a Rosario no le gusta que la entretenga cuando está trabajando.

—¿Le digo que baje un momento con alguna excusa? En la portería podéis hablar tranquilos.

—Te lo agradezco. Es que tengo una pequeña sorpresa para ella. O no tan pequeña.

Antonia caminaba por la calle Alfonso I del brazo de Andrés, con la soberbia cúpula del Pilar al frente.

—Es la siguiente bocacalle. Ya no está lejos. —Antonia leyó el rótulo de la calle Manifestación en la placa de la esquina.

—¡Pero está muy cerca del Pilar y de la calle Alfonso! Será muy caro.

—No te hagas ilusiones, Antonia. El edificio es antiguo y es una cuarta planta sin ascensor. El casero lo está reformando y nosotros hemos instalado la calefacción, por eso he sabido de él.

Antonia apenas podía contener la impaciencia desde que aquella mañana Andrés la sorprendiera con la noticia. Llevaban meses dedicando parte de su escaso tiempo libre a encontrar un lugar donde vivir después de la boda, fijada para el 26 de septiembre. Buscaban un pequeño piso en renta que pudieran pagar con el sueldo de la fontanería, pues no estaba en discusión el hecho de que ella dejaría la casa de la calle Gargallo antes de aquella fecha. Andrés era de la opinión de que el marido debía correr con el sustento de la familia, y el papel de Antonia, tan importante como el suyo, sería ocuparse de la casa y de los críos que, Dios mediante, no deberían tardar en llegar. Ella había puesto una condición antes de acceder: que solo dejaría el servicio de los Monforte al regreso de San Sebastián y del que sería su último verano en Villa Margarita. Él había accedido a regañadientes, alegando que necesitarían parte del verano para culminar los preparativos, pero Antonia se había mantenido firme. Lejos estaba de imaginar el verdadero motivo de aquella petición: en tres días, aquel mismo lunes, dejaría a Monforte en Zaragoza para pasar lejos los dos meses siguientes bajo la sombra protectora de doña Pepa.

No obstante, habían adelantado todo aquello que podía dejarse hecho antes del verano, su vestido de novia entre otras cosas. Se trataba de un sobrio pero elegante vestido negro que iba a constituir el regalo de bodas de Julia y de Rosita. Aquella misma tarde había quedado con ellas en el taller para hacer la segunda prueba y dejarlo a falta de los últimos retoques para los primeros días de septiembre. También preparar el ajuar había ocupado gran parte de su tiempo desde que fijaran la fecha de la boda, y aún le quedaban sábanas, manteles y toallas que bordar, algo que pensaba completar en San Sebastián.

Pero la verdadera sorpresa de aquella mañana en la portería había sido el cambio de parecer de Andrés, convencido de que era mejor adquirir el pisito en propiedad en vez de abonar al casero una renta mensual. Durante las tareas de instalación de la calefacción había sondeado al casero, que no se cerraba a la venta si las condiciones le resultaban ventajosas. Pedía setenta mil pesetas por él y estaba abierto a aceptar una entrada y diferir el pago del resto en mensualidades.

—Ambos contamos con unos pocos ahorros que nos permitirían afrontar el anticipo —había propuesto Andrés con vehemencia en la portería—, aunque tengamos que apretarnos el cinturón durante unos pocos años. Pero si no lo hacemos ahora que somos jóvenes, nunca lo haremos. Puedo hacer las horas extras que quiera en la fontanería si vemos que nos ahogan las mensualidades.

—Primero déjame que lo vea, no seas impaciente —se había limitado a responder Antonia, aunque en su fuero interno se hallaba tan ilusionada como él.

Andrés se detuvo frente a un portal abierto, próximo a la plaza del Justicia.

—Aquí es —anunció.

Tomó a Antonia de la mano y cruzaron a la acera de enfrente para contemplar la fachada con perspectiva. Era un edificio de cuatro alturas en obras, a juzgar por los tablones, andamios y materiales de construcción que se amontonaban contra la fachada. Un par de albañiles se afanaban en el interior, luciendo un muro con yeso, y los vanos de algunos balcones aparecían descarnados, sin marcos y sin puertas que ocultaran el interior.

—¡Vaya obra! —comentó Antonia—. ¿Y se puede entrar?

Andrés se dirigió al oficial que trabajaba en el zaguán y lo saludó con confianza. Sin duda habían coincidido durante la instalación de la calefacción, a juzgar por los comentarios que intercambiaron.

—Y tú, claro, debes de ser la Antonia. —Hizo ademán de querer saludarla, pero se señaló las manos cubiertas de yeso.

—¿Tienes el manojo de las llaves? Vamos a ver el piso del cuarto.

—No te van a hacer falta porque los carpinteros se han llevado las puertas. Está todo abierto de par en par.

Antonia siguió a Andrés escaleras arriba tratando de no rozarse la ropa con el polvo que lo cubría todo de una pátina pardusca. Trató de ocultar el sobrealiento cuando alcanzaron el último rellano. Era el único iluminado por un tragaluz que proporcionaba algo de claridad a una escalera angosta y lóbrega.

El piso estaba sin amueblar, a excepción de la primera estancia, que albergaba una cocina económica y un lavadero encajado en un mueble de obra cubierto con los mismos azulejos blancos del alicatado. En el lado opuesto, una alacena también pintada de blanco cubría la pared en gran parte de su extensión, con una mesa de madera chapada en el único espacio libre disponible. Un pequeño balcón aportaba la escasa luz de un patio de luces oscuro y mugriento.

La estancia principal era una sala de dimensiones generosas con dos balcones —en aquel momento tan solo vanos en el muro— que daban a la calle Manifestación, lo que hacía de ella la más luminosa de la casa. Contenía un viejo trinchante con el espejo deteriorado y un par de orejeros en relativo buen estado. El tercer hueco de la misma fachada correspondía al dormitorio principal, donde una cama, con el cabecero y los pies torneados, permanecía adosada a una de las paredes.

—Me dijo el casero que los anteriores inquilinos no pudieron desmontarla porque los tornillos estaban pasados de rosca y por eso decidieron dejarla aquí —explicó Andrés.

—Pues el colchón parece muy nuevo —observó Antonia tras levantar la funda que lo cubría—. Pero, claro, no se puede dormir donde lo han hecho desconocidos. Vete tú a saber...

Al otro lado del pasillo se hallaba el segundo dormitorio de la casa, de tamaño algo menor. Entre este y la cocina se abría el cuarto de baño, que disponía bajo la ventana de una bañera pequeña cubierta con una cortina, de un lavabo y un bidé, amén de un armario colgado sobre los azulejos.

—Y esto es. ¿Qué te parece? Habrá que arreglarlo, claro, que está un poco dejado, pero ya se ve lo que es. Son casi setenta metros en total.

Antonia tenía un nudo en la garganta. Había pasado los últimos diez años de su vida en una auténtica mansión, si bien era cierto que su dormitorio y el baño que compartían no mejoraba en mucho los que acababan de ver. En aquel momento fue dolorosamente consciente de lo que iba a cambiar su vida en adelante. Entre aquellas paredes habría de desenvolverse su existencia si respondía afirmativamente a Andrés. Trató de imaginar por un instante a un par de pequeños correteando por allí y experimentó una repentina sensación de agobio.

—Pero esto no está para septiembre, Andrés. Y en algún sitio nos tendremos que meter a vivir después de la boda. No podemos estar pagando el piso y una renta al mismo tiempo.

Antonia, cansada después de todo el día trajinando por la casa de la calle Gargallo, regresó hasta la cama del dormitorio y se sentó en el borde.

—No, mujer, si el casero no tiene prisa por vender —aclaró y se sentó a su lado—. Podemos hacer las escrituras una vez que acabe la reforma y sí, mientras tanto, buscar otra cosa en alquiler.

—¡Pero si apenas queda tiempo! Yo me voy el lunes a San Sebastián y vuelvo tres semanas antes de la boda —objetó con una nota de angustia en la voz.

—No te apures, Antonia. —Andrés apoyó la mano en la rodilla de su prometida—. Nos metemos en alguno de los que hemos visto ya, hay dos o tres que no nos han disgustado. Solo serán unos meses hasta que podamos mudarnos aquí.

La mano de Andrés permanecía sobre la pierna.

—¿Te das cuenta de que después del verano estaremos durmiendo aquí mismo? En esta cama o en una como esta.

—A mí me gusta esta, ¿por qué íbamos a cambiarla si el casero nos la deja?

Andrés deslizó la mano un poco más arriba de la rodilla y sintió que Antonia se estremecía. Sin embargo, no dijo nada. Envalentonado por el audaz progreso, siguió ascendiendo hasta introducir los dedos bajo el borde plisado de la falda. Sentía una excitación creciente, sobre todo al recordar la confidencia de Vicente aquella misma mañana. Se inclinó sobre el rostro de su novia y depositó un beso sobre la piel pecosa del pómulo. Con el segundo, alcanzó sus labios pintados con carmín.

—No sabes, cariño, las ganas que tengo de que llegue la noche de bodas —se atrevió a decir, y de inmediato advirtió que el rubor enrojecía las orejas y las mejillas de Antonia. Incluso apartó algo la cara y, de manera apenas perceptible, se desplazó unos centímetros sobre el colchón, sin responder a su comentario. Entonces, llevado por un impulso, alzó la mano derecha y la apoyó sobre el pecho de la joven, por encima de la ligera tela del vestido de verano.

—¡Andrés, no seas fresco! —Se levantó del colchón como un resorte—. Yo también tengo ganas de que llegue ese día, pero igual que has esperado hasta ahora puedes esperar tres meses más.

Andrés acompañó a Antonia hasta la calle de San Miguel y la dejó en la puerta del salón de costura. Después de tres años, el cartel de MODAS PARÍS empezaba a padecer el paso del tiempo, y el polvo se acumulaba sobre el rótulo desluciendo el llamativo efecto original. De ninguna manera podía permitir que Andrés tan siquiera vislumbrara el vestido, en caso de que estuviera dispuesto sobre el maniquí para la prueba, así que se despidieron en la calle.

—Yo las saludo de tu parte —propuso Antonia con gesto divertido a la vez que depositaba un beso fugaz en la mejilla del joven.

La campanilla sonó en cuanto empujó la puerta. Como suponía, Julia y Rosita se encontraban en el taller, quizá esperándola.

—Siento haberme retrasado —se excusó con voz compungida, aunque su semblante la desmentía—. Es que vengo de ver un piso con Andrés.

—¡Jolín! ¿Otro piso? —Rosita se había apresurado a apagar el aparato de radio del que poco antes surgía una música pasada de moda y extrañamente marcial—. ¡Vais a acabar viendo todas las casas de Zaragoza a este paso!

—No, Rosita, es que esta vez es un piso que Andrés dice de comprar.

—¿Comprar? ¡Pues sí que corréis vosotros dos!

Julia, que había seguido cotejando los dos patrones que tenía en la mano al entrar, la miró con interés.

—Entonces, ¿has cambiado de idea respecto a lo de dejar la casa de los Monforte? —Había algo parecido a la esperanza en su tono de voz—. Necesitaréis dos sueldos para pagar un piso en propiedad.

—No, eso Andrés ni se lo plantea. Pero dice que es una buena oportunidad por el precio y por las facilidades que le da el dueño para pagarlo. Claro que tendríamos que abonar una buena entrada.

—¿Y solo cuenta la opinión de Andrés? —repuso Julia sin ocultar su contrariedad—. Yo he estado casada, incluso tuve un hijo, y no es que no dejara de trabajar, es que emprendí un negocio nuevo solo con la ayuda de Rosita.

—Pero Julia, tu caso era distinto por completo, eras viuda y tenías un hijo que mantener —objetó Antonia.

—En realidad no necesitaba el trabajo. Bien administrado, el capital del que dispongo me daría para vivir holgadamente. Pero no me veo entre cuatro paredes limpiando sobre limpio y esperando que pasen las horas para terminar un día más, idéntico al anterior y al siguiente.

—Yo no estaré sola. Andrés vendrá a casa a mediodía y por la tarde después de trabajar. Y tal vez pronto lleguen los niños.

—Y tú les guisarás, les servirás, les lavarás la ropa sucia y les plancharás. ¡Dios mío, cuánto atraso! ¡Y cuánto daño hace esa supuesta señora Francis! Para eso, mejor y más acompañada habrías estado en el pueblo.

—¿Acaso las cosas son distintas por ahí? —Antonia empezaba a mostrarse herida—. ¿Qué otra cosa se espera de una mujer casada?

—¡Por supuesto que lo son! En Francia las mujeres están aprendiendo a no depender de un marido que las mantenga. Conservan su trabajo y por eso, si vienen mal dadas, pueden coger la puerta y dejarlo con un palmo de narices.

—¿Qué dices? ¿Cómo vas a dejar a un hombre al que has jurado fidelidad para siempre con el sacramento del matrimonio?

—Claro, y si te pone los cuernos con otra, a llevarlos con dignidad y a hacer como que no ves. Eso es lo que aconsejan en ese locutorio infame, ¿no es así?

—Igual son mejores esas ideas revolucionarias que escuchabais las dos cuando he entrado. Radio Pirenaica era lo que teníais puesto, ¿no? ¡La Pasionaria! ¡Vaya ejemplo!

—¡Chicas, chicas! —intervino Rosita asustada—. ¿A qué fin ha venido esto? Es la primera vez en años que os oigo discutir así.

Antonia miró a la modista y después a Julia. Entonces se dejó caer en una silla y estalló en sollozos.

—Cierra la puerta, Rosita, por favor. —Julia, despacio, se acercó a la muchacha y le puso la mano en el hombro.

—Perdóname, Antonia. No llores. He sido demasiado brusca, ya lo sé. No era mi intención herirte —se excusó con tono conciliador—. Es solo que...

—¿No crees que deba dejar la casa de los Monforte, Julia? ¿Con lo que sabes? —Antonia se detuvo en seco llevándose la mano a la boca. Había pronunciado la última frase sin pensar.

—Sí, creo que debes irte de casa de los Monforte, una mujer casada de ninguna manera puede estar interna. —Julia se había dado cuenta del desliz y trató de pasar por encima del comentario—. Me refería más a otra clase de empleo, con tu experiencia podrías entrar de cocinera en algún sitio, y trabajar solo unas horas cada día. En un colegio, en el nuevo hospital que se está construyendo, vete tú a saber.

—Julia, eso es algo que Antonia tendrá que hablar con Andrés.

—Con un gesto elocuente, Rosita le pidió que no siguiera ahondando en aquella herida. Tras cerrar la puerta regresó hasta el maniquí—. Ha venido a probarse el vestido y eso es lo que vamos a hacer ahora mismo.

—Sé que en parte tienes razón, Julia —confesó Antonia en cuanto Rosita hubo salido por la puerta.

La prueba había resultado perfecta. Tal como Antonia deseaba, el vestido era sencillo en sus formas, aunque la calidad del moaré negro empleado hacía de él una pieza en extremo elegante y apropiada para aquel momento único. El amplio vuelo del bajo, a la altura de la rodilla, contrastaba con el talle ajustado y la manga francesa por debajo del codo. Solo había sido necesario soltar una pizca la sisa para permitir a Antonia algo de libertad en los movimientos. La simplicidad del vestido exigía contar con complementos adecuados, y la generosidad de doña Pepa había resuelto la dificultad, pues se había ofrecido a prestarle para la ocasión su collar de perlas con los pendientes a juego. Las tres habían convenido en que, con un ligero chal de gasa sobre los hombros y un tocado a juego, Antonia iba a lucir espectacular.

Nada más terminar, Rosita se había excusado. Como ocurría en los últimos tiempos, debía acudir con prisa a casa para atender a sus padres, cuya salud se resentía a ojos vistas, así que las dos mujeres se habían quedado solas.

—He estado a punto de meter la pata. Rosita no sabe nada de lo de Monforte, ¿no?

Julia negó con la cabeza.

—Perdóname, Antonia, ha sido culpa mía, me he dejado llevar. Pero cuando has dicho que Andrés ni se lo plantea, además con esa convicción... —dejó la frase en el aire—. Es que no concibo que tu opinión no tenga ningún valor.

—Tú eres una mujer muy especial, Julia, pero la mayoría no somos así.

—Que no, Antonia, no creo que yo tenga nada de especial.

La risa sirvió a Antonia para indicar que no estaba en absoluto de acuerdo.

—Tal vez lo era Miguel —sugirió.

Julia, con los ojos entornados, pareció reflexionar. Poco a poco empezó a asentir.

—Puede que tengas razón. Si Miguel hubiera sido de otra manera, quizá yo tampoco sería como soy ni pensaría como pienso. Supongo que su etapa libertaria durante la República, la larga estancia en Francia y en Inglaterra, ver el trabajo de las mujeres en retaguardia en las dos guerras, le marcó para siempre y le hizo cambiar su actitud hacia las mujeres.

—Y tú lo conociste después de todo eso.

—Y una se acostumbra pronto a que un hombre la trate así, a que la considere como alguien igual a él.

—Andrés no es como Miguel —reconoció Antonia—. No puedes pretender...

—Ven, estaremos mejor sentadas —la interrumpió Julia mientras se dirigía hasta la mesa de trabajo de Rosita. Dejó libre el sillón bajo la ventana.

—La verdad es que se agradece —reconoció cuando se hubo dejado caer en el asiento—. Llevo en pie y sin parar desde que se ha hecho de día.

—Yo tuve esa suerte. Por eso Miguel me cautivó desde el primer día —continuó Julia con cierta emoción—. Ya te digo que me trataba como a una igual, su opinión tenía el mismo valor que la mía, para todo contaba con mi parecer. Incluso en la cama, buscaba mi disfrute tanto como el suyo y en el trato estaba ausente cualquier deferencia por el hecho de que él fuera hombre y yo, mujer.

—¡Madre mía! —exclamó Antonia. A medida que Julia se explicaba, había ido comparando la actitud de Miguel con la de Andrés y eso le hizo ser consciente de los motivos de su amiga para reaccionar como lo había hecho—. Lo cierto es que no hay muchos hombres así.

—España está sufriendo un retroceso de décadas, Antonia. Y lo peor es que la mayor parte de la gente no es consciente de ello. El régimen ha devuelto a las mujeres al papel que han desempeñado desde siempre: parir a los hijos, servir y satisfacer al marido y abstenerse de opinar. Y los hombres por sí solos no van a hacer nada por revertir una situación que les favorece. Lo que hace Andrés es lo que hacen todos, y ninguno se plantea que las cosas puedan ser de otra forma.

—Pero es que yo, como la mayor parte de nosotras, tampoco —reconoció—. Si no estuviera hablando contigo ni se me pasaría por la cabeza nada de lo que estás diciendo.

—Lo sé, Antonia, y no es culpa tuya. Así es la educación que hemos recibido. Pero ahora que he conocido algo diferente, se me llevan los demonios cuando veo a chicas jóvenes como tú someterse sin cuestionarla a la voluntad de los novios y los maridos. Andrés ha decidido que él por sí solo se basta para mantenerte a ti y a los hijos que puedan venir, ¿y no hay más que hablar?

Antonia no respondió de inmediato. Cabizbaja, se frotaba las dos manos en el halda.

—Tengo muchas dudas, Julia —musitó al fin.

—Lo sé, pero es normal antes de dar un paso tan trascendental. ¿Quieres hablar de ello?

Antonia asintió con la cabeza.

—Lo estoy pasando mal, Julia. Me está costando más de lo que pensaba hacerme a la idea.

—¿Hacerte a la idea de casarte?

—Sí —musitó—. Jamás me había planteado que pudiera llegar a ser madre, ni que pudiera tener relaciones con un hombre. Casi desde que tengo uso de razón me convencí de que pasaría mi vida en el pueblo cuidando de mis padres y de mi hermano.

—Ya, Antonia. En otras circunstancias es un proceso gradual. En tu caso ha sido un cambio muy brusco.

—Me sigue asustando la noche de bodas —se confió por fin.

—Ya lo sé. Pero eso es lo que menos debe preocuparte. A ti te gusta Andrés, ¿no?

—Claro, ya te lo he dicho otras veces.

—Entonces no te inquietes, solo has de dejarte llevar por tus impulsos. Eso sí, sin ponerles trabas —le aconsejó con vehemencia—. Has de dejar a un lado la vergüenza y esas absurdas ideas que os meten los curas en la cabeza de que el sexo y el placer son pecado.

—A eso es a lo que tengo miedo. No sé si seré capaz.

—¿Por qué lo crees? ¿No sientes una sensación agradable cuando Andrés te besa, por ejemplo?

—¡Ay! No sé si debo contarte esto, pero necesito saber si lo que me pasa es normal. —Antonia suspiró hondo—. Esta misma tarde, viendo el piso, nos hemos sentado en el borde de la cama; me ha puesto la mano en la pierna, ha empezado a subir y después me ha puesto la otra mano aquí. —Se señaló el pecho—. Me he puesto tan nerviosa que he saltado como un cepo para ratones.

Julia rio con ganas.

—¿Porque no te ha gustado, o porque crees que es pecado? —preguntó con tono jocoso.

—Y yo qué sé, Julia. Pero no puedo controlarme. Cuando me ha rozado he sentido como un calambre tan intenso que me ha asustado.

—Eso es porque todavía no conoces tu cuerpo, sus respuestas. No conoces las sensaciones que te puede proporcionar el contacto con un hombre.

—¡Es lo que te estoy diciendo! ¡Me da miedo reaccionar como lo he hecho hoy!

—Explora esas sensaciones por ti misma, Antonia. Así cuando llegue la noche de bodas no te resultarán nuevas.

—¿Qué quieres decir? —se sorprendió.

—Mira, Antonia, si piensas que tocarse es pecado, mal vamos. De verdad, por favor, no hagas caso de esas ideas que te han metido en la cabeza —dijo con elocuencia—. Dios te ha dado ojos para que mires lo que hay a tu alrededor, boca para que comas todos los días... ¿por qué piensas que nos ha dado el sexo para no poder usar de él?

Antonia se había puesto encarnada.

—Pero ¿qué estás diciendo, Julia? ¿Tú haces eso?

—Muchas veces —rio—. Es lo más natural. Si algo aprendí junto a Miguel es a disfrutar de nuestro cuerpo.

—Me da mucha vergüenza hablar de esto, Julia.

—Lo sé, por eso lo hago. Para que empieces a vencerla. Si no, nunca podrás disfrutar con Andrés.

—¡Disfrutar! ¿Pero quién habla de disfrutar?

—Sabrás a qué me refiero cuando, desnudos en la cama, sientas sus besos, sus caricias, las yemas de sus dedos recorriendo toda tu piel.

—¡Basta, Julia! Lo que dices es pecaminoso. ¿Cómo vamos a estar completamente desnudos en la cama?

—¡Madre mía, Antonia! ¡Estás más verde de lo que pensaba!

—Una vez vi en la cómoda de mi madre un camisón con un

orificio. No supe para qué servía hasta que mucho después me enteré por mis amigas de las cosas de la vida. Yo me he hecho otro igual para esa noche.

—¡Antonia! ¡No puede ser verdad! Dime que me estás tomando el pelo. —Julia no sabía si echarse a reír o llevarse las manos a la cabeza. Al final hizo ambas cosas—. ¡Menos mal que hemos hablado hoy!

—¿Por qué te ríes?

—Antonia, me vas a hacer el favor de coger ese camisón en cuanto llegues a casa y haces trapos con él. O mejor lo metes a la caldera para que nada te lo recuerde. Te avergonzarás cuando pienses en él dentro de unos meses.

—¿Sabes qué? Ahora aún estoy peor que antes —se lamentó.

—Mira, yo respeto tus creencias religiosas, y todo eso de que tienes que esperar al matrimonio para dejar que Andrés te toque, pero te aseguro que la noche de bodas no te asustaría en absoluto si llegaras a ella con la lección aprendida —insistió—. Mira, con Rosita tengo la misma confianza y también hemos hablado de esto. Solo que ella me va haciendo caso.

—¿Qué dices? ¿Vicente y Rosita...?

—Mujer, no es que hayan hecho el amor. Solo están aprendiendo a conocerse —respondió con intención en la voz.

—¡No me lo puedo creer! ¡Vicente! ¿Rosita?

—¡No le digas a Rosita que te lo he contado!

—¿Cómo se lo voy a decir? ¡Me moriría de vergüenza! Pero yo soy incapaz de hacer lo mismo, te lo aseguro. Tendría que correr a confesarme y...

—¡Pues confiésate! —le cortó de inmediato—. Eso es lo bueno que tenéis, confesáis vuestros pecados, o en tu caso lo que crees que es un pecado, y con unos avemarías, conciencia limpia. ¡Será por tiempo para rezar avemarías mientras haces las camas y remueves las cazuelas!

—¡No te rías, Julia, que no estoy para bromas! ¡Como para contarle al párroco de Santa Engracia que me toco por las noches! ¡O que dejo que me toque Andrés!

—No te imaginas hasta qué punto hablo en serio, Antonia. Si tanto cargo de conciencia te produce, vete y te confiesas en la parroquia más alejada de aquí. Pero hazme caso, por lo que más quieras... —De nuevo sufrió un repentino ataque de risa—. Perdona,

perdona, es que te acabo de imaginar en el Hotel Aragón la noche de bodas plantada delante de Andrés con ese camisón con agujero...

Julia estalló en carcajadas sin poder evitarlo al tiempo que trataba de pedir perdón cuando la risa se lo permitía. Se secó las lágrimas con el dorso de la mano y trató de calmarse.

—Como le cuentes a Rosita algo de esto no te vuelvo a hablar en mi vida.

—Ah, pues pensaba contárselo mañana en cuanto entrara por la puerta —bromeó.

—Te lo digo en serio. Es que te mato.

—Mira, hacemos un trato. Tienes el fin de semana por delante para dejar a Andrés con buen sabor de boca antes de irte a Villa Margarita. Vas a dejarlo aquí solo dos meses, así que los padrenuestros y los avemarías puedes rezarlos en el coche camino de San Sebastián. A cambio, lo del camisón se queda para nosotras dos.

41

Lunes, 7 de septiembre

El Citroën se detuvo sobre la acera y Sebastián se apeó raudo. Usó la llave que llevaba en la mano para abrir la portezuela del patio y un instante después las dos hojas del portón giraron para dejar el paso expedito. Regresó a buen ritmo para no interrumpir demasiado a los peatones y condujo el vehículo al interior, donde hizo sonar el claxon dos veces.

Antonia abrió la portezuela trasera y puso los pies sobre la gravilla, entumecida por las largas horas de carretera. No había sido lo peor la obligada inmovilidad, sino el viaje que le habían dado Alfonso y Rafael, con quienes había compartido el asiento trasero. No habían dejado de enredar, de lanzarse pullas, de quejarse el uno del otro, hasta que el propio Sebastián, harto, había amenazado con detener el coche en el arcén si no dejaban de distraerle al volante. Doña Pepa, en cambio, había dormitado durante la mayor parte del trayecto, ajena a lo que pasaba en el asiento de atrás. Poco antes de salir de Villa Margarita se había tomado el pequeño comprimido amarillo de un nuevo medicamento, Biodramina, que el boticario le había proporcionado para prevenir el mareo y que, a la vista estaba, le provocaba una irresistible somnolencia. Solo al final del trayecto, pasado ya el Ebro en Tudela, Alfonso se había enfrascado en la lectura de *Un capitán de quince años,* que Concepción le había señalado como lectura en francés para el verano, y en el que apenas había avanzado una veintena de páginas. La institutriz había regresado a Zaragoza una semana antes en compañía de Monforte y de gran parte del equipaje, pues el traslado del verano siempre había requerido dos viajes de Sebastián con su Citroën.

Vicente, advertido por la bocina, asomó por la puerta que comunicaba con el vestíbulo del edificio al tiempo que Sebastián, solícito, ayudaba a bajar a doña Pepa, también algo entumecida y tal vez aún adormilada.

—¿Cómo ha ido el viaje? —preguntó, y le estrechó la mano, a pesar de que habían estado juntos solo unos días atrás.

—Los he tenido mejores —respondió con una mirada que atravesó a los dos hermanos, al parecer remisos a bajar del coche—. Sobre todo los que hago solo.

El portero estrechó con delicadeza la mano de doña Pepa, a la que no veía desde los primeros días de julio, y mantuvo con ella una breve conversación. Después se acercó al portaequipajes para ayudar a Sebastián a bajar las maletas.

A Antonia se le despertó el apetito en cuanto Vicente abrió la puerta de la casa después de que el traqueteante ascensor, sobrecargado, los dejara en el cuarto piso.

—Rosario ha hecho fritada para comer.

Adivinó. Aquel era uno de los guisos más habituales en la casa durante el verano, época en la que abundaba el calabacín que cortaba con patata, cebolla y ajos hasta que todo ello adquiría un color dorado en la sartén.

El rostro de la cocinera se iluminó cuando Antonia abrió la puerta de la cocina. Dejó lo que estaba haciendo, se secó las manos en el delantal y caminó a su encuentro.

—¡Alabado sea Dios! Ya estáis todos aquí, y parece que con bien. —Abrazó a la doncella y le cubrió la cara de besos—. Lo malo es que por poco tiempo ya, chiquilla. ¡Qué *solica* me vais a dejar, Virgen del Pilar!

—¡Calla, Rosario! —repuso con tono afable—. Aún no hemos puesto el pie en casa y ya estás pensando si me voy o me dejo de ir. Ya llegará, mujer.

—Si es que siempre había pensado que yo sería la primera en faltar y mira tú por dónde... las dos en unos días —se lamentó—. A ver a quién mete ahora doña Pepa en la casa. ¡No le arriendo la ganancia!

—¡Cómo que las dos! ¿A quiénes te refieres?

—¿A quién me voy a referir? A Francisca y a ti. —Rosario se

calló en seco y compuso una expresión de pasmo—. ¿Es que no sabes nada?

—¿Qué tenía que saber? ¿Se va Francisca?

—Yo pensaba que doña Pepa os lo habría dicho; sé que don Emilio ha hablado varias veces por teléfono con ella.

—Te aseguro que doña Pepa no tiene ni idea de que Francisca vaya a dejar esta casa —aseveró Antonia—. De camino ha comentado que tenía que ponerse a buscar a alguien de inmediato para sustituirme y para ayudarla a ella, precisamente.

—Entonces es que no ha querido disgustarla y habrá esperado a que volvierais para decírselo —supuso—. Se va a vivir a La Almunia de Doña Godina con ese hermano suyo que ha aparecido como caído del cielo, ¡en mala hora! Dice que le ha salido un trabajo allí y que se va con él; y que algo le saldrá a ella. ¡De la noche a la mañana!

—¿Se va con Ricardo?

Vicente dejó los bultos y regresó para terminar de acarrear el equipaje. Cuando se quedaron solas, Rosario se sentó junto a la mesa y habló en tono de confidencia.

—¿Tú lo conoces? Será su hermano de verdad, ¿no? Porque no se parecen en nada. Nunca en todos estos años ha querido hablar de él y ahora, así de repente...

—¡Qué cosas dices, Rosario! ¿Cómo no va a ser su hermano?

—¡Ay, que no sé! Se oyen tantas cosas... A ver si es un hombre que ha conocido por ahí y dice que es ese hermano a quien nadie ha visto nunca.

—Pero ¿para qué iba a hacer semejante desatino?

Rosario atrajo a Antonia hacia sí y la obligó a agacharse. Habló en un susurro.

—Para irse a vivir en concubinato con la tapadera de que ese hombre es su hermano. Que la Francisca ha pasado la treintena y no tiene visos de que vaya a encontrar ya novio a estas alturas —cuchicheó—. Que ella te lo había de negar, pero desde que festejas con Andrés te tiene unos celos que no te puede ver.

—¿Y tú cómo sabes eso? —respondió Antonia, molesta, con tono de reproche.

—Porque soy muy vieja ya, pero aún veo y oigo —zanjó.

—Olvida semejante disparate, Rosario. Francisca no me tiene ojeriza en absoluto y te aseguro que Ricardo es su hermano.

—¡Si tú lo dices!

—¿Dónde está?

—Arriba, os ha estado esperando para despedirse.

—¡Cómo! ¿Es que se va hoy mismo? —exclamó, perpleja.

—Claro que se va, lleva toda la mañana recogiendo sus cosas. Desde el viernes anda diciendo que se habría ido antes, pero que ha aguantado hasta que volvieras tú por no dejarme con todo.

Encontró a Francisca metiendo en un altillo el cobertor que había vestido su cama.

—Ya os he oído llegar. —Le dio dos besos en las mejillas sin cambiar apenas el semblante adusto con el que la había encontrado—. Iba a bajar ahora. Estaba terminando de recoger.

—Me dejas pasmada, Francisca. ¿A qué viene esta precipitación?

—Cosas mías —respondió, evasiva.

—¡Si ni siquiera doña Pepa sabe que te vas!

—Ahora bajaré a hablar con ella también.

—Pero mujer, no puedes bajar así, casi con las maletas en la mano a decirle que te despides. Deberías avisar al menos con un par de semanas para que tengan tiempo de buscar a alguien que ocupe tu lugar —le reprochó—. Y Monforte ¿qué dice?

—¿Monforte? Monforte no dice nada. Ni se le ocurrirá.

Antonia trató de buscar sentido a lo que acababa de escuchar, pero solo concebía una explicación.

—¡Para, para, para! ¿Qué está pasando aquí, Francisca?

Cerró la puerta de la habitación y regresó hasta la cama cubierta solo por una sábana protectora, donde su compañera se había dejado caer. Al aproximarse, comprobó que tenía el rostro deformado por una horrible mueca y que hacía esfuerzos por no romper a llorar.

—¡Vete de aquí, Antonia! —la exhortó—. No pases una noche más en esta casa, no esperes ni a la boda. —Se había vuelto hacia ella para tomarla con fuerza de ambas muñecas. Las suyas quedaron en parte a la vista cuando las mangas de la blusa que vestía se retiraron hacia el antebrazo. Antonia terminó de subírselas hasta el codo para dejar a la vista la piel blanquecina cubierta de cardenales. Gimió con desesperación.

—¿Qué te ha hecho, Francisca?

Por toda respuesta, la joven liberó los brazos de entre las manos de Antonia y se cubrió la cara abandonándose a un llanto sordo.

Antonia, en un instante, revivió con toda nitidez su propia angustia. Sintió que la congoja y la rabia le atenazaban la garganta y supo que cualquier cosa que dijera no serviría para proporcionar a Francisca el más magro consuelo. Se limitó a pasar el brazo sobre su hombro para dejarla llorar.

—¡Miserable! —espetó al cabo de un momento, incapaz de contener la ira—. ¡Esto se tiene que terminar! Callar y huir no puede ser la solución. Seguirá haciéndolo con quien entre en nuestro lugar. ¿Te ha llegado a...?

Francisca seguía hipando, pero negó con la cabeza al tiempo que tomaba aire.

—Lo intentó mientras me sujetaba con todo su peso y toda su fuerza —logró balbucir—, pero creo que no puede. Fue el viernes, llegó borracho y se metió aquí. Solo fue capaz de mancharme con su simiente.

—¿Y Rosario?

—Rosario dormía. Y ya sabes que está más sorda que una tapia. A mí me despertó.

—¿Dormías sin pasar el pestillo? —Al instante Antonia se sintió culpable por no haber advertido a Francisca antes de dejarla sola todo el verano a merced de Monforte. Sin embargo, en ningún momento se le había pasado por la cabeza la posibilidad de que también ella pudiera sufrir sus ataques—. Francisca, ¿te sientes con fuerzas para denunciar a ese monstruo?

El llanto de la joven se recrudeció. Negó con la cabeza.

—Me ha amenazado.

—¿De qué manera?

—No sé cómo, pero sabe lo de mi hermano. Me dijo que la Guardia Civil y la Policía Armada seguían su pista, y que ya estaría detenido de no haber parado la orden él mismo.

—No entiendo, Francisca. ¿Por qué había de hacer eso?

—Monforte no hace nada sin tener cubiertas las espaldas. De alguna manera se ha enterado de que Ricardo es mi hermano. Interceder por él y evitar que lo detuvieran le proporcionaba carta blanca para forzarme a mí y asegurarse de que no lo voy a denunciar. Es una víbora que prepara el ataque y no arremete hasta estar seguro de que la presa no tiene escapatoria.

—No se puede explicar mejor —repuso Antonia, abatida. Con Francisca, tres eran las víctimas en el entorno más cercano de Monforte, y en los tres casos se había valido del chantaje y de su posición de fuerza para conseguir sus propósitos sin pagar las consecuencias—. Me ha dicho Rosario que te vas a La Almunia con Ricardo.

—Quia. Le dije lo primero que se me pasó por la cabeza. ¡Cómo voy a dejar dicho adónde vamos! Cuanto más lejos, mejor. Mi hermano se escapó el mismo sábado por la mañana, igual que los de la partida que estaban en Zaragoza. Pero de esto, tú ni palabra.

—Esto no puede quedar así, Francisca. Si te vas, sus fechorías quedarán impunes.

—Entonces... ¿a ti también?

Antonia asintió.

—Le pasó lo mismo, tampoco fue capaz de llegar a más.

—¿Cuándo?

—Igual, Francisca. Siempre es en verano. Aprovecha cuando doña Pepa y una de nosotras estamos en San Sebastián. ¿Qué sucederá el verano que viene si callamos?

—¿Y qué podemos hacer? ¿Acudir a la Guardia Civil o a la Policía Armada a contarles que su amigo Monforte acosa a sus doncellas? Ya me lo avisó Ricardo. Sabe demasiado sobre ellos y no van a mover un dedo contra él. Y aunque no fuera así, antes iban a creer a un respetable abogado padre de familia que a nosotras, dos simples criadas.

—¡Es lo de siempre! Pero es que no puedo resignarme, Francisca. Yo no voy a poder vivir con ese cargo de conciencia.

—Tú misma has dicho que con doña Pepa aquí no se atreverá, así que hasta el verano próximo no hay riesgo con las nuevas doncellas que vengan. Algo se te ocurrirá hasta entonces.

—¡Qué se me va a ocurrir!

—Yo qué sé. Mandarle una nota anónima a doña Pepa y contarle lo que hace su marido cuando ella no está. En ese caso tomaría medidas para evitarlo.

Antonia permaneció pensativa.

—Has dicho que se me ocurrirá algo. ¿A mí sola? ¿Ya no vamos a vernos?

—Cualquiera sabe lo que puede pasar, Antonia.

—Os vais lejos, ¿no es cierto? A Francia, tal vez.

—Le he prometido a Ricardo no hablar de eso con nadie.

—Está bien, lo comprendo. No te quiero sonsacar.

—Solo te pido un favor. ¿Nos podrás prestar ese manual de francés que guardas en tu habitación?

—Pero, Francisca, de poco te va a servir —se extrañó.

—Ricardo sí sabe leer y escribir, era muy bueno en la escuela. Él me enseñará.

—¿Cómo lo vais a hacer? Ni tú ni tu hermano disponéis de recursos para empezar una vida nueva en otro sitio, y menos si no conocéis el idioma.

Francisca pareció dudar, pero se decidió a hablar.

—No es momento de guardar secretos contigo, ¡diantre! —exclamó con determinación—. Además, ya poco me importa lo que pase en esta casa. Con lo de mi hermano te portaste de maravilla y sé que no me vas a traicionar.

—¿Qué quieres decir?

Francisca introdujo las manos en el bolso que colgaba del pomo de una silla, corrió una cremallera interior y extrajo un pequeño envoltorio. Lo depositó encima de la cama y lo abrió con cuidado. Antonia lanzó una exclamación.

—¡Es el brillante de doña Pepa! ¡Y su collar de granates!

—Me los llevo, Antonia. Es una forma de cobrarme el daño que Monforte me ha hecho. Si quiere, que se rasque el bolsillo y le compre otros iguales. O todavía mejores, que dinero es lo que le sobra.

—No seré yo quien te quite la idea, pero puede que Monforte la culpe a ella.

—¡Ay, no había pensado en eso! ¡Es capaz de darle otra paliza de las suyas! ¿Y qué hago?

—Espérame aquí un momento, ahora paso.

Tres minutos después, Antonia regresó a la habitación de Francisca con su *Manual elemental de gramática francesa* y el cuaderno con las recetas de Rosario. Arrancó de él una hoja en blanco y la depositó en la mesilla de Francisca junto al lapicero que llevaba en la mano.

—¿No querrás que yo...?

—Yo te ayudo. Es hora de que practiques lo poco que me dejaste enseñarte.

Más de diez minutos le llevó escribir, letra a letra, la breve nota que le sugirió Antonia: «Lo de las *jollas e* sido yo. Francisca».

—¿Está bien escrito?

—No, pero es mejor, así resulta más creíble. Déjalo en un sitio visible para que alguien lo encuentre antes incluso de que doña Pepa las eche en falta.

—El manual te lo devolveré en cuanto no nos haga falta, te lo prometo —dijo con una ligera sonrisa mientras doblaba la hoja por la mitad.

—Y si no, revolveré Francia entera hasta encontrarte, no te lo vayas a quedar —bromeó Antonia.

—Perdóname por lo mal que me he portado contigo. —Francisca volvía a mostrarse emocionada—. He sido una idiota. Tú no tienes la culpa de que yo sea una desgraciada y una analfabeta.

—¡Por favor, Francisca! ¡No digas eso! Tú...

—Una cosa más antes de bajar —le cortó con un gesto, puesta ya de pie—. Despídeme de Julia y dale las gracias por lo que ha hecho con mi hermano.

—Esta misma tarde lo haré, Francisca. Tenía pensado pasar por su casa con Andrés para saludarla. Además, tengo que ir para la última prueba del vestido.

—No podré ir a tu boda —señaló con tristeza—. Y me habría gustado.

—Y a mí me habría gustado que estuvieras.

Las dos mujeres se miraron frente a frente. Fue Francisca la que dio un paso adelante y se fundió en un abrazo con Antonia.

—Perdóname, de verdad, por todo lo que te he hecho pasar estos años. ¡He sido tan estúpida...! —volvió a lamentarse, como si una vez no hubiera sido suficiente—. En cuanto has tenido la oportunidad, me has demostrado que eres una buena persona. Te echaré mucho de menos. Y te deseo lo mejor con Andrés, seguro que vais a ser muy felices juntos.

Antonia la cogió de las manos y la miró a la cara.

—No hay nada que perdonar. Este abrazo borra todos los momentos tensos que hayamos podido tener. Yo también te voy a echar de menos —reconoció—. Pero esto suena demasiado a una despedida definitiva. Dime que no va a ser así y que volverás a vernos.

—Sabe Dios lo que nos deparará la vida. Pero si está en mi mano, volveré, no lo dudes.

—Trata de recordar esta dirección: calle Manifestación, 13 bis, 4.º piso.

—No la olvidaré, Antonia. Te lo prometo.

42

Sábado, 12 de septiembre

—Es un arma excepcional, fiable, pequeña, ligera y muy eficaz en distancias cortas. Y de fabricación española. ¿Qué más se le puede pedir?

—Y muy bonita —añadió Sebastián mientras la sostenía en la palma de la mano.

—Tú dispara con esa y yo lo haré con la vieja.

Se encontraban solos en la galería de tiro del cuartel de la Policía Armada, un privilegio que Monforte había obtenido del propio coronel jefe de la unidad. Un agente montaba guardia en la garita de entrada y otro, apenas un muchacho, había sido puesto a su disposición para ayudarles con las luces, los maniquíes que servían como dianas y en todo aquello que necesitaran.

Monforte, ufano, mostraba a Sebastián la pistola de último modelo, la Star Súper S, una versión más corta de la Star S que ya tenían en su poder.

—Pero ¿de dónde las saca, don Emilio?

—Eso no se pregunta, Sebastián. Hay cosas que es mejor que no sepas.

—Perdón.

—No pasa nada —añadió Monforte, tratando de mitigar la brusquedad de su respuesta—, pero si esto trascendiera, alguien se estaría jugando el puesto. Ahora son nuestras y eso basta. Así que vamos a practicar. Ya es hora, después de tanto tiempo.

—¡Ya le digo! Dos años llevamos diciendo que íbamos a venir.

Al tiempo que hablaban, Monforte echó atrás la corredera y amartilló la pistola con un chasquido. Sebastián lo imitó.

—Toma, hazlo ahora con la vieja.

Se intercambiaron las armas y repitieron un par de veces la operación.

—¿Notas la diferencia?

—Es algo más ligera y más manejable —opinó mientras recuperaba la Súper S.

—Ahora métele las balas. —Monforte le tendió un cargador repleto.

—¿Cuánto pesará? —preguntó Sebastián.

—Unos ochocientos gramos con el cargador lleno. Una maravilla. No me extraña que hasta los soldados alemanes en la gran guerra la apreciaran tanto. Los aviadores de la Luftwaffe... casi todos —se jactó—. Un orgullo para España. Estos vascos, mira que hacen bien las cosas.

El abogado introdujo su cargador con un golpe seco y se colocó en el centro de una de las calles centrales de la galería.

—Ponte los protectores en las orejas, que con tanto hormigón esto reverbera de cojones —aconsejó.

Tiró hacia atrás de la corredera y montó el arma, se afirmó y la sujetó con las dos manos. Un casquillo salió despedido y cayó al suelo a sus pies al tiempo que sonaba el estallido. Volvió a apuntar y efectuó tres disparos seguidos. Lanzó una risotada.

—¡Eh! No está nada mal, ¿no? —gritó para hacerse oír.

Sebastián se colocó en la calle adyacente. Montó el arma y apuntó.

—Tranquilo, hijo. Coge aire, hondo, te tiembla la mano.

El disparo pareció sorprender al propio Sebastián.

—¡Hostia! ¿No le he dado?

—Tienes que colocar la yema del dedo en el gatillo con suavidad y oprimir gradualmente. Si no, el disparo te coge por sorpresa sin haber apuntado bien. Pero es normal, hace falta disparar muchas veces un arma para cogerle el aire —lo excusó—. Es la primera vez que disparas con ella.

De nuevo se oyó un estampido.

—¡Mira, mira! ¡Mucho mejor!

Disparó por tercera vez y por unos centímetros no puso la bala en el círculo pintado que señalaba el lugar del corazón.

—¡La Virgen, qué progreso!

—Es fácil, una vez que sabes qué presión hay que hacer en el gatillo. Es más sensible que la otra —confirmó.

Continuaron disparando hasta vaciar los cargadores, que rellenaron en tres ocasiones más.

—¡Bueno, bueno, es suficiente por hoy! —Monforte se quitó las orejeras y resopló con aspecto cansado—. No sé si es la tensión o la postura, pero esto es agotador.

Los dos maniquíes mostraban decenas de orificios, algunos de ellos dianas.

—Al final voy a cogerle gusto —bromeó Sebastián.

—Es cuestión de que vayas adquiriendo confianza y soltura, que los movimientos con el arma en la mano se hagan automáticos —aseguró—. Para eso hay que practicar mucho, cuanto más mejor. Ahora ya te conocen aquí, algún día puedes coger el coche y venir tú solo.

—Pero ¿cómo, don Emilio? Si la pistola es suya y yo ni siquiera tengo licencia de armas.

—Lo de la licencia ya lo he arreglado. Solo tendrás que pasar por donde yo te diga para firmar y que te tomen la huella. Mira —pareció pensárselo mejor tras una pausa—, igual lo dejamos hecho ahora mismo antes de volver a casa. Pistola también tienes, porque esta te la quedas tú.

—¿Cómo que me la quedo yo?

—Que es tuya. ¡Que te la regalo, caramba! —Esbozó una sonrisa sin dejar de mirar a su propia pistola, de la que extrajo el cargador antes de desmontarla.

—Eso digo yo, ¡caramba! ¿Y la he de guardar yo?

—Sebastián, claro que la vas a guardar tú. Y desmontarla y limpiarla corre de tu cuenta, pero bajo tu responsabilidad. A ver si te la va a coger alguien y se arma la de San Quintín.

—Por eso se lo digo. Con sus hijos en casa y sabiendo cómo las gastan...

—Pues la escondes en tu cuarto y cierras la puerta con llave cuando salgas. Prepárate un escondrijo en la tarima, debajo de la cama o de algún mueble. Solo la tendrás que coger cuando yo te lo mande.

Salieron de la galería, atravesaron el vasto patio del acuartelamiento y entraron en el edificio principal. Monforte parecía desenvolverse con soltura por sus amplias galerías. Avanzaban por una de ellas cuando se aproximaron a una puerta abierta ante la que esperaban tres jóvenes y bisoños policías. Un cartel en el dintel indicaba que se trataba de la enfermería. Se saludaron al pasar, un instante antes de que una voz a su espalda los sobresaltara.

—¡Coño, Monforte! ¿Qué haces por aquí?

—¡Hombre, Anselmo! —El abogado se detuvo en seco y se volvió al reconocer a su interlocutor—. No te hacía hoy por aquí, al ser sábado.

—Para nosotros no hay sábados ni domingos, bien lo sabes tú. Hoy toca terminar con las vacunas del tifus que quedaban por poner.

—Anselmo es el capitán médico —explicó Monforte a Sebastián—. Él es mi conductor y asistente. Hemos venido a la galería, a disparar un rato.

—Pues esperad y os vais vacunados, que nunca se sabe... —Se volvió hacia los tres jóvenes. Sostenía en la mano una amenazadora jeringa de vidrio que más se asemejaba a una pistola, con un gatillo que accionaba el émbolo—. Vosotros, tirad para dentro.

—A sus órdenes —musitaron casi al unísono al tiempo que se ponían en marcha.

—Oye, déjalo, que nosotros nos vamos.

—¡Vengaaa! —exclamó, alargando la palabra—. A ver si ahora le vas a tener miedo a una aguja. Adentro los dos también. ¡Es una orden!

Entraron en la luminosa estancia y al instante los asaltó el intenso olor a desinfectante. Un pequeño infiernillo mantenía hirviendo el agua en un recipiente de metal repleto de agujas de cabeza dorada.

Sebastián enseguida reparó en un policía tumbado en una camilla, pálido y con rostro desencajado. El médico se acercó a él y le dio un par de cachetes en la mejilla.

—Venga, ya está. Baja las piernas al suelo, espera un poco y si estás bien te puedes ir. —Se volvió entonces hacia Monforte—. Vienen que parecen criados entre algodones, joder. Sí, que esta vacuna duele un poco, pero, vamos, que hombres como armarios se te caigan redondos al suelo... ¡Alguno incluso antes de pincharle!

—¿Dónde se pone, mi capitán? —preguntó el joven que parecía más decidido.

—Hombro derecho. Descubridlo —ordenó. Con la ayuda de

una pinza, tomó una de las agujas del hervidor y la colocó en la jeringa.

El soldado apretó los dientes con fuerza cuando el líquido penetró en la carne. Era evidente que hacía esfuerzos por contener un gemido de dolor.

El médico cambió la aguja y repitió la operación con los dos restantes.

—¡Así me gusta! No aguanto a los lloricas. —Palmeó la espalda del último, indicándoles que podían salir.

—¡Qué bruto eres, Carrera! —rio Monforte—. Con bata y sin bata.

—Eh, de lo que haga yo sin bata, aquí adentro ni palabra —respondió con gesto cómplice—. ¡En el frente íbamos a estar para mariconadas! Si perdías el tiempo con uno que se quejaba, otro se te moría al lado. Venga, tú, como te llames.

—¿Quién? ¿Yo? —respondió Sebastián un tanto pálido. Oyó el tintineo de la aguja contra el metal y no pudo evitar un escalofrío, pero dejó el hombro al descubierto.

El capitán se acercó mirando la gota que hacía asomar por el extremo de la aguja tras expulsar el poco aire que pudiera quedar.

—¿Y este lunar?

—De nacimiento.

Monforte también estiró el cuello con curiosidad.

—Pues parece la diana para el dardo —bromeó el médico—. Pero pincharé al lado, por si acaso.

—¡Joder! —exclamó Sebastián haciendo rechinar los dientes, con los ojos cerrados y una mueca que le deformaba el rostro mientras el médico le inyectaba su medida.

—¿Sabes lo que te digo, Anselmo? —dijo entonces Monforte—. No voy a pillar el tifus en el sillón de mi bufete, así que te puedes ahorrar mi dosis. A mí no me clavas semejante banderilla.

—Pues para la sífilis y la gonorrea no hay vacuna todavía, amigo mío. —El médico estalló en una carcajada que se cortó en seco cuando observó la expresión de Monforte quien, enfadado, señaló con la barbilla a Sebastián.

—Te gustan demasiado las bromas y por eso sueltas alguna a destiempo.

—¡Vamos, vamos! ¿Acaso te crees que tu chófer se chupa el

dedo? —siguió, sin abandonar el gesto de guasa—. Además, has empezado tú. ¿Cómo te llamas, muchacho?

—Sebastián, señor.

—Lo que tiene que hacer tu jefe es dejarte subir un día a la fiesta en vez de tenerte esperando en el coche muerto de asco. Y de paso le echas una mano, que últimamente alguna le viene grande.

Las lágrimas se le saltaban por el renovado ataque de risa, ajeno al tono cárdeno que había adquirido el rostro de Monforte.

—Pero ¿qué coño te pasa, Carrera? ¿Ya estás borracho por la mañana? —se revolvió Monforte con cara de pocos amigos.

—No te negaré que un par de *copicas* de anís han caído en la cantina —repuso tratando de refrenarse—. Pero ya has visto que he esperado a estar solos para hacer la gracia.

—Pues no me ha hecho ninguna.

—Ya lo veo, ya. Siempre has sido demasiado serio.

Sebastián se había apartado hacia la puerta y asistía perplejo a la conversación.

—Me voy, tienes gente esperando en el pasillo. Y este tiene que firmar aún su permiso de armas.

—No te enfades, hombre, son simples chanzas entre camaradas. —El médico le palmeó la espalda con confianza—. Nos vemos esta noche. Es donde la última vez, ¿no?

Monforte no respondió y se encaminó a la salida. Sebastián se encogió de hombros y lo siguió. Se acababa de enterar de que aquella noche, de nuevo, le tocaba esperar sentado en el coche hasta la madrugada. El capitán Carrera le puso la mano en el hombro.

—¡Lo que tendrás que aguantar! Es menos agrio con tres o cuatro whiskies encima —musitó a su oído—. Lo de subir algún día a la fiesta no es broma, las chicas se ponen contentas cuando ven algo que baja de los cincuenta.

De nuevo trataba de dominar la risa cuando, después de salir ambos a la galería, asomó la cabeza por la puerta.

—Que pasen los tres siguientes.

43

Domingo, 13 de septiembre
(madrugada)

—¡Por Dios, Antonia, abre la puerta!

Los nudillos de Monforte golpeaban la madera con insistencia, aunque de manera queda.

—¿Qué sucede, señor? —acertó a responder mientras, aún sin terminar de salvar la distancia entre el sueño y la vigilia, trataba de aprehender la situación.

—Es Rosario, no sé qué le pasa —susurró con la fuerza justa para que su voz alcanzara el interior.

—¿Rosario? ¡Ay, Dios mío! ¿Qué le ocurre? —Se sintió despierta de inmediato. Con prisa, tanteó en busca de la perilla de la lámpara, se puso la bata por encima, ajustó el cinturón a su talle y se atusó el cabello antes de abrir.

—¡Por fin! —exclamó Monforte intranquilo. En cuanto tuvo espacio suficiente, metió el pie entre el marco y la puerta y empujó con fuerza hasta que pudo deslizarse al interior por el hueco. Después cerró tras de sí.

—¿Qué le pasa a Rosario? —preguntó alarmada al tiempo que retrocedía. El olor a whisky y a tabaco había inundado la habitación en un instante.

—A Rosario no le sucede nada, de hecho acabo de pasar por su habitación y ronca plácidamente. Solo quería que me abrieras.

—¿Qué quiere, don Emilio? —Antonia se había puesto en guardia de inmediato. Miraba a Monforte con pavor, su voz era de temor franco y empezaba a temblar de manera descontrolada—.

Está usted bebido. ¡Haga el favor de salir de aquí ahora mismo! Rosario y doña Pepa se van a despertar.

—La señora se habrá tomado su pastilla para dormir y no la despierta ni un tranvía en el pasillo. Y Rosario cada día está más sorda. Así que no te preocupes por eso. —Monforte rio de una manera que heló la sangre en las venas de Antonia.

—¡Sebastián! Sebastián subirá a acostarse en cuanto aparque. Si me hace usted gritar, lo oirá seguro.

—Hay dos razones por las que eso no va a suceder. —A pesar de la voz pastosa por el alcohol, hablaba con aplomo y suficiencia—. La primera, que he mandado a Sebastián a llevar a un comensal a su casa de campo en La Cartuja, y la segunda, que tú no gritarás, ¿verdad que no? ¿Por qué ibas a hacerlo, si lo único que quiero es hablar contigo un momento?

—Claro que gritaré si se atreve a acercarse a mí —aseguró con toda la convicción que fue capaz de reunir. Monforte había avanzado hacia la cama y la había hecho retroceder hasta sentir el roce de las sábanas en las corvas.

—¡Ay, Antonia, Antonia! Nunca has entendido lo que siento por ti.

Levantó la mano y trató de rozarle la mejilla con las yemas de los dedos. La muchacha retrocedió aún más y cayó sobre la cama, apoyada en los codos.

—¡Está borracho! ¡Váyase de aquí! —Alzó el pie e hizo ademán de lanzarle una patada entre las piernas pero Monforte la esquivó sin dificultad—. Me caso en dos semanas. Si mi novio se entera de esto lo matará.

—Pero no se enterará, ¿verdad que no? —Monforte chistó y negó con la cabeza, con expresión burlona—. Has hecho muy mal en mentar a ese petimetre, ahora me excita más la idea de hacerte mía antes de que te posea él. Y no vas a poder contárselo porque, de saber que ya no eres virgen, te repudiaría sin dudar.

Monforte estaba fuera de sí. Se soltó con manos temblorosas la hebilla del cinturón, desabotonó el pantalón, se bajó la bragueta y se lanzó sobre la doncella de manera atolondrada. El grito de pavor de Antonia se mezcló con el quejido de Monforte al sentir una patada en la ingle.

—¡Hija de puta! —ladró con la rabia y el deseo mezclándose en su voz.

De alguna manera el abogado pudo sujetar las dos muñecas de Antonia, que no dejaba de resistirse, retorciéndose y pataleando en su desesperación. Apenas sintió la tremenda bofetada que le propinó Monforte, pero aprovechó que su muñeca izquierda había quedado liberada para lanzarle un zarpazo en el rostro. Notó cómo sus uñas le hendían la piel. Al sentirse herido, volvió a golpearla con saña, una, dos, tres veces... Un pitido agudo en el oído fue lo último que oyó Antonia antes de perder la consciencia.

Monforte experimentó una repentina sensación de euforia al comprender que tenía a la muchacha a su disposición. En sus oídos resonaban aún las risas y los comentarios condescendientes de sus camaradas de juerga después de no haber sido capaz de penetrar por completo a una de las fulanas que habían compartido aquella noche. Se recreó desnudándola, al tiempo que se imaginaba relatando su hazaña a aquellos mal nacidos. Sin embargo, el inoportuno recuerdo de su fracaso y del ridículo que acababa de vivir hizo que perdiera al instante la erección. De nuevo asomaba el fantasma de la temida impotencia que trataba de negarse a sí mismo y supo que, una vez más, iba a ser incapaz de consumar su felonía. Echó la culpa a los cuatro o cinco whiskies que había ingerido desde la cena. Persistía la excitación, pero su miembro no respondía como antaño, a pesar de sus intentos. Solo el roce frenético con la piel desnuda de la doncella y la ayuda de su propia mano le permitieron alcanzar un insatisfactorio orgasmo y vaciarse entre sus piernas con un estertor.

A pesar del calor que reinaba en la habitación, Antonia seguía temblando. Había pasado la noche entera acurrucada en la cama, refugiada en el ángulo que formaban las dos paredes contiguas y en medio de un llanto continuo. Había despertado conmocionada, con la lámpara aún encendida, justo a tiempo de ver cómo la puerta de la habitación se cerraba con sigilo. De inmediato, la certeza de lo que acababa de ocurrir la había aplastado, hasta el punto de obligarla a buscar aire a bocanadas, sintiendo que se asfixiaba. La náusea había llegado de improviso, y apenas le permitió salvar el borde de la cama para vomitar en la tarima. Creyó morir mientras lo hacía y, de hecho, deseó que así fuera, incapaz de enfrentarse a las consecuencias de lo que acababa de suceder. Tardó varios minutos en poder incorporarse y lo hizo para tocarse la sien y la oreja izquierda doloridas. Sintió un mareo intenso al tratar de sentarse y se agarró a las sábanas esperando a que pasara. Cuando abrió los ojos vio su ropa interior arrugada en el suelo a los pies del lecho. De manera automática se tocó entre las piernas con la vana esperanza de que en realidad no fuera la suya, pero solo palpó su propio vello con algo viscoso y todavía tibio. De nuevo regresaron la náusea y un vómito aún más violento.

Se sentía paralizada por el terror. Temía que pasaran las horas que restaban hasta el alba y que llegara el momento en que tuviera que bajar a la cocina. Si no lo hacía, Rosario no tardaría en llamar a su puerta. Los más negros pensamientos se agolpaban en su cabeza sumiéndola en una angustia difícil de soportar. El monstruo tenía razón: sería incapaz de confesar a Andrés lo que acababa de pasar, pero a la vez estaba segura de que él lo habría de notar. Recordaba haber escuchado a la señora Francis que un hombre, en la noche de bodas, sabe si la mujer con la que se ha casado conserva su virginidad. No podría soportar la afrenta de que Andrés la repudiara al comprobar que había sido mancillada; antes acabaría con su vida. Y si aquello iba a terminar sucediendo, ¿por qué no terminar cuanto antes? En su desesperación, pensó en bajar con sigilo a la cocina en busca del cuchillo más afilado y encerrarse con él en el cuarto de baño. Solo sus firmes convicciones religiosas le hicieron desechar de momento aquella idea: un suicida condena su alma para toda la eternidad y su cuerpo no podría ser enterrado en sagrado. Imaginó el dolor de Manuel y de sus padres con aquella carga añadida. Además, ni siquiera se sentía con fuerzas para salir de aquella habitación que ya estaba maldita.

Solo cuando la primera luz del día empezó a colarse a través de los visillos se sintió capaz de levantarse. Con miedo, reunió fuerzas para asomarse al espejo colgado de la pared, sobre la cómoda. Lanzó un gemido de espanto. Los golpes eran claramente visibles, imposibles de disimular, y pronto empezarían a adquirir el tono cárdeno de las moraduras. Por enésima vez aquella noche interminable, la náusea la asaltó: solo quedaban dos semanas para el día de la boda, si es que llegaba a celebrarse. En aquel momento le parecía que sus preocupaciones de la víspera por el vestido, el menú o los invitados eran simplezas que pertenecían a una vida anterior, aplastada como se sentía por la inmensidad de la afrenta que acababa de padecer. ¿Y si aquel monstruo la había dejado embarazada? Sintió que un escalofrío la recorría de la cabeza a los pies. Su mente empezó a trabajar de manera frenética, adelantando los acontecimientos. Si la boda seguía adelante, en el improbable caso de que Andrés no reparara en el agravio durante la noche de bodas, sería posible hacer pasar el fruto de la violación por hijo de Andrés. Pero ¿cómo podría vivir el resto de sus días con aquella carga? ¿Cómo mirarle nunca más a los ojos sin temer que su secreto quedara expuesto en la mirada? ¿Cómo podría llegar a amar a un hijo que era fruto de la ignominia y del pecado? No, no podía ser. Trató de pensar fríamente, pero, ofuscada, no conseguía recordar cuál era la época fértil de una mujer. Jamás nadie le había explicado nada de aquello y nunca se había atrevido a preguntarlo. De hecho, se le había pasado por la cabeza confiarse a Julia, pero lo había ido dejando. Lo único que sabía era que las mujeres encintas contaban el tiempo de su embarazo por el número de faltas. Trató de recordar el día de su último mes: estaba en San Sebastián y aquella tarde toreaba Julio Aparicio en la Semana Grande, así que debía de ser el día de San Roque, el 16 de agosto, que era domingo. Cuatro semanas. Creía recordar, por alguna de las respuestas del consultorio, que cuando estaba a punto de bajar el menstruo no había posibilidad de quedar encinta. En cualquier caso, pronto saldría de dudas, pero aquello había contribuido a tranquilizarla un ápice. Si al menos Monforte no le había hecho un hijo, tal vez pudiera ocultar lo sucedido. Se volcó, pues, en urdir una explicación para los golpes y los cardenales. Por desgracia, la tarde anterior había quedado con Julia en acudir juntas aquella mañana a misa en Santa Engracia y dar después un corto paseo antes de volver a casa a ultimar el almuerzo. Podía cubrir los brazos y el cuello con las mangas y el gollete del uniforme, también con un vestido adecuado a la hora de salir, pero el rostro y la oreja quedaban al descubierto. Cuando oyó abrirse la puerta del dormitorio de Rosario, supo que no tenía tiempo que perder. La anciana entraría en el cuarto de baño a orinar y a asearse, se vestiría y bajaría a la cocina. Si ella no lo hacía a continuación, subiría en su busca sin tardar. Muy raras veces le había vencido el sueño, pero entraba dentro de lo posible, y el desayuno del monstruo y de doña Pepa no podía esperar.

Dejó la puerta abierta para que el ruido se oyera con claridad desde el baño. Se puso en guardia cuando oyó la cadena del inodoro y esperó a que Rosario saliera al pasillo para regresar a la habitación. Entonces descolgó el estante de las alcayatas de la pared y lo dejó caer con estrépito sobre la cabecera de la cama. No le importó que un frasco de colonia y una figurita de porcelana terminaran en el suelo hechos añicos. Luego se dejó caer en el lecho en medio de aquel estropicio.

—¿Qué ha pasado, criatura? —Rosario entró en la habitación alarmada y se encontró a Antonia tratando de incorporarse con expresión aturdida—. ¡Ay, Virgen del Pilar! ¿Estás bien?

Antonia se palpaba el lado izquierdo de la cara con las manos, con gesto de dolor.

—La estantería, ¡se me ha caído encima!

—¡Ya te dije yo que tenía demasiado peso! ¡Si es que nunca me hacéis caso! ¡Y justo encima de la almohada!

—¡Cuida, no te cortes ni te resbales! Estará el suelo mojado y lleno de cristales.

—¡Ay, chiquilla! Pero ¿es que te ha caído en la cabeza? —comprendió, asustada—. ¿Estás bien?

—Me duele todo esto —se quejó Antonia señalándose la parte del rostro más marcada—. ¡Madre mía, qué susto! Eso ha sido lo peor.

—Lo que no sé es cómo no te ha abierto la cabeza semejante estante.

—Pues duele como si me la hubiera abierto —disimuló.

—¡Si te está subiendo el morado por momentos! Vaya golpe ha debido de ser.

—¡No me digas eso, que me caso en quince días!

—¡Mujer, que en quince días ya no llevas nada! —La cocinera ayudaba a retirar los objetos desperdigados por la cama y por el suelo—. Pero ¿seguro que no llevas ninguna brecha en la cabeza? Déjame ver.

—No, ha sido solo el golpe. ¡Y el susto! Pero estoy bien. Anda, bájate a la cocina y vete adelantando con el desayuno, que yo voy en cuanto recoja todo esto.

—¡Pues sí que estaban seguras las escarpias! —insistió Rosario con enfado—. De milagro no ha habido que correr al hospital.

—Le dolía la cabeza y yo misma le he dicho que se suba a la habitación hasta la hora de la comida —explicó Rosario cuando Julia entró en la casa, informada por Vicente del accidente.

—Subo a verla un momento, Rosario, si no te importa.

—Ha dicho que se tomaba un Optalidón y que igual se echaba una cabezada hasta que se le pase.

—Insisto, Rosario. He trabajado como enfermera y hay que tener cuidado con esos golpes fuertes en la cabeza. Tal vez debería haberla visitado el médico. Me quedaré más tranquila si la veo un momento.

—Ah, pues sí. Yo también se lo he dicho, pero ya sabes lo sufrida que es. Nada de lo que le pasa tiene importancia para ella —aceptó.

Llamó con suavidad con los nudillos sin obtener respuesta.

—Antonia, abre. Soy Julia. —Insistió con más fuerza.

—Estoy bien, Julia —se oyó desde el interior—. Solo me duele un poco la cabeza. Mañana nos vemos, ¿de acuerdo?

—Quiero echar un vistazo a esa cara. Me ha dicho Rosario que ha sido un buen golpe.

Aún tardó un buen rato, pero la puerta terminó por abrirse. Un fuerte olor a colonia inundaba la estancia, a pesar de que la ventana permanecía abierta de par en par. Antonia se dio la vuelta y regresó a la cama para sentarse en el borde.

—Hola, Julia. ¿Has visto qué tontamente? —Trató de reír, aunque era evidente que se encontraba incómoda—. Pero ha sido más el susto que el golpe en sí.

—Pues nadie lo diría, porque llevas todo el lado izquierdo hinchado y amoratado. Hasta el ojo empieza a ponerse cárdeno.

—Ya se pasará. Parece que el Optalidón empieza a hacer efecto.

—Déjame que te eche un vistazo. No has perdido el conocimiento, ¿no? ¿Has llegado a ver borroso o doble? ¿Has notado algo raro que se pueda achacar al golpe?

Antonia negó una vez tras otra, restando importancia a las señales mientras, reticente, se dejaba examinar.

—Has estado llorando, Antonia. Tienes los ojos hinchados y enrojecidos, y hay un cerco en la almohada.

—No sabes cómo dolía al principio.

Los dedos de Julia se deslizaron por el cuello del uniforme. Antonia hizo ademán de impedírselo y, de manera refleja, se llevó la mano al gollete.

—¿Qué pasa, Antonia? ¿Qué tratas de ocultar?

La muchacha tragó saliva.

—Déjame, Julia, de verdad que no es nada. ¡Tanta preocupación por un simple golpe!

Julia se puso de pie y se inclinó hacia la cabecera. Se colgó con el índice de las dos alcayatas desnudas.

—Estas escarpias están intactas, Antonia. El estante no se ha podido caer si alguien no lo ha descolgado.

—Julia, por favor, bastante tengo con este dolor de cabeza como para que además...

—¿Qué ha pasado, Antonia? Esto lo ha hecho Monforte, ¿no es cierto?

—¡No quiero hablar de ello, Julia! Se me ha caído el estante encima y ya está.

—Nadie va a creerte. Esos golpes en la sien... ¡si llevas marcados hasta los dedos!

—¡Claro que me creerán! —espetó Antonia con rabia—. ¡Andrés no puede saber nada!

—Es eso. No quieres que Andrés se entere. —Julia pronunció la frase sin asomo de reproche. Parecía reflexionar, una vez confirmadas sus sospechas, consumida por la lástima hacia Antonia y por un odio exacerbado hacia Monforte—. ¿Qué ha hecho esta vez? ¿Consiguió... consumar la violación?

Antonia, superada, estalló en sollozos al escuchar aquella palabra con toda su crudeza. Julia le pasó el brazo por los hombros y la atrajo hacia sí, permitiendo que se desahogara apoyada en su pecho.

—No lo sé, Julia. Me golpeó muy fuerte, perdí el conocimiento. Cuando desperté se había marchado. Pero tengo mucho miedo de concebir un hijo de ese animal. Creo que no estoy en los días, no estoy segura. Igual tú puedes...

—¿Qué día te bajó la regla? —le cortó.

—El día de San Roque, hoy hace cuatro semanas —musitó de manera entrecortada.

—¿Y tienes el mes de manera regular?

Antonia asintió.

—Entonces no debes preocuparte mucho —le confirmó. Vio que la muchacha, aun entre sollozos, suspiraba con alivio—. Si eres regular, en cualquier momento te volverá a bajar. Pero deberías saber todas estas cosas antes de la boda.

—De todas formas, no puedes decirle nada a Andrés —rogó con el temor en las pupilas—. Tengo miedo a su reacción.

—Yo también la temo, pero no por ti. Andrés es capaz de cualquier cosa —coincidió Julia para sorpresa de su amiga—. Déjame pensar...

—Podemos contar que tengo fiebre y que el médico ha dicho que puede ser contagioso —propuso—. Con eso ganaremos unos días.

—¿En plenos preparativos? Andrés no se tragará esa bola.

En la puerta sonaron con urgencia unos golpes, y Julia se levantó a abrir. Rosario estaba bajo el dintel.

—Andrés se ha presentado en la cocina. No sé qué venía diciendo del canódromo. Pero le he dicho lo de tu accidente y quiere subir a verte.

A Antonia le dio un vuelco el corazón. Aturdida, trató de obligarse a pensar con calma. Rosario había terminado con cualquier posibilidad de simular una enfermedad.

—Dile que bajo yo. Pero dame tiempo, por favor —rogó con angustia—. Entretenlo abajo, no quiero que se asuste.

44

Domingo, 13 de septiembre
(mediodía)

Sebastián, perdido en sus pensamientos, escuchaba la interminable y tediosa homilía sentado en uno de los bancos del lado izquierdo, el reservado a los hombres, frente al altar mayor del Pilar. Andrés debería estar allí con él, junto al pasillo central y tirando hacia atrás donde, cómplices, solían observar a las muchachas que cada domingo asistían con sus mejores vestidos a misa de doce en la basílica, la flor y nata de la sociedad zaragozana. Aquella mañana no se había presentado y le extrañaba. Era cierto que la noche anterior no se habían visto, y no habían podido reiterar la cita, pero tampoco lo hacían otras veces, y siempre solían acudir puntuales poco antes de mediodía a la puerta oriental del templo para entrar juntos en busca de asiento.

La víspera no había tenido ocasión de salir por la tarde con sus amigos. Había llegado a casa de madrugada, después de devolver a Monforte a casa tras la cena que, aunque no era lo habitual, se había celebrado en sábado. De hecho, había llegado más tarde que él, pues había cumplido el encargo de llevar a otro de sus compañeros de farra a la finca donde vivía, cerca de La Cartuja. Lo habían sorprendido dormitando en el asiento del Citroën. Los dos hombres, haciendo eses, salieron al patio del caserón donde se había celebrado la fiesta a la que, como en otras ocasiones, no estaban invitadas las esposas. Monforte se justificaba diciendo que en aquellas cenas solo se hablaba de negocios y que, si se prolongaban hasta la madrugada, era solo por la necesidad de entablar lazos de amistad con quienes ostentaban cargos de responsabilidad en toda la provincia. Doña Pepa se lo había recriminado en alguna ocasión, incluso en su presencia, pero Monforte respondía que obtenía más información valiosa en media hora de conversación entre camaradas con cuatro whiskies encima, que en media docena de reuniones en un despacho o en su bufete.

Sebastián estaba al cabo de la calle de lo que sucedía en aquellas fiestas, desde el primer momento lo había estado. Las conversaciones con otros chóferes que, como él, se veían obligados a esperar a sus amos a la intemperie, resultaban ser una buena fuente de información, y no era extraño que algunas de las muchachas que asistían salieran del lugar sin ocultarse, e incluso pasaran con desparpajo entre los coches para hacer alguna carantoña burlona a los conductores. Los comentarios ocasionales de algunos asistentes, como el que Anselmo Carrera había hecho la víspera en la enfermería del cuartel, no hacían sino confirmar el cariz que tomaban aquellas sobremesas. Sin embargo, el capitán médico había aportado un aspecto nuevo a lo que venía captando de aquellos encuentros. Le había sorprendido la invitación, sin duda hecha en tono de guasa, para que Monforte le permitiera sumarse a una de aquellas reuniones en vez de tenerlo esperando en el coche, pero no por el hecho en sí, sino por la alusión al motivo para hacerlo, en concreto el comentario burlón acerca de que últimamente alguna de las mujeres «le venía grande». La noche anterior, camino de La Cartuja, no había podido resistirse a la tentación de tirar de la lengua al pasajero que llevaba en el asiento de atrás, tan ebrio como Monforte y con ganas de hablar por el whisky cuyo olor apestaba el habitáculo. Y la conclusión, a juzgar por los comentarios velados y las risas con que los había acompañado, había convertido en certeza lo que era una sospecha. Tal vez aquello explicara el mal humor con el que Monforte se había montado en el coche y se había apeado en la calle Gargallo, sin haber abierto la boca más allá de lo necesario para dar un par de órdenes.

Eran muchas las parejas de novios que aprovechaban el rato después de misa para dar un paseo por el centro de la ciudad, pero Antonia siempre tenía que ayudar a Rosario con el almuerzo de los Monforte. Por eso solo salía el tiempo necesario para asistir a misa en Santa Engracia, a pocos metros de casa, últimamente acompañada por Julia. Los cuatro, los seis cuando se sumaban Vicente y

Rosita, esperaban a la tarde para dar ese paseo, que solía terminar en el Hogar del Productor, en la bolera o en el cine si alguna de las chicas proponía ir a ver una película. Por eso el mediodía parecía reservado para los dos amigos, que solían empezar la ronda en el bar de Benito y la alargaban hasta que Andrés regresaba puntual a la pensión a la hora del almuerzo y él a la calle Gargallo.

La misa concluyó sin que Andrés hiciera acto de presencia. Pensó en pasar por el bar, donde seguro que encontraría a alguno de los parroquianos habituales con quien compartir un vino, pero una sorda inquietud se abría paso en sus pensamientos. Aquella mañana no había visto a Antonia en la cocina, y Rosario le había dicho que estaba acostada. Al parecer se había descolgado la estantería que tenía sobre la cama y le había golpeado la cabeza. Pero Andrés no tenía forma de saberlo porque, que él supiera, no había pasado por casa antes de que él saliera. Decidió que lo mejor sería pasarse por la pensión de su amigo de regreso. Si no lo encontraba allí, la patrona sabría darle razón.

Recorrió las calles del casco viejo donde la vida en domingo parecía ralentizarse, reparando en las voces que salían de los balcones abiertos y en los olores de todo tipo procedentes de las cocinas, que asaltaban la nariz en las horas previas al almuerzo. También en las escaleras de la pensión de Andrés el aroma de la comida despertaba el apetito. Sin duda se trataba de aquellas patatas con puerros y pimentón que, según Andrés, la patrona solía guisar los domingos para todos los huéspedes. Llamó en la habitación 106, la que su amigo había ocupado durante los últimos años, y no obtuvo respuesta. Pulsó el tirador y la puerta se abrió.

—¿Se puede?

Andrés estaba sentado de espaldas, acodado en la mesa bajo la ventana abierta. A su lado, la funda de la escopeta de caza yacía en el suelo y el arma, montada pero abierta, ocupaba toda la longitud de la mesa. El joven no se volvió.

—¿Qué haces ahí con eso? ¿Te has ido a cazar, o qué? —preguntó tratando de buscar una explicación lógica a la escena.

—Aún no—respondió Andrés, como en trance.

Sebastián se acercó a él por la espalda. Era evidente que algo grave le sucedía, nunca lo había visto así.

—¿Me vas a contar qué pasa?

—¿Qué pasa? —Andrés soltó una risa de despecho—. Que te

vas a tener que buscar otro trabajo. Te vas a quedar sin jefe... y también sin amigo de correrías.

—¡¿Qué cojones estás diciendo?! —exclamó Sebastián, asustado. Reparó en que jugueteaba con dos cartuchos de postas entre las manos, de los que él mismo se fabricaba.

—Me voy a cargar a ese hijo de puta —aseguró sin apartar la vista de la ventana—. Aunque sea lo último que haga, aunque me pase en la cárcel el resto de mi vida.

Lo dijo con tal determinación y aplomo que Sebastián sintió un escalofrío.

—Pero ¿qué dices? ¿Te has vuelto loco? ¿Me quieres explicar qué ha pasado?

—Monforte le ha hecho algo a la Antonia.

—¿Cómo que le ha hecho algo? ¿Qué quieres decir?

De sobras sabía Sebastián a qué se refería, pero era incapaz de asimilarlo.

—Ayer me regalaron dos invitaciones para el canódromo, y esta mañana he pensado que a Antonia le gustaría ir un rato antes de misa. He pasado temprano por la casa y me he encontrado con que estaba acostada.

—Sí, pero Rosario me ha dicho que ha sido un accidente, que se le ha caído el estante encima mientras dormía.

—¡Ja! —exclamó Andrés, entre la burla y el rencor—. No quería que subiera a verla, Rosario me ha dicho que ella bajaría a la cocina, pero aun así lo he hecho. Cuando no ha querido abrirme la puerta es cuando he empezado a sospechar algo. He tenido que amenazarla con tirarla abajo para que abriera. Y allí estaba, con Julia.

—¡Con Julia!

—¡Tú no sabes cómo la ha dejado ese cabrón! —Andrés, aún sentado, había comenzado a sollozar y Sebastián, de pie, lo abrazó desde atrás. Nunca antes había visto llorar a su amigo—. Está llena de moratones.

—Pero ¿cómo sabes que ha sido él? —trató de razonar.

—¡Tenías que haberles visto la cara a las dos! Antonia aún ha intentado negarlo, muerta de miedo, pero al final hasta Julia le ha tenido que decir que dejara de mentir, que no serviría de nada. Ha debido de llegar borracho. Antonia dice que no ha pasado nada, que solo la ha golpeado, pero no la creo. ¿Para qué iba a golpearla si no es para...? —De nuevo estalló en sollozos.

—Tranquilo, Andrés. Vamos a tratar de pensar con calma.

—Con cuidado, le cogió los dos cartuchos que sostenía entre las manos y se los metió en el bolsillo del pantalón. Los cañones de la escopeta estaban vacíos—. Ven aquí, siéntate en la cama. Vamos a hablar.

—¿Dónde estabas, Sebastián? Tuviste que oír algo —preguntó mientras se levantaba.

—Lo dejé a él en casa y luego seguí hasta La Cartuja para llevar a uno de sus amigotes a su finca.

—Borracho como una cuba, ¿no?

Sebastián asintió y ambos se sentaron sobre la colcha. Andrés se dejó caer y el jergón crujió bajo su peso.

—Cuando volví, metí el coche en el cubierto y entré por el patio. Subí directamente, eché una meada en el baño y me metí en la habitación. Yo no oí nada.

—Ya habría pasado todo —gimió Andrés—. Lo debía de tener pensado, si hubieras vuelto con él no habría podido...

—No lo creo, Andrés. Fue el otro quien pidió que lo llevara a La Cartuja. Había llegado conduciendo su propio coche y no se sentía capaz ni de abrir la portezuela —explicó—. Debió de pensarlo sobre la marcha.

—Me da igual. Voy a ir a por él, Sebastián. No volverá a ponerle la mano encima. Te juro que le voy a meter dos tiros, el primero en los huevos y el otro en el pecho.

—Tranquilo, Andrés, tranquilo. —Le pasó la mano sobre el hombro y lo atrajo hacia sí—. Con eso no arreglarías nada, solo joderte tú la vida.

—¡Me da igual joderme la vida! Ya me la ha jodido bien ese hijo de la gran puta.

—Si Antonia te dice que no ha pasado nada, no ha pasado nada. ¿Me oyes? —arguyó con voz firme—. Conociéndola estoy seguro de que es cierto.

—Me da igual. Sé que lo ha intentado y eso es suficiente. Ese cabrón cavó anoche su tumba.

—No digas tonterías, hay otros medios para que se haga justicia. Antonia puede denunciarle.

De nuevo Andrés miró a su amigo y soltó una amarga carcajada de despecho.

—¿Denunciar a Monforte? ¿Al abogado más influyente de Zaragoza? ¿Qué juez lo condenaría? Acabaría en la cárcel la Antonia, ya encontrarían la manera. Estos hijos de puta hacen lo que hacen porque se saben impunes.

—Pues tú no harás nada de lo que puedas arrepentirte. Soy tu amigo y estoy aquí para impedírtelo, así que no me jodas y no me vengas con arrebatos —le advirtió—. En caliente no se pueden tomar decisiones, Andrés. Lo que me cuentas es muy gordo y no puede quedar así, pero la escopeta no es la solución. ¿Qué sería de Antonia si le metes dos tiros a Monforte? Además de haber sido forzada, se queda sin novio, sin marido, sin trabajo y sin honra.

—Claro, entonces lo dejo estar, ¿no? —se revolvió Andrés, liberándose con rabia del brazo que lo rodeaba—. ¿Qué harías tú si lo hubiera hecho con Julia? ¿Eh?

—Yo no he dicho eso, pero lo que se tenga que hacer lo pensaremos despacio. Esto no va a quedar así, pero la venganza es un plato que se sirve frío.

Sebastián comprobó que la idea parecía calmar a Andrés. Hacía años que lo conocía, y lo sabía incapaz de hacer daño a nadie. Tanto era así que la escopeta acumulaba óxido por la falta de uso y, si de manera ocasional salía de caza por los alrededores, era más por llevar unos conejos a la mesa de la patrona que por el placer de disparar. De haber querido cumplir su amenaza, no habría esperado sentado a la mesa jugueteando con las postas. Notó que Andrés se balanceaba sentado al borde de la cama, adelante y atrás en un movimiento repetitivo y tal vez inconsciente, con las manos entre las piernas.

—No es justo, Sebastián. No es justa su impunidad —declaró al fin—. ¿Qué clase de hombre sería si dejara pasar una cosa así? No me podría vestir más por los pies.

—Demostrarías ser un hombre listo, nada más. No puedes arruinar tu vida y la de Antonia. Debes poner su felicidad por delante de tu hombría herida. Debes hacerlo por ella, si es que de verdad la quieres. ¿O es que prefieres que se pase el resto de su vida subiendo a diario a la cárcel de Torrero a llevarte una fiambrera y a hablar entre barrotes?

—Eso no pasará —aseguró—. Después de él me vuelo los sesos yo.

—Y después la Antonia se tira al tren. ¡Qué bonito!

El joven volvió a gemir, desesperado. Exhalaba el aire con fuerza y de manera rítmica, tratando de calmarse.

—Andrés, te quedan dos semanas para la boda. —Sebastián se levantó y se acercó a la mesa—. Cásate con ella y marchad de aquí, incluso fuera de Zaragoza. Sácala de esa casa y hazla feliz. Haz que se olvide de Monforte.

Cogió la escopeta y la desmontó. Con torpeza, introdujo las dos piezas en la funda y cerró la cremallera. Observó que Andrés se tumbaba despacio en la cama.

—¿Estás más tranquilo?

Andrés se encogió de hombros. Después negó.

—Déjame que hable con Julia. Confío mucho en su criterio y en su sensatez. Algo se nos ocurrirá a los cuatro juntos. —Trataba sin duda de dejar una puerta abierta para retrasar una decisión precipitada—. Si algo sé es que en esto vamos a estar como una piña. Pero prométeme que no harás ninguna tontería mientras tanto. No te quiero ver por la calle Gargallo ni cerca de Monforte con ninguna excusa. Júramelo.

Andrés movió la cabeza con desgana a modo de respuesta.

—Júramelo, Andrés. Por nuestra amistad. No me moveré de aquí hasta que no lo hagas.

—Lo juro —musitó entre dientes—. Pero llévate la escopeta.

—Es lo que pensaba hacer.

Andrés cerró los ojos y Sebastián hizo como que no veía las lágrimas que se deslizaban hacia la almohada.

—No tardaré. Igual nos vamos luego adonde el Benito y nos trasegamos tú y yo una botella de anís a medias. Ahora baja a comer o la Piedad vendrá aquí a buscarte —sonrió.

Bajó las escaleras y entró en la cocina.

—Huele que alimenta, Piedad.

La patrona se volvió sobresaltada.

—¡Sebastián! No te había oído entrar —exclamó al tiempo que se secaba las manos en el delantal.

—Nada, que he subido a hablar con Andrés un momento. Sabía que estabas con la comida y no te he querido molestar, pero no me quiero marchar sin saludarte.

—Si te quieres quedar, patatas con puerro tenemos.

—No, que me esperan en casa —declinó—. Pero un favor sí que te voy a pedir.

—Tú, lo que quieras —respondió con tono meloso.

—Ten, guarda esto en sitio seguro —le tendió la escopeta—.

Bajo llave si puede ser. Si te pregunta Andrés, dile que me la he llevado yo.

—¿Qué pasa, Sebastián? —Su semblante se había nublado.

—Habla con él. No me voy tranquilo —se confió—. Ha tenido una gorda con Monforte. Que te cuente él lo que te quiera contar, pero no le dejes que salga de casa hoy, tengo miedo de que haga alguna tontería. Como si te tienes que encerrar con él en la habitación.

45

Domingo, 13 de septiembre
(tarde)

—¿Así que ya lo sabes todo? —La expresión de Julia reflejaba consternación.

—¡No sabes cómo está! Le he hecho jurar que no iba a hacer ninguna tontería, pero no me quedo tranquilo. Por eso he venido.

—¿Y qué has hecho con la escopeta? ¿La tienes en casa?

—Le he pedido a Piedad que la guarde bajo llave.

—¿Piedad? ¿También ella está al tanto?

—A Piedad se le escapan pocas cosas de cuanto sucede en la pensión. No creo que supiera nada aún, pero no iba a tardar en enterarse. —Hizo una pausa como si dudara, pero continuó—. Andrés y ella siempre han tenido pocos secretos. Me quedaba más tranquilo con ella al corriente, no creo que se separe de él ni un minuto.

Julia lo miró con gesto perplejo, pero no hizo más comentarios al respecto. Estaban sentados en uno de los sofás del salón de costura. Aunque el ambiente era caluroso, las persianas bajadas impedían que el sol de la tarde penetrara a raudales y la penumbra hacía de la estancia un lugar acogedor.

Sebastián, tras abandonar la pensión, había regresado sin perder un momento a la calle Gargallo. Suponía que Antonia estaría angustiada, tal vez sin conocer el paradero de Andrés, y no se había equivocado. Pero no lo había sabido al llegar allí porque ni ella ni Julia estaban en la casa. Vicente lo había asaltado en la portería. Al verlo entrar en el portal, había salido a su encuentro.

—¿A qué viene todo este trasiego? ¿Qué está pasando aquí? —espetó mientras lo sujetaba por el brazo.

—¿Qué trasiego? —Sebastián trató de hacerse el desentendido. No estaba al tanto de lo que Vicente sabía y temía hablar más de la cuenta.

—¡Coño! ¿Qué trasiego? Primero viene Julia a buscar a Antonia y ya no ha vuelto a salir. Luego entra Andrés para decirle a Antonia de ir al canódromo y al rato lo veo salir como alma que lleva el diablo y como si estuviera llorando. Y por fin salen juntas la Antonia y Julia y lo mismo: casi sin arreglar, con el pañuelo por la cabeza, haciendo pucheros y sin decir palabra. —Tuvo que parar a tomar aire—. Y ahora tú, con esta cara de funeral. ¿Me quieres explicar qué pasa? ¿Se han peleado y no hay boda, o qué? No jodas, que ya tengo el traje *pagao*...

—Igual no vas descaminado. —Sebastián decidió que dejar la cuestión en el aire era la mejor opción y lanzó otra pregunta—. ¿Adónde iban? ¿Te lo han dicho?

—Ni adiós han dicho. Bueno, Julia sí. Han tirado para abajo, hacia la plaza de José Antonio, en dirección a la casa de Julia.

Sebastián se dio la vuelta para salir a la calle y seguir los pasos de las dos mujeres, pero lo pensó mejor. Antonia estaba en la mejor compañía y él mismo debía poner en orden sus ideas.

Almorzó sin apetito en la cocina con Vicente y con Rosario. Los Monforte habían salido a misa en familia y no habían regresado, pues aquel día iban a disfrutar de una barbacoa en el club de tenis. Aquellas reuniones eran frecuentes en septiembre, tras los dos meses que pasaban en Villa Margarita, para aprovechar el tiempo todavía veraniego.

La comida transcurrió en un ambiente lóbrego, pues Rosario, con los ojos más llorosos que de costumbre, apenas había seguido la conversación de los dos jóvenes y se había negado a responder a las cábalas de Vicente acerca de lo sucedido, alegando que era un asunto que solo a ellos dos incumbía. Los fichajes del Real Zaragoza para la nueva temporada y los sucesos del *Heraldo* sirvieron para impedir que solo se oyera el tintineo de los cubiertos contra la loza. Rosario se empeñó en preparar el puchero de café, tal vez para no cambiar la rutina, y sacó de la despensa una lata de metal repleta de magdalenas horneadas la víspera. El buen sabor de boca le duró poco a Sebastián, y, cuando enfiló la acera del Hotel Aragón en dirección a la calle de San Miguel, el regusto amargo de la mañana había vuelto a adueñarse de su paladar.

Julia abrió la puerta que, con el establecimiento cerrado, estaba atrancada por dentro. Rara vez utilizaban el acceso a la vivienda a través del portal y de las escaleras del edificio, al tener la escalera de caracol interior. Sebastián echó en falta el sonido de la campanilla, que vio apartada a un lado, y comprendió el motivo cuando Julia se llevó el índice a los labios y le chistó.

—Se ha quedado dormida en mi cama. Estaba agotada, no ha debido de pegar ojo en toda la noche —explicó antes de cerrar la puerta a su espalda—. Vamos arriba, que aquí en el taller se ha metido mucho calor.

Sebastián aceptó una copa de anís con la intención de contrarrestar de nuevo el amargor en la boca y le contó con detalle la visita a la pensión. Cuando terminó, fue Julia quien le relató lo sucedido en la casa de la calle Gargallo.

—Antonia está aterrorizada. Lo último que quería era que Andrés se enterara. Yo misma, hasta que se ha presentado allí, no sabía qué hacer. Por un lado, pensaba que Andrés debía saber algo así, pero tenía mucho miedo a su reacción. Y no me equivocaba, ha salido de allí llorando y dando un portazo.

—Al menos te ha evitado tener que tomar esa decisión. Lo ha descubierto por sí mismo.

—Ahora sé que iba en busca de la escopeta. —Julia entrecerró los ojos y suspiró hondo—. Menos mal que has caído tú por la pensión.

—Tal vez debería haber puesto al corriente a Vicente, por si se le ocurre volver por allí —dudó Sebastián—. Por nada del mundo Andrés puede entrar en esa casa.

—No veo motivo para ocultárselo. Somos amigos los seis, ¿no es cierto? —repuso Julia—. ¿Por qué tendríamos que proteger a ese monstruo con nuestro sigilo?

—¿Rosita sabe algo?

—No de lo de hoy, pero algo sabe.

—¿Qué quieres decir? No te entiendo. —Sebastián frunció el ceño. Algo se le escapaba.

—No es la primera vez, Sebastián.

—¡¿Cómo?! —exclamó repentinamente rígido. Tosió varias veces al sentir que se atragantaba con el último sorbo de anís.

—Lo que oyes, Sebastián. Aprovechaba los días en que doña Pepa, los chicos y los demás estabais en Villa Margarita para acosar a Antonia. Pero sí es la primera vez que lo hace con su mujer en casa. Debía de estar muy borracho anoche.

—Lo estaba —confirmó el chófer—. Pero jamás hubiera pensado que...

—Tú te llevas muy bien con él. A ti te trata con corrección.

—No tengo queja, la verdad. Ya sabes que hasta me ha subido el sueldo y es cierto que me da confianza. Pero esto que me cuentas...—Sebastián dejó la frase sin terminar, al tiempo que negaba con la cabeza.

—Por muchas vueltas que le doy no sé qué podemos hacer. Antonia no quiere ni oír hablar de denunciar a Monforte. Le tiene pavor. Supongo que también por su familia.

—Tampoco Andrés. Pero eso le aboca a la venganza, es la única salida que ve.

—Y no le juzgo —musitó Julia con el semblante asqueado.

—Yo le he propuesto que sigan adelante con sus planes, que se casen como estaba previsto y que pongan tierra de por medio. Es un buen fontanero, y trabajo no le faltará allí donde vaya. Lo que es evidente es que Antonia no puede seguir un minuto más en casa.

—¿Y Monforte? En cuanto Antonia se vaya, encontrarán a otra que ocupe su lugar. Me contó que están buscando una nueva doncella para cubrir la marcha de Francisca. Serán dos chicas jóvenes, tal vez niñas apenas. ¿Vamos a dejar que ese depravado les haga lo mismo que a ellas?

Sebastián alzó la cabeza con un nuevo sobresalto. Miró fijamente a la muchacha.

—¿A ellas? ¿Qué estás diciendo, Julia? ¿Francisca también?

Julia asintió. Sebastián cerró los ojos y bajó la cabeza. Durante unos minutos permaneció en silencio, y ella le dejó tiempo. Sabía que aquello suponía un duro golpe para él. Nunca le había oído una queja de su amo, tampoco una crítica a sus andanzas, ni en los negocios ni fuera de ellos. Antes bien, solía haber admiración en sus comentarios. Y agradecimiento. Asimilar lo que aquel domingo estaba sabiendo no debía de resultarle fácil.

—Alguien tendría que advertirles del peligro que corren en casa —reconoció por fin.

—He pensado en contarle a doña Pepa lo que lleva años pasando ante sus narices sin que ella se entere. —Julia jugueteaba nerviosa con el tapón de la botella de anís que se había quedado en la mano—. Aunque, por otra parte, ¿qué conseguiría con ello? Monforte movería los hilos para obtener la nulidad de su matrimonio, doña Pepa quedaría desamparada, tal vez privada del contacto con sus hijos, y él con las manos libres para seguir haciendo lo que quiera.

—Vamos, que igual le hacemos un favor. Además, que lo haya hecho con ellas no significa que lo vaya a hacer con ninguna otra. Por eso le he dicho a Andrés que la saqué de allí. Con Francisca también lejos, se acabó el problema. Muerto el perro se acabó la rabia.

—No, Sebastián. Ni ellas han sido las primeras ni serán las últimas.

El joven se volvió sorprendido.

—Julia, ¿qué sabes? —La tomó de la mano—. ¿Quién más? ¿Qué me estás queriendo decir?

Julia se soltó de la mano de Sebastián y por un momento se cubrió la cara, superada por la situación. Resopló como quien se prepara para hacer algo que teme, pero que ha decidido llevar a cabo.

—Sebastián —empezó—, somos amigos, pero Monforte es el amo y dependes de él. Y sé que en el fondo lo aprecias y lo respetas porque contigo se porta bien. No estoy segura de que saber toda la verdad sea lo que deseas.

—Si es lo que pienso, necesito saberlo —repuso Sebastián sin dudar—. No podría vivir con la sospecha, fingiendo que no pasa nada. ¿Qué me tienes que contar?

Julia tragó saliva. Miró a la mesa, dejó el tapón con el que jugueteaba, asió la botella y rellenó la copa de Sebastián. Él tendió la mano creyendo que se la ofrecía antes de escuchar lo que tenía que decirle, pero fue ella quien se la llevó a los labios y la apuró en dos sorbos largos y seguidos. Después volvió a rellenarla y, entonces sí, se la ofreció al joven.

—No ha sido la primera vez que lo intentaba con Antonia, ya te lo he dicho. Pero tampoco ha sido la única. Francisca fue víctima de su lascivia cuando le tocaba quedarse durante el verano en la calle Gargallo. Monforte no conoce barreras ni reparos morales. Y además de recurrir a la fuerza para conseguir sus propósitos, ha usado el chantaje y su posición de fuerza.

—No solo con ellas dos, ¿no es cierto?

—También conmigo, Sebastián.

Lo dijo en un susurro, con los ojos fijos en las manos entrelazadas, sin atreverse a mirarlo de frente. A continuación, sin detenerse hasta el final del relato, le contó lo sucedido en el despacho del bufete cuando, en su desesperación ante la inminente maternidad, había acudido en busca de ayuda. Reconoció hacer accedido a sus pretensiones, movida por la necesidad de darle a su hijo un nombre y un futuro. Le contó, ya entre sollozos, cómo había usado incluso su acceso a la penicilina en el trance de la enfermedad de Miguel, para tratar de someterla a la más cruel coacción.

—Me obligaba a acostarme con él en una de las habitaciones del Hotel Aragón, a pocos metros de vuestra casa y se ufanaba de ello. Decía que le excitaba —le reveló asqueada—. Corría la cortina y apagaba la lámpara para ver las luces en las ventanas de su casa mientras...

Se cubrió el rostro con la palma de la mano abierta, avergonzada por la ignominia que acababa de confesar. Durante un minuto solo se oyó en el salón el llanto al que Julia se había abandonado al terminar.

—Si te quieres ir ahora y no volver a dirigirme la palabra, lo entenderé. Nada de lo que hizo Monforte conmigo habría sido posible si yo no hubiera accedido a ello. En mi caso no hubo violencia —reconoció con culpa, aún entre sollozos.

El rostro de Sebastián era una máscara pétrea e inexpresiva. La mandíbula contraída hacía que cada uno de sus músculos se remarcara con un ligero temblor y su mirada parecía perdida en algún punto indeterminado del salón. Reaccionó cuando oyó a Julia tratando de sorber la moquita. Se incorporó lo necesario para meter la mano en el bolsillo del pantalón y sacó un pañuelo doblado de manera impecable que le tendió. Julia lo desdobló con manos temblorosas, se sonó la nariz con un extremo y después trató de enjugarse las lágrimas con el otro, antes de guardárselo en el puño cerrado.

—No sé por qué te he contado esto. Debo de estar loca.

—¿Has llevado todo esto en secreto durante años? —dijo Sebastián al fin, con la mirada clavada en el suelo a sus pies.

Julia negó con la cabeza.

—No habría podido. Antonia fue mi válvula de escape y mi apoyo.

—¿Lo sabía?

—Y yo lo suyo. Una de las razones más poderosas para irse con su familia al pueblo era la necesidad de escapar del alcance de Monforte. Por suerte, este año le tocaba a ella ir a San Sebastián y, como la boda estaba encima, había decidido aguantar. No creía que Monforte pudiera atreverse a nada con doña Pepa en Zaragoza.

—¡Maldito hijo de puta! —espetó Sebastián—. Tú no tienes ninguna culpa, yo jamás pensaría otra cosa. Andrés tiene razón, se merece que alguien le meta un tiro en los cojones.

—Tranquilízate. Saber que también lo ha hecho conmigo no cambia nada. Ahora debes aplicarte los consejos que tú mismo le has dado esta mañana a Andrés.

Sebastián se volvió hacia ella, alzó la mano y le acarició el rostro con delicadeza.

—¡Pobre Julia! —En un momento desfiló por su mente la peripecia de aquella mujer en los últimos cuatro años y sintió que la emoción pugnaba por brotar. La atrajo hacia sí e hizo que apoyara la cabeza sobre su hombro izquierdo. De inmediato, el perfume que emanaba de su cabello lo llenó todo, y un estremecimiento de afecto lo recorrió. Le acarició el cabello con ternura con la mano derecha mientras repetía en voz baja las últimas palabras.

Permanecieron así un instante, hasta que Julia separó la cabeza y lo miró a los ojos.

—Así pues, ¿no me juzgas?

—¿Cómo podría?

—¡Tenía tanto miedo, Sebastián!

Le bastó un momento para apreciar el significado de aquella frase. La besó en la frente. Después en la sien, en la mejilla, y sus labios recorrieron el rostro de Julia hasta que encontraron los suyos. Fue un beso apasionado, largo, que hizo innecesarias más palabras. La mano de Sebastián se posó en la pierna de Julia y ascendió por debajo de la falda. Ella introdujo la suya por el cuello desabotonado de la camisa. Un instante después, Julia se incorporó de improviso. Se levantó, y tiró de la mano de Sebastián.

—Vamos, estaremos mejor dentro.

—¿Y Antonia? —repuso Sebastián perplejo.

—Antonia duerme profundamente. Le he dado una de esas pastillas que el médico me recetó cuando pasó lo de Miguel.

—¿Estás bien? —Julia sonrió con aire pícaro. Solo la sábana les cubría la cintura de forma escasa y el sudor perlaba la piel de ambos.

—¡Madre mía! —exclamó Sebastián con sorpresa y admiración sinceras—. Parece que hoy era el día en que debía conocer todos tus secretos. Creo que recordaré este domingo siempre.

—¿No te sientes celoso? Al fin y al cabo, fue otro hombre quien... —dejó la frase sin terminar.

—Un poco —sonrió Sebastián.

—Bueno, a mí también me pasaba con Miguel. No dejaba de pensar que aquello que hacía conmigo lo había aprendido con otras chicas. Se ve que en Francia las cosas no son como aquí.

—Eso parece —corroboró. Estuvo a punto de confesar que había tenido ocasión de comprobarlo en San Sebastián, pero no lo creyó oportuno. Se hallaba todavía perplejo por la naturalidad y el atrevimiento con que Julia se había comportado en el lecho, y aprovechó para formular la pregunta que le rondaba desde que habían terminado de hacer el amor—. ¿Y no hay riesgo de...?

—Tranquilo, no lo hay —aseguró ella con desparpajo al ver cómo había señalado a su barriga—. Cuando lo haya te lo haré saber.

Sebastián abrió los ojos con agrado.

—¿Eso significa que habrá más veces?

—Mientras quede entre nosotros, las que queramos. Sin dar cuartos al pregonero.

—No lo entiendo.

—¿Qué es lo que no entiendes? —sonrió Julia, que en realidad no sabía a qué se refería.

—Cómo has dado este paso. Por lo que me has contado de Miguel, no tengo nada que ver con él. Soy un simple chófer, mi vida es anodina, no he vivido ni la décima parte de las cosas que vivió él y mis intereses tampoco tienen nada que ver.

—Cada cual tiene sus atractivos. —Julia posó la yema de su índice en los labios de Sebastián. Después descendió por su barbilla, la nuez y el pecho hasta llegar al vientre. Rio al comprobar de nuevo el efecto de su contacto—. Siempre me has parecido muy guapo.

—¿Y eso te basta? Poco más puedo ofrecer.

—Eh, no te menosprecies, Sebastián. Eres un buen chico. Además...

Julia se interrumpió, tal vez pensando en la manera de continuar.

—¿Además...? —la apremió él.

—Al principio yo sentía algo parecido respecto a Miguel. No comprendía cómo alguien como él podía haberse fijado en una chica de pueblo, con tan poco mundo como yo. Un día me confesó que disfrutaba ayudándome a descubrir que había otra forma de vivir, tratando de abrir mi mente a ideas que aquí resultaban revolucionarias.

—¿Y quieres hacer lo mismo conmigo?

—Confieso que es un reto que me atrae —rio.

—También lo has hecho con Rosita y con Antonia.

—Pero con resultados muy distintos —confesó—. Rosita compartía ya muchas de mis ideas, por suerte sus padres no la han educado como a la mayoría. Antonia, en cambio... es un muro.

—Pues yo estoy dispuesto a aprender lo que me quieras enseñar —bromeó—. Me parece que el esfuerzo merecerá la pena.

—Te advierto que no te resultará fácil.

—Ah, ¿no? ¿Tan verde estoy?

—Hombre, hay algún comentario de esos que hacéis cuando estás con tus amigos...

—Sí, me he fijado en la cara que nos pones a veces.

—Entonces, ya sabes por dónde voy —señaló.

—¿Sabes una cosa? Si no fuera por lo de Antonia y Andrés y por lo que me has contado antes, este sería el día más feliz de mi vida —respondió con un aire de incredulidad en la voz.

—Pronto no será sino un mal recuerdo, también para ellos. El consejo que le has dado a Andrés es el más acertado. Lo mejor es que se vayan de Zaragoza nada más casarse. Y creo que sé cómo conseguirlo.

—¿Sí? —se extrañó—. ¿Cómo?

—No, no me lo preguntes aún. Es algo a lo que estoy dando vueltas desde esta mañana, pero lo tengo cogido con alfileres.

—Nunca mejor dicho, en tu caso.

—Pues eso, cuando esté listo el traje te lo enseñaré.

Sebastián alzó las cejas y los hombros, pero pareció conformarse. Durante un momento siguió dándole vueltas al asunto en silencio hasta que decidió cambiar de tema.

—Miguel tuvo que ser alguien muy especial para ti, ¿no es cierto?

Esta vez fue Julia quien se sorprendió.

—Lo fue, cambió mi vida por completo. Después de conocerlo

me convertí en una mujer distinta. ¿De verdad quieres que te hable de él? No es muy habitual que un hombre quiera indagar acerca del rival que le ha precedido. Porque entre vosotros siempre os consideráis rivales —bromeó.

—Por lo poco que sé de él, me intriga su historia, cómo llegasteis a conoceros, no sé... —se explicó con torpeza.

Julia se volvió de costado de repente.

—Está bien, te lo contaré. Más que nada para hacer un poco de tiempo. Hoy no hemos terminado aún.

—¿Ah, no? —exclamó Sebastián, que no salía de su asombro—. ¿Sabes? Me está gustando mucho conocer a esta Julia, la que mantenías oculta.

—Te escandalizas un poco, lo noto.

—Me gusta que me escandalices.

—Entonces yo también te diré que me ha gustado mucho conocer al Sebastián que intuía, pero que hasta hoy estaba oculto para mí. El Sebastián sin pantalones.

No tuvo tiempo de lanzar la carcajada porque Julia unió los labios a los suyos en un beso más apasionado que todos los anteriores.

46

Lunes, 14 de septiembre

—Ha venido del trabajo arrastrando los pies y se ha encerrado en su habitación. No quiere probar bocado.

Julia había aprovechado la hora del almuerzo, una vez cerrado el taller, para acudir a la pensión de Andrés. Se había encontrado con Piedad, que salía del comedor con una pila de platos sucios en la mano y la había hecho entrar en la cocina al reconocerla.

—¿Puedo subir a hablar con él?

—Si quiere hablar contigo... Yo lo intenté ayer y no tiene consuelo. Pero dile a Sebastián que no me ha preguntado por lo que me dejó ayer para guardar. —Piedad trataba de mostrar que estaba al cabo de la calle de lo sucedido.

—Se lo diré.

—Espera, súbele algo de comer, o se nos va a quedar en los huesos.

La patrona se volvió hacia la poyata y pinchó con el tenedor media docena de trozos de morcilla recién frita, que puso en un plato de loza.

—Les tocaba a tres por barba, pero van a ser dos. Que a tu amigo le hace más falta —trató de bromear.

—Gracias, Piedad. Veo que aprecias a Andrés.

—¡Como para no apreciarlo! —sonrió—. Ahí lo tienes, tan hecho polvo que ni mis sopas de leche ha probado esta mañana, pero al trabajo no ha faltado. Y sin pegar ojo en toda la noche. Anda, sube, a ver si lo convences para que se coma por lo menos la morcilla.

El olor que surgía del plato asaltó su nariz mientras subía las escaleras. Tampoco ella había probado bocado después de cerrar. Tocó en la puerta con los nudillos.

—Andrés, soy Julia —se anunció al no recibir respuesta—. Me gustaría hablar contigo un momento.

—Entra —oyó decir con voz queda.

Andrés se encontraba tumbado sobre la cama, boca arriba con la cabeza apoyada sobre las manos entrelazadas en la nuca. No se había quitado el mono azul de trabajo, y la colcha se veía rozada. Al menos se había descalzado, y las botas de trabajo yacían volcadas en la alfombra tal como habían caído.

—Piedad te va a echar la bronca —dijo, a modo de saludo. El tono dulce de su voz desmentía lo que la frase tenía de reproche.

—Ya lo siento —respondió con desgana.

—No hace falta que te pregunte cómo estás, ya lo veo. —Dejó el plato encima de la mesa, cogió la silla por el respaldo y le dio la vuelta—. No te importa que me siente, ¿no?

Andrés se limitó a negar con la cabeza.

—Te quiero pedir disculpas —empezó mientras se sentaba con gesto de cansancio—. No era mi intención mentirte ayer cuando entraste en la habitación de Antonia, pero entiende que era a ella a quien correspondía la decisión de contarte lo ocurrido o no.

—¿Qué pasó, Julia?

La joven guardó silencio un momento y Andrés volvió la mirada hacia ella, tratando tal vez de leer en sus ojos.

—Tienes que hablarlo con ella, Andrés. Ahora es cuando más necesita tu afecto y tu comprensión. Por extraño que parezca, es ella quien se siente culpable.

Andrés, sin embargo, no pareció extrañarse. Durante un largo rato no dijo nada. Tragó saliva antes de hacerlo.

—¿Tú le hubieras dejado hacer? Yo antes me dejo matar que permitir a ese hijo de puta...

—¡Andrés! —Julia había temido escuchar algo semejante—. ¡Tú mismo viste cómo la dejó! La golpeó hasta dejarla sin sentido. ¡No pudo hacer nada más por defenderse!

—¡Cabrón! ¡Hijo de puta! —Andrés se incorporó sobre un costado.

—Tranquilízate, no he venido para hacerte revivir lo de ayer. Pero no puedes, bajo ningún concepto, culpar a Antonia. ¿Tienes eso bien claro?

Andrés se limpió la moquita con el dorso de la mano y asintió despacio con la cabeza.

—Tienes que estar con ella todo el tiempo que puedas, Andrés. Ahora te necesita más que nunca —insistió—. Pero no en esa casa. Podéis venir a la mía cuando queráis para estar solos. Vas a tener que ser muy paciente con ella.

—¿Paciente? ¿Te parece poca paciencia seguir aquí hablando contigo en vez de haberle descerrajado dos tiros a ese hijo de perra y haberme volado después la tapa de los sesos?

—Tienes la suerte de tener buenos amigos, Andrés. Sebastián y tú sois uña y carne, y te ha dado buenos consejos.

—Sebastián es mi hermano. Pero por su culpa no he terminado ya con esto de una puta vez.

—Vete apartando esas ideas de la cabeza. Es de cobardes quitarse de en medio sin afrontar los problemas. Demasiado fácil.

—Ya. Es verdad que soy un cobarde. Pero no por pensar en quitarme de en medio, sino por dejar que ese cabrón siga con vida un día más —repuso con despecho al tiempo que se incorporaba hasta sentarse en el borde de la cama—. Si no fuera un cobarde no estaría aquí.

—Mira, Andrés, no puedes dejar que Monforte eche por tierra vuestro futuro con lo que hizo. —Julia, sentada frente a la cama, acababa de poner la mano en la rodilla de su amigo en un gesto de afecto—. ¿Tú quieres a Antonia?

Andrés pareció sorprendido por la pregunta y la miró con estupor. Aunque tardó en responder, lo hizo emocionado.

—¡Joder que si la quiero! —repuso con voz entrecortada. Se había cubierto el rostro con la mano derecha y hacía verdaderos esfuerzos por no romper a llorar.

—Entonces, tenéis que seguir adelante con vuestros planes de boda y después llevarte a Antonia de aquí.

—¡Como si fuera tan fácil! ¡Y de qué vamos a vivir! ¿Adónde vamos a ir? —objetó con desesperación—. Pero si me quedo aquí, sé que voy a terminar en Torrero. En la cárcel o en el cementerio.

—De eso vengo a hablar contigo, Andrés.

—¿De qué?

—Mira, hay muchas cosas de mi pasado que no conoces, aunque tal vez Antonia te haya contado algo. Por circunstancias que no vienen al caso, soy lo que podría llamarse una mujer... rica —se calificó, no sin dudar.

—Sí, algo me había dicho Antonia, aunque tú hayas sido siempre muy reservada con nosotros respecto a eso.

—Lo cierto es que dispongo en Tarazona de varios inmuebles escriturados a mi nombre. Allí han estado estos años, llenándose de telarañas y perdiendo parte de su valor.

—Ya, ¿y qué me quieres decir con eso? ¿Qué relación tiene con Antonia y conmigo?

—En concreto, hay una casa de tres plantas con un corral amplio, un sótano que hace las veces de bodega, un granero y un precioso solanar —siguió Julia—. Tiene agua corriente, una cocina espaciosa en la planta de abajo, con despensa, y una coqueta sala de estar. Y arriba tres habitaciones y un cuarto de baño. Pero lo mejor es que entre esa casa y la vecina hay un pequeño solar que también es mío. Resultaría perfecto para poner allí un almacén de fontanería.

Andrés, aun con sordina, lanzó una breve carcajada de desengaño.

—Y en el caso de que yo pintara algo en Tarazona, ¿cómo iba a pagar todo eso?

—No me estás entendiendo, Andrés. Os la ofrezco a ambos, es para vosotros. Podéis usarla mientras la necesitéis.

—¿Estás loca, Julia? ¿Cómo voy a aceptar algo así? Y eso en el supuesto de que al final no decidamos retrasar la boda. O cancelarla.

—No vais a retrasar nada, el sábado de la semana que viene te casas con Antonia. Y después os vais a largar juntos de viaje de novios.

—Julia, haz el favor de no reírte de mí. De sobra sabes que no podemos irnos ni a la vuelta de la esquina. Mira cómo vivo —repuso avergonzado.

—Iba a ser una sorpresa, Andrés. Mi regalo de bodas. Pero supongo que no puedo mantenerlo más tiempo en secreto.

Andrés negó con la cabeza, atónito.

—Ya le ibas a regalar a la Antonia el vestido de novia.

—¡Ah, bueno! En realidad yo solo he puesto la tela, el regalo en sí es de Rosita; es ella quien ha invertido días de trabajo en él. Después de hablar con Antonia, pensé que hay otra cosa que le haría mucha ilusión.

—Yo no me puedo ir a ningún sitio. Hay demasiado trabajo

atrasado en el taller —objetó Andrés convencido—. Si le voy a don Ignacio con esta embajada ya me sé la respuesta: que me vaya adonde quiera, pero que no vuelva. Gracias por tu ofrecimiento, pero ni pensarlo.

—Te equivocas —sonrió—. Antes de comprar los billetes y de llamar por teléfono para reservar vuestro hotel, me fui a hablar con él. Gracia no le hizo, pero accedió a darte dos semanas libres.

—¡¿Estás loca?! —espetó sin pensar—. ¡Dos semanas! Pero ¿adónde querías que fuéramos, a la otra punta de España?

—Deja de hablar en pasado, Andrés. Te vas a casar y tras la noche de bodas os vais a ir juntos de viaje. Estaba segura de que a Antonia le haría ilusión, pero después de lo que pasó ayer, aún resulta más necesario que pongáis tierra de por medio. Los billetes están comprados.

—Devuélvelos, Julia. No sé ni lo que va a pasar esta misma tarde. ¡Como para pensar en viajes a no sé dónde estoy yo ahora!

—Si no quieres hacerlo por ti, hazlo por Antonia. Quizá no tenga muchas posibilidades de hacer otro viaje como este, sé bien que para ella es un sueño. Además, quiero que seas tú quien se lo diga. Necesita algo que le quite del pensamiento lo que la atormenta y que le proporcione una ilusión. O una preocupación, me da igual. Cualquier cosa antes que tener a Monforte en la cabeza.

—Pero ¿qué ilusión ni qué diantres? ¿Adónde quieres que vayamos?

—Adonde yo no pude llegar a ir, a pesar de que entraba en mis planes. Más de una vez Antonia me ha contado que uno de sus mayores deseos es conocer la torre Eiffel.

—¡¿A París?! ¿La Antonia y yo? Tú te has vuelto loca, Julia. Pero si no hemos salido de Zaragoza en nuestra vida. ¿Y cómo nos vamos a entender?

—Ah, no vais a tener problema con eso. Seguro que conocéis a alguna otra pareja por el camino y tal vez alguno sepa hablar francés. Y si no, supongo que Antonia conservará el manual con el que empezó a estudiarlo. —Esta vez Julia tomó a Andrés de las muñecas y le habló con tono implorante—. ¿Lo harás por ella?

—¡Madre mía, Julia! Es como si desde ayer no pisara con los pies en el suelo. Siento que floto y que lo que pasa a mi alrededor me lleva en volandas y me zarandea. ¡Ir a París dentro de quince días!

—Iréis a Barcelona en tren y allí tomaréis el expreso que os llevará a París.

—¡Qué va, qué va! Necesitaríamos pasaporte y ni Antonia ni yo los tenemos.

—Si crees que me había olvidado de ello, pierde la esperanza. En dos o tres días pueden estar hechos. Queda tiempo de sobra. —Julia abandonó entonces la sonrisa—. Pero no es del viaje de lo que he venido a hablar contigo, tiempo habrá estos días. Lo que urge de verdad, y eso es algo mucho más difícil de decidir, es lo que vais a hacer con vuestra vida cuando volváis.

—¡Más zarandeo, Julia! Todo esto me da vértigo, siento que desde ayer he perdido el control de mi vida.

—Sé que es difícil tomar una decisión tan trascendental, pero yo quiero dejaros una puerta abierta. Sebastián me ha contado que ayer no veías salida al callejón en el que os ha metido Monforte, pero la hay.

—¿Dejar todo lo que conozco, a mis amigos, mi trabajo, mi vida entera? Tenemos apalabrado el piso de la calle Manifestación.

—Lo sé, me lo contó Antonia. Pero aún no habéis dado ni la señal —le rebatió—. No serás el primero, Andrés. Recuerdo que cuando vivía en Tarazona con Miguel teníamos auténticos problemas para encontrar un buen fontanero. Trabajo no te faltará, y yo os echaré una mano al principio para montar el taller, igual que monté el salón de costura.

—No puedo aceptar eso, Julia.

—Ya me lo devolverás cuando el negocio esté en marcha. Estoy convencida de que te irá bien, veo cómo trabajas. Has cambiado la instalación de una de las mansiones más suntuosas de Zaragoza. Y las nuevas calefacciones no tienen secretos para ti. Solo tendrías que advertir a don Ignacio de tus intenciones para que vaya buscando quien te sustituya —arguyó—. Por cierto, la casa de la que te hablo no tiene calefacción. Si me la dejas instalada me servirá de pago.

—¡Julia, estás dando por hecho que voy a aceptar cambiar de vida de la noche a la mañana sin pensarlo ni una hora!

—No, Andrés. Te estoy proporcionando una salida porque sois mis únicos amigos; porque todos, y también vosotros dos, os habéis volcado conmigo cuando lo he necesitado. —Julia cogió a Andrés de las manos y le habló mirándole de frente a los ojos—. Ahora debes ir en busca de Antonia y mantener con ella la conversación más importante de tu vida. De vuestras vidas. ¿Lo harás?

En los ojos y en el semblante de Andrés había incredulidad, agradecimiento y una emoción que apenas podía contener. De manera espontánea, un instante después los dos estaban fundidos en un abrazo.

—Te quiero mucho, Julia —musitó—. Me da un poco de vergüenza decírtelo, pero es así. No sé si vamos a aceptar una locura como la que estás proponiendo, pero ya te digo que, si Sebastián es mi hermano, tú eres mi hermana desde hoy.

—Me parece muy bien, y vas a dejar que tu hermana te diga qué hacer en lo que queda de día: vas a ir a trabajar y, cuando acabes, vuelves aquí, te aseas, te cambias de ropa y te vas a mi casa. Allí te estará esperando Antonia y podréis hablar con tranquilidad. —Entonces se levantó y caminó hacia la mesa—. Pero antes de irte te vas a comer esta morcilla, o se quedará helada del todo.

Andrés rio.

—Con una condición... hermana —accedió—. Tres para ti, tres para mí, porque me imagino que tú tampoco has comido.

—Trato hecho —aceptó Julia con una sonrisa amplia—. La verdad es que hasta ahora no había notado que tengo un hambre canina.

Comieron con apetito del plato que Andrés sujetaba sobre las rodillas y fue Julia la que echó mano de una botella de vino demediada que Andrés tenía encima de la mesa. Lo compartieron en el único vaso disponible, que se mantenía en equilibrio boca abajo sobre el cuello de vidrio.

—Con la invitación, te ha sabido a poco —bromeó Julia cuando dejó en la mesa el plato con los restos del envoltorio de la morcilla—. ¿Tienes un rato aún? Hay otra cosa de la que quería hablar contigo y no se me ocurre un momento más apropiado que este.

Andrés miró el reloj de pulsera.

—Tengo todavía media hora —repuso.

—De sobra. Aunque no creas que me resulta fácil. En otras circunstancias jamás haría esto, pero creo que se lo debo a Antonia. También es verdad que, si supiera que estoy hablando de esto contigo, me mataría.

—Pero ¿hablar de qué? —preguntó Andrés impaciente.

—Sé que no es normal que una mujer hable de asuntos de cama con un amigo, pero es lo que voy a hacer. Por favor, que no te incomode. Es por Antonia.

—Tú dirás. —Andrés había enrojecido, igual que Julia.

—Mira, Antonia, como la mayoría, es una chica educada en un ambiente... digamos que muy tradicional, en una familia católica y en la escuela del pueblo, donde ya sabes de qué pie cojean los maestros. De la vida no sabe nada, y para ella el sexo es algo desconocido, simplemente es lo que hay que pasar cuando se quiere tener hijos y poco más.

—A mí me lo vas a decir. ¡Lo que me costó arrancarle un beso! —Andrés seguía ruborizado aunque tratara de mostrarse firme.

—Para colmo, le ha pasado lo que le ha pasado. Mucho me temo que ahora Antonia va a asociar el sexo con la violencia, la amenaza, el miedo. —Julia se detuvo un instante, dejando que se posaran sus palabras—. Antonia está traumatizada. Por eso te decía antes que vas a tener que ser muy paciente con ella.

Andrés bajó la cabeza y entrecerró los ojos. Tenía las manos entre las piernas, entrelazadas, y no respondió. Por eso Julia decidió continuar.

—¡Ufff, Andrés! No sé lo que estará pasando ahora por tu cabeza. Quizá piensas que me estoy metiendo en lo que no me importa, pero es que sufro por ella. Yo he tenido la suerte inmensa de conocer el amor al lado de un hombre que me quería y al que adoraba, y sufro al ver que, quizá, lo que le ha pasado a Antonia, sumado a su forma de ser, y a la educación trasnochada que ha recibido, le vayan a impedir gozar de esa bendición que Dios nos ha dado. He hablado de esto con ella —le reveló—, tratando de que venza los reparos y el pudor que le han metido en la cabeza, para que pueda disfrutar como lo hice yo, pero después de lo de ayer temo que no sea suficiente.

—Coño, Julia, ¿no exageras un poco? Tampoco es cuestión de que sea una fresca.

—Por mi trabajo como enfermera he conocido casos parecidos. —Julia ignoró el comentario de Andrés—. Chicas forzadas por un pariente, por un patrón, que no han dejado que un hombre las vuelva a tocar en su vida. Es posible, Andrés, que algo así le suceda a Antonia.

Por la actitud de Andrés, Julia sabía que la conversación le resultaba incómoda en extremo. No obstante, siguió adelante hasta terminar de decir lo que se había propuesto.

—Temo lo que pueda pasar en vuestra noche de bodas, Andrés. Tal vez Antonia te rechace. Si es así, debes saber a qué se debe su actitud y mostrarle todo tu cariño y tu comprensión, sin forzar nada.

—Bueno, Julia, vaya sermón me estás dando. —La incomodidad de Andrés había terminado por mostrarse—. Son cosas entre ella y yo.

—Tienes razón, perdóname. Si te he hablado de esto es porque deseo con toda mi alma que Antonia sea feliz. Que lo seáis los dos. —Por un instante lo tomó de la muñeca y apretó con fuerza. Después se levantó dispuesta a salir y le habló con la mano ya en la manilla—. Solo quiero que sepas que puedes contar conmigo para lo que quieras.

—Gracias, Julia. Perdóname tú a mí. Uno no está acostumbrado a hablar de estas cosas con una mujer. Me resulta violento.

—Lo sé, pero he creído que era necesario. Adiós, Andrés. —Oprimió la manilla y salió al pasillo. Antes de cerrar tras de sí, se volvió una última vez—. No te olvides: cuando salgas del tajo te estará esperando en casa.

47

Sábado, 26 de septiembre

El canto de los gorriones en los plátanos y las acacias de la calle hicieron que Sebastián abriera los ojos con las primeras luces. Acababa de comenzar el otoño, pero la víspera había resultado un día tórrido y la ventana seguía abierta. Debía de haber sudado durante la noche, porque sentía el contacto frío de la tela húmeda del pijama. Se cubrió con la sábana y se dio la vuelta, tratando de apurar un último rato de sueño, a pesar de saber que era un empeño inútil una vez de vuelta a la realidad. Había llegado el día. Una jornada que en otras circunstancias hubiera esperado con ansia y con el deseo de disfrutar cada instante, pero en aquel momento habría dado cualquier cosa por volver a cerrar los ojos y despertar veinticuatro horas más tarde. Aquel sábado se casaba su mejor amigo, pero no podía evitar la sensación de que negros nubarrones se cernían sobre la celebración.

El ruido del inodoro le advirtió de que no era el único despierto en casa. Imaginaba a Antonia en el pasillo del lado opuesto, tal vez sin pegar ojo en toda la noche, o uno de sus padres, que se alojaban en la habitación que Francisca había dejado libre. Aunque quizá fuera Rosario, cuya incontinencia la obligaba a interrumpir su descanso en más de una ocasión. En cualquier caso, la casa se ponía en marcha en aquel día señalado por un aspa en todos los calendarios que colgaban de sus paredes.

No iban a reunirse demasiados invitados. Andrés apenas tenía familia salvo dos tías, hermanas menores de su madre fallecida, que iban a acudir con sus esposos desde el pueblo donde residían.

Ignacio Segura, su patrón, lo haría con su mujer y sus dos hijos adolescentes, amén de varios compañeros de la empresa y algunos viejos amigos, entre los que se encontraba Benito, que había decidido cerrar el bar aquel día. También Piedad y algunos de los habituales de la pensión habían confirmado su asistencia. Por parte de Antonia la representación sería más numerosa, en su mayor parte tíos, primos y otros parientes que llegarían aquella misma mañana de Villar de la Cañada y de las localidades cercanas donde se concentraban. Manuel, quien iba a concelebrar la misa con mosén Gil y el párroco de Santa Engracia, había pasado la noche en el seminario mayor, desde donde saldría para salvar la escasa distancia que lo separaba de la basílica del Pilar, pues allí, en la capilla de San Antonio, se celebraría la ceremonia. Era algo que a Antonia y a Andrés les hacía especial ilusión, por lo que agradecieron que las gestiones de Manuel y de mosén Gil hubieran dado sus frutos.

El padre de Antonia iba a ejercer de padrino, pero había costado más decidir el nombre de la madrina. Andrés había conseguido escandalizar a Sebastián cuando, al consultarle sobre el asunto, hizo mención a Piedad. Era cierto que se trataba de la mujer con quien mayor contacto mantenía a diario pero, aunque para nadie era notorio, él sí estaba al corriente de lo que había surgido entre ellos dos en el pasado. Descartada la patrona a causa de su enfado, él mismo le había propuesto a Julia, la mejor amiga de ambos contrayentes, que sin dudar habría aceptado el papel de no haberse postulado doña Pepa en cuanto fue consciente del problema que suponía la ausencia de la madre, siquiera de una hermana del novio. Antonia no deseaba desairarla y por ello hicieron saber a todos que la señora de Monforte sería la madrina de boda. Doña Pepa, incluso, pasó por el salón de Julia para incorporar a su indumentaria algún complemento y hacer del vestido que había encargado antes del verano algo más propio del nuevo papel que le tocaba representar. Una pamela a juego con un chal de seda había resultado la opción elegida, hasta que, a pocos días de la boda, se presentó en la pensión la tía Ermelinda reclamando para ella el cometido, como hermana que era de la madre, y lamentándose con pesar por no haber pensado antes en asunto tan importante. Antonia, apesadumbrada, le contó lo que sucedía a doña Pepa, pero ella respondió con buen talante a su angustia, dando por hecho que una tía carnal era una elección más acertada a falta de la madre. En menos de quince días, y con el tiempo pisando los talones, Julia y Rosita se habían tenido que emplear a fondo por segunda vez en adaptar el anticuado traje de chaqueta elegido por la tía de Andrés.

El regalo de bodas de los Monforte había supuesto otro quebradero de cabeza. Poco después de quedar fijada la fecha de la boda, doña Pepa había anunciado a Antonia que ellos correrían con los gastos del banquete en el Hotel Aragón, que incluía la reserva de la suite donde pasar la noche de bodas. En aquel momento, Andrés no había escatimado a la hora de mostrar su agradecimiento a Monforte y a su esposa, pasmado ante aquella posibilidad que nunca habría podido soñar. Sin embargo, después de la agresión a Antonia y una vez decididos a continuar adelante con los planes de boda tras la conversación en casa de Julia, Andrés se había negado a aceptar nada que procediera de Monforte. Durante dos días, testarudo, recorrió restaurantes y casas de comidas en busca de un lugar que pudiera albergar a todos los invitados y que se pudieran costear. Desengañado, había llegado a pensar en pedir un préstamo a Ignacio Segura para correr con los gastos de la boda. Julia y Sebastián habían conseguido convencerle de lo inconveniente de su rechazo: doña Pepa no entendería el motivo de tan repentina marcha atrás y sin duda haría preguntas difíciles de responder. Además, sería ella quien tomara el rechazo como un desprecio, y no Monforte que, sin duda, podría suponer a qué obedecía la actitud de Andrés.

—Acepta el regalo y al menos jódele el dinero —le había espetado Sebastián—. Y cuando estéis en la habitación a solas, pides el champán más caro que tengan para saborearlo con Antonia y lo cargas en su cuenta.

A Sebastián le preocupaba el hecho de que, con toda seguridad, Monforte desconocía que Andrés y los amigos de Antonia estaban al corriente de su conducta depravada. Temía que se condujera como si nada hubiera sucedido, que tal vez hiciera algún comentario poco afortunado y que Andrés terminara por estallar. Por eso se había propuesto no separarse de su amigo ni un minuto durante toda la jornada. Solo anhelaba que el día transcurriera sin sobresaltos y que los novios se levantaran al día siguiente para llevarlos con el Citroën a la estación del Norte, donde habían de tomar el expreso de Barcelona para iniciar el viaje con que Julia les había obsequiado. La víspera, en el bar de Benito y con un par de vasos de vino delante, había arrancado de Andrés la promesa de que haría de tripas corazón pasara lo que pasase.

—Te va a dar la enhorabuena, se acercará a vosotros durante la ceremonia y el banquete —le había advertido—. No te pido que te muestres cordial ni efusivo, pero al menos no le sueltes una hostia delante de todo el mundo. Piensa que mañana lo perderás de vista y no volverás a verlo. Hazlo por Antonia.

El cielo sobre la plaza del Pilar componía una paleta de color en movimiento que iba del blanco al gris oscuro, salpicada por los escasos azules que las nubes, arrastradas por un cierzo suave, dejaban asomar. Los invitados accedieron al templo por la puerta más cercana a la iglesia de San Juan de los Panetes y se acomodaron en la capilla de San Antonio, donde se iba a celebrar el enlace. Andrés se encontraba entre ellos, acompañado por la tía Ermelinda, que hacía arriesgados equilibrios sobre unos zapatos de tacón a los que, a todas luces, no estaba acostumbrada. Andrés, repeinado con una generosa dosis de fijador que acentuaba su prematura calvicie, vestía un traje negro tenuemente rayado, con un clavel en la solapa. Manuel, que los había recibido exultante, se había perdido en la sacristía en compañía de los concelebrantes para revestirse con la indumentaria litúrgica.

Al poco de sonar el toque del Ángelus, el flamante Citroën negro conducido por Sebastián se deslizó por el costado del templo hasta detenerse junto a la puerta. Aquel día el conductor no vestía el uniforme habitual, sino un traje gris marengo con corbata roja, el mismo color del clavel que lucía en la solapa. Se apeó con parsimonia, estrechó con la fuerza de las dos manos la que le tendía Andrés, y abrió la puerta trasera. Antonia se apeó en medio de la expectación de los invitados que aún permanecían en el exterior. El brillo delicado de su vestido, de moaré negro con media manga francesa y cuello de barco, se acentuaba con la luz intensa del mediodía, y el tenue velo de rejilla, que desde el tocado le cubría el rostro sonriente y lleno de pecas, parecía servir de contrapunto al llamativo collar de perlas cultivadas que lucía a juego con los pendientes. El talle de avispa, el vuelo de la falda y los elegantes zapatos negros de salón le daban un aspecto juvenil a la vez que señorial. Andrés, con el asombro en el semblante, la tomó del brazo para ayudarla a descender, mientras Sebastián le abría la puerta a Juan, el aturdido padrino, que viajaba en el asiento delantero. Un invitado, a su vez, había dado un paso adelante para abrirle la puerta trasera a María, de forma que, reunidos todos, los novios entraron en El Pilar del brazo de los padrinos respectivos y seguidos por los últimos invitados.

La ceremonia en la basílica, el traslado de los invitados hasta el Hotel Aragón y el propio almuerzo se desarrollaron según lo previsto. Solo quienes estaban al tanto de lo ocurrido captaban los detalles que revelaban la tensión soterrada. También Monforte se estaba comportando de manera comedida, como si un sexto sentido le advirtiera de que bajo la aparente normalidad bullía un magma ardiente que le podía salpicar. Se comportaba como un invitado más, en todo momento del brazo de su esposa, atento al comportamiento de Alfonso y Rafael, incluso presto a ayudar a Rosario cuando era necesario. Sebastián pensó incluso que la normalidad en el comportamiento de Antonia debía de resultar llamativa y extraña para Monforte, quien podría esperar una actitud distante tras el tremendo agravio.

Todo saltó por los aires tras los postres, al poco de comenzar el baile en uno de los salones del hotel. El vino había corrido con generosidad por las mesas para acompañar un menú que había despertado comentarios de admiración: consomé de mariscos, hojaldres rellenos variados, gambas Orly, huevos poché Gran Duc, *supreme* de lenguado París Plage, langosta en salsa americana, pavo trufado, melocotones de Calanda en vino y pastel nupcial. El champán, los licores y el brandi habían hecho rebosar las copas y Monforte no había rechazado el ofrecimiento de ninguno de los atildados camareros que se le acercaron con las botellas en la mano y la servilleta blanca doblada sobre la manga. Mientras se fumaba un puro que había pedido de manera expresa al *maître* del hotel, y no el que se había repartido a los postres, su voz y sus risotadas fueron ganando volumen.

Cuando la música de la orquesta comenzó a sonar, los nuevos esposos se dirigieron hacia el gran salón circular contiguo, seguidos por la mayor parte de los invitados. También Sebastián se levantó del lugar que había ocupado junto a Julia y, con una copa en la mano, se apoyó en una de las dobles columnas para presenciar el primer baile de los recién casados. La timidez de Antonia y la torpeza de Andrés no dieron como fruto una actuación demasiado lucida, pero ello no pareció importar a los espectadores, que aplaudieron con entusiasmo. Julia se acercó por detrás, le quitó al novio la copa de la mano y la dejó sobre un trinchante. Con una sonrisa, lo arrastró hasta la pista de baile, a la que acudían ya otras parejas. Observaron con media sonrisa cómo Juan, avergonzado, rehusaba bailar con su hija cuando ella se lo pidió, así que Antonia siguió una pieza más junto a Andrés. Cuando el vals dio paso a los pasodobles, Monforte entró en la pista con una copa de brandi en la mano. Vacilante, se acercó a la pareja y puso la mano en el hombro de Andrés, que interrumpió la conversación con Antonia y se volvió. Sebastián, que no perdía ojo, hizo un gesto a Julia y se detuvieron. Vio cómo la sonrisa de Andrés se le helaba en los labios. Un brusco movimiento del hombro lo liberó del contacto de Monforte y tomó a Antonia con decisión para apartarse de él al compás del pasodoble. El abogado, desconcertado, los siguió a través de la pista hasta que de nuevo se colocó a su lado. Esta vez le puso la mano en el antebrazo.

—Vamos, chico, los demás también queremos bailar con la novia —balbució.

—A Antonia le duelen los pies y cuando acabe esta pieza se va a sentar —le negó Andrés. Sus palabras eran puñales que se escapaban entre los labios apretados con rabia.

—¡Qué diantres cansada, si acaba de empezar el baile! —La embriaguez parecía impedirle comprender el alcance de la respuesta del joven.

—Déjame bailar una pieza con él, no pasa nada —le susurró Antonia al oído. El miedo a arruinar la boda y amargar el día a sus padres y a su hermano pesaba más en Antonia que la repulsión hacia Monforte.

—No voy a dejar que te ponga sus sucias manos encima. Vámonos de aquí.

Andrés tomó a su esposa del brazo y tiró de ella. Monforte trató de impedirlo a pesar de llevar aún la copa de brandi en la mano, pero el tirón hizo que parte del licor se vertiera en el vestido y los zapatos de Antonia, que lanzó un pequeño grito de sorpresa. Los invitados empezaban a volverse para observar la escena. Después, todo sucedió con rapidez inusual. Andrés, incrédulo, miraba el coñac derramado con los ojos inyectados. Como activado por un resorte, su puño cerrado se proyectó hacia el mentón de Monforte, que no esperaba la reacción. El abogado trastabilló un instante antes de caer al suelo de espaldas mientras la copa se hacía añicos contra el suelo. Un murmullo de sorpresa recorrió el salón, y la mayor parte de las parejas dejaron de bailar, aunque la orquesta no dejó de tocar.

Sebastián dejó a Julia sola y corrió hacia su amigo. Sin decir nada, lo cogió del brazo y lo condujo a un lateral, temeroso de que se cebara con Monforte, indefenso sobre el suelo de mármol. Vio abierta la puerta de los servicios y lo empujó hacia el interior. Esperó a que uno de los parientes de Antonia terminara de secarse las manos.

—¿Te has vuelto loco? —le reprochó cuando la puerta quedó cerrada—. ¡Me lo habías prometido!

—¡No puedo, joder! ¡No puedo soportar verlo cerca de ella, y mucho menos que la roce con sus sucias manos!

—¡Aguanta, Andrés, hostias! Puede que esta sea la última vez que lo veas.

—¿Y crees que es suficiente? ¿Tú sabes cómo me siento? Me voy a reprochar esto mientras viva. ¡Que ese cerdo ha violado a mi novia y yo no he tenido los cojones de meterle un tiro en el estómago! Y ahí está, en nuestro baile, queriendo quitármela de los brazos como si no hubiera pasado nada.

Sebastián suspiró hondo al tiempo que se pasaba las manos por la cara.

—Joder, Andrés, que sí, que tienes razón. —Sebastián hablaba con los dientes apretados por la rabia y la desesperación—. Pero no vas a solucionar nada a puñetazos, y mucho menos a tiros. Ten paciencia, deja pasar lo que queda del día, intenta olvidar esto por el momento y disfruta de tu viaje de novios. A la vuelta nos sentamos tú y yo y pensamos cómo hacerle pagar a Monforte por lo que ha hecho.

—Solo quieres darme largas. Tú admiras a Monforte, eres su ojito derecho —espetó Andrés.

—¡Vaya! ¿Así que es eso lo que piensas?

—Bien sabes que es verdad. Si hubiera hecho lo que debía, reventarle los huevos de un tiro, tú te quedabas en la puta calle. Por eso te llevaste la escopeta.

—Me llevé la escopeta porque eres mi mejor amigo, imbécil. Porque no dudaste en tirarte debajo del tranvía para salvarme la vida. —Las lágrimas asomaban a los ojos de Sebastián mientras hablaba—. Y por eso no voy a dejar que arruines la tuya y la de Antonia.

Se apoyó en la puerta del servicio para asegurarse de que nadie entrara y se secó los ojos con el dorso de las manos. Andrés abrió el grifo del lavabo, llenó con agua fría el cuenco de las manos y sumergió el rostro allí. Después se secó con la toalla con el anagrama del Hotel Aragón.

—Esta boda no tenía que haberse celebrado, y mucho menos aquí. —Se miraba el anillo de matrimonio y hablaba con tono de desaliento e impotencia—. Me he arrastrado aceptando su limosna.

—No digas tonterías. Para empezar, la idea de pagar los gastos de la boda fue de doña Pepa. Tal vez le remordía la conciencia por el hecho de haber corrido con los estudios de Manuel y haber usado a Antonia como moneda de cambio. Por eso todo le parecía poco.

—¿Y tú cómo sabes eso?

—Pocas cosas de las que se cuecen en esa casa se me escapan. Mi único quehacer es tener el coche listo, conducir y tener los oídos abiertos.

—Y ahora hacerle de guardaespaldas. Hasta con pistola.

—Lo tendré en cuenta la próxima vez que se me pase por la cabeza contarte algo —repuso molesto—. Mira, Andrés, precisamente por eso, porque me considera su ojo derecho, sé muchas cosas sobre él. Muchas. Las suficientes para arruinarle la reputación.

—Y ahora me dirás que estás dispuesto a usar lo que sabes contra él, y así consigues que me calme.

—Ni más ni menos, Andrés. Monforte es mi patrón, pero Antonia es mi compañera y mi amiga desde hace diez años. Lo que le ha hecho a ella es como si se lo hubiera hecho a Julia. —Hablaba con absoluta convicción—. Vete a París mañana y disfruta con tu mujer como si nada de esto hubiera pasado. Aquel día te dije que la venganza es un plato que debe servirse frío. Si en la torre Eiffel te viene a la cabeza algún pensamiento que pueda empañar tu dicha, recuerda esto y saborea la venganza que yo te ayudaré a preparar. Ya he visto que tus promesas no sirven de mucho, pero júrame que lo harás.

—¿Otra vez?

—Sí, otra vez.

Alguien trató de abrir la puerta del baño.

—¡Un momento! —gritó—. Date prisa, Andrés.

—Te lo juro, pensaré en cómo joderle la vida a ese hijo de puta.

—Ni siquiera será necesario. Eso déjalo de mi cuenta —le aseguró mientras hacía ademán de apartarse de la puerta—. ¿Abro ya?

—Espera.

Andrés se acercó a él y se detuvo a un paso. Se miraron a los ojos y un instante después se fundieron en un abrazo.

—Gracias, Sebastián.

—Vete a por Antonia y disfruta del resto del día —le pidió.

—Oye... Has dicho que es como si Monforte se lo hubiera hecho a Julia. Eso es que ya sois medio novios, ¿o qué? —El semblante de Andrés había cambiado por completo—. Seguro que te has acostado con ella, ¿no, cabrón?

Sebastián soltó una carcajada y abrió la puerta.

—Eso es un sí —apuró Andrés cuando alguien apareció bajo el umbral.

—¡Vaya, por fin! —exclamó Manuel—. ¡Voy a terminar por mearme encima!

—¡Ese lenguaje, mosén! Orinar. Se dice orinar —rio.

—Sea lo que sea, no aguanto —aseguró mientras se desabotonaba la sotana.

—Siempre me había preguntado cómo hace un cura para mear con la sotana puesta —bromeó Sebastián.

—Pues como cualquier mortal —repuso ya desde el urinario—. Solo que con un poco más de trabajo.

—¿Me puede decir cuál es la suite que van a ocupar los novios? —preguntó Sebastián al engolado recepcionista.

—Disculpe, señor, pero no estoy autorizado para facilitar esa información —repuso el empleado.

—Mire, quiero reservar una habitación para esta noche y me

gustaría que estuviera próxima. El novio es mi mejor amigo —explicó.

El empleado consultó medio minuto el libro de registros.

—En ese caso solo nos quedan libres dos suites en el mismo pasillo. —Lo examinó de arriba abajo de manera displicente—. Pero le advierto que no resultan baratas. Serían doscientas cincuenta pesetas.

Sebastián pareció contrariado. Para él resultaba un dineral que, sumado al traje, los zapatos, el regalo para los novios y el resto de los gastos generados por la boda, a poco estaba de alcanzar su sueldo de todo el mes. Sin embargo, tras el incidente con Monforte había decidido no apartarse de Andrés hasta verlo subir al tren en la estación del Norte. Conocía demasiado bien el carácter impetuoso de su amigo y no se fiaba de su promesa.

—Necesitaré su cédula de identidad si se decide —advirtió el recepcionista sin ocultar su impaciencia.

Sebastián echó mano de la cartera y le entregó el documento. El empleado anotó los datos en el libro de registro.

—Solo una noche —le recordó.

—¿Pagará ahora el importe o lo hará antes de su marcha? En este segundo caso tendré que retenerle la cédula.

—Puede quedársela, no la necesitaré. No tengo previsto salir del hotel hasta mañana. —Sebastián le ocultó que ni por asomo llevaba esa cantidad encima. Al día siguiente tendría que pasar por casa para echar mano de los ahorros que compartían escondrijo con la Star Super S.

—Aquí tiene la llave. Habitación 207, segundo piso. Al salir del ascensor a la derecha —le indicó—. ¿Lleva usted equipaje?

Sebastián negó al tiempo que tomaba el voluminoso llavero. Cayó en la cuenta de que tendría que adelantar la visita a la calle Gargallo si quería disponer al menos de un pijama y de los útiles de afeitar.

Se disponía a regresar al salón en busca de Julia cuando oyó su nombre a la espalda. Doña Pepa lo había visto y se acercaba hacia él caminando con engañosa facilidad sobre sus zapatos de tacón. Tuvo un momento para contemplarla y sintió un atisbo de compasión hacia aquella mujer refinada y elegante cuya vida acomodada era solo una representación teatral, algo que solo conocían aquellos que, como él, compartían el escenario de su existencia, aunque fuera entre bastidores.

—¿Tienes un momento, Sebastián? ¿Cómo va todo? —Pareció tantear.

Sebastián asintió. Había reparado durante todo el día en que el trato hacia el personal del servicio había cambiado. Ni Monforte ni su esposa se habían conducido con los modos que habitualmente empleaban con ellos, sustituidos por las maneras que mostrarían con cualquier invitado a una ceremonia como aquella. En aquel momento, sin embargo, parecía disgustada.

—Me han dicho que estabas en el baile en el momento del incidente. ¿Me puedes decir qué ha pasado? No consigo entenderlo.

—Nada que no se pueda explicar por los nervios y por el exceso de licores, doña Pepa. Se vertió el coñac de don Emilio por el vestido de Antonia y Andrés reaccionó de manera impulsiva. No le dé usted más importancia. A veces la tensión se libera por donde no debe.

—Ha debido de resultar un espectáculo bochornoso —se lamentó—. Emilio ha tenido que ir a casa, y creo que yo voy a hacer lo mismo. ¿De verdad no hay nada más?

—Si lo hay, yo lo ignoro —mintió Sebastián. Resultaba evidente que doña Pepa albergaba sospechas. Cualquiera que hubiera presenciado la escena habría sacado la misma conclusión: que Monforte se había propasado con su criada y el joven e impetuoso novio había reaccionado de forma airada. En realidad así era, aunque la ofensa no hubiera tenido lugar en aquel momento.

—Emilio y yo estábamos muy ilusionados con esta boda. Yo misma me he volcado en su organización, como hicimos con la ordenación de Manuel. Y como sería de mal gusto recordarles el dineral que hemos gastado en ambas, no voy a hablar de ello. Tal vez haya sido un error mostrarnos tan generosos con alguien que no parece conocer el agradecimiento. —Hablaba sin ira, solo con un profundo desengaño—. Creo que me voy de aquí sin tardar un segundo. Por cierto, Julia te estaba buscando.

Sebastián se quedó solo, con una sensación de amargura. Resultaba impensable sacar a doña Pepa de su engaño, si es que era tal y no una máscara para convencerse a sí misma de que sus sospechas no eran ciertas. En cualquier caso, le convenía que Monforte se hubiera quitado de en medio. Pensó, de hecho, en cancelar la reserva de la habitación que acababa de hacer, pero vigilar a Andrés no era el único objetivo de su idea. Por eso dirigió sus pasos hacia el salón principal en busca de Julia.

—¿Vas a pasar la noche aquí? —se extrañó ella.

—Me ha vuelto a prometer que no intentará nada, pero no me fío de él. Aunque ahora que Monforte se ha ido del hotel, todo esto parece un poco absurdo —se explicó contrariado, aunque de inmediato le cambió el semblante y siguió hablando—. A no ser que... el caso es que la habitación está reservada y pagada —mintió por segunda vez en pocos minutos.

—Y has pensado en darle otro uso, ¿no es cierto? Y se te ha ocurrido ahora mismo, sobre la marcha —ironizó Julia antes de estallar en una carcajada—. Pues sería una manera estupenda de terminar el día.

Sebastián, plantado en el sitio, la miraba de hito en hito.

—¿Me estás diciendo que sí?

—¿Por qué te iba a decir que no, tonto? ¿Quién se va a enterar? Anda, cierra esa boca, que se te va a llenar de moscas —bromeó al tiempo que le golpeaba los labios una sola vez con el índice, sin dejar de reír—. De hecho, pensaba proponerte que vinieras a casa, pero cuánto mejor una suite del Hotel Aragón.

—Eres asombrosa, Julia. —Sebastián seguía pasmado y boquiabierto—. ¡Y yo que pensaba que había tirado el dinero!

—No, barata no te habrá salido. Tendremos que darle buen uso para amortizar el gasto —rio.

Sebastián metió la mano en el bolsillo de la americana.

—Pues aquí tengo la llave. —Le brillaban los ojos.

—Más despacio, joven —se burló ella—. Le recuerdo que hemos quedado con los novios y con los amigos de usted para pasar por el Hogar del Productor.

Sebastián lo había olvidado por completo. Era cierto que unos días antes había oído decir a Andrés que iban a llevar allí unas bandejas de canapés que Rosario y Antonia prepararían de víspera, para agasajar a los habituales del establecimiento que no habían sido invitados a la boda y que, al tiempo, servirían de cena para todos.

—Se me va a hacer muy largo —respondió Sebastián, exagerando el gesto de contrariedad.

—Sí, pues espera. —Julia demudó el semblante—. ¿No decías que Monforte se había ido? Entonces ¿ese quién es, su fantasma?

A Sebastián le dio un vuelco el corazón al volverse. Había creído que la reacción de Andrés habría advertido a Monforte de que el novio estaba al tanto de lo sucedido con Antonia. Y que el hecho de irse a casa sin montar un espectáculo a pesar de la humillación no era sino una huida. Pero allí estaba de nuevo, más ebrio que antes, si era posible, a juzgar por su forma tambaleante de caminar. Mostraba un apósito en el labio y una venda en la mano, tal vez para cubrir algún corte ocasionado por la caída sobre los cristales. Supuso que había seguido bebiendo en casa y que la falta de inhibición y de prudencia provocada por el alcohol lo había conducido de nuevo allí.

—¡Sebastián, hijo! —Monforte lo había visto y trataba de dirigirse hacia él—. Esto está muerto, reúne a vuestros amigos y vámonos por ahí a tomar unas copas. ¡Invito yo!

—Don Emilio, si me permite... es tarde ya. Los invitados empiezan a marcharse. ¿Quiere que lo acompañe a casa? —Sebastián reparó en que era la tercera vez que mentía, en aquella ocasión para tratar de quitar a Monforte de en medio. No tenía ninguna intención de permitir que se uniera al grupo.

—Pero ¿qué dices? ¿A casa? ¡Si aún es pronto! —El abogado reparó entonces en la presencia de la joven—. ¡Cada día estás más guapa, Julia! No me extraña que este gañán no se haya separado de ti en todo el día.

De buena gana Sebastián habría seguido el ejemplo que su amigo le había dado solo un par de horas antes. Por el contrario, se volvió hacia Julia y le susurró al oído.

—Reúnelos y marchad hacia el Hogar, yo me encargo de él.

Era casi medianoche cuando los cuatro amigos cruzaron de nuevo la ostentosa entrada del Hotel Aragón. Ellos se habían aflojado el nudo de la corbata para desabotonar el cuello, y Andrés llevaba la americana a la espalda. La dobló y se la puso en el brazo para dirigirse al recepcionista con la intención de pedir la llave de la suite. Antonia se acababa de quitar los zapatos, siquiera unos segundos, apenas había pisado la escalinata alfombrada, para volvérselos a poner antes de acceder al vestíbulo. Sebastián se fijó en que el tur-

no debía de haber cambiado porque aquel no era el adusto empleado que le había atendido por la tarde. Este era mucho más bisoño,
y tal vez por ello le correspondía el turno de noche, pero debía de
estar al tanto de la reserva porque se volvió de inmediato y tomó
una de ellas del llavero.

—Habitación 206, caballero —le indicó—. Al salir del ascensor
a la derecha.

Sebastián miró a Julia con gesto cómplice mientras sentía el
tacto de su llave en el bolsillo.

—¿Podemos subir con vosotros un momento? A Sebastián le
hace ilusión ver cómo es la suite nupcial.

Los nuevos esposos los miraron con recelo.

—No estaréis tramando alguna broma, ¿verdad? —terminó
por preguntar Andrés—. Si os portáis bien podéis subir a tomar la
última. Creo que el hotel obsequia con un cóctel de bienvenida.

—¡Vaya! —Sebastián trató de mostrarse asombrado—. Pues
encantados, yo tengo hambre. Tanto darle al pico, no he probado
bocado en el Hogar.

—Pues no se hable más —resolvió Antonia—. Yo lo único que
quiero es quitarme estos zapatos, que me están matando.

—Pues nadie lo hubiera dicho viéndote bailar hace un momento —se burló Sebastián, risueño.

—Lo que no he podido bailar aquí —respondió ella—. Pero no
aguanto un minuto más. ¡Estaría bueno que vaya a París con am-
pollas en los pies y no pueda caminar!

Se dirigieron hacia el ascensor y el botones se apresuró a abrir
la puerta.

—¡Disculpe, caballero!

Tanto Andrés como Sebastián se dieron la vuelta, pero no era
al ocupante de la suite nupcial a quien se dirigía.

—¿Se refiere a mí? —preguntó Sebastián.

—Perdone, la señora que le acompaña... supongo que es su esposa, pero debo registrar su cédula.

Sebastián se acercó a recepción y Julia lo siguió. Abrió su bolso, sacó la cartera y de ella el documento que tendió al empleado.
Se aseguró de mantener la mano derecha sobre el mostrador para
que pudiera ver el anillo de casada. Con el rabillo del ojo observó
cómo Sebastián, avisado, ocultaba la suya en el bolsillo.

Trataron de contener la risa en presencia del botones hasta

que, una vez en la planta, las puertas del elevador se cerraron a su espalda.

—¿Se puede saber qué os traéis entre manos? —preguntó Andrés con una sonrisa de desconfianza.

A modo de respuesta, Sebastián sacó la llave del bolsillo con el número 207 en el llavero. Andrés miró la suya.

—¿Qué diantres...?

—Nada, que nos dabais un poco de envidia y hemos decidido terminar la fiesta como vosotros. Mira por dónde, nos han puesto en la habitación de enfrente. —Sebastián sonreía de oreja a oreja.

—¡Julia! ¿De verdad vais a...? —Antonia parecía un tanto escandalizada.

—¿Somos marido y mujer, no? —Julia mostró el anillo y rio.

Sebastián fue el primero en introducir la llave en la cerradura y los tres se asomaron cuando accionó el interruptor de la luz. La curiosidad les llevó a entrar, pero Julia se detuvo en seco bajo el dintel.

—¿Qué te pasa? ¿Qué cara es esa? —preguntó Sebastián—. ¿No te gusta?

Julia había palidecido.

—Lo siento, no puedo quedarme aquí. —Julia caminó hacia atrás con el rostro desencajado hasta llegar de nuevo al pasillo.

Los demás, excepto Andrés, comprendieron de inmediato.

—¿Y qué hacemos ahora? —se preguntó Sebastián mientras apagaba la luz y cerraba con un suave portazo—. ¿Vamos a casa?

—Baja a recepción a ver si te pueden dar otra habitación.

—Creo que la 205 también estaba libre —recordó.

—Te esperamos en la nuestra —ofreció Antonia acariciando con ternura el brazo de Julia.

—Espera, si vas a bajar otra vez a recepción ponte esto. —Abrió de nuevo el bolso, sacó la cartera y, entre el índice y el pulgar, extrajo de un pequeño compartimento una segunda alianza que introdujo en el dedo anular de Sebastián.

—¿Tú crees que Andrés va a intentar algo? —Julia yacía en el lecho junto a Sebastián, apenas cubiertos por una ligera sábana.

—No, la verdad, pero no acabo de fiarme. Antes he dejado a Monforte acodado en la barra del bar, y no tenía ninguna intención de irse a casa. Si quiere encontrarlo, sabe muy bien dónde hacerlo. Prefiero estar al tanto, aunque mañana tenga que echar una cabezada, pero solo dormiré tranquilo cuando estén camino de Barcelona.

Julia tenía la mirada perdida en algún lugar del techo. Parecía pensativa.

—No quiero ni imaginar lo que habría ocurrido si a Antonia no le hubiera bajado la regla —dijo al fin—. No habría sido capaz de casarse con la incertidumbre de poder estar encinta.

—¿Y Andrés? Si Monforte la hubiera dejado embarazada, nuestros consejos no le habrían detenido.

—Tú lo conoces mejor que yo. ¿Habría rechazado a Antonia?

—Puede que no —respondió Sebastián tras un momento de duda—. Pero te aseguro que de boda, nada.

—A ver, aclárate —pidió Julia, confusa.

—Mal se habrían podido casar con Andrés en la cárcel de Torrero.

—¡Ah, ya! —Cayó en la cuenta la muchacha—. Piensas que en ese caso sí que habría ido a por él. No, si al final resultará que han tenido suerte.

—De todas formas, yo no las tengo todas conmigo.

—Vamos a tener que pasar la noche en vela si queremos estar seguros de que no sale de la habitación, ¿no crees? —le susurró al oído con picardía.

—Íbamos a pasarla en vela de cualquier manera —rio Sebastián, y le mordisqueó el lóbulo de la oreja mientras apretaba contra sí su cuerpo desnudo—. Aunque solo fuera para amortizar lo que ha costado la habitación.

—Yo la pago —propuso Julia con media sonrisa—. Creo que, a juzgar por el primer asalto, va a merecer la pena.

—¡Ni lo sueñes! —se negó él riendo—. Es mi regalo.

—¿Y a qué viene este regalo?

—No lo sé. —Sebastián vaciló un instante—. Un regalo de pedida. ¿Te parece bien?

Julia se dio la vuelta y sus rostros quedaron enfrentados sobre la almohada.

—¿Me estás pidiendo que nos casemos? —Le apoyó el índice en el labio inferior con gesto pícaro. Sonreía.

—¿Quieres que te lo pida? —El muchacho parecía temeroso.

—Hazlo, a ver qué pasa.

Sebastián inspiró hondo.

—Julia, ¿te quieres casar conmigo? —Apenas salía un hilo de voz de su garganta.

—Me encanta el hoyuelo que se te forma aquí en la mejilla cuando sonríes —respondió mientras lo rozaba con la yema del índice.

—¡Julia! —exclamó con falso enojo.

—Quiero casarme contigo, Sebastián.

El semblante del joven se iluminó.

—¿Cuándo?

—Cuando quieras. Pronto, ¿no? En primavera estaría bien.

—Me parece perfecto. ¿Y dónde vamos a vivir?

—¿Dónde va a ser? En la calle de San Miguel. —Julia compuso un gesto evocador—. Pero podemos comprarle al casero el piso de arriba para tener espacio de sobra. No quiero que eches en falta la casa de la calle Gargallo.

—¿Para qué queremos nosotros una casa tan grande? —Sebastián jugaba con los dedos entre los cabellos de Julia.

—Porque quiero tener otro hijo, Sebastián. —Esta vez había tristeza en su voz—. Nada sustituirá a Miguel en mi corazón, pero quiero volver a experimentar aquellos sentimientos.

—Madre mía, Julia... —musitó él sin llegar a concluir la frase.

—¿Querrás? Uno... o dos. ¿Niño y niña tal vez?

Sebastián entrecerró los ojos y, por toda respuesta, acercó los labios a su rostro y la besó con delicadeza.

—Yo tampoco quiero sustituir a nadie, Julia. —Se había incorporado hasta llegar a sentarse en la cama, disponiendo las sábanas para cubrir en parte su desnudez. Se chupó el dedo anular, se sacó la alianza que le había prestado apenas dos horas antes y la dejó con cuidado encima de la mesilla de noche—. Solo aspiro a que dejes de echarlo de menos, pero nuestras alianzas habrán de ser otras.

Julia asintió y sonrió con ternura.

—¿Y tú qué harás?

Sebastián tardó en responder, apoyado sobre un brazo que Julia acariciaba.

—Me quiero ir de esa casa. Después de lo que sé acerca de Monforte, no podría seguir como si nada hubiera ocurrido.

—Tampoco yo sería capaz. Puedes montar tu propio negocio, yo te ayudaría.

—¿Negocio de qué? —se extrañó Sebastián.

—No lo sé. ¿No te gustaría una casa de compraventa de automóviles, por ejemplo?

—Joder, Julia...

—Bueno, no digas nada aún, no vayamos tan rápido —rio—. Además, estamos perdiendo el tiempo.

Tiró de él y lo atrajo hacia sí.

Acababan de sonar las cuatro de la mañana en la cercana iglesia de Santa Engracia. Sebastián dormitaba recostado en un sillón que había colocado en el recibidor, junto a la puerta de la habitación, que permanecía entreabierta. A través de la rendija, vislumbraba la suite 206 en la penumbra del pasillo tenuemente iluminado. Dentro, el único sonido era el de la rítmica respiración de Julia, dormida por fin más de una hora antes. Temía quedarse traspuesto también, y por eso se había levantado en varias ocasiones, pero el cansancio le había llevado a sentarse y buscar el mejor acomodo en el sillón.

Un ligero clic en el pasillo lo puso alerta. Sin duda había dado una cabezada, porque le costó recuperar la noción del lugar y comprender qué hacía allí. Indeciso, decidió asomar la cabeza para comprobar que todo estaba bien y, al hacerlo, tuvo tiempo de entrever la sombra que, con los zapatos en la mano, caminaba sobre la moqueta hacia las escaleras. Despierto por completo, amplió la rendija y salió al pasillo. Con largas zancadas cubrió la distancia que lo separaba de la bajada y descendió los escalones de dos en dos, agarrado al pasamanos hasta alcanzar a Andrés en el último descansillo, donde se había detenido para calzarse los zapatos.

—¿Adónde crees que vas, amigo?

—A... dar una vuelta, no podía dormir —respondió, dubitativo—. Necesito que me dé un poco el aire.

—Ah, muy bien. Entonces voy contigo, a mí también me vendrá bien.

Andrés pareció contrariado.

—Sebastián, preferiría caminar un rato solo. Necesito pensar.

—¿Qué pasa, Andrés?

El joven negó con la cabeza y musitó algo ininteligible.

—¿Qué ha pasado, no ha ido bien?

De nuevo Andrés, sin responder, hizo ademán de querer bajar las escaleras. Sebastián lo retuvo por el brazo. Aprovechando el gesto, le palpó el bolsillo derecho de la americana. Después, con un movimiento rápido, le metió la mano dentro y sacó lo que guardaba.

—¿Adónde ibas con esto? —espetó con rabia entre dientes, mientras sostenía la navaja cerrada en la palma—. ¿Estás loco? ¡Es tu noche de bodas, Andrés!

48

Miércoles, 9 de diciembre

Era el tercer cigarrillo que encendía tratando de entrar en calor en el asiento delantero del Citroën. El cierzo soplaba con fuerza hasta el punto de que las rachas más intensas hacían oscilar el coche detenido al borde de la acera. Unos meses atrás se habría apeado para fumar al abrigo del portal de la casa donde permanecía Monforte, pero en aquel instante su probable queja por el olor a tabaco en el coche le traía sin cuidado. Si todo iba según lo previsto, en unos meses pondría fin a su trabajo en aquella casa para iniciar una nueva vida que poco tiempo atrás ni siquiera podía soñar. El volante que sujetaba en aquel momento con el pitillo en la mano era sin duda lo que más iba a extrañar, y no pudo reprimir una sensación parecida a los celos al imaginar a otro conductor en aquel asiento cuya tapicería se había adaptado ya a su contorno.

Como cada vez que recordaba sus planes de futuro, y eran cien al cabo del día, experimentaba una sensación de euforia difícil de explicar y daba gracias a Dios por haber puesto a aquella mujer en su camino. Todavía no se explicaba qué había podido ver Julia en él. Era consciente de que despertaba el interés de las mujeres, algo que se traducía en las miradas subrepticias que con frecuencia sorprendía, en la actitud hacia él, de las muchachas en el Hogar del Productor y en los escasos locales nocturnos que había frecuentado con Andrés. Había llegado a la conclusión de que era un buen amante, a juzgar por la respuesta de mujeres como Angelika y la propia Julia, pero sabía también que el atractivo físico no lo era todo. De hecho, aunque nunca lo habría confesado, sentía cierto complejo de inferioridad respecto a Miguel, y por eso en ocasiones se interesaba por él, para sorpresa de Julia. En los últimos meses había tratado de prestar atención por asuntos que sabía del interés de su prometida y no era extraño verle ocupar su abundante tiempo libre con un libro entre las manos. Incluso pidió a Julia que le hablara de la visión política de Miguel, de la que ella participaba, como le había hecho saber. Hasta habían compartido alguna de las emisiones nocturnas de Radio Pirenaica, aunque no pocas noches la voz de la Pasionaria se había convertido solo en la cantinela de fondo que acompañaba los ruidos de sus encuentros furtivos.

El resplandor de la calada al cigarro le permitió atisbar su rostro sonriente en el retrovisor. Julia era una mujer excepcional en todos los sentidos. La oferta que le hizo en la habitación del Hotel Aragón le había parecido una idea descabellada, poco más que un comentario hecho en tono jocoso. Sin embargo, en las semanas siguientes asistió con asombro al espectáculo de verla tomar forma solo con su impulso. De la misma manera que se había puesto en marcha para hacer surgir de la nada su salón de costura, Julia empezó a dar los pasos para emprender el nuevo negocio de venta de automóviles. Ella se encargó de recabar la información acerca de los trámites necesarios, usando los servicios de la misma gestoría que la había ayudado con Modas París. Puso decenas de conferencias telefónicas a Madrid y a Barcelona en las que tuvo que hacerse pasar por la secretaria de Sebastián para que los responsables de las concesiones de automóviles, importadores y vendedores la tomaran en serio. También fue Julia quien le animó a recorrer la ciudad en busca de un local adecuado, céntrico y a pie de calle, y aquel era el día en que disponían de tres o cuatro opciones entre las que habrían de decidir.

Ella iba a correr con la inversión inicial y esa era la parte de la historia que menos agradaba a Sebastián, aunque Julia solo se reía cuando él sacaba aquel asunto a relucir. Admiraba su generosidad, que ya tuvo ocasión de comprobar con el hermano de Francisca y, sobre todo, con Antonia y Andrés, quienes el día 13 de octubre, pasada la festividad del Pilar, y poco después del regreso de su viaje a París, se habían trasladado a vivir a la casa que Julia había puesto a su disposición en Tarazona. Él mismo los había llevado hasta allí siguiendo la sugerencia de doña Pepa y los cuatro habían pasado la noche en la casa de Julia. No estaba educado para aceptar de buen grado que fuera ella quien soportara económicamente su matrimonio, pero no le quedaba más remedio que reconocer que no se había prometido con una mujer al uso, sino con alguien con una personalidad poco corriente, una mujer extraordinaria a la que no pensaba renunciar por aquel reparo. Se había propuesto compensar aquel desequilibrio trabajando si era necesario de sol a sol para asegurar que el negocio prosperara y poder retornar a su socia la inversión inicial multiplicada.

Sintió el conocido cosquilleo en el vientre al recordarla en el lecho, donde la había dejado apenas una hora antes. Meses atrás habría esperado a Monforte sin moverse del sitio, dormitando en el coche como el perro fiel que siempre fue para él. De un tiempo a esta parte, sin embargo, se atrevía a pedirle permiso para regresar a casa y volver en su busca a la hora convenida. Pero no era en la casa de la calle Gargallo donde mataba el tiempo de espera, sino en la calle de San Miguel, entre las sábanas del lecho de Julia. Ni en sus más lúbricos sueños se habría imaginado unos meses como los transcurridos desde la boda de Andrés. Desde entonces, habían sido muy escasos los días que habían pasado sin verse, en encuentros apasionados donde el pudor no hallaba lugar. Había contado con la complicidad de Vicente, que lo veía salir de casa cada noche justo después de cenar, sin ahorrarse, eso sí, el inexcusable comentario jocoso. Rosario, cada vez más sorda, no suponía un inconveniente, y tampoco las dos nuevas doncellas, Elena y Esther, que habían sustituido a Francisca y Antonia a finales de septiembre.

Liberado del compromiso de pasar las veladas en compañía de estas últimas y de Rosario, había evitado por el momento entablar una relación de cercanía con las dos nuevas muchachas, lo que le permitía retirarse de la cocina al poco de terminar la cena para escabullirse de casa en vez de subir a su habitación. Al principio regresaba de madrugada a la calle Gargallo, pero con el transcurso de las semanas empezó a pasar la noche entera en compañía de Julia. Se levantaba al alba, dejaba a Julia acurrucada en la cama, y volvía a casa a tiempo para presentarse en la cocina a la hora del desayuno. Anhelaba el día en que todo aquello fuera innecesario, pero sabía bien que, al menos en lo tocante a su situación sentimental, no podía considerarse más afortunado.

Miró el reloj con impaciencia. Estaban a punto de dar las dos de la mañana y no había ninguna señal de movimiento en la casa donde Monforte pasaba la velada. En los últimos meses, el miércoles se había convertido en el día de la semana elegido para celebrar aquellas cenas que se alargaban hasta bien pasada la medianoche, aunque la mesa a la que se sentaban no pasara de ser una mera excusa para iniciar la fiesta posterior donde corría el alcohol y en la que no faltaban las chicas habituales y algunas nuevas incorporaciones. Poco parecían afectar al abogado los reproches y los lamentos de su esposa, que se reproducían cada jueves cuando los chicos salían hacia el colegio y Monforte se disponía a acudir al bufete, siempre más tarde de lo habitual.

Cuando por fin se encendieron las luces del portal se puso en guardia, apuró el enésimo cigarrillo y abrió la ventanilla para arrojar la colilla al suelo. Anselmo Carrera fue el primero en salir. Su andar era oscilante, pero se levantó las solapas del abrigo para protegerse del viento helado de diciembre y enfiló la acera bajo la escasa luz de los faroles hasta perderse a la vuelta de una esquina. A continuación salieron tres chicas que, agarradas del brazo y ateridas, se alejaron juntas en dirección contraria, con paso ligero. Esperaba ver aparecer a Monforte o a alguno de sus amigos cuando volvió a abrirse la puerta, pero quien asomó, a juzgar por la indumentaria, fue uno de los criados. Miró en derredor hasta que se fijó en el Citroën y le hizo una seña. Sebastián bajó el cristal de la ventanilla y respondió con un gesto de interrogación. El hombre le hizo de nuevo una seña apremiante para que se acercara. Sebastián volvió a subir el cristal, se apeó y cerró la puerta con llave.

—Esperas a Emilio Monforte, ¿no?

—Sí, ¿pasa algo? —preguntó, escamado.

—Sí, pasa algo: que tú patrón se ha pasado de rosca esta noche. No se tiene en pie —respondió con gesto de hastío—. O nos ayudas a bajarlo al coche o se queda aquí hasta que se le pase la borrachera.

—¡No jodas! —Sebastián entró en la casa como una exhalación. El bajo estaba ocupado por el portal, los garajes a un lado y un amplio local cuyo uso desconocía en el otro. A la vivienda, que ocupaba toda la planta superior, se accedía mediante una amplia escalera en tres tramos, pero el edificio carecía de ascensor.

La puerta estaba entreabierta cuando llegaron al rellano y desde allí pudo oír las voces de Monforte.

—No hay manera de hacerlo callar —se lamentó el criado—. El

señor lo ha dejado por imposible y me ha dado orden de que lo eche de aquí.

—Descuida, yo me lo llevo. Pero tendrás que ayudarme con las escaleras.

—Te ayudo con lo que quieras, pero procura que no monte escándalo en la calle, que hay vecinos y en el silencio de la noche se oye todo.

Atravesado el vestíbulo, la voz de Monforte le llegó alta y clara, a pesar del sonido pastoso y de la lengua trabada.

—¡A todas! —farfullaba entre risas—. ¡A todas y cada una, podéis creerme!

—¿De qué cojones habla? —preguntó Sebastián, alarmado.

—Imagínatelo, lleva un rato presumiendo de que se ha *pasao* por la piedra a todas las criadas de su casa. ¡Vaya elemento tienes por patrón!

—¡Ni una sola se me ha resistido! ¡Menudo era yo de joven! ¡De tal palo tal astilla! Hasta a la modistilla que le cose a mi mujer me he *follao* —musitó en voz más baja, pero lo bastante claro para que cualquiera pudiera oírlo—. Pero esa tiene menos mérito. Esa vino a buscarme.

Sebastián se detuvo en seco.

—¡Haz que se calle! —rogó, descompuesto—. No quiero que sepa que lo estaba oyendo. Consigue que deje de gritar y después haré como que acabo de entrar.

—¿Y cómo hago eso?

—Dale otro whisky, joder. Que caiga redondo de una puta vez. ¡Yo qué sé! —Durante un instante no dijo nada más, pero de repente levantó la mirada como si algo le hubiera venido a la cabeza—. Y si no se calla, dile que has bajado a buscarme y que estoy a punto de subir. No creo que quiera que escuche las fanfarronadas que está soltando. Sabe que yo sé que todo es una pura invención.

Regresó al vestíbulo y esperó. Dos minutos después las voces de Monforte habían cesado.

—Aquí sube su chófer —oyó decir al criado con voz intencionadamente alta—. Ahora entre los dos le ayudaremos a bajar al coche para irse a descansar. ¿Estamos...?

49

Jueves, 10 de diciembre

Sebastián, tumbado boca arriba sobre la colcha de su cama, apenas sentía las piernas, entumecidas después de horas en la misma postura. Había sido incapaz de conciliar el sueño en la noche más larga de su vida y, aunque agotado, su mente seguía siendo un torbellino en cuyo vórtice giraban las palabras de Monforte.

«¡A todas y cada una, podéis creerme!»

«¡Ni una sola se me ha resistido! ¡Menudo era yo de joven! ¡De tal palo, tal astilla!»

Las preguntas se agolpaban en su cabeza y le golpeaban el pecho hasta el punto de hacerle boquear en busca de aire que llevar a sus pulmones. La alusión posterior a Julia añadía oleadas de ira, exasperación y desprecio al desconcierto provocado por aquella confesión.

«¿Ni una sola? ¿Ni una? ¿A ninguna ha respetado?», se preguntaba Sebastián ya de camino, mientras conducía el Citroën de manera maquinal por las calles desiertas de Zaragoza con aquel monstruo derribado en el asiento de atrás. «¿Tampoco a Teresa, a mi madre?»

Aquel simple pensamiento, una y otra vez repetido durante la vigilia, le había hecho vomitar de forma violenta sobre la alfombra de madrugada. Se había negado a probar bocado en toda la mañana a pesar de la insistencia de Rosario, que tuvo que limitarse a limpiar el suelo de la habitación después de llevarse la alfombra. Ello le había permitido alegar que no estaba en condiciones de coger el coche cuando Vicente subió presuroso en su busca después de la hora del almuerzo. Habría sido incapaz de mirar a la cara a Monforte que, con doña Pepa y los chicos, lo reclamaba para que les llevara a La Cartuja, donde habían sido invitados a la celebración de un aniversario. Habían terminado por solicitar los servicios de un taxi, como le explicó Rosario más tarde.

Durante toda la mañana en su mente había bullido la idea de enfrentar a Monforte, tal vez en su bufete, lejos de los oídos de doña Pepa, pero Rosario le había informado de que se había levantado muy tarde, con mal cuerpo y, después de tomar una ducha y desayunar un café con dos comprimidos de Optalidón, se había encerrado en el gabinete hasta la hora de almorzar. En aquel momento comprendía con dolorosa nitidez el estado de ánimo en que debía de haberse encontrado Andrés en la pensión con la escopeta sobre la mesa. Desde la noche anterior solo anidaba en su ánimo una certeza: necesitaba respuestas y, sin ellas, no podría volver a conciliar el sueño en paz ni recuperar la serenidad. Pero ¿quién había de proporcionárselas? Monforte, una vez sereno, habría de negar sus propias palabras. Era impensable arrancarle una confirmación a las sospechas que desde la madrugada lo atormentaban.

«¡Menudo era yo de joven! ¡De tal palo, tal astilla!»

Una y otra vez aquellas palabras martilleaban en su cabeza. Tumbado en la cama, empapado en sudor a pesar del ambiente fresco de diciembre, hacía cábalas que no le conducían a ninguna conclusión, pero que, sin embargo, tampoco despejaban ninguna de sus sospechas.

Si Emilio Monforte era la astilla, ¿quién era el palo? Sin duda se refería a su padre, don Eugenio. Apenas recordaba nada de él, solo que había muerto en el treinta y seis, el año en que empezó la guerra, cuando él era un muchacho.

Había llegado a usar los dedos para calcular, sin fuerzas para levantarse en busca de un lápiz y un papel. Teresa, su madre, nació en el año 1903 y había entrado a servir en la calle Gargallo a los catorce años procedente del hospicio, por lo que recordaba de lo poco que le había contado Rosario. Se llevaba pues seis años con Monforte. Contaba solo diecinueve cuando se quedó embarazada de Eusebio, su padre, y uno más cuando le dio a luz en aquella misma casa. En ese caso, Monforte rondaría los veinticinco. Si, como él mismo había confesado, también abusó de su madre, tuvo que ser de manera forzosa antes de quedar embarazada porque, según

Rosario, poco después de dar a luz se manifestaron los primeros síntomas del tumor cerebral que la condujo a la muerte un año después. ¿Cuándo? Al llegar su madre a la casa a los catorce, Monforte contaba veinte. ¿Era posible que ya entonces hubiera abusado de ella? ¿O fue más tarde, en fechas más próximas a su embarazo? ¿Una sola vez o de manera continuada? Aquel monstruo la habría tenido a su disposición cinco largos años.

En aquel preciso instante la náusea se había hecho incontenible y se había visto forzado a girarse con el tiempo justo para vomitar en el suelo y no sobre la ropa de la cama.

Decididamente, no era Monforte el indicado para resolver sus dudas. Solo había una persona capaz de hacerlo. Rosario llevaba en la casa más tiempo que el propio Monforte, pues ya estaba al servicio del patriarca del clan, don Eugenio. Jamás les había hablado del pasado, a pesar de la insistencia con que en ocasiones lo habían intentado Antonia, Francisca y, sobre todo, Concepción, curiosa por naturaleza y ávida por conocer detalles de la vida en la casa durante la República y durante la guerra. Solo en un par de ocasiones le había hablado de su madre, Teresa, alegando lo doloroso del recuerdo de aquel año en que, amamantando a su bebé hasta el final, a él mismo, se la veía agonizar por un mal que le producía un sufrimiento insoportable.

Debía buscar el momento para quedarse con Rosario a solas, algo harto complicado en aquella casa. Pensó en abordarla en la calle a la hora del rosario y la misa en Santa Engracia, ya entrada la noche en aquella época del año, pero la ocasión se presentó antes. Los Monforte habían salido a primera hora de la tarde y la mujer subió a su habitación poco después, con un vaso de leche y unas magdalenas que él volvió a rechazar, incapaz de trasegar un bocado sin que la náusea regresara. Habían recogido la cocina entre las tres y, con la familia fuera, Rosario sugirió a Elena y Esther que se cambiaran de ropa y salieran a dar un paseo aprovechando que el cierzo parecía haber dado tregua y que el sol de la tarde resultaba agradable, como habían podido comprobar en la terraza del desierto salón. Había oído sus risas mientras se acicalaban en el cuarto de baño, muerto de impaciencia esperando que se marcharan. Aún habían llamado con los nudillos antes de bajar las escaleras para interesarse por él, que ni siquiera hizo ademán de levantarse. Apenas intercambiaron unas palabras: le preguntaron si necesitaba algo de la calle, le dieron ánimos y le recomendaron que tratara de tomar algo de lo que Rosario le había ofrecido. Después, el sonido de sus tacones se perdió escaleras abajo. Cuando la puerta de la calle se cerró tras ellas, Sebastián ya estaba en el corredor, cubierto el pijama con la bata y las zapatillas de felpa en los pies.

Abrió con cuidado la puerta de la cocina. Rosario se encontraba de espaldas, afanada encima de un recipiente de loza con harina sobre la que acababa de verter unos huevos batidos. Al escuchar el sonido de la manilla se volvió y su rostro se iluminó al instante.

—¡Pasa, hijo! ¿Ya estás mejor? —se interesó mientras se secaba con un pañuelito los ojos llorosos—. Mira, me he puesto a hacer un bizcocho.

—Tengo que hablar contigo, Rosario —anunció por todo saludo.

—Claro que sí, Sebastián. Pero toma algo antes, un poco de caldo caliente, que tienes una cara...

—No quiero tomar nada. Solo quiero que me respondas con la verdad a lo que voy a preguntarte.

—¿Responder a qué, hijo? —Su rostro había demudado. Con movimientos pausados, se lavó los dedos bajo el grifo y los secó en el delantal—. ¿Pasa algo? Me estás asustando, caramba.

—¿Desde cuándo estás al corriente de lo que estaba pasando en esta casa, Rosario?

La cocinera lo miró con sorpresa y un asomo de temor en el rostro. Sebastián reparó en que había empezado a temblarle el labio inferior.

—¿Qué... qué quieres decir? ¿Qué está pasando en esta casa que yo deba saber?

—Monforte es un monstruo que ha estado abusando de todas las muchachas que han pasado por aquí, a espaldas de doña Pepa.

—¡¿Qué dices, insensato?! ¡No te permito que hables así de don Emilio! —El rostro de la anciana seguía reflejando sorpresa, pero el temor había sido sustituido por la ira—. Tu amo es un santo varón. ¡Jamás haría algo así!

—Antonia ha sido la última, pero ha habido muchas antes. También Francisca.

—¡Sebastián! ¡Basta ya! ¡¿Te has vuelto loco?! —La cocinera

caminó tambaleante hacia la mesa central. Aturdida, se apoyó en ella con ambos brazos, como si le fallaran las fuerzas. Después se dejó caer pesadamente de lado sobre la silla—. ¿Qué pretendes, destrozar a esta familia con esos embustes?

—¿Es eso lo único que te preocupa, Rosario?

—¡No hay nada más de qué preocuparse! Lo que estás diciendo es mentira.

—Monforte forzó a Antonia en su habitación quince días antes de la boda, de madrugada, cuando llegó borracho de una de sus fiestas. O, por llamarlo por su nombre, de una de sus bacanales, orgías... —espetó con cara de asco—. Y siento tener que ser tan franco contigo. Pero se acabaron las medias tintas. Ya no hay secretos que valgan.

—¡Virgen del Pilar! ¡Madre del amor hermoso! ¿Quién habla por tu boca? ¿Qué clase de demonio te ha poseído! —Rosario se cubrió la cara con las manos al tiempo que rompía a llorar.

—¿Me quieres decir, Rosario, que nunca te has enterado de nada? ¿Que nunca has oído a Monforte llegar borracho y colarse en las habitaciones de esas desgraciadas? ¿Que no has escuchado sus gritos tratando de defenderse de esa bestia?

—¡Aunque eso fuera verdad, yo no oigo nada! —sollozó.

—Eso no es cierto, Rosario. Acabo de entrar en la cocina en completo sigilo y te has vuelto hacia la puerta al instante, de espaldas como estabas. Tienes oídos para lo que quieres.

—¡Cállate, monstruo! ¡Todo lo que dices es fruto de tu imaginación, sinvergüenza! ¡Pero cómo te atreves! ¡No te reconozco! —Se levantó con esfuerzo y regresó a la encimera. Con mano temblorosa vertió una taza de azúcar en el recipiente y comenzó a remover con inusual energía—. ¡Sal de aquí ahora mismo y no vuelvas a entrar en mi presencia! ¡Déjame trabajar en paz!

Sebastián había enrojecido. Dos gruesos cordones se le marcaban a ambos lados del cuello y la frente era un reguero de venas serpenteantes. Con calma aparente se acercó a la cocinera. Le cogió las manos y las apartó del bol de cerámica. Después lo tomó entre las suyas, lo alzó y lo estampó contra el suelo con toda su fuerza. Los fragmentos y la mezcla apenas batida lo salpicaron todo. Pisando sobre ellos, Sebastián se acercó a la mesa, cogió una de las sillas y atrancó con ella la puerta de la cocina.

—Estamos solos en la casa, Rosario. De aquí no va a salir ni va a entrar nadie hasta que me cuentes toda la verdad. ¡Toda! ¿Me has entendido?

—¿Me quieres matar? ¡Mírate! ¡Pareces un poseído! ¿Qué te he hecho yo, mal nacido, para que me ultrajes así? —La anciana, con las piernas temblorosas y a punto de claudicar, consiguió alcanzar de nuevo la silla entre el crujir de los añicos—. ¡Yo que siempre te he tratado como a un hijo!

—Es cierto que lo has hecho, Rosario. Y yo te lo agradezco. Pero ha llegado la hora de poner las cartas boca arriba. Ni tú ni yo vamos a salir de la cocina mientras no tenga las respuestas que he venido a buscar.

—¡No sé nada! ¡No sé de qué me hablas! —sollozó.

—¿De verdad te tragaste el cuento de que a Antonia se le había caído la estantería en la cabeza? Sabes que eso es imposible —inquirió vehemente—. Te agarraste a esa explicación a la primera de cambio, porque lo único que has pretendido siempre es proteger a Monforte. ¡¿Por qué?!

—Mientes, mientes... ¡Mientes! —Rosario negaba con la cabeza en un mar de lágrimas. La moquita, en dos largos cordones, le caía por encima del labio y le entraba en la boca. Sebastián le lanzó un trapo de cocina.

—No hay más ciego que el que no quiere ver. No hay más sordo que quien no quiere oír —espetó Sebastián y apretó los dientes para continuar—. ¡Te hago responsable de cuanto ha sucedido en esta casa, porque sabías y callabas!

—¡No! ¡No! ¡No! —Rosario movía la cabeza de manera exagerada de un lado a otro, los ojos cerrados y la boca entreabierta para tratar de tomar aire mientras negaba.

—¡Julia supo lo que había pasado en cuanto subió! ¡Andrés supo lo que había pasado en cuanto le abrieron la puerta! ¿Y me quieres decir que tú no sospechaste nada? —Sebastián se acercó a la mesa, apoyó los brazos encima y se enfrentó a la anciana—. Duermes mal, siempre lo dices; te tienes que levantar varias veces a orinar... ¿Y me quieres hacer creer que nunca oíste nada?

—¡Me vas a matar! —Rosario se había echado la mano al cuello, como si le faltara la respiración. Sin embargo, Sebastián no cedió.

—¡Antonia fue violada por tu culpa! ¡Eres tan responsable como ese monstruo al que proteges!

Sin terminar la frase, se había lanzado hacia el lado opuesto de la mesa para sujetar a la mujer, que ya se vencía de lado. A pesar de resbalar sobre los trozos de loza y la masa pegajosa, llegó a tiempo para sostener su peso antes de que cayera al suelo. La sujetó contra el respaldo para estabilizarla. Cuando la consideró en equilibrio, inconsciente y con la barbilla apoyada en el pecho, se atrevió a soltarla un instante para correr al fregadero sin perderla de vista. Llenó un vaso de agua del grifo y regresó justo a tiempo para volver a enderezarla. Se mojó las manos con el agua fría y le golpeó las mejillas varias veces hasta que, poco a poco, volvió en sí. Primero abrió los ojos, luego recuperó la tensión en el cuerpo hasta ser capaz de sostenerse por sí misma y, al regresar a la realidad, emitió un quejido y comenzó a llorar de nuevo.

—Ahora, Rosario, me vas a contar todo lo que sabes, desde el principio. Tenemos toda la tarde. Si es necesario, volvamos al momento en que mi madre llegó a esta casa.

El rostro de Rosario era el reflejo de la más absoluta amargura. Negó con la cabeza. Sebastián se disponía a porfiar en su exigencia cuando oyó su voz atenazada por la angustia. Había miedo en su semblante, pero también resignación.

—No entenderías nada. Hay que ir más atrás —evocó con gesto de dolor y desengaño—. Todo fue por el viejo.

Sebastián se sentó en un lateral de la mesa. Rosario llevaba dos minutos callada, pero su expresión denotaba que estaba decidida a hablar. Parecía poner en orden sus ideas, así que no la importunó más. Aprovechó para observar el rostro de aquella mujer que llevaba en la mansión una vida entera, por la que siempre había sentido el mayor afecto, pero a quien en aquel momento odiaba con toda su alma. Sus ojillos diminutos y llorosos estaban perdidos en lo hondo de las cuencas, rodeadas a su vez por un mar de arrugas. Lo miraban sin verlo, perdidos tal vez en el pasado que se disponía a evocar. De repente fue como si recordara su presencia, se incorporó y puso las manos juntas encima de la mesa.

—Recuerda que has sido tú quien ha querido saber. Cuando termine de hablar nada será igual para ti —le advirtió—. Aún estás a tiempo.

—Quiero saber —insistió.

Rosario, resignada, asintió.

—Está bien. Me obligas a volver sesenta años atrás. Yo entré en esta casa en 1896. Tenía dieciséis años. Creía que lo hacía como criada, y como criada trabajé, pero no era ese el cometido para el que me trajeron. Por entonces, el viejo no era viejo, tendría treinta y tantos años, y llevaba seis casado con doña Remedios, tres más joven que él. Una mujer en absoluto agraciada, ni en el aspecto ni en el carácter, pero que pertenecía a una de las familias más acomodadas de Zaragoza. El enlace de don Eugenio y doña Remedios fue, como te puedes imaginar, un matrimonio de conveniencia concertado por los padres de los dos. El aspecto de sus parejas nunca ha sido algo que haya preocupado a los hombres de esta familia: al fin y al cabo, cuando daban el sí quiero a la esposa, sabían de antemano que sería solo una de las muchas mujeres que frecuentaran. Los Monforte siempre han llevado fama de no ser hombres de una sola mujer. Pero doña Remedios tuvo la desgracia de no poder cumplir con el único papel que se esperaba de ella: proporcionar descendencia al clan, un heredero varón que diera continuidad a la familia. Era una mujer enfermiza, enclenque, y lo cierto es que después de seis años no había logrado quedar encinta. Para eso llegué yo a la casa, aunque entonces no lo supiera.

—¿Cómo que llegaste para eso? ¿Para qué?

—Te lo estoy diciendo, para darle al viejo el hijo que doña Remedios no podía engendrar.

Sebastián no daba crédito a lo que oía.

—Pero ¡¿qué dices?! ¿Cómo puede ser...?

—No me interrumpas, te lo pido por favor —advirtió con un gesto brusco, antes de hacer una breve pausa—. No había pasado una semana de mi llegada aquí cuando un coche de caballos recogió a doña Remedios, junto a una de sus doncellas, para llevarlas al balneario de Jaraba a tomar las aguas durante una quincena. Esa misma noche el viejo me metió en el dormitorio del matrimonio y, con absoluta crudeza, me reveló mi verdadero cometido en la casa. Aterrada, traté de huir, pero el mayordomo, entonces había dos lacayos en el servicio, me lo impidió. Incluso ayudó a su amo a conseguir su propósito valiéndose de la fuerza. En aquellas dos semanas fui forzada en varias ocasiones por el viejo con la ayuda de aquel perro faldero. —Era evidente que el recuerdo resultaba para ella en extremo doloroso, aunque tal vez el paso del tiempo y el hecho de haber asimilado su pasado le permitían continuar con el relato sin derrumbarse—. Cuando regresó doña Remedios todo siguió igual, como si nada hubiera pasado. Hasta que meses después, tras las dos primeras faltas, empezó a resultar evidente que el hijo de puta había conseguido su propósito y me había preñado.

Parecía que la anciana hubiera roto un dique de contención para dejar fluir sus recuerdos de forma impetuosa, descarnada y sin ambages. A Sebastián le resultaba violento escucharla hablar de aquella manera, usando tacos que jamás le había oído, pero la pregunta que se hacía desde que Rosario le había hablado de su embarazo le quemaba en la boca. Apenas se atrevía a formularla y, cuando se decidió, lo hizo con los ojos cerrados, como si de aquella manera fuera a protegerse del impacto que, lo sabía, estaba a punto de recibir.

—Ese hijo es...

Rosario asintió y Sebastián enterró la cara entre las manos tratando de aprehender todas las implicaciones de aquella revelación.

—¡Ahora lo entiendo todo, por eso lo proteges! Pero ¿cómo es posible? ¿Qué historia demencial es esta? ¿Cómo pudisteis hacer pasar al recién nacido por hijo de doña Remedios?

—Porque las dos permanecimos recluidas el tiempo que duró el embarazo. Doña Remedios, con la excusa de su delicado estado de salud y la oportuna recomendación del médico de la familia de la necesidad de reposo absoluto. En mi caso, acababa de llegar a casa y nadie, excepto los fieles miembros del servicio, sabía de mi existencia.

—¿Y el parto?

—Ya te lo he dicho. Me atendió el médico de la familia y di a luz en mi habitación. Entregué el niño a doña Remedios, pero era yo quien lo amamantaba. De puertas para fuera, el bebé era su hijo, y así fue inscrito en los registros.

—¡Monforte es hijo tuyo! —exclamó. Trataba de convencerse escuchándose a sí mismo en voz alta.

—El hijo de una criada que siempre ha sido tratada como tal.

Sebastián negaba con la cabeza, incapaz aún de asimilar lo que Rosario le acababa de revelar.

—¿Estás preparado para seguir adelante? No hemos hecho más que empezar.

—¿Hay más?

—¿No te preguntas quién es Quique, el hermano de Emilio?

—¿También es tu hijo?

—El viejo volvió a forzarme pasados cuatro años, de nuevo con doña Remedios fuera de Zaragoza. Emilio acababa de pasar unas fiebres que hicieron temer por su vida, supongo que se asustó y quiso asegurar la descendencia. Además, le oí decir que los negocios de la familia, las minas, las tierras de cultivo, el negocio inmobiliario, el bufete, eran tan variados que un solo vástago no sería capaz de abarcarlos. De nuevo se repitió todo paso por paso: la reclusión de ambas, el parto en casa, la crianza compartida...

Sebastián no podía creer lo que oía.

—¿Y qué pasó con Enrique? ¿Cómo acabó en Madrid y sin apenas relación con la familia?

—Eso viene más adelante. Antes hay que acabar con esta parte de la historia.

—¿Aún no ha terminado?

—Emilio y Enrique tuvieron una hermana. Nació en 1903, dos años después que Quique. Sin duda el viejo esperaba otro varón, pero fue una niña. El médico me la arrancó del regazo ese mismo día para llevarla a la inclusa sin siquiera ponerle nombre ni bautizarla. El mal nacido se deshizo de ella como quien tira al canal una camada de cachorros dentro de un saco de arpillera.

Sebastián se puso de pie, incapaz de permanecer inmóvil un segundo más. Necesitaba caminar para pensar con claridad, pero los fragmentos del bol en el suelo se lo impedían. Cogió la escoba y, sin dejar de cavilar, barrió todos los restos hasta amontonarlos junto al fregadero. Lo hizo en silencio y todavía, cuando terminó, permaneció sin hablar unos minutos mientras recorría la cocina de uno a otro extremo.

—¿Cómo te pudiste quedar conforme sin tu hija? —le espetó en tono de reproche cuando volvió a hablar. Rosario permanecía acodada sobre la mesa con la cabeza entre las manos y la mirada perdida al frente.

—¿Y quién te ha dicho que me conformé? No lo hice, te lo aseguro. Pero todas mis protestas fueron inútiles El viejo me amenazó con echarme de esta casa y separarme para siempre de mis dos hijos varones, así que tuve que conformarme con que me dijeran adónde se la habían llevado.

—Magro consuelo...

—No te creas. Durante años tuve la posibilidad de visitarla en el hospicio y verla crecer hasta convertirse en una muchachita. Pero vamos por partes. La historia es tan larga que me dejo puertas sin cerrar.

—¿Qué te has dejado?

—El destino de doña Remedios, Sebastián. El inicio de la parte más trágica de la historia de esta familia maldita. ¿Te puedes imaginar cómo se sentía aquella mujer desgraciada? Tuvimos ocasión de compartir cientos de tardes durante los tres prolongados encierros, mientras ella veía crecer en mi vientre a los hijos de su esposo. Lejos de odiarme, se apiadó de mí y llegamos a convertirnos en amigas y confidentes, ¿te lo puedes creer? Pero su salud se resentía por momentos.

—Murió pronto, entonces —supuso Sebastián.

—Tras el nacimiento de la niña y su traslado al hospicio, cayó en una profunda postración cuyas consecuencias nadie supo prever. Se arrojó a la calle una mañana desde la terraza del salón.

Sebastián, que se había asomado a la ventana por la que entraban los últimos rayos de sol, se volvió para observar a la anciana. De nuevo las lágrimas asomaban a sus ojos. Cruzó la cocina hasta abrir uno los cajones y buscó un trapo blanco de algodón que le alcanzó para que lo usara a modo de pañuelo.

—Te aseguro que aquel mal nacido no mostró demasiado desconsuelo. No había pasado ni una semana del entierro en Torrero cuando alguien le vio frecuentando antros de dudosa reputación.

—De tal palo, tal astilla —musitó Sebastián con voz apenas audible.

—Siéntate, hijo. —La voz de la anciana había recuperado el tono del primer saludo al entrar en la cocina, muy lejos de las voces airadas con que lo había recriminado después. Era como si la conmiseración o el temor se impusieran al rechazo provocado por la actitud violenta de Sebastián con ella.

—¿Qué pasa? —El joven había apreciado el cambio de tono y se mostraba alerta.

—Tengo miedo. Tengo dudas —confesó—. Sé que, si sigo, me voy a arrepentir. Conocer lo que te he contado y, sobre todo, que sepas lo que queda por contar, hará saltar por los aires el inestable equilibrio que ha sostenido esta casa y a quienes vivimos en ella.

—Es preciso —porfió Sebastián con absoluta convicción.

—Pero antes prométeme que no harás nada. Nada de lo que podamos arrepentirnos.

A Sebastián aquellas palabras le resultan tremendamente familiares. Eran muy similares a las que él mismo había utilizado con Andrés unos meses atrás cuando supo que Monforte había forzado a Antonia. Iguales a las que días más tarde, Julia había empleado con él.

—¿Qué has de decirme que te hace temer mi reacción?

La anciana puso la mano encima de la suya. Sentía la necesidad de mostrarle su afecto por anticipado.

—Prométeme que, cuando lo sepas, no tomarás ninguna decisión en caliente.

—Está bien, lo prometo. Pero habla ya. Me estás asustando.

Rosario tomó aire y cerró los ojos.

—Esa niña, el fruto de mi tercer embarazo, terminó en el hospicio como te digo. Durante años me acerqué cada día para contemplarla a través de la verja en el patio de recreo sin atreverme a revelarle mi identidad. No lo habría entendido. Hablaba con ella en ocasiones, pero hacerlo me provocaba un dolor mayor. Hasta que llegó el día en que, a punto de cumplir los catorce, me anunció que en pocas semanas dejaría el hospicio. Su destino era, sin duda, ponerse a servir en casa del primero que pasara por la inclusa en busca de una criada.

»Aquel día regresé a casa casi a la carrera y me planté delante del viejo. Le conté lo que pasaba, y me gané una monumental reprimenda por haber mantenido el contacto con la pequeña a sus espaldas. Pero no cejé en mi empeño. Tuve que amenazarlo con sacar la verdad a la luz para que accediera a tomarla a su servicio.

—Esa niña se llamaba Teresa, ¿verdad?

Rosario le apretó la mano con fuerza. Sus miradas se cruzaron y los ojos de ambos se llenaron de lágrimas. Sebastián quitó las manos de la mesa y se cubrió el rostro con ellas cuando comprendió que le iba a resultar imposible evitar el llanto. Lloró durante un largo rato y fue Rosario la que se levantó en busca de un trapo que le sirviera de pañuelo. Cuando se sintió capaz de controlarse y de hacerse entender, alzó de nuevo la mirada.

—Eres mi abuela —masculló entre sollozos.

Rosario asintió sin decir nada. Le tomó la mano de nuevo y se la apretó con fuerza.

—Déjame ver tu hombro.

—¿Qué hombro? ¿Para qué quieres verlo?

—Tu hombro derecho, déjame verlo un momento —insistió al tiempo que ella misma se desabotonaba la blusa del uniforme.

—¿También tú lo tienes? —se admiró Sebastián.

—Algo más tenue que el tuyo, pero del mismo tamaño y en el mismo lugar.

—¿Por qué? ¿Por qué he tenido que esperar treinta años para saberlo?

—Porque pensaba que era lo mejor para todos. Porque en esta casa todos nos hemos visto obligados a guardar secretos, algunos de ellos inconfesables. El miedo a los culpables, la piedad hacia quienes no tenían ninguna culpa, el deseo de que todo siguiera igual para evitar esta tormenta. —Hizo una pausa antes de continuar—. Al fin y al cabo hemos vivido juntos, se me ha permitido cuidar de ti cuanto he podido. He tenido la fortuna de ejercer de abuela en ausencia de tu madre. ¿Por qué estropearlo con la verdad? Está muy sobrevalorada la verdad.

—No en esta casa. Aquí escasea —objetó. Por un momento ambos permanecieron en silencio, cabizbajos, hasta que Sebastián alzó de nuevo la mirada—. ¿Existió Eusebio?

La pregunta, lanzada a bocajarro, cogió desprevenida a la anciana, que dio un respingo. De nuevo se llevó las manos a la cara para cubrirse los ojos.

—Es una invención, ¿no es cierto? —insistió ante la falta de respuesta—. Nunca hubo un repartidor de hielo que la dejara embarazada para salir huyendo después a Barcelona.

—Hubo un repartidor de hielo llamado Eusebio que se fue a vivir a Barcelona con unos parientes. Pero esa historia la conocimos porque venía a casa a traer las barras de hielo para la fresquera. Él no es tu padre.

—¿Quién es mi padre, Rosario? Y no me digas que no lo sabes, porque Teresa era tu hija.

—Fue un error, la equivocación más grande que he cometido en mi vida. Y he cometido muchas.

—¿De qué hablas? ¿Qué error ni qué...?

—Traer a Teresa a esta casa, meterla en la boca del lobo.

—¿Cuál de los dos, Rosario? ¿Fue el viejo o el hijo? —El tono de voz de Sebastián era de apremio, incapaz de esperar más para saber.

—¿Alguna vez le has visto el hombro a tu patrón?

Sebastián trató de hacer memoria. Había estado en La Concha con la familia en ocasiones, pero Monforte siempre se negaba a tomar el sol y la única imagen que tenía de él en la playa era de un hombre con un bañador holgado y una camisa entreabierta. Entonces le vino a la cabeza la última vez en que había hablado con alguien de su lunar: fue en la enfermería del cuartel, con Anselmo Carrera, el médico que le había vacunado de tifus. También él estaba allí, también le había visto el lunar, y después se había negado a que lo vacunara.

—¡Monforte!

—Fue la primera de sus hazañas siguiendo la senda trazada por el viejo —confirmó Rosario—. Pero fue culpa mía: nunca le dije que Teresa era su hermana.

—¡¿Es mi padre?! ¡¿Ese cabrón es mi padre?!

Sebastián permanecía acostado sobre la mesa con la cabeza enterrada entre los brazos recogidos en torno a ella. Desde la noche anterior albergaba la duda, pero la certeza que acababa de obtener de Rosario, su propia abuela, le había golpeado como un mazo. Se sentía aturdido, incapaz de asumir las consecuencias de la revelación. Sin embargo, todo comenzaba a cobrar sentido. El trato recibido por parte de Monforte no era el de un patrón con su chófer y ahora comprendía el motivo de su cercanía y de la confianza que le había mostrado. Echando la vista atrás, había sido criado como un hijo, con la diferencia de que su vida había transcurrido en la cocina y en el piso de arriba y no en el salón y la zona noble de la casa, como Alfonso y Rafael, los hijos legítimos. ¡Sus hermanastros! Un escalofrío que más parecía un latigazo le recorrió la espalda. Pero ¿cómo era posible? ¿Cómo la primera esposa de Monforte, doña Margarita, pudo aceptar la presencia en la casa del hijo que su marido había engendrado en una criada? Por fuerza debía de ignorarlo todo.

Levantó la cabeza y los últimos rayos de sol le hirieron los ojos enrojecidos, pero necesitaba más respuestas. Rosario permanecía sentada, cabizbaja, temblorosa y en silencio.

—¿Y doña Margarita? —preguntó—. ¿No sospechaba nada?

—No le dio tiempo. La primera que me di cuenta de lo que pasaba fui yo. Las náuseas de tu madre me dieron la pista. De inmediato se lo conté a tu padre que, alarmado como no podía ser de otra manera, pergeñó un plan.

—¡No te refieras a él como mi padre!

Rosario lo miró con lástima y asintió.

—Necesitábamos un padre. Y fui yo quien le sugerí a Monforte el nombre de Eusebio, el repartidor de hielo. Era un chico encantador, la verdad. Cuando venía a traer los pedidos preguntaba por Teresa si no estaba por la cocina. Le gustaba cruzar unas palabras con ella. Y tu madre también sentía simpatía por él. Estoy segura de que habían llegado a verse fuera de casa en los ratos libres.

—¡Pero me contaste que desapareció!

—Monforte lo organizó todo. Movió sus hilos y le consiguió un buen trabajo en Barcelona, estoy segura de que con algún sobresueldo a su costa. No sé si aquel acicate fue suficiente o tuvo que recurrir a la amenaza, pero lo cierto es que el muchacho desapareció de Zaragoza y nunca más se le volvió a ver. Emilio se ocupó de borrar su rastro.

—¿Cómo es posible? ¿Cómo se puede comprar el silencio de tantos y mantener oculta tanta podredumbre durante lustros?

—¡Ay, hijo mío! Porque los Monforte se han encargado siempre de demostrar que quien amenaza su posición lo paga muy caro, incluso con la vida. El dinero y la posición están por encima de todo lo demás. Eso es algo que todos los varones de esta familia maman desde la cuna. No hay escrúpulo de conciencia que valga si de lo que se trata es de defender la supervivencia del clan.

—¿Qué estás diciendo, Rosario? —Sebastián la miraba asqueado.

La anciana, de improviso, ocultó la cara entre las manos.

—Nada, Sebastián. Ya sabes lo que querías saber. He hablado mucho más de lo que debería. ¡Basta ya!

—No, Rosario, no. Ahora con mucho más motivo. —Hablaba con sosiego pero con determinación—. Tengo que saber qué clase de hombre es mi padre en realidad. Y todo lo que hay en torno a la muerte de mi madre.

—¡No puedo más, Sebastián! Estoy exhausta —gimió—. Déjame, te lo ruego.

—Solo tienes miedo.

—Como nunca lo he sentido —reconoció—. Cada día le he rogado a Dios que me llevara con él antes de que saliera a la luz toda la inmundicia que alberga esta casa. No quiero ver cómo salta por los aires la paz que se había logrado, aun a base de apariencias y mentiras.

—Me lo debes. Soy tu nieto —insistió—. Y sobre todo se lo debes a tu hija Teresa. Tu conciencia no te dejará dormir tranquila hasta que saques afuera toda esa inmundicia, como tú la acabas de llamar. No les debes nada, solo has sido una más de sus víctimas. Para ti será una liberación.

—Ya lo ha sido, Sebastián. —La emoción regresó al semblante de Rosario—. Por una parte quería morir antes de que este momento llegara, pero, por otra, no podía soportar la idea de irme a la tumba sin que supieras quién soy.

—Ahora sé que de verdad eres mi abuela. Pero siempre te había tenido como tal.

Los labios de la anciana empezaron a temblar y el llanto humedeció de nuevo sus mejillas. Sebastián se levantó, se colocó detrás de ella y la rodeó con un abrazo consolador. Se inclinó por la diestra y depositó un beso en su mejilla cubierta de arrugas y lágrimas.

—Termina lo que has empezado, Rosario—susurró con ternura—. Expulsa de ti todo lo que te atormenta.

—Hasta ahora solo has sabido de secretos de alcoba. Lo que queda por contar es peor.

—Estoy dispuesto a escucharlo.

—Dame antes un vaso de agua, por favor —le pidió—. Con una cucharada de azúcar. No puedo soportar más este sabor amargo en la boca.

—Me pasa lo mismo.

Sebastián cogió dos vasos de la alacena, pero no vertió agua en ellos, sino el vino de la jarra que reposaba en la encimera. Después sirvió dos generosas cucharadas de azúcar en cada uno de ellos, los agitó y los llevó a la mesa. Rosario, sin rechistar, bebió un largo sorbo que demedió el suyo.

—Me lo vas a tener que rellenar. De otra manera no sé si seré capaz.

—Adelante —apremió Sebastián, impaciente.

—Doña Margarita averiguó lo sucedido —espetó entonces la anciana, como si el vino le hubiera dado las fuerzas que necesitaba.

—¿Que Monforte había dejado embarazada a mi madre?

Rosario asintió.

—Le he dado muchas vueltas y creo que fue Teresa en el lecho de muerte quien se lo reveló. Siempre habían mantenido una excelente relación. El de Margarita y Emilio también fue un matrimonio de conveniencia, concertado por ambas familias. Ella era la hija menor de un acomodado bodeguero de La Rioja y solo tenía veinte años cuando llegó a Zaragoza para casarse con un hombre al que no conocía. Desde el primer día en que pisó esta casa congenió con tu madre, que entonces solo tenía diecisiete. Se hicieron buenas amigas, y Margarita la trataba como tal y no como una criada, para disgusto de Emilio y de su padre, que no dejaban de recriminárselo. Pero ella tenía un carácter firme, no se dejó intimidar, y siguió compartiendo muchos ratos de ocio con ella, incluso en el salón principal o encerradas en su dormitorio para no ser vistas. Eso se terminó cuando fue evidente que Teresa esperaba un hijo, en teoría de Eusebio. Monforte le prohibió tratar con Margarita más de lo imprescindible con la amenaza de echarla de la casa. Si te lo cuento así es porque recuerdo como si fuera ahora el día en que Monforte se lo ordenó aquí mismo, en la cocina. Imagino que lo mismo haría con doña Margarita, alegando tal vez que no podía mantener aquel trato con una criada que se había dejado preñar por el primero que le echaba el anzuelo.

»Doña Margarita sufrió muchísimo con la enfermedad de tu madre. De ella fue el empeño de llevarla a Barcelona donde, según se había informado, estaban los únicos médicos que podían salvarla. Por entonces tú acababas de nacer y ella se ocupó de arreglarlo todo para que estuvieras bien atendido en las tres o cuatro ocasiones en que Teresa fue trasladada a Barcelona. Incluso se contrató a un ama de cría para amamantarte en sus ausencias. La señora pasaba aquí horas contigo, arrullándote entre lágrimas mientras tu madre estaba arriba, acostada, aquejada de dolores de cabeza cada vez más agudos. Sé que Teresa también sentía lástima de Margarita. Había dado a luz a un hijo de su esposo sin que ella sospechara lo más mínimo. Por eso creo que se lo contó todo cuando vio cerca el final.

Sebastián se enjugó las lágrimas con los dedos.

—¿Y qué pasó cuando se lo dijo?

—Margarita no dijo ni una palabra hasta que tu madre murió.

Fue en mayo del veinticuatro; tú tendrías apenas doce meses, *pobrecico* mío. Jamás podré olvidar aquel año, el más aciago de mi vida.

—Sigue. ¿Qué pasó?

—Se encerraron en el dormitorio nada más bajar de Torrero tras el entierro. Ya te he dicho que ella era una mujer de carácter a pesar de que era muy joven, iba con el siglo. La discusión fue terrible y Margarita se mostró decidida a romper el matrimonio.

—¿Don Eugenio sabía que su hijo había dejado embarazada a mi madre?

—¡Quia! ¡Claro que lo sabía! Si hasta se permitía hacer bromas con Emilio en mi presencia. Siempre a espaldas de Margarita, por supuesto.

—¡Hijos de puta!

—El viejo aconsejó entonces a su hijo que le hiciera caso y pidiera la nulidad.

—¿Qué dices? ¿Por qué?

—¿No lo imaginas? Por el mismo motivo que con doña Remedios. Haz cuentas. ¿No ves que llevaban cuatro años casados y Margarita no le había dado un hijo legítimo a Emilio? El viejo, además, sabía a ciencia cierta que el problema residía en ella, porque Emilio ya tenía descendencia. Tú mismo.

—Pero no pidió la nulidad...

—Emilio se negó. Creo que en el fondo quería a Margarita. Trató de arreglarlo de buenas maneras, prometiéndole lo imposible, que no volvería a serle infiel. Pero Margarita no se doblegó ni aceptó sus promesas que sabía vanas. Habló con su familia en Logroño y, de acuerdo con ellos, exigió romper el matrimonio.

Sebastián levantó la mirada. Se había quedado parado. Palideció y tragó saliva.

—¡Pero vamos a ver! ¿No fue en el veinticuatro cuando murió Margarita? Creo recordar que una vez, de viaje con Monforte a San Sebastián, salió a relucir la fecha en que enviudó de su primera esposa. Lo hizo cuando le pregunté por el nombre de Villa Margarita. Y ahora caigo también en que hice el cálculo y pensé que yo tenía entonces solo un año.

—Ya te he dicho que aquel fue un año negro en esta casa.

—¿Cómo murió Margarita, Rosario?

La anciana permaneció en silencio un instante, de nuevo cabizbaja. Luego alzó la mirada con los ojos entornados. Aunque el labio inferior le volvía a temblar, su semblante denotaba decisión y rencor.

—Estoy convencida de que el viejo la mató.

Sebastián palideció, boquiabierto y sin habla.

—¿Qué estás diciendo, Rosario? ¿Cómo puedes lanzar una acusación así sin saberlo a ciencia cierta?

—El viejo la mató —repitió—. Ya no le servía, pero no estaba dispuesto a pasar de nuevo por lo que había hecho conmigo. Los tiempos habían cambiado y además ya no era él quien debería usar a otra mujer para concebir su descendencia, sino su hijo. Y el viejo no se fiaba de él.

—¿Tienes pruebas de lo que dices? —Sebastián se resistía a creerla.

—La empujó por la escalera del sótano. Lo sé.

—¿Lo viste con tus propios ojos?

—No, no lo vi, pero lo sé —repitió sin dudar—. Entonces era joven y solía ir yo misma al mercado a elegir las viandas. No me fiaba de ninguna de las doncellas y me gustaba hacerlo. Entonces no había portero, ni siquiera ascensor, que no se instaló hasta después de la guerra. Esto era en diciembre, a mediados. Lo sé porque aquel día tenían previsto montar el belén en el rellano, como cada año. Recuerdo que bajé por las escaleras con el bolso de la compra y allí estaban los dos. Iban hacia el sótano, pero el viejo al oírme se detuvo en seco. Me extrañó su actitud. Llegué a pensar... ¿qué se yo lo que llegué a pensar? Solo cambiamos unas palabras, salí de la casa y los dejé allí. Al regresar me encontré con el drama. Según lo que había contado el viejo, Margarita había querido bajar al sótano en busca de alguna cosa que necesitaba para el belén, a pesar de no tener preparado el candil ni un cabo de vela. El viejo aseguró que había perdido pie en la escalera y se había precipitado hasta abajo, con la mala fortuna de golpearse en la sien.

—Bien pudo ser así —objetó Sebastián.

Rosario negó con la cabeza, sonriendo con sarcasmo.

—A pesar de contar solo sesenta años, el viejo solía usar bastón a causa de sus padecimientos de rodillas. Tenía por costumbre colocarse detrás de Emilio o de Quique, cogía el bastón por el extremo, y les atrapaba el tobillo con el cayado, haciéndoles trastabillar en el pasillo, en la alfombra del salón o dondequiera que estuvieran. Reía a carcajadas ante su enfado, ufano por haber conseguido repetir la broma. Lo hacía con una habilidad pasmosa. Sé que hizo lo mismo con Margarita cuando la tuvo a su alcance al borde de las escaleras.

—Rosario, tú odiabas a don Eugenio con toda tu alma por lo que te había obligado a hacer. ¿No será tu resentimiento el que habla por tu boca?

—Tras la caída, supuestamente accidental, no se llamó al médico más cercano. Se mandó aviso al doctor Ramón Mainar, amigo de la familia, que no se encontraba en casa y tardó una eternidad en llegar. De hecho, cuando volví del mercado acababa de hacerlo y ya solo pudo certificar su muerte.

—En todo caso, Rosario, nada de lo que dices prueba que fuera él quien la empujó por las escaleras. —Sebastián se negaba a creer en aquella abominación. Que los Monforte eran hombres infieles y mujeriegos era sabido, pero se resistía a admitir que pudieran llegar al asesinato para cubrir sus fechorías y conseguir sus propósitos.

—Hay otra cosa, algo que terminó de convencerme por completo. El velatorio se preparó en el salón y por aquí pasó la flor y nata de la alta sociedad de Zaragoza. Pues bien, todos aquellos que se hallaban aquí presentes poco antes de la medianoche pudieron oír una fuerte discusión que tuvo lugar en el gabinete. Se encontraban allí el viejo, don Eugenio, y nuestros dos hijos. Los gritos de los tres podían escucharse en toda la casa a pesar de que la puerta permanecía cerrada. Fue Enrique el que salió primero y quienes se cruzaron con él por el pasillo dijeron que lloraba amargamente. Se encerró en el que entonces era su dormitorio y no salió de él hasta la madrugada, solo con un ligero equipaje de mano, para dejar la casa. Ni siquiera asistió al entierro de su cuñada y solo meses después supimos que se encontraba en Madrid sin intención de volver.

—¿Y Monforte? Si en aquella discusión Enrique reprochó a su padre la muerte de Margarita, también él estaba al tanto.

—Supongo que el viejo lo negó todo, y en Emilio quedaría lugar para la duda. Además, la muerte de Margarita, accidental o no, convenía a sus intereses, después de que ella le hubiera negado el perdón. Es mi hijo, pero sé que es un hombre sin escrúpulos de ningún tipo —se lamentó con amargura—. Quique, en cambio, era de otra pasta, y por eso no volvió a poner los pies en esta casa hasta la muerte de su padre.

—¿Estás diciendo que Monforte aceptó sin más el asesinato de Margarita a manos de su padre?

—No, estoy convencida de que en su interior albergaba un enorme rencor hacia él. La relación con el viejo nunca fue la misma. Por eso creo que Emilio no estaba al tanto de las intenciones de su padre. Él le ponía los cuernos a Margarita, pero en el fondo la quería. De hecho, fue tras su muerte cuando puso su nombre a la villa de San Sebastián. Tenía veintisiete años en aquel momento y solo se casó de nuevo, ya con cuarenta, al año siguiente de la muerte del viejo, como si no hubiera querido darle ese gusto a su padre, a pesar de no contar con descendencia legítima. Resulta curioso que se casara con doña Pepa en el treinta y siete, en plena guerra, solo unos meses después de la muerte del viejo.

Sebastián había enmudecido cuando Rosario terminó de hablar. La anciana extendió el brazo y le puso la mano encima de la muñeca. Su expresión no permitía descifrar su estado de ánimo, aunque sus ojos seguían llorosos y enrojecidos. Tal vez, pensó, el temor a las consecuencias de lo que acababa de revelarle se compensaba con el sentimiento de liberación que debía de experimentar en aquel momento. Él mismo luchaba entre emociones contradictorias: la revelación de lo sucedido en aquella casa, maldita durante generaciones, solo se compensaba por el hecho de haber podido conocer la verdad, por muy dolorosa que fuera. Se sentía exhausto, y no sabía cómo iba a ser capaz de levantarse de allí y afrontar el resto del día, y los días que habían de llegar antes de dejar aquella casa para siempre. Solo el recuerdo de Julia lo reconfortó y deseó encontrarse bajo las sábanas, cobijado entre sus brazos, solo allí a salvo de la maldad que colmaba el mundo más allá de las cuatro esquinas de aquel lecho que se había convertido en su refugio.

—¿Hay algo más que deba saber, Rosario?

La anciana negó despacio con la cabeza.

—¿Te parece poco? —añadió.

—Has tardado en responder y tu expresión te desmiente.

—Te he contado todo lo que te atañe a ti y a tu padre —respondió firme—. Eso te debería resultar suficiente. Si considero que he de mantener una conversación como esta con alguien más, lo haré cuando llegue el momento.

—Estás pensando en Vicente, ¿no es cierto?

—¿Por qué dices eso?

—Aunque nunca quiso hablar de ello, sé que también vino del hospicio. El mismo camino que mi madre —dedujo Sebastián con un gesto que parecía más de chanza que de despecho—. ¡Ahora me vas a decir que Vicente es mi hermano! O mi hermanastro.

Rosario negó de nuevo.

—No, Sebastián. Vicente no es tu hermano, ni siquiera tu hermanastro.

—¿Quién es Vicente?

—Vicente es hijo del viejo. Hermanastro de Emilio.

Sebastián se aferró al borde de la mesa con las dos manos.

—Pero ¡por Dios! ¡¿Qué estás diciendo?! —Fue lo único que salió de su boca. Con lentitud, se puso de pie y caminó hacia la ventana. Se apoyó con la frente contra el vidrio, las manos a la espalda. Permaneció de aquella manera durante largo rato, mientras las sombras del anochecer hacían visible su reflejo en el cristal y el hálito que exhalaba empañaba a intervalos la superficie helada.

—¿Cómo? ¿Quién? —preguntó por fin sin volverse.

—Lo de Vicente fue distinto. El viejo se acostó con otra de las criadas, pero en aquel caso fue ella quien se le metió en la cama. Vicenta se llamaba, y desde que entró en esta casa supe que era una fresca y que iba a causar problemas. Él iba ya para los sesenta y qué más quería que le calentara la cama una de veinticinco. Se quedó preñada de inmediato, pero eso era lo que buscaba, porque su propósito no era otro que chantajear al viejo. ¡Pobre ilusa! Le pidió una importante cantidad de dinero a cambio de su silencio. Él, por toda respuesta, la puso de patitas en la calle en cuanto parió, indiferente a lo que pudiera contar por ahí. Después de todo, llevaba cerca de veinte años viudo. Mucho fue que esperaran al parto.

—Vicente me lleva un año, así que esto sería en el veintidós.

—Sería, a mí ya me bailan las fechas.

—¿Y qué sucedió con él?

—La Vicenta se vio en la calle sin nada y con un crío en el capazo. Era impensable que pudiera encontrar faena en esas circunstancias, así que no se lo pensó. Otra que dejó al bebé en la puerta del hospicio. Lo sé porque me salió al paso en la calle para pedirme algo de dinero y me dijo lo que se proponía hacer. Le di lo poco que llevaba encima y, hasta hoy, no he vuelto a saber de ella.

»Era la misma inclusa de la que habíamos sacado a tu madre

cuatro años antes. Y yo, tonta de mí, empecé a acudir de nuevo para ver a aquella criatura. De vez en cuando, eso sí, y a escondidas del viejo y de sus hijos, pero me parecía que era mi obligación hacerle aquellas visitas, aunque solo fuera para que no estuviera solo por completo en el mundo. Igual que había hecho con Teresa.

—Y entonces, el cabrón de Monforte comprendió que lo hecho por su padre no había tenido ninguna consecuencia y siguió su ejemplo con mi madre.

—Algo así. Pero no contaba con que doña Margarita se iba a encaprichar con Teresa.

—¿Y cómo acabó Vicente aquí?

—Por puro azar. Es cierto que seguí visitándolo durante años, pero él nunca supo quién era yo. Le perdí la pista en cuanto empezó la guerra. El hospicio se llenó de huérfanos y echaron de allí a los más *mayorcicos*. No sé lo que fue de él durante aquellos tres años, pero nuestros pasos volvieron a cruzarse en agosto del treinta y nueve, ya acabada la guerra. Vagabundeaba por estas calles, supongo que en busca de algo que robar para llevarse a la boca, cuando me vio salir del portal. Por lo visto me reconoció de inmediato; al fin y al cabo, era la única persona que lo había visitado en el hospicio. Se acercó a mí y se me cayó el alma a los pies cuando reconocí aquellos ojos hundidos en el fondo de las cuencas. Vestía cuatro andrajos, medio descalzo, y sus *bracicos* eran como las ramas secas de un árbol.

—Y lo metiste en casa...

—Me acuerdo como si fuera ahora. Le di un baño, le busqué ropa de su tamaño, de cuando Emilio y Quique eran de su edad, y le puse unos buenos platos de sopas de ajo en la mesa. Aún veo aquellos ojazos agradecidos mirándome mientras se llevaba cucharadas a la boca como si alguien se las fuera a arrebatar.

—¡Joder! Nunca ha contado nada.

—No le digas que te he hablado de esto. Si no lo ha hecho él es porque tal vez se avergüenza o ha querido borrar de su memoria esa etapa trágica de su vida. Que quede entre nosotros.

»El caso es que por entonces, acabada la guerra y muerto el viejo, Emilio se hizo cargo de la casa y de los negocios familiares en ausencia de Quique. El papel que había desempeñado durante la contienda le valió el favor de las nuevas autoridades y el horizonte se despejó para sus negocios, que ya habían prosperado en aquellos años con los suministros para las tropas y los centros oficiales. En aquel momento se emprendió la reforma de la escalera para instalar el ascensor, se habilitó la vivienda del portero y se instaló la primera calefacción. Entonces vi abiertas las puertas del cielo. Hablé con Emilio y, aunque puso reparos al principio por su juventud, terminó por acceder a darle el puesto de portero.

—¡Madre mía! —Sebastián se había vuelto hacia Rosario—. ¡Es su hermanastro! Pero ¿él lo sabe?

La cocinera negó de manera categórica.

—¡Quia! ¿Qué va a saber? Lo conozco bien, y sé que nunca habría aceptado tenerlo cerca de saber que también era hijo del viejo. Podría haber reclamado sus derechos de herencia o al menos complicarle la vida.

—Lo dudo, viniendo del hospicio o de la calle. Vicente nunca habría podido demostrar que Eugenio Monforte era su padre.

—Así es. Solo estaría mi testimonio.

—Pero cuando nació Vicente, Monforte tendría veinticinco años. ¿No se olió que podía ser hijo del viejo?

—La Vicenta era bastante ligera de cascos, Sebastián. El propio Emilio la había sorprendido en alguna ocasión besándose en el portal con más de un hombre. Vete a saber si él también... A nadie le extrañó verla embarazada.

—De manera que Vicente es... —dudó.

—Algo parecido a un tío tuyo. El hermanastro de tu padre.

—Mi tiastro, si es que eso existe.

En aquel momento se oyó el sonido inconfundible de la puerta de la calle al cerrarse.

—¡Ay, que ya están aquí las chicas! —Rosario se levantó y se pasó la mano por los ojos. Se atusó el cabello y se estiró la ropa—. Subirán a cambiarse y en un momento estarán aquí.

Sebastián se dirigió al fregadero, abrió el grifo y se echó agua fría a la cara. Después cogió un trapo, se secó y se dio pequeños cachetes en las mejillas. Abrió y cerró los ojos con fuerza tratando de borrar las señales del llanto reciente. Se apresuró a recoger los restos de bizcocho y del recipiente, y él mismo fregó el suelo, aunque bien habría podido contar Rosario que se le había escurrido entre las manos.

—¿Qué vas a hacer ahora?

Sebastián se volvió hacia la cocinera. Tardó en responder.

—No lo sé, Rosario. Mi cabeza en este momento es un galima-tías, como una olla hirviendo. Tengo que digerir todo lo que he oído esta tarde de tu boca. No lo sé —repitió mientras se mordía el labio inferior y negaba con la cabeza—. Es como una encrucijada de cien caminos. Ojalá supiera cuál tomar. Solo te digo que esto no puede seguir así, y que nada volverá a ser como hasta ahora.

—Eso, hijo mío, ya te lo había advertido.

50

Miércoles, 16 de diciembre

La niebla gélida envolvía la ciudad desde el domingo anterior. El sol en su cénit había dado la sensación de poder vencerla, pero a aquella hora, apenas las cuatro de la tarde, la fugaz luminosidad del mediodía empezaba a apagarse con los jirones que, a ojos vista, ascendían desde el río arrancados del lecho por una brisa heladora.

Sebastián vio por el retrovisor que Monforte, sentado en el asiento de atrás, se frotaba las manos y se estremecía por el frío. Se inclinó hacia un lado para sacar los guantes del bolsillo y se los enfundó con parsimonia. Al otro lado de los cristales del Citroën, la vieja estación de Utrillas, cubierta hasta el más recóndito rincón por una pátina de carbonilla, resultaba sórdida de por sí, pero la escasez de luz y la humedad del ambiente le proporcionaban aquella tarde un aspecto lúgubre y amenazador.

—Este cabrón se retrasa —refunfuñó mientras se apartaba la manga con torpeza para consultar el reloj—. Pon el motor en marcha o nos vamos a quedar tiesos.

Sebastián obedeció al instante. Intuía por qué estaban allí, aunque Monforte no se lo había confiado en aquella ocasión. En los dos últimos meses su relación se había enfriado a pesar de sus intentos por no dejar traslucir su profundo resentimiento. Pero desde el jueves anterior se sentía asqueado consigo mismo por ser incapaz de hacer lo que debía hacer. Había dudado si confiarle a Julia las revelaciones de quien ya sabía su abuela, aunque al final se había decidido en uno de los últimos encuentros, a la espera de poner orden así en el torbellino que se había desatado en su interior y de decidir qué pasos dar en adelante. Ni siquiera el relato en voz alta entre los brazos de Julia había conseguido que se obrara aquel milagro. Era consciente de que no podría prolongar mucho más aquella situación, pues cualquier desaire, comentario o salida de tono del hombre que se sentaba a su espalda podía hacer saltar los resortes que Rosario había tensado hasta el extremo.

La víspera, el patrón lo había llamado al gabinete para advertirle del encuentro que se disponía a mantener con Casabona. Antes, nada más entrar en la habitación, le había hecho notar que lo encontraba raro y distante y trató de indagar en los motivos de su comportamiento esquivo y hosco en las últimas fechas. Él había respondido con evasivas y le había asegurado que nada tenía que ver con él.

—A ver si es que has pillado unas purgaciones con alguna fulana y te estás matando la cabeza —le había llegado a decir antes de recomendarle que, en ese caso, acudiera a ver a Anselmo Carrera en busca de remedio.

No se había tomado la molestia de responder, aunque a gusto le hubiera espetado que ya no frecuentaba putas como él, sino que hacía el amor casi a diario con una mujer excepcional a quien él había sometido a chantaje para aprovecharse de su necesidad. De haberlo hecho, sin embargo, a continuación tendría que haberle partido la cara, algo que no descartaba, pero que no iba a calmar la sed de venganza que días atrás había anidado en su corazón. Venganza era la palabra que desde entonces le venía a la cabeza una y otra vez para, a continuación, recordar el consejo que él mismo había dado a Andrés: la venganza es un plato que se sirve frío. Por eso continuaba allí, sentado con las manos al volante, delante de un hombre al que incluso evitaba mirar a través del retrovisor, cavilando.

—Ahí llegan —anunció Monforte sin alterarse un ápice—. Recuerdas lo que hemos hablado, ¿no?

—Lo recuerdo. Ahora hace falta que Casabona acceda.

—La pistola a mano, Sebastián. Y si no te la ve, mejor —ordenó al tiempo que palpaba la suya a través de la tela del recio abrigo.

El Buick burdeos se detuvo a pocos metros, pero nadie se apeó.

—¿Qué hace ese imbécil? ¿Acaso cree que voy a bajar yo? Dale una ráfaga con las luces.

Sebastián obedeció y el haz se proyectó por dos veces a través de la niebla en la pátina negruzca del muro que se encontraba frente a ellos. La puerta delantera del otro vehículo se abrió y apareció uno de los hombres de Casabona, aquel que había sustituido a Corral.

—El comepollas —se mofó Monforte—. ¡Y que este cretino lleve detrás a dos guardaespaldas cada vez que pone el pie en la calle!

Un instante después la víctima de sus chanzas se apeó del asiento de atrás. Monforte se inclinó para accionar la palanca de la portezuela derecha del Citroën y el gesto fue suficiente para que Casabona se acercara.

—¡Sube, cojones! Hablamos dentro, que hace un frío del carajo.

—¿Cómo vamos a hablar aquí? Entremos en la nave.

—Mejor no. Deben de tener cónclave los de la MFU en las oficinas. Hay demasiados ojos hoy aquí.

—Ya lo sabías, tú mismo me lo dijiste por teléfono.

—Cierto, pero no se puede ser tan confiados. El personal conoce nuestros dos coches. Mejor vámonos a la finca.

—¿A Monzalbarba?

—¿A cuál si no?

—Está bien, como quieras. Pero para este viaje no hacían falta alforjas —protestó antes de hacer el ademán de abrir de nuevo la puerta del vehículo.

—No te bajes, vamos hablando por el camino. —Sin darle tiempo a oponerse, se inclinó por encima de su socio, bajó el cristal de la ventanilla y chistó al corpulento guardaespaldas—. Seguidnos con el Buick, vamos a la finca de Monzalbarba. Tu patrón se viene con nosotros.

El hombre miró a Casabona, que pareció dudar un instante.

—Haced lo que os dice. Pero no os separéis de nosotros, a ver si con la niebla os vais a despistar.

—Tira, Sebastián —ordenó Monforte.

Salieron del recinto al tiempo que el potente foco de una locomotora lograba abrirse paso a través de la niebla cada vez más espesa. Entró en la estación entre estertores y chirridos de frenos, mientras el vapor blancuzco de la caldera se mezclaba con la bruma en derredor.

—Como siempre, con retraso —comentó Casabona—. Luego a los hombres se les hacen las tantas trasegando el carbón.

—¡Que se pueden quejar, con lo que les pago!

—¡Claro que se quejan! Parece que ahora a toda esta chusma le ha dado por exigir no sé qué derechos. Menos mal que estoy encima para poner un poco de orden —se ufanó.

—Sí, menos mal.

Casabona volvió el rostro hacia Monforte cuando el coche enfilaba la calle de Miguel Servet.

—Parece que lo dices con retintín...

—Parece que te has olvidado de lo del camión.

—En absoluto, Emilio, no me he olvidado, es solo que...

—¿Sabes qué fecha es hoy? —preguntó con intención—. Ya te lo digo yo: 16 de diciembre.

—¡Maldita la falta que hace que me lo recuerdes, Monforte! Sé en qué fecha vivo, pero es mucho dinero.

—El plazo que te di acabó hace una semana.

—¡Que ya lo sé, joder! Pero necesito que me des unas semanas más.

Monforte, en vez de responder, volvió el cuello para mirar a través del cristal trasero. Los faros del Buick les seguían a una quincena de metros, mientras el Citroën se acercaba al final de la calle traqueteando sobre el adoquinado. Apenas atravesado el puente sobre el Huerva, Sebastián dio un brusco volantazo hacia la derecha y aceleró. El coche se precipitó por la calle Asalto de manera un tanto temeraria. El conductor del Buick pareció vacilar al comprobar que se apartaban de la ruta más lógica a través de la plaza de San Miguel y el Coso, pero giró también. El Citroën había adquirido una apreciable ventaja que aumentaba por momentos por la velocidad. Los faros del Buick se perdieron un instante en la niebla y en ese momento Sebastián viró a la izquierda para enfilar la calle Cantín y Gamboa en dirección a la plaza de las Tenerías.

Casabona, alarmado, se volvió a mirar.

—Pero ¿esto qué es? ¿Intentas despistar a mis hombres? —preguntó con el temor reflejado en la voz.

—Tranquilo, solo quiero hablar contigo a solas, sin testigos incómodos que puedan tener alguna mala intención.

—¿Mala intención? —casi gritó Casabona—. ¿Es que no te fías de mí?

Monforte soltó una carcajada.

—Respóndete tú mismo.

El vehículo bordeaba el Ebro a buena velocidad por el paseo

Echegaray y Caballero. A pocos metros de alcanzar los muros de la basílica del Pilar, giró de nuevo a la derecha para cruzar el río por el puente de Piedra.

—¿Por qué cruzas? ¿Adónde vamos? Por aquí no se va a Monzalbarba.

—Ya te he dicho que solo quiero hablar contigo en un lugar tranquilo, sin nadie que interrumpa nuestra conversación ni ojos molestos que nos vean.

—¿Qué te propones, Monforte?

—Enseguida lo sabrás, pero ahora estate callado que empiezas a resultar irritante.

Sebastián condujo por el camino de Ranillas remontando el curso del río a lo largo de su margen izquierda. Pronto los escasos edificios a aquel lado del Ebro dieron paso a amplias extensiones de huertas al lado derecho de la marcha. El coche avanzó traqueteando sobre el firme irregular hasta que se topó con una frondosa chopera que parecía perderse a lo largo de la orilla, aguas arriba de la ciudad. Sebastián levantó el pie del acelerador. Buscaba algo que encontró un centenar de metros más adelante: un camino que, descendiendo hacia el cauce, atravesaba la arboleda hasta morir ante una amplia playa fluvial cubierta de hierbas y guijarros. Apenas se divisaba la orilla opuesta a través de la niebla que surgía y se elevaba desde la superficie del agua, sin duda más templada que el aire helado de diciembre.

—¿Para qué cojones me traes aquí? —se revolvió Casabona, asustado.

—Sal del ahí antes de que se haga de noche, anda. ¡Cómo acorta el día! —se le ocurrió comentar. Se quitó los guantes de piel y los arrojó al asiento. Después se subió el cuello del abrigo y se metió las dos manos en los bolsillos—. Hablemos aquí fuera.

—Yo no me muevo del coche. Aquí se puede hablar igual.

—¡Que bajes te he dicho! No me cabrees más de lo que estoy.

Aunque a regañadientes, el hombre obedeció.

—Tú espera en el coche —ordenó a Sebastián. De forma subrepticia se llevó el dedo índice al ojo para indicarle cuál era su tarea.

—Bonito lugar, a pesar del frío que hace —observó el abogado mientras se situaba en un amplio saliente de grava y hierbajos que se proyectaba hacia el cauce.

—No me has contestado antes, Emilio —insistió cuando estuvo cerca—. Te voy a devolver hasta el último céntimo, pero necesito más tiempo. Ya sé que me quieres asustar, pero no era necesario todo esto. Sabes que soy el más fiel de tus socios. Y el más útil también.

Monforte no respondió de inmediato. De pie, parecía contemplar solo la corriente del río, que se deslizaba en dirección a la ciudad oculta por la niebla, aguas abajo.

—Te di seis meses y el plazo ha concluido —dijo al fin—. No solo hago negocios contigo, Casabona. Tengo más socios, ya lo sabes, y si dejo que te rías de mí, van a tomar nota. Sabrán que me dejo engañar sin que haya consecuencias.

—Está bien, está bien. —Alzó la mano abierta como si quisiera detener una amenaza—. Te diré lo que vamos a hacer. Tengo el dinero, aunque tenga que detraerlo de otro negocio que llevo entre manos. Pero tienes razón, antes eres tú.

—¿Y te das cuenta ahora? —respondió Monforte con una sonrisa en la que asomaba el desprecio—. ¿Y de dónde lo has sacado esta vez?

—Te lo explicaré con tranquilidad, Emilio. Lo que ahora corre prisa es dejar este asunto zanjado de una vez. Vamos a casa y te extiendo un pagaré. Aunque, si lo prefieres, te lo puedes llevar en efectivo, el director de mi banco es buen amigo y...

—No necesito que me expliques nada, Casabona. Estoy al corriente.

—¿Al corriente de qué? —El temor se reflejaba en su rostro.

—De tus tratos con los de la MFU. A mis espaldas. Lo has vuelto a hacer, amigo.

—¡Eso no tiene nada que ver contigo, Monforte! Sabes bien que tengo otros negocios. Incluso te ofrecí entrar en el de la cebada.

—Me traen sin cuidado tus otros negocios. Pero hace falta ser muy imbécil para hacer con los de la MFU lo mismo que haces conmigo. Sobre todo si estás usando mis camiones. —Casabona abrió los ojos de manera desmesurada y palideció—. ¿Qué pretendías? ¿Pagar lo que me debes con el beneficio que has sacado engañándome de nuevo?

—¡Joder, Emilio! ¿A ti qué más te da de dónde salga el dinero? —La voz le temblaba de manera patente—. Si he echado mano de algún camión ha sido cuando estaban parados. Y la gasolina era de la MFU. ¡A ti no te he perjudicado en nada!

—¿Cómo lo hacíais?

—Se encargaban ellos. Desenganchaban el último vagón en uno de los apeaderos, antes de llegar a la estación. Lo descargaban antes de hacerse de día y volvían a engancharlo al tren de vuelta a Utrillas por la mañana. Ellos mismos arreglaban los papeles y los registros.

—¿Y adónde lo llevabais?

—¿Qué más da eso? A un almacén —respondió evasivo.

—¿De quién? ¿Dónde está?

—No te va a gustar...

—¡Contesta a lo que te pregunto, hostias!

—De tu amigo, el de La Cartuja —masculló.

En aquel momento fue Monforte quien palideció. Tragó saliva y asintió despacio con la cabeza.

—Ah, ¿sí? —acertó a decir, conmocionado—. ¡La madre que me parió! Es evidente que el mundo está lleno de hijos de puta.

—Monforte, joder, que a ti no te perjudica en nada. Tú tienes el bufete, pero yo tengo que moverme y buscarme las habichuelas.

—Para mantener ese tren de vida de juergas y timbas, claro. Y para comprar los servicios de maricones que de otra manera ni se acercarían a ti. —Escupió con asco y desprecio.

—¡Ya estamos otra vez! Yo no te juzgo, Monforte, tampoco tú eres ejemplo para nadie.

—Hablando de maricones... echaste a Corral para quedarte con ese otro que ahora tienes pluriempleado: guardaespaldas, matón, conductor y amante. ¿Qué crees que haría si se entera de que le pones los cuernos con otros, como me has estado haciendo a mí en los negocios? —Monforte rio con despecho de su propia mofa—. Por cierto, ¿qué fue de Corral?

—Problema solucionado, como te prometí.

—¿Le diste pasaporte como te pedí? ¿O solo un billete de tren?

De nuevo Casabona se vio atrapado. Empezó a andar en círculos, alterado, como una fiera enjaulada. Soltó un juramento con los dientes y los puños apretados.

—¡Joder, no tuve valor para meterle un tiro a bocajarro! Sí, lo monté en un tren hacia Madrid y le hice jurar que no volvería a poner los pies en Zaragoza en su puta vida.

—¿Y si te digo que ha vuelto? ¿Y que tal vez siga cogiendo curdas de anís en el Tubo y largando delante de quien lo quiera oír?

Casabona cerró los ojos con fuerza.

—¡No me jodas, Emilio! ¿Es eso cierto?

—No lo sé, imbécil, pero podría serlo. Por lo que veo no te parece improbable —espetó con desprecio—. Me engañas cada vez que tienes ocasión, me pones en peligro y no cumples ninguna de tus promesas. ¡Ay, Marcelo, Marcelo...! ¿Qué puedo hacer contigo?

Casabona clavó los ojos en el bolsillo del abrigo de Monforte. Había introducido la mano derecha en su interior. Entonces comprendió por qué se había quitado los guantes a pesar del frío intenso. Había cometido el error de confiar ciegamente en la protección de sus dos hombres y no iba armado. Sus dedos se aferraron a la única posibilidad de sobrevivir a aquella encerrona.

—Vamos a hablar, Emilio. Tiene que haber una solución razonable para esto, los dos somos personas civilizadas.

Monforte lo vio acercarse y su mirada le reveló las intenciones. Se sabía perdido e iba a intentar adelantarse. Se maldijo por no haberlo cacheado, pero al menos estaba seguro por el bulto de que no llevaba un arma de fuego. El ardid con los guardaespaldas le había privado de su protección. Cuando apenas a tres metros vio que sacaba la navaja y la hoja se extendía al accionar el mecanismo, supo que no tendría tiempo para vacilar. Sujetó la Star con fuerza, la extrajo del bolsillo y, con un movimiento rápido, echó atrás la corredera y la amartilló. Apuntó con las rodillas dobladas y apretó el gatillo a dos metros escasos y a bocajarro. Casabona encajó el tremendo impacto y detuvo su avance en seco. Por un instante, en que sus pupilas se dilataron de terror y de incredulidad, se mantuvo en pie. Después su mano se aflojó y la navaja cayó a sus pies antes de desplomarse.

Sebastián saltó como un resorte en el asiento al oír el estallido que reverberó en todo el cauce del río. Aunque miraba hacia los dos hombres, no había alcanzado a escuchar la conversación y había sido incapaz de adelantarse a los acontecimientos. Comprendió su error de inmediato, al tiempo que sacaba su propia pistola y salvaba a grandes zancadas la escasa distancia que lo separaba de la orilla.

Monforte aún apuntaba, sujetando la pistola con las dos manos. Casabona, a sus pies, se retorcía de dolor, aunque no había rastro de sangre a su alrededor. Solo un ojo avisado habría sido capaz de descubrir el pequeño orificio en la tela del abrigo a la altura del pecho. Estaba consciente y tanteaba el suelo en busca de la navaja que había dejado caer. Sebastián, al llegar, comprendió lo que se proponía, pasó por encima de su cuerpo y se la arrebató cuando estaba a punto de alcanzarla.

—¡No, joder! Con una patada valía. Ahora tiene tus huellas.

Sebastián fue consciente de su segundo error, pero ya no había remedio.

—¡¿Le ha disparado?! ¡Está malherido!

—¡Pues claro que le he disparado! Venía a por mí con la navaja en la mano. ¿Y tú en qué pensabas? —le recriminó con rabia—. Si no llego a llevar yo la pistola, este mal nacido me ensarta. ¡Bonita manera de ganarte el sueldo!

—Lo siento —musitó.

—¡Guarda tu pistola, joder! Ya no hace ninguna falta —espetó Monforte.

Sebastián bajó la mirada para guardar el arma en el bolsillo del abrigo. Cuando volvió a mirar, Monforte le tendía la suya.

—Toma, remátalo. No me quiero salpicar con la sangre de este hijo de puta.

Sebastián lo miró atónito, tratando de comprender lo que le pedía, intentando convencerse de que no era cierto.

—Don Emilio... ¡no puede pedirme eso!

—Ha estado a punto de matarme por tu estupidez. ¿Qué menos?

—No puedo matar a un hombre a sangre fría, don Emilio. ¡No puedo!

—¡Está muerto! ¿No lo ves? Solo te estoy pidiendo que le acortes el sufrimiento.

En aquel momento Casabona emitió un quejido. Había abierto los ojos y suplicaba ayuda con la mirada, incapaz de expresar su súplica con palabras. Le costaba respirar y, por fin, la sangre había conseguido atravesar la tela de excelente calidad del abrigo. Monforte le acercó la pistola hasta rozarle los dedos con ella. Sebastián la asió, asqueado.

—No tengas escrúpulos, está muerto sin remedio, tiene un balazo en el pecho. ¡Hazlo ya, joder! ¿No ves que lo estás haciendo sufrir sin necesidad?

Sebastián, de costado, alzó el brazo estirado. Temblaba como un niño y comenzó a llorar. Miró a Casabona de reojo, solo lo suficiente para dirigir el cañón a su sien y cerró los ojos antes de apretar el gatillo. El nuevo estampido coincidió con una sacudida del cuerpo, que quedó definitivamente inerte. La pistola cayó de su mano y se estrelló contra los guijarros con un sonido metálico.

—¡Bien hecho! ¡Se acabó! —Monforte se metió la mano en el bolsillo y extrajo un pañuelo—. Dámela, le quitaré las huellas. O mejor, al río con ella, no quiero problemas.

Sebastián sentía que le temblaban las rodillas cuando se agachó a recoger la vieja Star. En aquel momento le asqueaba tocar el arma, pero debía hacerlo. Se pasó la navaja a la mano derecha y asió la pistola con la izquierda. Vacilante, se puso de pie, temeroso de que las fuerzas lo abandonaran. Acababa de matar a un hombre y la náusea se apoderaba de él. Consiguió erguirse y dio dos pasos hacia Monforte, al tiempo que le tendía la pistola.

—¡Vamos, joder! ¿Estás imbécil hoy o qué te pasa? ¿A qué diantres esperas?

Monforte se inclinó impaciente hacia él, pero Sebastián recogió el brazo y apartó la pistola de su alcance. En cambio, su puño derecho asió con fuerza férrea la navaja, que salió como un resorte en busca del vientre del abogado. El filo atravesó el abrigo y se introdujo en toda su longitud en su cuerpo a la altura del estómago hasta que la mano cerrada topó contra la tela.

—¡Esto es por Julia! —escupió, dejando que su grito se escapara entre los dientes apretados con rabia.

El estupor y la incredulidad más absoluta estaban reflejadas en la mirada de Monforte mientras contemplaba la mano que acababa de apuñalarlo. Sebastián extrajo la navaja de un tirón ante la mirada desorbitada del abogado. Tampoco esperaba una segunda cuchillada, que Sebastián asestó mostrando de nuevo los dientes y envuelto en lágrimas.

—¡Esta, por Antonia, hijo de la gran puta!

El estupor había dado paso a la comprensión, pero el semblante de Monforte ya solo podía expresar el dolor lacerante que le impedía respirar. Se llevó las manos al abdomen y dobló la espalda en un intento inútil de aliviar el tormento que le llegaba a oleadas. Entonces sintió que Sebastián lo agarraba por la solapa del abrigo y le obligaba a incorporarse. Los ojos se le nublaron al recibir la tercera navajada.

—¡Y esta por Teresa..., padre!

Monforte cayó desplomado de costado sobre el pedregal.

Apoyado sobre el codo, usó la otra mano para cerciorarse de que aquello que estaba viviendo era real. Soltó un gemido ahogado cuando vio por vez primera la sangre entre los dedos. Sebastián no había querido asestar ninguna de las tres puñaladas en dirección al corazón. Le habrían provocado una muerte inmediata y no era aquella su intención. Dejó caer la navaja entre las piedras de la orilla.

—¿Desde... desde cuándo lo sabes? —fue capaz de preguntar.

—Desde que, completamente borracho, lo escuché presumir de sus proezas en la fiesta de la semana pasada. Después le arranqué toda la verdad a Rosario, su madre.

El dolor debía de resultarle insoportable. Sin embargo, un atisbo de asombro logró hacerse hueco en su expresión.

—Mi madre se llamaba Remedios y murió cuando yo era solo un niño —consiguió decir con voz entrecortada.

Sebastián comprendió entonces que Monforte también había vivido engañado. Aquello era algo que había olvidado preguntar a Rosario, pero no había tiempo para detenerse en ello.

—No le queda mucho. ¿Algo que decir? Quizá quiera descargar su conciencia antes de acabar.

Monforte experimentó una repentina arcada y un vómito de sangre surgió entre sus labios para teñir los guijarros de rojo, a la vez que un auténtico aullido de dolor surgía de su garganta.

—¡Mátame, te lo ruego! ¡Pégame un tiro! ¡Acaba con este suplicio! —Las pocas fuerzas que le quedaban para mantenerse de costado lo abandonaron y cayó tendido boca arriba.

—Queda muy poco.

—Yo siempre te he querido —balbució.

—¿Y por eso me ha tenido como un criado mientras mis hermanastros han tenido estudios y han vivido rodeados de lujos? Pero es lo de menos ahora. ¿Sabe por quién he hecho esto? Por Elena y por Esther. No me podía ir de esa casa sabiendo que las dejaba a merced de un monstruo. Pero sobre todo por mi madre, por Antonia, por Julia. —El llanto al recordar apenas le permitía hablar—. Y por Rosario, y por Francisca, y por otras muchas que habrá habido, dentro y fuera de la casa.

—Me lo merezco —susurró. Sebastián tenía que acercarse para escuchar la voz que se apagaba—. Por blando. Todos estos años te he tratado como a un hijo, y mira cómo me lo pagas. No debí hacer caso a la puta de tu madre cuando me impidió que te ahogara en la bañera, como a los otros.

Un atisbo de sonrisa asomó entre las muecas de dolor.

Sebastián, fuera de sí, alzó la mano y lo abofeteó sin piedad.

—¡Monstruo! —le gritó entre sollozos.

La sonrisa de Monforte se hizo franca.

—Está feo pegar a un padre —consiguió susurrar—. Aunque peor es coserlo a navajazos. Que mi muerte caiga sobre tu conciencia..., hijo mío.

—¡Así sea, hijo de la gran puta!

Sebastián apoyó las dos manos sobre el rostro manchado de sangre y vómito y apretó con fuerza hasta que sintió desaparecer cualquier resistencia bajo su peso. Después se dejó caer mirando al cielo, limpiándose las manos sucias en los guijarros mojados por la niebla, mientras el eco de su llanto se extendía entre las orillas del Ebro.

No habría sabido decir cuánto tiempo permaneció de aquella manera, pero el frío que le calaba los huesos se había vuelto doloroso cuando abrió los ojos para tratar de incorporarse. Volvió a sentir un estremecimiento al contemplar los dos cuerpos inertes separados apenas por unos metros. Se obligó a pensar con calma. Poco antes había cometido dos errores y no podía permitirse que se repitieran. Caminó despacio hacia el coche y cogió los guantes de piel que Monforte había arrojado al asiento.

El pañuelo con el que su padre había pretendido borrar las huellas de su pistola yacía en el suelo a su lado. Lo recogió y lo usó para hacer él mismo la tarea, hasta que estimó que no podía quedar rastro. Entonces asió el arma con la mano derecha y la sujetó de la misma manera que lo hubiera hecho para disparar con ella, asegurándose de que solo quedaban sus huellas en la culata. La dejó con cuidado en el suelo.

Se enfundó a continuación los guantes y usó el mismo pañuelo para limpiar con esmero la empuñadura de la navaja. Después dejó caer el arma encima del abrigo encharcado de su padre hasta que estuvo empapada con su sangre. Hizo lo mismo con el pañuelo, que al instante se tiñó de rojo. Se levantó y cubrió la distancia que lo separaba de Casabona. Le colocó la navaja entre los dedos y, con el pañuelo empapado, terminó de manchar su mano derecha y la manga, e incluso lo sacudió sobre el abrigo para simular salpicaduras.

Sacó a continuación su propio pañuelo y lo empapó en la sangre que manaba de la sien de Casabona. Salvó entonces la distancia que lo separaba de Monforte dejando que goteara en el trayecto. Por fin cogió los dos pañuelos y los ató en torno a una piedra de buen tamaño, que arrojó tan lejos como pudo en medio del caudaloso cauce. Después de lavarse las manos y los restos de sangre en la orilla, se sacudió con energía las manos heladas, recogió la pistola y, aterido, regresó al coche. Dejó la Star en el asiento del copiloto, puso el motor en marcha sin encender las luces y accionó el mando de la calefacción hasta su tope máximo. La noche pronto se echaría encima y no disponía de mucho tiempo para acudir a denunciar la muerte de Monforte a manos de Casabona.

51

Jueves, 17 de diciembre

Las tres estrellas en las mangas y en los galones, junto al águila que portaba en las garras el yugo y las flechas, le indicaron que se encontraba ante un capitán de la Policía Armada, a pocos metros de la enfermería donde, apenas tres meses atrás, había sido vacunado de tifus por el capitán médico amigo de Monforte. El lugar adonde lo habían trasladado media hora antes era sin duda una sala de interrogatorios, cuya característica más destacable era el olor a Zotal. Dos mesas de madera, una en el centro y otra contra una de las paredes, con dos sillas metálicas cada una, eran todo el mobiliario presente, al margen de un perchero atornillado en la pared junto a la puerta del que colgaba la gorra de plato reglamentaria del oficial. Solo a través de una ventana enrejada que daba al patio interior del cuartel penetraba algo de luz natural, matizada por la espesa niebla que aún cubría la ciudad. Sabía que era así por la fugaz visión del exterior que había tenido a través de la puerta principal del acuartelamiento durante su traslado desde el calabozo en el que había pasado la noche.

Se había presentado en el lugar la víspera, con las últimas luces del día. El oficial de guardia, al reconocer el Citroën de Monforte y a su chófer, había dado permiso para levantar la barrera y dejó entrar el vehículo al patio interior. Extrañado, sin embargo, por la ausencia del propietario en el coche, se acercó a él antes de que Sebastián se apeara.

—¿Y tu patrón? —preguntó cuando lo hizo.

—¿Es usted el oficial al mando?

—Soy el teniente de guardia, afirmativo. ¿Ocurre algo? —inquirió al escuchar la voz cavernosa del muchacho y escudriñar su gesto.

—Emilio Monforte ha sido asesinado. Y yo he matado a su asesino —declaró con un hilo de voz.

—¿Qué dices, chico? ¿Estás loco? Aquí no vengas con esas guasas.

—Tienen que acompañarme. Los cadáveres aún están allí. Tendré que ir con ustedes, no es fácil encontrar el sitio.

El oficial lo escrutó con los ojos entornados. Trató de examinar el interior del coche, pero la escasa luz de los faroles del patio le hizo desistir.

—Esto no es una broma de mal gusto, ¿verdad? —trató de asegurarse el oficial.

—¿Tengo aspecto de estar bromeando? —Quitó las manos del volante y, a modo de prueba, le mostró las manchas de sangre que salpicaban las mangas y los bajos del abrigo.

—¡Hostia puta! ¿Muerto? ¿Monforte? ¿Estás seguro? Si es así tengo que dar aviso al coronel, esto es gordo.

Media hora más tarde, dos Land Rover de la Policía Armada, precedidos por el SEAT 1400 del coronel, horadaban la niebla a lo largo del camino que atravesaba el meandro de Ranillas. Sebastián viajaba en el asiento delantero del primer vehículo en compañía del coronel jefe, un comandante y el capitán Carrera como oficial médico, tratando de escudriñar el camino que había recorrido en sentido inverso apenas una hora antes. A pesar de ello, pasaron de largo la entrada al soto y los tres vehículos se vieron obligados a maniobrar en el estrecho camino para retroceder. Cuando los faros del SEAT proyectaron por fin su haz de luz sobre la hierba y el pedregal de la orilla, los dos bultos inertes aparecieron ante ellos. Los Land Rover se dispusieron a ambos lados sumando sus luces a la escena. Aun así, los policías de servicio sacaron las linternas de dotación e incluso dos candiles de carburo que al instante proporcionaron una luz blanca e intensa. La niebla, como si hubiera cobrado vida, pareció retroceder a una distancia prudencial.

Durante más de una hora, a la espera de la llegada del juez a quien se había dado aviso desde el cuartel, Sebastián respondió a la interminable serie de preguntas que le hicieron al pie de los vehículos. Solo el capitán Carrera fue autorizado a acercarse a los cuerpos para certificar su fallecimiento. Al verlo allí, agachado junto al cuerpo inerte de Monforte, Sebastián fue plenamente consciente de la trascendencia y la gravedad de lo que había sucedido. A punto había estado de venirse abajo, abrumado por el peso de la culpa, cuando el médico regresó junto al grupo y, sin poder evitar el llanto, confirmó la muerte de su amigo.

Bien entrada la noche y una vez autorizado el levantamiento de los cadáveres por parte del juez, Sebastián fue trasladado de vuelta al cuartel, donde se le informó de su detención preventiva en tanto no prestara declaración y, con la luz del día, pudiera procederse al examen del escenario de ambas muertes.

Tumbado en el catre del calabozo, no pudo sino imaginar el drama que a aquella hora se estaría desarrollando en la calle Gargallo, una vez que la familia hubiera sido informada por alguno de los oficiales del fatal suceso. Sintió lástima por doña Pepa, una víctima más de aquel depravado con el que había tenido la desgracia de cruzarse en su vida; pensó en Alfonso y Rafael, sus hermanastros, que tal vez después de aquello estuvieran a tiempo de tomar la senda opuesta a la que su padre había transitado; no podía apartar a Rosario de su cabeza, tratando de adivinar qué pesaría más en su ánimo, la muerte de quien no dejaba de ser su hijo o la desaparición del ser desalmado en que se había convertido; y Julia... Se preguntó si alguien le habría dado aviso. Tal vez, extrañada por su ausencia a la cita diaria, habría acudido a la calle Gargallo en busca de noticias; tal vez el propio Vicente hubiera corrido al taller para contarle lo poco que sabrían de lo ocurrido y avisarla de su detención. La imaginaba desesperada por la falta de información, asustada por el hecho de que hubiera sido retenido, temerosa de que tuviera algo que ver en la muerte de Monforte y le hicieran pagar por ello.

Aún en el río, había oído al coronel trasladar órdenes al comandante acerca de la reserva con la que había de tratarse asunto tan delicado. Desde luego, aquella noche la prensa local no iba a tener ninguna información antes del cierre de edición y de la puesta en marcha de las rotativas. Al día siguiente, de acuerdo con las autoridades civiles, se difundiría una nota que diera cuenta de la manera más escueta y aséptica de la muerte del abogado Emilio Monforte. Sebastián, insomne por completo, trató de imaginar la portada del *Heraldo* del viernes, tal vez a cinco columnas, con una foto de tan ilustre ciudadano.

Dedicó la mayor parte de la noche a repasar las respuestas que habría de dar en el interrogatorio oficial. Era vital no incurrir en contradicciones respecto a lo que ya había contado a los policías en el escenario de ambos crímenes. Se repitió, minuto a minuto, el desarrollo de los acontecimientos según la versión que había pergeñado. Temía que algún detalle se le hubiera pasado por alto al preparar la escena, conmocionado aún, a pocos minutos de haber quitado la vida a su propio padre. A fuerza de repasar el relato una y otra vez, el agotamiento terminó por vencerlo para sumirlo en un duermevela inquieto, cuajado de imágenes truculentas, de rostros desencajados, de lamentos de dolor. Dos veces despertó envuelto en un sudor frío que lo mantuvo tiritando incómodo hasta que el toque de diana vino a rescatarlo de aquellas visiones de pesadilla que, mucho se temía, habrían de perseguirlo largo tiempo. El toque de corneta daba comienzo a una jornada que iba a determinar cómo sería el resto de su vida.

Había tenido ocasión de examinar con detalle hasta el último rincón de aquella sala desnuda e inhóspita, con algún que otro desconchón en las paredes y manchas de origen incierto que alguien había tratado de hacer desaparecer con poco éxito. Tal vez era allí donde terminaban los detenidos en virtud de la Ley de Vagos y Maleantes que, a pesar de contar con una prolongada vigencia, el régimen había sabido convertir en una herramienta de dominio y represión. Esa ley, y otras como la de Bandidaje y Terrorismo, terminaban siendo aplicadas a cualquier disidente que simplemente se atreviera a gritar «Viva la República» en público. No lo sabía porque lo hubiera vivido, ni siquiera por haberlo oído, porque de aquello no daban noticia ni la radio ni los periódicos. Había sido Julia, en sus largas conversaciones después de hacer el amor, quien le había abierto los ojos con relatos estremecedores acerca de lo sucedido a algunos compañeros y camaradas de Miguel.

La puerta se abrió y entró un cabo que rondaría la treintena. Llevaba recado de escribir y se sentó en la mesa pegada a la pared después de saludar de forma marcial. El oficial parecía haber estado esperándolo, porque eligió aquel momento para acercarse a la mesa central.

—Soy el capitán Pacheco, ya me conoce de ayer. Quiero que

me lo cuente todo con todo detalle, desde el principio —le espetó remarcando y deteniéndose en las dos palabras repetidas. Después accionó el interruptor del flexo y la luz de la potente bombilla obligó a Sebastián a entrecerrar los ojos—. Asegúrese de no dejarse nada que nos ayude a desechar cualquier duda sobre lo sucedido ayer tarde en Ranillas. Le advierto que tengo muchas.

—Ya les conté ayer todo lo que sabía.

—Quiero que empiece por el principio —repitió—. ¿Qué hacían en un descampado a la orilla del río en medio de la niebla? ¿Quién propuso ir allí? ¿Cuál era el motivo del encuentro?

—Casabona y mi patrón hacían negocios juntos.

—¿Qué clase de negocios?

—Por lo poco que me dejaban escuchar, negocios de compraventa. Aceite, cebada, carbón y otros productos de primera necesidad. Creo que la familia de Casabona se dedicaba a ello desde antiguo.

—Está bien, continúe. ¿Para qué se vieron ayer?

—Habían tenido serias diferencias. A principios del verano mi patrón descubrió que Casabona lo engañaba. Por lo visto uno de sus guardaespaldas, al que acababa de despedir, se fue de la lengua y así llegó a oídos de Monforte que desviaba parte de la mercancía de ambos y la vendía por su cuenta. Le dio seis meses para devolverle hasta el último céntimo, y el plazo había vencido.

—¿Dónde se encontraron?

—En la Estación de Utrillas. Tienen allí una nave donde almacenan el carbón. Pero Casabona no tenía intención de quedarse en aquel lugar, demasiados testigos para lo que se proponía —mintió—. Alegó que estaban por allí los mandamases de la MFU y propuso a Monforte ir a la finca que tienen en el camino de Monzalbarba, completamente apartada de cualquier sitio habitado. Supongo que lo llevaba pensado para...

—Deje de hacer suposiciones y limítese a contar lo sucedido —le interrumpió—. Imagino que Casabona no acudiría solo. Siempre iba a todas partes con uno o dos hombres a su lado.

—Llegó en el Buick burdeos con sus dos guardaespaldas. Se montó en el Citroën nuestro para decirle a Monforte de ir a la finca y eso se decidió. Los dos hombres de Casabona nos siguieron en el Buick.

—¿Hasta Ranillas?

—No, íbamos al camino de Monzalbarba. Pero a la altura de la calle Asalto vi por el retrovisor que el Buick ya no nos seguía. Se lo dije a los dos y entonces Casabona se puso muy nervioso. Me ordenó parar en Echegaray y Caballero para esperarlos, pero allí no apareció nadie. Creo que se extraviaron en la niebla si se les cruzó algún otro vehículo y, en vez de girar en algún cruce, siguieron hacia la finca por otro camino, tal vez por el Coso.

—¿Y continuaron hasta la finca con el Citroën?

—No. Perdone que vuelva a hacer suposiciones, pero creo que mi patrón sospechó algo al ver a Casabona tan nervioso porque sus guardaespaldas no llegaban. Cuando llegamos al Pilar me ordenó girar por el puente de Piedra y continuar por el otro lado del río. Así fue como llegamos a Ranillas, siguiendo sus indicaciones. Yo no sabía dónde estaba, nunca había andado por esos caminos y con tanta niebla no tenía referencias. Es más, creo que Monforte tampoco. Para mí que terminamos en aquel lugar por pura casualidad. —Sebastián hacía esfuerzos por mostrar tranquilidad a pesar de estar hilvanando aquella sarta de mentiras que había pergeñado durante la noche.

—¿Y Casabona no se opuso?

—Claro que se opuso, todos sus planes se habían ido al garete. Protestó, pero no podía hacer nada.

—Describa con detalle lo ocurrido desde el momento en que llegaron al lugar de autos.

—Monforte se bajó del coche y se acercó a la orilla, supongo que para evitar que yo oyera la conversación. Casabona lo siguió a regañadientes. La niebla no dejaba ver ni la orilla opuesta, hacía mucho frío y, solo como estaba, parecía estar vendido. Hablaron durante diez minutos, calculo yo.

—¿Escuchó lo que decían?

—Solo al final, cuando empezaron a elevar las voces.

—¿Discutieron? ¿Por qué?

—Creo que Casabona no tenía intención de saldar la deuda con mi patrón. Para mí que su intención era llevar a Monforte a la finca de Monzalbarba y hacer que sus dos hombres acabaran con él para evitar el pago, y de paso conmigo para no dejar testigos.

—Le repito que se ciña a lo sucedido —repitió Pacheco irritado, todavía de pie al otro lado de la mesa—. ¿No iba armado Monforte?

—Llevaba su pistola en la guantera.

—¿Me quiere decir que se enfrentó a Casabona sin ninguna clase de protección?

—Yo debía ser su protección. —Sebastián trató de mostrarse compungido—. Antes de encontrarnos con Casabona me advirtió de que estuviera atento y que usara el arma si era necesario. Pero tanto él como yo nos confiamos.

—¿Qué quiere decir?

—La amenaza eran sus dos hombres. Monforte, y también yo, ¿para qué le voy a engañar?, considerábamos a Casabona un alfeñique incapaz de hacer nada por sí mismo, sin la ayuda de sus matones. Por eso no se molestó en coger la pistola cuando bajó del coche —siguió mintiendo con aparente pesar.

—Describa lo que sucedió.

—Discutían de manera acalorada —empezó a evocar Sebastián—. Debía de haber algo más, aparte del dinero, porque Monforte le acusaba de ponerle en riesgo por algo. No me pregunte qué era, pero ambos estaban fuera de sí. Yo empecé a inquietarme y bajé del coche. Caminé unos pasos y pensé que no estaría de más coger la pistola de la guantera.

—Es extraño que no lo pensara antes.

—Sí que lo pensé. Pero tengo aversión a las armas. Monforte lo sabía, y por eso me trajo a la galería de tiro para practicar con ellas. Aun así, las evitaba si podía —Sebastián hizo una pausa y demudó el rostro de manera teatral—. Mi cobardía le ha costado la vida, no estuve a la altura.

—Continúe.

—Volví al coche a por el arma, como le digo. Estaba abriendo la guantera cuando oí que Monforte gritaba mi nombre. Sin duda reclamaba la pistola. Cuando me di la vuelta, vi que Casabona se abalanzaba sobre él y parecían forcejear. Corrí hacia ellos para separarlos, aunque al principio no comprendí lo que sucedía. Pensaba que solo peleaban con las manos. Hasta que vislumbré la navaja en su mano. Lo estaba acuchillando con saña. Llegué a la orilla y, sin pensar más, me detuve cerca de ambos, traté de apuntar lo mejor que pude y apreté el gatillo. Casabona se detuvo en seco al recibir el disparo, pero aún no se desplomó. Mientras tanto, Monforte reculaba, echándose las manos a las heridas, hasta que cayó al suelo de costado. Recuerdo que grité «¡hijo de puta!» o algo parecido. Necesitaba asistir a mi patrón inmediatamente, así que cuando estuve cerca volví a disparar, esa vez a la cabeza, para asegurarme de que Casabona no me iba a atacar por la espalda. A pesar del tiro, el cabrón no había soltado la navaja de la mano.

Sebastián sollozaba cuando terminó. El capitán lo miraba fijamente con el ceño fruncido, pero se mantuvo en silencio durante un tiempo.

—Resulta incomprensible que Casabona atacara a Monforte sabiendo que usted estaba en el coche, probablemente con una pistola.

—También para mí lo es. He pasado la noche dándole vueltas.

—¿Y a qué conclusión ha llegado?

—Es solo otra suposición, capitán.

—Soy todo oídos.

—Hace meses, cuando aún estaban a buenas, Casabona sugirió a Monforte que haría bien en contratar un guardaespaldas como había hecho él. Don Emilio le respondió que yo era su hombre de confianza y que me enseñaría a usar el arma. Recuerdo que Casabona se echó a reír y le respondió que solo era un chófer incapaz de matar una mosca. —Sebastián había imaginado que alguien le formularía aquella pregunta durante el interrogatorio. Sabía que era el punto más débil de la versión de los hechos que había pergeñado y trató de darle la mayor verosimilitud—. Supongo que seguía pensando lo mismo, que no iba a ser capaz de disparar el arma de Monforte. En ese caso, con la navaja en la mano, habría tenido alguna posibilidad de salir de allí con vida.

El capitán Pacheco escrutaba a Sebastián con los ojos entornados. De manera apenas apreciable negaba con la cabeza.

—No lo veo claro —declaró por fin—. Hay algo que no me cuadra.

Sebastián se removió en el asiento. El capitán seguía albergando dudas y también él empezó a dudar de la solidez de su versión. Supo que tenía que arriesgar.

—Mi patrón le dijo a Casabona que era un peligro para él, que su paciencia se había terminado y que no podía dejarle irse de allí con vida.

—¿Monforte le amenazó de muerte?

Sebastián, con gesto compungido como si estuviera traicionando el buen nombre y la memoria de su patrón, asintió a la vez que entrecerraba los ojos.

—Así fue. Y eso explica que, viéndose perdido, decidiera atacar a Monforte. Era su única posibilidad.

—¿Sin un arma en la mano le dijo que no saldría de allí con vida? Además, ha dicho que no oía su conversación desde el coche.

Sebastián comprendió que había cometido un error. Toda su declaración amenazaba con desmoronarse.

—Al final hablaban a voz en grito, capitán, ya se lo he dicho. Y piense que Monforte suponía a Casabona desarmado. No tenía escapatoria. Sin una navaja, mi patrón, con su corpulencia, habría podido inmovilizarlo sin el menor esfuerzo y acabar él solo con él incluso a golpes. Pero sabía que yo tenía la pistola en el coche. Solo tenía que pedírmela.

—Eso es lo que me extraña si lo que pretendía era acabar con su vida.

Sebastián se dio cuenta de que el sudor empezaba a perlarle la frente. Dudaba de ser capaz de controlar su actitud y su expresión sin que Pacheco, sin duda acostumbrado a aquel tipo de interrogatorios, percibiera su nerviosismo. Su mente maquinaba sin descanso. Tenía que subir la apuesta.

—Quizá no fuera esa su intención al principio, capitán. Pero ahora, tras darle vueltas, creo que la clave está en un nombre que les oí pronunciar en varias ocasiones. Corral.

—¿Quién cojones es Corral?

—Es el guardaespaldas al que Casabona había despedido, antes le he hablado de él. Tiene un papel importante en todo esto, pero lo había dejado al margen porque lo que voy a decirle compromete el honor de mi patrón —se lamentó—. Pero entiendo que mi declaración queda coja sin hacerlo.

Pacheco, circunspecto, hizo un gesto expresivo que le invitaba a hablar. Sebastián señaló con la barbilla al escribano con expresión de reparo.

—Es un funcionario que se limita a hacer su trabajo. Nada de lo que escuche aquí saldrá de sus labios, por la cuenta que le trae —respondió ante la mirada impasible del cabo—. Empiece por explicar por qué lo despidió.

—Es lo que iba a hacer, por ahí empezó todo. No sé si sabe que Casabona era homosexual. —La expresión del capitán, que alzó las cejas con sorpresa, le indicó que lo ignoraba—. Echó a Corral para poner en su lugar a otro más joven con el que se entendía. Pero

Corral sabía demasiado acerca de los negocios de Casabona, negocios que en ocasiones bordeaban o traspasaban los límites de la ley. Y al verse en la calle empezó a largar, sobre todo cuando iba cargado de anís, que era a todas horas.

El capitán Pacheco se sentó en el borde de la mesa, al parecer interesado.

—Me lo encontré por casualidad un día mientras esperaba a Monforte en la puerta de su bufete, en la plaza de España. Acababa de despedirlo. Por él supimos que Casabona engañaba a mi patrón. Y fue entonces cuando Monforte le dio el ultimátum: en seis meses debía devolverle todo lo sustraído; pero también le exigió que quitara de en medio a Corral. Casabona le juró que se encargaría de él aquella misma noche.

—Monforte exigió a Casabona que se cargara a Corral. —Pacheco cabeceaba con expresión de asombro. Su boca, con los labios juntos, le recordó a Sebastián la de un barbo.

—Creo que ayer discutían sobre ello. Por lo que pude entender, Casabona no había cumplido su compromiso y había dejado marchar con vida a su antiguo guardaespaldas. Claro, durante estos seis meses habrá estado largando por ahí lo que haya querido, poniendo al descubierto los negocios de los dos socios. Creo que por eso mi patrón cambió de idea a última hora y decidió que debía terminar con Casabona allí mismo. Le acababa de demostrar que de ninguna manera se podía fiar de él. —El tono de Sebastián cambió bruscamente para seguir hablando—. Pero yo no supe estar a la altura y dejé que ese miserable acuchillara a Monforte delante de mis narices. Cuando quise reaccionar ya era tarde.

El capitán inspiró con fuerza. Se disponía a hablar cuando alguien golpeó la puerta con los nudillos y esta se abrió. En el umbral apareció Anselmo Carrera.

—¿Puedo pasar, Pacheco? ¿Cómo van esas pesquisas?

—Adelante —respondió el capitán con desgana, tal vez molesto por la interrupción.

—¡Madre mía! No sabes el revuelo que hay montado. No me digas cómo, pero se ha corrido la noticia por toda Zaragoza. Ya están los plumillas en la puerta.

—¡No jodas!

—Como lo oyes. Hasta han tenido un encontronazo los del

Heraldo y los del *Noticiero*. Me manda el coronel para preguntarte si hay alguna novedad antes de redactar la nota para la prensa.

El capitán Carrera posó la mirada en Sebastián.

—¿Cómo estás, hijo? Vaya trago el que estás pasando.

Sebastián no respondió enseguida. En cambio, clavó los ojos entornados en el rostro del capitán. Con la mirada trató de transmitirle todo lo que no podía decir con palabras. Para que no tuviera ninguna duda, de manera pretendidamente casual se llevó la mano a la entrepierna. Esperaba que comprendiera la alusión a las orgías que compartía con su patrón y la amenaza implícita que ello suponía. Para Pacheco solo era el gesto habitual de cualquier hombre que se acomodaba sus partes dentro de la ropa; para Anselmo Carrera debería tener un significado claro.

—Es muy duro tener que revivir lo de ayer —musitó compungido.

—Venga, deja en paz al chico ya, Pacheco. —Lo cogió del brazo con un gesto de camaradería—. Bastante tiene con lo que ha pasado.

—Hay muchas cosas que no encajan —rehusó el capitán.

—¿Me permites un consejo? Déjalo estar. Da por bueno lo que Sebastián ha contado y deja que se entierre a los muertos. No vaya a ser que si escarbas demasiado encuentres algo que no deba salir a la luz y te metas en un lío. —Se acercó a su camarada y continuó susurrándole al oído, de manera que el cabo furriel no pudiera oírlo—. Hay muchos en Zaragoza y hasta en Madrid interesados en no remover la mierda. Empezando por el coronel, que es quien me ha mandado a darte el recado.

52

Viernes, 18 de diciembre

La niebla que había cubierto la ciudad durante días había terminado por disiparse a lo largo de la noche arrastrada por una suave pero heladora brisa del norte. La escarcha, tras una madrugada de cielos rasos, cubría a aquella hora por completo la ciudad y el frío intenso del exterior empañaba el cristal del tranvía a Torrero. Julia pasó la mano enguantada por el vidrio para seguir observando las escenas cotidianas que se deslizaban ante sus ojos en aquel barrio humilde. Como cada vez que acudía al cementerio, la nostalgia se apoderaba de ella, y se sorprendió tratando de imaginar la realidad de aquellas vidas: la lechera, que se habría levantado al alba para ordeñar los animales en alguna vaquería cercana, empujaba una carretilla de mano llena de cántaras; una mujer enlutada cruzaba la puerta del ultramarinos con un pequeño aún adormilado en brazos, a quien no habría podido dejar solo en casa; un chico con rodilleras en los pantalones arrastraba con prisa la cartera en una mano y a su hermana en la otra, porque sin duda llegaban tarde a la escuela...

La nostalgia se hizo angustia cuando el tranvía se detuvo en la parada cercana a la cárcel de Torrero, aún repleta a aquellas alturas de hombres que, como Miguel, se habían mantenido fieles al bando perdedor. A partir de allí, lo sabía, él y su hijo iban a ocupar sus pensamientos hasta pisar la hierba que rodeaba la sepultura donde descansaban juntos. El tiempo no conseguía mitigar el dolor y el amor por ambos que llegaba a oleadas, que le ponía un nudo en la garganta y la obligaba a contener las lágrimas que, puntuales a la cita, pugnaban por brotar.

Esa mañana, sin embargo, iba a ser diferente. Si subía al cementerio en aquel día desacostumbrado, no era para realizar la visita semanal a sus dos seres más queridos, sino para asistir al sepelio del hombre que ocupaba las portadas de *El Heraldo de Aragón* y de *El Noticiero* de aquel viernes. La mirada penetrante de Monforte parecía querer atravesarla desde el descomunal tabloide plegado que sujetaba encima del halda e, incapaz de sostenérsela, volvió a releer por enésima vez el texto que acompañaba a la imagen. «Asesinado en Zaragoza el abogado y empresario don Emilio Monforte» era el titular que, a cinco columnas, encabezaba la información. *El Noticiero*, en cambio, de marcado carácter católico, había elegido una imagen de archivo en la que Monforte saludaba al arzobispo de Zaragoza y a las autoridades con motivo de la festividad del Pilar. Habría podido repetir palabra por palabra el contenido de la noticia en ambos periódicos. La había leído decenas de veces desde que aquella mañana, al alba, arrebatara los primeros ejemplares a los repartidores, apostada junto a un quiosco del paseo de la Independencia donde los había esperado, aterida. Apenas diferían en los detalles porque, sin duda, no hacían sino transcribir la versión oficial de lo sucedido. Al parecer, Monforte había sido atacado por un conocido estafador con el objeto de evitar pagar una elevada deuda contraída con él. La valiente reacción del chófer del abogado, que usó un arma que la víctima guardaba en la guantera, no llegó a tiempo para evitar el fatal desenlace, pero terminó con la vida del delincuente en defensa propia.

La noticia se completaba con extensas hagiografías del abogado que elogiaban no solo su trayectoria personal, sino la del clan de los Monforte durante generaciones, gente de bien que había contribuido al desarrollo de Aragón y de España con la explotación de minas en Teruel que proporcionaban cientos de puestos de trabajo. Mencionaban su indudable afección al régimen ya desde el año treinta y seis, su apoyo a la causa con medios materiales y financieros, y su papel en la recuperación de la región tras la cruzada, garantizando el abastecimiento a Zaragoza de un bien tan precioso como el carbón. Las crónicas tampoco pasaban por alto su papel como benefactor y mecenas de jóvenes brillantes, aunque humildes, a quienes había sufragado estudios y manutención.

Julia pensó en Antonia, la contrapartida de tanta aparente generosidad que aquellas necrológicas olvidaban. Pero enseguida volvió a apartar todo ello de su pensamiento. Lo que en realidad la preocupaba era la situación de Sebastián, que la tenía sumida desde la noche del miércoles en las más negras cavilaciones, sin apenas noticias de él. Se enteró de todo por Rosita. Había esperado a Sebastián como cada noche, envuelta en la bata que solo cubría un conjunto de lencería que se hacía traer de Madrid junto a otros encargos para el salón de modas, impaciente por la tardanza. Pero fue su empleada quien entró en el taller usando su propia llave, sin llamar, atropellada y hecha un manojo de nervios. Subió la escalera de caracol casi a trompicones y, en cuanto la tuvo enfrente, se detuvo en seco, le espetó que habían asesinado a Monforte y estalló en llanto. Julia, atribulada e incrédula, tuvo que esperar a que se calmara para conseguir sacarle más información. Pero poco más sabía. Rosita había acudido a la calle Gargallo para hacer compañía a Vicente en la portería y se había encontrado con el tumulto. La policía solo había informado a la familia de la muerte del abogado, pero nada se sabía de Sebastián que, sin duda, lo acompañaba, pues habían salido juntos con el Citroën.

Julia se vistió a toda prisa para llegar con Rosita en un suspiro a la mansión, donde un vehículo de la Policía Armada se hallaba aparcado sobre la acera, frente al Hotel Aragón. Dos números parecían montar guardia o esperar a alguien, tal vez al mando encargado de trasladar la noticia a la familia. Las dos mujeres fueron autorizadas a entrar en la portería una vez comprobada su relación con la casa y en atención al frío helador que reinaba en el exterior. Todavía interrogaban a Vicente en busca de alguna novedad cuando el ascensor se puso en marcha. Aguardaron impacientes por ver quién bajaba. Cuando la puerta se abrió, un teniente de la policía cedió el paso a doña Pepa. Vestía de negro por completo y se cubría la cabeza con un pañuelo del mismo color. En su ensimismamiento, solo les dirigió una mirada fugaz de soslayo mientras caminaba hacia el portal con paso decidido, aceptando que la mano del oficial la sujetara por la manga del abrigo. Que doña Pepa acompañara a la policía solo podía significar que había sido requerida para el reconocimiento del cadáver de su esposo. El sentimiento de compasión por aquella mujer en semejante trance había impedido a Julia interrogar al oficial para sonsacarle alguna información sobre Sebastián. Por eso, minutos después, había corrido hacia el paseo de la Independencia seguida por Rosita en busca de un taxi que las llevara hasta el cuartel de la Policía Armada. Una vez allí no se les permitió pasar del cuerpo de guardia, pero al menos fue informada de que su prometido se encontraba sano y salvo, aunque retenido en aquellas dependencias para su interrogatorio como testigo único del doble crimen.

El tranvía se detuvo en la parada más próxima al cementerio. Se ajustó el cuello, se caló la boina que había escogido para completar su atuendo y protegerse del frío, y musitó una despedida de cortesía hacia el conductor antes de apearse. Aún se permitió dedicar sus pensamientos a Sebastián antes de alcanzar la entrada del camposanto. Aunque le inquietaba que su detención se prolongara ya día y medio, la lectura de la prensa la había tranquilizado, pues la nota en la que se calificaba su actuación como valiente había salido sin duda de la misma Policía Armada que lo retenía.

No se extrañó al observar movimientos inusuales en los amplios accesos al cementerio, una vez traspasado el muro perimetral, y tampoco al comprobar la presencia de vehículos de la Policía Armada y de la Guardia Civil. En menos de media hora estaba previsto el funeral de Monforte en Santa Engracia y, a continuación, la comitiva se desplazaría hasta Torrero para proceder a la inhumación en el panteón familiar. Julia supuso que las principales autoridades de la ciudad y de la provincia estarían presentes en el camposanto y de ahí los preparativos y las medidas de seguridad que empezaban a hacerse visibles.

Cuando enfiló la vereda que conducía a su primer destino dentro del cementerio aquella mañana, todos sus pensamientos se centraban ya en los dos hombres de su vida pasada.

Una verdadera muchedumbre se había congregado en torno al panteón de los Monforte. Se acercó despacio, en sentido contrario a la mayoría de los asistentes, tras salvar los tres centenares de metros que lo separaban de la tumba de Miguel, donde había pasado las dos horas anteriores. Se encontraba cansada y todavía aterida, a pesar de que el sol de mediodía caldeaba el ambiente y algo había conseguido reconfortarla. Aún llevaba bajo el brazo los dos periódicos del día, arrugados y húmedos tras haber servido de asiento sobre la lápida. Los dispuso portada contra portada para evitar que las dos imágenes de Monforte quedaran a la vista, y los dobló de manera descuidada.

Enseguida divisó entre el gentío a quienes buscaba y no pudo evitar una sonrisa. Aceleró el paso hacia ellos y, un instante después, estaba fundida en un abrazo con Antonia.

—¿Cómo estás, cariño? —le preguntó al oído con ternura.

—Bien, muy bien, Julia. —Las dos mujeres se separaron y, todavía cogidas de las manos, se observaron con la misma sonrisa. Antonia reparó entonces en los ojos enrojecidos de su amiga—. ¿Y tú? Vienes de verlos, ¿a que sí?

Julia se limitó a asentir con la cabeza mientras se volvía hacia Andrés, que ya levantaba los brazos hacia ella. Las boinas de ambos se rozaron al besarse.

—¡Qué guapo estás, Andrés! —sonrió.

—¡Tú sí que estás guapa! El amor te sienta bien.

—¿Qué sabes tú...? —exclamó con una mueca divertida.

—Mujer, Sebastián es mi amigo del alma y estos meses nos hemos estado escribiendo —respondió—. Enhorabuena, nos alegramos mucho por vosotros. ¿Sabes algo?

Una sombra de preocupación atravesó su semblante al responder.

—Pienso que no pueden tardar en soltarlo. ¿Habéis leído los periódicos? No creo que vayan a presentar ningún cargo contra él.

—¡Claro que no! ¿Por qué iban a hacerlo? Solo estarán esperando a tener todos los cabos atados para dejarlo ir.

Julia no supo por qué, pero el tono de Andrés, optimista quizá en exceso, no tuvo la virtud de tranquilizarla.

—Recibisteis el telegrama a tiempo, por lo que veo...

—Ayer a mediodía, pero ya nos habíamos enterado. Doña Pepa telefoneó a la clínica de don Herminio para que nos dieran el aviso.

De nuevo Julia se mostró sorprendida, pero se acercó a saludar a Rosario, que, con Vicente y Rosita, habían estado observando el reencuentro.

—¿Cómo habéis subido? —se interesó.

—En un taxi los cinco. —Vicente se había adelantado a responder—. Más que apretados, pero el Citroën está aún en manos de la policía. Y tampoco habría quien lo condujera.

—¡No sabes cómo ha sido el funeral! —exclamó entonces Rosita—. Nunca había visto Santa Engracia así. Han tenido que abrir las puertas y la gente llenaba media plaza. Hasta la circulación han tenido que cortar.

—¿Y qué me dices de los celebrantes? —la interrumpió Rosario—. Veintiséis he contado, entre ellos el arzobispo de Zaragoza y el obispo de Teruel. Y el párroco de Santa Engracia, y mosén Gil... y Manuel.

—¡Es cierto! ¡Manuel! —Julia se volvió hacia Antonia barriendo los alrededores con la mirada. Solo entonces reparó en Juan y María, que permanecían algo apartados. Los saludó con afecto.

—Han venido desde el pueblo con Manuel, claro está —supuso.

—Sí, y él nos ha acercado también al cementerio, pero está con los concelebrantes —respondió Juan con orgullo.

Un murmullo creciente que pronto se convirtió en revuelo les indicó que los allegados y las autoridades se acercaban desde la entrada. Como empujados por una mano invisible, los asistentes abrieron paso a la nutrida comitiva que ya se divisaba a escasos metros, en torno a las mitras de los dos obispos que destacaban sobre el resto. Tras ellos, el féretro de Monforte parecía flotar sobre un mar de sombreros, boinas, mantillas, algún tricornio y cabezas descubiertas.

Julia vio cómo Rosario, incómoda, trataba de evitar quedarse relegada a una segunda fila donde su escasa talla le haría imposible ver nada. Se colocó a su lado, la tomó del brazo y la ayudó a situarse frente al panteón. Trató de imaginar lo que en aquel momento estaría pasando por su cabeza: al fin y al cabo, el cadáver que ocupaba el ataúd era el de su propio hijo. Sin embargo, la imagen que transmitía no era la de una madre desconsolada por la pérdida. Recordaba el asombro con que había recibido días atrás los detalles de la confesión de la anciana. Sebastián se había vaciado con ella en el lecho una de aquellas noches, después de hacer el amor. Estaba segura de que lo había hecho por la necesidad acuciante de tener con quién compartir la realidad que, de repente, se había abatido sobre él.

El relato que su prometido y amante había hecho de los dramáticos sucesos que habían tenido lugar en la calle Gargallo durante lustros, de los que el propio Sebastián era protagonista, le habría servido para poner en orden sus ideas y, al escucharse a sí mismo en voz alta, para asimilar la trascendencia de cuanto le acababa de ser revelado. Ella lo había escuchado con asombro y había respondido con ternura ante las emociones desatadas del joven. Había enjugado sus lágrimas con las yemas de los dedos, que entrelazaba entre sus cabellos mientras desgranaba el relato. Había tratado de ponerse en la piel de un hombre que descubre al mismo tiempo que su patrón es un miserable sin escrúpulos y también es su padre; que la mujer a quien tenía solo por cocinera de los Monforte es en realidad su abuela; que su madre fue violada por el mismo monstruo que después iba a forzar a Antonia y a su prometida; o que uno de sus mejores amigos es hijo de su propio abuelo. Aquella noche, acariciando llena de angustia el pecho de Sebastián, había tratado de estimar cuánto podía soportar un hombre sin reaccionar, sin perder el control, sin recurrir a la violencia para apaciguar su ansia de venganza. Creía haber obtenido la respuesta cuando Rosita le espetó que Monforte había sido asesinado, y cada minuto que pasaba con Sebastián retenido en el cuartel de la Policía Armada no hacía sino incrementar su convicción y su inquietud.

Fue una auténtica procesión lo que discurrió ante sus ojos: un canónigo que entonaba cantos litúrgicos y portaba un farolillo de plata sobre un vástago abría la comitiva de sacerdotes encabezada por los dos obispos y sus acólitos. Julia distinguió a Manuel entre ellos. Justo después se aproximaba el féretro portado por cuatro hombres.

—*¡Angelico!* —masculló Rosario—. ¿Cómo ponen ahí a la criatura? Si solo tiene quince años.

La cocinera se refería a Alfonso que, inestable y con evidente esfuerzo, soportaba sobre el hombro izquierdo el peso del ataúd de su padre.

—¿Quién es el hombre que va a su lado? —preguntó Julia.

—Es su hermano Enrique. Quique. —Julia apreció cierta conmoción en la voz de Rosario—. Ha venido por fin.

Julia tampoco conocía a los dos hombres que portaban la parte posterior del féretro, pero no preguntó más porque doña Pepa, de luto riguroso con el rostro cubierto por una tupida redecilla, pasaba ante ellos con Rafael tomado por los hombros. Tras ellos, numerosas autoridades, algunas de ellas de uniforme militar, entre las que resaltaban varios tricornios acharolados. El alcalde, con su esposa Dorita Barberán, avanzaba solemne junto al gobernador civil, el jefe local del Movimiento y decenas de personalidades de la ciudad y aun de toda la región, muchos de ellos con sus esposas.

—Ese es el general Galindo —oyó decir a su espalda.

Cuando se volvió para escuchar al hombre que había hablado fue testigo de un pequeño revuelo. Antonia, con el asombro reflejado en el rostro, se abrazaba a Francisca. Junto a ella, su hermano Ricardo sonreía ante el pasmo de todos.

—Pero ¿cómo es posible? —musitaba Antonia estupefacta, tratando de no levantar la voz en medio del silencio que se había hecho en el camposanto—. ¡Si te telegrafié ayer!

—Ya sabéis que no estamos lejos de la frontera —susurró al tiempo que extendía el brazo para saludar a todos sin molestar demasiado a quienes los rodeaban—. Nos dio tiempo a coger el tren de mediodía. Un poco cansados tras un día entero de viaje, pero aquí estamos. Luego os contamos...

Julia se sorprendió a sí misma observando a los asistentes al sepelio. En contra de lo habitual, no se habían oído grandes lamentos, ni siquiera sollozos; solo un silencio que permitía percibir con claridad los sonidos que surgían del interior del panteón mientras los operarios sellaban la tumba. Reparó en que Francisca, sobresaltada después de que su hermano le dijera algo al oído, trataba de detenerlo sin éxito cuando él simulaba querer aproximarse a la sepultura, aunque su mirada en realidad estuviera clavada en la espalda del general Galindo. La joven se volvió hacia ella y le lanzó una rápida mirada de auxilio. Julia se abrió paso sin poder evitar las quejas de quienes se veían empujados.

—No hagas ninguna locura, Ricardo —le conminó casi al oído sujetándolo por el brazo. Galindo se encontraba tan cerca que temía que la oyera.

—Tranquila, Julia —repuso y se deshizo de su contacto—. Solo quiero saludar a un viejo *amigo*.

La voz del obispo rezando un último responso era lo único que se oía en el camposanto. Ricardo se había ido acercando de manera imperceptible a quien había sido azote del maquis, el responsable de la muerte de decenas de sus camaradas.

—Se nos ha ido un gran hombre, general Galindo —le oyó decir, hierático.

El guardia civil ni se volvió y solo lo miró de soslayo.

—Un gran hombre, sí —se limitó a repetir con voz grave y el ceño fruncido.

—¡Cuántos merecían más que él una muerte así! El mundo está lleno de gente sin escrúpulos y, sin embargo, es a un honrado empresario que siempre ha mirado por su gente a quien le arrebatan la vida.

El gobernador civil hizo un gesto apenas perceptible a uno de sus acompañantes y este se desplazó unos pasos hasta situarse entre los dos hombres. Francisca se había colocado junto a Julia y aprovechó el discreto movimiento para volver a coger a su hermano por el brazo y atraerlo hacia ellas.

—¿Te has vuelto loco? —susurró—. ¿Y si te reconoce? ¿Crees que no habrá visto fotos de todos vosotros?

Ricardo se limitó a esbozar una sonrisa sin oponer ya resistencia a las manos que tiraban de él hacia atrás. Se apartaron del círculo de gente que rodeaba el panteón.

—¡No vuelvas a hacer una cosa así! ¡Qué rato me has hecho pasar! —le recriminó Francisca.

—Solo me apena que nunca sabrá que mis palabras se referían a él —repuso con pesar—. Ni que hoy ha tenido la navaja de un miembro del maquis a un palmo del corazón.

—Pero ¿tú lo oyes, Julia? ¡Pues no acaba de jugarse la vida solo por darse ese gusto!

—No ha sido solo por darme el gusto. Te aseguro que, de no estar tú, alguien estaría pensando ahora en el nombre del próximo gobernador civil de Teruel.

Pero Julia ya no escuchaba. Un silbido a su espalda la había inducido a volver la cabeza y en aquel momento tenía la mirada clavada en el hombre que, a una decena de metros, apoyaba el hombro en el tronco de un gran ciprés con un cigarro en la mano y una sonrisa serena en la boca. Se dio la vuelta y comenzó a caminar, primero despacio y con pasos cortos, aún incrédula, hasta que se lanzó a una carrera que terminó entre los brazos abiertos de Sebastián.

53

Sábado, 19 de diciembre

—Pasa, Sebastián.

Doña Pepa se encontraba sentada en uno de los cómodos sillones frente al ventanal del salón principal. Frente a ella, en una bandeja de plata sobre la mesa, se veía una solitaria botella de vino moscatel de la que se había servido en la copa que sostenía en la mano. El borde elevado de la bandeja cubría en parte un ejemplar de *Diez negritos* de Agatha Christie que al parecer había estado leyendo, a juzgar por el marcapáginas que asomaba por el borde superior. Las cortinas permanecían retiradas para permitir que el sol de mediodía de aquel frío día de diciembre entrara a raudales, sin que en aquella ocasión la mujer se mostrara preocupada por el deterioro de la tapicería. Sebastián avanzó unos pasos y se detuvo.

—Usted dirá, señora. —Le extrañaba la llamada, porque doña Pepa bien sabía que el Citroën se encontraba todavía retenido en el cuartel de la Policía Armada.

—Anda, no me hagas levantar, cógete tú mismo una copa de la vitrina y siéntate.

Sebastián permaneció inmóvil un instante más, tratando de aprehender lo que significaba aquel trato en absoluto habitual. Tampoco dejaba de sorprenderle el estado de ánimo de aquella mujer tras su recién estrenada viudedad. Aún extrañado, obedeció la orden y abrió la vitrina. Con la copa en la mano, atendió el gesto de doña Pepa, que se la pedía mientras inclinaba la botella para servirle.

—Gracias, señora —le agradeció con cortesía, al tiempo que, inseguro, se sentaba en uno de los sillones.

Doña Pepa apuró su copa y aprovechó para servirse una más antes de dejar la botella en la bandeja. Después se recostó en el respaldo con las piernas entrecruzadas con su elegancia habitual. No empezó a hablar de inmediato, a pesar de que el silencio incomodaba a Sebastián.

—Es que no sé por dónde empezar —dijo al fin, al reparar en su mirada azorada—. Pero será mejor que no me ande con rodeos.

—Usted dirá, doña Pepa. —Sebastián la siguió mirando por encima del borde de la copa que se había llevado a los labios.

—Anteanoche, la víspera del funeral, me quedé aquí tratando de descansar un poco. Ni atiborrada de pastillas habría podido dormir en la habitación que compartía con mi marido, aún de cuerpo presente en casa. Estaba sentada ahí, donde estás tú ahora, cuando Rosario llamó a la puerta. Se interesó por mí y me preguntó si necesitaba compañía. Por supuesto, le permití que se sentara a hablar un rato.

—Rosario es una buena mujer y la aprecia —apuntó Sebastián.

—Lo será, pero al parecer su conciencia no estaba muy tranquila. Empezó como yo ahora, sin saber bien qué decir, pero cuando fue capaz de encontrar el hilo, todo brotó como una catarata —le reveló—. Rosario se liberó de la carga que llevaba lustros soportando. Igual que días atrás había hecho contigo.

El joven a punto estuvo de atragantarse y tuvo que ponerse la manga ante la boca mientras trataba de ahogar la tos.

—¡Joder! —consiguió exclamar por fin, sofocado y con la voz ronca.

—Así que lo sé todo, Sebastián —siguió.

El muchacho dejó la copa en la mesa de forma maquinal. Su mente se había lanzado a desentrañar las implicaciones que aquello suponía.

—¿Todo? ¿Qué es todo?

—Bueno, seguro que todo no —se corrigió—. Todo lo que quiso revelarme, de lo que ella misma supiera. Estoy convencida de que me falta mucho por saber. Entre otras cosas, lo que tú tengas a bien contarme sobre las andanzas de mi marido.

—¿Qué le contó, señora?

—Para empezar, que tal vez debas dejar de llamarme *señora*. Eres hijo de mi marido y, por tanto, hermanastro de Alfonso y Rafael. No es de recibo que, una vez conocido esto, sigas usando ese tratamiento. ¡Madre mía, Sebastián! Aún no soy capaz de asimilar todo esto. —Volvió a coger la copa y la apuró de un largo trago.

—¿También le dijo lo de Vicente?

La viuda de Monforte asintió con gesto compungido.

—Desde el primer momento he sido consciente de las correrías de mi marido fuera de casa. Una no es tonta, ni ciega, ni sorda, ni tan mema como para no darse cuenta de los cuchicheos en las reuniones; para no captar las miradas de compasión en los bailes cuando Emilio, con unas copas de más, me ignoraba para ir detrás de las primeras faldas que se le cruzaban en el camino; para no comprender las bromas y las segundas intenciones de los comentarios de algunos de sus amigotes. —Doña Pepa hablaba con amargura mientras volvía a servirse de la botella—. Nunca quise preguntarte nada. Conocía tu fidelidad hacia él y sabía que nunca me revelarías nada que no debiera saber. ¿Me equivoco?

—No se equivoca... al menos hasta mi conversación con Rosario.

—Agradezco tu franqueza. Si me hubieras dicho otra cosa sabría que no eras sincero. Pero tampoco me interesa conocer los detalles de sus sórdidas aventuras. —La amargura y la repugnancia se mezclaban en su semblante.

—Le alabo el gusto, doña Pepa.

—Hasta ahí lo había soportado, había callado simulando que ignoraba sus andanzas. Ahora me avergüenzo de ello, pero seguro que imaginas mis razones. Me aterraba romper el matrimonio, exponer las miserias de esta casa al escarnio público, arriesgarme a que Emilio, con sus argucias legales, se las arreglara para deshacerse de mí y dejarme sin mis hijos —arguyó con amargura—. Dime que me entiendes, por favor.

—Puedo entenderla, doña Pepa. —Hizo una pausa y asintió—. Sí, la entiendo perfectamente.

—Pero todo cambió ese día —evocó bajando la mirada.

—¿Qué día? —preguntó Sebastián al ver que prolongaba el silencio.

—El día que mi marido violó a Antonia.

—¡Pero...!

—Lo supe esa misma mañana —le cortó—. Había tomado un somnífero para dormir, lo suelo hacer habitualmente, y lo cierto es que no oí nada, pero me extrañó la ausencia de Antonia en el servicio del desayuno. Rosario me dijo que se había dado un golpe con el estante y que descansaba en su habitación, por eso tardé en subir a verla. Pero el ir y venir en la casa no era normal: primero Julia y luego Andrés. Salí del salón y alcancé a verlo cuando se perdía escaleras arriba y la curiosidad ante algo tan inusual me llevó a subir detrás de él. Confieso que escuché parte de su conversación detrás de la puerta.

—¡Así que lo sabía!

Doña Pepa hacía oscilar el moscatel en la copa delante de los ojos, como hipnotizada por su vaivén.

—No me lo reproches, Sebastián. También tú lo sabías. Y Rosario. Y Julia.

—En mi descargo puedo decir que lo supe a la vez que Andrés, ese mismo día.

—Rosario lo ha sabido siempre, aunque haya hecho oídos sordos. No sé cómo podré perdonárselo.

—Era su hijo.

Doña Pepa cerró los ojos. Parecía incapaz de aceptar todavía aquella realidad.

—¡Dios bendito! ¡Su hijo! ¡Y tú eres su nieto! —Se llevó la mano a la frente—. Tengo que repetirlo en voz alta para asegurarme de que no estoy teniendo un mal sueño. La cocinera, la mujer que ha estado toda la vida en esta casa, mucho antes de que yo llegara... ¡es mi suegra!

—La verdad, doña Pepa, es que, si no se tratara de algo tan grave, parecería el argumento de un folletín radiofónico, de esos que a Vicente le gusta escuchar.

—¡Sí, y Vicente también, Virgen del Pilar! —exclamó—. Los últimos días han supuesto un terremoto que ha sacudido los cimientos de mi familia y de la casa entera. Siento vértigo, me da pavor abrir los ojos y enfrentarme al abismo que se ha abierto a mis pies.

—Si me permite que le lleve la contraria, creo que debería ser todo lo contrario, señora. —De nuevo utilizó el tratamiento habitual—. Ha vivido al borde del precipicio durante años; es ahora, con la muerte de su esposo, cuando puede que la brecha se cierre y todo vuelva a la normalidad.

—No sé qué va a ser de esta familia, Sebastián. Mi marido, a pesar de todo, era el soporte de la casa. Yo no sé nada de negocios, ni de minas, ni de acciones, ni de compraventa de inmuebles, por no hablar del bufete.

—Tendrá que buscar usted un administrador que se ocupe de todo, al menos hasta que sus hijos puedan hacerse cargo dentro de unos años.

—Supongo que así tendrá que ser —convino con él—. Parece que Quique sigue sin intención de permanecer en Zaragoza más de lo necesario, y mucho menos para hacerse cargo de ninguno de los negocios de la familia. Y ya veremos lo que hago con el bufete.

Sebastián permaneció en silencio. Parecía cavilar.

—¿Por qué me cuenta todo esto, doña Pepa? No soy más que el chófer de la casa —se decidió a preguntar al fin.

—No lo sé, Sebastián. Me encuentro desubicada por completo. Hasta que no se asiente el polvo tras este seísmo no voy a ser capaz de ver con claridad. ¿Qué eres, Sebastián? ¿Solo un chófer o mi hijastro? ¿O el hermanastro de mis hijos?

—No soy nada de eso, *señora*. Al menos no de forma oficial. No tengo modo de demostrar que Monforte era mi padre, solo está el testimonio de Rosario.

—Yo sé que es cierto. Y estoy dispuesta a hacerte un hueco en esta casa, permitir que ocupes el lugar que te corresponde. —Doña Pepa hizo una pausa y pareció valorar el efecto que sus palabras producían en el joven, que alzó las cejas con sorpresa—. Solo te pondré una condición.

—Usted dirá...

—Quiero que me cuentes la verdad, Sebastián.

—¿La verdad? ¿Sobre qué?

—¿Qué sucedió en el río?

—Ya lo sabe, doña Pepa. La policía se lo ha explicado con detalle y yo mismo se lo repetí ayer tras el entierro.

—No quiero la versión que diste a la policía. Sé que no es cierta, conocía muy bien a mi marido. Nunca habría salido del coche sin llevar la pistola en la mano —aseguró sin asomo de duda—. No sé cómo se han tragado eso.

—Mire, doña Pepa. —Sebastián inspiró hondo con los ojos entrecerrados—. No quiero ocupar ningún lugar en esta casa. No quiero nada que perteneciera a su marido. Todo lo que tiene procede de la explotación de sus trabajadores en las minas, los mantiene como auténticos esclavos; procede del lucro con el estraperlo, obtenido a costa de condenar a pasar hambre a miles de personas que no pueden pagar los precios del mercado negro; procede de turbias operaciones financieras e inmobiliarias realizadas a la sombra del régimen que apoyó durante la guerra. —Pareció decidir que aquellas razones bastaban y concluyó—. No, no quiero nada de él.

—Pero era tu padre.

—Ojalá nunca lo hubiera sabido. Prefería considerar como padre a un repartidor de hielo del que mi madre se había enamorado, antes que a un depravado que la violó —sostuvo con dureza—. He decidido marcharme de esta casa e iniciar una nueva vida junto a la mujer que amo.

La dueña de la casa no pudo ocultar un gesto de sorpresa.

—¿Te casas?

—Me caso, sí. Me caso con Julia esta misma primavera.

Doña Pepa alzó la barbilla y observó a Sebastián pensativa, con los ojos entornados y media sonrisa en el semblante. Comenzó a cabecear de manera apenas perceptible, como si aquella noticia confirmara alguno de sus pensamientos.

—Julia, la mujer que amas, que casualmente fue víctima de tu padre; Teresa, tu madre, violada por mi marido también; Antonia, la compañera con la que más trato has tenido, y prometida de tu amigo del alma, forzada como las demás, como Francisca. Y tú en el río, a solas con el causante de tanto mal a todas las mujeres que has querido, junto a alguien con un móvil claro a quien poder cargar el muerto. —La señora de Monforte dejó la acusación en el aire, sin llegar a formular la conclusión a la que conducía su hilo de argumentación—. Fuiste muy listo, Sebastián.

—Fue Casabona quien acuchilló a su marido —insistió—. No conseguirá que de mi boca salga algo distinto.

—Me da igual, sé que lo mataste tú, no sé si antes o después que a Casabona, pero lo hiciste —aseveró sin asomo de duda mientras volvía a llevarse la copa a los labios. Después la dejó lentamente sobre la mesa a la vez que seguía hablando—. Y yo, sabiendo lo que sé ahora, solo puedo darte las gracias.

Fue el turno de Sebastián a la hora de mostrar desconcierto.

—¿Me daría las gracias si yo hubiera asesinado a su esposo como parece creer?

—Si no lo hubieras hecho tú, alguien lo habría hecho tarde o temprano. Y seguramente sin tu habilidad para salir indemne.

—Tal vez incluso usted misma —aventuró Sebastián.

—Motivos no me faltaban.

Doña Pepa se levantó despacio y cruzó el salón en dirección a un hermoso trinchante. Sebastián la vio acercarse a él, reflejada en el espejo situado encima. Dos escenas de caza magníficamente enmarcadas flanqueaban el conjunto. Retiró el óleo enmarcado del lado izquierdo y quedó al descubierto un recuadro disimulado en la pared. Entonces abrió la puerta inferior del mueble, rebuscó un momento y sacó una cajita de caoba de la que extrajo una pequeña llave. Un instante después el recuadro de madera giró sobre dos pequeñas bisagras y dejó al descubierto la caja fuerte que se camuflaba detrás. Sacó una llave dorada de la cajita, la introdujo en la cerradura y a continuación giró una ruedecilla a derecha e izquierda hasta que se oyó un chasquido. Desde el sillón apenas podía vislumbrar el interior, que parecía albergar documentos y alguna caja metálica. Doña Pepa introdujo la mano hasta el fondo y sacó una bolsa de fieltro negro cerrada por un cordón en la embocadura. La abrió mientras regresaba al sofá. Cuando llegó, sostenía en la mano una pistola.

—Es una Llama —declaró Sebastián con sorpresa—. Fabricada en Éibar, como las Star de su marido y la mía.

—A mí no me digas, no sé nada de armas. La compró él este verano cuando estábamos en Villa Margarita y se empeñó en que debía aprender a usarla. Entonces le dije que no, pero hará diez días fuimos a la finca de La Cartuja y propuso llevarla para hacer unos disparos allá en el campo. Fue el día que tú estabas *indispuesto* —remarcó la palabra— y tuvimos que tomar un taxi.

La intención en el tono y en la mirada despertó el interés de Sebastián.

—¿Y disparó con ella? Resulta extraño. Todas las mujeres que conozco tienen verdadera aversión a las armas.

—También yo, pero necesitaba la manera de...

—Continúe —la animó al comprender que iba a dejar la frase sin terminar.

—Tenía decidido acabar con esto, Sebastián. Pero, gracias al cielo, alguien más inteligente que yo se ha adelantado. Yo habría terminado en la portada de *El Caso*, en la cárcel y quizá en el garrote vil. Por eso te estaré agradecida siempre.

—No tengo inconveniente en que siga creyendo que yo lo maté, pero no va a oír tal cosa de mis labios.

Doña Pepa asintió despacio con la cabeza. Había rellenado las copas tres veces y el brillo de la embriaguez empezaba a asomar a sus ojos.

—Quiero suponer que te quedarás en esta casa hasta la boda.

—Si no tiene inconveniente...

—Sebastián, después de lo que has hecho por mí, aquí tendrás siempre un sitio —declaró—. Es más, cuando los abogados solucionen todos los asuntos legales, es mi intención que dispongas de una asignación fija. Creo que te corresponde en justicia.

Sebastián sonrió.

—¿Puedo? —preguntó al tiempo que sacaba el paquete de cigarrillos.

—Por favor... —repuso—. Enciéndeme uno a mí también.

Mantuvieron silencio hasta que ambos tuvieron los pitillos entre los labios. Sebastián se recostó en el sillón y cruzó las piernas.

—Aceptaré que me siga pagando el sueldo como conductor mientras ejerza como tal. Pero nada más —aseguró tajante—. No quiero nada de Monforte. Si he sido huérfano durante treinta años, no veo razón para cambiar eso ahora. Quiero empezar una nueva vida por mis propios medios.

—Te comprendo, Sebastián —afirmó y golpeó con delicadeza el cigarro sobre el cenicero—. En cambio, tengo una duda respecto a Vicente. Sé que Rosario no le ha contado nada. ¿Crees que debería hacerlo yo?

El joven no respondió enseguida. Exhaló el humo por la nariz con los ojos entornados y sacudió la ceniza.

—Creo que sí, doña Pepa. Tiene derecho a saber quién es —respondió afirmando despacio con la cabeza—. Después, que tome su decisión como yo he hecho.

—Quiero que estés delante cuando lo haga, ¿te importa?

—No, claro que no —contestó tras un instante de reflexión.

Doña Pepa se levantó del sofá y se acercó al ventanal. El brillo intenso del sol la obligó a entrecerrar los ojos. Durante un par de minutos permaneció en silencio. Solo abrió una rendija del ventanal para arrojar la ceniza a la terraza mientras iba apurando el cigarrillo.

—Mañana Antonia y Andrés se vuelven a Tarazona. Y Francisca y su hermano regresan a Francia. —Parecía estar traduciendo en palabras los pensamientos que pasaban por su cabeza—. Puede ser la última ocasión en que podamos estar todos juntos si, como dices, tú dejarás esta casa pronto.

—No, no será fácil volver a reunirnos —convino Sebastián.

Doña Pepa amplió la rendija del ventanal y, con un ágil movimiento del pulgar y el corazón, arrojó la colilla al centro de la amplia terraza. Después se volvió hacia Sebastián con gesto de determinación.

—Mañana comeremos todos juntos. En la cocina. Y que venga Julia —anunció. Usó los dedos de ambas manos para contar el número de comensales. Se sentó de nuevo en el sillón y sonrió al tiempo que extendía el brazo para acercarse el ejemplar de la novela de Agatha Christie que descansaba sobre la mesa. Lo levantó y se lo mostró a Sebastián—. Qué casualidad, nosotros también vamos a ser diez.

Doña Pepa pidió a Sebastián que la esperara en el vestíbulo mientras entraba en el gabinete. Regresó en pocos minutos y salieron juntos al rellano para tomar el ascensor.

Vicente se extrañó al verlos entrar juntos en la portería, pero su semblante adquirió tintes de inquietud cuando la señora cerró la puerta tras de sí y le pidió que se sentara. Cuando Sebastián lo tomó por el brazo y le apretó con fuerza, no pudo evitar que le temblara la voz al hablar.

—¿Qué sucede? Nos van a despedir. Es eso, ¿no?

Se echaron a reír a la vez, agradeciendo aquel comentario que rompía algo la tensión y les facilitaba el propósito que les había llevado hasta allí.

—No, Vicente, no es eso. Todo lo contrario, estate tranquilo. Pero siéntate —le pidió doña Pepa—. Puede que sea una conversación larga.

Vicente cedió a la señora de Monforte el sillón que usaba habitualmente para escuchar la radio y ofreció la silla a Sebastián, que la rechazó para medio sentarse en el borde de la mesa.

—¿Y bien? —incitó, impaciente.

—Dime, Vicente, ¿cuáles son los primeros recuerdos de tu niñez?

—¿Por qué me pregunta eso, doña Pepa? —Una mueca de dolor se había adueñado de su rostro. Lanzó una rápida mirada de soslayo a Sebastián—. No quiero recordar aquello.

—Tranquilo, Vicente. Tanto Sebastián como yo conocemos tu historia. Es justo que lo sepas.

—¿Cómo que conocéis...?

—Rosario —atajó Sebastián.

—¿Rosario ha ido contando cosas sobre mí? ¿Cómo se atreve? ¿Con qué derecho? —exclamó indignado.

—Tranquilo, Vicente, lo vas a entender todo. —Doña Pepa le puso la mano en uno de los antebrazos, que sostenían su cuerpo en tensión apoyado en los bordes de la silla—. Relájate.

—Déjala hablar, Vicente —secundó Sebastián—. Hay cosas de tu propia historia que no conoces.

—¿Y tú sí? —le respondió entre el asombro y la irritación.

—Mira, Vicente —continuó doña Pepa con voz sosegada—. Desde hace unos días, los acontecimientos han hecho que toda la inmundicia y las miserias que encerraba esta casa hayan sido removidas, hasta el punto de ver sacudidos sus cimientos. Hasta el punto, estoy convencida de ello, de que esta convulsión ha provocado la muerte de mi esposo. He pensado mucho estos días sobre ello, y estoy decidida a aprovechar este momento para abrir puertas y ventanas, dejar que corra el aire y arrastre con él el hedor que amenazaba con ahogar a cuantos vivimos aquí. Quiero que resplandezca la verdad, expulsar los fantasmas que han habitado entre estos muros y seguir adelante sin ese peso insoportable, sin esa espada de Damocles sobre nuestra cabeza. Quiero que la muerte de mi marido traiga una catarsis a esta casa que alcance a cuantos la habitamos.

Sebastián miraba a doña Pepa absorto. Siempre había admirado su educación esmerada y su elocuencia. No había entendido alguna de las palabras empleadas pero había comprendido a la perfección lo que quería decir. Vicente la observaba con estupor.

—La única manera de conseguirlo —continuó— es abrir nuestros corazones y enfrentar la verdad, y tú formas parte de la verdad oculta de esta casa, Vicente.

—No la entiendo, doña Pepa.

—Enseguida lo harás. Pero necesito que me respondas a la pregunta que te he hecho antes, para hilar el resto de tu historia.

—Son recuerdos dolorosos en extremo. E íntimos. Hace muchos años que decidí enterrarlos para no sufrir. No me haga revivir aquel infierno, doña Pepa, se lo ruego.

Sebastián cruzó la mirada con ella y asintió con la cabeza.

—¿Nunca te has preguntado quién era tu padre? —le espetó.

Vicente la miró de hito en hito.

—Usted... ¿usted sabe quién era mi padre?

Doña Pepa asintió.

—¿Tú también? —Miró a su amigo, que repitió el gesto con los labios apretados.

—¡Madre mía! ¿Qué es esto?

—La catarsis de la que te hablaba, Vicente. Las revelaciones de Rosario han supuesto un mazazo para todos, y tú eres parte de ellas, aunque no participes aún de lo que algunos ya sabemos. Sebastián y yo coincidimos en que no es justo mantenerte al margen, cuando todos los demás estamos al corriente de lo sucedido en esta casa durante muchos años.

—Hable, por favor —pidió Vicente, desconcertado.

Durante los siguientes veinte minutos, doña Pepa desgranó como pudo la historia de Rosario, que era la historia de los Monforte. Le habló de doña Remedios, de don Eugenio, de doña Margarita, de Teresa y de Quique, de la propia Rosario. Sebastián hacía apostillas y la animaba a seguir, incluso cuando llegó al momento de describir los más recientes abusos de Emilio Monforte.

—¡También Julia! ¡Hijo de puta!

A aquellas alturas ninguno de los tres se molestaba en reprimir las lágrimas.

—¡Tú, hijo de Monforte! ¡Y nieto de Rosario! —repitió Vicente en voz alta—. ¡Pínchame que no sangro, joder!

—Tú adoras a Rosario.

—La venero, y nada de lo que haya podido hacer o callar va a cambiar mi opinión sobre ella. Fue mi madre y mi ángel de la guarda.

—¿La recuerdas aún del hospicio?

—¿Cómo no la voy a recordar? Pasaba las semanas esperando sus visitas, las únicas que tuve en todos aquellos años. Era el único ser humano que mostraba un poco de cariño hacia mí. Y me traía de comer. Hasta que empezó la guerra y salimos de allí, solo recuerdo hambre, frío, soledad. Y al cerdo aquel. —Mostró un gesto de profundo asco—. Rosario se convirtió en el único hilo que me mantuvo atado a la vida. Ella evitó que terminara colgado de una viga con el cinturón, como más de uno de mis camaradas de allá dentro.

—¿Qué cerdo, Vicente? —preguntó Sebastián.

—No me hagas recordar eso, puedes imaginártelo. Uno de los regidores se encaprichaba a veces de alguno de nosotros. Si te negabas, te quitaba la manta en pleno invierno, te dejaba sin comer con cualquier excusa o te encerraba. Nos pasábamos el día escondiéndonos de él, y no nos lavábamos para oler mal cuando se acercara. Aunque eso era peor porque nos metían en la ducha con el agua helada. Y todos sabíamos lo que nos esperaba después de la ducha. Era pavor lo que teníamos a todas horas. Pero prefiero ahorrarme los detalles. —Cerró los ojos como si quisiera apartar aquella visión.

—¿Abusaban de vosotros en el hospicio? —preguntó doña Pepa, asqueada.

—Eso se queda para mí —repitió y, con un gesto de la mano, indicó que se disponía a pasar aquella página—. Pero cuando empezó la guerra y nos echaron de allí a los más mayores, sentí una verdadera liberación. Sin embargo, lo que vino después aún fue peor. Tenía solo catorce años y no me podía alistar. Pasé toda la guerra mendigando por las calles, robando lo que podía para comer y durmiendo donde encontraba un rincón al abrigo.

—Y te volviste a encontrar a Rosario cuando acabó la contienda —se adelantó doña Pepa.

—Si le digo la verdad, no me fui de Zaragoza en todo ese tiempo por la posibilidad de tropezármela un día por la calle. En una de las visitas al hospicio había nombrado el Hotel Aragón, y cada día me perdía por estas calles mirando con atención a cada mujer que tuviera el menor parecido con ella —evocaba tragando saliva de tanto en tanto—. Ya había perdido toda esperanza cuando sucedió. Pasar por Santa Engracia por si iba a misa allí se había convertido en una costumbre, y hacia allí iba cuando un día la vi salir del portal. La reconocí de inmediato, sin la menor duda, a pesar de que la guerra la había hecho envejecer más de la cuenta. En vez de alegrarme, recuerdo que me invadió el pavor a que pudiera haberse olvidado de mí, un miedo que casi me dejó paralizado. Pero saqué fuerzas de donde pude, me acerqué y me planté delante de ella. Me dijo después que me había reconocido por los ojos, porque estaba completamente cambiado, famélico y demacrado.

—Es una historia preciosa, Vicente. —Doña Pepa aprovechó la pausa para hacer el comentario—. Recuerdo lo delgado que estabas. Yo llevaba solo un par de años en esta casa y Rosario me pidió ropa vieja de mi marido y de Quique que aún estaba por el desván.

—Jamás en la vida podré probar algo tan delicioso como el plato de sopas de ajo que Rosario me puso en la mesa. —Vicente sonrió por primera vez en mucho rato—. Me había obligado a darme un baño y a frotarme a fondo con la pastilla de jabón, y después me había puesto esas ropas de las que habla, que me venían enormes. Pero en aquel momento me sentía con ellas como un príncipe.

—Recuerdo el empeño que puso Rosario para que entraras de portero. Fue por entonces cuando se hizo la reforma para poner el ascensor y la portería.

Vicente asintió con gesto evocador. Después se desvaneció su sonrisa.

—Creo que le falta algo que contar —recordó.

—Sí, Vicente, para eso hemos venido. Falta el nombre de tu padre.

—¿Me va a decir que Sebastián y yo somos hermanos? ¿Que Monforte también era mi padre?

—No, no sois hermanos. Pero a la segunda pregunta habría de responder que sí. Sin embargo, no es el Monforte en el que piensas, no eres hijo de Emilio.

—¿¡Quique!?

Doña Pepa negó de nuevo con la cabeza.

—¡Por Dios, señora! No me tenga en ascuas.

—Eres hijo de don Eugenio, Vicente —se apresuró a responder.

Vicente compuso un gesto de pasmo.

—¿Del viejo? —se le escapó.

—Pero tú no lo conociste —intervino Sebastián—. Murió en el treinta y seis. Yo era un crío, trece años tendría, pero lo recuerdo bien.

—Lo he visto mil veces en el retrato del gabinete —aclaró antes de formular la pregunta que le quemaba en la boca—. ¿Y mi madre?

—Era una de las criadas, se llamaba Vicenta. Según Rosario, cuando se quedó embarazada trató de extorsionar a don Eugenio, pero este respondió poniéndola en la calle sin contemplaciones.

—¿Y dónde está? ¿Sigue viva?

—No lo sabemos, Vicente. —El tono de doña Pepa era en aquel momento de conmiseración—. Al verse sin nada y con un crío en brazos, te dejó en el hospicio y desapareció.

Sebastián se levantó de la mesa, y apoyó las manos en los hombros de su amigo que seguía sentado en la silla, cabizbajo.

—Rosario dice que nunca más supieron de ella. Indagó en la inclusa por si se había dejado ver por allí, pero sin resultado —le explicó con delicadeza—. Lo siento, Vicente, pero si sigue con vida, nunca se ha vuelto a interesar por tu paradero.

Doña Pepa observó cómo se empañaban los ojos del joven. Sebastián seguía apretándole los hombros con las manos, como si quisiera transmitirle sosiego y apoyo con su contacto.

—Es decir, que sigo como al principio, sin padre ni madre —se lamentó—. ¿No hay ni siquiera una fotografía de ella? Estaría bien saber al menos cómo era.

Doña Pepa sonrió. A modo de respuesta, se levantó del sillón y sacó una vieja fotografía del bolsillo derecho del traje negro que vestía. La apoyó encima de la mesa al tiempo que los dos jóvenes la flanqueaban.

—La he cogido en el gabinete antes de bajar aquí —explicó, también para Sebastián—. Sabía que harías esa pregunta. Es una foto que ya has visto antes, pero lo que no sabías es que en ella aparecen tus padres. —La imagen, en tonos sepia, estaba tomada al pie de la escalera, a pocos metros de donde se encontraban, aunque el lugar era apenas reconocible, sin el ascensor, sin la portería y con una decoración por completo diferente. En ella, subidos en el primer escalón, destacaban una sonriente mujer joven vestida de novia, del brazo de su nuevo esposo.

—¿De cuándo es esta foto?

Doña Pepa le dio la vuelta. En la esquina superior derecha, con una delicada caligrafía, podía leerse la respuesta: «Enlace de Emilio y Margarita. 16 de mayo de 1920».

—¿No lo has reconocido?

—¡Madre mía! ¡Qué joven!

—Margarita iba con el siglo, y Emilio era tres años mayor.

Junto al novio, su padre mostraba una expresión algo forzada, como si obedeciera la orden de sonreír del fotógrafo y, al lado de Margarita, un joven Quique, poco más que un adolescente, exhibía una actitud desenfadada y jovial a pesar de vestir un elegante traje con chaleco y pajarita. En la fila inferior cuatro mujeres miraban a la cámara con la sonrisa impostada que se les pedía.

—Solo reconozco a Rosario —señaló Vicente—. ¡Qué joven estaba!

—Ahí andaba por los cuarenta —calculó doña Pepa.

Sebastián señaló con el índice a la mujer que ocupaba el extremo.

—Esa es tu madre. Y la que está entre ambas es Teresa, la mía.

Vicente tomó la foto entre las manos y la observó con emoción.

—Apenas eran adolescentes —musitó.

—Diecinueve años Vicenta y diecisiete Teresa.

—¿Tú ya la habías visto?

—Me la enseñó Rosario, sí. Ella conserva otra copia igual. Por eso sé la edad. La otra era una doncella que estuvo solo unos meses en la casa.

—Se la hizo llegar a mi marido un miembro de la Real Sociedad Fotográfica de Zaragoza, que por lo visto se constituyó por entonces. Si quieres, se la llevaré a un fotógrafo por ver si puede hacer una copia.

—Se lo agradeceré.

—Le preguntaré también si puede ampliar solo la imagen de tu madre. —Vicente se deslizó la mano abierta por la cara, desde la frente a la barbilla. A su paso, sus ojos asomaron vidriosos.

—¡Madre mía! —repitió al tiempo que se volvía hacia Sebastián—. Todos estos años sin saber y ahora...

—Ahora resulta que eres algo parecido a un tío mío —concluyó.

Los dos jóvenes se miraron frente a frente. Después, al unísono, se fundieron en un abrazo.

—¡Joder! —se oyó decir a Vicente mientras palmeaba de manera cadenciosa la espalda de Sebastián.

54

Domingo, 20 de diciembre

El aroma de la fritura y del pescado en el horno inundaba la estancia. Rosario, Antonia y Francisca se afanaban en torno al fregadero y a la cocina de carbón ataviadas con sus delantales blancos, aunque era la vieja cocinera la única que vestía el uniforme completo. Julia y Rosita se habían ocupado de disponer la mesa, y los cuatro hombres permanecían juntos, dos de pie y dos sentados con las sillas puestas del revés, en animada conversación cerca de la ventana, todos con el vaso de vino en la mano. Las olivas negras y un par de platos de longaniza seca cortada en rodajas les servían para matar el hambre que el olor del guiso y del asado empezaba a despertarles. Ni Elena ni Esther se encontraban aquella mañana en la casa. Ninguna de las dos estaba al corriente de la verdad que los demás conocían y doña Pepa había decidido que así seguiría siendo en el futuro, en caso de que continuaran a su servicio. Con Antonia y Francisca en Zaragoza durante aquellos días, dispuestas a ayudar a Rosario, les había concedido el fin de semana libre y no regresarían hasta aquella noche.

Solo faltaba por llegar la dueña de la casa, quien, después de la misa de doce, había acompañado a Alfonso y a Rafael a casa de unos amigos que se habían ofrecido para apartarlos ese domingo del ambiente de duelo que, suponían, dominaría a la familia. Alfonso, a punto de cumplir los dieciséis, los había sorprendido a todos por su comportamiento en los días anteriores; el hecho de que él mismo pidiera portar a hombros el féretro de su padre había despertado admiración, pero aquel no había sido el único gesto de entereza, impropio de un adolescente que acababa de quedar huérfano. Rafael, por el contrario, se mostraba inconsolable, y Alfonso se había convertido desde el miércoles en su sombra y en su mejor apoyo. Ambos eran objeto de los comentarios de los miembros del servicio cuando el ruido sordo de la puerta les indicó que su madre había regresado.

Doña Pepa tardó solo un minuto en aparecer en el umbral de la cocina, ya sin las prendas de abrigo. Su expresión no era risueña, pero tampoco afligida.

—Hola a todos. Perdonad por la tardanza —saludó, barriendo la estancia con la mirada al entrar—. Veo que ya estamos todos.

—No había prisa, señora, a las patatas aún les queda un rato y al pescado también.

—Pues huele desde el rellano, ¡Virgen del Pilar!

Era doña Pepa quien había decidido el menú. Para el segundo plato había aceptado la sugerencia de Rosario de preparar una de sus merluzas rellenas, pero no había albergado la menor duda a la hora de elegir el primero, y por eso una enorme cazuela plana repleta de patatas a la importancia borboteaba entre los dos fuegos.

—Me alegra verla así, señora.

—Estamos en confianza. La cara de duelo para el velatorio —soltó, seria y con tono desabrido, después de cerrar la puerta tras de sí—. ¿Y bien? Supongo que os habéis puesto al corriente de todo unos a otros.

—Supone bien, señora —se adelantó Sebastián, circunspecto, a horcajadas en su silla con el vaso en la mano.

—Dicen que hay que morirse para que hablen bien de uno y para que te lloren. —Hizo una pausa—. Pero creo que, en nuestro caso, ni una cosa ni la otra. ¿Quién me pone un vaso de vino?

Fue Julia la que se apresuró a coger uno de la mesa para servir de la botella demediada.

—Sacad más vino, hoy no ha de faltar. —Hablaba con tono calmado y contenido, exento de euforia, pero también de aflicción—. Os propongo un primer brindis. ¿Tenéis todos un vaso?

Rosario fue la única que tuvo que buscar el suyo. Dejó el cucharón cruzado sobre la cazuela y se sirvió un dedo del vino blanco que había usado para aderezar sus patatas.

—Por la felicidad de Julia y Sebastián, que pronto sellarán su amor en el altar.

El joven se puso en pie y se acercó a Julia sonriendo. La tomó de la cintura y juntos alzaron los vasos antes de llevarlos a los labios mientras recibían los parabienes de todos.

Julia, saboreando aún el vino y sin abandonar la sonrisa, cruzó una mirada con Rosita. La muchacha enrojeció hasta las orejas y negó rápidamente con la cabeza.

—¡Cómo que no! —exclamó en voz alta—. Vicente y Rosita también tienen algo que deciros.

La modista hizo un gesto a su prometido y Vicente se levantó.

—Bueno, ya sabéis todos que ayer fue un día muy especial para mí. No es habitual conocer el nombre y el rostro de tus padres pasados los treinta —recordó—. Pero la jornada aún dio más de sí, ¿verdad, Rosita?

Como Julia y Sebastián, ellos se reunieron junto a la mesa.

—¡Que sí, jolín! Es lo que os imagináis —se animó, aún sonrojada pero risueña. Los ojos parecían a punto de salírsele de las órbitas cuando soltó lo que tenía que decir—. También nosotros nos casamos el año que viene.

La noticia terminó por desatar una alegría que la situación que los reunía allí tendía a contener.

—Joder, Chaplin, ¡cuánto me alegro! —Andrés abrazó a Vicente y le golpeó la espalda de manera efusiva antes de dejar que Antonia lo besara en ambas mejillas, feliz.

—¿Esto significa que tú también dejas la casa, Vicente? —Doña Pepa trataba de disimular su repentina preocupación sin conseguirlo.

—No, si usted me permite continuar en la portería, por supuesto.

—Claro que sí. ¡Desde luego que sí! —confirmó con alivio—. ¡Serían demasiadas ausencias!

—Demasiadas ausencias, sí. Pero la vida se abre paso.

Todos se volvieron hacia Rosario. Había hablado entre sollozos. Antonia y Rosita fueron las primeras en dejar los vasos en la mesa para correr hacia ella.

—¡Rosario! ¡No llores, mujer! —La modista no dudó en usar su propio pañuelo para tratar de secar las lágrimas que caían de los ojos siempre húmedos de la anciana.

—Pero ¿cómo no voy a llorar? —gimió—. ¡Después de lo que ha pasado aquí estas semanas! Hace cuatro días estaba pidiéndole al Altísimo que me llevara con él de una vez y ahora... miraos todos. Aquí estamos, con las patatas a punto, como en las ocasiones, y rogándole que me mantenga con vida hasta veros a los cuatro ante el altar, como vi a mi Antonia y a Andrés.

Antonia abrazó a Rosario con afecto mientras le murmuraba al oído algo que solo ellas pudieron escuchar.

—¿Sí? ¿De verdad, chiquilla?

—¡Rosario! Pero ¿qué te acabo de decir? —le reprochó con el ceño fruncido.

—¡Eh, a ver, a ver! —rio Sebastián—. ¿Qué secretos son esos?

—Ningún secreto que contar, al menos de momento.

—Ay, hija, perdóname, no me he podido contener —se excusó Rosario, compungida, aunque a sus labios asomaba una sonrisa.

—No nos iréis a dejar así —insistió Sebastián.

—Anda, cariño, díselo. No pasa nada —intervino Andrés resignado.

—Si es que no hay nada seguro. Solo que he tenido una falta, pero vete tú a saber...

Julia sonrió de oreja a oreja mientras, a pesar de lo prematuro de la noticia, todos felicitaban a los recientes esposos. Lo sabía desde la víspera, ya que había tenido oportunidad de hablar a solas con ella. No había dejado de preguntarle por el asunto que la preocupaba desde la noche de bodas. La reacción de Andrés en el hotel, que confirmaba sus peores presagios, la había llenado de zozobra por los dos. Sin embargo, al encontrarse el día del entierro, algo en la actitud de ambos le había llevado pensar que las cosas iban mejor entre ellos. Para su tranquilidad, Antonia se lo había confirmado la tarde anterior y le había adelantado la buena nueva. Como había temido, las primeras semanas había sufrido una insuperable aversión al contacto con Andrés, pero la paciencia y el cariño de este parecían haber obrado el pequeño milagro, hasta el punto de que —le había confiado con sonrojo— en los últimos meses empezaba a dar gracias a Dios por haberle permitido descubrir aquello a lo que, en primer lugar por su decisión de permanecer soltera y más tarde por lo sucedido con Monforte, había estado a punto de renunciar. Julia le había hecho prometer que, enterrado el causante de sus desdichas, iba a pasar página de manera definitiva y que iba a seguir a rajatabla los consejos de amiga que habían compartido en los meses previos a la boda.

El cucharón de madera había rebañado hasta los últimos restos de la cazuela y tanto Andrés como Sebastián se chupaban aún los dedos cuando Antonia la retiró del mantel. Habían conseguido convencer a Rosario para que, por una vez, permaneciera sentada a la mesa y se dejara servir, una vez concluido su trabajo en los fogones.

—¡Madre mía, Rosario! Te han salido mejor que nunca —elogió Andrés relamiéndose mientras se limpiaba los dedos con la servilleta—. Vamos a tener que venir todos los domingos.

—Porque no querréis —se apresuró a responder doña Pepa—. Y lo mismo os digo a los demás una vez que os vayáis. La casa se va a quedar muy vacía sin todos vosotros. Elena y Esther no han llenado el hueco que vosotras dejasteis, aunque espero que algún día pueda decir lo contrario, si es que puedo mantenerlas a mi servicio.

Se había dirigido a Francisca, que ayudaba a Antonia a retirar los platos, pero la joven parecía incapaz de mirar a los ojos a doña Pepa, a pesar del trato afable que esta le dispensaba. Durante los dos días que llevaban en Zaragoza había sido así. Tanto ella como su hermano se habían limitado a darle el pésame, pero apenas habían intercambiado unas pocas palabras. Aquellas dos noches se habían alojado en la casa, a la espera de tomar el tren que al día siguiente les había de llevar de regreso al sur de Francia y para ambos había resultado una sorpresa el empeño de doña Pepa en que asistieran a la comida.

—Señora... —Por fin se decidió. Miró después a los demás. Saltaba a la vista que estaba avergonzada, al igual que Ricardo—. Estos días me he enterado de muchas intimidades, de todos vosotros. Casi parece que nos hemos quedado sin secretos, como si nos hubiéramos desnudado delante de los demás. Yo también fui víctima de don Emilio, aunque de eso no me avergüenzo, porque de eso no me siento responsable. Pero hay algo que me abochorna más, y lo quiero confesar delante de todos. Aunque algunos ya lo sabéis.

—Adelante, Francisca —la animó doña Pepa con tono cordial.

—Cuando me fui de la casa... —vaciló todavía— me llevé alguna de las joyas de la señora. Pretendía cobrarme la afrenta de su marido y, de paso, garantizarnos la subsistencia en Francia, al menos en estos primeros meses. De hecho, empeñamos el collar de granates y con el importe nos hemos procurado un techo y hemos tirado para delante.

—Pero mi hermana no tiene la conciencia tranquila. Y yo tampoco —intervino Ricardo—. Y como ya tengo trabajo y ella se va a poner a servir, pronto podremos ahorrar para recuperarlo y devolvérselo.

—Lo que sí conservo es el anillo. —Francisca se inclinó para sacar el pequeño estuche del bolso que colgaba del respaldo. Se lo tendió a la dueña de la casa—. Tenga, es suyo...

Doña Pepa lo tomó entre las manos y, con cuidado, lo abrió. El brillante quedó a la vista de todos.

—Pero... ¿ese no es el anillo que se perdió por el desagüe? ¿O es otro? —se extrañó Vicente.

—¡Vaya, con esto no contaba! —exclamó doña Pepa con el brillante en la mano. Hizo una pausa, sin apartar la vista de Francisca, que esperaba su reacción. Un prolongado silencio se adueñó de la cocina hasta que por fin volvió a hablar—. Creo que se impone seguir con las confesiones, aunque seguro que estaréis al corriente de mi... enfermedad. Es algo superior a mí, no lo puedo evitar, a veces siento la necesidad compulsiva de coger lo que se pone a mi alcance. Incluso objetos que son propiedad de la familia, como en este caso. No, no se perdió por el desagüe, en todo momento el brillante estuvo en mi poder.

—¡Vaya! —exclamó Rosario.

Doña Pepa sonrió.

—Veo que habéis sabido ser discretas. —Se dirigía también a Antonia, que acababa de colocar la fuente de la merluza recién salida del horno en el centro de la mesa—. Pero ya veis, los designios de Dios... Si no hubiera sido por aquel engaño, Andrés no habría entrado en esta casa y quizá Antonia estaría ahora en el pueblo con sus padres y con su hermano.

—¡Bendito engaño! —exclamó Andrés, y rescató con su tenedor uno de los ojos de la merluza del fondo de la bandeja para llevárselo a la boca.

—¿Qué haces? —Antonia trató de darle un manotazo, pero llegó tarde—. ¡Qué asco!

—¡Pero si es un manjar! —rio—. Las pocas veces que veíamos un pescado en casa de la patrona nos peleábamos por ellos. Trae el otro, anda.

—Salgo un momento mientras servís la merluza —anunció entonces doña Pepa levantándose para dirigirse a la puerta—. Vuelvo en un suspiro.

Solo quedaba por servir un plato cuando regresó.

—Mira, Francisca. En ningún momento se me había pasado por la cabeza reclamarte las joyas que te llevaste. Considero que son una magra compensación por la afrenta que tuviste que soportar, así que no me tenéis que devolver el collar de granates. —Doña Pepa tomó el plato que Antonia le tendía y lo colocó ante sí. Después cogió la cajita con el solitario en la mano derecha—. El brillante sí que lo acepto, por lo que os acabo de explicar, porque es la razón de que Antonia y Andrés estén juntos. Había pensado que este fuera su regalo de bodas, pero no pudo ser. Tomadlo, es vuestro.

Antonia dejó la espátula con la que acababa de servir dentro de la bandeja.

—¡Ah, no, doña Pepa! —exclamó—. De ninguna manera. Ya tuvimos nuestro regalo de bodas.

—¡Cógelo, por Dios! Es vuestro. Te digo lo mismo que a Francisca. Pequeña compensación es por lo que os hizo mi marido. A los dos —añadió con emoción—. Toma, guárdalo tú, Andrés. Y te ruego que me perdones por haber callado, de alguna manera yo también soy culpable de lo que acabó sucediendo.

Andrés tendió la mano y lo cogió. Entonces se levantó de la silla, rodeó la mesa, y se acercó a doña Pepa para darle dos besos, que ella aceptó mientras volvía la cabeza, tratando de ocultar la emoción.

—Es usted una buena mujer —musitó al regresar a su sitio—. No se merecía el trato que le dio Monforte.

—Dejemos eso ahora. Tengo aquí una cosa más, es lo que he ido a buscar. —A la vez que hablaba se sacó otro pequeño estuche del bolsillo del traje de chaqueta—. Por desgracia, sigo enferma.

—¡¿Cómo que sigue enferma?! —saltó Rosario, alarmada.

—Sí, Rosario, pero tranquila. Me refiero solo a mi cleptomanía. Sigo sin poder evitarlo. La víspera del entierro, en el velatorio, vi que la esposa de Galindo se quitaba los pendientes, molesta, y se los guardaba en el bolso. Fue muy sencillo dejar el mío al lado cuando me acerqué a hablar con ella y simular una confusión al recogerlo.

—¿La esposa de Galindo? —exclamó Ricardo.

—Son de oro de veinticuatro quilates y llevan dos pequeños brillantes —explicó al tiempo que abría la cajita. Dos hermosas y gruesas láminas de oro onduladas imitaban la forma y las nervaduras de una hoja. En el extremo, las dos piedras semejaban gotas de rocío a punto de desprenderse—. Tendría cargo de conciencia si no te los diera, Ricardo. Sé que será una satisfacción para ti el hecho de que fueran de Galindo. De nuevo, un irrisorio resarcimiento por todo el mal que me consta que ese hombre os causó, a ti y a tus compañeros.

Los rostros de las nueve personas que tenían clavada la mirada en ella reflejaban una mezcla de asombro, emoción y regocijo.

—No sabe cómo le agradezco esto, doña Pepa. Ni se imagina lo que esto supone para mí. —Hablaba con los ojos vidriosos—. Si no tiene inconveniente, los venderé una vez en Francia, y lo que saque lo repartiré entre los pocos camaradas con los que mantengo contacto. No será mucho entre tantos, pero a alguno le vendrá muy bien. A ellos solo les diré que es un detalle de parte de Galindo.

Doña Pepa sonrió y tomó el cuchillo y el tenedor.

—¡Ea, pues ahora todos a comer, que se enfría la merluza!

Un delicioso aroma se adueñó de la cocina cuando la nueva cafetera moka italiana terminó de expulsar el café ante la mirada atenta de Rosario, que se apresuró a retirarla del fuego.

—Servidlo vosotros, que mi pulso ya no está para alardes —bromeó la anciana, con los ojos aún llorosos después de que, de nuevo, tomara la palabra tras el postre para pedir perdón a todos ellos por el daño que les hubiera podido causar con su silencio de años.

—A ninguna madre se le puede pedir que acuse a su propio hijo —aseveró doña Pepa—. Bastante has soportado con todo esto dentro, sin tener a nadie a quien confiarte, hasta que aquella noche Sebastián oyó a mi marido borracho.

—Creo que en el fondo de mi corazón esperaba que algo así sucediera algún día, que alguien me arrancara por la fuerza el secreto que me abrasaba por dentro. Ya sé que me repito, pero me angustiaba la idea de llevármelo conmigo a la tumba. ¡Si al menos hubiera sabido escribir!

—Ya está hecho, Rosario —trató de tranquilizarla Antonia—. Ya puedes dormir tranquila.

—Tengo setenta y tres años, y estas últimas noches son las únicas que recuerdo haber dormido con auténtica paz —confesó—. Y todo se lo debo a Sebastián. A mi nieto.

—Todos le debemos mucho a Sebastián —siguió Antonia—.

Y a Julia. Ambos se las arreglaron para apartarnos de aquí y solo así evitaron que Andrés hiciera una locura que ahora estaríamos lamentando.

—He sido un cobarde —espetó él—. He dejado que otro pusiera en riesgo su vida por vengar una afrenta que solo a mí me correspondía reparar.

—Entonces... ¡es cierto que fuiste tú! —El pasmo de Vicente era sincero. Sin embargo, más que reproche había admiración en sus palabras.

—Si fue él o no, es algo que quedará en el aire. —Esta vez doña Pepa salió en ayuda de Sebastián. Tras la conversación de la víspera sabía al joven decidido a asumir la sospecha de su autoría, pero respetaba su deseo de no llevar a cabo una confesión explícita.

Sebastián se entretuvo un instante observando el ingenioso sistema empleado en la nueva cafetera. Después, asintiendo con la cabeza con admiración, la cogió por el asa y se dispuso a servir los cafés. Llenó cuatro tazas.

—¿Alguna de vosotras va a tomar café? —preguntó después.

—¿Cómo que si alguna quiere café? —le reprochó Julia—. Hoy todos tomaremos café. Los diez. Habrá que hacer otra cafetera. ¿Por qué supones que no íbamos a tomarlo?

—Mujer, no te pongas así —respondió, azorado.

—¡Hombres, hombres! Si al menos pensarais con la cabeza y no con los... —dejó la frase sin terminar—. ¿Por qué solo habríais de tomar café vosotros cuatro? ¿Por qué fumaros un cigarro o un puro después? ¿Por qué tomar un coñac solo vosotros? ¿Porque las mujeres no hacen eso, porque es cosa de hombres?

—Pero ¿estás enfadada en serio? —preguntó Andrés riendo.

—¡Claro que lo estoy! Estoy cansada de que haya cosas que solo puedan hacer los hombres, tomarse una copa de licor o vengar una afrenta. Las ultrajadas hemos sido nosotras, pero quienes os creéis con la obligación y el derecho de tomar revancha sois vosotros, como si no fuéramos capaces de hacerlo nosotras mismas. Y sí, estoy enfadada, muy enfadada. Porque Sebastián asumió un riesgo demasiado alto, porque me ha hecho pasar por uno de los peores momentos de mi vida, porque si lo detienen y lo meten en la cárcel... ¡yo me muero!

—Tranquilízate, Julia. —Sebastián trató de calmarla mientras dejaba a su lado una taza de café repleta.

—No, no quiero tranquilizarme. Tú mataste a Monforte, que todos lo tengan claro —reveló con voz queda—. Sé que no va a salir nunca de aquí. Y lo hiciste sin encomendarte a nadie, arriesgando tu vida y tu libertad para evitar que fuera Andrés quien lo hiciera. Porque te considerabas en deuda con él después de que te salvara la vida debajo de aquel tranvía. ¡Sin pararte a pensar que había maneras menos peligrosas de llegar al mismo sitio! Maneras más inteligentes de acabar con el problema, sin asumir riesgos, y que nosotras mismas hubiéramos podido llevar a cabo.

Andrés y Sebastián la miraban perplejos.

—¿De qué estás hablando, Julia? —preguntó aquel.

—Habéis olvidado que antes de venir a Zaragoza trabajé en la consulta de un médico. Hay maneras de terminar con algunos problemas sin dejar rastro. ¿Verdad, Antonia?

Andrés, atónito, miró entonces a su esposa. Ella bajó la cabeza un tanto avergonzada y esbozó una sonrisa.

—¿Qué diantres...?

—El día que Sebastián y yo os acompañamos a Tarazona con el coche... pasé por la clínica para ver a don Herminio.

—Sí, lo recuerdo. ¿Y...? —apremió Andrés.

—El pobre tiene incontinencia y tiene que aliviarse cada dos por tres, así que no me resultó difícil quedarme sola en la sala de curas donde está el botiquín y la pequeña farmacia —sonrió—. La llave del armario estaba escondida donde siempre.

—¿Cogiste un veneno?

Julia asintió.

—¿Y tú lo sabías? —Se volvió hacia Antonia y formuló la pregunta en tono de reproche—. ¡¿Pensabais envenenar a Monforte?!

—Te conocemos bien, Andrés. Julia y yo teníamos muy claro que tarde o temprano ibas a tratar de consumar tu venganza.

—Ah, ¿sí? Qué listas, ¿no? —ironizó—. Tal vez es que también pensáis que tenía que haberle metido un tiro aquella misma mañana.

—No, Andrés, pero por lo que me contó Antonia a la vuelta de vuestro viaje a París, era evidente que terminarías haciéndolo. Y arruinando la vida de ambos.

—¿Qué le contaste? —preguntó intrigado.

—Tus pesadillas, Andrés. Esas que te desvelan cada noche desde que nos casamos. No te lo he dicho, pero hablas en voz alta. No es que se entienda mucho, pero no dejabas de jurar que ibas a ir a por él. Solo desde el miércoles has dejado de hacerlo.

—¿Y en vez de decírmelo a mí se lo cuentas a Julia? ¡Vamos, no me jodas! —exclamó irritado.

—No te enfades con ella, Andrés. Hizo lo que debía y lo hizo pensando en ti.

—¿Y quién se supone que iba a encargarse de darle el veneno a Monforte? Ninguna de las dos tenía acceso ya a esta casa.

A Andrés no le pasaron desapercibidos los cruces de miradas furtivas que, durante décimas de segundo, se produjeron nada más formular aquella pregunta.

—¡¿Tú, Rosario?! —

La cocinera bajó la mirada y clavó la vista en el halda, donde descansaban entrelazadas sus manos regordetas.

Andrés no era el único que la miraba de hito en hito. Salvo Julia y Antonia, todos los demás mostraban asombro en los rostros. Sin embargo, fue doña Pepa quien se puso de pie y salvó la distancia que la separaba de la anciana. Se puso detrás, se inclinó sobre sus cabellos blancos y la tomó por los brazos, arropándola.

—¿Estabas dispuesta a hacer eso? —A pesar de haber susurrado la pregunta, todos pudieron escucharla.

—Soy un monstruo, ¿verdad? ¡Pensar en quitarle la vida a mi propio hijo!

—No, Rosario. El monstruo era él.

La anciana había comenzado a llorar una vez más, emocionada por el abrazo con que la señora la envolvía. Julia, mientras tanto, se había acercado a una de las alacenas y, de puntillas, alcanzó una vieja lechera de porcelana desportillada.

—A mí ya me daba igual lo que me pudiera pasar, no me queda mucho —sollozó Rosario—. Bastante daño he hecho todos estos años con mi silencio. No podía soportar ver de qué forma miraba ya a la pobre Esther. En las últimas semanas no hacía más que llamarla con cualquier excusa, sobre todo cuando se metía en la ducha. Así que estaba decidida.

—Habría sido cosa de las tres, de ninguna forma puedes cargar tú sola con la culpa —intervino Julia. De la vieja lechera, había sacado un pequeño frasco de color ámbar provisto de cuentagotas que levantó entre el pulgar y el índice para asombro de todos—. Además, tal como pensábamos hacerlo, tal vez nunca se habría descubierto al autor del envenenamiento, puede que ni siquiera la causa. Monforte tenía muchos enemigos, incluso entre quienes creía sus amigos, y cualquiera podría haber vertido veneno en su copa en una de sus fiestas.

Doña Pepa se incorporó y apretó a la anciana por los hombros.

—No te aflijas, Rosario. Si te sirve de consuelo, yo también tenía decidido acabar con esto. —Mientras regresaba a su asiento, cruzó una mirada cómplice con Sebastián, que esbozó una sonrisa y asintió.

—¿Qué dice, señora? —El tono y el semblante de Rosario no eran tanto de incredulidad como de extenuación ante aquella catarata de revelaciones.

—Solo se lo había contado a Sebastián, pero en la caja fuerte del salón hay una pistola que tenía decidido utilizar. Era de mi marido, aunque la compró para mí este verano pasado en San Sebastián. Lo único que ha impedido que la empleara es que alguien se me ha adelantado.

Las caras eran de estupor.

—¡Madre mía! —se escuchó murmurar a Vicente.

Nadie más dijo nada.

—Vamos, tomad esos cafés, que se os van a quedar fríos. —Doña Pepa imprimió cierto retintín a sus palabras con el que intentaba quitar hierro a su confesión.

—Voy a hacer más —se ofreció Antonia.

—Deja, yo misma lo haré. —Cogió la cafetera de la mesa y se dirigió al fregadero. Mientras la limpiaba bajo el grifo y después de una pausa, siguió hablando—. Este era el objeto de esta comida, reuniros aquí a todos los que habéis sufrido agravios por parte de los Monforte. Muerto mi marido, es el momento de vaciar nuestras conciencias, de poner la cuenta a cero y de pasar página de una vez por todas. Sé que a cualquiera le puede extrañar, pero quiero que estas sean unas Navidades alegres.

—Pocas veces en los casi sesenta años que llevo en esta casa no se ha puesto el belén por estas fechas. —Rosario suspiró al tiempo que se enjugaba los ojos con el pañuelo húmedo—. Solo cuando la guerra...

—Ya, si es que íbamos a ponerlo al día siguiente de... —Vicente dejó la frase sin terminar—. Pues el musgo sigue en el sótano.

—¿Os parece que lo pongamos todos juntos esta tarde? —El

semblante de doña Pepa se iluminó—. Como antes. Dejaremos claro que la vida sigue adelante. Qué mejor despedida que poner el belén... en familia.

—Antes, hay una cosa más que debéis saber. —Francisca había empezado a frotarse las manos, nerviosa—. Sobre todo usted, doña Pepa.

—Tú dirás.

—Es mejor que se lo cuentes tú, Ricardo. Yo no... no podría. —La doncella bajó la mirada.

Todos se volvieron hacia el hermano de Francisca, que dejó la taza de café sobre la mesa tras apurarla de un sorbo. Asentía despacio con la cabeza.

—Después de lo que hemos escuchado aquí hoy, creo que tengo que sincerarme, a pesar de que con ello pueda poner en riesgo a terceras personas. Necesito el compromiso de todos de que nada de lo que voy a decir saldrá de entre estas paredes. —Recorrió la mesa con la mirada recibiendo los gestos de afirmación a medida que las miradas se cruzaban.

—Desde la clandestinidad, he seguido en contacto con los camaradas que componían mi partida del maquis —confesó—. Cuando decidimos bajar del monte, nos conjuramos con el único objetivo de hacer pagar a Galindo por sus crímenes. Pero quienes le han hecho seguimiento afirman que no es posible una acción contra él sin dejarse la vida en el intento. No sale del Gobierno Civil sin un ejército de guardias que lo protegen, como visteis el viernes en el entierro.

—Fuiste un loco acercándote a él —le reprochó Francisca.

—Necesitaba saber que he tenido su vida en mis manos. —En ese momento abrió la cajita de los pendientes y balanceó uno de ellos ante los ojos. Durante un largo rato no dijo nada, como hipnotizado por la visión. Después siguió hablando—. Lo cierto es que habíamos decidido abandonar el propósito o, en todo caso, buscar un objetivo más asequible. Alguien que de alguna manera los representara, de forma que nadie tuviera dudas de cuál era el objetivo de la acción.

—Y propusiste el nombre de mi marido —se adelantó doña Pepa.

Ricardo agachó la cabeza.

—Era matar dos pájaros de un tiro, golpear al régimen y vengar la afrenta a mi hermana —trató de excusarse—. Acabar con la vida de un hombre causa sufrimiento a muchos, y por ello le pido perdón, doña Pepa, pero...

—La guerra terminó hace más de trece años —le cortó— y opino que ya no tiene sentido seguir matando, ni el maquis ni Galindo. Pero después de lo que has oído aquí, no te puedo censurar que actuaras movido por la segunda de tus razones. Parece que todos los que estamos sentados a esta mesa teníamos motivos para terminar con mi marido... y la mayor parte estábamos dispuestos a hacerlo.

—Yo no he sabido nada de todo esto hasta ayer. —Vicente se puso en pie de repente y, sin reparar apenas en ello, volcó su taza de café vacía. La puso en pie con torpeza mientras continuaba—. Pero de haber estado al corriente de todo, me tendría que sumar a esa lista, doña Pepa. Estoy con vosotros.

Las palabras de Vicente, entrecortadas, tuvieron la virtud de desatar la emoción en los demás. Rosita se había puesto de pie junto a él y, de puntillas, le dio un beso en la mejilla y lo cogió con ternura del brazo. Todos podían imaginar cuál era su estado de ánimo desde el momento en que conoció la identidad de sus padres. Don Emilio era su hermanastro y los Monforte lo habían mantenido en la portería y en la ignorancia.

—¿Podrás perdonarme algún día, Vicente?

La voz apagada de Rosario pareció surgir de una profunda caverna. El joven la miró y, sin responder, se dejó caer en el asiento. Enterró el rostro en las manos. Tras un momento de silencio, fue Rosita quien habló.

—Vicente te perdonará, Rosario —afirmó acariciándole la nuca a su prometido—. Pero dale tiempo, lo necesita para poner en orden sus ideas. Han pasado solo veinticuatro horas.

La segunda cafetera borboteaba cuando doña Pepa la apartó del fuego. Se acercó con ella a la mesa y sirvió las tazas que seguían vacías, incluida la suya. En la mesa se había hecho el silencio y todos parecían atentos a sus movimientos. Fue ella quien, una vez sentada, volvió a hablar mientras daba vueltas al café con delicadeza. Su tono era evocador.

—¿Sois conscientes de la historia que se ha vivido en esta casa durante décadas? Lo de hoy ha sido solo el último capítulo.

—Podría ser una de esas radionovelas que le gustan a Vicente —respondió Sebastián.

—¡Bien lo puedes decir! —exclamó doña Pepa—. ¿Qué título le pondríais?

Unos sonrieron, otros se encogieron de hombros, pero nadie parecía dar con una respuesta que resumiera los hechos acaecidos en aquella casa.

—¡Patatas a la importancia! —se adelantó Andrés, y todos le rieron la gracia.

—Pues no estaría mal —sonrió también Rosita, que recorría la mesa con la mirada—. Pero yo iría por otro lado. Hace cuatro años éramos perfectos desconocidos y ahora... ¡cómo se han entrecruzado nuestras vidas en estos pocos años! Igual que la urdimbre de una tela. Le he dado vueltas a esa idea muchas veces en los últimos tiempos, allá en el taller, mientras hacía hilvanes y pespuntes.

—Y yo me alegro de que esta casa haya servido de bastidor para esa labor —apuntó doña Pepa con un guiño antes de tomar con delicadeza un sorbo de café—. Pero es cierto, es como si los días de nuestras vidas hubieran sido los hilos que una mano invisible ha ido tejiendo.

—Tendría que ser un título que sonara evocador en la voz de uno de esos locutores de la radio —apostilló Vicente—. ¿A ti qué se te ocurre, Julia?

La joven parecía haber aceptado el reto y asentía con los ojos entrecerrados, cavilando mientras removía el azúcar que acababa de añadir a la taza.

—Creo que Rosita y doña Pepa han acertado con la idea; creo que todos compartimos la misma sensación, ¿verdad? —aventuró interrogándoles con la mirada—. ¿Qué os parece algo como *El tejido de los días*?

—¡Suena bien! —respondió Antonia, que acababa de apoyar la cabeza en el hombro de Andrés.